A LUZ ENTRE AS FRESTAS

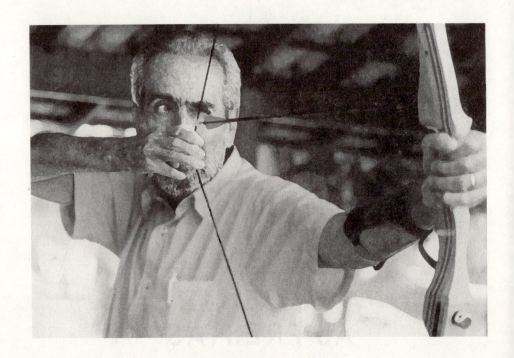

O Arqueiro

GERALDO JORDÃO PEREIRA (1938-2008) começou sua carreira aos 17 anos, quando foi trabalhar com seu pai, o célebre editor José Olympio, publicando obras marcantes como *O menino do dedo verde*, de Maurice Druon, e *Minha vida*, de Charles Chaplin.

Em 1976, fundou a Editora Salamandra com o propósito de formar uma nova geração de leitores e acabou criando um dos catálogos infantis mais premiados do Brasil. Em 1992, fugindo de sua linha editorial, lançou *Muitas vidas, muitos mestres*, de Brian Weiss, livro que deu origem à Editora Sextante.

Fã de histórias de suspense, Geraldo descobriu *O Código Da Vinci* antes mesmo de ele ser lançado nos Estados Unidos. A aposta em ficção, que não era o foco da Sextante, foi certeira: o título se transformou em um dos maiores fenômenos editoriais de todos os tempos.

Mas não foi só aos livros que se dedicou. Com seu desejo de ajudar o próximo, Geraldo desenvolveu diversos projetos sociais que se tornaram sua grande paixão.

Com a missão de publicar histórias empolgantes, tornar os livros cada vez mais acessíveis e despertar o amor pela leitura, a Editora Arqueiro é uma homenagem a esta figura extraordinária, capaz de enxergar mais além, mirar nas coisas verdadeiramente importantes e não perder o idealismo e a esperança diante dos desafios e contratempos da vida.

LOUISE PENNY

Traduzido por Natalia Sahlit

A LUZ ENTRE AS FRESTAS

— UM CASO DO INSPETOR GAMACHE —

Título original: *How the Light Gets In*

Copyright © 2013 por Three Pines Creations, Inc.
Copyright da tradução © 2025 por Editora Arqueiro Ltda.

Todos os direitos reservados. Nenhuma parte deste livro pode ser utilizada ou
reproduzida sob quaisquer meios existentes sem autorização por escrito dos editores.

Trecho de "Anthem" em *Stranger Music* por Leonard Cohen. Copyright © 1993 por
Leonard Cohen. Reimpresso com permissão de McClelland & Stewart.
Trechos de *Vapour Trails* por Marylyn Plessner (2000),
usados com permissão de Stephen Jarislowsky.

coordenação editorial: Gabriel Machado
produção editorial: Guilherme Bernardo
preparo de originais: Rafaella Lemos
revisão: Ana Grillo e Sheila Louzada
diagramação: Abreu's System
imagem de capa: © Calvin W. Hall | Alaska Stock |
All Canada Photos | AGB Photo Library
capa: David Baldeosingh Rotstein
adaptação de capa: Natali Nabekura
mapa: Rhys Davies
impressão e acabamento: Lis Gráfica e Editora Ltda.

CIP-BRASIL. CATALOGAÇÃO NA PUBLICAÇÃO
SINDICATO NACIONAL DOS EDITORES DE LIVROS, RJ

P465l

    Penny, Louise, 1958-
       A luz entre as frestas / Louise Penny ; tradução Natalia Sahlit. – 1. ed. –
São Paulo : Arqueiro, 2025.
       464 p. ; 23 cm.   (Inspetor Gamache ; 9)

       Tradução de: How the light gets in
       Sequência de: O belo mistério
       ISBN 978-65-5565-853-8

       1. Ficção canadense. 2. Ficção policial. I. Sahlit, Natalia.
II. Título. III. Série.

                                 CDD: 819.13
25-98001.0   CDU: 82-3(71)

Carla Rosa Martins Gonçalves – Bibliotecária – CRB-7/4782

Todos os direitos reservados, no Brasil, por
Editora Arqueiro Ltda.
Rua Artur de Azevedo, 1.767 – Conj. 177 – Pinheiros
05404-014 – São Paulo – SP
Tel.: (11) 2894-4987
E-mail: atendimento@editoraarqueiro.com.br
www.editoraarqueiro.com.br

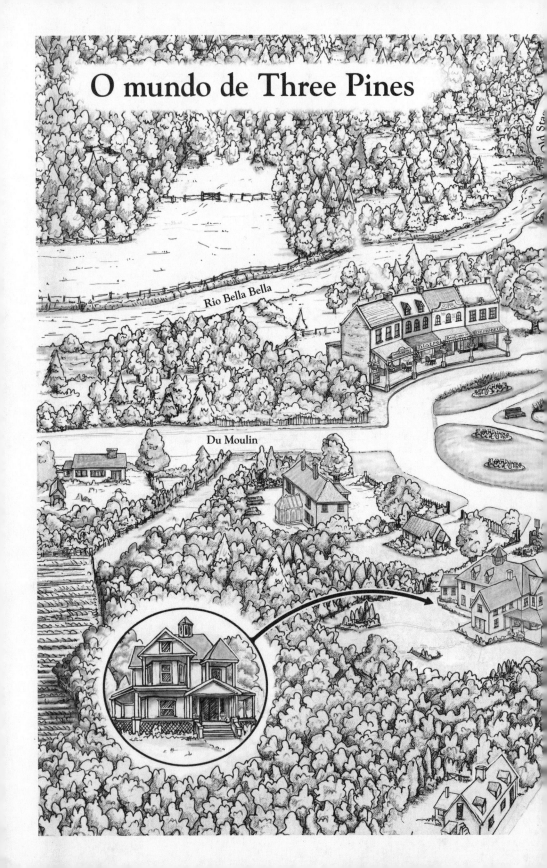

UM

Audrey Villeneuve sabia que o que imaginava não podia estar acontecendo. Ela era uma mulher adulta, capaz de discernir o real do imaginário. Porém, toda manhã, ao atravessar o túnel Ville-Marie para ir de sua casa, no extremo leste de Montreal, ao escritório, ela via. Ouvia. Sentia aquilo acontecendo.

O primeiro sinal era uma explosão de vermelho quando os motoristas pisavam no freio. O caminhão logo à frente dava uma guinada, deslizando e tombando de lado. Um ruído terrível de derrapagem ricocheteava nas paredes duras e corria em sua direção, arrebatador. Buzinas, alarmes, freios, pessoas gritando.

Em seguida, Audrey via os imensos blocos de concreto se desprendendo do teto, levando consigo um emaranhado de veias e tendões de metal. O túnel cuspindo suas entranhas. Que mantinham a estrutura de pé. Que mantinham a cidade de Montreal de pé.

Até aquele dia.

E então, então... a abertura oval que dava para a luz do dia, o fim do túnel, se fechava. Como um olho.

Depois, a escuridão.

E a longa espera. Para ser esmagada.

Toda manhã e toda noite, quando Audrey atravessava a maravilha da engenharia que ligava uma ponta da cidade à outra, ela colapsava.

– Vai ficar tudo bem – disse ela, rindo consigo mesma, de si mesma. – Vai ficar tudo bem.

Audrey aumentou o volume da música e cantou alto sozinha.

Mas ainda assim suas mãos formigavam no volante, depois ficavam frias e dormentes e seu coração batia forte. Um jorro de neve semiderretida golpeou o para-brisa. Os limpadores a varreram, desenhando uma meia-lua de visibilidade marmoreada.

O tráfego desacelerou. E parou.

Audrey arregalou os olhos. Aquilo nunca tinha acontecido. Atravessar o túnel já era ruim o suficiente. Parar dentro dele parecia inconcebível. Seu cérebro congelou.

– Vai ficar tudo bem.

Mas ela não conseguia ouvir a própria voz, tão fraca era sua respiração e tão forte o uivo em sua cabeça.

Trancou a porta com o cotovelo. Não para manter alguém do lado de fora, mas para se manter lá dentro. Uma frágil tentativa de se impedir de empurrar a porta e correr, correr, sair gritando do túnel. Agarrou o volante. Com força. Com força. Com mais força.

Seus olhos dispararam para a parede salpicada de neve derretida, para o teto, para a parede mais distante.

Para as rachaduras.

Meu Deus, as rachaduras.

E para as débeis tentativas de cobri-las com reboco.

Não de consertá-las, mas de escondê-las.

Isso não significa que o túnel vá desmoronar, assegurou a si mesma.

Mas as rachaduras se alargaram e consumiram sua razão. Todos os monstros de sua imaginação se tornaram reais e agora se espremiam, estendiam os braços, por entre aquelas falhas.

Ela desligou a música para se concentrar, hipervigilante. O carro da frente avançou devagar. Depois parou.

– Vai, vai, vai – implorou ela.

Mas Audrey Villeneuve estava presa e apavorada. Sem ter para onde ir. O túnel já era ruim, mas o que esperava por ela à luz cinzenta de dezembro era ainda pior.

Por dias, semanas, meses (anos até, se fosse sincera), ela soubera. Monstros existiam. Eles viviam nas rachaduras dos túneis, nas vielas escuras e em casas geminadas. Tinham nomes como Frankenstein e Drácula, Martha, David e Pierre. E quase sempre você os encontrava onde menos esperava.

Ela olhou de soslaio para o espelho retrovisor e encontrou dois olhos castanhos assustados. Porém, no reflexo, também viu sua salvação. Sua bala de prata. Sua estaca de madeira.

Era um lindo vestido de festa.

Ela passara horas costurando a roupa, tempo que poderia, deveria, ter usado para embrulhar presentes de Natal para o marido e as filhas; que poderia, deveria, ter usado para assar biscoitos amanteigados em formato de estrela, anjos e alegres bonecos de neve com botões de confeitos e olhos de jujuba.

Em vez disso, toda noite, quando chegava em casa, Audrey ia direto para o porão, até a máquina de costura. Debruçada sobre o tecido verde-esmeralda, ela alinhavava naquele vestido de festa todas as suas esperanças.

Audrey o usaria naquela noite, entraria na festa de Natal, olharia todo o salão e sentiria os olhos surpresos sobre si. Em seu vestido verde colante, a desmazelada Audrey Villeneuve seria o centro das atenções. No entanto, ele fora feito para chamar a atenção não de todos, mas de apenas um homem. E, quando ela conseguisse, poderia relaxar.

Ela passaria seu fardo adiante e seguiria com a vida. As falhas seriam consertadas; as fissuras, fechadas. Os monstros voltariam para o lugar deles.

A saída para a ponte Champlain estava à vista. Não era a que ela normalmente tomava, mas aquele dia estava longe de ser normal.

Audrey deu seta e viu o homem do carro ao lado lhe lançar um olhar azedo. Aonde ela pensava que estava indo? Todos eles estavam presos. Mas Audrey Villeneuve estava ainda mais. O homem mostrou o dedo médio, mas ela não se ofendeu. No Quebec, aquilo era tão casual quanto um aceno amistoso. Se os quebequenses projetassem um carro, o enfeite do capô seria um dedo médio. Normalmente, ela lhe devolveria o "aceno amistoso", mas tinha outras coisas na cabeça.

Ela embicou para a última faixa da direita, em direção à saída da ponte. A parede do túnel estava a poucos metros de distância. Ela poderia ter enfiado o punho em um dos buracos.

– Vai ficar tudo bem.

Audrey Villeneuve sabia que muitas coisas poderiam acontecer, mas "ficar tudo bem" provavelmente não era uma delas.

DOIS

– Vai arranjar uma pata pra você, porra! – disse Ruth, e puxou Rosa para mais perto de si.

Um edredom ambulante.

Constance Pineault sorriu e olhou para a frente. Quatro dias antes, nunca lhe teria ocorrido arranjar uma pata, mas agora ela realmente invejava a Rosa de Ruth. E não só pelo calor que oferecia naquele dia gelado e cortante de dezembro.

Quatro dias antes, nunca lhe teria ocorrido deixar sua confortável poltrona perto da lareira do bistrô para se sentar em um banco congelado ao lado de uma mulher que ou estava bêbada ou demente. Mas lá estava ela.

Quatro dias antes, Constance Pineault não sabia que o calor assumia muitas formas. Assim como a sanidade. Agora, ela sabia.

– Deee-fesaaaaaa! – gritou Ruth para os jovens jogadores no lago congelado. – Pelo amor de Deus, Aimée Patterson, até a Rosa faria esse gol.

Aimée passou patinando, e Constance a ouviu dizer algo que poderia ser "fazer". "Bater". Ou "Vai se...".

– Eles me adoram – disse Ruth a Constance.

Ou a Rosa. Ou ao ar.

– Eles têm medo de você – retrucou Constance.

Ruth lançou a ela um olhar penetrante e avaliador.

– Você ainda está aqui? Pensei que tivesse morrido.

Constance riu, uma baforada de humor que flutuou pela praça do vilarejo e foi se juntar à fumaça de lenha que saía das chaminés.

Quatro dias antes, ela pensara que tinha dado sua última risada. Porém, com a neve até os tornozelos e a bunda congelada ao lado de Ruth, ela descobrira outras. Escondidas ali em Three Pines. Onde as risadas viviam.

As duas assistiam à atividade da praça em silêncio, exceto pelo estranho grasnar, que Constance torcia para que viesse da pata.

Embora fossem quase da mesma idade, as duas idosas eram opostas. Se Constance era suave, Ruth era dura. Se os cabelos da primeira eram sedosos e longos, presos em um coque bem-feito, os da segunda eram ásperos e bem curtinhos. Se Constance era arredondada, Ruth era angulosa. Toda feita de pontas e arestas afiadas.

Rosa se remexeu e bateu as asas. Então deslizou do colo de Ruth para o banco nevado e deu alguns passos desengonçados na direção de Constance. Depois subiu no colo dela e se acomodou ali.

Ruth estreitou os olhos. Mas não se mexeu.

Desde que Constance chegara a Three Pines, nevara dia e noite. Tendo passado a vida adulta em Montreal, ela havia esquecido como a neve podia ser bonita. Neve, na experiência dela, era algo a ser removido. Uma tarefa doméstica que caía do céu.

Mas aquela era a neve de sua infância. Alegre, divertida, brilhante e limpa. Quanto mais, melhor. Era um brinquedo.

Ela cobria as casas de pedras, de ripas e de tijolinhos rosados que circundavam a praça. Cobria o bistrô e a livraria, a *boulangerie* e a mercearia. Para Constance, aquele parecia o trabalho de um alquimista, e Three Pines era o resultado, conjurado a partir do nada e depositado naquele vale. Ou talvez, assim como a neve, o minúsculo vilarejo tivesse caído do céu, para oferecer um pouso suave àqueles que também sofressem uma queda.

Quando chegara ali e estacionara em frente à livraria de Myrna, Constance ficara preocupada ao ver que a pancada de neve estava se tornando uma nevasca.

"Será que devo tirar o meu carro?", perguntara a Myrna antes de elas subirem para dormir.

Ela se postara diante da janela de sua livraria (Livros da Myrna, Novos e Usados) e refletira sobre a pergunta.

"Acho que ele está bem ali."

Ele está bem ali.

E estava mesmo. Constance tivera uma noite agitada, tentando ouvir as sirenes dos limpa-neves. O aviso para desenterrar seu carro dali e movê-lo. As janelas de seu quarto haviam chacoalhado enquanto o vento as chicoteava com a neve. Ela ouvira a nevasca atravessar as árvores e passar pelas casas sólidas uivando, como se fosse uma criatura viva, à caça. Por fim, caíra no sono, quentinha debaixo do edredom. Quando acordou, a tempestade já tinha passado. Constance foi até a janela, esperando ver seu carro soterrado, nada mais que uma montanha branca debaixo de 30 centímetros de neve fresca. Em vez disso, a rua tinha sido limpa e os carros, desenterrados.

Ele estava bem ali.

Então, finalmente, ela também estava.

Por quatro dias e quatro noites a neve continuou a cair, antes que Billy Williams voltasse com seu limpa-neve. E, até que aquilo acontecesse, o vilarejo de Three Pines ficou completamente isolado pela neve. Mas não importava, já que tudo de que precisavam estava bem ali.

Devagar, do alto de seus 77 anos, Constance Pineault percebeu que estava bem, não porque tivesse um bistrô, mas porque tinha o bistrô de Olivier e Gabri. Aquela não era apenas uma livraria, mas a livraria de Myrna, e a *boulangerie* de Sarah e a mercearia de monsieur Béliveau.

Quando chegara ali, ela era uma mulher autossuficiente. Agora, estava coberta de neve, sentada em um banco ao lado de uma maluca, com uma pata no colo.

Quem era a doida agora?

Mas Constance sabia que, longe de estar desequilibrada, havia, finalmente, recuperado o juízo.

– Eu vim perguntar se você está a fim de tomar alguma coisa – disse ela.

– Pelo amor de Deus, ô velha, por que não falou logo? – retrucou Ruth, levantando-se e batendo os flocos de neve do casaco.

Constance também se levantou e devolveu Rosa a Ruth.

– Tome sua pata – disse ela.

Ruth riu soltando o ar pelo nariz, aceitando a pata e as palavras.

Olivier e Gabri, que vinham da pousada, as encontraram na rua.

– Está nevando gay – comentou Ruth.

– Sim, eu era puro como a neve – confidenciou Gabri a Constance. – Só que eu derreti.

– Incorporando Mae West? – disse Ruth. – Ethel Merman não vai ficar com ciúme?

– Tem espaço de sobra para todas – declarou Olivier, olhando para o corpulento parceiro.

Antes disso, Constance nunca se enturmara com homossexuais, pelo menos não que tivesse conhecimento. Tudo o que sabia é que eram "eles", não "nós". E "eles" eram antinaturais. Em seus momentos mais caridosos, os considerava defeituosos. Doentes.

Mas, em geral, se chegava a pensar neles, era com reprovação. Nojo, até.

Até quatro dias antes. Até a noite começar a cair e o pequeno vilarejo no vale ficar isolado. Até ela descobrir que aquele Olivier, o homem com quem tinha sido tão fria, havia desenterrado o carro dela da neve. Sem que ninguém tivesse pedido. Sem fazer nenhum comentário.

Até ela ver, da janela de seu quarto no loft de Myrna, acima da livraria, Gabri caminhar penosamente, a cabeça baixa para evitar a neve soprada pelo vento, levando café e croissants quentinhos para os moradores que não conseguiam ir até o bistrô para tomar café da manhã.

Ela o vira entregar a comida e depois retirar, com uma pá, a neve da varanda, da escada e da calçada.

E ir embora. Para a casa seguinte.

Constance sentiu a mão forte de Olivier em seu braço, apoiando-a. Se um estranho chegasse ao vilarejo naquela hora, o que pensaria? Que Gabri e Olivier eram seus filhos?

Tomara.

Constance passou pela porta e sentiu o cheiro agora familiar do bistrô. As vigas de madeira escura e o piso de tábuas largas de pinho tinham sido impregnados por mais de um século de café forte e lenha de bordo queimada nas lareiras.

– Aqui!

Constance seguiu a voz. As janelas maineladas deixavam a pouca luz entrar, mas ainda estava escuro. Ela olhou para as imensas lareiras de pedra dos dois lados do bistrô, acesas com um fogo vivo e cercadas por sofás e poltronas confortáveis. No meio do salão, entre as lareiras e a área dos clientes, havia antigas mesas de pinho com talheres e porcelana descombinada. Uma imensa e basta árvore de Natal estava disposta em um canto, com suas luzes vermelhas, azuis e verdes acesas, além de uma caótica variedade de bolas, contas e pingentes imitando gelo pendendo dos galhos.

Alguns clientes bebericavam *café au lait* ou chocolate quente nas poltronas, lendo jornais do dia anterior em francês e inglês.

O grito de "Aqui!" viera do outro lado da sala e, embora Constance ainda não visse direito a mulher, sabia perfeitamente bem quem havia falado.

– Eu pedi um chá para você – disse Myrna, de pé, esperando perto de uma das lareiras.

– Espero que você esteja falando com ela – disse Ruth, pegando o melhor lugar ao lado do fogo e colocando os pés no descanso.

Constance abraçou Myrna e sentiu a carne macia sob o suéter grosso. Embora Myrna fosse uma mulher pelo menos vinte anos mais nova que ela, tinha o cheiro e o abraço de sua mãe. No começo, levara um susto, como se alguém a tivesse desequilibrado de leve. Mas, depois, passou a ansiar por aqueles abraços.

Constance bebericou o chá, observou as chamas bruxuleantes e ouviu em parte a conversa de Myrna e Ruth sobre a última remessa de livros, atrasada pela neve.

Sentiu que estava caindo no sono naquele calor.

Quatro dias. E ela tinha dois filhos gays, uma mãe negra, uma amiga demente e estava considerando adotar uma pata.

Não era o que esperava daquela visita.

Ela ficou pensativa, hipnotizada pelo fogo. Não sabia se Myrna entendia o motivo de sua vinda. Por que ela entrara em contato após tantos anos. Era vital que Myrna entendesse, mas agora o tempo estava se esgotando.

– A neve está parando – comentou Clara Morrow.

Ela correu as mãos pelos cabelos, tentando domar a juba amassada pelo gorro, mas só piorou a situação.

Constance despertou e percebeu que não tinha visto Clara chegar.

Conhecera Clara em sua primeira noite em Three Pines. Ela e Myrna tinham sido convidadas para jantar e, embora Constance ansiasse por um jantar tranquilo só com a amiga, não sabia como recusar educadamente. Então elas puseram os casacos e botas e caminharam com dificuldade até lá.

Era para ser só as três, o que já seria ruim o suficiente, mas então Ruth Zardo e sua pata chegaram, e a noite que seria ruim tornou-se um completo fiasco. Rosa grasnou a noite inteira enquanto Ruth bebia, praguejava, insultava e interrompia os outros.

Constance já tinha ouvido falar dela, é claro. Aquela mulher, vencedora do Prêmio do Governador-Geral para Poesia em Língua Inglesa, era o mais perto que o Canadá havia chegado de laurear uma poeta demente e amargurada.

Quem te machucou uma vez
de maneira tão irreparável,
que te fez saudar cada oportunidade
com uma careta?

À medida que a noite se arrastava, Constance percebeu que aquela era uma boa pergunta. Ficou tentada a fazê-la à poeta louca, mas não fez por medo de recebê-la de volta.

Clara tinha preparado omeletes com queijo de cabra derretido. Uma salada verde e baguetes frescas e quentinhas completavam a refeição. Elas comeram na ampla cozinha e, ao fim do jantar, enquanto Myrna preparava o café e Ruth e Rosa se retiravam para a sala de estar, Clara a levou até seu estúdio. O lugar estava abarrotado de pincéis, paletas e telas. Cheirava a tinta a óleo, terebintina e bananas maduras.

– Peter teria me enchido o saco para limpar isto aqui – disse Clara, observando a bagunça.

Clara havia falado sobre a separação durante o jantar. Constance tinha colocado um sorriso empático no rosto e se perguntara se era possível fugir dali pela janela do banheiro. Com certeza morrer em um banco de neve não seria tão ruim.

E agora lá estava Clara falando de novo sobre o marido. Ex-marido. Era como desfilar só de calcinha. Revelar suas intimidades. Era feio, inadequado e desnecessário. E Constance só queria ir para casa.

Da sala de estar, ela ouvia os grasnados incessantes. Constance não sabia, e já não se importava mais, se eles vinham da pata ou da poeta.

Clara passou por um cavalete. O contorno fantasmagórico de algo que poderia vir a ser um homem se insinuava na tela. Sem muito entusiasmo, Constance seguiu Clara até o outro lado do estúdio. Ela acendeu um abajur, e uma pequena pintura foi iluminada.

No início, pareceu desinteressante, com certeza desimportante.

– Eu queria te pintar, se você não se importar – disse Clara, sem olhar para a convidada.

Constance se encrespou. Será que Clara a reconhecera? Será que sabia quem ela era?

– Acho melhor não – respondeu com firmeza.

– Entendo – disse Clara. – Eu também não tenho certeza se gostaria de ser pintada.

– Por que não?

– Medo do que poderiam ver.

Clara sorriu, depois voltou para a porta. Constance a seguiu depois de dar uma última olhada na minúscula pintura. Era de Ruth Zardo, que, agora, roncava no sofá. Naquela pintura, a velha poeta segurava um xale azul na altura do pescoço, as mãos magras e em forma de garras. As veias e os tendões do pescoço apareciam através da pele translúcida.

Clara havia captado a amargura de Ruth, sua solidão e sua raiva. Agora Constance achava quase impossível desviar os olhos do retrato.

Na porta do estúdio, ela se voltou para trás. Seus olhos já não eram tão bons, mas não precisavam ser para ver o que Clara havia captado. Era Ruth. Mas também outra pessoa. Uma imagem que uma infância passada de joelhos lhe evocava.

Era a velha poeta louca, mas também a Virgem Maria. A mãe de Deus. Esquecida, ressentida. Deixada para trás. Olhando com raiva para um mundo que já não se lembrava do que ela lhe dera.

Constance ficou aliviada por ter recusado o pedido de Clara para pintá-la. Se era assim que Clara via a mãe de Deus, o que não veria nela?

Mais tarde naquela noite, Constance vagou, aparentemente sem rumo, de volta até a porta do estúdio.

O único ponto de luz ainda brilhava no retrato, e mesmo da porta Constance conseguia ver que a anfitriã não havia simplesmente pintado a Ruth louca. Nem a esquecida e amargurada Maria. A mulher idosa olhava ao longe. Para um futuro escuro e solitário. Porém. Porém. Bem ali. Quase fora de alcance. Quase visível. Havia outra coisa.

Clara havia captado o desespero, mas também a esperança.

Constance pegou o café e se juntou de novo a Ruth e Rosa, Clara e Myrna.

Ela as ouviu, então. E começou, só começou, a entender como seria se fosse capaz de associar mais de um nome a um rosto.

Isso fora quatro dias antes.

Agora, ela havia feito as malas e estava prestes a ir embora. Só uma última xícara de chá no bistrô, e pé na estrada.

– Não vá – pediu Myrna baixinho.

– Eu tenho que ir.

Constance desviou o olhar. Aquilo tudo era intimidade demais. Pela janela congelada ela observou o vilarejo coberto de neve. Anoitecia, e luzinhas de Natal pipocavam nas árvores e casas.

– Eu posso voltar? Para o Natal?

Fez-se um longo silêncio. E todos os medos de Constance voltaram, rastejando para fora daquele silêncio. Ela baixou os olhos para as mãos, cuidadosamente dobradas no colo.

Ela tinha se exposto. Fora iludida a pensar que estava em segurança, que era querida, que era bem-vinda.

Então sentiu uma mão grande na sua e ergueu o olhar.

– Eu adoraria – disse Myrna, e sorriu. – A gente vai se divertir muito.

– Divertir? – perguntou Gabri, atirando-se no sofá.

– Constance vai voltar para o Natal.

– Maravilha. Você pode vir para a missa com o coro do dia 24. A gente canta todas as favoritas: "Silent Night". "The First Noël"...

– "The Twelve Gays of Christmas" – zombou Clara, emendando o nome da música.

– "It Came Upon a Midnight Queer" – debochou Myrna.

– Enfim, as clássicas – disse Gabri. – Embora este ano a gente esteja ensaiando uma nova.

– Não "O Holy Night", eu espero – comentou Constance. – Não sei se estou pronta para esta.

Gabri riu.

– Não. "The Huron Carol", um clássico canadense. Você conhece?

Ele cantou alguns compassos da antiga canção de Natal quebequense.

– Eu adoro esta – disse ela. – Só que ninguém mais canta.

No entanto, não deveria surpreendê-la que, naquele vilarejo, ela encontrasse mais uma coisa praticamente extinta do mundo exterior.

Constance se despediu e, entre gritos de "*À bientôt!*", ela e Myrna caminharam até o carro dela.

Constance deu a partida para aquecer o automóvel. As crianças saíam do rinque de hóquei, cambaleando na neve com seus patins, usando os tacos para se equilibrar. Estava escurecendo. Era agora ou nunca, Constance sabia.

– A gente fazia muito isso – disse ela, e Myrna seguiu seu olhar.

– Jogar hóquei?

Constance assentiu.

– A gente tinha o nosso próprio time. Nosso pai era o técnico. Mamãe torcia. Era o esporte preferido do irmão André.

Ela encontrou os olhos de Myrna. *Pronto*, pensou. *Feito*. Seu segredinho sujo finalmente revelado. Quando ela voltasse, Myrna teria muitas perguntas. E finalmente, finalmente, Constance sabia que iria respondê-las.

Myrna observou a amiga ir embora e não pensou mais naquela conversa.

TRÊS

— Pense bem — disse Armand Gamache.

A voz dele era quase neutra. Quase. Mas não havia como confundir a expressão de seus olhos castanho-escuros.

Estavam duros, frios. E inflexíveis.

Ele encarou o agente por cima dos óculos de leitura meia-lua e esperou. A sala de reunião ficou em silêncio. O remexer de papéis, os cochichos baixos e insolentes cessaram. Até mesmo os olhares de divertimento desapareceram.

E todos se concentraram em Gamache.

Ao lado dele, a inspetora Isabelle Lacoste desviou o olhar para os agentes e inspetores reunidos. Aquele era o briefing semanal da Divisão de Homicídios da Sûreté du Québec. Uma reunião para trocar ideias e informações sobre as investigações em curso. Se antes era sinônimo de colaboração, agora se tornara uma hora que Lacoste temia.

E se ela se sentia assim, como se sentiria o inspetor-chefe?

Agora era difícil dizer o que Gamache realmente sentia e pensava. Lacoste o conhecia melhor do que qualquer um naquela sala. Percebeu, com surpresa, que era quem tinha servido com ele por mais tempo. O resto da velha guarda havia sido transferido, a pedido ou por ordem do superintendente Francoeur.

E aquela gentalha tinha sido enviada para lá.

A mais bem-sucedida Divisão de Homicídios do país havia sido destruída, substituída por aquela gente tosca, preguiçosa, insolente e incompetente. Mas será que eles eram incompetentes mesmo? Com certeza não eram bons investigadores de homicídios, mas talvez aquele não fosse o verdadeiro trabalho deles.

Claro que não. Ela sabia por que aqueles homens e mulheres estavam ali. Suspeitava que Gamache também soubesse. E não era para solucionar assassinatos.

Apesar disso, o inspetor-chefe ainda conseguia comandá-los. Controlá-los. Por pouco. A balança estava oscilando, Lacoste conseguia sentir. Todos os dias, mais agentes novos eram trazidos. Ela os via trocar sorrisos cúmplices.

Lacoste sentiu a raiva subir.

A loucura das multidões. A loucura tinha invadido a divisão deles. E, todos os dias, Gamache tomava as rédeas e assumia o controle. Mas até aquelas rédeas estavam escorregando das mãos dele. Quanto tempo mais ele aguentaria antes de soltá-las por completo?

A inspetora Lacoste tinha muitos medos, principalmente em relação ao filho e à filha. De que algo acontecesse com eles. Ela sabia que aqueles medos eram, em sua maior parte, irracionais.

Mas o medo do que aconteceria se o inspetor-chefe perdesse o controle não era nada irracional.

Ela fez contato visual com um dos agentes mais antigos que estava largado na cadeira, os braços cruzados. Aparentemente entediado. Lacoste lançou a ele um olhar de censura. Ele baixou os olhos e ficou vermelho.

Com vergonha de si mesmo. Como deveria mesmo estar.

Quando ela o encarou, ele se sentou direito e descruzou os braços.

Ela assentiu. Uma vitória, embora pequena e sem dúvida temporária. Mas até essas, naqueles dias, contavam.

Lacoste se voltou para Gamache. As mãos grandes do chefe estavam cruzadas cuidadosamente sobre a mesa. Apoiadas no relatório semanal. Uma caneta sem uso repousava ao lado dele. A mão direita tremia de leve, e ela torcia para que ninguém mais notasse.

Gamache estava totalmente barbeado e cada centímetro do homem parecia exatamente o que ele era. Um homem de quase 60 anos. Não necessariamente bonito, mas distinto. Mais um professor que um policial. Mais um explorador que um caçador. Ele cheirava a sândalo com um toque de rosas e vestia paletó e gravata todos os dias para trabalhar.

Seus cabelos escuros e penteados estavam ficando grisalhos e cacheavam um pouco nas têmporas e ao redor das orelhas. Ele tinha linhas de expressão no rosto, fruto da idade, das preocupações e das risadas. Embora estas não estivessem acontecendo muito nos últimos tempos. E havia, sempre haveria, aquela cicatriz na têmpora esquerda. Um lembrete dos acontecimentos que nenhum deles poderia esquecer.

Seu corpo de 1,83 metro era grande, substancial. Não exatamente musculoso, mas tampouco gordo. Sólido.

Sólido, pensou Lacoste. Como terra firme. Como um promontório, de frente para um vasto oceano. Será que os golpes agora constantes estavam começando a esculpir linhas e fendas mais profundas? As rachaduras estavam começando a aparecer?

Naquele momento, o inspetor-chefe não mostrava nenhum sinal de erosão. Ele encarava o agente ofensor, e mesmo Lacoste não pôde deixar de sentir um pouco de dó. Aquele novo agente havia confundido a terra firme com um banco de areia. E agora, tarde demais, percebia com o que se deparava.

Ela viu a insolência se transformar em inquietação e, depois, em alarme. Ele se voltou para os amigos em busca de apoio, mas, como um bando de hienas, eles recuaram. Quase ansiosos para ver o outro ser massacrado.

Até então, Lacoste não havia percebido quanto estavam dispostos a se voltar uns contra os outros. Ou, pelo menos, a se recusar a ajudar.

Ela olhou de relance para Gamache, para os olhos firmes que não largavam o agente em apuros, e soube que era isso que o chefe estava fazendo: testando-os. Testando a lealdade deles. Ele tinha separado um do bando e esperava para ver se algum outro iria resgatá-lo.

Mas eles não foram.

Isabelle Lacoste relaxou um pouco. O inspetor-chefe ainda estava no controle.

Gamache continuou encarando o agente. Agora os outros se remexiam, inquietos. Um deles se levantou, emburrado.

– Eu tenho trabalho a fazer.

– Sente-se – ordenou o chefe, sem olhar para ele.

E ele caiu como uma pedra. Gamache esperou. E esperou.

– *Désolé, patron* – disse o agente por fim. – Eu ainda não interroguei o suspeito.

As palavras deslizaram para a mesa. Uma podre admissão. Todos eles haviam ouvido aquele agente mentir sobre o interrogatório e agora esperavam para ver o que o inspetor-chefe faria. Como ele destroçaria aquele jovem.

– Vamos conversar sobre isso depois da reunião – disse Gamache.

– Sim, senhor.

A reação ao redor da mesa foi imediata.

Sorrisos maliciosos. Depois de uma demonstração de força da parte do chefe, eles agora detectavam fraqueza. Se ele tivesse massacrado o agente, eles o teriam respeitado. E temido. Mas agora só sentiam cheiro de sangue.

E Lacoste pensou: *Deus que me perdoe, mas até eu queria que o chefe tivesse humilhado e desgraçado esse agente. Pregado o jovem na parede, como um aviso para qualquer um que ousasse desafiar o inspetor-chefe.*

O limite é aqui.

Mas Lacoste estava na Sûreté havia tempo suficiente para saber que era muito mais fácil atirar do que falar. Gritar em vez de ser razoável. Humilhar, rebaixar e abusar da autoridade em vez de ser digno e cortês, mesmo com aqueles que não eram nada disso.

Era preciso muito mais coragem para ser gentil do que para ser cruel.

Só que os tempos tinham mudado. A Sûreté tinha mudado. Agora havia ali uma cultura que recompensava a crueldade. Que a promovia.

Gamache sabia disso. E, ainda assim, tinha acabado de expor o próprio pescoço. *Foi de propósito?*, perguntou-se Lacoste. Ou ele realmente estava enfraquecido daquele jeito?

Ela já não sabia.

O que sabia era que, nos seis meses anteriores, o inspetor-chefe tinha visto sua divisão ser destruída, degenerada. Seu trabalho ser desmantelado. Tinha visto aqueles que eram leais a ele partirem. Ou se voltarem contra ele.

No início, ele havia lutado, mas acabara subjugado. Repetidas vezes, ela o vira voltar ao seu escritório após discutir com o superintendente. Gamache chegava derrotado. E agora, ao que tudo indicava, restava nele pouca disposição para lutar.

– Próximo – disse Gamache.

E assim foi, por uma hora. Cada agente testando a paciência do inspetor-chefe. Mas o promontório resistiu. Nenhum sinal de desmoronamento, nenhum sinal de que aquilo tivera qualquer efeito sobre ele. Finalmente, a reunião acabou, e Gamache se levantou. A inspetora também ficou de pé, e houve uma hesitação antes que o primeiro agente e, depois, o resto deles fizessem o mesmo. À porta, Gamache se virou e olhou para o agente que tinha mentido. Só uma olhada rápida, mas suficiente. O agente ficou para trás e o seguiu até o escritório. Assim que a porta se fechou, Lacoste viu uma expressão fugaz no rosto do chefe.

De exaustão.

– SENTE-SE.

Gamache apontou para uma cadeira, depois se sentou na cadeira de rodinhas atrás da mesa. O agente tentou manter a pose, mas não conseguiu diante daquele rosto severo.

Quando o chefe falou, sua voz demonstrava uma autoridade natural:

– Você está feliz aqui?

A pergunta surpreendeu o agente.

– Acho que sim.

– Você pode fazer melhor do que isso. É uma pergunta simples. Você está feliz aqui?

– Eu não tenho escolha.

– Você tem escolha, sim. Pode pedir demissão. Ninguém está prendendo você. E eu suspeito que não seja o incompetente que finge ser.

– Eu não me finjo de incompetente.

– Não? Então como você chamaria não interrogar um suspeito-chave em uma investigação de homicídio? Como chamaria mentir sobre isso para alguém que você com certeza sabia que te pegaria na mentira?

Mas estava claro que o agente nunca pensara que seria pego. Com certeza, jamais lhe ocorrera que se veria sozinho no escritório do chefe, prestes a levar um sabão.

Mas, principalmente, nunca lhe ocorrera que, em vez de atacá-lo, massacrá-lo, o inspetor-chefe apenas iria encará-lo com seus olhos atenciosos.

– Eu chamaria de incompetência – admitiu o agente.

Gamache continuou observando o jovem.

– Eu não ligo para o que você acha de mim. Eu não ligo para o que acha do seu serviço aqui. Você tem razão, estar aqui não foi escolha sua, nem minha. Você não é um investigador de homicídios treinado. Mas é um agente da Sûreté du Québec, uma das maiores forças policiais do mundo.

O agente sorriu com desdém, então sua expressão mudou para uma leve surpresa.

O inspetor-chefe não estava brincando. Ele realmente acreditava naquilo. Acreditava que a Sûreté du Québec era uma força policial importante e eficiente. Um quebra-mar entre os cidadãos e aqueles que poderiam lhe fazer mal.

– Você vem da Divisão de Crimes Hediondos, acredito.

O agente aquiesceu.

– Deve ter visto coisas terríveis.

O agente ficou imóvel.

– Difícil não se tornar cínico – disse o chefe em voz baixa. – Aqui, a gente lida com uma coisa só. Tem uma vantagem nisso. A gente se torna especialista. A desvantagem é com o que a gente lida. Morte. Toda vez que o telefone toca, alguém perdeu a vida. Às vezes, é um acidente. Um suicídio. Outras vezes, acaba sendo uma morte natural. Mas, na maioria, é algo bem antinatural. E é nossa hora de intervir.

O agente fitou bem aqueles olhos e acreditou ter visto, só por um instante, as mortes terríveis que haviam se acumulado, dia e noite, ao longo de anos. Os jovens e os velhos. As crianças. Os pais, as mães, as filhas e os filhos. Mortos. Assassinados. As vidas tiradas. E os corpos estendidos aos pés daquele homem.

Parecia que a Morte havia se juntado a eles, tornando a atmosfera pesada e sufocante.

– Sabe o que aprendi depois de três décadas de morte? – perguntou Gamache, inclinando-se para o agente e baixando a voz.

Sem querer, o agente também se inclinou para a frente.

– Aprendi como a vida é preciosa.

O agente olhou para ele, esperando mais, e, quando Gamache não disse mais nada, voltou a afundar na cadeira.

– O trabalho que você faz não é trivial – disse o chefe. – As pessoas estão contando com você. Eu estou contando com você. Por favor, leve isso a sério.

– Sim, senhor.

Gamache se levantou e o agente também ficou de pé. O chefe o levou até a porta e assentiu enquanto o homem saía.

Todos no escritório da Homicídios estavam observando, aguardando a explosão. Aguardando o inspetor-chefe atacar o agente. Até Lacoste aguardava e desejava isso.

Mas nada acontecera.

Os outros agentes se entreolharam, já sem se dar ao trabalho de esconder a satisfação. O lendário inspetor-chefe, no fim das contas, não passava de um espantalho. Não estava exatamente de joelhos, mas quase lá.

Gamache olhou por cima dos óculos de leitura quando Lacoste bateu.

– Posso entrar, *patron*? – perguntou ela.

– Claro – respondeu ele, levantando-se e indicando a cadeira.

Lacoste fechou a porta, sabendo que alguns, se não todos os agentes da outra sala, continuavam olhando. Mas ela não ligava. Eles que fossem para o inferno.

– Eles queriam ver o senhor acabar com aquele agente.

Gamache assentiu.

– Eu sei – disse ele, depois a observou atentamente. – E você, Isabelle?

Não adiantava mentir para o chefe. Ela suspirou.

– Parte de mim também queria. Mas por razões diferentes.

– E quais seriam as suas razões?

Ela meneou a cabeça na direção dos agentes.

– Isso mostraria a eles que não podem brincar com o senhor. Eles só entendem a linguagem da brutalidade.

Gamache pensou sobre aquilo por um instante, depois aquiesceu.

– Você está certa, é claro. E eu preciso admitir que fiquei tentado – respondeu, sorrindo para ela.

Gamache havia levado algum tempo para se acostumar a ver Isabelle Lacoste sentada à sua frente, em vez de Jean Guy Beauvoir.

– Eu acho que aquele jovem um dia acreditou no próprio trabalho – explicou Gamache, olhando pela janela interna enquanto o agente pegava o telefone. – Acho que todos eles. Eu sinceramente acho que a maioria dos agentes entra para a Sûreté porque quer ajudar.

– Para servir e proteger? – perguntou Lacoste, com um sorrisinho.

– Serviço, Integridade e Justiça – citou o lema da Sûreté. – Fora de moda, eu sei – completou Gamache, erguendo as mãos em sinal de rendição.

– Então, o que mudou? – perguntou Lacoste.

– Por que jovens homens e mulheres decentes se tornam agressores? Por que soldados sonham em ser heróis, mas acabam maltratando prisioneiros e atirando em civis? Por que políticos se tornam corruptos? Por que policiais espancam suspeitos até ficarem desacordados e burlam as leis que deviam proteger?

O agente com quem Gamache acabara de conversar falava ao telefone. A despeito da zombaria dos outros, estava fazendo o que o chefe havia pedido.

– Porque eles podem? – sugeriu Lacoste.

– Porque todo mundo faz isso – respondeu Gamache, inclinando-se para a frente. – Eles aprendem corrupção e brutalidade pelo exemplo. Essas coisas são esperadas e recompensadas. Elas se tornam normais. E qualquer um que se oponha a isso, que diga que é errado, é subjugado. Ou pior – disse Gamache, balançando a cabeça. – Não, eu não condeno esses jovens agentes por perderem o rumo. É muito raro encontrar alguém que não acabaria desse jeito.

O chefe olhou para ela e sorriu.

– Então, se você me perguntar por que eu não descasquei aquele agente quando tive a chance, foi por isso. E, antes que você ache que foi algum tipo de heroísmo da minha parte, não foi. Foi egoísmo. Eu precisava provar para mim mesmo que ainda não cheguei a esse ponto. Devo admitir, é tentador.

– Fazer como o superintendente Francoeur? – perguntou Lacoste, estupefata com a admissão.

– Não, criar minha própria imundície como resposta. – Ele a encarou, parecendo pesar as palavras. – Eu sei o que estou fazendo, Isabelle – disse ele baixinho. – Confie em mim.

– Eu não devia ter duvidado.

E Isabelle Lacoste viu como a podridão começava. Como ela acontecia, não da noite para o dia, mas aos poucos. Uma pequena dúvida rompia a pele. Depois uma infecção se instalava. Questionadora. Crítica. Cínica. Desconfiada.

Lacoste olhou para o agente com quem Gamache havia conversado. Ele tinha desligado o telefone e agora digitava alguma coisa no computador, tentando fazer seu trabalho. Mas os colegas o provocavam e, enquanto a inspetora o observava, o agente parou de escrever e se voltou para eles. E sorriu. Era um deles de novo.

Lacoste voltou sua atenção para o inspetor-chefe. Nunca, jamais, ela havia acreditado na possibilidade de ser desleal a ele. Porém, se aqueles outros agentes, que um dia haviam sido decentes, tinham ficado daquele jeito, talvez o mesmo pudesse acontecer com ela. Quem sabe já tivesse acontecido. À medida que mais e mais agentes de Francoeur eram transferidos, à medida que mais e mais deles desafiavam Gamache, acreditando que ele era fraco, talvez aquilo estivesse se infiltrando nela também, por associação.

Talvez ela estivesse começando a duvidar dele.

Seis meses antes, jamais teria questionado o modo como o chefe disciplinava um subordinado. Mas agora havia feito isso. E parte dela se perguntava se o que tinha visto, o que todos tinham visto, não era mesmo fraqueza, afinal.

– Aconteça o que acontecer, Isabelle – disse Gamache –, você precisa confiar em si mesma. Entendeu?

Ele olhava para ela com grande intensidade, como se tentasse colocar aquelas palavras não apenas na cabeça dela, mas em um lugar mais profundo. Em algum lugar secreto e seguro. Ela anuiu.

Ele sorriu, quebrando a tensão.

– *Bon*. Foi isso que você veio dizer, ou tem mais alguma coisa?

Ela levou um instante para se lembrar, e foi só ao ver a nota adesiva na mão que o assunto lhe voltou à mente.

– Eu recebi um telefonema há alguns minutos. Não queria incomodar o senhor. Não sei direito se é pessoal ou profissional.

Ele pôs os óculos e leu o bilhete, então franziu a testa.

– Eu também não sei.

Gamache se recostou na cadeira. Seu paletó se abriu, e Lacoste notou a Glock no coldre do cinto. Ela não conseguia se acostumar a ver a pistola ali. O chefe odiava armas.

Mateus 10:36.

Fora uma das primeiras coisas que ela aprendera quando entrara para a Divisão de Homicídios. Ainda podia ver Gamache, sentado onde ele estava agora.

"Mateus 10:36", dissera ele. "'Os inimigos do homem serão os da sua própria família.' Nunca se esqueça disso, agente Lacoste."

Ela presumira que ele quisera dizer que, em uma investigação de assassinato, a família era o ponto de partida. Mas agora sabia que a frase significava muito mais que isso. O inspetor-chefe carregava uma arma. Dentro da sede da Sûreté. Dentro de sua própria casa.

Gamache pegou a nota adesiva da mesa.

– Quer dar uma volta? A gente consegue chegar lá na hora do almoço.

Lacoste ficou surpresa, mas Gamache não precisou perguntar pela segunda vez.

– Quem vai ficar no comando? – questionou ela, pegando o casaco.

– Quem está no comando agora?

– O senhor, é claro, *patron*.

– É muito gentil da sua parte dizer isso, mas nós dois sabemos que não é verdade. Só espero que não botem fogo na sede.

Quando a porta se fechou, Gamache ouviu o agente com quem havia conversado dizer aos outros "Eu aprendi como a vida...".

Ele estava debochando, arremedando o chefe, em uma voz aguda e infantil. Fazendo com que ele parecesse um idiota.

Gamache atravessou o longo corredor até o elevador e sorriu.

No elevador, eles observaram os números. 15, 14...

A outra pessoa que estava no elevador saiu, deixando os dois sozinhos.

... 13, 12, 11...

Lacoste ficou tentada a fazer a única pergunta que nunca deveria ser entreouvida.

Ela olhou para o chefe, que observava os números. Relaxado. Mas ela o conhecia bem o suficiente para identificar as novas linhas, mais profundas, no rosto dele. As olheiras escuras.

Sim, pensou ela, *vamos dar o fora daqui. Cruzar a ponte, deixar a ilha. Ir para o mais longe possível deste maldito lugar.*

8... 7... 6...

– Senhor?

– *Oui?*

Ele se virou para a inspetora, e ela viu, de novo, a exaustão que transparecia nos momentos de distração. E não teve coragem de perguntar o que havia acontecido com Jean Guy Beauvoir. O braço direito de Gamache antes dela. O próprio mentor dela. O protegido dele. E mais do que isso.

Por quinze anos, Gamache e Beauvoir tinham formado uma equipe formidável. Vinte anos mais novo que o inspetor-chefe, Beauvoir estava sendo preparado para substituí-lo.

E então, do nada, ao voltar de um caso em uma abadia remota alguns meses antes, o inspetor Beauvoir fora transferido para a divisão do superintendente Francoeur.

Tinha sido uma confusão.

Lacoste havia tentado perguntar a Beauvoir o que tinha acontecido, mas o inspetor não queria papo com ninguém da Homicídios, e Gamache dera uma ordem: que ninguém da Homicídios ficasse de papo com Jean Guy Beauvoir.

Ele deveria ser excluído. Desaparecer. Ficar invisível.

Tornar-se não apenas *persona non grata*, mas uma *persona non exista*.

Isabelle Lacoste mal podia acreditar. E a passagem do tempo não tornara aquele fato mais crível.

3... 2...

Era isso que ela queria perguntar.

Aquilo era para valer?

Ela se perguntava se não seria só uma estratégia, uma maneira de colocar Beauvoir no campo de Francoeur. Para tentar descobrir o que o superintendente estava tramando.

Com certeza Gamache e Beauvoir ainda eram aliados naquele jogo perigoso.

Porém, com o passar dos meses, o comportamento de Beauvoir se tornara mais errático, e Gamache, mais resoluto. E o golfo entre eles se transformara em um oceano. Agora, eles pareciam habitar dois mundos diferentes.

Enquanto seguia Gamache até o carro dele, Lacoste percebeu que tinha evitado a pergunta para poupar não os sentimentos do chefe, mas os seus. Ela não queria saber a resposta. Queria acreditar que Beauvoir continuava leal e que Gamache tinha esperança de deter qualquer que fosse o plano de Francoeur.

– Quer dirigir? – perguntou Gamache, oferecendo as chaves a ela.

– Com prazer.

Ela atravessou o túnel Ville-Marie, depois subiu a ponte Champlain. Gamache permanecia em silêncio, observando o rio St. Lawrence semicongelado lá embaixo. O tráfego desacelerou até quase parar quando eles se aproximaram do vão central da ponte. Lacoste, que não tinha medo de altura, ficou meio enjoada. Uma coisa era dirigir na ponte, outra totalmente diferente era parar a poucos metros do parapeito baixo. E da longa queda.

Lá embaixo, ela viu camadas de gelo batendo umas nas outras na correnteza gelada. A neve semiderretida, como um lodo, se movia devagar debaixo da ponte.

Ao lado dela, o inspetor-chefe inspirou fundo, depois expirou e se remexeu. Ela lembrou que ele tinha medo de altura. Lacoste notou que as mãos de Gamache estavam cerradas em punhos, que ele fechava e, depois, abria. Fechava. E abria.

– Sobre o inspetor Beauvoir – ouviu a si mesma dizer.

Sentiu-se mais ou menos como se tivesse pulado da ponte.

Ele reagiu como se tivesse levado uma bofetada. Esse era seu objetivo, percebeu ela. Esbofeteá-lo. Fazer Gamache parar de se esconder dentro dos próprios pensamentos.

É claro que ela não podia bater de verdade no inspetor-chefe. Mas podia agredi-lo emocionalmente. E foi o que fez.

– Sim?

Gamache olhou para ela, mas nem sua voz, nem sua expressão eram encorajadoras.

– O senhor pode me contar o que aconteceu?

O carro da frente avançou alguns metros, depois freou. Eles estavam quase no meio da ponte. No ponto mais alto.

– Não.

Ele a esbofeteou de volta. E ela sentiu.

Eles ficaram ali, em um silêncio desconfortável, por um minuto ou dois.

Mas Lacoste percebeu que o chefe já não abria e fechava os punhos. Agora só olhava pela janela. Ela se perguntou se tinha batido com força demais.

Então a expressão dele mudou, e Lacoste notou que o chefe não olhava mais para as águas escuras do St. Lawrence, mas para a lateral da ponte. Eles estavam no topo e, agora, dava para ver o que causava a retenção. Carros de polícia e uma ambulância bloqueavam a faixa da extrema direita, bem onde a ponte se conectava à margem sul.

Um corpo coberto, amarrado a uma maca tipo cesto, era içado da barragem. Lacoste fez o sinal da cruz por força do hábito, não por fé de que aquilo faria alguma diferença para os mortos ou para os vivos.

Gamache não se benzeu. Em vez disso, olhou fixamente para a cena. A morte tinha acontecido na costa sul de Montreal. Não era área deles, nem um corpo deles. A Sûreté du Québec era responsável por cuidar de toda a província, exceto as cidades que contavam com a própria força policial. Isso ainda os deixava com uma área imensa e corpos suficientes. Mas não aquele.

Além disso, tanto Gamache quanto Lacoste sabiam que a pobre alma provavelmente era uma vítima de suicídio. Levada ao desespero à medida que o Natal se aproximava.

Enquanto eles passavam pelo corpo envolto em mantas como um recém-nascido, Gamache se perguntou quão ruim a vida precisava estar para que aquelas águas frias e cinzentas parecessem uma alternativa melhor.

Então eles passaram e o tráfego se abriu, e logo eles estavam acelerando pela autoestrada, para longe da ponte. Para longe do corpo. E da sede da Sûreté. Em direção ao vilarejo de Three Pines.

QUATRO

O SININHO SOBRE A PORTA TILINTOU quando Gamache entrou na livraria. Ele limpou as botas no batente, na tentativa de se livrar de um pouco da neve.

Quando eles saíram, estava nevando de leve em Montreal, só umas pancadas, mas a neve se intensificou à medida que eles subiam a montanha ao sul da cidade. Ele ouviu a batida abafada da porta se fechando quando Lacoste limpou as próprias botas e entrou também.

Mesmo que estivesse vendado, o inspetor-chefe seria capaz de descrever aquela conhecida loja. As paredes forradas por estantes com livros em brochura e capa dura. Ficções e biografias, obras de ciência e ficção científica. Volumes policiais e religiosos. Poesia e culinária. Aquele era um ambiente repleto de pensamentos, sentimentos, criações e desejos. Novos e usados.

Tapetes orientais gastos tinham sido espalhados pelo piso de madeira, dando ao lugar o aspecto de uma biblioteca muito usada em uma antiga casa de campo.

Uma alegre guirlanda estava presa à porta da Livros da Myrna, Novos e Usados, e uma árvore de Natal ocupava um canto. Havia uma pilha de presentes debaixo dela e um leve perfume de abeto no ar.

Um fogão a lenha de ferro fundido preto ficava bem no centro do salão, com uma chaleira fervendo em cima e uma poltrona de cada lado.

Nada havia mudado desde o dia em que Gamache entrara na livraria de Myrna pela primeira vez, anos antes. Nem mesmo as antiquadas capas florais do sofá e das poltronas à janela saliente. Havia livros empilhados ao lado de um dos assentos afundados e antigas revistas *The New Yorker* e *National Geographic* espalhadas na mesa de centro.

Gamache sentiu que aquela devia ser a representação, a imagem de um suspiro.

– *Bonjour?* – chamou ele, e esperou.

Nada.

Uma escada nos fundos da livraria levava ao apartamento de Myrna, no andar de cima. Ele estava prestes a gritar lá para o alto, quando Lacoste viu ao lado da caixa registradora um bilhete rabiscado.

Volto daqui a dez minutos. Deixe o dinheiro se comprar alguma coisa (Ruth, isso é para você).

O bilhete não estava assinado. Não era necessário. Porém havia uma hora anotada no topo: 11h55.

Lacoste conferiu o relógio de pulso enquanto Gamache se virava para o imenso relógio de parede atrás da mesa. Quase meio-dia em ponto.

Eles perambularam pelo espaço por alguns minutos, avançando pelos corredores. Havia livros em inglês e francês em igual medida. Alguns novos, mas a maioria usada. Gamache se perdeu nos títulos, finalmente selecionando um livro gasto sobre a história dos gatos. Ele tirou o casaco pesado e serviu canecas de chá para si e para Lacoste.

– Leite, açúcar? – perguntou ele.

– Um pouco dos dois, *s'il vous plaît* – respondeu ela, do outro lado do salão.

Ele se sentou perto do fogão a lenha e abriu o livro. Lacoste se juntou ao chefe na outra poltrona, bebericando o chá.

– Pensando em arrumar um?

– Um gato? – perguntou ele, olhando de relance para a capa do livro. – *Non*. Mas Florence e Zora estão loucas por um bichinho, principalmente depois da última visita. Elas se encantaram pelo Henri e agora querem o próprio pastor-alemão.

– Em Paris? – perguntou Lacoste, com um ar divertido.

– É. Acho que elas não perceberam que moram em Paris – respondeu Gamache, rindo e pensando nas netas. – Reine-Marie me contou ontem à noite que Daniel e Roslyn estão pensando em arrumar um gato.

– Madame Gamache está em Paris?

– Para o Natal. Eu vou para lá na semana que vem.

– Aposto que o senhor mal pode esperar.

– *Oui* – disse ele, antes de voltar ao livro.

Escondendo a magnitude de sua saudade, pensou Lacoste. E quanto sentia falta da esposa. Um barulho de porta se abrindo tirou Gamache da história surpreendentemente intrigante do gato frajola. Ele ergueu os olhos e viu Myrna atravessando a porta que conectava sua livraria ao bistrô.

Ela carregava uma tigela de sopa e um sanduíche, mas parou assim que os viu. Então seu rosto se abriu em um sorriso tão radiante quanto seu suéter.

– Armand, eu não esperava que você viesse mesmo até aqui.

Gamache estava de pé, assim como Lacoste. Myrna pôs os pratos na mesa e abraçou os dois.

– A gente está interrompendo o seu almoço – disse ele, desculpando-se.

– Ah, eu só saí rapidinho para pegar a comida, caso você retornasse a minha ligação.

Então ela se interrompeu, e seu olhar aguçado examinou o rosto dele.

– O que faz aqui? Aconteceu alguma coisa?

Para Gamache, era uma fonte de tristeza saber que sua presença quase sempre era recebida com ansiedade.

– De forma alguma. Você deixou um recado, e esta é a resposta.

Myrna riu.

– Que serviço bom. Você não pensou em telefonar?

Gamache se voltou para Lacoste.

– Telefonar. Por que a gente não pensou nisso?

– Eu não confio em telefones. São coisa do diabo.

– Na verdade, acho que os e-mails é que são – retrucou Gamache, voltando a Myrna. – Você me deu uma boa desculpa para sair da cidade por algumas horas. E eu sempre fico feliz de vir até aqui.

– Cadê o inspetor Beauvoir? – perguntou Myrna, olhando ao redor. – Está estacionando o carro?

– Ele está em outro caso – respondeu Gamache.

– Entendi – disse Myrna, e, naquela pequena pausa, Armand Gamache se perguntou o que ela tinha entendido. – A gente precisa arrumar um almoço para vocês. Vocês se importam de comer aqui? É mais reservado.

Um cardápio do bistrô se materializou e, em pouco tempo, Gamache e Lacoste também estavam com um *spécial du jour*, sopa e sanduíche. Os três se sentaram à luz da janela saliente, os policiais no sofá e Myrna na espaçosa poltrona, que já tinha o formato de seu corpo e parecia uma extensão da generosa mulher.

Gamache misturou a colherada de creme azedo em seu borscht, observando o vermelho-escuro se tornar rosa e os pedaços de beterraba, repolho e carne macia se misturarem.

– O seu recado foi um pouco vago – disse ele, olhando para Myrna à sua frente.

Ao lado dele, Lacoste tinha decidido começar pelo sanduíche de tomates grelhados, manjericão e queijo brie.

– Imagino que tenha sido intencional – continuou o inspetor.

Já fazia alguns anos que conhecia Myrna, desde que chegara pela primeira vez ao encantador vilarejo de Three Pines para investigar um assassinato. Ela era uma suspeita na época, mas agora Gamache a considerava uma amiga.

Às vezes, as coisas mudavam para melhor. Outras vezes, não. Ele colocou o pedaço de papel amarelo na mesa, ao lado da cesta de baguetes.

Desculpe incomodar, mas preciso de sua ajuda com uma coisa. Myrna Landers.

O número do telefone dela vinha a seguir. Gamache tinha escolhido ignorá-lo, em parte como uma desculpa para fugir da sede, mas principalmente porque Myrna nunca pedira ajuda. O que quer que fosse, podia até não ser sério, mas era importante para ela. E ela era importante para ele.

Ele tomou algumas colheradas de sopa enquanto refletia sobre as palavras dela.

– Provavelmente não é nada – começou a dizer ela, então encontrou os olhos dele e parou. – Eu estou preocupada – admitiu Myrna.

Gamache baixou a colher e se concentrou totalmente na amiga.

Myrna olhou pela janela, e ele seguiu o olhar dela. Lá, viu Three Pines. Em todos os sentidos. Três imensos pinheiros dominavam o vilarejo. Pela primeira vez percebeu que funcionavam como um quebra-vento, absorvendo o impacto da neve ondulante.

Porém, ainda assim, uma espessa camada dela cobria tudo. Não aquela neve imunda da cidade. Ali, ela era de um branco quase puro, interrompido apenas por trilhas de pés, esquis *cross-country* e raquetes de neve.

Alguns adultos patinavam no rinque empurrando pás à sua frente, limpando o gelo enquanto crianças impacientes aguardavam. Não havia duas casas iguais ao redor da praça, e Gamache conhecia cada uma delas. Por dentro e por fora. Por causa de interrogatórios e festas.

– Uma amiga veio me visitar na semana passada – explicou Myrna. – Ela devia ter voltado ontem para ficar até o Natal. Ela me ligou dois dias atrás, à noite, para dizer que chegaria a tempo do almoço, mas não apareceu.

A voz de Myrna era calma. Precisa. Uma testemunha perfeita, como Gamache sabia. Nenhum detalhe supérfluo. Nenhuma interpretação. Só o que havia acontecido.

Mas a mão que segurava a colher tremeu de leve, fazendo com que seu borscht espirrasse pequenas gotas vermelhas na mesa de madeira. E os olhos dela continham um apelo. Não por ajuda. Eles imploravam que Gamache a tranquilizasse. Que ele dissesse que ela estava exagerando, preocupando-se à toa.

– Faz cerca de 24 horas, então – comentou Isabelle Lacoste, que havia baixado o sanduíche e prestava total atenção ao relato.

– Não é muito, né? – perguntou Myrna.

– Com adultos, em geral a gente não começa a se preocupar antes de dois dias – explicou Gamache. – Na verdade, não se abre um dossiê oficial antes que a pessoa esteja desaparecida há 48 horas.

O tom dele continha um "mas", e Myrna esperou.

– Mas, se alguém com quem me importasse tivesse desaparecido, eu não esperaria 48 horas para começar a procurar. Você fez a coisa certa.

– Talvez não seja nada.

– É – concordou o chefe, e, embora ele não tivesse dito as palavras que ela ansiava ouvir, sua presença era reconfortante. – Você ligou para ela, é claro.

– Eu esperei até umas quatro da tarde de ontem, daí liguei para a casa dela. Ela não tem celular. Caiu na secretária eletrônica. Eu liguei – disse Myrna, e fez uma pausa – muito. Provavelmente, de hora em hora.

– Até...?

Myrna conferiu o relógio.

– A última vez foi às onze e meia.

– Ela mora sozinha? – quis saber Gamache.

O tom dele havia mudado. Aquela conversa séria tinha virado uma investigação. Agora aquilo era trabalho.

Myrna assentiu.

– Quantos anos ela tem?

– Tem 77.

Houve uma pausa mais longa enquanto o inspetor-chefe e Lacoste assimilavam as informações. A implicação era óbvia.

– Eu liguei ontem à noite para os hospitais, tanto ingleses quanto franceses – contou Myrna, interpretando corretamente o raciocínio da dupla. – E de novo hoje de manhã. Nada.

– E ela viria dirigindo? – confirmou Gamache. – Não ia pegar um ônibus nem vir com ninguém?

– Não, ela tem carro.

Myrna o observava atentamente agora, tentando interpretar a expressão daqueles olhos castanho-escuros.

– Ela ia vir sozinha?

Ela anuiu de novo.

– O que você acha?

Mas ele não respondeu. Em vez disso, pegou um caderninho e uma caneta no bolso da camisa.

– Qual é a marca e o modelo do carro da sua amiga?

Lacoste também pegou bloco e caneta.

– Não sei. É um carro pequeno. Laranja. – E, vendo que nenhum dos dois tomou nota da informação, perguntou: – Isso ajuda?

– Imagino que você não saiba a placa, certo? – perguntou Lacoste, sem muitas esperanças, embora precisasse confirmar.

Myrna balançou a cabeça.

Lacoste pegou o celular.

– Aqui não pega – avisou Myrna. – São as montanhas.

Lacoste sabia disso, mas tinha esquecido que havia áreas do Quebec onde os telefones ainda ficavam presos às paredes. Ela se levantou.

– Posso usar seu telefone?

– Claro.

Myrna apontou para a mesa e, quando Lacoste se afastou, olhou para Gamache.

– A inspetora Lacoste está ligando para a nossa patrulha de trânsito, para ver se houve algum acidente na estrada ou nas ruas próximas daqui.

– Mas eu liguei para os hospitais.

Como Gamache não disse nada, Myrna entendeu. Nem todas as vítimas de acidentes precisavam ser levadas a um hospital. Os dois observaram Lacoste, que ouvia o interlocutor ao telefone mas não fazia anotações.

Gamache se perguntou se Myrna sabia que aquilo era um bom sinal.

– A gente precisa de mais informações, é claro – disse ele. – Qual é o nome da sua amiga?

Ele pegou a caneta e puxou o caderninho para mais perto. Porém, quando só houve silêncio, ergueu os olhos.

Myrna olhava para longe dele. Ele ponderou se ela tinha ouvido a pergunta.

– Myrna?

Ela voltou os olhos para ele, mas sua boca continuou fechada. Firme.

– O nome dela?

Myrna ainda hesitava, e Gamache inclinou a cabeça de leve, surpreso.

Lacoste voltou e, ao se sentar, sorriu para Myrna de maneira tranquilizadora.

– Não houve nenhum acidente de carro sério ontem entre este ponto da rodovia e Montreal.

Myrna ficou aliviada, mas o alívio durou pouco. Ela voltou a atenção para o inspetor-chefe e sua pergunta sem resposta.

– Você vai ter que me dizer – afirmou ele, observando-a com curiosidade crescente.

– Eu sei.

– Eu não entendo, Myrna. Por que você não quer me contar?

– Minha amiga ainda pode aparecer, e eu não quero causar nenhum constrangimento a ela.

Gamache, que conhecia Myrna muito bem, sabia que ela não estava falando a verdade. Ele a encarou por um instante, então decidiu tentar outra abordagem.

– Você pode descrever a sua amiga para nós?

Myrna aquiesceu. Conforme falava, viu Constance sentada exatamente onde Armand Gamache estava agora. Lendo e, de vez em quando, baixando o livro para olhar pela janela. Conversando com Myrna. Ouvindo. Ajudando a preparar o jantar lá em cima ou compartilhando um uísque com Ruth em frente à lareira do bistrô.

Ela viu Constance entrando no carro e acenando. Depois dirigindo colina acima para sair de Three Pines.

E, então, ela se foi.

Caucasiana. Francófona. Aproximadamente 1,60 metro. Um pouco acima do peso, cabelos brancos, olhos azuis, 77 anos.

Foi o que Lacoste escreveu. Era a isso que Constance se resumia.

– E o nome dela? – perguntou Gamache.

A voz dele agora era firme. Ele sustentou o olhar de Myrna e ela, o dele.

– Constance Pineault – revelou ela, por fim.

– *Merci* – disse Gamache, baixinho.

– É o *nom de naissance* dela? – quis saber Lacoste.

Quando Myrna não respondeu, Lacoste esclareceu, caso o sentido da expressão francesa tivesse se perdido para a mulher anglófona:

– O nome com que ela nasceu ou o nome de casada?

Mas Gamache percebeu que Myrna tinha entendido muito bem a pergunta. Era a resposta que a confundia.

Ele já tinha visto aquela mulher com medo, tomada pela tristeza, alegre e irritada. Perplexa. Mas nunca confusa. E ficou claro, pela reação de Myrna, que aquele estado também era novo para ela.

– Nenhum dos dois – respondeu ela, por fim. – Ai, meu Deus, ela vai me matar se eu contar para alguém.

– A gente não é "alguém" – argumentou Gamache.

As palavras, embora carregassem uma leve censura, foram ditas com delicadeza, com cuidado.

– Talvez eu deva esperar um pouco mais.

– Talvez – disse Gamache.

Ele se levantou e colocou dois pedaços de lenha no fogão do centro da sala, então voltou com uma caneca de chá para Myrna.

– *Merci* – disse ela, segurando a caneca entre as mãos.

O almoço dela, parcialmente consumido, não seria concluído agora.

– Inspetora, você se importaria de tentar o número da casa dela mais uma vez?

– *Absolument.*

Lacoste se levantou, e Myrna rabiscou o número em um pedaço de papel.

Eles ouviram os bipe, bipe, bipe do outro lado do salão enquanto ela digitava os números. Gamache a observou por um instante, depois se voltou para Myrna, baixando a voz:

– Quem é ela, se não Constance Pineault?

Myrna sustentou o olhar dele. Mas ambos sabiam que ela contaria a ele. Que era inevitável.

– Pineault é o nome pelo qual eu conheço minha amiga – explicou ela, em voz baixa. – O sobrenome que ela usa. Era o nome de solteira da mãe dela. O nome dela de verdade, o *nom de naissance*, é Constance Ouellet.

Myrna o observou, esperando uma reação, mas Armand Gamache não conseguiu corresponder à expectativa.

Do outro lado da sala, Isabelle Lacoste estava ao telefone. Sem falar nada. O telefone tocava, tocava e tocava em uma casa vazia.

A casa de Constance Ouellet. Constance Ouellet.

Myrna o examinava atentamente.

Ele poderia ter perguntado. Estava tentado a perguntar. E com certeza faria isso se fosse preciso. Mas Gamache queria chegar lá por conta própria. Estava curioso para ver se a mulher desaparecida espreitava em sua memória e, em caso positivo, o que sua memória diria sobre ela.

O nome realmente soava familiar. Mas de uma maneira vaga, indefinida. Se madame Ouellet vivia em suas lembranças, estava a várias cordilheiras de distância daquele dia. Ele puxou pela memória, movendo-se rapidamente por aquele terreno.

Passou direto por sua própria vida pessoal e se concentrou na memória coletiva do Quebec. Constance Ouellet devia ser uma figura pública. Ou ter sido. Famosa ou infame. Um nome um dia conhecido.

Quanto mais procurava, mais certo Gamache ficava de que ela estava ali, escondida em algum canto de sua mente. Uma mulher idosa que não queria aparecer.

E, agora, ela havia sumido. Fosse por escolha própria ou por desígnio de outra pessoa.

Ele levou a mão ao rosto enquanto pensava. Enquanto chegava cada vez mais perto.

Ouellet. Ouellet. Constance Ouellet.

Então inspirou e estreitou os olhos. Uma foto desbotada em preto e branco começou a entrar em foco. Não de uma mulher de 77 anos, mas de uma garota sorridente, acenando.

Ele a havia encontrado.

– Você sabe de quem eu estou falando – disse Myrna, vendo a luz nos olhos dele.

Gamache assentiu.

Mas, em sua busca, ele havia tropeçado em outra lembrança, bem mais recente. E mais preocupante. Gamache se levantou e foi até a mesa bem na hora em que Lacoste desligou.

– Nada, chefe – disse ela, no que ele aquiesceu, pegando o fone da mão dela.

Myrna se levantou.

– O que foi?

– Só uma ideia – disse ele, e discou.

– Marc Brault – atendeu a pessoa do outro lado.

A voz era séria, oficial.

– Marc, é Armand Gamache.

– Armand – respondeu a voz, agora amistosa. – Como vai?

– Bem, obrigado. Escuta, Marc, desculpa incomodar...

– Não é incômodo nenhum. Como posso ajudar?

– Eu estou em Eastern Townships. Quando a gente cruzou a ponte Champlain hoje de manhã, por volta das 10h45 – disse Gamache, virando-se de costas para Myrna e baixando a voz –, vi que o seu pessoal estava içando um corpo da margem sul.

– E você quer saber quem era?

– Eu não quero me intrometer na sua jurisdição, mas sim.

– Deixa eu dar uma olhada.

Gamache ouviu o barulho das teclas enquanto o chefe da Divisão de Homicídios da polícia de Montreal acessava seus registros.

– Certo. A gente ainda não sabe muito sobre ela.

– Era uma mulher?

– É. Ficou lá uns dois dias, parece. A autópsia está marcada para esta tarde.

– Vocês suspeitam de assassinato?

– É pouco provável. O carro dela foi encontrado lá em cima. Parece que ela tentou pular da ponte para a água e errou. Bateu na margem e rolou para debaixo da ponte. Uns funcionários a encontraram hoje de manhã.

– Vocês já têm um nome?

Gamache se preparou. *Constance Ouellet.*

– Audrey Villeneuve.

– *Pardon?* – perguntou Gamache.

– Audrey Villeneuve, diz aqui. Quase 40 anos. O marido registrou o desaparecimento faz dois dias. Não apareceu para trabalhar. Humm...

– O quê? – quis saber Gamache.

– Interessante.

– O que foi?

– Ela trabalhava para o Ministério dos Transportes, na divisão de estradas.

– Era fiscal? Será que pode ter caído por acidente?

– Deixa eu ver...

Fez-se uma longa pausa enquanto o inspetor-chefe Brault lia o arquivo.

– Não. Ela era uma funcionária sênior. Quase com certeza foi suicídio, mas a autópsia vai dizer mais. Quer que eu te envie isto, Armand?

– Não precisa, mas obrigado. *Joyeux Noël*, Marc.

Gamache desligou, então se virou para encarar Myrna Landers.

– O que foi? – perguntou ela, e Gamache viu a amiga se preparar para o que ele tinha a dizer.

– Um corpo foi içado da lateral da ponte Champlain hoje de manhã. Eu temia que pudesse ser a sua amiga, mas não era.

Myrna fechou os olhos e os abriu de novo.

– Então onde ela está?

CINCO

Lacoste e Gamache enfrentavam o trânsito da hora do rush ao se aproximarem da ponte Champlain, voltando para Montreal. Mal tinha dado quatro e meia, mas o sol já havia se posto e parecia meia-noite. A neve tinha parado, e Gamache olhou pela janela, para além de Lacoste e das seis faixas de tráfego. Para o ponto onde Audrey Villeneuve havia escolhido a morte em vez da vida.

Àquela altura, a família já tinha sido informada. Armand Gamache já havia feito isso inúmeras vezes, e nunca ficava mais fácil. Era pior que encarar a face dos mortos. Olhar a face dos que ficaram para trás e ver aquele instante em que o mundo deles mudava para sempre.

Era uma espécie de assassinato o que ele cometia. A mãe, o pai, a esposa ou o marido. Eles abriam a porta acreditando que o mundo tinha defeitos mas era basicamente um lugar decente. Até que ele falava. Era como atirá-los de um penhasco. Vê-los despencar. E então bater no chão. Despedaçados. A pessoa que eram, a vida que conheciam – tudo isso perdido para sempre.

E o olhar deles, como se Gamache tivesse feito aquilo.

Antes de partirem, Myrna dera a eles o endereço de Constance.

– Quando Constance veio aqui, como ela estava? – perguntara Gamache.

– Como sempre. Fazia um tempo que a gente não se via, mas ela estava normal.

– Não parecia preocupada com nada?

Myrna balançou a cabeça.

– Dinheiro? Saúde?

Myrna balançou a cabeça de novo.

– Como você pode imaginar, era uma pessoa bem discreta. Não me contava muito da vida dela, mas me pareceu relaxada. Feliz de estar aqui e de voltar para as festas de fim de ano.

– Você notou alguma coisa estranha? Ela brigou com alguém daqui? Alguém acabou magoado?

– Você suspeita da Ruth? – perguntou Myrna, com uma sombra de sorriso no rosto.

– Eu sempre suspeito da Ruth.

– Na verdade, Constance e Ruth se deram bem. Rolou certa química.

– No sentido figurado ou elas trocaram medicamentos? – perguntou Lacoste, fazendo Myrna sorrir.

– Elas são parecidas? – perguntou Gamache.

– Ruth e Constance? Completamente diferentes, mas, por alguma razão, pareceram gostar uma da outra.

Gamache assimilou a informação com alguma surpresa. A velha poeta, por uma questão de princípios, não gostava de ninguém. Ela teria odiado todo mundo se conseguisse reunir toda a energia que o ódio exigia.

– *Quem te machucou uma vez/ de maneira tão irreparável,/ que te fez saudar cada oportunidade/ com uma careta?* – disse Myrna.

– Perdão? – disse Gamache, surpreso com a pergunta.

Myrna sorriu.

– É um dos poemas de Ruth. Constance citou para mim certa noite quando chegou de uma visita à casa dela.

Gamache aquiesceu e se perguntou se, quando eles acabassem encontrando a mulher, Constance estaria machucada de maneira irreparável.

Gamache atravessou a livraria e pegou o casaco. Na porta, Myrna o beijou nas bochechas.

Ela o segurou pelos ombros, à distância de um braço, e ficou olhando para o rosto dele.

– E você? Está bem?

Ele refletiu sobre a pergunta e sobre todas as possíveis respostas, das superficiais às indiferentes, passando até pela verdade. Sabia que era inútil mentir para Myrna. Mas tampouco podia lhe contar a verdade.

– Eu estou bem – respondeu, e viu o sorriso dela.

Ela os observou entrar no carro e dirigir colina acima para fora de Three Pines. Constance tomara a mesma rota e não voltara. Mas Myrna sabia que Gamache voltaria e traria a resposta que ela precisava ouvir.

O TRÂNSITO COMEÇOU A AVANÇAR lentamente e em pouco tempo os agentes da Sûreté já tinham saído da ponte Champlain e dirigiam pela cidade. Lacoste parou em frente a uma casa modesta no quartier Pointe-Saint-Charles, em Montreal.

Ao longo de toda a rua, as janelas das casas estavam iluminadas. As decorações de Natal piscavam, projetando tons de vermelho, amarelo e verde na neve fresca.

Menos ali. Aquela casa era um buraco no bairro alegre.

O inspetor-chefe conferiu o endereço. Sim, era ali que Constance Ouellet morava. Ele esperava algo diferente. Maior.

Gamache olhou para as outras casas. Havia um boneco de neve em um gramado do outro lado da rua, seus braços de graveto abertos em um abraço. Ele via claramente através de uma janela. Uma mulher ajudava uma criança com o dever de casa. Na outra, um casal idoso assistia à TV enquanto a decoração da lareira piscava.

Havia vida em todo lugar. Menos na casa escura de Constance Ouellet.

O relógio do painel informava que tinha acabado de dar cinco horas.

Eles saíram do carro. A inspetora pegou uma lanterna e pendurou uma bolsa no ombro. O kit de perícia.

A neve no caminho de entrada para a casa de madame Ouellet não fora limpa e não havia pegadas. Eles subiram a escada e pararam na varandinha de concreto, sua respiração virando vapor no ar e desaparecendo na noite.

As bochechas de Gamache queimavam na brisa leve, e ele sentiu o frio se infiltrar pelas mangas e atravessar o cachecol do pescoço. O chefe ignorou o frio e olhou em volta. A neve estava intacta nos peitoris das janelas. Lacoste tocou a campainha.

Eles esperaram.

Grande parte do trabalho policial envolvia alguma espera. Esperar suspeitos. Autópsias. Resultados forenses. Que alguém respondesse uma pergunta. Ou atendesse a campainha.

Ele sabia que aquilo era um dos maiores dons de Isabelle Lacoste, algo facilmente subestimado. Ela era muito, muito paciente.

Qualquer um podia correr para lá e para cá, mas poucos conseguiam esperar em silêncio. Como eles faziam agora. Porém isso não significava que o inspetor-chefe e a inspetora não estavam fazendo nada. Enquanto esperavam, eles examinavam os arredores.

A casinha se encontrava em bom estado, as calhas de chuva no lugar, as janelas e os peitoris pintados e sem rachaduras ou lascas faltando. Era limpa e arrumada. Luzes de Natal tinham sido amarradas em volta do corrimão de ferro forjado da varanda, mas permaneciam apagadas. Uma guirlanda enfeitava a porta da frente.

Lacoste se voltou para o chefe, que assentiu. Ela abriu a porta externa e espiou o vestíbulo através do semicírculo de vidro.

Gamache já havia estado em muitas casas semelhantes. Elas tinham sido construídas no fim dos anos 1940 e início dos 1950 para os veteranos que voltavam da guerra. Casas modestas em bairros bem estabelecidos. Muitas delas haviam sido demolidas ou ampliadas. Porém algumas, como aquela, permaneciam intactas. Uma pequena joia.

– Nada, chefe.

– *Bon* – disse ele.

Descendo as escadas, ele gesticulou para a direita e observou Lacoste pisar na neve profunda. O próprio Gamache contornou pelo outro lado, notando que a neve ali também não estava marcada por pegadas. Ele afundou até as canelas. A neve se despedaçou para dentro de suas botas, e Gamache sentiu uma onda de frio quando ela se transformou em água gelada e encharcou as meias.

Assim como Lacoste, ele olhou pelas janelas, pondo as mãos em concha ao redor do rosto. A cozinha estava vazia e limpa. Nenhuma louça suja na bancada. Ele tentou abrir as janelas. Todas trancadas. No pequeno quintal dos fundos, encontrou Lacoste vindo pelo outro lado. Ela balançou a cabeça, depois ficou na ponta dos pés e olhou através de uma janela. Enquanto ele observava, ela ligou a lanterna e iluminou o interior.

Então se voltou para ele.

Tinha encontrado alguma coisa.

Sem dizer uma palavra, Lacoste lhe entregou a lanterna. Ele iluminou o interior através da janela e viu uma cama. Um armário. Uma mala aberta. E uma mulher idosa caída no chão. Irreparável.

ARMAND GAMACHE E ISABELLE LACOSTE esperavam na pequena sala de Constance Ouellet. Assim como o exterior, o interior estava arrumado, embora não estéril. Havia livros e revistas. Um par de chinelos velhos ao lado do sofá. Aquele cômodo não era impecável, reservado a convidados especiais. Constance claramente o usava. Uma TV antiga, de tubo, ocupava um canto, e um sofá e duas poltronas estavam voltados para ela. Como tudo ali, as cadeiras eram bem-feitas, caras mas já gastas. Era um espaço confortável, acolhedor. O que a avó de Gamache teria chamado de "refinado".

Depois de ver o corpo pela janela, o chefe havia chamado Marc Brault e, então, os dois oficiais da Sûreté tinham esperado no carro até a equipe de Montreal chegar e assumir o comando. E, quando isso aconteceu, aquela familiar rotina começou, só que sem a ajuda de Gamache e de Lacoste. Eles foram relegados à sala de estar, dois convidados naquela investigação. Era uma sensação estranha, como se estivessem cabulando aula. Ele e Lacoste mataram o tempo vagando pela sala modesta, observando a decoração e os itens pessoais. Mas sem tocar em nada. Nem mesmo se sentar.

Gamache notou que três dos assentos davam a impressão de estar ocupados por pessoas invisíveis. Tal como a poltrona de Myrna na livraria, eles mantinham o formato do corpo de quem os usara, todos os dias, ao longo de anos e anos.

Não havia árvore de Natal. Nenhuma decoração dentro de casa, *e por que haveria?*, pensou Gamache. Ela planejava passar as festas em Three Pines.

Através das cortinas fechadas, Gamache viu um brilho de faróis e ouviu um carro parar, depois uma porta e o mastigar ruidoso e ritmado das botas na neve.

Marc Brault entrou na casa e encontrou Gamache e Lacoste na sala de estar.

– Eu não esperava te ver, Marc – disse Gamache, apertando a mão do chefe do esquadrão de homicídios de Montreal.

– Bom, eu estava quase indo para casa, mas, já que você ligou para reportar o ocorrido, pensei em vir junto, caso alguém precisasse te prender.

– Quanta gentileza, *mon ami* – disse Gamache, sorrindo.

Brault se voltou para Lacoste.

– A gente está com falta de pessoal. Por causa das festas. Você gostaria de ajudar a minha equipe?

Lacoste sabia quando estava sendo educadamente dispensada. Ela os deixou, e Brault voltou os olhos inteligentes para Gamache.

– Agora me fale sobre este corpo que você encontrou.

– O nome dela é Constance Ouellet – respondeu Gamache.

– É a mulher com quem você estava preocupado hoje à tarde? A que você pensou que podia ser a suicida?

– *Oui*. Ela estava sendo aguardada para o almoço de ontem. Minha amiga esperou um dia, achando que ela podia aparecer, depois me ligou.

– Você a conhecia?

Era uma experiência estranha, Gamache notou, ser interrogado. Porque era isso que estava acontecendo. Ainda que gentil e amigável, um interrogatório.

– Não pessoalmente, não.

Marc Brault abriu a boca para fazer outra pergunta, mas então hesitou. Ele observou Gamache por um instante.

– Não pessoalmente, você diz. Mas conhecia a morta de alguma outra forma? Pela reputação dela?

Gamache via a mente afiada de Brault trabalhando, ouvindo, analisando.

– Sim. E você também, eu acho – respondeu ele, e aguardou um instante. – Ela é Constance Ouellet, Marc – explicou, repetindo o nome.

Ele diria a Brault quem ela era se fosse necessário, mas queria que o colega descobrisse por conta própria, se pudesse. Gamache viu o amigo puxar pela memória, assim como ele havia feito. E viu os olhos dele se arregalarem.

Ele havia encontrado Constance Ouellet. Brault se virou e olhou para o outro lado da porta, então saiu caminhando rápido pelo corredor. Até o quarto e o corpo.

Myrna não tinha recebido nenhuma notícia de Gamache, mas não esperava que isso fosse acontecer tão cedo. Nenhuma notícia era, em si, uma boa notícia, disse a si mesma. Repetidas vezes.

Ela ligou para Clara e chamou a amiga para tomar um drinque.

– Tem uma coisa que eu preciso te contar – disse Myrna, quando as duas já estavam sentadas perto da lareira do loft, munidas de copos de uísque.

– O quê? – perguntou Clara, inclinando-se para a amiga.

Ela sabia que Constance tinha desaparecido e, assim como Myrna, estava preocupada.

– É sobre Constance.

– O quê? – perguntou Clara, preparando-se para a má notícia.

– Sobre quem ela realmente é.

– O quê? – perguntou Clara outra vez, seu pânico evaporando e sendo substituído pela confusão.

– Ela diz se chamar Constance Pineault, mas esse é o nome de solteira da mãe dela. Seu nome verdadeiro é Constance Ouellet.

– Qual?

– Constance Ouellet.

Myrna observou a amiga. Agora, depois da reação de Gamache, ela já estava acostumada àquela pausa, em que as pessoas se perguntavam duas coisas: quem era Constance Ouellet e por que Myrna estava fazendo tanto alarde sobre aquele nome.

Clara franziu a testa e se recostou na cadeira, cruzando as pernas. Tomou um gole do uísque e olhou para longe.

Então se sacudiu de leve quando a ficha caiu.

MARC BRAULT VOLTOU PARA A sala de estar, dessa vez caminhando devagar.

– Eu contei para os outros – disse ele, com uma voz quase irreal. – Nós vasculhamos o quarto dela. Sabe, Armand, se você não tivesse falado quem ela era, a gente não teria descoberto. Não até colocar o nome dela no sistema.

Brault olhou ao redor.

– Não tem absolutamente nada que sugira que era uma Ouellet. Nem aqui, nem nos quartos. Talvez existam papéis ou fotos em algum lugar, mas, até agora, nada.

Os dois homens olharam em volta.

Havia estatuetas de porcelana, livros, CDs, jogos de palavras cruzadas e caixas de quebra-cabeça gastas. Evidências de uma vida pessoal, mas não de um passado.

– Ela é a última delas? – perguntou Brault.

Gamache assentiu.

– Acho que sim.

O legista enfiou a cabeça pelo vão da porta, informou que eles estavam prestes a sair com o corpo e perguntou se os oficiais queriam dar uma última olhada. Brault se voltou para Gamache, que anuiu.

Os dois homens seguiram o médico pelo estreito corredor até um quarto bem nos fundos da casa. Lá, uma equipe de perícia do esquadrão de homicídios de Montreal coletava evidências. Quando Gamache chegou, eles pararam e o cumprimentaram. Isabelle Lacoste, que simplesmente observava a operação, viu os olhos deles se arregalarem quando perceberam quem ele era.

O inspetor-chefe Gamache, da Sûreté. O homem com quem a maioria dos policiais do Quebec sonhava em trabalhar – com exceção dos policiais agora designados para a própria Divisão de Homicídios do chefe. Ela contornou a fita que marcava o corpo de madame Ouellet e se juntou aos dois homens na porta. O quartinho, de repente, ficou superlotado.

O espaço, assim como a sala de estar, tinha muitos toques pessoais, inclusive a mala dela, aberta e cheia de roupas, na cama bem-arrumada. Porém, assim como na sala de estar, não havia uma única foto ali.

– Posso? – perguntou Gamache ao investigador da equipe de perícia, que assentiu.

O chefe se ajoelhou ao lado de Constance. Ela estava com um roupão abotoado e uma camisola de flanela por baixo. Claramente tinha sido morta enquanto fazia a mala para ir a Three Pines.

Gamache segurou a mão fria e fitou os olhos da mulher. Estavam arregalados. Olhando. Muito azuis. Muito mortos. Não surpresos. Não marcados pela dor. Nem assustados.

Vazios. Como se a vida tivesse simplesmente se esgotado. Acabado, como uma bateria. Seria uma cena tranquila, não fosse pelo sangue debaixo da cabeça dela e a luminária quebrada, com a base ensanguentada, ao lado do corpo.

– Parece não ter sido premeditado – disse uma investigadora. – Quem quer que tenha feito isso não trouxe uma arma. A luminária veio dali – informou ela, apontando para a mesinha de cabeceira.

Gamache aquiesceu. Mas aquilo não mostrava que o ato não tinha sido premeditado. Só significava que o assassino sabia onde poderia encontrar uma arma.

Ele olhou de novo para a mulher a seus pés e se perguntou se o assassino fazia alguma ideia de quem ela era.

– Tem certeza? – perguntou Clara.

– Absoluta – respondeu Myrna, e tentou não sorrir.

– Por que você não contou para a gente?

– Constance não queria que ninguém soubesse. Ela é muito discreta.

– Achei que elas estivessem todas mortas – comentou Clara, em voz baixa.

– Espero que não.

– Francamente – admitiu Marc Brault enquanto eles se preparavam para deixar a casa de madame Ouellet –, isso não podia ter vindo em pior hora. Todo Natal, maridos matam esposas, funcionários matam chefes. E algumas pessoas se matam. Agora isso. Grande parte do meu esquadrão está saindo de férias.

Gamache anuiu.

– Eu vou para Paris daqui a uma semana. Reine-Marie já está lá.

– Eu estou indo para o nosso chalé em Sainte-Agathe na sexta – comentou Brault, avaliando o colega com o olhar.

Eles estavam na calçada agora. Os vizinhos tinham começado a se reunir e fitá-los.

– Imagino que você não possa... – disse Brault, esfregando as mãos enluvadas para se aquecer. – Eu sei que você já tem casos suficientes para cuidar, Armand...

Brault sabia mais do que isso. Não porque o inspetor-chefe tivesse contado, mas porque todos os oficiais seniores do Quebec e, provavelmente, do Canadá sabiam. A Divisão de Homicídios da Sûreté estava sendo "reestruturada". Embora enaltecido em público, na esfera privada e profissional Gamache estava sendo colocado de lado. Era humilhante – ou seria, se o inspetor-chefe não continuasse se comportando como se não tivesse percebido.

– Vai ser um prazer assumir essa investigação.

– *Merci* – disse Brault, claramente aliviado.

– *Bon* – disse Gamache, acenando para Lacoste, indicando que era hora de ir. – Se a sua equipe puder concluir os interrogatórios e a perícia, a gente assume pela manhã.

Eles foram até o carro. Alguns dos vizinhos pediram informações. Brault foi vago, mas tranquilizador.

– A gente não pode manter a morte dela em segredo, é claro – disse ele a Gamache em voz baixa. – Mas não dá para anunciar o nome verdadeiro. Vamos chamar a vítima de Constance Pineault se a imprensa perguntar – disse, espiando os rostos preocupados dos vizinhos. – Eu me pergunto se eles sabiam quem ela era.

– Duvido – disse Gamache. – Ela não teria apagado todas as evidências de quem era, inclusive o próprio nome, para depois sair contando no bairro.

– Talvez eles tenham descoberto – sugeriu Brault.

Porém, assim como Gamache, ele achava que não. Quem poderia adivinhar que aquela senhora idosa já fora uma das pessoas mais famosas não só do Quebec, do Canadá ou mesmo da América do Norte, mas do mundo?

Lacoste havia ligado o carro e acionado o aquecimento para descongelar o para-brisa. Os dois homens estavam do lado de fora do veículo. Em vez de ir embora, Marc Brault se demorava.

– Fale logo... – pediu Gamache.

– Você vai pedir demissão, Armand?

– Eu só estou no caso há dois minutos, e você já está pedindo a minha cabeça? – respondeu Gamache, rindo.

Brault sorriu e continuou a observar o colega. Gamache respirou fundo e ajustou as luvas.

– Você se demitiria? – perguntou ele, finalmente.

– Na minha idade? Eu tenho a minha aposentadoria, assim como você. Se os meus chefes quisessem tanto assim que eu saísse, eu iria embora em um piscar de olhos.

– Se os seus chefes quisessem tanto que você saísse – disse Gamache –, você não se perguntaria por quê?

Atrás de Brault, Gamache viu o boneco de neve do outro lado da rua, os braços erguidos como os ossos de uma criatura malformada. Acenando.

– Se aposente, *mon ami* – disse Brault. – Vá para Paris, aproveite as férias, depois se aposente. Mas, primeiro, resolva esse caso.

SEIS

— Para onde? — perguntou Isabelle Lacoste.

Gamache conferiu o relógio do painel. Quase sete horas.

— Eu preciso dar um pulo em casa por causa do Henri, depois voltar para a sede por alguns minutos.

Ele sabia que poderia pedir que a filha, Annie, alimentasse Henri e passeasse com ele, mas ela estava com outras coisas na cabeça.

— E madame Landers? — perguntou Lacoste, enquanto virava o carro em direção à casa do chefe, em Outremont.

Gamache vinha se perguntando a mesma coisa.

— Eu vou lá mais tarde hoje à noite e conto para ela pessoalmente.

— Eu vou com o senhor — disse ela.

— *Merci*, Isabelle, mas não precisa. Eu posso dormir na pousada. O inspetor-chefe Brault disse que ia enviar os arquivos da investigação. Quero que você faça o download de tudo amanhã de manhã. Eu vou descobrir o que puder em Three Pines.

Não ficaram muito tempo na casa dele, só o suficiente para o chefe fazer uma mala de pernoite para ele e Henri. Gamache acenou para o imenso pastor-alemão entrar no banco de trás, e Henri, com suas orelhas de antena parabólica apontadas para a frente, recebeu o comando com imensa alegria. Ele pulou para dentro do carro e, temendo que Gamache mudasse de ideia, se enroscou até se transformar na bola mais apertada que conseguiu.

Você não está me vendo aqui. Vocêêêê não me vêêê.

Porém, em sua empolgação e depois de ter comido rápido demais, Henri se entregou de uma forma bem familiar.

No banco da frente, tanto o chefe quanto Lacoste abriram uma fresta das janelas, preferindo o ar gelado do lado de fora à catinga que ameaçava derreter o estofamento pelo lado de dentro.

– Ele sempre faz isso? – perguntou ela, lutando para respirar.

– É um sinal de carinho, me disseram – respondeu Gamache, sem encará-la. – Um elogio – continuou ele, antes de fazer uma pausa e virar o rosto para a janela. – Um grande elogio.

Lacoste sorriu. Ela estava acostumada a "elogios" parecidos vindos do marido e, agora, do filhinho deles. Isabelle se perguntou por que o cromossomo Y era tão fedorento.

Ao chegar à sede da Sûreté, Gamache prendeu Henri na coleira de couro e os três entraram no prédio.

– Segure a porta, por favor! – gritou Lacoste, quando um homem entrou no elevador no finzinho do corredor.

Ela caminhou rápido na direção dele, Gamache e Henri um passo atrás. De repente, ela desacelerou. E parou.

O homem no elevador apertou um botão. E apertou de novo. E de novo.

Lacoste parou a uns 30 centímetros do elevador. Desejando que as portas se fechassem, para que eles pudessem pegar o seguinte.

Mas o inspetor-chefe não hesitou. Ele e Henri passaram por Lacoste e entraram no elevador, aparentemente alheios ao homem que pressionava o dedo com força no botão de fechar as portas. Quando elas finalmente começaram a se fechar, Gamache pôs o braço para fora para detê-las e olhou para Lacoste.

– Você não vem?

Lacoste entrou e se juntou a Gamache e Henri. E a Jean Guy Beauvoir.

Gamache cumprimentou o antigo braço direito com um pequeno aceno de cabeça.

Beauvoir não retribuiu a saudação, preferindo olhar para a frente. Se Isabelle Lacoste já não acreditasse em coisas como energia e vibrações quando entrou no elevador, teria acreditado ao sair. O inspetor Beauvoir pulsava, irradiava uma forte emoção.

Mas qual? Ela fitou os números – 2... 3... 4 – e tentou analisar as ondas que emanavam de Jean Guy.

Vergonha? Constrangimento? Ela sabia que certamente sentiria essas duas coisas se fosse ele. Mas não era. E suspeitava que aquilo que Beauvoir sentia e irradiava era mais vil. Grosseiro. Simples. O que jorrava dele era fúria.

6... 7...

Lacoste olhou de soslaio para o reflexo de Beauvoir na porta marcada e amassada. Ela mal o vira desde que ele fora transferido da Homicídios para a divisão do superintendente Francoeur.

Isabelle lembrava que seu mentor era ágil, enérgico, às vezes frenético, até. Esbelto em comparação ao corpo mais robusto de Gamache. Racional enquanto o chefe era intuitivo. Ele era ação enquanto Gamache era contemplação.

Beauvoir gostava de listas. Gamache gostava de pensamentos, ideias.

Beauvoir gostava de perguntar; Gamache, de ouvir.

E, no entanto, havia um vínculo entre o homem mais velho e o mais novo que parecia atravessar o tempo. Eles ocupavam um lugar natural, quase ancestral, na vida um do outro. Que se tornara ainda mais profundo quando Beauvoir se apaixonara por Annie, a filha do chefe.

Lacoste tinha ficado um pouco surpresa ao saber que Beauvoir havia se encantado com Annie. Ela não se parecia em nada com a ex-mulher dele, nem com a lista de beldades quebequenses que ele havia namorado. Annie Gamache preferia o conforto à moda. Não era nem bonita, nem feia. Nem magra, nem gorda. Annie Gamache jamais seria a mulher mais atraente do recinto. Ninguém virava a cabeça para olhá-la.

Até ela rir. E falar.

Para o espanto de Lacoste, Jean Guy Beauvoir tinha descoberto algo que muitos homens jamais perceberiam. Como era bela, como era atraente a felicidade. Annie Gamache era feliz, e Beauvoir se apaixonara por ela. Isabelle admirava isso nele. Aliás, ela admirava muitas coisas no mentor, mas o que mais a fascinava era sua paixão pelo trabalho e sua inquestionável lealdade ao inspetor-chefe.

Até poucos meses antes. Embora, se fosse sincera, reconhecesse que fissuras tinham começado a surgir antes disso.

Agora ela desviava o olhar para o reflexo de Gamache. Ele parecia relaxado, segurando a coleira de Henri frouxamente nas mãos. Ela olhou para a cicatriz em sua têmpora grisalha.

Desde aquele dia, nada voltara a ser como antes. Não podia voltar. Não deveria. Mas Lacoste levara um tempo para perceber quanto as coisas haviam mudado.

Ela estava de pé sobre as ruínas agora, em meio aos destroços, e grande parte deles tinha caído de Beauvoir. Seu rosto perfeitamente barbeado agora estava pálido, emaciado. Ele parecia bem mais velho que seus 38 anos. Não simplesmente cansado, ou mesmo exausto, mas esvaziado. E nesse vazio tinha guardado, em segurança, a última coisa que lhe restava. Sua fúria.

9... 10...

A tênue esperança que ela tinha, de que o chefe e Beauvoir estivessem só encenando aquela ruptura, desapareceu. Não havia porto seguro. Nenhuma esperança. Nenhuma dúvida.

Jean Guy Beauvoir desprezava Armand Gamache.

Aquilo não era teatro.

Isabelle Lacoste se perguntou o que teria acontecido se ela não estivesse no elevador com eles. Dois homens armados. E um com a vantagem, se é que se podia chamar assim, de uma raiva quase ilimitada.

Ali estava um homem com uma arma e nada mais a perder.

Se Beauvoir detestava Gamache, Lacoste se perguntava como o chefe se sentia.

Ela voltou a examiná-lo na porta arranhada e amassada do elevador. Ele parecia perfeitamente à vontade.

Henri escolheu, se é que tal coisa podia ser uma escolha, fazer outro grande elogio naquela hora. Lacoste levou a mão ao rosto, em um instinto involuntário de sobrevivência.

Alheio ao ar azedo, o cachorro olhou em volta, suas plaquinhas de identificação tilintando alegremente. Seus imensos olhos castanhos viram o homem a seu lado.

Não o que segurava a coleira. Mas o outro.

Um homem conhecido.

14... 15.

O elevador parou e a porta se abriu, trazendo consigo o oxigênio. Isabelle se perguntou se teria que queimar as roupas depois.

Gamache a segurou aberta para Lacoste, e ela saiu dali o mais rápido possível, desesperada para se afastar daquele fedor, do qual apenas uma parte era responsabilidade de Henri. Porém, antes que Gamache conseguisse sair, Henri se voltou para Beauvoir e lambeu a mão dele.

Beauvoir a puxou para si como se ela tivesse sido escaldada.

O pastor-alemão seguiu o chefe para fora do elevador. E as portas se fecharam atrás dele. Enquanto os três atravessavam as portas de vidro da Divisão de Homicídios, Lacoste percebeu que a mão que segurava a coleira tremia.

Era um leve tremor, mas estava ali.

E notou que Gamache tinha perfeito controle sobre Henri, ainda que não sobre seu intestino. Ele poderia ter segurado a coleira com força, impedindo que o pastor-alemão se aproximasse de Beauvoir.

Mas não tinha feito isso. Ele havia permitido a lambida. Permitido aquele beijinho.

O ELEVADOR CHEGOU AO ÚLTIMO andar da sede da Sûreté e as portas se abriram com um estrondo, revelando dois homens parados no corredor.

– Cacete, Beauvoir, que futum – disse um deles, com uma careta.

– Não fui eu – respondeu Beauvoir, que ainda sentia na mão a lambida de Henri, molhada e quente.

– Sei... – disse o homem, olhando para o outro agente.

– Vai se foder – murmurou Beauvoir, abrindo caminho entre os dois com um encontrão e entrando no escritório.

O INSPETOR-CHEFE OLHOU PARA SUA Divisão de Homicídios, onde, no passado, agentes ocupados trabalhavam até tarde da noite. As mesas agora estavam vazias.

Ele queria que tudo estivesse naquela tranquilidade porque todos os assassinatos tinham sido resolvidos.

Ou, melhor ainda, porque não havia mais assassinatos. Não havia nenhuma dor tão grande a ponto de fazer alguém tirar uma vida. A de outra pessoa ou a própria.

Como Constance Ouellet. Como o corpo debaixo da ponte. Como ele tinha acabado de sentir no elevador.

Mas Armand Gamache era um realista e sabia que a longa lista de homicídios só aumentaria. O que havia diminuído era sua capacidade de solucioná-los.

O superintendente Francoeur não se levantou. Não ergueu o olhar. Ignorou Beauvoir e os outros enquanto eles se sentavam em seu amplo escritório.

Beauvoir já estava acostumado com isso agora. O superintendente era o policial mais sênior do Quebec e dava para ver. Distinto, com cabelos grisalhos e um porte confiante, ele exalava autoridade. Aquele era um homem que não estava para brincadeira. Francoeur conhecia o primeiro-ministro, jantava com o ministro da Segurança Pública. Chamava o cardeal do Quebec pelo primeiro nome.

Ao contrário de Gamache, dava liberdade aos seus agentes. Ele não se importava com a maneira como a equipe obtinha os resultados. *Se vira para resolver isso*, era o que dizia.

A única lei de verdade era o próprio superintendente. A única linha que ninguém podia cruzar era a que havia ao seu redor. Seu poder era absoluto e inquestionável.

Trabalhar com Gamache sempre fora complicado. Havia várias áreas cinzentas. Beauvoir vivia confuso, se perguntando o que era certo, como se aquela fosse uma questão muito difícil. Trabalhar com o superintendente era fácil.

Cidadãos que cumpriam as leis estavam em segurança; criminosos, não. Francoeur confiava em seu pessoal para separar quem era quem e saber o que fazer a respeito. E quando alguém errava? Eles cuidavam uns dos outros. Defendiam uns aos outros. Protegiam uns aos outros.

Ao contrário de Gamache.

Beauvoir esfregou a mão, tentando apagar a lambida, como se tivesse sido açoitado. Pensou nas coisas que deveria ter dito, que poderia ter dito ao antigo chefe. Mas não dissera.

– DEIXE AS SUAS COISAS e pode ir para casa – disse Gamache, à porta do escritório.

– Tem certeza de que não quer que eu vá dirigindo com o senhor? – perguntou Lacoste.

– Tenho. Como eu disse, devo passar a noite lá. Obrigado, Isabelle.

Ao olhar para ela agora, Gamache viu, como sempre via, uma breve imagem. De Lacoste debruçada sobre ele. Chamando-o. E sentiu, de novo, as mãos dela segurando os dois lados de sua cabeça enquanto ele jazia, esparramado, no chão de concreto.

Havia um peso esmagador em seu peito e um turbilhão em sua cabeça. E duas palavras que precisavam ser ditas. Só duas, enquanto ele encarava Lacoste, desesperado para que ela o compreendesse.

Reine-Marie.

Era tudo o que restava dizer.

No início, quando havia se recuperado e se lembrado do rosto de Isabelle tão próximo ao seu, Gamache sentira vergonha de sua vulnerabilidade.

Seu trabalho era liderá-los, protegê-los. E ele falhara. Em vez disso, ela o salvara.

Mas agora, ao olhar para ela e ver aquela imagem explodir entre eles, ele percebeu que os dois estavam fundidos para sempre naquele momento. E sentiu apenas um carinho imenso. Além de gratidão. Por ela ter ficado com ele e ouvido aquelas mal sussurradas palavras.

Ela era o recipiente onde ele derramara seus últimos pensamentos.

Reine-Marie.

Armand Gamache sempre se lembraria do enorme alívio ao perceber que ela o havia entendido. E ele podia partir.

Mas, é claro, ele não havia partido. Em grande parte graças a Isabelle Lacoste, Gamache tinha sobrevivido. No entanto, naquele dia, muitos de seus agentes não tinham.

Entre eles, Jean Guy Beauvoir. O orgulhoso e irritante sabichão havia entrado naquela fábrica e outra pessoa tinha saído.

– Vai para casa, Isabelle.

O superintendente continuou a ler o documento à sua frente, virando uma página devagar.

Beauvoir reconheceu o relatório sobre a batida policial da qual participara alguns dias antes.

– Estou vendo aqui – disse Francoeur lentamente, com sua voz grave e calma – que nem todas as evidências foram devidamente arquivadas.

Ele encontrou os olhos de Beauvoir, que se arregalaram.

– Algumas drogas parecem ter sumido.

A mente de Beauvoir começou a trabalhar rápido, enquanto o superintendente baixava os olhos para o relatório de novo.

– Mas eu não acho que isso vá afetar o caso – declarou Francoeur afinal, virando-se para Martin Tessier. – Tire isso do relatório.

Ele atirou o papel para o segundo em comando.

– Sim, senhor.

– Eu tenho um jantar com o cardeal daqui a meia hora. Ele está muito preocupado com a violência entre as gangues de motoqueiros. O que eu posso dizer para ele?

– É uma pena aquela garotinha ter morrido – afirmou Tessier.

Francoeur o encarou.

– Acho que não preciso dizer isso para ele, não é mesmo?

Beauvoir sabia do que eles estavam falando. Todo mundo no Quebec sabia. Uma criança de 7 anos tinha morrido junto com alguns membros da gangue Hell's Angels, na explosão de um carro-bomba. Estava em todos os jornais.

– Até agora tinha dado certo passar informação de uma gangue para outra – disse Tessier – e fazê-las brigarem entre si.

Beauvoir passara a apreciar a beleza dessa estratégia, embora ela o tivesse chocado no início. Deixar que os criminosos se matassem. Tudo o que a Sûreté precisava fazer era guiá-los um pouco. Soltar algumas informações aqui. Outras ali. Depois sair do caminho. As gangues rivais cuidavam do resto. Era fácil, seguro e, sobretudo, eficaz. É bem verdade que, às vezes, um civil se metia no meio, mas a Sûreté plantava sugestões na mídia de que o homem ou mulher mortos talvez não fossem tão inocentes quanto a família alegava.

E costumava funcionar.

Até aquela criança.

– O que você está fazendo a respeito? – perguntou Francoeur.

– Bom, a gente precisa responder. Atacar um dos redutos deles. Foram os caras da Rock Machine que plantaram a bomba que matou a criança, a gente precisa planejar uma batida contra eles.

Jean Guy Beauvoir baixou os olhos, observando o carpete. Observando as próprias mãos.

Eu, não. Eu, não. De novo, não.

– Eu não estou interessado nos detalhes.

Francoeur se levantou, e todos fizeram o mesmo.

– Se vira para resolver isso. Quanto antes, melhor.

– Sim, senhor – respondeu Tessier, e o seguiu porta afora.

Beauvoir os viu sair, então soltou o ar. Estava a salvo.

No elevador, o superintendente entregou um pequeno frasco a Tessier.

– Acho que o nosso mais novo recruta está meio ansioso, você não acha? – disse Francoeur, colocando o frasco de comprimidos na mão de Tessier. – Põe o Beauvoir na batida.

E entrou no elevador.

BEAUVOIR FICOU SENTADO EM SUA mesa, olhando fixamente para a tela do computador. Tentando tirar aquele encontro da cabeça. Não com Francoeur, mas com Gamache. Ele havia estruturado os dias, fizera de tudo para evitar o chefe. E, por meses, tinha funcionado. Até aquela noite. Seu corpo todo estava dolorido. Exceto por um pedacinho da mão. Que continuava quente e úmido, por mais que esfregasse para secá-lo.

Beauvoir sentiu uma presença próxima a seu cotovelo e olhou para cima.

– Trago boas novas – disse o inspetor Tessier. – Você impressionou Francoeur. Ele quer você na batida.

O estômago de Beauvoir se revirou. Ele já tinha tomado dois OxyContin, mas agora a dor havia voltado.

Debruçando-se na mesa, Tessier colocou um frasco de comprimidos na mão de Beauvoir.

– Todos nós precisamos de uma ajudinha de vez em quando – disse

Tessier, numa voz leve e baixa. – Toma um. Não é nada. Só para relaxar um pouco. Todos nós tomamos. Você vai se sentir melhor.

Beauvoir encarou o frasco. Um pequeno alerta soou, mas muito lá no fundo e tarde demais.

SETE

Armand Gamache apagou as luzes, depois caminhou com Henri pelo corredor, mas, em vez de apertar um botão para descer, apertou para subir. Não até o último andar, mas o que ficava logo abaixo. Ele consultou o relógio. Oito e meia. Perfeito.

Um minuto depois, Gamache bateu em uma porta e entrou sem esperar resposta.

– *Bon* – disse a superintendente Brunel. – Você veio.

Thérèse Brunel, mignon e elegante como sempre, se levantou e apontou para uma cadeira ao lado do marido, Jérôme, que também estava de pé. Eles apertaram as mãos e todos se sentaram.

Thérèse Brunel já tinha passado da idade de se aposentar na Sûreté, mas ninguém tinha estômago, ou qualquer outro órgão, para dizer isso a ela. Ela havia entrado para a força tarde, fora treinada por Gamache e depois rapidamente o ultrapassara – em parte por seu trabalho e suas habilidades, mas também, todos sabiam, porque a carreira dele tinha ido de encontro a uma muralha construída pelo superintendente Francoeur.

Gamache e ela eram amigos desde a academia policial, quando Thérèse tinha o dobro da idade de qualquer outro recruta e ele era seu professor.

Os papéis, os cargos e as patentes que eles tinham agora deveriam ser inversos. Thérèse Brunel sabia disso. Jérôme sabia disso. E Gamache também, embora ele mesmo parecesse não se importar.

Eles se sentaram no sofá e nas cadeiras formais, e Henri se esticou entre Gamache e Jérôme. O homem mais velho abaixou um braço e acariciou distraidamente o pastor-alemão.

Perto dos 80 anos, Jérôme era praticamente redondo e, caso fosse um pouquinho menor, Henri teria ficado tentado a correr atrás dele.

Apesar da diferença de patentes, estava claro que Armand Gamache estava no comando. Aquela reunião era sua, ainda que a sala não fosse.

– Quais são as novidades? – perguntou ele a Thérèse.

– A gente está chegando perto, eu acho, Armand, mas tem um problema.

– Eu encontrei alguns bloqueios – explicou Jérôme. – Quem quer que tenha feito isso é esperto. Sempre que eu começo a fazer algum progresso, me descubro em um beco sem saída.

A voz dele era ranzinza, mas seus modos, joviais. Jérôme tinha chegado para a beirada da cadeira, as mãos entrelaçadas. Seus olhos brilhavam e ele lutava contra um sorriso.

Estava se divertindo.

O Dr. Brunel era um investigador, mas não da Sûreté du Québec. Agora aposentado, ele tinha sido chefe do pronto-socorro do Hôpital Notre-Dame, em Montreal. Era bem treinado em avaliar rapidamente uma emergência médica, fazer a triagem e diagnosticar. Depois tratar.

Aposentado havia alguns anos, ele tinha redirecionado sua energia e suas habilidades para desvendar enigmas e cifras. Tanto a esposa quanto o inspetor-chefe o tinham consultado em casos que envolviam códigos. Mas ele era mais do que um médico aposentado passando o tempo. Jérôme Brunel havia nascido para desvendar enigmas. A cabeça dele enxergava e criava conexões que os outros levariam horas, dias, e talvez nunca encontrassem.

Mas o jogo preferido do Dr. Brunel, sua droga predileta, eram os computadores. Ele era viciado em charadas cibernéticas, e Gamache havia trazido para ele uma heroína pura sob a forma daquele enigma intrincado.

– Eu nunca vi tantas camadas de segurança – disse Jérôme. – Alguém se esforçou muito para esconder essa coisa.

– Mas que coisa? – perguntou Gamache.

– Você me pediu para descobrir quem realmente vazou o vídeo da batida na fábrica – disse a superintendente Brunel. – A que você liderou, Armand.

Ele assentiu. O vídeo fora tirado das minúsculas câmeras que cada um dos agentes carregava acoplada aos fones de ouvido. Elas gravavam tudo.

– Houve uma investigação, é claro – continuou a superintendente

Brunel. – A conclusão da Divisão de Crimes Cibernéticos foi que um hacker teve sorte e encontrou, editou e colocou os arquivos na internet.

– Balela – disse o Dr. Brunel. – Um hacker jamais poderia ter simplesmente tropeçado naqueles arquivos. Eles ficam muito bem guardados.

– E então? – perguntou Gamache a Jérôme. – Quem fez isso?

Mas eles sabiam quem havia feito aquilo. Se não fora um hacker sortudo, só podia ter sido alguém de dentro da Sûreté, e em um cargo alto o suficiente para encobrir seu rastro. Só que o Dr. Brunel havia encontrado aquele rastro.

Todos eles sabiam que ele levaria ao escritório logo acima. Ao mais alto nível da Sûreté.

No entanto, havia muito tempo que Gamache se questionava se eles estavam fazendo a pergunta certa. Não quem, mas por quê. Ele suspeitava que eles descobririam que o vídeo era apenas o repugnante dejeto de uma criatura bem maior. Eles tinham confundido a *merde* com a ameaça real.

Armand Gamache observou o grupo reunido. Uma oficial sênior da Sûreté que já havia passado da idade de se aposentar. Um médico rechonchudo. Um oficial de meia-idade marginalizado.

Só os três. E a criatura que eles buscavam parecia crescer a cada vislumbre que tinham dela.

Gamache sabia, porém, que a desvantagem também era uma vantagem. Eles seriam facilmente ignorados e menosprezados, principalmente pelas pessoas que se acreditavam invisíveis e invencíveis.

– Acho que a gente está chegando perto, Armand, mas eu continuo chegando a becos sem saída – disse Jérôme.

O médico, de repente, pareceu um pouco reservado.

– Continue – incentivou Gamache.

– Não tenho certeza, mas acho que detectei um observador.

Gamache não disse nada. Ele sabia o que era um observador, tanto em termos físicos quanto cibernéticos. Mas queria que Jérôme fosse mais preciso.

– Se for isso mesmo, ele é muito esperto e bem habilidoso. É possível que esteja me observando há algum tempo.

Gamache apoiou os cotovelos nos joelhos, juntando as mãos grandes à sua frente. Como um encouraçado avançando em direção ao alvo.

– É Francoeur? – perguntou Gamache, sabendo que não havia necessidade de fingir.

– Não ele pessoalmente – respondeu Jérôme –, mas acho que, quem quer que seja, está dentro da rede da Sûreté. Eu já faço isso há muito tempo e nunca vi nada tão sofisticado. Sempre que paro e olho, ele desaparece.

– Como você sabe que ele está lá? – quis saber Gamache.

– Eu não tenho certeza, é uma sensação, um movimento, uma mudança.

Brunel fez uma pausa e, pela primeira vez, Gamache viu uma pitada de preocupação no médico alegre. Uma sensação de que, por mais competente que fosse, o Dr. Brunel talvez estivesse enfrentando alguém melhor que ele.

Gamache se recostou na cadeira como se algo tivesse passado por ele e o pressionado. *O que foi que encontramos?*

Eles não só estavam caçando a criatura, como parecia que ela agora também os estava caçando.

– Esse observador sabe quem você é? – perguntou ele a Jérôme.

– Acho que não.

– Acha? – disse Gamache, a voz brusca, os olhos duros.

– Não – respondeu Jérôme, balançando a cabeça. – Ele não sabe.

Ainda. A palavra não fora dita, mas estava implícita. Ainda.

– Cuidado, Jérôme – disse Gamache, enquanto se levantava e pegava a coleira de Henri.

Ele se despediu e saiu para a noite.

As luzes das cidades, povoados e vilarejos esmaeciam no espelho retrovisor à medida que eles avançavam floresta adentro. Depois de algum tempo, a escuridão era completa, exceto pelos feixes dos faróis do carro nas estradas nevadas. Por fim, ele viu um brilho suave à frente e soube o que era. O carro de Gamache chegou ao topo de uma colina e, lá no vale, ele viu três enormes pinheiros iluminados com luzes de Natal verdes, vermelhas e amarelas. Milhares delas, ao que parecia. E, ao redor do vilarejo, luzes alegres estavam penduradas ao longo das varandas e cercas de estacas e sobre a ponte de pedra.

Enquanto o carro descia, o sinal de seu dispositivo desapareceu. Sem recepção de celular, sem e-mails. Era como se ele e Henri, adormecido no banco de trás, tivessem sumido da face da Terra. Ele estacionou em frente à loja Livros da Myrna e notou que as luzes ainda estavam acesas no andar de cima. Tantas vezes ele havia ido até lá para encontrar a morte. Dessa vez, ele a trouxera consigo.

OITO

Clara Morrow foi a primeira a ver o carro chegar.

Ela e Myrna haviam dividido um jantar simples de ensopado requentado e salada, depois Clara se levantara para lavar a louça, mas Myrna logo se juntara a ela.

"Eu posso lavar", disse Clara, esguichando o detergente na água quente e observando a espuma se formar.

Aquilo era sempre estranhamente satisfatório. Fazia Clara se sentir uma mágica, bruxa ou alquimista.

Talvez não fosse tão valioso quanto transformar chumbo em ouro, mas era útil do mesmo jeito.

Clara Morrow não era alguém que gostasse de tarefas domésticas. Ela gostava era de mágica. Transformar água em espuma. Louça suja em limpa. Uma tela em branco em uma obra de arte.

Não era de mudança que ela gostava tanto, mas de metamorfose.

"Você senta lá", dissera ela, mas Myrna pegou o pano de prato e alcançou um prato quente e limpo.

"Isso me ajuda a tirar a cabeça de outras coisas."

Ambas sabiam que secar a louça do jantar era uma jangada frágil em um mar bravio, mas, se isso mantivesse Myrna à tona por um tempo, Clara estava dentro. Elas assumiram um ritmo tranquilizador. Ela lavava e Myrna secava.

Quando terminou, Clara drenou a água, limpou a pia com um pano e se virou para ver a sala. Ela não tinha mudado nada desde o ano em que Myrna abandonara a carreira de psicóloga em Montreal e enchera seu minúsculo carro com todos os seus bens materiais. Quando ela chegara a Three Pines, parecia alguém que havia fugido do circo.

Ela saíra do carro, uma imensa mulher negra, certamente maior que o próprio veículo. Tinha se perdido nas estradas secundárias e, quando encontrara o inesperado vilarejo, parara para tomar um café, comer um doce e ir ao banheiro. Uma parada a caminho de outro lugar. Algum lugar mais emocionante, mais promissor. Mas Myrna Landers nunca mais fora embora.

Entre o *café au lait* e a *pâtisserie* do bistrô, ela percebera que estava muito bem ali.

Myrna havia descarregado o carro, alugado a loja vazia ao lado do Bistrô do Olivier e aberto uma livraria com obras novas e usadas. Ela tinha se mudado para o andar de cima, o loft.

E fora assim que Clara conhecera Myrna. Ela havia passado ali para ver como estava indo a nova livraria e ouvira um varrer e praguejar lá em cima. Ao subir as escadas nos fundos da loja, encontrara Myrna.

Varrendo e praguejando.

Desde então, elas eram amigas.

Clara observara Myrna operar sua mágica, transformando uma loja vazia em uma livraria. Um espaço vazio em um ponto de encontro. Um loft abandonado em um lar. Uma vida infeliz em contentamento.

Three Pines podia ser estável, mas nunca estática.

Quando examinou a sala, vendo as luzes de Natal através das janelas, Clara ficou na dúvida se tinha avistado um clarão. Faróis.

Mas, então, ela ouviu o motor do carro. E se voltou para Myrna, que também tinha escutado.

As duas estavam pensando a mesma coisa.

Constance.

Clara tentou conter o alívio, sabendo que era prematuro, mas percebeu que ele borbulhava e vencia sua cautela.

Então veio o tilintar da porta lá de baixo. E passos. As duas ouviram alguém, uma pessoa só, caminhar embaixo delas.

Myrna agarrou a mão de Clara e gritou:

– Olá?

Fez-se uma pausa. E logo veio a voz familiar.

– Myrna?

Clara sentiu a mão de Myrna esfriar. Não era Constance. Era o mensageiro. O homem do telégrafo, parado em sua bicicleta.

Era o chefe da Divisão de Homicídios da Sûreté.

Myrna segurava a caneca de chá, intocada, com as duas mãos. O objetivo era se esquentar, não beber.

Ela olhava para a janela do fogão a lenha, para as chamas e brasas. Elas se refletiam em seu rosto, dando a ele uma aparência de mais animação do que na verdade tinha.

Clara estava no sofá e Armand, na poltrona em frente a Myrna. Ele também segurava uma xícara de chá nas mãos grandes. Mas observava Myrna, e não o fogo.

Henri, depois de farejar o loft, tinha ido descansar no tapete em frente à lareira.

– Você acha que ela sofreu? – perguntou Myrna, sem desgrudar os olhos do fogo.

– Não.

– E você não sabe quem fez isso?

Isso. Isso. Myrna ainda não conseguia dizer em voz alta o que era "isso".

Quando um dia se passara e Constance não aparecera, nem sequer ligara, Myrna se preparara para o pior. Para um infarto. Um derrame. Um acidente.

Nunca lhe ocorrera que poderia ser ainda pior. Que sua amiga não havia perdido a vida, mas que esta lhe fora tirada.

– A gente não sabe ainda, mas vai descobrir – disse Gamache, agora inclinado para a frente.

– Você pode investigar isso? – perguntou Clara, falando pela primeira vez desde que ele dera a notícia. – Ela não mora em Montreal? Não fica fora da sua jurisdição?

– Fica, mas o chefe da Homicídios de Montreal é meu amigo. Ele me entregou o caso. Você conhecia Constance bem? – perguntou ele a Myrna.

Myrna abriu a boca, depois olhou para Clara.

– Ah – disse Clara, entendendo tudo. – Você quer que eu vá embora?

Myrna hesitou, depois balançou a cabeça.

– Não, desculpa. Força do hábito de não falar sobre uma paciente.

– Então ela foi sua paciente – disse Gamache, que não pegou o caderninho, preferindo escutar atentamente. – Não só uma amiga.

– Primeiro, uma paciente. Depois, uma amiga.

– Como vocês se conheceram?

– Ela começou a fazer terapia comigo há alguns anos.

– Há quanto tempo?

Myrna pensou.

– Há 23 anos – respondeu ela, um pouco espantada com a própria resposta. – Eu conheço Constance há 23 anos – continuou, maravilhada, antes de se forçar a voltar à realidade. – Depois que ela parou com a terapia, mantivemos o contato. A gente saía para jantar, assistir a uma peça. Não com frequência, mas, como duas mulheres solteiras, a gente tinha muita coisa em comum. Eu gostava dela.

– Isso era raro – perguntou Gamache –, ficar amiga de um paciente?

– Ex-paciente; mas, sim, extremamente raro. Foi a única vez que isso aconteceu comigo. Uma terapeuta precisa estabelecer limites claros, mesmo com ex-pacientes. As pessoas já entram na nossa cabeça... Se elas também entrarem na nossa vida, vai ser um problema.

– Mas Constance entrou?

Myrna aquiesceu.

– Acho que nós duas éramos um pouco solitárias, e ela parecia sã o suficiente.

– O suficiente? – perguntou Gamache.

– Quem de nós é totalmente são, inspetor-chefe?

Eles olharam para Clara, cujos cabelos estavam novamente desgrenhados, devido à terrível convergência do gorro, da eletricidade estática e de seu hábito de passar as mãos nele.

– Que foi? – perguntou Clara.

Gamache se voltou para Myrna.

– Você se encontrou com Constance desde que se mudou para Three Pines?

– Algumas vezes, quando fui para Montreal. Nunca aqui. Quase sempre, a gente mantinha contato por cartões e telefonemas. A verdade é que nos afastamos nos últimos anos.

– Então o que fez com que ela viesse te visitar agora? – perguntou o inspetor. – Você a convidou?

Myrna pensou sobre a pergunta, depois balançou a cabeça.

– Não, acho que não. Acho que a ideia foi dela, mas é possível que ela tenha insinuado que queria vir e eu tenha convidado.

– Ela tinha alguma razão específica para querer te visitar?

De novo, Myrna refletiu antes de responder.

– A irmã dela morreu em outubro, como você provavelmente ouviu falar...

Gamache anuiu. A morte dela aparecera na mídia, assim como aconteceria com a de Constance. O assassinato de Constance Pineault era estatística. O de Constance Ouellet, manchete de capa.

– Com a morte das irmãs, ela não tinha mais ninguém – disse Myrna. – Constance era muito reservada. Não tem nada de errado nisso, mas acabou se tornando uma espécie de mania no caso dela.

– Você pode me passar os nomes de alguns amigos dela?

Myrna balançou a cabeça.

– Você não conhece nenhum? – perguntou ele.

– Ela não tinha nenhum.

– *Pardon?*

– Constance não tinha amigos – disse Myrna.

Gamache a encarou.

– Nenhum?

– Nenhum.

– Você era amiga dela – observou Clara. – Ela era amiga de todo mundo aqui. Até da Ruth.

Mesmo enquanto dizia isso, Clara percebeu seu erro. Ela havia confundido simpatia com amizade.

Myrna ficou quieta por um instante antes de falar:

– Constance passava uma impressão de amizade e intimidade sem realmente sentir isso.

– Você quer dizer que era tudo mentira? – perguntou Clara.

– Não totalmente. Eu não quero que você pense que ela era uma sociopata ou coisa parecida. Ela gostava das pessoas, mas sempre tinha uma barreira.

– Até com você? – quis saber Gamache.

– Até comigo. Existiam partes imensas da vida dela que ela mantinha bem escondidas.

Clara se lembrou da conversa que as duas tiveram no estúdio, quando Constance se recusara a deixá-la pintar seu retrato. Ela não fora grossa, mas firme. Aquilo com certeza tinha sido um empurrão para que se afastasse.

– O que foi? – perguntou Gamache, vendo o olhar concentrado no rosto de Myrna.

– Eu só estava pensando no que Clara disse, e ela está certa. Eu acho que Constance estava feliz aqui, acho que ela realmente se sentia confortável com todo mundo, até com Ruth.

– O que isso te diz? – inquiriu Gamache.

Myrna pensou.

– Eu me pergunto...

O olhar dela atravessou o salão, a janela e se deteve nos pinheiros iluminados para o Natal. As lâmpadas balançavam com a brisa da noite.

– Eu me pergunto se ela estava finalmente se abrindo – disse Myrna, voltando o olhar para os convidados. – Eu não tinha pensado nisso, mas ela parecia menos cautelosa, mais genuína, principalmente à medida que os dias passavam.

– Ela não me deixou pintar o retrato dela – comentou Clara.

Myrna sorriu.

– Mas isso é compreensível, você não acha? Era exatamente o que ela e as irmãs mais temiam. Ser expostas.

– Mas eu não sabia quem ela era na época – argumentou Clara.

– Não faria diferença. Ela sabia – disse Myrna. – Mas eu acho que, quando Constance foi embora, ela já se sentia segura aqui, quer o segredo dela tivesse sido revelado ou não.

– E o segredo dela foi revelado? – perguntou Gamache.

– Eu não contei para ninguém – respondeu Myrna.

Gamache olhou para a publicação no escabelo. Um exemplar muito antigo da revista *Life* e, na capa, uma foto famosa.

– E, no entanto, você obviamente sabia quem ela era – disse ele a Clara.

– Eu contei para Clara hoje à tarde – explicou Myrna. – Quando comecei a aceitar que Constance provavelmente nunca ia aparecer.

– E ninguém mais sabia? – repetiu ele, pegando a revista e olhando para a foto.

Que já tinha visto diversas vezes. Cinco garotinhas, com luvinhas e lindos casacos de inverno. Casacos idênticos. Garotas idênticas.

– Não que eu saiba – disse Myrna.

E, de novo, Gamache se perguntou se o homem que matara Constance sabia quem ela era e percebera que estava matando a última de sua espécie. A última das Quíntuplas Ouellet.

NOVE

Armand encontrou a noite fria e gelada. Fazia tempo que a neve havia parado e o céu, clareado. Tinha acabado de passar da meia-noite e, enquanto ele estava ali, inspirando profundamente o ar limpo, as luzes das árvores se apagaram.

Gamache e Henri eram criaturas solitárias em um mundo escuro. Ele olhou para cima e, pouco a pouco, as estrelas surgiram. O Cinturão de Órion. O Grande Carro. A Estrela do Norte. E milhões e milhões de outras luzes. Todas muito, muito nítidas agora, e só agora. A luz visível apenas na escuridão.

Gamache se viu sem saber o que fazer nem para onde ir. Ele poderia voltar para Montreal, embora estivesse cansado e preferisse não ir, mas não tinha feito reserva na pousada, decidindo encontrar Myrna direto. E agora já passava da meia-noite e todas as luzes da pousada estavam apagadas. Ele mal conseguia distinguir o contorno da antiga estalagem para viajantes contra a floresta mais além.

Porém, enquanto observava a pousada, uma luz, suavizada pelas cortinas, apareceu em uma janela do andar de cima. E, alguns instantes depois, no andar de baixo. Então ele viu uma luz pelo vidro da porta da frente, pouco antes de ela se abrir.

A silhueta de um homem grande surgiu na soleira.

– Vem aqui, garoto, vem aqui – chamou a voz, e Henri puxou a coleira.

Gamache a largou, e o pastor-alemão avançou pelo caminho de entrada, subiu as escadas e encontrou os braços de Gabri.

Quando Gamache chegou, Gabri se esforçava para continuar de pé.

– Bom garoto – disse ele, e abraçou o inspetor-chefe. – Entra. Até a minha bunda está congelando. Não que isso seja ruim, no caso dela.

– Como você sabia que a gente estava aqui?

– Myrna ligou. Ela achou que você podia precisar de um quarto – contou ele, e olhou para o hóspede inesperado. – Você quer ficar, não quer?

– Muito – disse Gamache, e nunca fora tão sincero.

Gabri fechou a porta atrás deles.

SENTADO EM SEU CARRO, Jean Guy Beauvoir olhava a porta fechada. Ele estava afundado no assento. Não a ponto de desaparecer completamente, mas o suficiente para dar a impressão de estar tentando ser discreto. Era um ato calculado e, em algum lugar debaixo daquela confusão mental, ele sabia que também era patético.

Mas ele não se importava mais. Só queria que Annie olhasse pela janela. Reconhecesse o carro dele. Que o visse ali. E abrisse a porta.

Ele queria...

Ele queria...

Queria senti-la em seus braços de novo. Sentir o cheiro dela. Queria que ela sussurrasse "Vai ficar tudo bem".

Acima de tudo, queria acreditar nisso.

– MYRNA FALOU QUE CONSTANCE está desaparecida – disse Gabri, pegando um cabide para o casaco de Gamache.

Ele apanhou o casaco impermeável do inspetor e fez uma pausa.

– Você veio por causa dela?

– Infelizmente, sim.

Gabri hesitou só um instante antes de perguntar:

– Ela morreu?

O inspetor assentiu.

Gabri abraçou o casaco e encarou Gamache. Embora quisesse perguntar mais, não o fez. Viu a exaustão dele. Em vez disso, terminou de pendurar o casaco e foi até as escadas.

Gamache seguiu o sacolejante robe escada acima.

Gabri os conduziu pelo corredor e parou em uma porta conhecida. Ele acionou um interruptor e revelou o quarto onde Gamache sempre se hospedava. Ao contrário de Gabri, aquele quarto – aliás, a pousada inteira –, era um modelo de comedimento. Tapetes orientais ficavam espalhados no chão de tábuas largas. A cama de madeira escura era grande e convidativa, arrumada com lençóis brancos impecáveis, um edredom branco e grosso e travesseiros de plumas.

Era organizado e reconfortante. Simples e convidativo.

– Você já jantou?

– Não, mas vou ficar bem até de manhã.

O relógio da mesinha de cabeceira marcava meia-noite e meia.

Gabri foi até a janela, abriu uma fresta para deixar o ar frio e fresco entrar e fechou as cortinas.

– A que horas quer acordar?

– Seis e meia é cedo demais?

Gabri empalideceu.

– De jeito nenhum. A gente sempre está acordado a essa hora. – Na porta, ele fez uma pausa. – Você quer dizer seis e meia da tarde, né?

Gamache colocou a bolsa de viagem no chão, ao lado da cama.

– *Merci, patron* – disse ele com um sorriso, sustentando o olhar de Gabri por um instante.

Antes de se trocar, Gamache se voltou e viu Henri parado perto da porta.

O inspetor estava no meio do quarto, olhando da cama quentinha e macia para o cachorro, e vice-versa.

– Ah, Henri, é melhor que você não esteja querendo só brincar – disse ele, com um suspiro, e pegou uma bola de tênis e uma sacola na bolsa de Henri.

Eles desceram as escadas em silêncio. Gamache vestiu o impermeável, as luvas e o gorro de novo e os dois avançaram pela noite. Ele não pôs a coleira em Henri. Havia pouquíssimo perigo de ele fugir, já que o pastor-alemão estava entre os cães menos aventureiros que Gamache conhecia.

O vilarejo estava completamente escuro agora, as casas apenas leves silhuetas em frente à floresta. Eles foram até a praça. Gamache observou, com satisfação e uma prece de agradecimento, Henri fazer suas necessidades. Recolheu-as no saquinho, depois se virou para dar a guloseima a Henri.

Só que não havia nenhum cachorro ali. Em todas as caminhadas, em centenas de caminhadas, Henri ficara ao lado de Gamache, olhando para ele, ansioso. Um presente merecia outro. Um *quid pro quo*.

Agora, era inconcebível, mas Henri não estava lá. Ele havia desaparecido. Gamache se amaldiçoou por ser um idiota e olhou para a coleira na mão. Será que Henri tinha sentido o cheiro de algum veado ou coiote e entrado na floresta?

– Henri! Vem cá, garoto.

Ele assobiou e então notou as pegadas na neve. Elas levavam à rua, mas não à pousada.

Gamache se curvou e as seguiu em um trote. Atravessou a rua e escalou um banco de neve. Entrou em um jardim. Avançou por um caminho de entrada cuja neve não fora limpa. Pela segunda vez naquele dia, sentiu a neve se despedaçar para dentro das botas e derreter nas meias. Mais uma vez encharcado. Mas não ligou. Só queria encontrar Henri.

Gamache parou. Lá estava uma figura escura, com orelhas imensas, olhando para a porta, apreensivo. Abanando o rabo. Esperando que o deixassem entrar.

O inspetor sentiu o coração se aquietar e respirou profundamente para se acalmar.

– Henri – sussurrou com veemência. – *Viens ici*.

O pastor-alemão olhou em sua direção.

Foi para a casa errada, pensou Gamache, não totalmente surpreso. Embora tivesse um coração imenso, Henri era dono de um cérebro bastante modesto. As orelhas ocupavam quase a cabeça inteira. Aliás, a cabeça dele parecia simplesmente uma espécie de suporte para aquelas orelhas. Felizmente, ele não precisava muito da cabeça. Guardava todas as coisas importantes no coração. Exceto, talvez, seu endereço atual.

– Vem cá – disse Gamache, gesticulando, surpreso por Henri, tão bem treinado e geralmente tão obediente, não responder na hora. – Você vai acabar matando alguém de susto.

Mas, enquanto falava, percebeu que o cão não havia cometido erro nenhum. Ele pretendia ir até aquela casa. Henri conhecia a pousada, mas conhecia melhor aquela casa.

Havia crescido ali. Tinha sido resgatado e levado até aquela casa ainda filhote, para ser criado por uma mulher idosa. Émilie Longpré o havia salvado, batizado e amado. E Henri a tinha amado de volta.

Aquele havia sido e, de certa forma, sempre seria o lar dele.

Gamache tinha esquecido que Henri conhecia Three Pines melhor que ele jamais conheceria. Cada cheiro, cada folha de grama, cada árvore, cada pessoa.

Gamache olhou para as pegadas de cachorro e de botas na neve. A entrada não tinha sido limpa. A casa estava escura. E vazia.

Ninguém morava ali, ele tinha certeza, provavelmente desde que Émilie Longpré morrera. Quando Armand e Reine-Marie tinham decidido adotar o filhote órfão.

Henri não havia esquecido. Ou, o que era mais provável, pensou Gamache ao subir os degraus nevados para resgatar o cachorro, ele conhecia aquela casa de olhos fechados. E agora o pastor-alemão esperava, abanando o rabo, que uma mulher morta havia muito tempo o deixasse entrar, lhe desse um biscoito e dissesse que era um bom garoto.

– Bom garoto – murmurou Gamache nas orelhas imensas, enquanto se abaixava e colocava a coleira em Henri.

Porém, antes de descer as escadas, espiou por uma das janelas.

Viu os móveis cobertos por lençóis. Móveis-fantasma.

Então ele e Henri saíram da varanda. Sob um dossel de estrelas, os dois contornaram lentamente a praça do vilarejo.

Um deles pensando e o outro lembrando.

THÉRÈSE BRUNEL SE APOIOU NO cotovelo e olhou, por cima do montinho que era Jérôme na cama, para o relógio na mesinha de cabeceira.

Passava de uma da manhã. Ela se deitou de volta e observou a respiração tranquila do marido, invejando a calma dele.

Ela se perguntou se era porque ele não entendia a seriedade da situação, embora fosse um homem cuidadoso e devesse entender.

Ou, o que era mais provável, talvez Jérôme confiasse que a esposa e Armand soubessem o que estavam fazendo.

Durante grande parte da vida de casada, Thérèse fora confortada pelo pensamento de que, como era médico de pronto-socorro, Jérôme sempre poderia ajudar. Se ela ou um dos filhos se engasgasse. Batesse a cabeça. Sofresse um acidente. Ou tivesse um infarto. Ele os salvaria.

Mas agora percebia que os papéis tinham se invertido. Ele estava contando com ela. Ela não tivera coragem de dizer a ele que não tinha ideia do que fazer. Ela fora treinada para lidar com alvos claros, objetivos óbvios. Solucionar o crime, prender o criminoso. Porém agora tudo parecia embaçado. Mal definido.

Enquanto a superintendente Brunel olhava para o teto, escutando a respiração forte e ritmada do marido, percebeu que a coisa se resumia a duas possibilidades. A de que Jérôme não fora encontrado no ciberespaço. Não fora seguido. De que aquilo fora uma miragem.

Ou a de que ele fora encontrado. E seguido.

O que significava que alguém do alto escalão da Sûreté tivera um trabalho imenso para encobrir o que estava fazendo. Mais trabalho do que um vídeo viral, por mais vil que fosse, justificava.

Deitada na cama, olhando para o teto, ela pensou no impensável. E se a criatura que eles caçavam estivesse ali há anos, crescendo e tramando? Colocando planos pacientes em prática?

Fora nisso que eles tropeçaram? Será que, ao seguir o vídeo hackeado, Jérôme encontrara algo muito maior, mais antigo e até mais desprezível?

Ela olhou para o marido e percebeu que ele estava acordado, afinal, e que também olhava para o teto. Tocou o braço dele, e ele rolou para o lado, deixando o rosto bem perto do dela.

Pegando as duas mãos dela nas suas, ele murmurou:

– Vai ficar tudo bem, *ma belle*.

Ela queria poder acreditar nele.

Do outro lado da praça do vilarejo, o inspetor-chefe fez uma pausa. Henri, na coleira, esperou pacientemente no frio enquanto Gamache analisava a casa escura onde o cachorro fora criado. Para onde Henri o levara naquela noite.

E uma ideia se formou.

Após um minuto ou dois, Gamache percebeu que o pastor-alemão estava levantando e abaixando as patas da frente, tentando se livrar da neve e do gelo.

– Vamos, *mon vieux* – disse ele, e caminhou rápido de volta para a pousada.

No quarto, encontrou um prato com generosos sanduíches de presunto, alguns biscoitos e um chocolate quente. Ele mal podia esperar para ir para a cama com o jantar.

Mas, primeiro, se ajoelhou e segurou as patas geladas de Henri com as mãos quentes. Uma após a outra. Então, dentro daquelas orelhas, sussurrou:

– Vai ficar tudo bem.

E Henri acreditou nele.

DEZ

Uma batida na porta acordou Armand Gamache às seis e meia da manhã.

– *Merci, patron* – disse ele, depois afastou o edredom e atravessou com cuidado o quarto frio para fechar a janela.

Depois de tomar banho, ele e Henri desceram as escadas, seguindo o aroma forte de café e bacon curado no xarope de bordo. O fogo crepitava e saltitava na lareira.

– Um ou dois ovos, *patron*? – perguntou Gabri.

Gamache olhou para a cozinha.

– Dois, por favor. Obrigado pelos sanduíches de ontem – disse Gamache, colocando os pratos vazios e uma caneca na pia. – Estavam deliciosos.

– Dormiu bem? – perguntou Gabri, enquanto mexia o bacon na frigideira.

– Muito bem.

E era verdade. Havia sido um sono profundo e tranquilo, o primeiro em muito, muito tempo.

– O café da manhã vai estar pronto daqui a alguns minutos – disse Gabri.

– Eu volto a tempo.

Na porta da frente, ele encontrou Olivier, e os dois se abraçaram.

– Eu ouvi falar que você estava aqui – disse Olivier, enquanto eles se abaixavam para calçar as botas.

Olivier se endireitou e fez uma pausa.

– Gabri me contou de Constance. Que coisa horrível. Coração?

Como Gamache não respondeu, os olhos dele se arregalaram devagar, tentando assimilar a enormidade do que ele viu no rosto sombrio do outro.

– Não é possível – murmurou ele. – Alguém matou Constance?

– Infelizmente, sim.

– Meu Deus – disse Olivier, balançando a cabeça. – Maldita cidade.

– Telhado de vidro, *monsieur*? – perguntou Gamache.

Olivier franziu os lábios e seguiu Gamache até a varanda da frente, onde o inspetor prendeu Henri na coleira. Eles estavam se aproximando do solstício de inverno, o dia mais curto do ano. O sol ainda não havia nascido, mas os moradores começavam a se mexer. Mesmo no pouco tempo em que os dois homens e o cachorro ficaram ali, luzes surgiram nas janelas ao redor da praça e um leve cheiro de fumaça de lenha se espalhou pelo ar.

Eles caminharam juntos em direção ao bistrô, onde Olivier se prepararia para os fregueses que viriam tomar café da manhã.

– Como aconteceu? – perguntou Olivier.

– Ela foi atacada em casa. Recebeu um golpe na cabeça.

Mesmo no escuro, Gamache viu a careta dele.

– Por que alguém faria isso?

E aquela, é claro, era a pergunta, pensou Gamache.

Às vezes era o "como", quase sempre, o "quem". Mas a questão que assombrava todas as investigações era mesmo o "por que".

Por que alguém mataria aquela mulher de 77 anos? E o assassino havia matado Constance Pineault ou Constance Ouellet? Ele sabia que ela era uma das célebres Quíntuplas Ouellet? E não só uma delas, mas a última?

Por quê?

– Não sei – admitiu Gamache.

– O caso está com você?

Gamache assentiu, sua cabeça no ritmo dos passos.

Eles pararam em frente ao bistrô, e Olivier já ia se despedindo, quando o inspetor estendeu a mão e tocou seu braço. Olivier olhou para a mão enluvada, depois para aqueles olhos castanhos intensos.

E esperou.

Gamache baixou a mão. Ele não tinha certeza se o que estava prestes a fazer era sensato. O rosto bonito de Olivier foi ficando rosado no frio, e sua respiração vinha em longas e fáceis baforadas.

O inspetor desviou os olhos dos dele e se concentrou em Henri, que rolava na neve, seus pés debatendo-se no ar.

– Você daria uma volta comigo?

Olivier ficou um pouco surpreso e mais do que um pouco cauteloso. Em sua experiência, quando o chefe da Homicídios pedia uma conversa em particular raramente era um bom sinal.

A neve compactada da rua guinchava enquanto eles caminhavam com passos comedidos ao redor da praça. Um homem alto e robusto e um mais baixo, mais magro e mais jovem. As cabeças inclinadas uma para a outra, trocando confidências. Não sobre o assassinato, mas sobre algo totalmente diferente.

Eles pararam em frente à casa de Émilie Longpré. Não havia fumaça na chaminé. Nenhuma luz nas janelas. Mas ela estava cheia das lembranças de uma mulher idosa que Gamache admirara muito e Henri amara.

Os dois olharam para a casa, e Gamache explicou o que queria.

– Entendi, *patron* – disse Olivier.

– Obrigado. Você poderia não contar isso a ninguém?

– Claro.

Então eles partiram, Olivier para abrir o bistrô, Gamache e Henri para tomar o café da manhã na pousada.

Uma grande tigela de *café au lait* aguardava o inspetor na mesa gasta de pinho em frente à lareira. Depois de alimentar Henri e dar a ele água fresca, Gamache se acomodou à mesa, bebericando o café e fazendo anotações. Henri estava deitado a seus pés, mas olhou para cima quando Gabri chegou.

– *Voilà* – disse o dono da pousada, pousando na mesa um prato com dois ovos, bacon, pãezinhos tostados e frutas frescas, para depois preparar seu *café au lait* e se juntar a ele.

– Olivier ligou há alguns minutos do bistrô – disse Gabri. – Ele me contou que Constance foi assassinada. É verdade?

Gamache aquiesceu e tomou um gole de café. Estava encorpado e forte.

– Ele te contou mais alguma coisa? – perguntou Gamache, mantendo a voz leve, mas observando Gabri.

– Ele disse que ela estava em casa.

Gamache esperou, mas parecia que Olivier havia mantido o resto da conversa em segredo, como prometido.

– É verdade – disse Gamache.

– Mas por quê? – perguntou Gabri, pegando um dos pãezinhos tostados.

Lá estava de novo, pensou Gamache. Assim como seu companheiro fizera, Gabri não havia perguntado quem, mas por quê.

Gamache, é claro, ainda não sabia responder nenhuma daquelas perguntas.

– O que você achava dela?

– Ela só ficou aqui alguns dias, sabe? – respondeu Gabri.

Então refletiu sobre a pergunta. Gamache esperou, curioso para ouvir a resposta.

– Quando ela chegou, era simpática, mas reservada – disse Gabri, por fim. – Não gostava de gays, isso era óbvio.

– E você gostava dela?

– Gostava. Algumas pessoas só não conhecem muita gente queer, esse é o problema.

– E depois que ela conheceu você e Olivier?

– Bom, ela não se tornou exatamente uma maria purpurina, mas a segunda melhor coisa possível.

– Que é?

Em vez de sacar uma piadinha sagaz, Gabri ficou sério.

– Ela assumiu um ar muito maternal, com nós dois. Com todos nós, eu acho. Exceto com Ruth.

– E com Ruth, como ela era?

– No início, Ruth não queria saber dela. Odiou Constance à primeira vista. Como você sabe, é questão de honra para Ruth, isso de odiar todo mundo. Ela e Rosa mantinham distância e sussurravam obscenidades de longe.

– A reação normal da Ruth, então – comentou Gamache.

– Ainda bem que Rosa voltou – confidenciou Gabri em um sussurro, depois olhou em volta com uma preocupação exagerada. – Mas ela não te parece um pouco um macaco voador de *O mágico de Oz*?

– Eu me pergunto se a gente pode ir direto ao ponto, Dorothy – disse Gamache.

– O engraçado é que, depois de tratar Constance como se fosse o cocô da Rosa, Ruth de repente se afeiçoou a ela.

– Ruth?

– Pois é. Eu nunca tinha visto nada parecido. Elas até jantaram juntas uma noite, na casa da Ruth. Sozinhas.

– Ruth? – repetiu Gamache.

Gabri passou geleia no muffin e anuiu. Gamache o observou, mas ele não parecia estar escondendo nada. Percebeu que ele não sabia quem era Constance. Se soubesse, já teria dito alguma coisa.

– Então, até onde você sabe, nada do que aconteceu aqui poderia explicar a morte dela? – perguntou Gamache.

– Nada.

Gamache terminou o café da manhã, com a ajuda de Gabri, depois se levantou e chamou Henri.

– Eu devo reservar o seu quarto para você?

– Por favor.

– E um para o inspetor Beauvoir, é claro. Ele virá mais tarde?

– Na verdade, não. Ele está em outro caso.

Gabri fez uma pausa, depois assentiu.

– Ahh.

Nenhum dos dois sabia de fato o que aquele "ahh" significava.

Gamache se perguntou quanto tempo levaria para que as pessoas parassem de olhar para ele e ver Beauvoir ao seu lado. E quanto tempo será que levaria para que ele próprio parasse de esperar ver Jean Guy ali? Não era a dor que era tão difícil de suportar, pensou Gamache. Mas o peso.

Quando o inspetor-chefe e Henri chegaram ao bistrô, o local estava lotado, agitado com o movimento do café da manhã, embora "agitado" talvez fosse a palavra errada.

Muitos dos moradores demoravam-se tomando o café, acomodando-se nos assentos perto das lareiras com seus jornais matinais, que chegavam um dia atrasados de Montreal. Alguns estavam sentados em frente às mesinhas redondas, comendo rabanadas, crepes ou ovos com bacon.

O sol nascia no céu, prometendo um dia luminoso.

Quando passou pela porta, todos os olhos se voltaram para Gamache. Ele já estava acostumado. Os moradores, é claro, sabiam sobre Constance. Sabiam que ela tinha desaparecido e, agora, saberiam que tinha morrido. Assassinada.

Os olhos que encontraram os dele, quando examinou o salão aberto, se dividiam entre curiosos, aflitos, perscrutadores ou simplesmente inquisitivos, como se Gamache andasse por aí com um saco de respostas pendurado no ombro.

Ao pendurar o impermeável, notou alguns sorrisos. Os moradores tinham reconhecido seu companheiro, o das orelhas. Um filho que voltava. E Henri os reconheceu e os saudou com lambidas, abanadas de rabo e fungadas inapropriadas enquanto eles caminhavam pelo bistrô.

– Aqui.

Gamache viu Clara de pé perto de um grupo de poltronas e um sofá. Ele acenou de volta e avançou contornando as mesas. Olivier se juntou a ele lá, um pano de prato pendurado no ombro e um paninho úmido na mão. Ele limpou a mesa enquanto o inspetor cumprimentava Myrna, Clara e Ruth.

– Você se importa se Henri ficar ou prefere que eu deixe ele na pousada? – perguntou Gamache.

Olivier olhou para Rosa. A pata estava sentada em uma poltrona ao lado da lareira, com uma edição da *Gazette* de Montreal debaixo dela e uma da *La Presse* no braço do móvel, esperando para ser lida.

– Acho que não tem problema – disse Olivier.

Ruth golpeou o assento a seu lado no sofá, o que só poderia ser interpretado como um convite. Era como receber um coquetel molotov personalizado.

Gamache se sentou.

– E aí? Cadê o Beauvoir?

Tinha se esquecido de que, a despeito de todas as probabilidades e do que seria natural, Jean Guy e Ruth tinham desenvolvido uma amizade. Ou, pelo menos, uma compreensão mútua.

– Ele está em outro caso.

Ruth olhou de cara feia para Gamache, que sustentou o olhar dela calmamente.

– Finalmente descobriu que você não vale nada, não é?

Gamache sorriu.

– Deve ter sido.

– E a sua filha? Ele ainda está apaixonado por ela ou conseguiu cagar isso também?

Gamache continuou a sustentar aqueles olhos frios e velhos.

– Fico feliz em ver que Rosa voltou – disse ele, por fim. – Ela parece bem.

Ruth desviou os olhos de Gamache para a pata e, depois, voltou a encará-lo. Então fez algo que ele praticamente nunca tinha visto. Ela cedeu.

– Obrigada – respondeu.

Armand respirou fundo. O bistrô cheirava a pinho fresco e lenha queimada, com um toque de bengalas doces. Uma guirlanda pendia sobre a cornija da lareira, e uma árvore ocupava o canto, decorada com enfeites e doces de Natal descombinados.

Ele se voltou para Myrna.

– Como você está?

– Péssima – respondeu ela, com um pequeno sorriso.

E, de fato, ela parecia não ter dormido muito.

Clara estendeu o braço e segurou a mão da amiga.

– A inspetora Lacoste vai pegar todas as evidências concretas com a polícia de Montreal agora de manhã – contou ele. – Eu vou dirigir até a cidade, e a gente vai examinar os interrogatórios. Uma das principais perguntas é se a pessoa que matou Constance sabia quem ela realmente era.

– Você quer dizer que pode ter sido um desconhecido? – perguntou Olivier. – Ou foi alguém que matou Constance de propósito?

– Essa é sempre uma pergunta – admitiu Gamache.

– Você acha que a pessoa queria matar Constance? – perguntou Clara. – Ou foi um engano? Um assalto que saiu do controle?

– Havia ali *mens rea*, uma mente culpada, ou foi um acidente? – disse Gamache. – Essas são perguntas que a gente vai fazer.

– Espera um minuto – disse Gabri, que tinha se juntado a eles, mas estava estranhamente quieto. – O que você quis dizer com "quem ela realmente era"? Por que não disse "quem ela era", mas "quem ela realmente era"? O que isso quer dizer?

Gabri olhou de Gamache para Myrna e vice-versa.

– Quem ela era?

O inspetor-chefe se inclinou para a frente, prestes a responder, então olhou para Myrna, sentada em silêncio em sua cadeira. Ele aquiesceu. Aquele era um segredo que ela guardara por décadas. Era direito dela revelá-lo.

Myrna abriu a boca, mas outra voz, uma voz ranzinza, falou:

– Ela era Constance Ouellet, idiota.

ONZE

– Constance Ouellet-Idiota? – perguntou Gabri.

Ruth e Rosa fizeram cara feia para ele.

– Quá, quá, quá – murmurou a pata, irritada.

– Ela é Constance Ouellet – esclareceu Ruth, a voz glacial. – O idiota é você.

– Você sabia? – perguntou Myrna à velha poeta.

Ruth pegou Rosa, colocando a pata no colo e acariciando-a como se ela fosse um gato. Rosa esticou o pescoço, estendendo o bico para o alto em direção a Ruth e se aninhando naquele velho corpo.

– No começo, não. Eu achei que ela fosse só uma velhota chata. Que nem você.

– Espera um minuto – disse Gabri, agitando a mão grande à sua frente como se tentasse dissipar a confusão. – Constance Pineault era Constance Ouellet? – Ele se voltou para Olivier. – Você sabia?

Mas estava claro que seu companheiro ficara igualmente estupefato. Gabri olhou para os amigos reunidos e, finalmente, se deteve em Gamache.

– A gente está falando da mesma coisa? Das Quíntuplas Ouellet?

– *C'est ça*.

– As quíntuplas? – insistiu Gabri, ainda sem compreender direito.

– Isso – assegurou Gamache.

Mas aquilo só parecia aumentar a perplexidade de Gabri.

– Eu achei que elas estivessem mortas – disse ele.

– Por que as pessoas não param de dizer isso? – quis saber Myrna.

– Bom, é que parece que foi há tanto tempo... Em outra era.

Eles ficaram em silêncio. Gabri tinha acertado na mosca. Era exatamente o que a maioria das pessoas estava pensando. Não era tanto o espanto de que uma das Quíntuplas Ouellet tivesse morrido, mas o de que alguma ainda estivesse viva. E de que uma delas houvesse convivido com eles.

As quíntuplas eram uma lenda no Quebec. No Canadá. No mundo todo. Um fenômeno. Quase aberrações. Cinco garotinhas idênticas. Nascidas das profundezas da Grande Depressão. Concebidas sem medicamentos para fertilidade. *In vivo*, não *in vitro*. As únicas quíntuplas naturais que tinham sobrevivido. E elas tinham sobrevivido por 77 anos. Até o dia anterior.

– Constance era a única que restava – disse Myrna. – A irmã dela, Marguerite, morreu em outubro. Teve um AVC.

– Constance se casou? – perguntou Olivier. – Foi daí que veio Pineault?

– Não, nenhuma delas se casou – contou Myrna. – Elas usavam o sobrenome de solteira da mãe, Pineault.

– Por quê? – perguntou Gabri.

– O que você acha, palerma? – perguntou Ruth. – Nem todo mundo adora chamar a atenção, sabia?

– Então como você sabia quem ela era? – inquiriu Gabri.

A pergunta calou Ruth, para espanto de todos. Eles esperavam uma resposta abrupta, não o silêncio.

– Ela me contou – disse Ruth, por fim. – Mas a gente não falou sobre isso.

– Ah, fala sério – retrucou Myrna. – Ela contou que era uma das Quíntuplas Ouellet e você não fez uma única pergunta?

– Eu não estou nem aí se você acredita em mim ou não – respondeu Ruth. – É a verdade, infelizmente.

– Verdade? Você não reconheceria a verdade nem se ela mordesse sua bunda – disse Gabri.

Ruth o ignorou e se concentrou em Gamache, que a observava atentamente.

– Ela foi morta por ser uma das quíntuplas? – perguntou Ruth.

– O que a senhora acha? – perguntou ele.

– Eu não vejo por quê – admitiu Ruth. – Mas...

Mas, pensou Gamache, ao se levantar. *Mas... Por que outra razão ela seria morta?*

Ele consultou o relógio. Quase nove da manhã. Hora de ir. Gamache pediu licença para dar um telefonema no bar, lembrando que nem o celular, nem o e-mail funcionavam em Three Pines. Ele quase esperava ver mensagens voando de um lado para o outro no céu do vilarejo, sem conseguir descer. Aguardando-o subir a colina ao sair de Three Pines para então bombardeá-lo.

Porém, enquanto estivesse ali, nenhuma delas podia alcançá-lo. Armand Gamache suspeitava que isso em parte explicava sua boa noite de sono. E suspeitava que isso também explicava por que Constance Ouellet se sentira cada vez mais à vontade no vilarejo.

Ela estava segura ali. Nada podia alcançá-la. Só quando saíra de lá ela fora assassinada.

Ou...

Enquanto o telefone chamava, seus pensamentos ganhavam velocidade.

Ou...

Ela não fora assassinada quando saíra de lá, percebeu ele. Constance Ouellet fora assassinada quando tentava voltar para Three Pines.

– *Bonjour, patron* – disse a voz animada da inspetora Lacoste ao telefone.

– Como você sabia que era eu? – perguntou ele.

– O identificador de chamadas diz "Bistrô". É o nosso código para o senhor.

Ele ficou em silêncio por um instante, perguntando-se se aquilo era verdade, depois ela riu.

– O senhor ainda está em Three Pines?

– Estou saindo agora. O que você conseguiu?

– A gente já recebeu a autópsia e a perícia da polícia de Montreal, e eu estou lendo os depoimentos dos vizinhos. Foi tudo enviado para o senhor.

Estavam entre as mensagens pairando lá no alto, pensou Gamache.

– Alguma coisa que eu precise saber?

– Não até agora. Parece que os vizinhos não sabiam quem ela era.

– Agora eles sabem?

– A gente não contou. Queremos manter isso em segredo o máximo de tempo possível. Vai ser um deus nos acuda quando for divulgado que a última quíntupla não só morreu, mas foi assassinada.

– Eu queria ver a cena do crime de novo. Você pode me encontrar na casa de madame Ouellet daqui a uma hora e meia?

– *D'accord* – disse Lacoste.

93

Gamache olhou para cima, para o espelho atrás do bar. Nele, viu seu reflexo e, atrás de si, o bistrô, com sua decoração de Natal e a janela que dava para o vilarejo nevado. O sol já vinha alto agora, alcançando a linha das árvores, e o céu tinha o tom mais pálido de todos os azuis do inverno. A maioria dos clientes do bistrô havia voltado às suas conversas, excitados agora, animados pela notícia de que tinham visto em carne e osso uma das Quíntuplas Ouellet. Gamache podia sentir o ir e vir das emoções. Excitação com a descoberta. Depois, a lembrança de que ela estava morta. Então a volta ao fenômeno das Quíntuplas. E, por fim, o assassinato. Eles eram como átomos correndo entre os polos. Incapazes de parar em um único ponto.

Ao redor da lareira, os amigos se solidarizavam com Myrna. E, no entanto... Ele tivera a impressão de que, ao voltar os olhos para o próprio reflexo, vira um movimento lá atrás. Alguém o estava observando, mas rapidamente baixara os olhos.

Um par de olhos, porém, continuava grudado nele. Encarando-o.

Henri.

O pastor-alemão estava sentado, perfeitamente contido, alheio à confusão ao seu redor. Ele o encarava. Transfixado. Esperando. E esperaria para sempre, seguro na certeza absoluta de que Gamache não o esqueceria.

Gamache sustentou o olhar do cachorro e sorriu para o espelho. O rabo de Henri se contraiu em um espasmo, mas o resto do corpo permaneceu imóvel como pedra.

– E agora, *patron*? – perguntou Olivier, dando a volta no bar enquanto Gamache devolvia o fone ao gancho.

– Agora eu vou voltar para Montreal. Tenho trabalho a fazer, infelizmente.

Olivier pegou o telefone.

– Eu também tenho trabalho a fazer. Boa sorte, inspetor-chefe.

– Boa sorte para você, *mon vieux*.

GAMACHE ENCONTROU ISABELLE LACOSTE em frente à casa de Constance, e eles entraram juntos.

– Cadê o Henri? – perguntou ela, acendendo as luzes da casa.

Era um dia ensolarado, mas a casa parecia desbotada, como se drenada de toda cor.

– Deixei ele em Three Pines, com Clara. Os dois ficaram bem felizes.

Ele havia assegurado a Henri que voltaria, e o pastor-alemão confiara na promessa.

Gamache e Lacoste se sentaram à mesa da cozinha e repassaram os interrogatórios e a perícia. A polícia de Montreal havia sido minuciosa, colhendo depoimentos, amostras e impressões digitais.

– Só tem impressões digitais dela, estou vendo – comentou Gamache, sem tirar os olhos do papel. – Nenhum sinal de entrada forçada, e a porta estava destrancada quando a gente chegou.

– Talvez isso não signifique nada – opinou Lacoste. – Quando o senhor chegar nas declarações dos vizinhos, vai ver que a maioria não tranca a porta durante o dia quando está em casa. É um bairro antigo e bem estabelecido. Não tem criminalidade. As famílias vivem aqui há anos. Algumas há gerações.

Gamache anuiu, mas suspeitava que Constance Ouellet trancasse as portas. Seu bem mais valioso parecia ser a privacidade, e ela não iria querer que um vizinho bem-intencionado a roubasse.

– O legista confirma que ela foi assassinada antes da meia-noite – disse ele. – Ela estava morta fazia um dia e meio quando a gente encontrou o corpo.

– Isso também explica por que ninguém viu nada – disse Lacoste. – Estava escuro e frio, e todo mundo estava dentro de casa, dormindo, vendo TV ou embrulhando presentes. E depois nevou o dia todo, o que encobriu qualquer rastro que poderia existir.

– Como ele entrou na casa? – perguntou Gamache, erguendo a cabeça e encontrando os olhos de Lacoste.

Em volta deles, a cozinha antiquada parecia esperar que um deles fizesse um bule de chá ou comesse os biscoitos da lata. Era uma cozinha hospitaleira.

– Bom, a porta estava destrancada quando a gente chegou. Então, ou Constance deixou a casa destrancada e ele entrou, ou ela trancou, ele tocou a campainha e ela deixou o assassino entrar.

– Daí ele matou e foi embora – continuou Gamache –, deixando a porta destrancada.

Lacoste assentiu e observou Gamache se recostar e balançar a cabeça.

– Constance Ouellet não deixaria o assassino entrar. Myrna disse que ela era reservada de um jeito quase patológico, e isto confirma essa afirmação – disse ele, dando um tapinha no relatório forense. – Quando foi a última vez que você viu uma casa com um único par de impressões digitais? Ninguém entrava nesta casa. Pelo menos ninguém era convidado a entrar.

– Então a porta devia estar destrancada e ele entrou.

– Mas uma porta destrancada também era contra a natureza dela – argumentou Gamache. – E digamos que ela tenha adquirido o hábito de não trancar a porta, como o resto do bairro. Era tarde da noite e ela estava se preparando para dormir. Ela já teria trancado a porta a essa hora, *non*?

Lacoste aquiesceu. Ou Constance havia deixado o assassino entrar, ou ele tinha feito isso por conta própria.

Nenhuma das hipóteses parecia provável, mas uma delas era a verdade.

Gamache leu o resto dos relatórios enquanto a inspetora Lacoste fazia sua própria busca detalhada na casa, começando pelo porão. Ele conseguia ouvi-la lá embaixo, mexendo nas coisas. Fora isso, porém, havia só o tique--taque do relógio acima da pia, registrando os momentos que passavam.

Ele finalmente baixou os relatórios e tirou os óculos.

Os vizinhos não tinham visto nada. A mais antiga, que havia morado na rua a vida inteira, se lembrava de quando as três irmãs se mudaram para lá, 35 anos antes. Constance, Marguerite e Josephine.

Até onde sabia, Marguerite era a mais velha, embora Josephine tivesse sido a primeira a morrer, cinco anos antes. Câncer.

As irmãs eram simpáticas, porém reservadas. Nunca recebiam ninguém, mas sempre compravam caixas de laranjas, toranjas e chocolates natalinos das crianças quando elas faziam campanhas para arrecadar dinheiro, e paravam para conversar nos dias quentes de verão, enquanto cuidavam do jardim.

Eram gentis sem ser intrusivas. E sem permitir intrusão.

"As vizinhas perfeitas", dissera a mulher.

Ela morava na casa ao lado e, uma vez, tomara uma limonada com Marguerite. Elas haviam se sentado juntas na varanda e observado Constance lavar o carro. Tinham gritado palavras de incentivo e apontado, brincando, as áreas que ela havia esquecido.

Gamache quase conseguia vê-las. Podia sentir o gosto da limonada e o cheiro da água fria da mangueira atingindo a calçada quente. Ele se perguntou como aquela vizinha idosa poderia não saber que estava sentada com uma das Quíntuplas Ouellet.

Mas ele sabia a resposta.

As quíntuplas só existiam em fotografias em sépia e cinejornais. Elas moravam em pequenos castelos perfeitos e usavam vestidos com uma quantidade impossível de babados. E vinham em cinco.

Não três. Não uma.

Cinco garotas, crianças para sempre.

As Quíntuplas Ouellet não eram reais. Não envelheciam, não morriam. E, com certeza, não bebericavam limonada em Pointe-Saint-Charles.

Por isso ninguém as reconhecia.

Também ajudava o fato de elas não quererem ser reconhecidas. Como Ruth tinha falado, nem todo mundo adorava chamar a atenção.

"É a verdade, infelizmente", dissera Ruth.

Infelizmente, pensou o inspetor-chefe Gamache. Ele saiu da cozinha e deu início à própria busca.

CLARA MORROW PÔS UMA TIGELA de água fresca no chão, mas Henri estava agitado demais para notar. Ele corria pela casa, farejando. Clara observava, com o coração cheio e partido ao mesmo tempo. Não fazia muito tempo havia sacrificado Lucy, sua golden retriever. Myrna e Gabri tinham ido com elas e, no entanto, Clara se sentira sozinha. Peter não estava lá.

Ela pensara em ligar para ele e contar sobre Lucy, mas sabia que era só uma desculpa para entrar em contato.

O acordo era esperar um ano, e nem seis meses tinham se passado desde que ele se fora.

Clara seguiu Henri até seu estúdio, onde ele encontrou uma casca de banana. Ao tirá-la dele, parou em frente ao seu último trabalho, mal um esboço até o momento.

Aquele fantasma era seu marido.

Às vezes de manhã, às vezes à noite, ela entrava ali e conversava com ele. Contava sobre seu dia. Ela vez ou outra até preparava o jantar, levava uma vela até lá e comia sob essa luz diante daquela sugestão de Peter. Comia e conversava com ele, contava a ele os acontecimentos do dia. Os pequenos, com os quais só um bom amigo se importaria. E os grandes. Como o assassinato de Constance Ouellet.

Clara pintava e conversava com o retrato. Acrescentando uma pincelada aqui, uma batidinha de tinta ali. Um marido criado por ela. Que escutava. Que se importava.

Henri ainda farejava e bufava pelo estúdio. Depois de encontrar a casca de banana, havia uma boa razão para esperar que houvesse mais coisa. Parando de pintar por um instante, Clara percebeu que ele não estava procurando cascas de banana. Henri estava atrás de Armand.

Ela enfiou a mão no bolso para pegar um dos petiscos que Armand havia deixado, depois se abaixou e chamou o cachorro. Henri parou de zanzar e olhou para ela, as orelhas de antena parabólica voltando-se para a voz dela, captando seu canal preferido. O canal do petisco.

Ele se aproximou, se sentou e pegou o biscoito em forma de osso com delicadeza.

– Está tudo bem – assegurou ela, apoiando a testa na dele. – Ele vai voltar.

Então Clara voltou ao retrato.

– Eu pedi a Constance que posasse para mim – disse ela para a tinta úmida. – Mas ela se recusou. Não sei direito por que pedi. Você tem razão, eu sou a melhor artista do Canadá, talvez do mundo, então ela devia ter ficado lisonjeada.

Não fazia mal exagerar – aquele Peter não revirava os olhos.

Clara se afastou da tela e pôs o pincel na boca, espalhando a tinta ocre pura na bochecha.

– Eu dormi na Myrna ontem.

Ela descreveu para Peter como tinha se enrolado no edredom quente, colocado a velha revista *Life* nos joelhos e observado a capa. Enquanto olhava, a imagem das garotas deixou de ser encantadora e ficou estranha – e, depois, vagamente perturbadora.

– Elas eram todas iguais, Peter. Na expressão, no jeito. Não só parecidas, mas exatamente iguais.

Clara Morrow, a artista, a retratista, tinha procurado naqueles rostos qualquer indício de individualidade. E não havia encontrado. Então tinha se recostado na cama e se lembrado da mulher idosa que havia conhecido. Ela não pedia a muitas pessoas que posassem para um retrato. Aquilo exigia muito para ser feito por impulso. Mas, aparentemente em um impulso, ela fizera a pergunta a Constance. E fora rejeitada com firmeza.

Na verdade, não havia exagerado para Peter. De um jeito surpreendente, Clara Morrow tinha se tornado famosa por seus retratos. Ou, pelo menos, surpreendente para ela. E com certeza também surpreendente para seu marido artista.

Ela se lembrou do que John Singer Sargent certa vez dissera.

"Sempre que pinto um retrato, perco um amigo."

Clara tinha perdido o marido. Não porque o pintara, mas porque o superara na pintura. Às vezes, nas noites escuras de inverno, desejava ter insistido em seus pés gigantescos e úteros guerreiros.

– Mas os meus quadros não te mandaram embora de casa, né? – perguntou ela à tela. – Foram os seus demônios. Eles finalmente te alcançaram.

Ela o analisou atentamente.

– Como isso deve ter doído... – disse ela baixinho. – Onde você está agora, Peter? Parou de fugir? Enfrentou o que quer que tenha devorado a sua felicidade, a sua criatividade, o seu bom senso? O seu amor?

A coisa havia comido o amor dele, mas não o de Clara.

Henri se acomodou no pedaço gasto de carpete aos seus pés. Ela pegou o pincel e se aproximou da tela.

– Ele vai voltar – murmurou, talvez para Henri.

O inspetor-chefe Gamache abriu gavetas e armários, examinando o conteúdo da casa de Constance Ouellet. No armário do hall de entrada encontrou um casaco, uma pequena coleção de chapéus e um par de luvas.

Nada de acumulação por ali.

Ele olhou para as estantes de livros e a lareira. Ficou de quatro e espiou debaixo dos móveis. Pelo que a polícia de Montreal havia averiguado, Constance não tinha sido roubada. A bolsa ainda estava ali, com dinheiro e tudo. O carro, parado na rua. Não havia pontos vazios nas paredes onde um quadro poderia estar pendurado, nem lacunas no gabinete de curiosidades que alguma bugiganga valiosa pudesse ter ocupado.

Nada fora levado.

Mas, ainda assim, ele procurava.

Ele sabia que estava percorrendo um território já examinado pela polícia de Montreal, mas procurava outra coisa. A busca inicial fora por pistas do assassino. Uma luva ensanguentada, uma chave extra, um bilhete ameaçador. Uma impressão digital, uma pegada. Sinais de roubo.

Ele estava procurando pistas sobre a vida dela.

– Nada, chefe – disse Lacoste, limpando as mãos da poeira do porão. – Elas não pareciam ser sentimentais. Nenhuma roupinha de bebê, nenhum brinquedo antigo, nada de trenós ou raquetes de neve.

– Raquetes de neve? – perguntou Gamache, achando graça.

– O porão dos meus pais está cheio desse tipo de tralha – admitiu Lacoste.
– E, quando eles morrerem, o meu vai estar.

– Você não vai se livrar dessas coisas?

– Eu não conseguiria. E o senhor?

– Madame Gamache e eu guardamos algumas coisas dos nossos pais. Como você sabe, ela tem trezentos irmãos, então não existia a possibilidade de que tudo viesse para a gente.

Lacoste riu. Todas as vezes que o chefe descrevia a família de madame Gamache, o número de irmãos aumentava. Ela imaginava que para ele, que era filho único, devia ter sido esmagador se ver de repente em uma família grande.

– O que tem lá embaixo? – perguntou ele.

– Um baú de cedro com roupas de verão e os móveis de jardim trazidos para dentro por causa do inverno. Basicamente aquelas coisas baratas de plástico. Mangueiras e ferramentas de jardim. Nada pessoal.

– Nada da infância dela?

– Nadinha.

Ambos sabiam que, até para pessoas rigorosamente não sentimentais, aquilo era raro. Mas para as quíntuplas? Um mercado inteiro havia sido construído em volta delas. Suvenires, livros, bonecas, quebra-cabeças. Ele tinha quase certeza de que, se procurasse bem em sua própria casa, encontraria alguma coisa delas. Uma colher que sua mãe colecionara. Um cartão-postal da família de Reine-Marie com os rostos sorridentes das garotas.

Em uma época em que os quebequenses começavam a se afastar da Igreja, as quíntuplas acabaram se tornando a nova religião. Uma combinação fantástica de milagre e entretenimento. Ao contrário da severa Igreja Católica, elas eram divertidas. Ao contrário da Igreja, cujos símbolos mais poderosos eram o sacrifício e a morte, a persistente imagem das Quíntuplas Ouellet era a da felicidade. Cinco garotinhas sorridentes, enérgicas e vivas. O mundo caíra de joelhos diante delas. Ao que tudo indicava, as únicas que não haviam se apaixonado pelas quíntuplas tinham sido elas mesmas.

Gamache e Lacoste avançaram pelo corredor, cada um analisando um quarto. Eles se encontraram minutos depois e compararam as anotações.

– Nada – disse Lacoste. – Tudo limpo. Organizado. Sem roupas nem pertences pessoais.

– E sem fotos.

Ela balançou a cabeça.

Gamache bufou. Será que a vida delas tinha sido tão antisséptica assim? No entanto, a casa não era fria. Parecia um lugar aconchegante e convidativo. Havia objetos pessoais, só não particulares.

Eles entraram no quarto de Constance. O tapete manchado de sangue ainda estava ali. A mala jazia sobre a cama. A arma do crime tinha sido levada, mas a fita policial indicava onde ela fora largada.

Gamache foi até a pequena mala e tirou os itens de dentro dela, colocando-os organizadamente na cama. Suéteres, roupas íntimas, meias grossas, uma saia e calças largas confortáveis. Ceroulas e uma camisola de flanela. Todas as coisas que se levaria para o Natal em um país frio.

Entre as camisas de tecido grosso, ele encontrou três presentes, embrulhados em um papel com estampa de bengalinhas doces. Ele os apertou, e o papel amassou. O que quer que estivesse lá dentro era macio.

Roupas, ele sabia, tendo ganhado dos filhos sua cota de meias, gravatas e cachecóis. Ele olhou para as etiquetas.

Um para Clara, um para Olivier e um para Gabri.

Ele os entregou a Lacoste.

– Você pode desembrulhar isto, por favor?

Enquanto ela fazia isso, ele tateou a mala. Um dos suéteres não cedeu tanto quanto deveria. Gamache o pegou e desenrolou a lã.

– Um cachecol para Clara – disse Lacoste – e luvas para Olivier e Gabri.

Ela os embrulhou de novo.

– Olhe só isto – disse Gamache, erguendo no ar o que tinha encontrado no meio do suéter.

Era uma foto.

– Isto não estava listado na busca dos policiais de Montreal – disse Lacoste.

– Fácil de passar despercebido – argumentou Gamache.

E ele conseguia imaginar o que eles estavam pensando. Já era tarde, fazia frio, eles estavam com fome e, em breve, aquele caso já nem seria mais deles.

Eles não tinham sido exatamente incompetentes, mas menos meticulosos. E a pequena foto em preto e branco estava quase escondida no suéter grosso de lã.

Ele a levou até a janela, e a dupla a examinou. Quatro mulheres, na faixa dos 30, imaginou Gamache, sorrindo para eles. Elas envolviam uma a cintura da outra e olhavam diretamente para a câmera. Gamache se pegou sorrindo de volta e percebeu que Lacoste também sorria. Os sorrisos das garotas não eram largos, porém eram genuínos e contagiantes.

Mas, embora as expressões fossem idênticas, todo o resto era diferente. As roupas, os cabelos, os sapatos, o estilo. Até os corpos. Duas eram gordas, uma magra e uma na média.

– O que você acha? – perguntou ele a Lacoste.

– São obviamente quatro irmãs, mas parece que elas fizeram de tudo para não ficarem parecidas.

Gamache aquiesceu. Também era a sua impressão.

Ele olhou para o verso da foto. Não havia nada ali.

– Por que só quatro? – perguntou Lacoste. – O que aconteceu com a outra?

– Acho que uma delas morreu bem jovem – respondeu ele.

– Não deve ser difícil descobrir – disse Lacoste.

– Certo. Parece um trabalho para mim, então – declarou Gamache. – Você pode cuidar das coisas difíceis.

Gamache pôs a fotografia no bolso e eles passaram os minutos seguintes vasculhando o quarto de Constance.

Havia alguns livros espalhados na mesinha de cabeceira. Ele voltou à mala e encontrou o livro que ela estava lendo. Era *Ru*, de Kim Thúy.

Ele o abriu onde estava o marcador e virou uma página deliberadamente. Leu a primeira frase. Palavras que Constance Ouellet jamais leria.

Como um homem que amava livros, um marcador depositado por alguém morto sempre o deixava triste. Ele tinha dois livros como aquele. Estavam na estante de seu escritório. Os volumes haviam sido encontrados por sua avó, na mesinha de cabeceira do quarto de seus pais, depois que eles morreram em um acidente de carro quando Armand era criança.

De vez em quando ele puxava os livros da estante e tocava nos marcadores, mas ainda não tinha encontrado forças para continuar de onde eles haviam parado. Para ler o resto da história.

Agora ele baixava o livro de Constance e olhava pela janela para o pequeno quintal dos fundos. Ele suspeitava que debaixo da neve houvesse uma pequena horta. E que, no verão, as três irmãs se sentassem nas cadeiras de plástico baratas à sombra do imenso bordo e tomassem chá gelado. E lessem. Ou conversassem. Ou só ficassem em silêncio.

Ele se perguntou se elas conversavam sobre seus dias de sucesso como as Quíntuplas Ouellet. Será que relembravam o passado? Ele duvidava.

A casa parecia um santuário, e era disso que estavam se escondendo.

Então ele se virou para olhar a mancha no carpete e a fita policial. E o livro em sua mão.

Logo ele conheceria a história completa.

– Então, eu entendo por que as irmãs Ouellet não queriam que todo mundo soubesse que elas eram as quíntuplas – disse Lacoste quando eles estavam prontos para ir embora. – Mas por que não ter fotos pessoais, cartões e cartas na privacidade da própria casa? Isso não te parece estranho?

Gamache saiu da varanda.

– Eu acho que a gente vai descobrir que muito pouco sobre a vida delas pode ser considerado normal.

Eles avançaram lentamente pelo caminho coberto de neve, estreitando os olhos por causa do reflexo do sol na neve.

– Tinha outra coisa faltando – disse o chefe. – Você notou?

Lacoste pensou. Ela sabia que não era um teste. Gamache já havia passado dessa fase, e ela também. Mas sua mente estava em branco.

Ela balançou a cabeça.

– Os pais – respondeu ele.

Droga, pensou Lacoste. *Os pais.* Ela não tinha visto isso. Em meio àquele monte de irmãs, ou irmãs sumidas, ela deixara passar outra coisa.

Monsieur e madame Ouellet. Uma coisa era apagar parte do seu próprio passado, mas por que eliminar também os próprios pais?

– O que o senhor acha que isso significa? – perguntou ela.

– Talvez nada.

– O senhor acha que foi isso que o assassino levou?

Gamache ponderou sobre a pergunta.

– Fotos dos pais?

– Fotos de família. Dos pais e das irmãs.

– Acho possível – respondeu ele.

– Eu só estou pensando aqui... – disse Lacoste, quando eles chegaram ao carro dela.

– Continue.

– Não, é muito idiota.

Ele ergueu as sobrancelhas, mas não disse nada. Só a encarou.

– O que a gente realmente sabe sobre as Quíntuplas Ouellet? – perguntou ela. – Elas sumiram de vista de propósito, se tornaram as irmãs Pineault. Eram reservadas ao extremo...

– Fale logo, inspetora.

– Talvez Constance não seja a última.

– *Pardon?*

– Como a gente sabe que as outras estão mortas? Talvez uma não esteja. Quem mais poderia entrar na casa? Quem mais sabia que elas estavam vivas? Quem mais poderia levar fotos de família?

– A gente não sabe se o assassino se deu conta de que ela era uma das quíntuplas – pontuou o inspetor-chefe. – Nem se as fotos de família foram roubadas.

Porém, enquanto dirigia para longe, a afirmação de Lacoste crescia em sua mente.

Talvez Constance não fosse a última.

DOZE

Presta atenção, implorou Jean Guy Beauvoir a si mesmo. Pelo amor de Deus, não surta.

Seu joelho balançava para cima e para baixo, e Jean Guy pôs a mão nele.

Na frente da sala, Martin Tessier instruía os agentes da Sûreté que logo invadiriam o reduto da gangue de motoqueiros.

– Eles não são só brutamontes tatuados – disse o braço direito de Francoeur, tirando os olhos dos gráficos no tablet para encará-los. – Muitos policiais e chefões da máfia que hoje estão mortos subestimaram os motoqueiros. Eles são soldados. Podem parecer broncos, mas não se enganem: são disciplinados, dedicados e altamente motivados a proteger o próprio território.

Tessier prosseguiu, exibindo imagens, esquemas e planos.

Mas Beauvoir só ouvia a própria voz, implorando.

Meu Deus amado, não me deixe morrer.

O inspetor-chefe bateu à porta e entrou no escritório de Thérèse Brunel. Ela ergueu os olhos da mesa enquanto ele se aproximava.

– Feche a porta, por favor – disse ela, tirando os óculos.

A voz e os gestos dela estavam bruscos de um jeito que não fazia o feitio dela.

– Eu recebi a sua mensagem, mas estava fora da cidade.

Ele olhou de relance para o relógio na mesa dela. Tinha acabado de passar de meio-dia.

Ela apontou para uma cadeira. Ele hesitou por um instante, depois se sentou. Ela ocupou a cadeira ao lado. Parecia cansada, mas ainda estava perfeitamente arrumada e perfeitamente no comando de si mesma e dele.

– A gente chegou ao fim, Armand. Sinto muito.

– O que isso quer dizer?

– Você sabe o que quer dizer. Eu tenho pensado sobre isso e conversado com Jérôme, e a gente acha que não tem nada lá. A gente está correndo atrás do próprio rabo.

– Mas...

– Não me interrompa, inspetor-chefe. Essa coisa toda do vídeo saiu do controle e assumiu uma proporção absurda. Está feito. O vídeo vazou, nada do que a gente fizer vai trazer ele de volta. Você precisa seguir em frente.

– Eu não entendo... – disse ele, procurando alguma coisa no rosto dela.

– É bem simples. Você estava magoado, zangado e queria vingança. O que é perfeitamente natural. Aí se convenceu de que existia mais do que apenas o vídeo. Você estava abalado e conseguiu abalar todos à sua volta. Inclusive a mim. A culpa é minha, não sua. Eu me permiti acreditar em você.

– O que aconteceu, Thérèse?

– Superintendente – corrigiu ela.

– *Désolé*. Superintendente – disse ele, baixando a voz. – Aconteceu alguma coisa?

– Com certeza aconteceu. Eu caí em mim e te aconselho a fazer o mesmo. Eu mal consegui dormir ontem à noite, então finalmente me levantei e fiz umas anotações. Você quer ver?

Gamache assentiu, observando-a atentamente. Ela lhe entregou um bilhete escrito à mão. Ele pôs os óculos de leitura e o analisou. Depois o dobrou ao meio cuidadosamente.

– Como você pode ver, eu listei todas as evidências a favor da sua alegação de que o superintendente Francoeur vazou o vídeo da batida e tem um propósito maior e mais malévolo...

– Thérèse! – exclamou Gamache, inclinando-se para a frente de repente, como que para fisicamente impedi-la de continuar falando.

– Ah, pelo amor de Deus, inspetor-chefe, desista. O escritório não está grampeado. Ninguém está escutando a gente. Ninguém se importa. Está tudo na sua cabeça. Olhe as minhas anotações. Não existem evidências. O peso da nossa amizade e o meu respeito por você me impediram de pensar com clareza. Você juntou pontos que você mesmo criou. – Ela se inclinou para ele de um jeito quase ameaçador. – Motivado, quase com certeza, pela sua própria aversão pessoal por Francoeur. Se você continuar com isso, Armand, eu mesma vou até ele com as evidências das suas ações.

– Você não faria isso – disse Gamache, mal encontrando a própria voz.

– Estou cansada, Armand – disse ela, levantando-se e sentando-se atrás da mesa. – Jérôme está exausto. Você arrastou nós dois para essa sua fantasia. Desista. Ou, melhor ainda, se aposente. Vá passar o Natal em Paris, pense sobre isso e, quando voltar...

Ela deixou o resto da frase pairar no ar entre eles.

Ele ficou de pé.

– Você está cometendo um erro, superintendente.

– Se eu estou, vou fazer isso em Vancouver, com a nossa filha. E, enquanto estiver lá, vou discutir o meu futuro com Jérôme. É hora de sair de cena, Armand. A Sûreté não está desmoronando, você é que está. Nós somos dinossauros, e o meteoro acabou de atingir a Terra.

– Pronto? – perguntou Tessier, dando um tapinha nas costas de Beauvoir.

Não.

– Pronto – respondeu ele.

– Ótimo. Eu quero que você lidere a equipe até o segundo andar.

Tessier sorria como se tivesse acabado de dar ao inspetor uma passagem para as Bahamas.

– Sim, senhor.

Ele só conseguiu chegar a um banheiro. Depois de trancar a porta da cabine, vomitou e vomitou. Até sair só um arroto de ar fétido, vindo das profundezas de seu corpo.

– Telefone para o senhor, chefe.

– É importante?

A secretária olhou para Gamache pela porta aberta do escritório. Durante todos aqueles anos trabalhando para o inspetor-chefe, ele nunca havia feito aquela pergunta. Ele confiava que, se ela tinha passado uma ligação, julgava que valia a pena atender.

Mas Gamache parecia distraído desde que voltara da reunião com a superintendente Brunel e tinha passado vinte minutos olhando pela janela.

– O senhor quer que eu anote o recado? – perguntou ela.

– Não, não – disse ele, pegando o telefone. – Eu atendo.

– *Salut, patron* – disse a voz alegre de Olivier. – Espero não estar atrapalhando. – E prosseguiu sem esperar uma resposta: – Gabri me pediu para ligar e confirmar que você ainda quer o seu quarto hoje à noite.

– Achei que já tivesse falado com ele sobre isso.

Gamache ouviu a leve irritação em sua voz, mas não fez nada para mudar o próprio tom.

– Olha, eu só estou repassando a mensagem.

– Ele reservou o mesmo quarto para outra pessoa ou algo assim?

– Não, ainda está disponível, mas ele quer saber quantos vão ser.

– Como assim?

– Bom, o inspetor Beauvoir vai vir também?

Gamache soltou o ar bruscamente no fone.

– *Voyons*, Olivier – começou ele, então se conteve. – Escuta, Olivier, eu também já falei com ele sobre isso. O inspetor Beauvoir está em outro caso. A inspetora Lacoste vai ficar em Montreal para seguir com a investigação daqui, e eu vou voltar para Three Pines, para trabalhar nessa parte do caso. Eu deixei Henri com madame Morrow, então tenho que ir até aí de qualquer jeito.

– Não precisa ficar irritado – retrucou Olivier. – Eu só estava perguntando.

– Eu não estou irritado – respondeu ele, embora claramente estivesse –, só ocupado e sem tempo para isso. Se o quarto ainda estiver disponível, ótimo. Senão, eu pego Henri e volto para Montreal.

– *Non, non*. Ele está disponível. E você pode ficar o tempo que quiser. Gabri não está aceitando reservas até o Natal. Ele está muito envolvido com o concerto.

Gamache não seria puxado para aquela conversa. Ele agradeceu a Olivier, desligou e olhou para o pequeno relógio na mesa. Quase uma e meia.

O inspetor-chefe se recostou na cadeira, depois a girou, virando de costas para o escritório e de frente para a ampla janela que exibia a nevada Montreal.

Uma e meia.

Era uma e meia.

Beauvoir respirou fundo outra vez e se recostou na van barulhenta. Tentou fechar os olhos, mas isso só piorou a náusea. Então virou o rosto, para que o metal frio ficasse encostado em sua bochecha quente.

Uma hora e meia, e a batida começaria. Ele desejou que a van tivesse janelas, para poder ver a cidade. Os prédios familiares. Sólidos, previsíveis. Jean Guy sempre se sentia mais confortável com o que fora criado pelo homem do que com o mundo natural. Tentou imaginar onde eles estavam. Será que já tinham atravessado a ponte? Havia prédios lá fora ou florestas?

Onde ele estava?

Gamache sabia onde Beauvoir estava. Ele estava em uma batida programada para começar às três.

Mais uma. Uma batida desnecessária, ordenada por Francoeur.

O inspetor fechou os olhos. *Inspirar fundo. Expirar fundo.*

Então vestiu o casaco. Da porta do escritório, observou a inspetora Lacoste dando ordens a um grupo de agentes. Ou tentando.

Eles estavam entre os novos agentes, enviados para lá quando o próprio pessoal de Gamache fora transferido e espalhado entre as outras divisões da Sûreté. Para a surpresa de todos, o inspetor-chefe não protestara. Não lutara. Mal parecera se importar ou notar que sua divisão estava sendo destruída.

Aquilo ia muito além de uma postura inabalável. Alguns começaram a se perguntar, primeiro em silêncio, depois com mais ousadia, se Armand Gamache ainda se importava. Mas, mesmo assim, conforme ele se aproximava do grupo, os agentes ficaram quietos e vigilantes.

– Uma palavrinha, inspetora – disse ele, e sorriu para os agentes.

Isabelle Lacoste seguiu Gamache de volta ao escritório dele, onde o chefe fechou a porta.

– Pelo amor de Deus, senhor, por que a gente tem que aguentar isso? – perguntou ela, meneando a cabeça com força para o escritório externo.

– A gente só tem que fazer o melhor que pode.

– Como? Desistindo?

– Ninguém está desistindo – disse ele, a voz tranquilizadora. – Você precisa confiar em mim. Você é uma grande investigadora. Tenaz, intuitiva. Inteligente. E tem uma paciência infinita. Você precisa usar isso agora.

– Ela não é infinita, *patron*.

Ele assentiu.

– Eu entendo. – Então, agarrando as bordas da mesa, ele se inclinou para ela. – Não deixe eles te intimidarem a ponto de você perder o rumo. Não saia do seu centro. E sempre, sempre confie na sua intuição, Isabelle. O que ela diz agora?

– Que a gente está ferrado.

Ele se recostou e riu.

– Então confie na minha. Nem tudo está como eu queria, isso é certo. Mas ainda não acabou. Isso não é inação, a gente só está respirando fundo.

Lacoste olhou de relance para os agentes, que se demoravam nas mesas, ignorando as ordens dela.

– E, enquanto a gente recupera o fôlego, eles assumem o controle. Destroem a divisão.

– Sim – disse ele.

Ela esperou pelo "mas", que não veio.

– Talvez eu deva ameaçar esses agentes – sugeriu ela. – A única coisa que um leão respeita é outro leão maior.

– Eles não são leões, Isabelle. Eles são irritantes, mas minúsculos. Formigas, ou mosquitos. Você passa por cima ou dá a volta. Mas não é necessário pisar neles. Não se trava uma guerra com mosquitos.

Mosquitos ou titicas. *Os excrementos de algum animal maior*, pensou Lacoste ao sair. Mas o inspetor-chefe estava certo. Aqueles novos agentes não valiam o esforço. Ela daria a volta neles. Por ora.

GAMACHE ESTACIONOU O CARRO NA vaga reservada. Ele sabia que a funcionária que normalmente parava ali não precisaria dela. Estava em Paris.

Eram duas da tarde. Ele fez uma pausa, fechando os olhos. Então tornou a abri-los e, com determinação, seguiu ao longo do caminho coberto de gelo até a entrada dos fundos da Biblioteca Nacional. Na porta, digitou o código de Reine-Marie no teclado e ouviu o *plec* quando a porta destrancou.

– Monsieur Gamache – disse Lili Dufour, erguendo os olhos da mesa, compreensivelmente perplexa. – Pensei que o senhor estivesse em Paris com Reine-Marie.

– Não, ela foi na frente.

– O que eu posso fazer pelo senhor? – perguntou ela, levantando-se e contornando a mesa para cumprimentá-lo.

Ela era esguia e contida. Agradável mas fria, beirando a intrometida.

– Preciso pesquisar um assunto e pensei que a senhora podia me ajudar.

– Sobre o quê?

– As Quíntuplas Ouellet.

Ele viu as sobrancelhas dela se erguerem.

– Sério? Por quê?

– A senhora não espera que eu conte, não é? – perguntou Gamache, com um sorriso.

– Então o senhor não espera que eu ajude, não é?

O sorriso dele sumiu. Reine-Marie havia falado sobre madame Dufour, que guardava os documentos da Biblioteca e do Arquivo Nacional como se fossem sua coleção particular.

– Assuntos de polícia – disse ele.

– Assuntos de biblioteca, inspetor-chefe – disse ela, acenando em direção às grandes portas fechadas.

Ele seguiu o olhar dela. Eles estavam nas salas dos fundos, onde os bibliotecários-chefes trabalhavam. Atrás daquelas portas ficava a área pública.

Quase sempre, quando visitava a esposa, ele se contentava em esperar na enorme e nova biblioteca pública, onde fileiras e fileiras de mesas e luminárias de leitura acomodavam alunos e professores, pesquisadores ou simplesmente curiosos. As mesas tinham tomadas para laptop e a internet sem fio dava acesso aos arquivos.

Mas não a todos. A Biblioteca e Arquivo Nacional do Quebec continha dezenas de milhares de documentos. Não só livros, mas mapas, diários, cartas e escrituras. Muitos deles com centenas de anos. E a maioria ainda não digitalizada.

Uma multidão de técnicos trabalhava longas horas para digitalizar tudo, mas o processo levaria anos, décadas.

Ele adorava caminhar pelos corredores, imaginando toda a história contida ali. Mapas feitos por Cartier. Diários escritos por Marguerite d'Youville. Os planos ensanguentados da Batalha das Planícies de Abraão.

E talvez, talvez, a história das Quíntuplas Ouellet. Não a história aberta ao público, mas a da vida privada delas. A vida real delas, que acontecia quando as câmeras eram desligadas.

E, se ela estava em algum lugar, era ali.

E ele precisava dela.

Gamache se voltou para madame Dufour.

– Eu estou pesquisando sobre as Quíntuplas Ouellet para um caso e preciso da sua ajuda.

– Essa parte eu deduzi.

– Preciso dar uma olhada no que a senhora tem nos arquivos confidenciais.

– Eles estão lacrados.

– Por quê?

– Não sei, eu não li. Estão lacrados.

Gamache sentiu uma onda de irritação, até notar um leve ar de divertimento no rosto dela.

– A senhora quer ler? – perguntou ele.

Agora ela hesitava, apanhada no meio do caminho entre a resposta correta e a verdadeira.

– O senhor está tentando me subornar? – perguntou ela.

Agora era a vez de o inspetor se divertir. Ele conhecia a moeda dela. Era a mesma que a sua. Informação. Descobrir coisas que ninguém mais sabia.

– Mesmo se eu deixasse o senhor ver, isso não poderia ser usado no tribunal – explicou ela. – Seriam documentos obtidos ilegalmente. As outorgantes ainda estão vivas.

Por "outorgantes", ela queria dizer as próprias quíntuplas, ele sabia.

Quando ele não disse nada, ela ficou quieta, seus olhos inteligentes avaliando Gamache e o silêncio.

– Venha comigo.

Ela se afastou das amplas portas que levavam à biblioteca pública de vidro e metal e o conduziu à direção oposta. Por um corredor. Descendo algumas escadas. E, finalmente, digitou um código em um teclado, no que uma imensa porta de metal se abriu com um leve zunido. Luzes incandescentes se acenderam automaticamente quando a porta se abriu. Estava frio dentro da sala sem janelas.

– Desculpe a iluminação – disse ela, trancando a porta atrás deles e avançando mais para dentro da sala. – A gente tenta manter as luzes no mínimo.

Enquanto seus olhos se ajustavam, ele percebeu que estava em uma sala grande, mas apenas uma de várias. Ele olhou para a direita. Depois para a esquerda. E para a frente. Sala após sala, todas conectadas, tinham sido construídas debaixo da biblioteca.

– O senhor não vem? – perguntou ela, e se afastou.

Gamache percebeu que, se a perdesse, estaria perdido. Então cuidou para que isso não acontecesse.

– Os cômodos estão classificados por quartos de século – disse ela, caminhando rapidamente de uma sala a outra.

Gamache tentou ler as etiquetas nas gavetas enquanto eles avançavam, mas a luz fraca tornava a tarefa difícil. Ele pensou ter visto *Champlain* em uma e se perguntou se era o próprio Champlain quem estava arquivado ali. E depois, em outra sala, *Guerra de 1812*.

Após algum tempo, resolveu manter os olhos à frente, concentrando-se nas costas magras de madame Dufour. Era melhor não saber por que tesouros estava passando.

Finalmente, ela parou, e ele quase lhe deu um encontrão.

– Aqui – disse ela, meneando a cabeça para uma gaveta.

A etiqueta dizia *Quíntuplas Ouellet*.

– Alguém mais viu estes documentos? – perguntou ele.

– Não que eu saiba. Não desde que eles foram coletados e selados.

– E quando foi isso?

Madame Dufour foi até a gaveta e examinou a etiqueta mais de perto.

– Em 27 de julho de 1958.

– Por que esta data? – perguntou ele.

– Por que agora, inspetor-chefe? – perguntou ela, e Gamache percebeu que ela estava entre ele e o que precisava saber.

– É segredo – disse ele, com a voz leve, mas sem desgrudar os olhos dos dela.

– Eu sou boa em guardar segredos – disse ela, olhando rápido para a longa fileira de arquivos.

Ele a examinou por um instante.

– Constance Ouellet morreu há dois dias.

Madame Dufour assimilou a informação com o rosto perturbado.

– É uma pena. Era a última delas, eu acho.

Gamache aquiesceu e agora ela o analisava com mais atenção.

– Ela não só morreu, não é?

– Não.

Lili Dufour respirou fundo e suspirou.

– A minha mãe foi ver as cinco, sabia? Naquela casa que foi construída para elas aqui em Montreal. Ficou na fila por horas. Elas eram só crianças na época. Ela falou disso até o dia em que morreu.

Gamache anuiu. Havia algo de mágico nas quíntuplas, e sua discrição extrema mais tarde na vida só aumentava aquela aura de mistério.

Madame Dufour deu um passo para o lado, e Gamache estendeu a mão para a gaveta onde vivia a vida privada das irmãs.

BEAUVOIR OLHOU PARA O RELÓGIO. Dez para as três. Ele estava grudado em uma parede de tijolos. Três oficiais da Sûreté estavam atrás dele.

– Fiquem aqui – murmurou, e virou a esquina.

Ele teve um breve vislumbre da surpresa no rosto deles. Surpresa e preocupação. Não em relação à gangue de motoqueiros que estavam prestes a atacar, mas ao policial que deveria liderá-los.

Beauvoir sabia que eles tinham motivos para sentir medo.

Ele encostou a cabeça no tijolo, batendo-a de leve. Então se agachou de forma a encostar os joelhos no peito e começou a se balançar. Enquanto se balançava, ouviu o chiado das botas pesadas na neve. Como um cavalinho de balanço precisando de óleo. Precisando de alguma coisa.

Oito para as três.

Beauvoir enfiou a mão no bolso do colete à prova de balas. O que continha gazes e esparadrapos para estancar ferimentos. Pegou dois frascos e, abrindo a tampa de um deles, rapidamente engoliu dois OxyContin. Ele tinha vomitado os anteriores e agora mal conseguia pensar de tanta dor.

E o outro. O outro. Ele olhou para o frasco e se sentiu como um homem no meio de uma ponte.

Com medo de tomar o comprimido e de não tomar. Com medo de entrar no reduto dos motoqueiros e de sair correndo. Estava com medo de morrer e de viver.

Principalmente com medo de que todo mundo descobrisse a real intensidade de seu medo.

Beauvoir girou a tampa e sacudiu o frasco. Os comprimidos cascatearam, quicando em sua mão trêmula, e se perderam na neve. Mas um se salvou. Estava no centro de sua mão. Sua necessidade era tão grande, e ele, tão pequeno. Ele o enfiou na boca o mais rápido possível.

Cinco para as três.

GAMACHE ESTAVA SENTADO NA MESA da sala de arquivos, lendo e fazendo anotações. Fascinado com o que encontrara até então. Diários, cartas pessoais e fotografias. Ele tirou os óculos, esfregou os olhos e fitou os livros e documentos ainda por ler. Não havia como dar conta de tudo naquela tarde.

Madame Dufour havia lhe mostrado a campainha, e agora ele a tocava. Três minutos depois, ele ouviu passos no piso de concreto.

– Eu gostaria de levar este material comigo – disse ele, meneando a cabeça para as pilhas na mesa.

Ela abriu a boca para dizer alguma coisa, mas a fechou de novo. E refletiu.

– Constance Ouellet foi mesmo assassinada? – perguntou ela.

– Foi.

– E o senhor acha que alguma coisa aí – continuou ela, olhando para os documentos na mesa – pode ajudar?

– Acho que sim.

– Eu me aposento no próximo mês de agosto, sabe? Aposentadoria compulsória.

– Sinto muito – disse ele, enquanto ela olhava em volta.

– Arquivada – disse ela com um sorriso. – Eu suspeito que nem eu nem este arquivo vão fazer falta. Sinta-se à vontade para levar os documentos, monsieur. Mas, por favor, traga-os de volta. A multa é bem alta se o senhor perder isto ou se o seu cachorro comer, sabia?

– *Merci* – disse ele, e se perguntou se madame Dufour conhecia Henri. – Tem mais uma coisa que eu preciso da senhora.

– Um rim?

– Um código.

Poucos minutos depois, eles estavam na porta dos fundos. Gamache tinha vestido o casaco e segurava a caixa pesada com as duas mãos.

– Espero que o senhor encontre o que está procurando, inspetor-chefe. Mande lembranças minhas a Reine-Marie quando encontrar com ela. *Joyeux Noël.*

Mas antes que a porta se fechasse e trancasse, ela o chamou de volta.

– Cuidado com isto – advertiu ela. – Luz e umidade podem causar danos permanentes – explicou, e o observou por um instante. – E eu acho que o senhor sabe uma coisa ou outra sobre danos permanentes, monsieur.

– *Oui* – respondeu ele. – *Joyeux Noël.*

Já estava escuro quando Armand Gamache chegou a Three Pines. Ele estacionou não muito longe da pousada e mal teve tempo de abrir a porta antes que Olivier e Gabri aparecessem, vindo do bistrô. Gamache teve a impressão de que eles aguardavam sua chegada espiando pela janela.

– Como foi a viagem? – perguntou Gabri.

– Ok – respondeu Gamache, pegando a pasta e a pesada caixa de papelão. – Fora a ponte Champlain, é claro.

– Aquilo lá é sempre um inferno – concordou Olivier.

– Está tudo pronto para vocês – disse Gabri, liderando o caminho escada acima e ao longo da varanda até a porta da frente.

Ele a abriu, e o inspetor-chefe, em vez de entrar, deu um passo para o lado para deixar seus dois companheiros passarem na frente.

– Bem-vindos – disse Olivier.

Thérèse e Jérôme Brunel entraram na casa de Émilie Longpré. A casa que Henri havia encontrado para eles.

TREZE

Olivier e Gabri levaram as bagagens para o quarto, depois foram embora.

– *Merci, patron* – disse Gamache, voltando à varanda fria com eles.

– De nada – disse Olivier. – Você fingiu bem no telefone. Eu quase acreditei que estava mesmo irritado.

– E você foi bem convincente – declarou Gamache. – Digno do Prêmio Olivier.

– Bom, por sorte – disse Gabri –, eu planejei recompensar este rapaz hoje à noite.

Gamache os observou atravessar a praça em direção ao bistrô, depois fechou a porta e encarou a sala. E sorriu.

Finalmente podia relaxar.

Thérèse e Jérôme estavam em segurança.

E Jean Guy também. Ele havia monitorado a frequência da Sûreté durante todo o trajeto de carro e não tinha ouvido nenhum chamado de ambulância. Na verdade, a conversa que escutara o levara a acreditar que o reduto fora abandonado. Os caras da Rock Machine não estavam mais lá.

O informante havia mentido. Ou, o que era mais provável, não havia informante nenhum. Gamache ficou aliviado e soturno ao absorver as notícias.

Jean Guy estava em segurança. Por ora.

O inspetor olhou para a casa de Émilie Longpré.

Havia dois sofás, um de frente para o outro, um de cada lado da lareira de pedra. Eram forrados com um tecido floral desbotado. Um baú de pinho ocupava o espaço entre eles. Nele, havia um tabuleiro para jogar *cribbage* e algumas cartas de baralho.

Duas poltronas estavam enfiadas em um canto, com uma mesa entre elas e um pufe na frente, para ser compartilhado por pés cansados. Uma luminária de pé com cúpula de borlas mantinha as poltronas sob uma luz suave.

As paredes eram de um azul-claro calmante, e uma delas contava com estantes de livros do chão ao teto.

Era um ambiente silencioso e tranquilo.

Olivier tinha passado a manhã investigando quem era o dono da casa de Émilie agora e se poderia alugá-la. Parecia que uma sobrinha distante que vivia em Regina era a proprietária e ainda não havia descoberto o que fazer com o lugar. Ela prontamente concordara em alugá-lo para o Natal.

Olivier telefonara então para Gamache e dissera a frase combinada – *Gabri me pediu para ligar e confirmar que você ainda quer o seu quarto hoje à noite* –, que significava que ele podia alugar a casa de Émilie.

Depois reunira outras pessoas do vilarejo para ajudar. O resultado foi aquele.

Eles tiraram os lençóis dos móveis, fizeram as camas, colocaram toalhas novas, e a casa foi aspirada, espanada e polida. A lareira foi preparada e, a julgar pelo aroma, o jantar estava esquentando no forno.

Era como se ele e os Brunels tivessem só saído por algumas horas e agora voltassem para a casa.

Duas baguetes frescas de Sarah estavam numa cesta, na bancada de mármore da cozinha, e monsieur Béliveau tinha abastecido a despensa e a geladeira com leite, queijo e manteiga. Geleias caseiras. Havia algumas frutas numa tigela de madeira na mesa.

O lugar tinha até uma árvore de Natal decorada e acesa.

Gamache afrouxou a gravata, se ajoelhou e acendeu um palito de fósforo, aproximando-o da lenha e do papel dentro da lareira, assistindo, maravilhado, enquanto o fogo pegava e as chamas ganhavam vida.

– Thérèse! – chamou ele. – Jérôme!

– *Oui*? – veio a resposta distante.

– Eu vou sair!

Ele calçou as botas, vestiu o casaco e atravessou rapidamente a noite fria em direção ao pequeno chalé com o portão aberto e um sinuoso caminho de entrada.

– Armand – disse Clara, abrindo a porta ao ouvir a batida dele.

Henri estava tão animado que não sabia se pulava ou se se enroscava aos pés de Gamache. Em vez disso, o pastor-alemão ziguezagueou para dentro e para fora das pernas dele, ganindo de excitação.

– Eu bati nele, é claro – disse Clara, olhando com repugnância fingida para Henri.

Gamache se ajoelhou e brincou um pouco com Henri.

– Você está com cara de quem precisa de um uísque – declarou Clara.

– Não vai me dizer que estou parecendo Ruth – disse Gamache, no que Clara riu.

– Só nas beiradas.

– Na verdade, eu não preciso de nada, *merci*.

Ele tirou o casaco e as botas e a seguiu até a sala de estar, onde havia um fogo aceso.

– Obrigado por cuidar de Henri. E obrigado por ajudar a aprontar a casa de Émilie para a gente.

Não havia como explicar o que aquela casa significava para viajantes cansados que tinham chegado ao fim da estrada.

Ele se perguntou, em um momento que o assustou, se era disso que se tratava aquele pequeno vilarejo. Seria o fim da estrada? E, como a maioria dos finais, não era um fim de verdade.

– Foi um prazer – disse Clara. – Gabri combinou a tarefa com um ensaio para o concerto de Natal e fez a gente cantar "The Huron Carol" sem parar. Eu acho que, se você bater em um dos travesseiros, essa música vai sair dele.

Gamache sorriu. A ideia de uma casa infundida de música o agradava.

– É bom ver luzes na casa de Émilie de novo – comentou Clara.

Henri se aproximou do sofá. Devagar. Devagar. Como se bastasse chegar de fininho e desviar os olhos para que ninguém pudesse vê-lo. Ele se deitou de corpo inteiro, ocupando dois terços do sofá, e pôs a cabeça no colo de Gamache lentamente. Gamache olhou para Clara como quem pede desculpas.

– Tudo bem. Peter nunca foi muito fã de cachorros subindo nos móveis, mas eu gosto.

Isso deu a Gamache a abertura que ele estava esperando.

– Como estão as coisas sem Peter?

– É a sensação mais estranha do mundo – disse ela, após um momento de reflexão. – É como se o nosso relacionamento não estivesse nem morto, nem vivo.

– Um morto-vivo – disse Gamache.

– O vampiro dos casamentos – completou Clara, rindo. – Sem toda aquela parte divertida de beber sangue.

– Você sente falta dele?

– No dia em que Peter foi embora, eu o vi dirigir para longe de Three Pines e, depois, voltei para cá e me apoiei na porta. Daí percebi que, na verdade, estava segurando a porta, para o caso de ele querer voltar e entrar de novo. O problema é que eu amo Peter. Só queria saber se o casamento acabou e eu preciso seguir com a minha vida ou se a gente ainda pode consertar as coisas.

Gamache olhou para ela por um longo instante. Viu seu cabelo, que estava ficando grisalho, suas roupas confortáveis e ecléticas. Sua confusão.

– Posso fazer uma pequena sugestão? – perguntou ele em voz baixa.

Ela anuiu.

– Acho que você devia tentar levar a vida como se fosse só você. Se Peter voltar e você souber que a vida vai ficar melhor com ele, então maravilha. Mas você também vai saber que está bem sozinha.

Clara sorriu.

– Foi a mesma coisa que Myrna disse. Vocês são muito parecidos, sabia?

– Sempre me tomam por uma grande mulher negra – concordou Gamache. – Dizem que é minha melhor qualidade.

– A mim, não. É o meu maior defeito – disse Clara.

Então ela reparou naqueles pensativos olhos castanho-escuros. Na imobilidade de Gamache. E na mão que tremia, só um pouco. Mas o suficiente.

– Você está bem? – perguntou ela.

Gamache sorriu, assentiu e se levantou.

– Estou, sim.

Ele prendeu Henri na coleira e pendurou a bolsa do cachorro no ombro.

Eles caminharam de volta pelo vilarejo, homem e cão, sob as luzes vermelhas, verdes e douradas dos três imensos pinheiros de Natal, deixando pegadas naquele vitral nevado. Gamache se tocou que tinha acabado de dizer a Clara exatamente as mesmas palavras que dissera a Annie.

Quando nada tinha dado certo – a terapia, a intervenção, os apelos para voltar ao tratamento –, Annie pedira a Jean Guy que deixasse a casa deles.

Naquela úmida noite de outono, Armand ficara sentado em seu carro, do outro lado da rua do apartamento dos dois. Folhas molhadas caíam das árvores e eram apanhadas por rajadas de vento. Deslizavam pelo para-brisa e pela rua. Ele tinha esperado. Observado. Ali, caso a filha precisasse dele.

Jean Guy não tivera que ser obrigado a ir embora, mas, ao sair, vira Gamache, que não estava tentando se esconder. Beauvoir havia parado, no meio da rua brilhante, com folhas mortas girando ao seu redor, e reunido todo o seu veneno em um olhar tão vil que chocara até o inspetor-chefe da Homicídios. Mas também o confortara. O inspetor-chefe soubera que, se Jean Guy fosse machucar algum Gamache, não seria Annie.

Foi com alívio que ele dirigiu para casa naquela noite.

Aquilo tinha acontecido meses antes e, até onde sabia, Annie não tivera mais nenhum contato com Jean Guy. Mas isso não significava que ela não sentisse a falta dele. Do homem que Beauvoir fora um dia e poderia voltar a ser. Se tivesse chance.

Ao entrar na casa de Émilie, Gamache encontrou Thérèse se esforçando para deixar seu assento perto do fogo.

– Alguém te conhece muito bem – disse ela, entregando um copo de vidro lapidado a Armand. – Eles deixaram uma garrafa de um bom uísque no aparador e algumas de vinho e cerveja na geladeira.

– Tem *coq au vin* no forno – contou Jérôme, vindo da cozinha com uma taça de vinho tinto. – Só está esquentando.

Ele ergueu a taça.

– *À votre santé.*

– À sua saúde – ecoou Gamache, levantando o próprio copo para os Brunels.

Então, depois que Thérèse e Jérôme voltaram aos seus assentos, Gamache se sentou com um grunhido, tentando não derramar o uísque na descida. Havia uma almofada macia no sofá ao lado dele, e, por impulso, ele a afofou.

Nenhum som saiu dela, mas ele cantarolou baixinho as primeiras notas de "The Huron Carol".

– Armand – disse Thérèse. – Como você achou este lugar?

– Henri que encontrou – respondeu Gamache.

– O cachorro? – perguntou Jérôme.

Henri levantou a cabeça ao ouvir o próprio nome, depois a baixou de novo.

Os Brunels se entreolharam. Embora fosse um belo cão, Henri nunca entraria em Harvard.

– Era a casa dele, sabia? – contou Gamache. – Ele foi adotado de um abrigo por madame Longpré quando ainda era filhote. Por isso conhecia a casa. Madame Longpré morreu logo depois que a gente se conheceu. Foi assim que eu e Reine-Marie encontramos Henri.

– Quem é o dono da casa agora? – quis saber Thérèse.

Gamache contou sobre Olivier e a sequência de eventos daquela manhã.

– Você é mesmo muito sorrateiro, Armand – disse ela, recostando-se na poltrona.

– Não mais que aquela pequena farsa no seu escritório.

– *Oui* – admitiu ela. – Desculpa por isso.

– O que você fez? – perguntou Jérôme à esposa.

– Ela me chamou no escritório dela e me passou um sabão – disse Gamache. – Disse que eu estava delirando e que não ia mais se deixar levar. Até ameaçou ir até Francoeur e contar tudo para ele.

– Thérèse – repreendeu Jérôme, impressionado. – Você atormentou e enganou este pobre homem frágil?

– Eu precisei, para o caso de alguém estar ouvindo.

– Bom, você me convenceu – disse Gamache.

– Convenci mesmo? – perguntou ela, parecendo satisfeita. – Ótimo.

– É fácil enganar este aí, ouvi dizer – disse Jérôme. – Ele é famoso pela credulidade.

– A maioria dos detetives de homicídios é assim – concordou Gamache.

– Como você finalmente percebeu? – perguntou Jérôme.

– Anos de treinamento. Um profundo conhecimento da natureza humana – explicou Gamache. – E ela me deu isto aqui.

Ele tirou do bolso um pedaço de papel bem dobrado e o entregou a Jérôme.

Se Jérôme realmente encontrou alguma coisa, suspeito que a nossa casa e o meu escritório estejam grampeados. Eu disse para ele fazer as malas para Vancouver, mas não quero envolver a nossa filha. Sugestões?

– Depois que Olivier ligou e disse que a gente podia usar esta casa, escrevi uma resposta no mesmo bilhete – contou Gamache – e pedi que a inspetora Lacoste entregasse a ela.

Jérôme virou o bilhete. Rabiscado ali, na letra de Gamache, estava: *Vão para o aeroporto pegar o voo, mas não embarquem. Peguem um táxi para o shopping Dix-Trente, em Brossard. Eu encontro vocês lá. Conheço um lugar seguro.*

O Dr. Brunel entregou o bilhete de volta a Gamache. Ele havia reparado na primeira linha da mensagem da esposa, *Se Jérôme realmente encontrou alguma coisa...*

Enquanto os outros dois conversavam, ele tomou um gole do vinho e olhou para a lareira. Já não era mais uma questão de *se*.

Ele não havia contado a Thérèse, mas, depois que ela finalmente voltara a dormir, ele tinha feito algo tolo. Havia ido até o computador e tentado de novo. Cavado mais e mais fundo no sistema. Em parte, para ver o que conseguia encontrar, mas também para ver se era capaz de atrair o observador. Caso houvesse algum. Queria tentar fazer com que ele se revelasse.

E ele tinha se revelado. O observador aparecera, mas não onde Jérôme Brunel esperava. Não atrás dele, seguindo-o, mas à sua frente. Incitando Jérôme a continuar e a entrar cada vez mais no sistema.

Enredando-o.

Jérôme tinha fugido, apagando, apagando e apagando suas pegadas eletrônicas. Mas, ainda assim, o observador o seguiu. Com passos seguros, ligeiros e implacáveis. Ele havia seguido Jérôme Brunel direto até sua casa.

Já não havia mais *se* naquela história. Ele tinha encontrado alguma coisa. E havia sido encontrado.

– Um lugar seguro – disse Thérèse. – Eu achava que isso não existia.

– E agora? – perguntou Armand.

Ela olhou em volta e sorriu.

Jérôme Brunel, no entanto, não sorriu.

A REUNIÃO DE DEBRIEFING HAVIA terminado, e as equipes da Sûreté estavam indo para casa. Beauvoir se sentou em sua mesa, a cabeça pendendo. A boca aberta, cada respiração curta anormalmente alta. Seus olhos estavam semicerrados e ele sentiu que deslizava para a frente.

A batida tinha terminado. Não havia motoqueiros. Ele quase chorara de alívio e teria feito isso bem ali, naquela bosta de lugar, se ninguém estivesse olhando.

Tinha acabado. E agora ele estava de volta, seguro em sua sala.

Tessier passou por Beauvoir, então voltou de ré e olhou para ele.

– Eu estava atrás de você, Beauvoir. O informante fez besteira, mas o que a gente pode fazer? O chefe se sentiu mal por isso, então te colocou na próxima batida.

Beauvoir o encarou, mal conseguindo focar.

– O quê?

– Um carregamento de drogas indo para a fronteira. A gente podia deixar a Alfândega ou a Polícia Montada interceptarem, mas Francoeur quer compensar o dia de hoje. Descansa. Parece coisa grande.

Beauvoir esperou até não ouvir mais passos no corredor. E, quando só restava o silêncio, pôs a cabeça entre as mãos.

E chorou.

QUATORZE

Depois de jantar *coq au vin*, salada verde e frutas com merengue, os três foram lavar a louça. O inspetor-chefe estava de detergente até os cotovelos na pia funda e esmaltada, enquanto os Brunels secavam os pratos.

Era uma cozinha antiga. Não havia máquina de lavar louça, nenhuma torneira especial com misturador. Nem armários superiores. Só prateleiras de madeira escura para pratos sobre as bancadas de mármore. E armários de madeira escura embaixo.

Uma mesa de fazenda, onde eles haviam comido, também fazia as vezes de ilha. As janelas davam para o jardim dos fundos, mas estava escuro lá fora, então eles só conseguiam ver seu próprio reflexo.

O lugar parecia o que era: uma cozinha antiga, em uma casa antiga, em um vilarejo bem antigo. Cheirava a bacon e assados. A alecrim, tomilho e tangerinas. E a *coq au vin*.

Quando a louça estava limpa, Gamache olhou para o relógio de baquelite sobre a pia. Quase nove horas.

Thérèse tinha voltado à sala de estar com Jérôme. Enquanto ele atiçava as brasas do fogo, ela encontrou a vitrola e a ligou. Um conhecido concerto para violino começou a tocar baixinho ao fundo.

Gamache vestiu o casaco e assobiou para Henri.

– Passeio noturno? – perguntou Jérôme, de pé ao lado da estante, folheando os livros.

– Querem vir? – perguntou Gamache, prendendo Henri na coleira.

– Eu, não, *merci* – respondeu Thérèse.

Ela se sentou perto do fogo e pareceu relaxada mas cansada.

– Eu vou tomar um banho de banheira e ir logo para a cama.

– Eu vou com você, Armand – disse Jérôme, e riu diante da expressão de surpresa no rosto do chefe.

– Não deixa ele ficar parado muito tempo! – gritou Thérèse para eles. – Ele parece o tronco de um boneco de neve. As crianças sempre tentam colocar bolas de neve gigantes em cima dele.

– Não é verdade! – retrucou Jérôme, ao entrar no casaco. – Só aconteceu uma vez! – disse ele, e fechou a porta atrás de si. – Vamos. Eu estou curioso para ver este pequeno vilarejo de que você tanto gosta.

– Não vai demorar.

O frio os atingiu imediatamente, mas, em vez de chocante ou desconfortável, foi revigorante. Fortificante. Eles estavam bem protegidos. Um homem alto e um baixo e arredondado. Eles pareciam as duas partes de um ponto de exclamação.

Uma vez embaixo dos amplos degraus da varanda, os dois viraram à esquerda e caminharam a passos largos pela rua aberta a limpa-neves. O chefe soltou Henri, lançou uma bola de tênis e observou o pastor-alemão pular no banco de neve, cavando furiosamente para recuperar o precioso brinquedo.

Gamache estava curioso para ver a reação do companheiro ao vilarejo. Jérôme Brunel, como Gamache aprendera a apreciar, não era muito de demonstrar emoções. Era um homem nascido e criado na cidade. Tinha estudado Medicina na Université de Montréal e, antes, passado um tempo na Sorbonne, em Paris, onde conhecera Thérèse. Ela estava profundamente envolvida em uma formação avançada em história da arte.

A vida no interior e Jérôme Brunel não se misturavam naturalmente, suspeitava Gamache.

Após uma volta tranquila, Jérôme parou e fitou os três enormes pinheiros, iluminados e apontando para o céu. Então, enquanto Gamache jogava a bola para Henri, o médico olhou ao redor, para as casas que cercavam a praça. Algumas eram de tijolinhos vermelhos; outras, de tábuas; e outras, ainda, de pedras rústicas, como que expelidas da terra onde estavam. Um fenômeno natural. Mas, em vez de comentar sobre o vilarejo, o olhar de Jérôme se voltou para os três imensos pinheiros. Ele inclinou a cabeça para trás e os seguiu. Para cima, para cima. Até as estrelas.

– Sabe, Armand – disse ele, o rosto ainda virado para o céu –, algumas destas não são estrelas. São satélites de comunicação.

A cabeça dele, e o olhar, se voltaram para a terra. Ele encontrou os olhos de Gamache. Entre os dois homens havia uma névoa de hálito quente no ar gelado.

– *Oui* – disse Armand.

Henri se sentou aos pés dele encarando a bola de tênis incrustada de baba congelada na mão enluvada de Gamache.

– Eles orbitam – continuou Jérôme. – Recebendo e enviando sinais. Estão na Terra inteira.

– Quase inteira – disse Gamache.

Sob a luz das árvores, o chefe viu um sorriso no rosto redondo de Jérôme.

– Quase – concordou Jérôme, assentindo. – Foi por isso que você trouxe a gente aqui, não foi? Não só porque é o último lugar onde alguém pensaria em procurar a gente, mas porque este vilarejo é invisível. Eles não podem ver a gente, não é? – perguntou ele, apontando para o céu noturno.

– Você notou – perguntou Gamache – que assim que a gente desceu aquela colina os celulares ficaram sem sinal?

– Notei. E não são só os celulares?

– Tudo. Laptops, smartphones. Tablets. Nada funciona aqui. Só tem serviço telefônico e eletricidade. – Mas só telefones fixos.

– Não tem internet?

– Discada. Não tem nem cabo. Não vale a pena para as empresas investirem nisso.

Gamache apontou, e Jérôme olhou para além do pequeno círculo de luz que era Three Pines. Para a escuridão.

As montanhas. A floresta. A mata impenetrável.

Essa era a glória daquele lugar, percebeu Jérôme. Do ponto de vista das telecomunicações, do ponto de vista de um satélite, ali seria uma escuridão completa.

– Uma área sem cobertura – disse Jérôme, voltando os olhos para Gamache.

O chefe atirou a bola de novo e, de novo, Henri saltou para o banco de neve, deixando visível apenas o rabo, que abanava furiosamente.

– *Extraordinaire* – disse Jérôme.

Ele retomou a caminhada, mas agora olhava para baixo, concentrando-se nos pés. Andando e pensando.

Finalmente, parou.

– Eles não têm como rastrear a gente. Não têm como encontrar a gente. Não têm como ver nem ouvir a gente.

Jérôme não precisava explicar quem eram "eles".

Gamache meneou a cabeça para o bistrô.

– Quer tomar uma saideira?

– Você está brincando, eu quero a garrafa inteira.

Jérôme deslizou rapidamente em direção ao bistrô, como se Three Pines tivesse, de repente, se inclinado para lá. Gamache se demorou por um ou dois minutos quando percebeu que Henri ainda estava de cabeça para baixo no monte de neve.

– É só o que me faltava... – disse Armand quando Henri enfiou a cabeça para fora, coberto de neve, mas sem a bola.

Gamache cavou com as mãos e, finalmente, a encontrou. Então fez uma bola de neve e a jogou no ar, observando enquanto Henri pulava, a agarrava, a mordia e ficava, mais uma vez, surpreso quando ela desaparecia de sua boca.

Nenhuma curva de aprendizado, maravilhou-se Gamache. Mas ele percebeu que Henri já sabia tudo de que poderia precisar. Sabia que era amado. E como amar.

– Vem, garoto – disse ele, entregando a bola de tênis ao cachorro e prendendo-o de volta na coleira.

Jérôme tinha pegado assentos no canto mais distante, longe dos outros clientes. Gamache cumprimentou e agradeceu a alguns moradores que sabia terem ajudado a preparar a casa de Émilie para eles. Depois se sentou na poltrona ao lado de Jérôme.

Olivier surgiu quase que imediatamente para limpar a mesa e anotar os pedidos.

– Tudo bem na casa?

– Tudo perfeito, obrigado.

– Eu e a minha esposa estamos profundamente gratos ao senhor, monsieur – declarou Jérôme, solene. – Eu soube que o senhor foi uma das pessoas que providenciaram para que a gente ficasse aqui.

– Todos nós ajudamos – disse Olivier, embora parecesse satisfeito.

128

– Eu esperava encontrar Myrna – disse Gamache, olhando em volta.

– Ela acabou de sair. Jantou com Dominique, mas foi embora faz alguns minutos. Quer que eu ligue para ela?

– *Non, merci. Ce n'est pas nécessaire.*

Gamache e Jérôme fizeram o pedido. O inspetor então pediu licença e voltou alguns minutos depois, encontrando dois conhaques na mesa.

Jérôme parecia contente, mas pensativo.

– Tem alguma coisa te preocupando? – perguntou Gamache, aquecendo o copo entre as mãos.

O homem mais velho respirou fundo e fechou os olhos.

– Sabe, Armand, eu não lembro quando foi a última vez que me senti em segurança.

– Eu entendo o que você quer dizer – afirmou Gamache. – Parece que faz séculos que isso está acontecendo.

– Não, eu não estou falando só dessa confusão. Estou falando da minha vida inteira.

Jérôme abriu os olhos, mas não encarou o companheiro. Em vez disso, observou o teto com vigas e seus simples galhos de pinheiro de Natal. Ele inspirou fundo, bem fundo, reteve o ar por um instante, depois expirou.

– Acho que passei grande parte da vida com medo. Pátios de escola, provas, namoros. Faculdade de Medicina. Todas as vezes que uma ambulância entrava no meu PS, eu tinha medo de estragar tudo e alguém morrer. Eu tinha medo pelos meus filhos, pela minha esposa. Medo de que alguma coisa acontecesse com eles.

Ele baixou o olhar para Gamache.

– Sim – disse o chefe. – Eu sei.

– Você sabe?

Os dois sustentaram o olhar um do outro, e Jérôme percebeu que o chefe conhecia o medo. Não o pavor. Não o pânico. Mas ele sabia o que era sentir medo.

– E agora, Jérôme? Você está se sentindo seguro?

Jérôme fechou os olhos e se recostou na poltrona. Ele ficou em silêncio por tanto tempo que Gamache pensou que talvez o amigo tivesse cochilado.

O chefe tomou um gole do conhaque, se recostou na própria poltrona e deixou a mente vagar.

– A gente tem um problema, Armand – disse Jérôme após alguns minutos, os olhos ainda fechados.

– E qual é?

– Se eles não podem entrar, a gente não pode sair. – Jérôme abriu os olhos e se inclinou para a frente. – É um belo vilarejo, mas um pouco como uma trincheira na Batalha de Vimy, não? A gente pode até estar protegido, mas também está preso. E não dá para ficar aqui para sempre.

Gamache anuiu. Ele havia conseguido um tempo para eles, mas não a eternidade.

– Eu não quero estragar o momento, Armand, mas Francoeur e quem quer que esteja por trás dele vai encontrar a gente alguma hora. E depois?

E depois? Era uma boa pergunta, Gamache sabia. E ele não gostava da resposta. Sabia, como um homem habituado ao medo, o grande perigo que era deixá-lo sair do controle. Ele distorcia a realidade. Consumia a realidade. O medo criava a própria realidade.

Gamache se inclinou para a frente na poltrona, em direção a Jérôme, e baixou o tom de voz.

– Então a gente vai ter que encontrá-los primeiro.

Jérôme sustentou o olhar dele, sem vacilar.

– E como você propõe que a gente faça isso? Por telepatia? A gente está bem aqui, por hoje. Por amanhã, até. Talvez por semanas. Mas, assim que chegamos, um relógio começou a correr. E ninguém, nem você, nem eu, nem Thérèse, nem mesmo Francoeur, sabe quanto tempo a gente tem antes de ser encontrado.

O Dr. Brunel olhou ao redor, para os moradores demorando-se com suas bebidas. Alguns conversando. Outros jogando xadrez ou damas. E uns só sentados, em silêncio.

– E agora nós arrastamos todos eles para isso – disse ele baixinho. – Quando Francoeur nos encontrar, vai ser o fim da nossa paz e tranquilidade. E da deles também.

Gamache sabia que Jérôme não estava sendo melodramático. Francoeur havia provado que estava disposto a fazer qualquer coisa para atingir seu objetivo. O que preocupava o chefe, o que o atormentava, era ainda não ter descoberto que objetivo era esse.

Ele precisava manter o medo longe. Um pouco era bom. Para deixá-lo atento. Mas o medo, quando descontrolado, se tornava pavor, o pavor crescia até virar pânico, e o pânico criava o caos. E, então, era um deus nos acuda.

O que ele precisava, o que todos eles precisavam e que só encontrariam ali em Three Pines era paz, além de paz de espírito e a clareza que vinha com ela.

Three Pines lhes dera tempo. Um dia. Dois. Uma semana. Jérôme tinha razão, aquilo não duraria para sempre. *Mas, por favor, Senhor*, rezou Gamache, *que seja o suficiente.*

– O problema, Armand – continuou Jérôme –, é que a própria coisa que nos mantém seguros vai ser, em algum momento, a nossa ruína. Sem telecomunicações. Sem isso, eu não tenho como fazer nenhum progresso. Eu estava chegando perto, isso é certo.

Ele baixou os olhos e girou o conhaque no copo bulboso. Aquela era a hora de contar a Armand o que havia feito. O que havia encontrado. Quem havia encontrado.

Ele observou os olhos pensativos de Gamache. Atrás do companheiro, o Dr. Brunel viu o fogo alegre, as janelas maineladas cobertas de gelo e a árvore de Natal com os presentes embaixo.

O Dr. Brunel percebeu que não estava com a menor vontade de esticar a cabeça para fora daquela agradável trincheira. Só por aquela noite, ele queria paz. Mesmo que fosse uma paz fingida. Uma ilusão. Ele não ligava. Só queria aquela única noite calma, sem medo. No dia seguinte, encararia a verdade e diria a eles o que tinha encontrado.

– Do que você precisa para continuar? – perguntou Gamache.

– Você sabe. Uma conexão via satélite de alta velocidade.

– E se eu conseguir uma para você?

O Dr. Brunel estudou o companheiro. Gamache parecia relaxado. Henri estava deitado aos pés dele ao lado da poltrona, e a mão de Armand acariciava o cachorro.

– No que você está pensando? – quis saber Jérôme.

– Eu tenho um plano – respondeu Gamache.

O Dr. Brunel assentiu, pensativo.

– Ele envolve naves espaciais?

– Eu tenho outro plano – disse Gamache, e Jérôme riu. – Você falou que a gente não pode nem ficar, nem ir embora. Mas existe outra opção.

– E qual é?

– Criar a nossa própria torre.

– Você está louco? – disse Jérôme, olhando furtivamente ao redor e baixando o tom de voz. – Aquelas torres têm centenas de metros de altura. São maravilhas da engenharia. A gente não pode pedir para as crianças de Three Pines fazerem uma com palitos de picolé e limpadores de cachimbo.

– Talvez não com palitos de picolé – afirmou Gamache com um sorriso. – Mas você está chegando perto.

Jérôme entornou o resto do conhaque, então examinou Gamache.

– No que você está pensando?

– A gente pode conversar sobre isso amanhã? Eu queria que Thérèse estivesse presente. Fora que está ficando tarde, e eu ainda preciso falar com Myrna Landers.

– Quem?

– É a dona da livraria – explicou Gamache, meneando a cabeça em direção à porta interna que conectava o bistrô à loja ao lado. – Eu dei uma passada lá enquanto Olivier pegava as nossas bebidas. Ela está me esperando.

– Ela vai te dar um livro sobre como construir a própria torre? – perguntou Jérôme vestindo o casaco impermeável.

– Ela era amiga de uma mulher que foi morta ontem.

– Ah, *oui*, eu tinha esquecido que você está aqui a trabalho. Desculpa.

– Sem problema. O triste é que é o disfarce perfeito. Se alguém perguntar, isso explica por que eu estou aqui em Three Pines.

Eles se despediram e, enquanto Jérôme caminhava de volta para a casa de Émilie Longpré e para uma cama quente ao lado de Thérèse, Armand e Henri entravam na livraria.

– Myrna? – chamou ele, e percebeu que tinha feito exatamente a mesma coisa, quase exatamente no mesmo horário, na noite anterior.

Só que, desta vez, não levava a notícia do assassinato de Constance Ouellet – desta vez, levava perguntas. Muitas.

QUINZE

Myrna o cumprimentou do alto da escada.

– Bem-vindo de volta.

Ela vestia uma enorme camisola de flanela coberta por cenas de esquiadores e praticantes de *snowboarding* divertindo-se por todo o Monte Myrna. A camisola ia até as canelas, onde grossas pantufas de tricô a encontravam. Uma manta de lã Hudson's Bay estava em seus ombros.

– Café? Brownie?

– *Non, merci* – disse ele, e se sentou na confortável poltrona perto do fogo para a qual Myrna apontara, enquanto ela se servia de uma caneca e trazia um prato com brownies, caso ele mudasse de ideia.

A casa dela cheirava a chocolate, café e a alguma coisa almiscarada, intensa e familiar.

– Foi você quem fez o *coq au vin*? – perguntou ele.

Gamache tinha presumido que fora Olivier ou Gabri.

Ela assentiu.

– Ruth ajudou. Mas Rosa não ajudou em nada. Quase teve que ser um *canard au vin*.

Gamache riu.

– Estava delicioso.

– Eu achei que você podia querer algo reconfortante – disse ela, observando o convidado.

Ele sustentou o olhar dela. Esperando as inevitáveis perguntas. O que ele estava fazendo ali? Por que trouxera o casal idoso? Por que eles estavam se escondendo e de quem?

Three Pines os havia acolhido. Three Pines podia, razoavelmente, esperar respostas para aquelas perguntas. Mas Myrna simplesmente pegou um brownie e o mordeu. E ele soube que estava realmente protegido, contra perguntas e olhares intrometidos.

O vilarejo, ele sabia, não era imune a perdas terríveis. À tristeza e à dor. O que ele tinha era não imunidade, mas uma rara habilidade de cura. E era isso que eles estavam oferecendo a ele e aos Brunels. Espaço e tempo para se curar.

E conforto.

Porém, assim como a paz, o conforto não vinha de se esconder ou fugir. O conforto, antes de tudo, exigia coragem. Ele pegou um dos brownies e deu uma mordida no doce, depois enfiou a mão no bolso atrás do caderninho.

– Eu achei que você ia querer ouvir o que a gente descobriu até agora sobre Constance.

– Imagino que isso não inclua o nome do assassino – deduziu Myrna.

– Infelizmente, não – disse ele enquanto colocava os óculos de leitura e olhava rápido para o caderninho. – Eu passei boa parte do dia pesquisando sobre as quíntuplas...

– Então você acha que isso teve alguma coisa a ver com a morte dela? O fato de ela ser uma das Quíntuplas Ouellet?

– Na verdade, eu não sei, mas isso é extraordinário e, quando alguém é assassinado, a gente procura o extraordinário, embora, para ser sincero, muitas vezes encontre o assassino escondido no banal.

Myrna riu.

– Parece muito com ser terapeuta. As pessoas normalmente iam parar no meu consultório quando alguma coisa acontecia. Alguém morria ou as traía. Um amor não era correspondido. Elas perdiam o emprego. Ou se divorciavam. Alguma coisa grande. Mas a verdade era que, embora aquilo pudesse ter sido o catalisador, o problema quase sempre era pequeno, antigo e velado.

Gamache ergueu as sobrancelhas, surpreso. Era igualzinho ao seu trabalho. O assassinato era o catalisador, mas ele quase sempre começava como algo pequeno, invisível a olho nu. Muitas vezes anos, décadas antes. Um desprezo que azedava, crescia e infectava o hospedeiro. Até que o que era humano se tornava um ressentimento ambulante. Coberto de pele. Passando-se por humano. Passando-se por feliz.

Até que algo acontecesse.

Algo havia acontecido na vida de Constance, ou na vida do assassino, que provocara o assassinato. Talvez tivesse sido grande, claramente visível. No entanto, era mais provável que tivesse sido pequeno. Algo fácil de se menosprezar.

E era por isso que Gamache sabia que precisava olhar mais de perto, com cuidado. Enquanto outros investigadores avançavam rápido, Armand Gamache tomava seu tempo. De fato, ele sabia que, para alguns, aquilo poderia até parecer inatividade. Caminhar lentamente com as mãos cruzadas nas costas. Sentar-se em um banco de parque, olhando para o nada. Bebericar um café no bistrô ou na brasserie, escutando.

Pensando.

E, enquanto outros, em gloriosa comoção, passavam correndo pelo assassino, o inspetor-chefe caminhava devagar até ele. Encontrava-o escondido, à vista de todos. Disfarçado de alguém comum.

– Quer que eu conte o que sei? – perguntou ele.

Myrna se recostou na grande poltrona, envolveu o corpo na manta de lã e assentiu.

– Isto foi extraído de todos os tipos de fonte, algumas públicas, mas a maioria das informações vem de anotações e diários particulares.

– Pode falar – disse Myrna.

– Os pais delas eram Isidore Ouellet e Marie-Harriette Pineault. Eles se casaram na igreja da paróquia de Saint-Antoine-sur-Richelieu, em 1928. Ele era agricultor. Tinha 20 anos quando eles se casaram, e Marie-Harriette, 17.

Ele ergueu os olhos para Myrna. Se aquilo era novidade para ela ou não, ele não saberia dizer. Tinha que admitir que não era exatamente uma grande manchete. Ela viria depois.

– As garotas nasceram em 1937.

Ele tirou os óculos e se recostou na poltrona, como se tivesse terminado. Mas ambos sabiam que tanto ele quanto a história estavam bem longe do fim.

– Agora, por que esse intervalo? Quase dez anos entre o casamento e a primeira filha. Filhas. É inconcebível, por assim dizer, que eles não estivessem tentando ter filhos. A gente está falando de uma época em que a Igreja e o pároco eram as maiores influências na vida das pessoas. Conceber era considerado o dever de qualquer casal. Aliás, a única razão para casar e fazer sexo era procriar. Então por que Isidore e sua jovem esposa não fizeram isso?

Myrna segurou a caneca no ar e escutou. Ela sabia que ele não estava lhe perguntando nada. Ainda não.

– As famílias daquela época tinham, rotineiramente, dez, doze, até vinte filhos. A minha própria esposa vem de uma família de doze filhos, e isso foi uma geração depois. Em um pequeno vilarejo, no campo, nos anos 1920? Seria o dever sagrado deles ter filhos. E qualquer casal que não conseguisse conceber seria evitado. Considerado não abençoado. Talvez até maligno.

Myrna aquiesceu. Aquela atitude não existia mais no Quebec, mas existira até tempos recentes. Ainda estava bem viva na memória das pessoas. Até que a Revolução Tranquila devolveu às mulheres o controle sobre o próprio corpo e, aos quebequenses, sobre a própria vida. Convidou a Igreja a abandonar o útero e se restringir ao altar. Quase funcionou.

No entanto, em uma comunidade agrícola dos anos 1920 e 1930? Gamache estava certo. A cada ano que passava sem filhos, os Ouellets seriam cada vez mais relegados ao ostracismo. Vistos ou com pena, ou com suspeita. Evitados, como se aquela situação fosse transmissível e pudesse amaldiçoar a todos. Pessoas, animais, terras. Tudo se tornaria infértil, estéril. Por causa de um único jovem casal.

– Eles deviam estar desesperados – disse Gamache. – Marie-Harriette descreve passar a maior parte dos dias na igreja do vilarejo, rezando. Indo se confessar. Pagando penitência. Então, finalmente, oito anos depois, ela fez a longa jornada até Montreal. Deve ter sido uma viagem horrível para uma mulher sozinha, da área de Montérégie até Montreal. E aí essa mulher de agricultor, que nunca tinha saído do vilarejo, caminha da estação de trem até o Oratório de São José. Só isso teria demorado quase um dia.

Enquanto falava, ele observava Myrna. Ela tinha parado de tomar o café. O brownie jazia no prato, parcialmente comido. Ela escutava, plena e completamente. Até Henri, aos pés de Gamache, parecia ouvir, suas orelhas de antena parabólica voltadas para a voz do mestre.

– Era maio de 1936 – continuou ele. – Você sabe por que ela foi até o Oratório de São José?

– Para ver o irmão André? – perguntou Myrna. – Ele ainda estava vivo?

– Por pouco. Ele tinha 90 anos e estava muito doente. Mas continuava recebendo as pessoas. Elas vinham de todos os cantos do mundo naquela época – contou Gamache. – Você já foi ao Oratório?

– Já – respondeu Myrna.

Era uma visão extraordinária a grande cúpula iluminada à noite, visível de grande parte de Montreal. Os paisagistas haviam criado um comprido e largo bulevar que ia da rua à porta da frente. Só que a igreja fora construída na encosta da montanha. E a única maneira de chegar lá era subir. Subir, subir os vários degraus de pedra. Noventa e nove.

E, uma vez lá dentro, as paredes estavam forradas, do chão ao teto, com muletas e bengalas. Deixadas lá porque já não eram necessárias.

Milhares de peregrinos fracos e com alguma deficiência haviam se arrastado por aqueles degraus de pedra até a presença do velhinho. E irmão André os havia curado.

Ele tinha 90 anos quando Marie-Harriette Ouellet fez sua peregrinação, e já caminhava para o fim da vida. Seria compreensível se preferisse conservar a pouca força que lhe restava. Mas o homenzinho encarquilhado em sua simples batina preta continuou a curar os outros enquanto ele próprio enfraquecia.

Marie-Harriette Ouellet havia viajado sozinha de sua pequena fazenda para implorar por um milagre ao santo.

Gamache falou sem recorrer às anotações. O que acontecera depois não era fácil de esquecer.

– O Oratório de São José não era o que é hoje. Tinha uma igreja lá, um longo passeio e escadas, mas a cúpula não estava completa. Agora está infestado de turistas, mas, naquele tempo, quase todo mundo que visitava o lugar era peregrino. Doentes, moribundos, mutilados, desesperados atrás de ajuda. Marie-Harriette se juntou a eles.

Ele fez uma pausa e respirou fundo. Myrna, que fitava o fogo fraco, encontrou os olhos dele. Ela sabia o que quase com certeza viria a seguir.

– No portão, no início do longo bulevar para pedestres, ela caiu de joelhos e entoou a primeira das Ave-Marias – continuou Gamache.

A voz dele era grave e calorosa, mas neutra. Não havia necessidade de infundir as palavras com seus próprios sentimentos.

As imagens ganhavam vida à medida que ele falava. Tanto ele quanto Myrna podiam ver a jovem. Jovem pelos padrões deles, mas idosa pelo julgamento da época.

Marie-Harriette, aos 26 anos, de joelhos.

"*Ave Maria, cheia de graça, o Senhor é convosco*", rezava ela. "*Bendita sois vós entre as mulheres, bendito é o fruto do vosso ventre.*"

No sótão silencioso, Armand Gamache recitou a conhecida oração.

– A noite inteira, ela rastejou de joelhos ao longo do passeio, parando para entoar a Ave-Maria a cada passo – contou ele. – No pé da escada, Marie-Harriette não hesitou. Subiu os degraus, manchando o melhor vestido com os joelhos ensanguentados.

Deve ter parecido menstruação, pensou Myrna. Sangue manchando o vestido de uma mulher. Enquanto ela rezava por filhos.

"*Bendito é o fruto do vosso ventre.*"

Ela imaginou a jovem exausta, morrendo de dor, desesperada, arrastando-se pelos degraus de pedra, de joelhos. Rezando.

– Finalmente, ao amanhecer, Marie-Harriette chegou ao topo – disse Gamache. – Ela olhou para cima e, parado na porta da igreja, lá estava irmão André, aparentemente esperando por ela. Ele ajudou a mulher a se levantar, e eles entraram juntos e rezaram. Ele ouviu os apelos dela e abençoou Marie-Harriette. Depois ela foi embora.

O salão ficou em silêncio, e Myrna respirou fundo. Aliviada pela longa subida ter terminado. Ela podia sentir a ardência nos joelhos. A dor em seu próprio ventre. E podia sentir a fé de Marie-Harriette de que, com a ajuda de um padre casto e de uma virgem morta havia muito tempo, poderia finalmente ter um filho.

– Funcionou – disse Gamache. – Oito meses depois, em janeiro de 1937, um dia depois da morte do irmão André, Marie-Harriette Ouellet deu à luz cinco filhas saudáveis.

Mesmo sabendo que a história havia terminado, Myrna ainda estava perplexa.

Ela conseguia ver como aquilo viria a ser considerado um milagre. A prova de que Deus existia e era bom. Generoso. *Quase em excesso*, pensou Myrna.

DEZESSEIS

– Aquilo foi considerado um milagre, é claro – disse Gamache, dando voz aos pensamentos de Myrna. As primeiras quíntuplas a sobreviverem ao parto. Elas se tornaram uma sensação.

O inspetor se inclinou para a frente e pôs uma foto na mesa de centro.

Ela mostrava Isidore Ouellet, o pai, de pé atrás das bebês. A barba por fazer, o rosto de agricultor curtido pelas intempéries, os cabelos escuros desgrenhados. Parecia que ele tinha passado a noite passando as imensas mãos neles. Mesmo na foto granulada dava para ver as olheiras debaixo dos olhos do homem. Ele usava uma camisa clara com colarinho e um paletó puído, como se tivesse vestido sua melhor roupa de domingo no último minuto.

As filhas estavam deitadas na áspera mesa da cozinha à frente dele. Minúsculas, recém-nascidas, enroladas em mantas, panos de prato e trapos trazidos às pressas. Ele olhava as crianças com espanto, os olhos arregalados.

Seria cômico se não houvesse tanto horror naquele rosto exausto. Parecia que Isidore Ouellet tinha recebido Deus para jantar e Ele havia tocado fogo na casa.

Myrna pegou a foto e a olhou de perto. Ela nunca a vira antes.

– Você encontrou isto na casa dela, imagino – comentou, ainda distraída pelo olhar de Isidore.

Gamache pôs outra foto na mesa.

Ela a pegou. Estava ligeiramente fora de foco, mas o pai tinha desaparecido e, agora, quem estava atrás das bebês era uma mulher mais velha.

– A parteira? – perguntou Myrna, no que Gamache anuiu.

Ela era robusta, tinha um ar severo e estava com as mãos na cintura. Um avental manchado cobria o busto grande. Sorrindo. Cansada e feliz. E, como Isidore, maravilhada, mas sem o horror dele. A responsabilidade dela, afinal de contas, acabava ali.

Então Gamache pôs na mesa uma terceira foto em preto e branco. A mulher mais velha havia desaparecido. Os trapos e a mesa de madeira também, e agora cada recém-nascida surgia cuidadosamente enrolada em sua própria manta de flanela limpa e quentinha, deitada em uma mesa esterilizada. Um homem de meia-idade, vestido de branco da cabeça aos pés, estava de pé, orgulhoso, atrás delas. Aquela era a foto famosa. A apresentação das Quíntuplas Ouellet ao mundo.

– O médico – disse Myrna. – Como era mesmo o nome dele? Bernard. Isso. Dr. Bernard.

Aquela era uma prova da fama das quíntuplas, o fato de que, quase oito décadas depois, Myrna soubesse o nome do médico que fizera o parto. Ou não.

– Você quer dizer – disse ela, voltando às fotos originais – que o Dr. Bernard não fez o parto, afinal?

– Ele nem sequer estava lá – contou Gamache. – E, se você pensar, por que estaria? Em 1937, a maioria das esposas de agricultores contava com parteiras, não médicos. E, embora eles pudessem suspeitar que Marie-Harriette estava carregando mais de uma criança, ninguém podia imaginar que fossem cinco. A gente está falando da época da Grande Depressão, e os Ouellets eram paupérrimos, eles jamais teriam como pagar um médico, mesmo que precisassem.

Ambos olharam para a foto icônica. O sorridente Dr. Bernard. Confiante, seguro, paternal. Perfeitamente escalado para o papel que interpretaria para o resto da vida.

O grande homem que tinha ajudado uma mulher a parir um milagre. Que, devido à sua habilidade, havia feito o que nenhum outro médico conseguira fazer. Ele tinha trazido cinco bebês ao mundo, vivas. E as mantido vivas. Ele até salvara a mãe delas.

O Dr. Bernard se tornara o médico que todas as mulheres queriam. O garoto-propaganda da competência. Um motivo de orgulho para o Quebec, que havia treinado e produzido um médico com tamanha habilidade e compaixão.

Pena que era mentira, pensou Gamache ao colocar os óculos e analisar a foto.

Ele pôs a foto de lado e voltou à imagem original, das quíntuplas com seu pai apavorado. Aquela tinha sido a primeira de milhares de fotos das garotas, tiradas ao longo da vida delas. As bebês estavam imperfeitamente embrulhadas em mantas sujas com o sangue da mãe, fezes, muco e placenta. Era um milagre, mas também uma baita sujeira.

Aquela tinha sido a primeira imagem, mas também a última vez que as garotas reais seriam fotografadas. Horas depois de nascerem, as quíntuplas haviam sido manufaturadas. As mentiras, a encenação, a enganação tinham começado.

Ele virou a foto original. Ali, escritos em uma caligrafia certinha e redonda de estudante, estavam os nomes das crianças.

Marie-Virginie, Marie-Hélène, Marie-Josephine, Marie-Marguerite, Marie-Constance.

Elas deviam ter sido rapidamente embrulhadas no que quer que a parteira e monsieur Ouellet conseguiram encontrar e deitadas na mesa da cozinha na ordem em que nasceram.

Depois ele pegou a foto com o Dr. Bernard, tiradas poucas horas depois. No verso, estava escrito *M-M, M-J, M-V, M-C, M-H.*

Não mais os nomes completos, agora só as iniciais. *Hoje, seriam códigos de barra*, pensou Gamache. Ele podia adivinhar de quem era a caligrafia que estava vendo e, de novo, olhou para o gentil médico rural cuja vida também mudara naquela noite. Um novo Dr. Bernard havia nascido.

Gamache tirou mais uma foto do bolso da camisa e a colocou na mesa de centro. Myrna a pegou. Ela viu quatro jovens mulheres, provavelmente com 30 e poucos anos, de braços dados e sorrindo para a câmera.

Ela virou a foto, mas não havia nada escrito no verso.

– As garotas? – perguntou ela, no que Gamache assentiu. – Elas parecem tão diferentes – comentou ela, maravilhada. – Penteados, o estilo das roupas e até os tipos de corpos. – Ela olhou da foto para Gamache, que a observava. – É impossível sequer dizer que elas são irmãs. Você acha que foi de propósito?

– O que você acha? – perguntou ele.

Myrna voltou a olhar para a foto, mas sabia a resposta. Ela aquiesceu.

– É o que eu acho também – disse o inspetor, tirando os óculos e recostando-se na poltrona. – Elas eram obviamente muito próximas. Não fizeram isso para se distanciar uma da outra, mas do público.

– Elas estão disfarçadas – disse ela, baixando a foto. – Fizeram do corpo uma fantasia, para que ninguém soubesse quem eram. Na verdade, mais uma armadura que uma fantasia – concluiu ela, depois deu um tapinha na foto. – Aqui tem quatro delas. Cadê a outra?

– Morta.

Myrna inclinou a cabeça para Gamache.

– *Pardon?*

– Virginie. Ela morreu com 20 e poucos anos.

– Claro. Eu esqueci – disse ela, depois vasculhou a memória. – Foi um acidente, não? De carro? Um afogamento? Não lembro direito. Alguma coisa trágica.

– Caiu da escada da casa que elas dividiam.

Myrna ficou em silêncio por um instante antes de falar:

– Será que foi só isso mesmo? Quer dizer, jovens de 20 e poucos anos normalmente não caem da escada.

– Que mente desconfiada a sua, madame Landers – comentou Gamache. – Constance e Hélène viram quando aconteceu. Elas disseram que Virginie se desequilibrou. Não teve autópsia. Nenhum obituário no jornal. Virginie Ouellet foi enterrada discretamente no jazigo da família em Saint-Antoine-sur-Richelieu. Alguém do necrotério vazou a notícia algumas semanas depois. Houve uma imensa manifestação pública de pesar.

– Por que abafar a morte dela? – perguntou Myrna.

– Pelo que eu entendi, as irmãs sobreviventes queriam privacidade para seu luto.

– Sim, isso faz sentido – disse Myrna. – Você falou "Elas disseram que Virginie se desequilibrou". Parece ter certa ressalva aí. Elas disseram, mas é verdade?

Gamache sorriu de leve.

– Você é uma boa ouvinte. – Ele se inclinou para a frente, para que eles se entreolhassem por cima da mesa de centro, os rostos meio à luz do fogo, meio no escuro. – Se você souber ler relatórios policiais e certidões de óbito, vai ver que tem muita coisa no que não é dito.

– Eles achavam que ela podia ter sido empurrada?

– Não. Mas havia a sensação de que, embora a morte dela tenha sido um acidente, não foi exatamente uma surpresa.

– Como assim? – perguntou Myrna.

– Constance te contou alguma coisa sobre as irmãs?

– Só em termos gerais. Eu queria ouvir sobre a vida dela, não das irmãs.

– Deve ter sido um alívio para ela – opinou Gamache.

– Acho que sim. Um alívio e uma surpresa – disse Myrna. – A maioria das pessoas só estava interessada nas quíntuplas como uma unidade, não como indivíduos. Embora, para ser honesta, eu não tenha me tocado de que ela era uma das quíntuplas até mais ou menos um ano de terapia.

Gamache a encarou e tentou conter o divertimento.

– Isso não é engraçado – disse Myrna, mas ela também sorriu.

– Não – concordou ele, tirando o sorriso do rosto. – Não é mesmo. Você realmente não sabia que ela era uma das pessoas mais famosas do país?

– Tá bom, é o seguinte – começou Myrna. – Ela se apresentou como Constance Pineault e mencionou a família, mas só em resposta às minhas perguntas. Não me ocorreu perguntar se ela tinha quatro irmãs gêmeas. Eu quase nunca perguntava isso aos meus pacientes. Mas você não me respondeu. O que você quis dizer quando falou que a morte da quíntupla mais nova foi um acidente, mas não uma surpresa?

– Da mais nova? – perguntou Gamache.

– Bom, é... – disse Myrna, contendo-se e balançando a cabeça. – É engraçado isso. Eu penso na que morreu primeiro...

– Virginie.

– ... como a mais nova e, em Constance, como a mais velha.

– Imagino que seja natural. Acho que eu faço isso também.

– Então por que a morte de Virginie não foi uma surpresa?

– Ela não foi diagnosticada nem tratada, mas parece que quase com certeza sofria de depressão clínica.

Myrna inspirou lenta e profundamente, depois expirou lenta e profundamente.

– Eles acharam que ela se matou?

– Isso nunca foi dito, não tão claramente, mas a impressão que eu tive foi de que suspeitavam.

– Coitada – disse Myrna.

Coitada, pensou Gamache, e se lembrou dos carros de polícia na ponte Champlain e da mulher que havia pulado para a morte na manhã anterior. Mirando nas águas lamacentas do St. Lawrence. Quão terrível devia ser o problema para que a solução fosse se atirar em um rio gelado ou de um lance de escadas?

Quem te machucou uma vez, pensou ele, olhando para a foto da recém-nascida Virginie na mesa de fazenda, chorando ao lado das irmãs, *de maneira tão irreparável*?

– Constance te contou alguma coisa sobre a criação dela?

– Quase nada. Ela deu um grande passo em admitir quem era, mas não estava pronta para falar sobre os detalhes.

– Como você descobriu que ela era uma das Quíntuplas Ouellet? – quis saber Gamache.

– Eu adoraria dizer que foi a minha percepção extraordinária, mas acho que é tarde demais para isso.

– Sim, infelizmente – brincou Gamache.

Myrna riu.

– É verdade. Olhando para trás, eu vejo que ela vivia me dando dicas. Por um ano, ela não parou de lançar pistas. Disse que tinha quatro irmãs. Mas eu nunca pensei que isso significasse que eram todas da mesma idade. Ela falou que os pais eram obcecados pelo irmão André, mas que ela e as irmãs foram instruídas a não falar sobre ele. Porque eles brigavam com elas. Contou que as pessoas estavam sempre tentando descobrir coisas sobre a vida delas. Mas eu pensei que ela só tinha vizinhos curiosos ou era paranoica. Nunca me ocorreu que estivesse se referindo à América do Norte inteira, inclusive os cinejornais, e que fosse verdade. Ela deve ter ficado exasperada comigo. Eu me envergonho de admitir que talvez nunca tivesse percebido se ela não houvesse, finalmente, me contado.

– Eu queria estar lá para ouvir essa conversa.

– Eu nunca vou me esquecer, isso é certo. Eu pensei que a gente ia falar de novo sobre os problemas dela com a intimidade. Eu sentei ali com o meu caderninho no joelho, com a caneta na mão – contou Myrna, fazendo a mímica para ele –, e então ela disse: "O sobrenome da minha mãe era Pineault. O do meu pai, Ouellet. Isidore Ouellet." Ela estava olhando para mim como se aquilo devesse significar alguma coisa. E o engraçado é que significou mesmo. Senti uma espécie de agitação vaga na mente. Então, quando eu não respondi, ela disse: "Eu atendo pelo nome de Constance Pineault. Eu realmente penso em mim assim agora, mas a maioria das pessoas me conhece como Constance Ouellet. Eu e as minhas quatro irmãs temos o mesmo dia de nascimento." Eu me envergonho de dizer que, mesmo assim, levei um segundo ou dois para entender.

– Eu também não sei se teria acreditado – disse Gamache.

Ela balançou a cabeça, ainda um pouco descrente.

– As Quíntuplas Ouellet eram quase fictícias. Com certeza, míticas. Foi como se a mulher que eu conhecia como Constance Pineault anunciasse que era uma deusa grega, Hera que ganhou vida. Ou um unicórnio.

– Parecia improvável?

– Parecia impossível, delirante, até. Mas ela estava tão composta, tão relaxada. Quase aliviada. Seria difícil encontrar uma pessoa mais sã. Acho que ela viu que eu estava me esforçando para acreditar e considerou isso engraçado.

– Constance também sofria de depressão? Foi por isso que ela te procurou?

– Não. Ela tinha momentos de depressão, mas todo mundo tem.

– Então por que ela te procurou?

– A gente levou um bom tempo para descobrir – admitiu Myrna.

– Do jeito que você fala, parece que a própria Constance não sabia.

– E não sabia mesmo. Ela estava lá porque se sentia infeliz. Queria ajuda para descobrir o que estava errado. Disse que se sentia como alguém que, de repente, percebe que é daltônico e que todos os outros vivem em um mundo mais vibrante.

– O daltonismo não tem cura – disse Gamache. – Constance tinha?

– Bom, primeiro a gente precisava chegar no problema. Não na fanfarra tocando na superfície, mas na farpa embaixo dela.

– E você chegou nessa farpa?

– Acho que sim. Acho que era simples. A maioria dos problemas é. Constance estava solitária.

O inspetor-chefe pensou sobre aquilo. Uma mulher que nunca tinha ficado sozinha. Que compartilhara um útero, uma casa. Os pais, a mesa, as roupas, tudo. Que vivia sempre em meio a uma multidão. Com pessoas à sua volta o tempo todo, dentro e fora de casa. Olhando fixamente para ela.

– Eu ia imaginar que o que ela queria era privacidade – disse ele.

– Ah, sim, todas elas queriam isso. Estranhamente, acho que foi o que tornou Constance tão solitária. Assim que puderam, as garotas se afastaram de toda aquela atenção, mas se afastaram demais. Elas se tornaram reservadas demais. Isoladas demais. O que começou como um mecanismo de sobrevivência se voltou contra elas. Elas estavam seguras na casinha delas, naquele mundo privado, mas também sozinhas. Elas foram crianças solitárias que se tornaram adultas solitárias. Mas não conheciam nenhuma outra vida.

– Daltônicas – disse Gamache.

– Mas Constance conseguia ver que havia algo mais lá fora. Ela estava segura, mas não feliz. E queria ser feliz – explicou Myrna, depois balançou a cabeça. – Eu não desejaria ser uma celebridade ao meu pior inimigo. E os pais que fazem isso deviam ser amarrados pelas bolas.

– Você acha que os pais das quíntuplas são culpados?

Myrna refletiu sobre a pergunta.

– Acho que Constance pensava assim.

Gamache meneou a cabeça para as fotos na mesa de centro entre eles.

– Você perguntou se eu encontrei isto na casa de Constance. Não. Não tinha nenhuma foto pessoal lá. Nem em molduras, nem em álbuns. Eu encontrei estas aqui no arquivo nacional. Exceto – disse ele, pegando a imagem das quatro jovens – esta. Constance tinha colocado esta na mala, para trazer para cá.

Myrna olhou para a pequena foto na mão dele.

– Eu me pergunto por quê.

Jérôme Brunel fechou o livro.

As cortinas estavam cerradas e o edredom de plumas os cobria na cama grande. Thérèse tinha caído no sono lendo. Ele a observou por alguns instantes, em sua respiração profunda e ritmada. O queixo dela no peito, sua mente ativa em repouso. Em paz. Finalmente.

Ele colocou o próprio livro na mesinha de cabeceira e, estendendo o braço, tirou os óculos da esposa e pegou o livro da mão dela. Depois beijou a testa dela e sentiu o cheiro de seu hidratante noturno. Suave e sutil. Quando ela viajava a trabalho, ele espalhava um pouco do creme nas mãos e dormia com elas no rosto.

– Jérôme? – disse Thérèse, acordando. – Está tudo bem?

– Tudo perfeito – sussurrou ele. – Eu só ia apagar a luz.

– Armand voltou?

– Ainda não, mas deixei as luzes da varanda e alguns abajures na sala de estar acesos.

Ela o beijou e rolou para o lado.

Jérôme desligou o abajur da mesinha de cabeceira e os envolveu no edredom. A janela estava aberta, deixando o ar frio e fresco entrar e tornando a cama quente mais acolhedora ainda.

– Não se preocupe – sussurrou ele no ouvido da esposa. – Armand tem um plano.

– Espero que não envolva naves espaciais nem viagens no tempo – balbuciou ela, já meio adormecida.

– Ele tem outro plano – disse Jérôme, e ouviu a risadinha dela antes que o quarto recaísse no silêncio, exceto pelos estalos e rangidos da casa, que se acomodava em volta deles.

Armand Gamache estava na janela da livraria de Myrna e viu a luz se apagar no quarto de cima na casa de Émilie.

Ele tinha seguido Myrna escada abaixo até a livraria, e agora ela estava parada, desnorteada, no meio de um dos corredores.

– Eu tenho certeza que ele estava aqui.

– O quê? – perguntou ele, virando-se, mas Myrna já tinha desaparecido em meio às fileiras de estantes.

– O livro que o Dr. Bernard escreveu, sobre as quíntuplas. Eu tinha ele aqui, mas não consigo encontrar.

Gamache se surpreendeu.

– Eu não sabia que ele tinha escrito um livro – disse Gamache, caminhando por outro corredor, examinando as prateleiras. – É bom?

– Eu não li – murmurou ela, olhando para as lombadas, distraída. – Mas não acredito que seja, diante do que a gente sabe agora.

– Bom, a gente sabe que ele não fez o parto delas – comentou Gamache

–, mas o homem mesmo assim dedicou grande parte da vida a elas. Provavelmente conhecia as gêmeas melhor do que qualquer um.

– Duvido.

– Por que você diz isso?

– Acho que elas próprias mal se conheciam. Na melhor das hipóteses, o livro vai dar um insight na rotina delas, mas não nas garotas em si.

– Então por que você está procurando?

– Eu acho que pode ajudar.

– Pode – concordou ele. – Por que você não leu?

– O Dr. Bernard pegou o que deveria ser privado e tornou público. Ele traiu as gêmeas repetidas vezes, assim como os pais delas. Eu não queria fazer parte disso.

Ela apoiou a mão grande em uma prateleira, perplexa.

– Alguém pode ter levado? – sugeriu Gamache, do corredor ao lado.

– Isto não é uma biblioteca. Teriam que comprar comigo.

Fez-se um silêncio antes que Myrna falasse de novo.

– Maldita Ruth.

Gamache pensou que, talvez, aquele fosse o verdadeiro nome de Ruth. Com certeza, era o primeiro nome dela. Ele imaginou o batismo.

"Que nome vocês escolheram para esta criança?", perguntaria o pastor.

"Maldita Ruth", responderiam os padrinhos.

Teria sido uma previsão.

Myrna interrompeu seu devaneio.

– Ela é a única que acha que isto aqui é uma biblioteca. Pega os livros, depois devolve e pega outros.

– Pelo menos ela devolve – disse Gamache, no que recebeu um olhar severo de Myrna. – Você acha que Ruth pegou o livro de Bernard sobre as quíntuplas?

– Quem mais teria feito isso?

Era uma boa pergunta.

– Eu vou perguntar a ela amanhã – disse ele, vestindo o casaco. – Sabe aquele poema da Ruth que você recitou?

– *Quem te machucou uma vez*? Esse? – perguntou Myrna.

– Você tem ele aqui?

Myrna encontrou o volume fino e Gamache pagou por ele.

– Por que Constance parou de fazer terapia com você? – perguntou ele.

– A gente chegou a um impasse.

– Como assim?

– Ficou claro que se realmente quisesse ter amigos próximos, Constance precisava baixar a guarda e deixar alguém entrar. A nossa vida é como uma casa. Algumas pessoas são admitidas no jardim; outras, na varanda; e outras, no vestíbulo ou na cozinha. Os melhores amigos são convidados para avançar mais ainda, até a sala de estar.

– E alguns podem até entrar no quarto – disse Gamache.

– Nos relacionamentos realmente íntimos, sim – concordou Myrna.

– E Constance?

– A casa dela era bonita de olhar. Adorável, perfeita. Mas trancada. Ninguém entrava – contou Myrna.

Ele escutou, mas não contou a Myrna que a analogia da casa era perfeita. Constance tinha se barricado emocionalmente, mas ninguém passava do limiar de seu lar de tijolos e argamassa também.

– Você disse isso a ela? – perguntou ele, e Myrna assentiu.

– Ela entendeu e tentou, realmente lutou contra isso, mas as paredes eram altas e grossas demais. Então a terapia teve que acabar. Não havia nada mais que eu pudesse fazer. Mas a gente ficou em contato. Como conhecidas – disse Myrna, sorrindo. – Até mesmo nessa visita, achei que talvez ela fosse finalmente se abrir. Eu torcia para que, agora que a última irmã morrera, ela não sentisse que estava traindo os segredos da família.

– Mas ela não disse nada?

– Não.

– Quer saber o que eu acho? – perguntou ele.

Myrna anuiu.

– Acho que, quando ela veio aqui pela primeira vez, foi para fazer uma visita agradável. Quando decidiu voltar, foi por uma razão totalmente diferente.

Myrna sustentou o olhar dele.

– Qual razão?

Ele tirou as fotos do bolso e selecionou a das quatro mulheres.

– Eu acho que ela estava trazendo isto para você. O bem mais precioso, mais pessoal que ela tinha. Acho que ela queria abrir as portas, as janelas da casa dela, e te deixar entrar.

Myrna soltou o ar com força, depois pegou a foto da mão dele.

– Obrigada por isto – disse ela baixinho, e olhou para a foto. – Virginie, Hélène, Josephine, Marguerite e, agora, Constance. Todas mortas. Viraram lenda. O que foi?

Gamache tinha pegado a primeira foto tirada das Quíntuplas Ouellet, quando ainda eram recém-nascidas, alinhadas como pães na mesa rústica de fazenda. O pai, atônito, de pé atrás delas.

Gamache virou a foto e olhou para as palavras quase com certeza escritas pela mãe ou pelo pai. Com capricho e cuidado. Por uma mão que não tinha o hábito de anotar nada. Em uma vida não muito digna de nota, aquilo valia o esforço. Eles haviam escrito os nomes de suas meninas na ordem em que elas foram colocadas na mesa.

Marie-Virginie.

Marie-Hélène.

Marie-Josephine.

Marie-Marguerite.

Marie-Constance.

Quase com certeza a ordem em que elas tinham nascido, mas também, percebeu ele, a ordem em que haviam morrido.

DEZESSETE

Armand Gamache acordou com gritos, berros e uma curta e aguda explosão de som.

Sentando-se de súbito na cama, foi do sono profundo à consciência completa em uma fração de segundo. Sua mão disparou e pairou sobre a mesinha de cabeceira, onde, em uma gaveta, a arma descansava.

Seus olhos estavam afiados, seu foco era total. Ele estava imóvel, seu corpo, tenso.

Gamache viu a luz do dia atravessar as cortinas. Então ouviu de novo. Um grito urgente. Um pedido de ajuda. Uma ordem. Outro estrondo.

Não havia como confundir aquele som.

Ele vestiu o roupão e as pantufas, abriu a cortina e viu um jogo de hóquei no lago congelado, no meio da praça do vilarejo.

Henri estava a seu lado, também alerta, enfiando o nariz para fora da janela. Farejando.

– Este lugar ainda vai me matar – disse o inspetor-chefe para o cão.

Mas depois sorriu enquanto observava as crianças patinando furiosamente atrás do disco. Gritando instruções umas para as outras. Uivando em triunfo e gritando de dor quando uma tacada foi parar na rede.

Gamache ficou de pé, hipnotizado por um instante, olhando para fora da vidraça congelada.

Era um dia claro. Um sábado, lembrou ele. O sol tinha acabado de nascer, mas as crianças pareciam estar naquilo há horas e poderiam continuar o dia todo, só com breves pausas para um chocolate quente.

Ele abaixou o vidro e abriu as cortinas completamente, depois se virou. A casa estava em silêncio. Ele levou um segundo para lembrar que não estava na pousada de Gabri, mas na casa de Émilie Longpré.

Aquele quarto era maior do que o da pousada. Havia uma lareira em um dos lados, o piso era de tábuas largas de pinho, e as paredes estavam forradas por um papel de parede floral que era tudo, menos moderno e elegante. Havia janelas dos dois lados, tornando o lugar claro e alegre.

Ele olhou para o relógio na mesinha de cabeceira e ficou chocado ao ver que eram quase oito. Tinha perdido a hora. Não se dera ao trabalho de programar o alarme, certo de que acordaria sozinho às seis da manhã, como normalmente fazia. Ou de que Henri o despertaria com um cutucão do focinho.

Mas ambos haviam caído em um sono profundo e ainda estariam na cama não fosse por um gol repentino na partida lá embaixo.

Após uma chuveirada rápida, Gamache desceu as escadas com Henri, o alimentou, colocou café na cafeteira e depois o prendeu na coleira para dar uma volta ao redor da praça. Enquanto caminhavam a passos largos, eles observavam o jogo de hóquei, Henri puxando a coleira com força, ansioso para se juntar às outras crianças.

– Que bom que você mantém essa fera idiota na coleira. Ele é uma ameaça.

Gamache se virou e viu Ruth e Rosa aproximando-se deles pela rua congelada. Rosa usava botinhas de tricô e parecia estar mancando de leve, como Ruth. E Ruth parecia ter desenvolvido certo bamboleio, como Rosa.

Se as pessoas realmente se transformavam em seus animais de estimação, pensou Gamache, a qualquer momento brotariam dele orelhas imensas, além de uma expressão brincalhona e um pouco vazia.

Mas Rosa era mais do que um animal de estimação para Ruth, e Ruth, mais do que apenas uma pessoa para a pata.

– Henri não é uma fera idiota, madame – afirmou Gamache.

– Eu sei – retrucou a poeta. – Eu estava falando com ele.

O pastor-alemão e a pata se entreolharam. Por precaução, Gamache segurou a coleira com força, mas não precisava ter se preocupado. Rosa deu uma bicada no ar, e Henri recuou com um pulo e se encolheu atrás das pernas de Gamache, olhando para ele.

Gamache e Henri ergueram as sobrancelhas um para o outro.

– Passa! – gritou Ruth para um dos jogadores. – Deixa de ser fominha!

Qualquer um que estivesse ouvindo teria escutado o "imbecil" implícito no final daquela frase.

Um garoto passou o disco, mas tarde demais. Ele desapareceu em um banco de neve. O menino olhou para Ruth e deu de ombros.

– Tudo bem, Étienne – disse Ruth. – Da próxima vez, olha para o jogo.

– *Oui, coach.*

– Malditas crianças, nunca escutam – esbravejou Ruth, voltando as costas para elas, mas não antes de algumas a verem com Rosa e pararem de jogar para acenar.

– *Coach?* Treinadora? – perguntou Gamache, caminhando ao lado dela.

– É babaca em francês. *Coach.*

Gamache riu, uma baforada de humor.

– Mais uma coisa que a senhora ensinou para eles, então.

Pequenas baforadas saíram da boca de Ruth, que ele deduziu ser uma risadinha. Ou enxofre.

– Obrigado pelo *coq au vin* ontem à noite – disse Gamache. – Estava delicioso.

– Era para você? Meu Deus, eu achei que aquela bibliotecária tinha dito que era para o povo que está na casa da Émilie.

– Somos eu e os meus amigos, como a senhora bem sabe.

Ruth pegou Rosa no colo e deu alguns passos em silêncio.

– Você está um pouco mais perto de descobrir quem matou Constance? – perguntou ela.

– Um pouco.

Ao lado deles, o jogo de hóquei continuou, com garotos e garotas perseguindo o disco, alguns patinando para a frente, outros ziguezagueando para trás. Como se a vida dependesse do que acontecesse com aquele pedacinho de borracha congelada.

Podia até parecer trivial, mas Gamache sabia que ali se aprendia muita coisa. Confiança e trabalho em equipe. Quando passar o disco, quando avançar e quando recuar. E nunca perder o objetivo de vista, não importava o caos e as distrações ao redor.

– Por que a senhora pegou aquele livro do Dr. Bernard? – perguntou ele.

– Que livro?

– Quantos livros do Dr. Bernard a senhora tem? O livro sobre as Quíntuplas Ouellet. A senhora pegou na livraria da Myrna.

– É uma livraria? – perguntou Ruth, olhando para a loja. – Achei que estivesse escrito "*library*" na fachada.

– Está escrito *librairie* – corrigiu ele. – "Você está mentindo" em francês.

Ruth bufou de tanto rir.

– A senhora sabe perfeitamente bem que *librairie* significa "livraria" em francês – afirmou ele.

– Essa língua é confusa pra cacete. Por que não falar claramente?

Gamache olhou para ela, espantado.

– É uma pergunta muito boa, madame.

Ele falava sem exasperação. Gamache devia muito a Ruth – entre as coisas mais significativas, sua paciência.

– É, eu peguei o livro. Como disse, Constance me contou quem era, então eu quis ler sobre ela. Curiosidade mórbida.

Gamache sabia que Ruth Zardo podia ser mórbida, mas não curiosa. Isso exigiria algum interesse nos outros.

– E a senhora imaginou que ia aprender alguma coisa com o relato do Dr. Bernard?

– Bom, com ela é que não seria, não é? Foi o melhor que eu consegui. Ô livro chato. Ele fala basicamente de si mesmo. Não suporto gente egocêntrica.

Gamache deixou essa passar.

– Mas tem algumas coisas grosseiras a dizer sobre os pais dela também – continuou ela. – Tudo expresso em termos educados, é claro, caso eles lessem um dia, o que eu suspeito que tenham feito. Ou pediram para alguém ler para eles.

– Por que a senhora diz isso?

– Segundo Bernard, eles eram pobres, ignorantes e burros que nem uma porta. Além de gananciosos.

– Por que gananciosos?

– Eles basicamente venderam as crianças para o governo, depois ficaram irritados quando o dinheiro acabou. Achavam que deviam receber mais.

O próprio inspetor-chefe havia encontrado os detalhes da contabilidade. Ela mostrava um grande pagamento, ou com certeza grande para a época, a Isidore Ouellet, disfarçado como expropriação da fazenda dele por cem vezes o seu valor.

O agricultor paupérrimo tinha ganhado na loteria sob a forma de cinco fantásticas filhas. E tudo o que precisava fazer era vendê-las ao Estado. Gamache também havia encontrado cartas. Muitas delas. Escritas ao longo de anos, em uma esforçada caligrafia, exigindo as filhas de volta, afirmando que eles tinham sido enganados. Ameaçando ir a público. Os Ouellets diziam a todos que o governo havia roubado suas filhas. Isidore até invocara irmão André, já falecido, mas um símbolo cada vez mais poderoso no Quebec.

Ao ler as cartas, Gamache percebeu que o que Isidore Ouellet realmente queria não eram as garotas, mas o dinheiro.

Depois vieram cartas em resposta de um ramo recém-formado do governo chamado Service de Protection de l'Enfance – Serviço de Proteção à Infância. Elas estavam endereçadas aos Ouellets e, embora a linguagem fosse extremamente civilizada, Gamache viu a contra-ameaça.

Se os Ouellets abrissem a boca, o governo faria o mesmo.

E eles tinham muito a dizer. Também invocaram irmão André. Ao que tudo indicava, o santo jogava nos dois times. Ou era o que eles esperavam.

Por fim, as cartas dos Ouellets foram parando, mas não antes que o tom delas se tornasse mais patético, mais degradante. Eles imploravam. Explicavam que tinham direitos e necessidades.

Então as cartas cessaram.

– Constance falou alguma coisa sobre os pais? – perguntou Gamache.

Já era a segunda volta que eles davam na praça. Gamache olhou para Henri, próximo às suas pernas, os olhos fixos em Rosa. Com uma expressão espetacularmente idiota no rosto.

Seria possível?, Gamache se perguntou. *Não. Com certeza, não.*

Ele deu mais uma olhada em Henri, que só faltava babar ao observar Rosa. Era difícil dizer, mas ou o cachorro queria comer a pata ou estava apaixonado por ela.

Gamache decidiu não explorar nenhuma das possibilidades mais a fundo. Era uma situação infeliz demais.

– Sinceramente, você não pode ser tão idiota – disse Ruth. – Ontem, eu te falei que sabia quem Constance era, mas que a gente não falava sobre isso. Você não está mesmo escutando, né?

– A sua conversa brilhante? Quem não escutaria? Não, eu estava prestando atenção, só me perguntei se Constance tinha dito alguma coisa à senhora, mas, infelizmente, ela não disse.

Ruth olhou de cara feia para ele, seus olhos azuis turvos mas penetrantes. Como uma faca em um córrego frio e raso.

Eles pararam em frente à casa de Émilie Longpré.

– Eu me lembro de visitar madame Longpré aqui – comentou Gamache. – Ela era uma mulher admirável.

– Era – concordou Ruth, e Gamache esperou por algum qualificador sarcástico, mas nenhum veio.

– É bom ver as luzes acesas e a fumaça saindo da chaminé de novo – disse ela. – A casa estava vazia há tempo demais. Este lugar foi feito para pessoas – comentou ela, depois se voltou para ele. – Ele quer companhia. Até de alguém banal como você.

– *Merci* – disse o inspetor, com uma pequena mesura. – Eu posso aparecer mais tarde para pegar o livro?

– Que livro?

Gamache quase revirou os olhos.

– O livro do Dr. Bernard sobre as Quíntuplas Ouellet.

– Você ainda quer isso? É melhor você pagar aquela bibliotecária então, agora que ela transformou a biblioteca em livraria. Isso é legal?

– *À bientôt, coach* – respondeu Gamache, e observou Ruth e Rosa mancarem e bambolearem para a porta ao lado.

Henri deu um pequeno vexame choramingando um pouquinho.

Gamache puxou a coleira, e o pastor-alemão o seguiu com relutância.

– E eu achando que você estava apaixonado pelo braço do sofá – disse ele, quando eles entraram na casa quentinha. – Seu bruto volúvel.

Thérèse estava na sala de estar, em frente à lareira, lendo um jornal velho.

– De cinco anos atrás – contou ela, pousando o periódico a seu lado. – Mas se eu não tivesse checado a data, juraria que é de hoje.

– *Plus ça change...* – disse Gamache, juntando-se a ela.

– "Quanto mais as coisas mudam, mais permanecem iguais" – disse Thérèse, completando a citação e depois refletindo sobre ela. – Você acredita nisso?

– Não – declarou ele.

– Você é um otimista, monsieur – disse ela, inclinando-se para ele e baixando o tom de voz: – Eu também não acredito.

– Café? – perguntou Gamache, e foi para a cozinha servir duas canecas para eles.

Thérèse o seguiu e se recostou na bancada de mármore.

– Eu fico inquieta sem meu celular, meus e-mails e meu laptop – admitiu ela, abraçando o próprio corpo como uma viciada em abstinência.

– Eu também – disse ele, passando uma caneca de café para ela.

– Quando você veio para cá trabalhar nas investigações de assassinato, como fez para se conectar?

– Não tem muito o que fazer, a não ser acessar as linhas telefônicas e amplificar o sinal.

– Mas isso ainda é internet discada – argumentou Thérèse. – Bom, melhor do que nada. Eu sei que você usa hubs e antenas parabólicas móveis quando está em áreas remotas. Eles funcionam aqui?

Ele balançou a cabeça.

– Não são muito confiáveis. O vale é profundo demais.

– Ou as montanhas altas demais – disse Thérèse com um sorriso. – Questão de perspectiva.

Gamache abriu a geladeira e encontrou bacon e ovos. Thérèse tirou um pão da caixa e começou a cortá-lo enquanto ele colocava bacon em uma frigideira de ferro fundido.

Ele chiou e estalou, enquanto Gamache apertava e mexia as fatias.

– Bom dia – disse Jérôme, entrando na cozinha. – Senti cheiro de bacon.

– Quase pronto – disse Gamache do fogão.

Ele quebrou os ovos na frigideira enquanto Jérôme colocava as geleias na mesa.

Alguns minutos depois, todos se sentaram diante de pratos de bacon, ovos de gema mole e torradas.

Pela janela dos fundos acima da pia, Gamache via o jardim de Émilie e a floresta mais além, coberta por uma neve tão luminosa que parecia mais azul e rosa do que branca. Seria difícil encontrar um lugar mais perfeito para se esconder. Não existia refúgio mais seguro do que aquele.

Eles estavam a salvo, mas também presos.

Como as quíntuplas, pensou ele, tomando um gole do café forte e quente. Enquanto o resto do mundo estava nas profundezas da Grande Depressão, elas tinham sido recolhidas, levadas embora e protegidas. Recebido tudo o que queriam. Exceto liberdade.

Gamache olhou para os companheiros, comendo bacon e ovos e passando geleia caseira no pão caseiro.

Eles também tinham tudo o que queriam. Exceto liberdade.

– Jérôme? – disse ele, em uma voz incerta.

– *Oui, mon ami.*

– Eu tenho uma pergunta médica para você.

Pensar nas quíntuplas o lembrara da conversa da noite anterior com Myrna. Jérôme baixou o garfo e ofereceu a Gamache toda a sua atenção.

– Pode falar.

– Gêmeos – disse Gamache. – Eles geralmente compartilham o mesmo saco amniótico?

– No útero? Gêmeos idênticos, sim. Bivitelinos, não. Eles têm o próprio óvulo e o próprio saco amniótico.

Ele estava claramente curioso, mas não perguntou por quê.

– Por quê? – perguntou Thérèse. – Alguma notícia boa para você e Reine-Marie?

Gamache riu.

– Por mais maravilhoso que fosse ter gêmeos a esta altura da vida, não. Na verdade, estou interessado em nascimentos múltiplos.

– Quantos? – quis saber Jérôme.

– Cinco.

– Cinco? Só pode ter sido por fertilização *in vitro* – disse ele. – Remédios para fertilidade. Vários óvulos, então quase com certeza não idênticos.

– Não, não, estas são idênticas. Eram. E não existia FIV na época.

Thérèse olhou para ele.

– Você está falando das Quíntuplas Ouellet?

Gamache assentiu.

– Elas eram cinco, é claro. Provenientes de um único óvulo. Elas se dividiram em dois pares no útero e compartilharam sacos amnióticos. Menos uma.

– Que investigador minucioso você é, Armand – comentou Jérôme. – Investiga até o útero.

– Bom, ninguém suspeita de um feto – disse Gamache. – É a grande vantagem deles.

– Embora existam algumas desvantagens – disse Jérôme, fazendo uma pausa para reunir os pensamentos. – As Quíntuplas Ouellet. Estudamos esse caso na faculdade de Medicina. Foi um fenômeno. Não só um nascimento múltiplo e de gêmeas idênticas, mas o fato de que todas as cinco sobreviveram. Um homem notável, o Dr. Bernard. Eu assisti a uma palestra dele uma vez, quando ele já estava velho. Ainda afiado e ainda muito orgulhoso daquelas garotas.

Gamache se perguntou se deveria dizer alguma coisa, mas decidiu por se calar. Não havia necessidade de jogar aquele ídolo na lama. Pelo menos por enquanto.

– Qual era a sua pergunta, Armand?

– Sobre a quíntupla que estava sozinha no útero. Isso teria feito alguma diferença depois do nascimento?

– Que tipo de diferença?

Gamache refletiu sobre o assunto. O que ele queria dizer?

– Bom, ela seria parecida com as irmãs, mas poderia ser diferente em outros aspectos?

– Não é a minha especialidade – ressaltou Jérôme, depois respondeu assim mesmo: – Mas eu acho que não teria como não afetar a gêmea. Não necessariamente de um jeito ruim. Isso poderia fazer com que ela fosse mais resiliente e autoconfiante. As outras teriam uma afinidade natural com a irmã com quem compartilharam o saco amniótico. Ao estarem tão próximas fisicamente, fisiologicamente, por oito meses, elas não tiveram como não se ligar de formas que vão além da personalidade. Mas a garota que se desenvolveu sozinha? Ela pode ter sido menos dependente das outras. Mais independente.

Ele voltou a passar geleia na torrada.

– Ou não – disse Gamache, e se perguntou como a vida teria sido para uma eterna forasteira em uma comunidade fechada.

Ela teria ansiado por aquele laço? Visto aquela proximidade e se sentido excluída?

Myrna havia descrito Constance como solitária. Era por isso? Será que ela estivera sozinha e solitária a vida inteira, mesmo antes de respirar pela primeira vez?

Vendida pelos pais, excluída pelas irmãs. O que isso poderia fazer com uma pessoa? Poderia transformá-la em algo grotesco? Agradável, sorridente, igual a todas as outras por fora, mas vazia por dentro?

Gamache precisou se lembrar de que Constance era a vítima, não uma suspeita. Mas ele também se lembrou do relatório policial sobre a morte da primeira irmã. Virginie tinha caído da escada. Ou, pensou ele, fora empurrada.

As irmãs haviam entrado em uma conspiração silenciosa. Myrna presumira que era uma reação ao brilho extremo da publicidade a que tinham sido submetidas durante a infância, mas agora o inspetor-chefe se perguntava se aquele silêncio teria outra causa. Algo vindo de dentro da própria família, e não de fora.

E, no entanto, ele tinha a impressão de que, aos 77 anos, Constance estava voltando para Three Pines, para Myrna, e levando consigo não só a única foto existente das garotas adultas, mas também a história do que realmente havia acontecido naquela casa.

Só que ela fora morta antes que pudesse dizer qualquer coisa.

– Ela mesma teria causado isso, é claro – disse Jérôme.

– Como assim?

– Bom, ela matou a irmã.

Gamache o encarou, embasbacado. Como Jérôme poderia saber disso ou conhecer suas suspeitas?

– A razão de ela estar sozinha no saco amniótico. É quase certo que eram seis, duas em cada saco, mas a solitária deve ter matado e absorvido a irmã gêmea – explicou Jérôme. – Acontece o tempo todo.

– Por que você quer saber essas coisas, Armand? – perguntou Thérèse.

– Não houve anúncio público, mas a última quíntupla, Constance Ouellet, foi assassinada há dois dias. Ela estava se preparando para vir para cá, para Three Pines.

– Para cá? – perguntou Jérôme. – Por quê?

Gamache contou a eles. Percebeu, enquanto falava, que aquilo não era só mais uma morte para eles, não era sequer só mais um assassinato. Aquela tragédia tinha um peso a mais, como se Thérèse e Jérôme tivessem perdido alguém que conheciam e com quem se importavam.

– É difícil acreditar que todas elas se foram – comentou Thérèse, depois pensou sobre isso. – Mas elas nunca pareceram completamente reais. Eram como estátuas. Pareciam humanas, mas não eram.

– Myrna Landers disse que foi como descobrir que a amiga era um unicórnio ou uma deusa grega. Como se Hera tivesse vindo para a Terra.

– Algo interessante de se dizer – opinou Thérèse. – Mas como isso veio a se tornar um caso seu, Armand? Constance Ouellet foi encontrada em Montreal. Seria a jurisdição da polícia de Montreal.

– É verdade, mas Marc Brault me passou o caso quando percebeu que existia uma conexão.

– Sorte sua – disse Jérôme.

– Sorte nossa – corrigiu Gamache. – Se não fosse por isso, não estaríamos nesta casa.

– O que nos leva a outro problema – lembrou Jérôme. – Agora que nós estamos em Three Pines, como vamos sair daqui?

– O plano? – perguntou Gamache.

Eles aquiesceram.

O chefe fez uma pausa para organizar as ideias.

Jérôme sabia que estava na hora de contar a eles o que tinha encontrado. O nome. Ele só o havia vislumbrado um instante antes de perceber que tinha sido pego. Um instante antes de correr. Fugir. Voltando pelo corredor virtual. Batendo portas, apagando seu rastro. Correndo, correndo.

Ele só havia vislumbrado o nome. E talvez tivesse visto errado, pensou Jérôme. Em meio ao pânico, só podia ter visto errado.

– A nossa única esperança é descobrir o que Francoeur está fazendo e impedir. E, para isso, precisamos nos reconectar à internet – afirmou Gamache. – Não discada. Tem que ser de alta velocidade.

– Sim – concordou Thérèse, exasperada. – A gente sabe disso. Mas como? Não tem internet de alta velocidade aqui.

– A gente cria a nossa própria torre de transmissão.

Thérèse Brunel se recostou e o encarou.

– Você bateu a cabeça, Armand? A gente não tem como fazer isso.

– Por que não? – perguntou ele.

– Bom, além do fato de que levaria meses e exigiria todo tipo de conhecimento, você não acha que alguém perceberia que a gente está construindo uma torre?

– Ahh, perceberia, mas eu não disse "construir", falei "criar".

Gamache se levantou e foi até a janela da cozinha. Ele apontou para além da praça do vilarejo, dos três grandes pinheiros e das casas cobertas de neve. Para o alto da colina.

– Para o que a gente está olhando? – perguntou Jérôme. – Para a colina sobre o vilarejo? A gente pode colocar uma torre ali, mas, de novo, isso exigiria conhecimento.

– E tempo – acrescentou Thérèse.

– Mas a torre já está lá – afirmou Gamache, e eles olharam de novo. Finalmente, Thérèse se voltou para ele, estupefata.

– Você está falando das árvores – disse ela.

– *C'est ça* – disse Gamache. – Elas formam uma torre natural. Jérôme?

Gamache se voltou para o homem rechonchudo, encaixado entre a poltrona e a janela. De costas para eles. Olhando para cima e para fora do vilarejo.

– Pode funcionar – disse ele, hesitante. – Mas a gente precisaria de alguém para colocar uma antena parabólica em uma árvore.

Eles voltaram para a mesa.

– Deve ter gente que trabalha com árvores por aqui... como é mesmo o nome disso? – A mente urbana de Thérèse se enrolou. – Lenhadores ou algo assim? A gente podia arrumar um para subir com uma antena. E, daquela altura, eu aposto que dá para encontrar uma torre de transmissão no campo de visão. E, dali, a gente se conecta com um satélite.

– Mas onde a gente vai encontrar uma antena parabólica? – perguntou Jérôme. – Não pode ser uma normal. Precisa ser uma que não seja rastreada.

– Digamos que a gente consiga entrar na internet – disse Thérèse, sua mente disparando na frente. – Ainda haveria outro problema. A gente não pode usar os logins da Sûreté para entrar no sistema, porque Francoeur vai estar de olho neles. Então, como a gente entra?

Gamache pôs um pedaço de folha de caderno na mesa de madeira.

– O que é isto? – perguntou Thérèse.

Porém Jérôme sabia.

– É um código de acesso. Mas usando qual rede?

Gamache virou o papel.

– A Biblioteca Nacional – disse Thérèse, reconhecendo o logo. – O arquivo nacional do Quebec. Reine-Marie trabalha lá, não?

– *Oui*. Ontem, fiz a minha pesquisa sobre as Quíntuplas Ouellet lá e lembrei que Reine-Marie me contou que a rede percorre toda a província, da menor biblioteca aos arquivos enormes das universidades. Ela está conectada a todas as bibliotecas que recebem financiamento público.

– Ela também acessa os arquivos da Sûreté – disse Thérèse. – Os arquivos de todos os casos antigos.

– É a nossa porta de entrada – disse Jérôme, os olhos grudados no papel com o logotipo. – Isto é da Reine-Marie? Um código de Reine-Marie Gamache acenderia um alerta.

Ele sabia que estava procurando motivos para aquilo não funcionar, porque tinha consciência do que o aguardava do outro lado daquela porta eletrônica. Rondando. Andando de um lado para o outro. Procurando por ele. Esperando um ato estúpido da parte dele. Como voltar à rede.

– Eu pensei nisso – disse Gamache com um tom tranquilizador. – Isto pertence a outra pessoa. Ela é uma das supervisoras, então ninguém vai questionar se este código fizer login.

– Acho que pode funcionar – opinou Thérèse, em voz baixa, temendo desafiar o destino.

Gamache se levantou.

– Eu vou sair para encontrar Ruth Zardo, depois preciso ir até Montreal. Vocês podem falar com Clara Morrow para ver se ela conhece alguém que instala antenas parabólicas?

– Armand – disse Thérèse na porta, enquanto ele pegava as chaves do carro e vestia o casaco e as luvas. – Você deve saber que pode ter resolvido as duas pontas do problema: a conexão via satélite e os códigos de acesso. Mas como a gente passa de um para o outro? Toda a parte do meio está faltando. A gente vai precisar de cabos, computadores e de alguém para conectar tudo isso.

– Sim, isso é um problema. Mas talvez eu tenha uma ideia.

A superintendente Brunel pensou que Gamache parecia ainda mais infeliz com a solução do que com o problema.

Depois que o inspetor-chefe saiu, Thérèse Brunel voltou à cozinha e encontrou o marido sentado à mesa, encarando o café da manhã agora frio.

– Parece que o azarão disparou na frente – declarou ela, juntando-se a ele na mesa.

– Pois é – disse Jérôme, não muito otimista, pensando que aquela era mesmo a descrição perfeita deles.

DEZOITO

– A senhora mentiu para mim.

– Você está parecendo uma colegial – espicaçou Ruth Zardo. – Os seus sentimentos estão feridos? Eu sei o que vai ajudar. Uísque?

– São dez da manhã.

– Era uma pergunta, não uma oferta. Você trouxe uísque?

– Claro que não.

– Então por que veio?

Armand Gamache estava tentando se lembrar. Ruth Zardo possuía a estranha habilidade de confundir até o mais claro objetivo.

Eles estavam sentados na cozinha dela, em cadeiras pré-fabricadas de plástico branco, em frente a uma mesa de plástico branco, o conjunto todo resgatado de um lixão. Ele já estivera ali antes, inclusive no jantar mais estranho de sua vida, do qual não estava seguro de que todos sairiam vivos.

Mas aquela manhã, embora enlouquecedora, pelo menos era previsível.

Qualquer um que se posicionasse dentro da órbita de Ruth e, ainda por cima, dentro de suas paredes, mas não estivesse preparado para lidar com demência só poderia culpar a si mesmo. O que muitas vezes surpreendia as pessoas era que a demência seria delas, e não de Ruth. Ela continuava com a mente afiada, embora não muito clara.

Rosa dormia no ninho criado com uma manta velha, no chão, entre Ruth e o forno quente. O bico enfiado na asa.

– Eu vim buscar o livro de Bernard sobre as quíntuplas – disse ele. – E a verdade sobre Constance Ouellet.

Os lábios finos de Ruth se franziram, como que presos entre um beijo e um xingamento.

– *Morta há tempos e enterrada em outra cidade* – citou Gamache, de maneira casual –, *minha mãe continua a me assombrar.*

Os lábios dela se desfranziram. Tornaram-se uma linha reta. O rosto inteiro de Ruth se afrouxou e, por um instante, Gamache temeu que ela estivesse tendo um derrame. Mas os olhos permaneciam penetrantes.

– Por que você disse isso? – perguntou ela.

– Por que a senhora escreveu isso?

Ele tirou um volume fino da pasta e o colocou na mesa de plástico. Ela pousou os olhos no livro.

A capa estava desbotada e gasta. Era azul. Só azul, sem nenhum desenho ou estampa. E nela estava escrito *Antologia da nova poesia canadense.*

– Eu peguei isto aqui na loja da Myrna ontem à noite.

Ruth ergueu os olhos do livro para o homem.

– Conte o que você sabe.

Ele abriu o livro e encontrou o que procurava.

– *Quem te machucou uma vez/ de maneira tão irreparável,/ que te fez saudar cada oportunidade/ com uma careta?* A senhora escreveu essas palavras.

– Sim, e daí? Eu escrevi muitas palavras.

– Este foi o seu primeiro poema a ser publicado e continua sendo um dos mais famosos.

– Eu escrevi melhores.

– Talvez, mas poucos tão sinceros. Ontem, quando a gente falou sobre a visita da Constance, a senhora disse que ela contou quem era. Também disse que, *infelizmente*, não fez mais perguntas.

Ela encontrou os olhos dele, então seu rosto se abriu em um sorriso cansado.

– Eu achei que você poderia ter captado.

– Este poema se chama "Infelizmente".

Ele fechou o livro e o citou de cor:

– *O perdoado e o perdoador se encontrarão de novo/ Ou será, como sempre foi,/ tarde demais?*

Ruth manteve a cabeça ereta como se enfrentasse um ataque.

– Você sabe de cor?

– Sei. E acho que Constance também sabia. Eu sei de cor porque amo o poema. Ela sabia porque amava a pessoa que inspirou isto aqui.

Ele voltou a abrir o livro e leu a dedicatória:

– *Para V.*

Gamache colocou o volume na mesa entre eles cuidadosamente.

– A senhora escreveu "Infelizmente" para Virginie Ouellet. O poema foi publicado em 1959, no ano seguinte à morte dela. Por que escreveu isso?

Ruth ficou em silêncio. Ela abaixou a cabeça e olhou para Rosa, depois desceu a mão magra cheia de veias azuis e acariciou o dorso da pata.

– Elas tinham a minha idade, sabia? Quase exata. Assim como elas, cresci durante a Grande Depressão e, depois, a guerra. A gente era pobre, meus pais enfrentavam dificuldades. Eles tinham outras coisas na cabeça além de uma filha desajeitada e infeliz. Então eu me voltei para dentro. Desenvolvi uma rica vida imaginária. Nela, eu era uma quíntupla. A sexta quíntupla – disse ela, depois sorriu para ele, e suas bochechas coraram um pouco. – Eu sei. Seis quíntuplas. Não faz sentido.

Gamache optou por não ressaltar que aquele não era o único problema lógico.

– Elas sempre pareceram tão felizes, tão despreocupadas... – prosseguiu Ruth.

A voz dela se tornou distante, e seu rosto assumiu uma expressão que Gamache nunca vira antes. Sonhadora.

THÉRÈSE BRUNEL SEGUIU CLARA DA cozinha iluminada ao estúdio.

Elas passaram por um retrato fantasmagórico no cavalete. Uma obra em andamento. Thérèse pensou que talvez fosse um rosto de homem, mas não teve certeza.

Clara parou diante de outra tela.

– Eu acabei de começar esta aqui – disse ela.

Thérèse estava ansiosa para ver. Ela era fã do trabalho de Clara.

As duas ficaram lado a lado. Uma desgrenhada, de calça de flanela e casaco de moletom, e a outra belamente vestida com uma calça de alfaiataria larga, blusa de seda, suéter Chanel e um cinto fino de couro. Ambas seguravam canecas fumegantes de chá de ervas e observavam a tela.

– O que é? – perguntou Thérèse afinal, após inclinar a cabeça para lá e para cá.

Clara riu soltando o ar pelo nariz.

– Quem é, você quer dizer? É a primeira vez que eu pinto um retrato de memória.

Thérèse se perguntou quão boa poderia ser a memória de Clara.

– É Constance Ouellet – contou Clara.

– Ah, *oui*?

De novo, Thérèse inclinou a cabeça, mas nenhum nível de torção faria com que aquilo parecesse uma das famosas quíntuplas. Ou um ser humano.

– Ela não terminou de posar para você.

– Nem começou. Constance se recusou – disse Clara.

– Sério? Por quê?

– Ela não disse, mas acho que não queria que eu visse coisas demais nem revelasse coisas demais.

– Por que você quis pintar Constance? Porque ela era uma quíntupla?

– Não, eu não sabia disso na época. Eu só achei que ela tinha um rosto interessante.

– O que te interessou? O que você viu nela?

– Nada.

A superintendente deixou de fitar a tela para fitar a companheira.

– *Pardon*?

– Ah, Constance era maravilhosa. Engraçada, carinhosa e gentil. Uma ótima convidada em um jantar. Ela veio aqui algumas vezes.

– Mas? – instigou Thérèse.

– Mas eu nunca consegui conhecê-la melhor. Ela tinha um verniz por cima, uma espécie de laca. Era como se já fosse um retrato. Algo criado, não real.

Elas observaram a mancha de tinta na tela por um tempo.

– Eu estava me perguntando se você podia sugerir alguém para instalar uma antena parabólica – atalhou Thérèse, lembrando-se de sua missão.

– Poder eu posso, mas não vai ajudar.

– Como assim?

– Antenas parabólicas não funcionam por aqui. Você pode tentar uma antena em V, mas o sinal da TV ainda vai continuar bem borrado. A maioria das pessoas aqui recebe as notícias pelo rádio. Quando tem um grande evento, a gente sobe até o hotel e assiste na TV deles. Mas eu posso te emprestar um bom livro.

– *Merci* – respondeu Thérèse com um sorriso –, mas se você puder encontrar a pessoa que trabalha com as parabólicas mesmo assim seria ótimo.

– Eu vou dar uns telefonemas.

Clara deixou Thérèse sozinha no estúdio contemplando a tela e a mulher que nunca fora exatamente real e agora estava morta.

RUTH SEGUROU O VOLUME DE poesia nas mãos magras, fechando-o.

– Constance veio aqui na primeira tarde dela em Three Pines. Ela disse que gostava dos meus poemas.

Gamache fez uma careta. Havia duas coisas que você nunca, jamais, deveria dizer a Ruth Zardo: *Acabou a bebida* e *Eu gosto dos seus poemas*.

– E o que a senhora falou? – disse ele, quase com medo de perguntar.

– O que você acha que eu falei?

– Eu tenho certeza de que a senhora foi simpática e convidou Constance para entrar.

– Bom, eu de fato a convidei para fazer uma coisa.

– E ela fez?

– Não – respondeu Ruth, que ainda parecia surpresa. – Ela ficou parada na minha porta e só disse "Obrigada".

– E o que a senhora fez?

– Bom, o que eu podia fazer depois disso? Eu bati a porta na cara dela. Não se pode dizer que ela não pediu por isso.

– A senhora realmente foi provocada até perder a razão – disse Gamache, e ela lançou a ele um olhar penetrante e avaliador. – A senhora sabia quem ela era?

– Você acha que ela disse: "Oi, eu sou uma das quíntuplas. Posso entrar?" Claro que eu não sabia quem ela era. Pensei que fosse só uma velhota que queria alguma coisa de mim. Então me livrei dela.

– E o que ela fez?

– Voltou. Trouxe uma garrafa de Glenlivet. Parece que trocou uma palavrinha com Gabri no Chez Gay. Ele disse que o único jeito de entrar aqui em casa era trazer uma garrafa de uísque.

– Uma falha no seu sistema de segurança – disse Gamache.

– Ela sentou ali – contou Ruth, apontando para a cadeira de plástico. – E eu, aqui. E a gente bebeu.

– Em que momento ela te contou quem era?

– Na verdade, ela não me contou. Só falou que o poema era verdadeiro. Eu perguntei que poema, e ela recitou para mim. Como você fez. Daí ela disse que Virginie se sentia exatamente daquele jeito. Eu perguntei que Virginie, e ela falou que era a irmã dela. Virginie Ouellet.

– E foi aí que a senhora soube? – perguntou Gamache.

– Meu Deus, até a porra da pata saberia a essa altura.

Ruth se levantou e voltou com o livro de Bernard sobre as quíntuplas. Ela o jogou na mesa e voltou a se sentar.

– Livrinho repugnante – disse ela.

Gamache olhou para a capa. Uma foto em preto e branco do Dr. Bernard sentado em uma cadeira, rodeado pelas Quíntuplas Ouellet com cerca de 8 anos, olhando para ele com expressão de adoração.

Ruth também observava a capa. As cinco garotinhas.

– Eu fingia que tinha sido adotada e que, um dia, eles viriam aqui e me encontrariam.

– E um dia – disse Gamache, baixinho – Constance veio.

Constance Ouellet, no fim da vida, no fim da estrada, tinha ido até aquela casa caindo aos pedaços, até aquela velha poeta caindo aos pedaços. E ali, finalmente, havia encontrado companhia.

E Ruth havia encontrado sua irmã. Enfim.

Ruth o encarou e sorriu.

– *Ou será, como sempre foi,/ tarde demais?*

Infelizmente.

DEZENOVE

O inspetor-chefe tinha dirigido até Montreal e agora estava sentado diante do computador, lendo os resumos semanais da inspetora Lacoste, dos agentes da Homicídios e dos destacamentos de toda a província.

Era sábado de manhã e ele estava sozinho no escritório. Respondeu e-mails, fez anotações e enviou ideias e sugestões sobre investigações de assassinatos em curso. Ligou para alguns inspetores de áreas remotas com casos ativos para falar sobre o progresso deles.

Feito isso, deu uma olhada no último relatório diário. Era um resumo executivo das atividades e dos casos do escritório do superintendente Francoeur. Gamache sabia que não precisava ler, sabia que se o abrisse estaria fazendo exatamente o que Sylvain Francoeur queria. Aquilo fora enviado a Gamache não como fonte de informação e com certeza não como cortesia, mas como um ataque.

Gamache apoiou o dedo no mouse, o cursor sobre o comando para abrir a mensagem.

Se o pressionasse, ela seria marcada como aberta. Na mesa dele, no terminal dele. Usando seus códigos de segurança.

Francoeur saberia que tinha derrotado Gamache, mais uma vez.

Ele clicou mesmo assim, e as palavras surgiram na página.

Gamache leu o que Francoeur queria que ele lesse. E sentiu exatamente o que Francoeur queria que sentisse.

Impotência. Raiva.

Francoeur tinha designado Jean Guy Beauvoir para outra operação, desta vez uma batida antidrogas que poderia facilmente ter sido deixada a cargo da Polícia Montada e dos guardas da fronteira. Gamache encarou as palavras e inspirou longa, lenta e profundamente. Segurou o ar por um instante. Depois o soltou. Devagar. Ele se forçou a reler o relatório. Para assimilá-lo completamente.

Então fechou a mensagem e a arquivou.

Ficou ali sentado olhando através do vidro que separava seu escritório do espaço aberto mais além. O espaço vazio mais além. Com seus fios desordenados de luzinhas de Natal. A árvore meia-boca, sem presentes. Nem mesmo falsos.

Ele quis girar a cadeira, dar as costas para aquilo tudo e contemplar a cidade que amava. Mas, em vez disso, contemplou o que viu, o que leu. E o que sentiu. Depois deu um telefonema, se levantou e saiu.

Ele provavelmente deveria ter ido de carro, mas queria um pouco de ar fresco. As ruas de Montreal estavam lamacentas e repletas de gente fazendo compras de fim de ano, se esbarrando e desejando umas às outras tudo menos paz e boa vontade.

O Exército da Salvação entoava canções de Natal em uma das esquinas. Enquanto Gamache caminhava, um menino soprano cantava "Once in Royal David's City".

Mas o inspetor-chefe não ouviu nada disso.

Ele costurou seu caminho por entre os compradores, sem encontrar os olhos de ninguém. Perdido em pensamentos. Finalmente, chegou a um prédio comercial, apertou um botão e a porta se abriu com um zumbido. Um elevador o levou ao último andar. Ele atravessou o corredor deserto e abriu a porta que dava em uma conhecida sala de espera.

A visão e o cheiro do lugar reviraram seu estômago, e ele ficou levemente surpreso pela força com que as lembranças o atingiram e por aquela onda de náusea.

– Inspetor-chefe.

– Dr. Fleury.

Os dois apertaram as mãos.

– Que bom que o senhor pôde me receber – disse Gamache. – Principalmente em um sábado. *Merci*.

– Eu normalmente não trabalho nos fins de semana. Estava só limpando a minha mesa antes de sair de férias.

– Desculpe. Estou atrapalhando o senhor.

O Dr. Fleury observou o homem à sua frente e sorriu.

– Eu falei que ia te receber, Armand. Você não está me atrapalhando em nada.

Ele o conduziu para dentro do consultório, um espaço iluminado e confortável com amplas janelas, uma mesa e duas cadeiras, uma de frente para a outra. Fleury apontou para uma delas, mas nem precisava. Armand Gamache a conhecia bem. Ele havia passado horas ali.

O Dr. Fleury era seu terapeuta. Aliás, o principal terapeuta da Sûreté du Québec. O consultório dele, no entanto, não ficava na sede. Fora decidido que um lugar neutro seria melhor.

Além disso, se o trabalho dele dependesse da iniciativa dos agentes em procurar terapia, o Dr. Fleury morreria de fome. Agentes da Sûreté não eram conhecidos por admitir que precisavam de ajuda. E, muito menos, por pedir.

No entanto, depois da batida na fábrica, o inspetor-chefe impusera como condição para a volta ao trabalho que todos os agentes envolvidos, fisicamente feridos ou não, fizessem terapia.

Inclusive ele mesmo.

– Achei que você não confiasse em mim – disse o Dr. Fleury.

Gamache sorriu.

– Eu confio no senhor. É sobre os outros que eu não tenho tanta certeza. Aconteceram uns vazamentos sobre mim, a minha vida pessoal e os meus relacionamentos, mas principalmente das sessões que o senhor fez com a minha equipe. Essas informações foram usadas contra os meus agentes, informações profundamente pessoais que eles só compartilharam com o senhor.

Os olhos de Gamache estavam fixos no Dr. Fleury. A voz dele era objetiva, mas seu olhar, duro.

– O seu consultório é o único lugar de onde elas podem ter saído – continuou ele. – Mas eu nunca acusei o senhor pessoalmente. Espero que saiba disso.

– Eu sei. Mas você achou que os meus arquivos tinham sido hackeados.

Gamache assentiu.

– Ainda acha?

Ele sustentou o olhar do terapeuta. Eles tinham quase a mesma idade, Fleury sendo talvez um ou dois anos mais novo. Homens experientes. Um havia visto muita coisa e o outro, ouvido muita coisa.

– Eu sei que o senhor investigou tudo minuciosamente – disse Gamache. – E não existia nenhuma evidência de acesso indevido às fichas dos seus pacientes.

– Mas você acredita nisso?

Gamache sorriu.

– Ou eu estou paranoico?

– Eu espero que sim – afirmou Fleury, cruzando as pernas e apoiando o caderno aberto no joelho. – Eu estou de olho em um chalé nos montes Laurentides.

Gamache riu, mas a náusea tinha se instalado em seu estômago, formando uma poça azeda e estagnada. Ele hesitou.

– Você ainda não tem certeza, Armand?

Gamache podia sentir a preocupação, quase com certeza genuína, no rosto de Fleury e na voz dele.

– Outra pessoa me chamou de paranoico recentemente.

– Quem?

– Thérèse Brunel. A superintendente Brunel.

– Uma oficial superior?

Gamache aquiesceu.

– Mas também uma amiga e confidente. Ela achou que eu estava doido. Vendo conspirações por todo lado. Ela, ah...

Ele olhou brevemente para as mãos no colo, depois para o rosto do Dr. Fleury de novo. Gamache sorriu um tanto tímido.

– Ela se recusou a me ajudar a investigar e foi tirar férias em Vancouver.

– Acha que esses planos de férias tiveram alguma coisa a ver com você?

– Agora o senhor acha que eu sou narcisista?

– Eu vejo um novo motor de popa no meu futuro – admitiu Fleury. – Continue, inspetor-chefe.

Dessa vez Gamache não sorriu. Em vez disso, ele se inclinou para a frente.

– Tem alguma coisa acontecendo. Eu sei que tem, só não posso provar. Ainda. Existe corrupção dentro da Sûreté, mas é mais do que isso. Eu acho que tem um oficial sênior por trás disso.

O Dr. Fleury estava imóvel. Imperturbável.

– Você fica dizendo "Eu acho" – ressaltou o terapeuta. – Mas será que os seus medos são realmente racionais?

– Não são medos – corrigiu Gamache.

– Mas também não são fatos.

Gamache ficou em silêncio, claramente tentando escolher as palavras que convenceriam aquele homem.

– É sobre o vídeo vazado de novo? Você sabe que houve uma investigação oficial – disse o Dr. Fleury. – Você precisa aceitar as descobertas deles e deixar isso para trás.

– Deixar para trás?

Gamache ouviu o toque de amargura, a leve queixa, na própria voz.

– As coisas que você não pode controlar, Armand – lembrou o terapeuta, paciente.

– Isso não tem a ver com controle, mas com responsabilidade. Assumir uma posição.

– O cavaleiro branco? A questão é saber se você está atacando um alvo legítimo ou um moinho de vento.

Gamache olhou de cara feia para Fleury, seus olhos duros, depois inspirou o ar com força, como se sentisse uma dor repentina. Ele baixou a cabeça até as mãos e cobriu o rosto. Massageando a testa. Sentindo a cicatriz áspera.

Por fim, voltou a erguer a cabeça e encontrou olhos pacientes e gentis.

Meu Deus, pensou Gamache. *Ele está com pena de mim.*

– Eu não estou inventando isso – insistiu ele. – Tem alguma coisa séria acontecendo.

– O quê?

– Não sei – admitiu o inspetor, e percebeu como o argumento soava frágil. – Mas vai até o alto escalão. Até o topo.

– Essas são as mesmas pessoas que supostamente invadiram os meus arquivos e roubaram as anotações da sua terapia?

Gamache percebeu o tom ligeiramente condescendente.

– Não só da minha. Elas roubaram os arquivos de todos os envolvidos naquela batida. De todos os agentes que vieram até o senhor em busca de ajuda. Que contaram tudo para o senhor. Todos os medos e vulnerabilidades deles. O que eles queriam da vida. O que importa para eles. Um roteiro perfeito para entrar na cabeça deles.

A voz dele estava ficando mais alta, mais intensa. Sua mão direita começou a tremer, e ele a segurou com a esquerda. Com firmeza.

– Jean Guy Beauvoir procurou o senhor. Ele se sentou bem aqui, se abriu com o senhor. Ele não queria, mas eu ordenei. Eu o forcei a vir. E agora eles sabem tudo sobre ele. Sabem como entrar na cabeça dele, tirá-lo do sério. Eles viraram Jean Guy contra mim.

De irritado, o tom de Gamache passou a suplicante. Implorava ao terapeuta que acreditasse nele. Implorava que pelo menos uma pessoa acreditasse nele.

– Então você ainda acha que os meus registros foram hackeados? – A voz normalmente estável de Fleury estava incrédula. – Se você realmente acredita nisso, por que está aqui agora, Armand?

Isso deteve Gamache. Eles sustentaram o olhar um do outro.

– Porque não tem mais ninguém com quem eu possa falar – disse Gamache por fim, sua voz quase um sussurro. – Eu não posso falar com a minha esposa, nem com os meus colegas. Não posso falar com os meus amigos. Eu não quero envolver ninguém. Eu poderia falar com Lacoste. Fiquei tentado. Mas ela tem uma família jovem...

A voz dele foi morrendo.

– No passado, quando as coisas iam mal, com quem você conversava?

– Com Jean Guy – respondeu ele, as palavras quase inaudíveis.

– Agora você está sozinho.

Gamache anuiu.

– Eu não me importo. Até prefiro – disse ele, agora resignado.

– Armand, você precisa acreditar em mim quando eu digo que os meus arquivos não foram roubados. Eles estão em segurança. Ninguém além de mim sabe sobre o que a gente conversou. Você está seguro aqui. O que está me dizendo agora não vai sair daqui. Eu prometo.

Fleury continuou observando o homem à sua frente. Cabisbaixo, triste. Trêmulo. Era isso que havia por baixo da fachada.

– Você precisa de ajuda, Armand.

– Preciso mesmo, mas não do jeito que o senhor pensa – retrucou Gamache, recuperando-se.

– Não existe ameaça nenhuma – disse Fleury, num tom convincente. – Você criou isso tudo na sua cabeça para explicar uma coisa que ou não quer ver, ou não quer admitir.

– A minha divisão foi destruída – afirmou Gamache, seu sangue voltando a ferver. – Imagino que seja imaginação minha. Passei anos construindo essa divisão, pegando agentes descartados pelas outras e os transformando nos melhores investigadores de homicídios do país. E agora eles foram embora. Mas deve ser imaginação minha.

– Talvez você seja a razão pela qual eles foram embora – sugeriu Fleury em voz baixa.

Gamache olhou para ele, boquiaberto.

– É isso que ele quer que todo mundo pense.

– Quem?

– Syl...

Mas Gamache se interrompeu e olhou pela janela. Tentando se controlar.

– O que veio fazer aqui, Armand? O que você quer?

– Eu não vim por mim.

O Dr. Fleury assentiu.

– Isso é óbvio.

– Eu preciso saber se Jean Guy Beauvoir ainda está vendo o senhor.

– Eu não posso te dizer.

– Isso não é um pedido educado.

– Aquele dia na fábrica... – começou o Dr. Fleury, antes que Gamache o cortasse.

– Não tem nada a ver com isso.

– Claro que tem – afirmou o Dr. Fleury, finalmente dominado pela impaciência. – Você sentiu que tinha perdido o controle, e os seus agentes foram mortos.

– Eu sei o que aconteceu, não preciso ser lembrado.

– Do que você precisa ser lembrado – retrucou Fleury – é que a culpa não foi sua. Mas você se recusa a ver isso. Isso é teimosia e arrogância, e você precisa aceitar o que aconteceu. O inspetor Beauvoir tem a própria vida.

– Ele está sendo manipulado – argumentou Gamache.

– Pelo mesmo oficial sênior?

– Não me trate com condescendência. Eu também sou um oficial sênior, com décadas de experiência. Não sou um maluco delirante. Eu preciso saber se Jean Guy Beauvoir ainda está vindo aqui e preciso ver as fichas dele. Eu tenho que ver o que ele contou para o senhor.

– Escuta. – A voz de Dr. Fleury estava tensa, tentando voltar à calma, à sensatez. Mas ele estava achando difícil. – Você precisa deixar Jean Guy viver a própria vida. Você não pode protegê-lo. Ele tem o caminho dele, e você, o seu.

Gamache balançou a cabeça e olhou para as mãos no colo. Uma parada e a outra ainda trêmula. Ele ergueu os olhos e encontrou os de Fleury.

– Isso faria sentido em circunstâncias normais, mas Jean Guy não é ele mesmo agora. Ele está sendo influenciado e manipulado. E está viciado de novo.

– Nos analgésicos?

Gamache aquiesceu.

– O superintendente...

Ele se deteve. O Dr. Fleury se inclinou um pouco para a frente. Aquilo fora o mais perto que Gamache chegara de nomear o suposto adversário.

– Esse oficial sênior – disse Gamache –, está dando OxyContin para Jean Guy. Eu sei disso. E Beauvoir está trabalhando com ele agora. Eu acho que ele está tentando levar Jean Guy ao limite.

– Para quê?

– Para me atingir.

O Dr. Fleury deixou que as palavras pairassem no ar. Falassem por si. Sobre a paranoia e a arrogância daquele homem. Seus delírios.

– Eu estou preocupado com você, Armand. Você diz que o inspetor Beauvoir está sendo levado ao limite, mas você também está. E por você mesmo. Se você não tomar cuidado, eu vou ter que recomendar que tire uma licença.

Ele olhou para a arma presa ao cinto de Gamache.

– Desde quando você carrega isto?

– É uma questão regulatória.

– Não foi isso que eu perguntei. Quando me procurou pela primeira vez, você deixou claro o que achava em relação a armas de fogo. Você disse que nunca carregava uma, a menos que achasse que podia precisar usar. Então, por que está carregando uma agora?

Gamache estreitou os olhos e se levantou.

– Estou vendo que foi um erro vir até aqui. Eu queria me informar sobre o inspetor Beauvoir.

Gamache foi até a porta.

– Preocupe-se com você mesmo! – gritou o Dr. Fleury atrás dele. – Não com Beauvoir!

Armand Gamache saiu do consultório, atravessou o corredor de volta a passos largos e apertou com força o botão para descer. Quando o elevador chegou, ele entrou. Respirando fundo, se apoiou na parede dos fundos e fechou os olhos.

Uma vez fora do prédio, sentiu o ar revigorante contra o rosto e estreitou os olhos para o sol forte.

– *Noel, noel* – cantava o pequeno coro da esquina. – *Noooo-e-el, noooeee-elll.*

O inspetor caminhou de volta para a sede, sem pressa. As mãos enluvadas cruzadas às costas. O som das canções de Natal nos ouvidos.

E, enquanto caminhava, cantarolava. Ele havia feito o que fora fazer ali.

NA SEDE DA SÛRETÉ, O INSPETOR-CHEFE apertou o botão para subir, mas, quando o elevador chegou, ele não entrou. Quando a porta se fechou, Gamache já estava na escada. Descendo.

Ele poderia ter ido de elevador, mas não queria correr o risco de ser visto descendo tanto.

Abaixo do porão, do subsolo e do estacionamento, em uma área com luzes fluorescentes piscantes. Com paredes de blocos de concreto e portas de metal. E uma pulsação constante de luzes, caldeiras, aquecedores e aparelhos de ar-condicionado. O zumbido da hidráulica.

Aquelas eram as instalações técnicas. Um lugar de máquinas e equipes de manutenção.

E de uma agente.

Durante o caminho para Montreal, Gamache pensara sobre seu próximo passo. Pesara as consequências de visitar o Dr. Fleury e de visitar aquela agente. Refletira sobre o que poderia acontecer se fizesse isso. O que poderia acontecer se não fizesse.

Qual era o melhor resultado que poderia esperar?

E o pior?

E, finalmente, qual era a alternativa? Que escolha ele tinha?

E, depois de responder a todas essas perguntas e tomar uma decisão, o inspetor-chefe não hesitou. Diante da porta, deu uma batida forte, depois a abriu.

A jovem agente, o rosto pálido esverdeado pelo conjunto de monitores ao redor, se virou. Ele percebeu que ela estava surpresa.

Ninguém descia até lá para vê-la. E era por isso que Armand Gamache estava ali.

– Eu preciso da sua ajuda – disse ele.

VINTE

Um bilhete na mesa da cozinha saudou Gamache quando ele chegou à casa de Émilie.

Drinques no bistrô. Encontre a gente lá.

Até Henri tinha ido. Sábado à noite. Noite de encontros.

Gamache tomou uma ducha, vestiu uma calça de veludo cotelê e uma blusa de gola rulê e foi até eles. Quando entrou no bistrô, Thérèse se levantou e acenou para ele.

Ela estava sentada com Jérôme, Myrna, Clara e Gabri. Henri cochilava perto do fogo, mas se sentou, abanando o rabo. Olivier levou um cachimbo de alcaçuz para ele.

– Alguém parece estar precisando de um bom cachimbo – disse Olivier.

– *Merci, patron.* – Gamache afundou no sofá com um gemido e ergueu o doce na direção dos companheiros. – *À votre santé.*

– Parece que você teve um dia longo – disse Clara.

– Um bom dia, eu acho – disse o inspetor, então se voltou para Jérôme. – Você também?

O Dr. Brunel assentiu.

– É relaxante aqui.

Mas ele não parecia muito relaxado.

– Uísque? – ofereceu Olivier, mas Gamache balançou a cabeça, sem saber ao certo o que estava com vontade de tomar.

Então reparou em um garoto e uma garota com tigelas de chocolate quente.

– Eu adoraria um daqueles, *patron* – disse Gamache, no que Olivier sorriu e saiu.

– Quais são as notícias da cidade? – perguntou Myrna. – Algum progresso em relação ao assassinato de Constance?

– Algum – respondeu Gamache. – Eu tenho que dizer que, na maioria das investigações, o progresso não é exatamente linear.

– É verdade – disse a superintendente Brunel.

E contou algumas histórias engraçadas sobre roubos de obras de arte, falsificações e confusão de identidades, enquanto Gamache se recostava, ouvindo tudo meio por alto, grato pela intervenção da superintendente, desviando o rumo da conversa. Assim ele não precisava admitir que passara a maior parte do dia fazendo outra coisa.

O chocolate quente chegou e ele o levou aos lábios, notando que Myrna o observava. Não o examinando, mas simplesmente olhando para ele com interesse.

Ela pegou um punhado de castanhas variadas.

– Ah, olha o Gilles aí – disse Clara, levantando-se e acenando para um homem grande de barba ruiva.

Ele tinha quase 50 anos e vestia roupas informais.

– Eu convidei Gilles e Odile para jantar – contou ela ao inspetor-chefe. – Você também vem.

– *Merci* – disse ele, dando um grande impulso para sair do sofá e cumprimentar o recém-chegado.

– Quanto tempo – disse Gilles, apertando a mão de Gamache e sentando-se. – Foi uma pena o que aconteceu com a quíntupla.

Gamache percebeu que não era sequer preciso dizer "Quíntuplas Ouellet". As cinco garotas tinham perdido a privacidade, os pais e os nomes. Eram só "as quíntuplas".

– A gente está tentando manter isso em sigilo por enquanto.

– Bom, Odile está escrevendo um poema sobre elas – confidenciou Gilles. – Ela espera conseguir publicar na revista *Criadores de Porcos*.

– Acho que tudo bem – disse Gamache, e se perguntou se, na cadeia alimentar das publicações, aquela ocupava um lugar mais alto que as anteriores.

A antologia de Odile, ele sabia, tinha sido publicada, quase sem edições, pelo Conselho de Tubérculos do Quebec.

– O título vai ser "Cinco ervilhas em uma vagem dourada" – contou Gilles.

Gamache deu graças a Deus por Ruth não estar lá.

– Ela conhece seus leitores. A propósito, onde está Odile?

– Na loja. Ela vai tentar aparecer mais tarde.

Gilles fazia móveis requintados a partir de árvores caídas, e Odile os vendia na frente de sua loja. Além de escrever poemas que, Gamache precisava admitir, mal eram próprios para consumo humano, apesar da opinião do Conselho de Tubérculos.

– Bom – disse Gilles, dando uma pancada com uma mão imensa no joelho de Gamache –, eu ouvi dizer que você quer que eu instale uma antena parabólica. Você sabe que elas não funcionam aqui, né?

O inspetor olhou para ele, depois para os Brunels, que também estavam um tanto perplexos.

– Você me pediu para entrar em contato com o cara que instala antenas parabólicas na região – disse Clara. – É Gilles.

– Desde quando? – perguntou Gamache.

– Desde a recessão – respondeu o homem grande e robusto. – O mercado para móveis artesanais despencou, mas o de quinhentos canais de TV disparou. Então eu ganho uma grana extra instalando as antenas. O fato de eu não ter medo de altura ajuda.

– Para dizer o mínimo – comentou Gamache, depois se voltou para Thérèse e Jérôme. – Ele era lenhador.

– Há muito tempo atrás – disse Gilles, olhando para a própria bebida.

– Eu tenho que colocar o guisado no forno – disse Clara, ficando de pé.

Gamache se levantou, e todos fizeram o mesmo.

– Talvez a gente possa continuar essa conversa na casa da Clara – sugeriu, e Gilles pulou do sofá. – Onde é um pouco mais reservado.

– Então – disse Gilles, enquanto eles venciam a curta distância até a casa de Clara, triturando ruidosamente a neve com os pés. – Cadê o seu amiguinho?

Algumas crianças patinavam no lago congelado. Gabri pegou um punhado de neve, fez uma bola e a atirou para Henri, que deslizou no banco de neve atrás dela.

– Gilligan? – perguntou Gamache, mantendo a voz baixa.

Em meio à escuridão, ele ouviu a gargalhada de Gilles.

– Isso mesmo, Skipper – respondeu Gilles, captando a referência à antiga série de TV *A ilha dos birutas*.

– Ele está em outro caso.

– Então ele finalmente conseguiu sair da ilha – comentou Gilles, e Gamache ouviu o sorriso na voz grave do homem.

Mas as palavras lhe soaram um pouco chocantes. Será que, inadvertidamente, ele tinha transformado a famosa Divisão de Homicídios da Sûreté em uma ilha? Longe de salvar a carreira de agentes promissores, ele os havia aprisionado, mantendo-os afastados de seus pares no continente?

As crianças do lago viram a bola de neve de Gabri e pararam para fazer algumas também, atirando-as. Ele se abaixou, mas tarde demais. Choveram bolas de neve sobre todos eles, e Henri ficou quase histérico de alegria.

– Seus pestinhas! – exclamou Gabri. – Depois vão se ver comigo! – Balançou o punho para as crianças em uma paródia de raiva tão exagerada que elas quase fizeram xixi nas calças de tanto rir.

Jean Guy Beauvoir nem se deu ao trabalho de tomar um banho. Até queria, mas era esforço demais. Assim como lavar as roupas. Ele sabia que estava fedendo, mas não ligava.

Ele tinha ido até o escritório, mas não trabalhara nada. Só queria fugir de seu apartamentinho deprimente. Das pilhas de roupas sujas, da comida apodrecendo na geladeira, da cama desarrumada e da louça incrustada de comida.

E da lembrança da casa que um dia tivera. E perdera.

Não, perdera, não. Que fora arrancada dele. Roubada dele. Por Gamache. O único homem em quem confiava havia tirado tudo dele. Todos.

Beauvoir ficou de pé e caminhou rigidamente até o elevador, depois até o carro.

Seu corpo doía e ele se sentia ora faminto, ora enjoado. Mas não se deu ao trabalho de pegar nada na cafeteria, nem em nenhuma lanchonete por onde passou.

Ele parou em uma vaga, desligou o carro e ficou olhando.

Agora estava com fome. Morrendo de fome. E fedendo. O carro todo cheirava mal. Ele sentiu a camiseta pegajosa por baixo da camisa, grudando no corpo. Moldando-se ali, como uma segunda pele.

Beauvoir ficou sentado no carro frio e escuro, olhando para a única janela acesa. Na esperança de conseguir um vislumbre de Annie. Ainda que só uma sombra.

Houvera uma época em que fora capaz de conjurar o perfume dela. Um pomar de limões sicilianos em um dia quente de verão. Fresco e cítrico. Mas agora o único cheiro que sentia era do próprio medo.

ANNIE GAMACHE ESTAVA NO ESCURO, olhando pela janela. Ela sabia que aquilo não era saudável. Não era algo que admitiria para os amigos. Eles ficariam chocados e a olhariam como se ela fosse patética. O que, provavelmente, era mesmo.

Ela tinha expulsado Jean Guy de casa quando ele se recusara a voltar para a reabilitação. Eles tinham brigado e brigado, até não sobrar mais nada a dizer. E então tinham brigado um pouco mais. Jean Guy insistira que não havia nada de errado com ele. Que o pai dela inventara toda aquela coisa de drogas como vingança por ele ter se juntado ao superintendente Francoeur.

Finalmente, ele havia ido embora. Mas não de verdade. Ele ainda estava dentro dela, e ela não conseguia tirá-lo dali. Por isso Annie se sentava no carro e encarava a janela escura do minúsculo apartamento dele. Na esperança de ver uma luz.

Se fechasse os olhos, podia sentir os braços dele ao redor de si, sentir o cheiro dele. Quando o expulsara, comprara um frasco da colônia dele e colocara um pouquinho no travesseiro ao lado do dela.

Annie fechou os olhos e o sentiu dentro da própria pele. Onde ele era vibrante, inteligente, irreverente e amoroso. Viu o sorriso dele, ouviu sua risada. Sentiu suas mãos. Sentiu seu corpo.

Agora ele havia ido embora. Mas não de verdade. E, às vezes, ela se perguntava se era ele ali, batendo em seu coração. E se perguntava o que aconteceria se Beauvoir parasse.

Todas as noites, ela ia até lá. Estacionava. E olhava para a janela. Na esperança de ver algum sinal de vida.

– NÃO É BEM A PRIMEIRA VEZ que você leva uma bola na cara – disse Ruth a Gabri. – Para de reclamar.

Ruth estava na sala de jantar quando eles chegaram. Não exatamente esperando por eles. Na verdade, pareceu bem irritada quando todos entraram.

– Eu achava que ia ter uma noite tranquila – murmurou ela, rodopiando os cubos de gelo no copo com tanto vigor que eles criaram um vórtex de uísque.

Gamache se perguntou se um dia a velha poeta seria sugada direto para dentro dele. Então percebeu que isso já tinha acontecido.

Henri correu até Rosa, que estava no pufe ao lado de Ruth. Gamache agarrou a coleira dele e o puxou, mas não precisava ter se preocupado. Rosa sibilou para o pastor-alemão e depois se virou. Se pudesse ter erguido uma das penas para ele, teria feito isso.

– Eu não sabia que patos sibilavam – comentou Myrna.

– Tem certeza de que isso aí é uma pata? – murmurou Gabri.

Thérèse e Jérôme se aproximaram devagar, fascinados.

– Aquela é Ruth Zardo? – perguntou Jérôme.

– O que sobrou dela – disse Gabri. – Ela perdeu a cabeça anos atrás, e coração nunca teve. São os dutos biliares que mantêm Ruth viva. Esta – disse Gabri, apontando para a pata – é Rosa.

– Eu estou vendo por que Henri perdeu o coração – disse Thérèse, olhando para o cachorro apaixonado. – É uma bela ave. E ele caiu na rede feito um patinho.

O silêncio encontrou o comentário da elegante mulher mais velha. Ela sorriu e ergueu um pouco a sobrancelha, e Clara começou a rir.

O guisado estava no forno, e eles podiam sentir o cheiro de frango e alecrim. As pessoas se serviram das bebidas e se dividiram em grupos.

Thérèse, Jérôme e Gamache chamaram Gilles de lado.

– Eu entendi direito? Você trabalhava antes como lenhador? – perguntou Thérèse.

Gilles assumiu uma postura defensiva.

– Não mais.

– Por que não?

– Não importa – respondeu o homem robusto. – Razões pessoais.

Thérèse continuou a encará-lo com um olhar que havia arrancado verdades desconfortáveis de oficiais endurecidos da Sûreté. Mas Gilles permaneceu firme.

Ela se voltou para Gamache, que continuava mudo. Embora ele conhecesse aquelas razões, não trairia a confiança de Gilles. Os dois homens grandes se entreolharam por um instante, e Gilles assentiu em um agradecimento discreto.

– Deixa eu te perguntar uma coisa, então – disse a superintendente Brunel, mudando de tática. – Qual é a árvore mais alta dali de cima?

– Dali de cima onde?

– Dali do topo da montanha, em cima do vilarejo – explicou Jérôme.

Gilles pensou sobre a pergunta.

– Provavelmente, um pinheiro-branco. Eles podem chegar a uns 27 metros ou mais. Uns oito andares de altura.

– Dá para subir neles? – perguntou Thérèse.

Gilles a encarou como se ela tivesse sugerido algo repulsivo.

– Por que essas perguntas?

– Só estou curiosa.

– Não me trate como um tolo, *madame*. A senhora está mais do que só curiosa – disse ele, olhando dos Brunels para Gamache.

– A gente jamais te pediria para cortar uma árvore ou sequer machucar uma – afirmou o inspetor. – A gente só quer saber se dá para escalar as árvores mais altas lá de cima.

– Não. Por mim, não dá, não – retrucou Gilles.

Thérèse e Jérôme se afastaram do ex-madeireiro e olharam para Gamache, perplexos com a reação de Gilles. O inspetor-chefe tocou o braço dele e o puxou de canto.

– Desculpa, eu devia ter conversado com você em particular sobre isso. A gente precisa trazer um sinal de satélite para Three Pines...

Ele ergueu a mão para deter os protestos de Gilles mais uma vez, dizendo que aquilo não podia ser feito.

– ... e estava se perguntando se dava para prender uma antena parabólica a uma das árvores mais altas e puxar um cabo até o vilarejo.

De novo, Gilles abriu a boca para protestar, mas a fechou. Sua expressão passou de agressiva a pensativa.

– Você está pensando que alguém poderia escalar os 27 metros de um pinheiro, um pinheiro congelado, carregando uma antena parabólica, depois não só prender, mas ajustar ela lá em cima para encontrar um sinal? Você deve adorar ver televisão, *monsieur*.

Gamache riu.

– Não é para ver televisão – disse ele, e baixou a voz. – É para a internet. A gente precisa ficar on-line, e tem que fazer isso com... humm... o máximo de discrição possível.

– Roubar um sinal? – perguntou Gilles. – Sinceramente, você estaria longe de ser o primeiro a tentar.

– Então é possível?

Gilles suspirou e mordeu os nós dos dedos, imerso em pensamentos.

– Você está falando de transformar uma árvore de 27 metros em uma torre de transmissão, encontrar um sinal e depois conectar um cabo até aqui embaixo.

– Do jeito que você fala, parece difícil – disse Gamache, com um sorriso.

Mas Gilles não estava sorrindo.

– Desculpa, *patron*. Eu faria qualquer coisa para ajudar, mas isso que você está descrevendo não dá. Digamos que eu conseguisse subir até o topo da árvore com a antena e a prendesse lá. Tem muito vento. A antena voaria lá de cima.

Ele olhou para Gamache e observou enquanto o fato ia sendo assimilado. E era um fato. Não havia como contorná-lo.

– Seria impossível manter o sinal – explicou Gilles. – É por isso que torres de transmissão são feitas de aço, são estáveis. Isso é fundamental. Na teoria, é uma ideia boa, mas simplesmente não funciona.

O inspetor-chefe Gamache quebrou o contato visual e olhou para o chão por um instante, absorvendo o golpe. Aquele não era só um plano; era o plano. Não havia plano B.

– Você consegue pensar em outro jeito de a gente se conectar à internet de alta velocidade? – perguntou ele, e Gilles balançou a cabeça.

– Por que você não dá um pulo em Cowansville ou St. Rémi? Lá tem internet de alta velocidade.

– A gente precisa ficar aqui – respondeu Gamache. – Sem ser rastreado.

Gilles assentiu, pensando. Gamache o observou, torcendo para que uma resposta surgisse. Por fim, Gilles balançou a cabeça.

– As pessoas tentam fazer isso há anos. Pelas vias legais ou pirateando. Simplesmente não tem como ser feito. *Désolé.*

E foi exatamente assim que Gamache se sentiu enquanto agradecia a Gilles e se afastava.

Desolado.

– E aí? – perguntou Thérèse.

– Ele diz que não dá.

– Ele só não quer fazer – argumentou a superintendente Brunel. – A gente pode encontrar outra pessoa.

Gamache explicou sobre o vento e observou enquanto ela também aceitava a verdade lentamente. Gilles não estava sendo teimoso, mas realista. Só que Gamache notou outra coisa. Embora Thérèse Brunel parecesse decepcionada, seu marido não demonstrava o mesmo.

O inspetor-chefe perambulou até a cozinha, onde Clara e Gabri preparavam o jantar.

– Está um cheiro bom – disse ele.

– Com fome? – perguntou Gabri, entregando a ele uma travessa com *paté de campagne* e biscoitos cream cracker.

– Na verdade, estou – respondeu o inspetor, enquanto espalhava patê em um biscoito.

Dava para sentir o cheiro de fermento do pão que assava. Ele se misturava ao frango com alecrim, e Gamache se deu conta de que não comia nada desde o café da manhã.

– Tenho um favor para pedir. Eu transferi um filme antigo para um DVD e queria assistir, mas na casa da Émilie não tem aparelho.

– Você quer usar o meu?

Quando ele aquiesceu, Clara brandiu um talher como se fosse uma varinha de condão, apontando para a sala de estar.

– Fica no cômodo ao lado da sala.

– Você se importa?

– De forma alguma – disse ela. – Eu vou ligar para você. O jantar ainda vai demorar pelo menos meia hora.

Gamache a seguiu até uma pequena sala com um sofá e uma poltrona. Havia uma antiga TV de tubo em uma mesa, com um aparelho de DVD ao lado. Ele observou Clara apertar alguns botões.

– O que tem no DVD? – quis saber Gabri.

Ele estava parado na porta, segurando a travessa com o patê e os biscoitos.

– Deixa eu adivinhar... Sua audição para o *Canada's Got Talent*?

– Seria um vídeo muito curto, nesse caso – disse Gamache.

– O que está acontecendo? – exigiu saber Ruth, empurrando Gabri para entrar, Rosa em um braço e praticamente um balde de uísque no outro.

– O inspetor-chefe se inscreveu no *Canadian Idol* – explicou Gabri. – Esta é a fita da audição dele.

– Bom, não... – começou Gamache, mas depois desistiu.

Para que se dar ao trabalho?

– Alguém falou que você está fazendo uma audição para o programa *So You Think You Can Dance*? – perguntou Myrna, espremendo-se no pequeno sofá entre o inspetor e Ruth.

Gamache olhou melancolicamente para Clara. Olivier tinha chegado e estava de pé ao lado do companheiro. O inspetor suspirou e apertou o *play*.

Uma familiar vinheta em preto e branco rodopiou na direção deles dentro da telinha, acompanhada por uma música e uma voz imperiosa.

"Em um pequeno povoado canadense, um pequeno milagre aconteceu", declamava o soturno locutor do cinejornal.

As primeiras imagens granuladas surgiram, e todos se inclinaram para a frente na pequena sala de TV de Clara.

VINTE E UM

"Cinco milagres", prosseguiu a narração melodramática, como se anunciasse o fim do mundo. "Que vieram ao mundo em uma noite de inverno rigoroso pelas mãos deste homem, Dr. Joseph Bernard."

Na tela estava o Dr. Bernard, com um jaleco cirúrgico completo e uma máscara sobre o nariz e a boca. Ele acenava de um jeito um tanto maníaco, mas Gamache sabia que era o efeito dos antigos cinejornais em preto e branco, em que as pessoas avançavam aos solavancos – ora completamente estáticas, ora em movimentos muito bruscos.

Na frente do médico estavam as cinco bebês, bem embrulhadas.

"Cinco garotinhas, filhas de Isidore e Marie-Harriette Ouellet."

A voz sonora tinha dificuldade em dizer os nomes quebequenses. Era a primeira vez que eles eram pronunciados em um cinejornal, mas logo estariam na boca de todos. Aquela foi a apresentação ao mundo de...

"Cinco princesinhas. As primeiras gêmeas quíntuplas a sobreviverem. Virginie, Hélène, Josephine, Marguerite e Constance."

E Constance, notou Gamache com interesse. Ela passaria a vida pendurada no fim daquela frase. *E Constance*. Um elemento não pertencente ao grupo.

De repente, a voz se tornou animada.

"Este é o pai."

A cena mudou para o Dr. Bernard de pé na sala de estar de uma modesta casa de fazenda, na frente de um fogão. Ele entregava uma das filhas a um homem grande. Como se fosse um favor especial. Mas não um presente. Um empréstimo.

Isidore, limpo, arrumado para a câmera e com um sorriso desdentado, segurava a filha no colo desajeitadamente. Não habituado a crianças, embora, notou Gamache, tivesse um dom natural.

THÉRÈSE SENTIU UMA MÃO CONHECIDA no cotovelo e foi conduzida, com relutância, para longe da TV.

Jérôme a levou até um canto da sala de estar de Clara, o mais longe possível do grupo, embora pudessem ouvir a Voz Fatalista ao fundo. Agora, a Voz discorria sobre "caipiras" e parecia insinuar que as garotas tinham nascido em um celeiro.

Thérèse olhou para o marido com uma expressão interrogativa.

Jérôme se posicionou de modo a ver os convidados parados na porta, concentrados na TV. Ele desviou o olhar para a esposa.

– Fale sobre Arnot.

– Arnot?

– Pierre Arnot. Você conheceu o homem.

A voz dele era baixa agora. Urgente. Seus olhos iam dos outros convidados para a esposa.

Thérèse não teria ficado mais surpresa se o marido tivesse arrancado as roupas de repente. Ela olhou para ele, mal compreendendo suas palavras.

– Você quer dizer sobre o caso Arnot? Mas isso faz anos.

– Não só sobre o caso. Eu queria ouvir sobre o próprio Arnot. Tudo o que você puder me contar.

Thérèse o encarava, estupefata.

– Mas isso é um absurdo. Por que cargas-d'água você de repente quer saber sobre ele?

Os olhos de Jérôme dispararam até os outros convidados, de costas para eles, antes de retornar para a esposa. Ele baixou a voz ainda mais.

– Você não consegue adivinhar?

Ela sentiu o coração apertado. *Arnot. Não pode ser.*

Ao fundo, a voz soturna dava a entender que a mão de Deus havia ajudado no parto. Mas a mão de Deus parecia bem longe daquela salinha, com o fogo alegre e o aroma de comida recém-assada. E o nome fétido pairando no ar.

Maldito Pierre Arnot.

"O Dr. Bernard costuma ser humilde em relação ao próprio feito", declarava o locutor do cinejornal.

Agora, na tela, o Dr. Bernard surgia sem o jaleco branco hospitalar, vestindo um terno com uma gravata preta e fina. Seus cabelos grisalhos estavam arrumados; a barba, feita; e ele usava óculos com uma pesada armação preta.

Ele estava de pé na sala de estar dos Ouellets, sozinho, segurando um cigarro.

"É claro, a mãe fez a maior parte do trabalho."

Ele falava inglês com um suave sotaque quebequense, e sua voz era surpreendentemente aguda, principalmente se comparada ao timbre cavernoso do locutor. Ele olhou para a câmera e sorriu de sua própria piadinha. Os espectadores deveriam acreditar em apenas uma coisa: que o Dr. Bernard era o herói do momento. Um homem cuja imensa habilidade só se comparava à sua humildade. E, pensou Gamache com alguma admiração, ele fora perfeitamente escalado para aquele papel. Encantador, excêntrico, até. Paternal e confiante.

"Eu fui chamado no meio de uma tempestade. Acho que os bebês preferem nascer durante as tempestades", disse ele, depois sorriu para a câmera, como se trocasse confidências com os espectadores. "E essa foi das grandes. Uma nevasca de cinco bebês."

Gamache olhou em volta e viu Gilles, Gabri e até Myrna sorrirem. Era involuntário, quase impossível não gostar daquele homem.

Mas Ruth, na outra ponta do sofá, não sorria. O que, no entanto, não queria dizer nada.

"Devia ser quase meia-noite", continuou o Dr. Bernard. "Eu nunca tinha visto a família, mas era uma emergência, então peguei minha maleta médica e cheguei aqui o mais rápido que pude."

Ninguém explicou como aquele homem, que nunca havia estado na fazenda dos Ouellets, poderia tê-la encontrado no meio da noite, no meio de uma tempestade, no meio do nada. Mas talvez aquilo fosse parte do milagre.

"Ninguém me contou que eram cinco bebês" disse ele, depois se corrigiu. "Que *seriam* cinco bebês. Mas eu mandei o pai ferver a água para esterilizar o equipamento e buscar uma roupa de cama limpa. Felizmente, monsieur Ouellet costuma ajudar no parto dos animais da fazenda, como os potrinhos. Ele foi extremamente útil."

O grande homem dividindo o crédito, embora insinuando que madame Ouellet não era melhor que uma de suas porcas. Gamache sentiu sua admiração, se não seu respeito, crescer. Quem quer que estivesse por trás daquilo era brilhante. Mas, é claro, o Dr. Bernard era um peão naquele jogo tanto quanto as bebês e o sério e atordoado Isidore Ouellet.

O Dr. Bernard olhou diretamente para a câmera do cinejornal e sorriu.

– O caso Arnot saiu em todos os jornais – disse Thérèse, baixando a voz. – Foi uma comoção. Você já sabe de tudo. Todo mundo sabe.

E era verdade. Pierre Arnot era tão infame quanto as Quíntuplas Ouellet eram famosas. Ele era a antítese delas. Se as cinco garotas haviam trazido deleite, Pierre Arnot trouxera vergonha.

Se elas eram um ato de Deus, Pierre Arnot era o filho da manhã. O anjo caído.

E, ainda assim, ele os assombrava. E agora estava de volta. E Thérèse Brunel daria quase tudo para não ressuscitar aquele nome, aquele caso, aquela época.

– *Oui, oui* – disse Jérôme.

Ele raramente demonstrava impaciência e quase nunca com a esposa. Mas fazia isso agora.

– Tudo isso aconteceu há uma década. Eu quero ouvir de novo e, desta vez, o que não saiu nos jornais. O que vocês esconderam do público.

– Eu não escondi nada do público, Jérôme. – Agora era ela quem estava impaciente. A voz fria e cortante. – Eu era uma agente novata na época. Não seria melhor perguntar ao Armand? Ele conhecia bem o homem.

Instintivamente, ambos se voltaram para o grupo reunido em volta da porta da sala de TV.

– Você realmente acha isso sensato? – perguntou Jérôme.

Thérèse se virou para o marido.

– Talvez não – respondeu ela, encarando-o por um instante e examinando os olhos dele. – Você precisa me contar, Jérôme. Por que está interessado em Pierre Arnot?

A respiração de Jérôme era difícil, como se ele tivesse carregado algo muito pesado por uma distância muito grande. Finalmente, ele falou:

– O nome dele apareceu na minha pesquisa.

Thérèse ficou tonta de repente. *Maldito Pierre Arnot.*

– Você está brincando comigo? – perguntou ela, embora fosse visível que ele não estava. – Foi esse o nome que disparou o alarme? Se foi, você precisa contar para a gente.

– O que eu preciso, Thérèse, é ouvir mais sobre Arnot. Sobre o passado dele. Por favor. Tudo bem que você era uma agente novata, mas é superintendente agora. Eu sei que você sabe.

Ela lançou a ele um olhar duro, avaliador.

– Pierre Arnot era o superintendente-chefe da Sûreté – começou a contar Thérèse, cedendo, como sabia que faria. – É o cargo mais alto, o que Sylvain Francoeur ocupa agora. Eu tinha acabado de entrar para a Sûreté quando tudo veio à tona. Eu só o vi uma vez.

Jérôme se lembrava muito bem do dia em que a esposa, curadora-chefe do Musée des Beaux-Arts de Montreal, chegara em casa anunciando que queria ingressar no departamento de polícia da província. Ela tinha 50 e poucos anos e poderia muito bem ter dito que havia se inscrito no Cirque du Soleil. Mas ele percebeu que ela não estava brincando e, para ser justo, aquilo não tinha surgido totalmente do nada. Thérèse fora consultora da polícia em vários casos de roubos de obras de arte e acabara descobrindo uma aptidão para solucionar crimes.

– Como você disse, tudo isso aconteceu há mais de uma década – continuou Thérèse. – Naquela época, Arnot já estava no cargo mais alto havia muitos anos. Ele era muito querido. Respeitado. Considerado confiável.

– Você falou que viu Arnot uma vez – disse Jérôme. – Quando foi isso?

O marido tinha um olhar penetrante. Analítico. Ela sabia que era exatamente assim que ele devia ser no hospital quando chegava um caso extremamente urgente.

Coletando, assimilando e analisando informações. Dissecando-as rapidamente para saber como lidar com a emergência. Ali, na sala de estar de Clara, com o aroma de pão fresco e frango com alecrim no ar, uma súbita emergência tinha surgido. E trazido com ela o nome enlameado e manchado de sangue de Pierre Arnot.

– Eu estava em uma palestra na Academia – relembrou ela. – Na aula que o inspetor-chefe Gamache dava.

– Arnot era convidado dele? – perguntou Jérôme, surpreso.

Thérèse aquiesceu. Àquela altura, os dois já eram famosos. Arnot, por ser o respeitado chefe de uma respeitada força policial, e Gamache, por ter construído e comandar a Divisão de Homicídios mais bem-sucedida do país.

Ela estava no auditório lotado, apenas uma entre as centenas de alunos, sem nada ainda que a distinguisse dos demais, exceto pelos cabelos brancos.

Enquanto Thérèse pensava nisso, a sala de estar se dissolveu e se transformou no anfiteatro. Ela podia ver claramente os dois homens lá embaixo. Arnot de pé no púlpito. Mais velho, confiante, distinto. Baixo e esbelto. Compacto. Com cabelos grisalhos bem arrumados e óculos. Ele parecia tudo, menos poderoso. E, no entanto, havia uma força implícita nessa mesma humildade. Tamanho era seu poder que ele não precisava exibi-lo.

E, ligeiramente afastado, observando, estava o inspetor-chefe.

Alto, substancial. Silencioso e contido. Como professor, parecia ter uma paciência infinita com perguntas idiotas e excesso de testosterona. Liderando pelo exemplo, não pela força. Ali, sabia a agente Brunel, estava um líder nato. Alguém que você escolhia seguir.

Estivesse Arnot sozinho em frente à turma, ela teria ficado profundamente impressionada. Mas, à medida que a palestra se desenrolava, os olhos dela eram atraídos cada vez mais para o homem calado e um pouco afastado. Que ouvia com muita atenção. Completamente confortável e tranquilo.

E, pouco a pouco, foi ficando óbvio para a agente Brunel onde estava a verdadeira autoridade.

O superintendente Arnot podia até deter o poder, mas era Armand Gamache o homem mais poderoso.

Ela contou isso a Jérôme. Ele pensou por um instante antes de falar:

– Arnot tentou matar Armand? Ou foi o contrário?

O CINEJORNAL TERMINOU COM o bonzinho Dr. Bernard segurando uma das quíntuplas recém-nascidas e agitando o braço dela para a câmera.

"Tchau, tchau", disse o locutor, como se anunciasse a Grande Depressão. "Eu sei que ainda vamos ver muito você e as suas irmãs."

Com o canto do olho, Gamache viu Ruth levantar a mão cheia de veias. Tchau, tchau.

A tela ficou branca, mas apenas por um segundo, antes que outra imagem, muito conhecida dos canadenses, surgisse. O olho estilizado em preto e branco e, depois, as palavras desenhadas a estêncil, sem nenhuma preocupação com criatividade ou beleza.

Apenas fatos.

A National Film Board of Canada. A NFB, agência de cinema do governo canadense.

Nenhuma narração soturna. Nenhuma música alegre. Só imagens cruas capturadas por um cinegrafista da NFB.

Eles viram o exterior de uma charmosa casa de campo no verão. Uma casa de contos de fada, com telhas escama de peixe e acabamento em madeira no estilo *gingerbread*. Havia jardineiras plantadas em todas as janelas e alegres girassóis e malvas-rosa cercavam a casa ensolarada.

O pequeno jardim era emoldurado por uma cerca branca.

Parecia uma casa de bonecas.

A câmera deu um zoom na porta fechada e ajustou o foco. Então a porta se abriu um pouco e a cabeça de uma mulher apareceu, olhou para a câmera e mexeu os lábios, articulando algo que parecia ser "*Maintenant*?" – "Agora?".

Ela recuou e a porta se fechou. Um instante depois, ela voltou a se abrir, e uma garotinha apareceu com um vestido de babados e um laço nos cabelos escuros. Ela usava meias até os tornozelos e mocassins. Tinha uns 5 ou 6 anos, supôs Gamache. Ele fez um cálculo rápido. Seria o início dos anos 1940. Os anos da guerra.

Uma mão surgiu e a conduziu ainda mais para o sol. Não foi exatamente um tranco, mas um empurrão forte o suficiente para que ela tropeçasse de leve.

Então outra garota idêntica foi expelida da casa.

Depois outra.

E mais outra.

E mais outra.

As meninas ficaram todas juntas, abraçadas como se tivessem nascido com o corpo unido. E as expressões delas também eram idênticas.

Terror. Confusão. Quase exatamente a mesma expressão que o pai delas tinha quando olhara para as filhas pela primeira vez.

Elas se viraram para a porta, depois voltaram até lá, aglomerando-se. Tentando entrar. Mas ela não se abriu para as meninas.

A primeira garotinha olhou para a câmera. Implorando. Chorando.

A imagem piscou e sumiu. Então a linda casinha reapareceu. As garotas tinham sumido e a porta estava fechada.

Ela se abriu de novo e, desta vez, a garotinha saiu sozinha. Depois sua irmã apareceu, segurando a mão dela. E assim por diante. Até que a última saísse e a porta se fechasse atrás delas.

Juntas, todas olharam de volta para a porta. Uma mão serpenteou por uma fresta da porta e acenou para que elas se afastassem, antes de desaparecer.

As garotas estavam plantadas no mesmo lugar. Paralisadas.

A câmera tremeu de leve e, juntas, as meninas se viraram para encarar a lente. O cinegrafista, imaginou Gamache, devia tê-las chamado. Talvez estivesse segurando um ursinho de pelúcia ou um doce. Algo que chamasse a atenção delas.

Uma das meninas começou a chorar, então as outras desmoronaram, e a imagem tremeu e ficou preta.

Repetidas vezes na sala de estar de Clara, eles assistiram àquela cena, o patê e as bebidas esquecidos.

Repetidas vezes, as garotas saíram de sua linda casinha e foram puxadas de volta, para tentar de novo. Até que, finalmente, a primeira apareceu com um grande sorriso no rosto, seguida pela irmã, que segurava alegremente sua mão.

Depois a seguinte e a seguinte.

E a última.

Elas deixaram a casinha e contornaram o jardim, ao longo da fronteira de cerca de madeira branca, sorrindo e acenando.

Cinco garotinhas felizes.

Gamache olhou para Myrna, Olivier, Clara, Gilles e Gabri. Ele olhou para Ruth, as lágrimas seguindo as fendas do rosto, grandes cânions de tristeza.

Na TV, as Quíntuplas Ouellet abriram sorrisos idênticos e acenaram de modo idêntico para a câmera antes que a tela se apagasse. Aquela era, Gamache sabia, a cena que acabara definindo as quíntuplas como garotinhas perfeitas, levando uma vida de contos de fadas. Arrancadas da pobreza, longe de qualquer conflito. Aquele pedaço de filme fora vendido para agências do mundo todo e ainda era usado em retrospectivas da vida delas.

Como prova de quão sortudas eram.

Gamache e os outros sabiam o que haviam acabado de testemunhar. O nascimento de um mito. E eles tinham visto algo destruído. Estilhaçado. Machucado de maneira irreparável.

– COMO VOCÊ PODE SABER DISSO? – perguntou Thérèse. – Isso nunca veio à tona no julgamento.

– Eu encontrei referências a algo acontecido entre os dois. Algo quase letal.

– Você quer mesmo saber? – perguntou ela, examinando o marido.

– Preciso – respondeu ele.

– Isso não sai daqui.

Ela recebeu do marido um olhar entre o divertimento e a irritação.

– Eu prometo não postar no meu blog.

Thérèse não riu. Nem mesmo sorriu. E, não pela primeira vez, Jérôme Brunel se perguntou se realmente queria ouvir aquilo.

– Senta – disse ela, e ele a seguiu até o confortável sofá.

Eles ficaram de frente para a porta, observando as costas dos outros convidados.

– Pierre Arnot deixou a marca dele no destacamento da Sûreté no norte do Quebec – confidenciou ela. – Em uma reserva do povo cri na baía de James. Muito álcool. Drogas. As casas fornecidas pelo governo eram uma desgraça. Os sistemas de água e esgoto transbordavam um no outro. As doenças e a violência eram terríveis. Uma pocilga.

– No meio do paraíso – comentou Jérôme.

Thérèse anuiu. Aquilo, é claro, aumentava a tragédia.

A baía de James era espetacularmente bonita e preservada. Naquela época. Mais de 2,5 milhões de hectares de vida selvagem, lagos límpidos e frescos, peixes, caça e florestas antigas. Era ali que o povo cri vivia. Era ali que viviam os deuses deles.

No entanto, cem anos antes, eles tinham encontrado o diabo e feito um pacto.

Em troca de tudo o que pudessem precisar – comida, assistência médica, moradia, educação e as maravilhas da vida moderna –, só tinham que ceder os direitos sobre suas terras ancestrais.

Mas não todas. Eles receberiam um belo lote para caçar e pescar.

E se não assinassem?

O governo tomaria as terras mesmo assim.

Cem anos antes de o agente Pierre Arnot descer do hidroavião na reserva, o Grande Chefe e o ministro do Departamento de Assuntos Indígenas do Canadá se encontraram.

O acordo foi assinado.

Selado.

O povo cri tinha tudo que poderia querer. Exceto liberdade.

– Quando Arnot chegou lá, a reserva era um gueto com esgoto a céu aberto, doenças, vício e desespero – contou Thérèse. – E vidas tão vazias que eles estupravam e espancavam uns aos outros por distração. Ainda assim, o povo cri manteve a dignidade por mais tempo do que qualquer um imaginava. Levou várias gerações para que eles finalmente perdessem a dignidade, o respeito próprio e toda e qualquer esperança. Eles achavam que a vida não tinha como ficar pior. Mas estava prestes a ficar.

– O que aconteceu? – perguntou Jérôme.

– Pierre Arnot chegou.

"Aqui, as garotas pedem a bênção ao pai", declarou o narrador do cinejornal, como se anunciasse o bombardeio de Londres. "Como crianças obedientes. É um ritual ainda praticado no interior do Quebec."

Ele pronunciou *Kwi-bek*, e sua voz era baixa, como se documentasse uma rara espécie capturada em seu habitat natural.

Gamache se inclinou para a frente. As garotas tinham agora uns 8 ou 9 anos. Não estavam na casinha de conto de fadas. Aquilo era na fazenda da família. Pelas janelas, dava para ver que era inverno.

Casacos, gorros e patins delas estavam cuidadosamente pendurados em ganchos perto da porta. Tacos de hóquei formavam uma cabana no canto. Ele reconheceu o fogão a lenha, o tapete de retalhos trançados e os móveis do primeiro filme, de quando as meninas haviam nascido. Quase nada tinha mudado. Era como um museu.

As garotas estavam ajoelhadas, as mãos entrelaçadas na frente do corpo, a cabeça baixa, com vestidos, sapatos e laços idênticos. Ele se perguntou como alguém poderia discerni-las, se é que as pessoas se davam ao trabalho. Desde que houvesse cinco delas, os detalhes pareciam não importar.

Marie-Harriette se ajoelhou atrás das filhas.

Era a primeira vez que os cinejornais capturavam a mãe das quíntuplas. Gamache apoiou os cotovelos nos joelhos e se inclinou ainda mais para a frente, tentando dar uma boa olhada naquela mãe épica.

Surpreso, percebeu que aquela na verdade não era a primeira vez que a via. Fora Marie-Harriette quem empurrara as filhas para fora daquela porta. E depois a fechara na cara delas.

Repetidas vezes. Até que acertassem a cena.

Ele achava que era uma produtora da NFB, ou mesmo alguma enfermeira ou professora. Mas era a própria mãe.

Isidore Ouellet estava de pé na frente da sala, virado para a família, com os braços estendidos à frente. Ele tinha os olhos fechados. Seu rosto estava em repouso, como se ele fosse um zumbi em busca de iluminação.

Gamache reconheceu o ritual. Era a bênção de Ano-Novo do pai aos filhos. Uma oração solene e significativa, embora já raramente praticada no Quebec. Ele nunca havia considerado fazê-la, e Reine-Marie, Annie e Daniel teriam rolado de rir se tentasse. Uma breve lembrança lhe passou pela cabeça. As festas de fim de ano se aproximavam e a família toda estaria reunida em Paris. Talvez no Ano-Novo, com os filhos e os netos todos juntos, ele pudesse sugerir a oração. Só para ver a cara deles. Quase valeria a pena. Embora a mãe de Reine-Marie se lembrasse de, quando criança, se ajoelhar com os irmãos para a bênção.

E lá estava, encenada para o público insaciável do cinejornal, em cinemas escuros ao redor do mundo dos anos 1940, a vida das quíntuplas como um prelúdio para o último longa de Clark Gable ou Katharine Hepburn.

Havia um cheiro nítido de lâmpadas a gás no que eles viam naquele filme granulado em preto e branco. Um evento encenado, representado para alcançar um efeito. Como batuques e danças de nativos realizados para turistas pagantes.

Absolutamente genuínos. Mas, ali, mais mercantil que espiritual.

As garotas supostamente rezavam pela bênção do pai. Gamache se perguntou pelo que o pai rezava.

"Terminada a encantadora cerimônia, as garotas se preparam para ir brincar lá fora", prosseguiu a narração, como se anunciasse o trágico ataque a Dieppe.

O que se seguiu foram cenas das quíntuplas vestindo os macacões de neve, alegremente implicando umas com as outras, olhando para a câmera e sorrindo. O pai ajudou a amarrar os patins e entregou tacos de hóquei para elas.

Marie-Harriette apareceu, colocando gorrinhos de tricô na cabeça delas. Cada chapéu, percebeu Gamache, exibia uma estampa diferente. Flocos de neve, árvores. Ela tinha um a mais e jogou o gorro extra para a câmera. Não com um gesto casual. Ela o atirou, como se ele a tivesse mordido.

O gesto foi revelador. Ele mostrava uma mulher no limite, num ponto em que algo tão trivial como gorros em excesso podia despertar sua ira. Ela estava exasperada, exausta. Esgotada.

Ela se virou para a câmera e, com uma expressão que deixou o inspetor-chefe arrepiado, sorriu.

Era um daqueles momentos que um investigador de homicídios procurava. O minúsculo conflito. Entre o que era dito e o que era feito. Entre a entonação e as palavras.

Entre a expressão de Marie-Harriette e suas ações. O sorriso e o gorro lançado.

Ali estava uma mulher dividida, talvez até à beira do colapso. Era através de uma fresta desse tipo que um investigador rastejava para chegar ao cerne da questão.

Ao olhar para a tela, Gamache se perguntou como a mulher que havia lutado para subir os degraus do Oratório de São José de joelhos, rezando para ter filhos, tinha chegado àquele ponto.

Suspeitava que a irritação dela fora direcionada ao onipresente Dr. Bernard, para tentar mantê-lo fora de quadro. Para que, pelo menos uma vez, ele os deixasse sozinhos com suas filhas.

Tinha funcionado. Quem quer que fosse a pessoa para quem ela havia gesticulado tinha recuado.

Mas Gamache sabia que aquela era uma ação de defesa. Ninguém tão cansado prevaleceria por muito tempo.

Morta há tempos e enterrada em outra cidade, relembrou Gamache as palavras seminais de Ruth, *minha mãe continua a me assombrar*.

Em pouco mais de cinco anos, Marie-Harriette estaria morta. E, em pouco mais de quinze, Virginie possivelmente tiraria a própria vida. E o que Myrna dissera? Elas já não seriam mais as quíntuplas. Seriam quadrigêmeas, trigêmeas, gêmeas. Depois, apenas uma. Filha única.

E Constance se tornaria simplesmente Constance. E, agora, ela também tinha partido.

Ele olhou para as meninas, rindo juntas em seus macacões de neve, e tentou identificar a garotinha que agora jazia no necrotério de Montreal. Mas não conseguiu.

Todas pareciam iguais.

"Sim, esses rústicos canadenses passam os longos meses de inverno pescando no gelo, esquiando e jogando hóquei", disse o taciturno narrador. "Até as garotas."

As quíntuplas acenaram para a câmera e gingaram porta afora sobre os patins.

O filme terminou com Isidore acenando alegremente para elas, depois voltando para o chalé. Ele fechou a porta e olhou para a câmera, mas Gamache percebeu que seus olhos, na verdade, estavam voltados para um ponto bem ao lado dela. Fitando não a lente, mas os olhos de alguém fora do quadro.

Será que ele estava olhando para a esposa? Para o Dr. Bernard? Ou para alguém totalmente diferente?

Aquele era um olhar de súplica, exigindo aprovação. E, mais uma vez, Gamache se perguntou pelo que Isidore Ouellet havia rezado e se suas preces tinham sido atendidas.

Mas algo estava errado. Alguma coisa naquele filme não se encaixava no que o inspetor-chefe havia descoberto.

Ele cobriu a boca com a mão e encarou a tela preta.

– Deixa eu te perguntar uma coisa – disse Thérèse Brunel. – Qual é a maneira mais certeira de destruir alguém?

Jérôme balançou a cabeça. Não sabia.

– Primeiro, você ganha a confiança da pessoa – respondeu ela, sustentando o olhar dele. – Depois, trai essa confiança.

– O povo cri confiava em Pierre Arnot? – perguntou Jérôme.

– Ele ajudou a restaurar a ordem. Ele tratava as pessoas com respeito.

– E depois?

– Depois, quando os planos para a nova barragem hidrelétrica foram revelados e ficou claro que ela destruiria o que restava do território cri, ele convenceu a população a aceitar o projeto.

– Como ele fez isso? – quis saber Jérôme.

Como quebequense, ele sempre tivera orgulho das grandes barragens. Sim, ele estava ciente dos danos causados ao norte, mas aquele parecia um preço pequeno. Um preço que ele próprio não precisara pagar.

– Eles confiaram em Arnot. Ele passou anos convencendo as pessoas de que era amigo e aliado delas. Mais tarde, aqueles que duvidavam dele, que questionaram os motivos dele, acabaram desaparecendo.

Jérôme sentiu o estômago embrulhar.

– Ele fez isso?

Thérèse assentiu.

– Eu não sei se quando ele começou já era tão corrupto assim ou se foi corrompido pelo caminho, mas foi o que ele fez.

Jérôme baixou os olhos e pensou no nome que havia encontrado. Aquele nome enterrado debaixo de Arnot. Se Arnot havia caído, aquele outro homem havia caído ainda mais. Só para ser desenterrado, anos depois, por Jérôme Brunel.

– Quando Armand se envolveu nessa história? – perguntou ele.

– Uma anciã cri foi selecionada para viajar até a cidade de Quebec e pedir ajuda. Ela queria contar para alguma autoridade que jovens, homens e mulheres, estavam desaparecendo. Morrendo. Eles eram encontrados enforcados, baleados e afogados. O destacamento da Sûreté tinha minimizado as mortes, afirmando que se tratava de acidentes ou suicídios. Alguns jovens tinham desaparecido completamente. A Sûreté concluiu que eles tinham fugido. Provavelmente, para o sul. Seriam encontrados em algum buraco fumando crack ou na cela para bêbados em Trois-Rivières ou Montreal.

– Ela foi até a cidade de Quebec pedir ajuda para encontrar os desaparecidos? – perguntou Jérôme.

– Não, ela queria contar para alguma autoridade que o que a Sûreté dissera

era mentira. Que o próprio filho dela estava entre os desaparecidos. Ela sabia que ele não tinha fugido e que as mortes não eram acidentes nem suicídios.

Jérôme podia ver como trazer aquelas lembranças à tona estava afetando Thérèse. Como oficial sênior da Sûreté. Como mulher. Como mãe. E aquilo também o estava deixando enjoado, mas eles tinham ido longe demais. Não podiam parar no meio daquele atoleiro. Precisavam continuar.

– Ninguém acreditou nela – contou Thérèse. – Ela foi considerada louca. Mais uma nativa bêbada. Não ajudou em nada o fato de ela não saber onde era a Assembleia Nacional e ficar parando as pessoas que entravam e saíam do Château Frontenac.

– O hotel? – perguntou Jérôme.

Thérèse aquiesceu.

– É uma construção tão imponente que ela pensou que era onde os líderes deviam estar.

– Mas como Armand se envolveu nessa história?

– Ele estava na cidade para uma conferência no Château e viu a mulher sentada em um banco, angustiada. Ele perguntou qual era o problema.

– Ela contou para ele? – perguntou Jérôme.

– Tudo. Armand perguntou por que ela não tinha ido até a Sûreté com aquela informação.

Thérèse baixou os olhos para as mãos de unhas bem-feitas.

Com o canto do olho, Jérôme viu a reunião se dissipar na sala de TV, mas não apressou a esposa. Eles finalmente tinham chegado ao fundo do pântano, às palavras finais que precisavam ser dragadas. Ela nitidamente lutava para dizer o indizível.

– A anciã cri disse que não tinha reportado à Sûreté porque era a própria Sûreté que estava fazendo aquilo. Eles estavam matando os jovens cris. O que, provavelmente, incluía o filho dela.

Jérôme olhou para a esposa. Sustentando aqueles olhos conhecidos. Sem nenhuma vontade de largá-los e escorregar para um mundo em que uma coisa daquelas fosse possível. Ele viu que Thérèse estava quase aliviada. Acreditando que estava perto do fim agora. Que o pior já havia passado.

Mas Jérôme sabia que eles ainda estavam muito longe do pior. E nada perto do fim.

– O que Armand fez?

Ele viu Clara ir até a cozinha e Olivier caminhar na direção deles. Mas, ainda assim, sustentou os olhos da esposa.

Ela se inclinou para ele e sussurrou, pouco antes de Olivier chegar:

– Ele acreditou nela.

VINTE E DOIS

– Jantar! – gritou Clara.

Eles tinham assistido ao DVD inteiro. Depois das imagens da NBF e dos cinejornais, havia mais vídeos das quíntuplas. Na primeira comunhão, encontrando a jovem rainha, fazendo uma mesura para o primeiro-ministro.

Em uníssono, é claro. E o grande homem rindo, encantado.

Era estranho, pensou Clara, enquanto tirava o guisado do forno, ver ainda criancinha uma mulher que só conhecera já idosa. Era mais estranho ainda vê-la crescer. Ver tantas imagens dela e tantas *dela*.

Assistir àqueles filmes um após o outro começou como algo encantador, mas logo se tornou desconcertante e, em seguida, devastador. O mais estranho de tudo foi não conseguir identificar qual delas era Constance. Todas eram. E nenhuma era.

Os filmes terminaram de repente, quando as garotas chegaram ao fim da adolescência.

– Posso ajudar? – perguntou Myrna, tirando o pão quente da mão de Clara.

– O que você achou do filme? – perguntou Clara, colocando em uma cesta a baguete que Myrna ia cortando.

Olivier distribuía os pratos na longa mesa de pinho enquanto Gabri misturava a salada.

Ruth ou tentava acender as velas, ou tacar fogo na casa. Armand não estava em lugar nenhum, nem Thérèse e o marido.

– Eu fico vendo aquela primeira irmã, Virginie, eu acho, olhando para a câmera – respondeu Myrna, depois parou de cortar o pão e olhou para a frente.

– Naquela hora em que a mãe não deixava as meninas voltarem para a casa? – perguntou Clara.

Myrna aquiesceu e pensou como era estranho que, ao falar com Gamache, usara a analogia da casa, dizendo que Constance estava trancada e barricada dentro de sua casa emocional.

O que era pior: ser trancada do lado de dentro ou de fora?, se perguntou Myrna.

– Elas eram tão novinhas – comentou Clara, tirando a faca da mão suspensa de Myrna. – Talvez Constance não se lembrasse.

– Ah, ela teria se lembrado – disse Myrna. – Todas elas teriam. Se não daquele acontecimento específico, pelo menos de como se sentiram.

– E elas não podiam contar para ninguém – disse Clara. – Nem para os pais. Muito menos para eles. Eu me pergunto o que isso faz com uma pessoa.

– Eu sei o que isso faz.

Elas se voltaram para Ruth, que tinha riscado outro fósforo. Vesga, ela o observava queimar. Pouco antes de ele chamuscar suas unhas amareladas, ela o soprou.

– O que isso faz? – perguntou Clara.

A cozinha ficou em silêncio, todos os olhos voltados para a velha poeta.

– Transforma uma garotinha em um velho marinheiro.

Ouviu-se um suspiro coletivo. Eles realmente haviam pensado que Ruth talvez tivesse a resposta. Isso que dava buscar sabedoria em uma velha piromaníaca bêbada.

– O albatroz? – perguntou Gamache.

Ele estava parado na porta entre a sala de estar e a cozinha. Myrna se perguntou há quanto tempo o inspetor estava ouvindo.

Ruth riscou outro fósforo, e Gamache sustentou seus olhos flamejantes, que, para além da chama, fitavam o palito carbonizado.

– O que isso quer dizer? – perguntou Gilles, quebrando o silêncio. – Um velho marinheiro e um atum?

– Albatroz, não albacora – corrigiu Olivier.

– Ah, pelo amor de Deus – retrucou Ruth, e sacudiu a mão para que a chama se apagasse. – Um dia eu vou morrer, e o que vocês vão fazer para ter uma conversa culta, seus imbecis?

– *Touché* – disse Myrna.

Ruth lançou um último olhar severo a Gamache, depois se voltou para o resto da cozinha.

– "A balada do velho marinheiro"? – Quando a pergunta só encontrou olhares vazios, ela continuou: – Poema épico? Coleridge?

Gilles se inclinou em direção a Olivier e sussurrou:

– Ela não vai recitar, né? Eu já ouço poesia suficiente em casa.

– Claro – disse Ruth. – As pessoas vivem confundindo o trabalho da Odile com o de Coleridge.

– Pelo menos os dois rimam – rebateu Gabri.

– Nem sempre – confidenciou Gilles. – No último, Odile rimou "nabo" com "estábulos".

Ruth suspirou com tanta violência que o último fósforo se apagou.

– Ok, eu vou morder a isca – declarou Olivier. – Por que tudo isso te lembra "A balada do velho marinheiro"?

Ruth olhou em volta.

– Não vai me dizer que o Clouseau e eu somos os únicos aqui com uma educação clássica?

– Espera um pouco – disse Gabri. – Eu lembrei agora. O velho marinheiro e Ellen DeGeneres não salvaram o Nemo de um aquário na Austrália?

– Acho que foi a pequena sereia – disse Clara.

– Sério? – perguntou Gabri, voltando-se para ela. – Porque eu lembro...

– Chega – disse Ruth, acenando para que eles ficassem quietos. – O velho marinheiro carregava o seu segredo, sob a forma de um albatroz morto, em volta do pescoço. Ele sabia que o único jeito de se livrar dele era contar para os outros. Para aliviar o próprio fardo. Então o marinheiro parou um estranho, o convidado de um casamento, e contou tudo para ele.

– E qual era o segredo dele? – quis saber Gilles.

– O marinheiro tinha matado um albatroz no mar – contou Gamache, entrando na cozinha e levando a cesta de pães à mesa. – Como consequência desse ato cruel, Deus tirou a vida da tripulação inteira.

– Je-sus – disse Gilles. – Eu não sou nenhum fã de caça, mas me parece um pouco exagerado, vocês não acham?

– Só o marinheiro foi poupado – continuou Gamache. – Para lidar com a culpa. Quando finalmente foi resgatado, ele percebeu que só conseguiria ser livre se falasse sobre o que aconteceu.

– Que um pássaro tinha morrido? – perguntou Gilles, ainda tentando entender.

– Que uma criatura inocente tinha sido morta – explicou Gamache. – Que ele tinha feito isso.

– É de se pensar que Deus também devia responder pelo massacre da tripulação inteira – sugeriu Gilles.

– Ah, cala a boca – retrucou Ruth. – Foi o velho marinheiro quem trouxe a maldição para si mesmo e para eles. Foi culpa dele, e ele precisava admitir ou ia carregar isso para o resto da vida. Entendeu?

– Ainda não faz sentido para mim – resmungou Gilles.

– Se você acha isso difícil, tenta ler *A rainha das fadas* – sugeriu Myrna.

– Rainha das fadas? – perguntou Gabri, esperançoso. – Essa parece uma história para eu ler antes de dormir.

Eles se sentaram para jantar, os convidados competindo para não ficar ao lado de Ruth nem da pata.

Gamache perdeu.

Talvez não estivesse jogando.

Ou talvez tivesse ganhado.

– A senhora acha que Constance carregava um albatroz em volta do pescoço? – perguntou ele a Ruth, colocando frango e bolinhos de carne no prato dela.

– Irônico, não? – perguntou Ruth, sem agradecer. – Falar sobre a morte de uma ave inocente enquanto se come galinha?

Gabri e Clara baixaram os garfos. O resto fingiu que não ouviu. Afinal, a comida estava deliciosa.

– Então, qual era o albatroz da Constance? – perguntou Olivier.

– Por que está me perguntando, idiota? Como eu vou saber?

– Por que você acha que ela tinha um segredo? – insistiu Myrna. – Alguma coisa que a fazia se sentir culpada?

– Olha – disse Ruth, baixando os talheres e olhando para Myrna, do outro lado da mesa. – Se eu fosse uma cartomante, o que diria para as pessoas? Eu olharia nos olhos delas e diria...

Ela se voltou para Gamache e moveu as mãos pontudas para a frente e para trás diante do rosto entretido do homem. Então assumiu um leve sotaque do Leste Europeu e baixou a voz.

– Você carrega um fardo pesado. Um segredo. Uma coisa que nunca contou para vivalma. O seu coração está partido, mas você precisa deixar isso para trás.

Ruth baixou as mãos e continuou a encarar Gamache. Ele não revelava nada, mas ficou muito quieto.

– Quem não tem um segredo? – perguntou Ruth em voz baixa, falando diretamente com o inspetor.

– A senhora está certa, é claro – disse Gamache, dando uma garfada no delicioso guisado. – Todos nós carregamos segredos. A maioria, para o túmulo.

– Mas alguns segredos são mais pesados que outros – disse a velha poeta. – Alguns nos abalam, nos atrasam. E, em vez de levá-los para o túmulo, é o túmulo que vem até nós.

– Você acha que foi isso que aconteceu com Constance? – perguntou Myrna.

Ruth sustentou os pensativos olhos castanhos de Gamache por mais um instante, depois se voltou para o outro lado da mesa.

– Você não, Myrna?

Mais assustador que aquela ideia foi o fato de Ruth usar o nome real de Myrna. Tão séria estava a talvez sóbria poeta que se esquecera de esquecer o nome de Myrna.

– Qual você acha que era o segredo dela? – perguntou Olivier.

– Eu acho que ela era uma travesti – disse Ruth, tão séria que Olivier ergueu as sobrancelhas, depois rapidamente as baixou e olhou de cara feia para ela.

Ao lado dela, Gabri riu.

– A rainha das fadas, afinal – disse ele.

– Como diabos eu poderia saber o segredo dela? – perguntou Ruth.

Gamache olhou para o outro lado da mesa. Myrna era o convidado do casamento, suspeitava ele. A pessoa que Constance Ouellet havia escolhido para desabafar. Mas ela nunca tivera essa chance.

E, cada vez mais, Gamache suspeitava que não fosse coincidência que Constance Ouellet, a última quíntupla, tivesse sido assassinada enquanto se preparava para voltar a Three Pines.

Alguém queria impedi-la de chegar ali.

Alguém queria impedi-la de desabafar.

Mas, então, outro pensamento ocorreu a Gamache. Talvez Myrna não fosse a única convidada do casamento. Talvez Constance tivesse confidenciado seu segredo a mais alguém.

Eles passaram o resto da refeição falando sobre os planos, os cardápios e o iminente concerto de Natal.

Todos, exceto Ruth, tiraram a mesa enquanto Gabri pegava o *trifle* de Olivier na geladeira, com suas camadas de biscoitos champanhe, creme inglês, chantilly fresco e geleia infundida de conhaque.

– "O amor que não ousa dizer seu nome" – murmurou Gabri enquanto embalava o doce nos braços.

– Quantas calorias, você acha? – perguntou Clara.

– Não pergunte – aconselhou Olivier.

– Não conte – pediu Myrna.

Depois do jantar, quando a mesa estava limpa e a louça, lavada, os convidados se despediram, vestindo seus pesados casacos e vasculhando a profusão de botas ao lado da porta do vestíbulo.

Gamache sentiu uma mão no cotovelo e foi puxado por Gilles até um canto distante da cozinha.

– Eu acho que sei como conectar vocês à internet – declarou o lenhador, os olhos brilhando.

– Sério? – perguntou Gamache, mal ousando acreditar. – Como?

– Já tem uma torre lá em cima. Você até conhece.

Gamache olhou para o companheiro, perplexo.

– Acho que não. A gente conseguiria ver, *non*?

– Não. Essa é a beleza dela – disse Gilles, animado agora. – É praticamente invisível. Na verdade, você mal consegue dizer que está lá mesmo quando está bem debaixo dela.

Gamache não estava convencido. Ele conhecia aquela floresta – talvez não tão bem quanto Gilles, mas o suficiente. E nada lhe vinha à mente.

– Me conta logo – disse o inspetor. – Do que você está falando?

– Quando Ruth estava comentando sobre matar aquele pássaro, aquilo me fez pensar em caça. E isso me lembrou o esconderijo de caça.

Gamache abriu a boca, surpreso. *Merde*, pensou ele. O esconderijo de caça. Aquela estrutura de madeira bem no alto de uma das árvores da floresta. Era uma plataforma com grades de madeira, construída por caçadores para que eles se sentassem confortavelmente e esperassem um cervo passar. Então o matariam. O equivalente moderno do velho marinheiro em seu cesto da gávea.

Para um homem que tinha visto tantas mortes, a estrutura era vergonhosa.

Mas poderia se redimir a partir daquele dia.

– O esconderijo – murmurou Gamache.

Ele realmente estivera lá quando fora a Three Pines pela primeira vez para investigar o assassinato de Jane Neal, mas não pensava nele fazia anos.

– Vai funcionar?

– Acho que sim. Não é alto como uma torre de transmissão, mas fica no topo da montanha e é estável. Com certeza a gente pode prender uma antena parabólica ali.

Gamache acenou para Thérèse e Jérôme.

– Gilles descobriu como colocar uma antena parabólica lá em cima.

– Como? – perguntaram os Brunels ao mesmo tempo.

O inspetor contou a eles.

– Vai funcionar? – quis saber Jérôme.

– A gente só vai saber se tentar, é claro – respondeu Gilles, mas ele estava sorrindo e claramente esperançoso, se não completamente confiante. – Quando vocês precisam dela lá em cima?

– A antena e os outros equipamentos vão chegar hoje à noite, em algum momento – disse Gamache, e tanto Thérèse quanto Jérôme olharam para ele surpresos.

Gilles caminhou com eles até a porta. Os outros estavam saindo, e os quatro vestiram seus impermeáveis, botas, gorros e luvas. Eles agradeceram a Clara e foram embora.

Gilles parou quando encontrou seu carro.

– Eu passo lá amanhã de manhã, então – disse ele. – *À demain.*

Eles apertaram as mãos e, depois que Gilles se foi, Gamache se voltou para os Brunels.

– Vocês se importam de levar Henri para passear? Eu quero dar uma palavrinha com Ruth.

Thérèse pegou a coleira.

– Não vou nem perguntar que palavrinha é essa.

– ÓTIMO.

Sylvain Francoeur levantou rapidamente os olhos do documento que seu braço direito havia baixado, depois voltou a observar o computador. Eles estavam no escritório do superintendente, na casa dele.

Enquanto o chefe estudava o relatório, Tessier tentava decifrá-lo. Porém, durante todos aqueles anos em que trabalhara para Francoeur, nunca conseguira fazer isso.

De uma beleza clássica, com 60 e poucos anos, o superintendente podia sorrir e depois te dar uma patada. Podia citar Chaucer e Tintim, em francês erudito ou no dialeto *joual*. Pedia *poutine* no almoço e *foie gras* no jantar. Ele era todas as coisas. Para todas as pessoas. Era tudo e não era nada.

Mas Francoeur também tinha um chefe. Alguém a quem respondia. Tessier o tinha visto com ele uma vez só. O homem não fora apresentado como chefe dele, é claro, mas Tessier soubera pela maneira como Francoeur se comportara. "Rebaixar-se" seria uma expressão forte demais, mas havia ansiedade ali. Francoeur estava tão ansioso para agradar aquele homem quanto Tessier ficava para agradá-lo.

A princípio, aquilo divertira o inspetor, mas seu sorriso desapareceu quando ele percebeu que havia alguém capaz de assustar o homem mais assustador que ele conhecia.

Finalmente Francoeur se recostou, embalando-se de leve na cadeira.

– Preciso voltar para os meus convidados. Estou vendo que correu tudo bem.

– Perfeitamente bem.

Tessier manteve o rosto plácido, a voz, neutra. Ele tinha aprendido a espelhar o chefe.

– A gente colocou o equipamento completo e foi até lá no veículo tático. Quando chegou, Beauvoir já mal conseguia ficar de pé. Eu me certifiquei de que algumas evidências acabassem em um saquinho no bolso dele, com os meus cumprimentos.

– Não preciso dos detalhes – disse Francoeur.

– Perdão, senhor.

Tessier sabia que não era que Francoeur fosse sensível. Ele apenas não se importava. Só se importava que a coisa fosse feita. Os detalhes, deixava para os subordinados.

– Eu quero que ele seja enviado para outra batida.

– Outra?

– Você tem algum problema com isso, inspetor?

– Na minha opinião, é uma perda de tempo, senhor. Beauvoir está acabado. Ele já está à beira do precipício, com um dos pés pendurado no ar. Só não caiu ainda. Mas vai cair. Não tem volta para ele, nem nada para onde voltar. Ele perdeu tudo e sabe disso. Outra batida é desnecessária.

– É mesmo? Você acha que isso tudo tem a ver com Beauvoir?

A calma deveria tê-lo alertado. O leve sorriso com certeza deveria. Mas o inspetor Tessier havia desviado os olhos do rosto de Francoeur.

– Eu entendo que gira em torno do inspetor-chefe Gamache.

– Entende?

– Mas o senhor viu, aqui...

Tessier se inclinou para a frente e apontou para a tela do computador. Ele não percebeu que os olhos do superintendente não saíram do rosto dele. Não vacilaram. Mal piscaram.

– O relatório do psicólogo, Dr. Fleury. Gamache está tão transtornado que foi ver o homem hoje. Em um sábado.

Tarde demais, ele se voltou para aqueles olhos glaciais.

– A gente pegou isto no computador do Dr. Fleury, no fim da tarde de hoje.

Ele esperou algum indício de aprovação. Um leve degelo. Um sinal de vida. Mas só encontrou aquele olhar de morte.

– Ele afirma que Gamache está totalmente fora de controle. Delirante, até. O senhor não vê?

E, ainda enquanto falava, ele quis se matar. E talvez fizesse isso mesmo. Francoeur via tudo, dez passos à frente de todos os outros. E era por isso que eles estavam à beira do sucesso.

Eles haviam encontrado alguns contratempos. A batida na fábrica fora um deles. A descoberta do plano da barragem. Gamache de novo.

Mas era isso que tornava aquele relatório ainda mais especial. O superintendente deveria estar satisfeito. Então por que o olhava daquele jeito? Tessier sentiu o sangue gelar, engrossar, e seu coração trabalhar.

– Se Gamache tentar ir a público, podemos vazar o relatório do próprio terapeuta dele. Aí a credibilidade dele vai pras cucuias. Ninguém vai acreditar em um homem que... – continuou Tessier, examinando o relatório, desesperado para encontrar a frase perfeita, que encontrou e leu: – "... está sofrendo de mania de perseguição. Enxergando conspirações e tramas".

Tessier rolou o documento para baixo, lendo rápido. Tentando criar um muro de palavras tranquilizadoras entre ele e Francoeur.

– "O inspetor-chefe Gamache não é só um homem fragilizado" – leu ele –, "mas despedaçado. Quando eu voltar do recesso de Natal, vou recomendar que ele seja dispensado do serviço."

Tessier olhou para cima e encontrou, de novo, os olhos árticos. Nada havia mudado. Aquelas palavras, se tinham penetrado, só haviam encontrado mais gelo. Ainda mais frio. Mais antigo. Infinito.

– Ele está isolado – insistiu Tessier. – A inspetora Lacoste foi a única que sobrou dos investigadores originais. O resto ou se transferiu por conta própria, ou foi transferido pelo senhor. Até a última aliada sênior dele, a superintendente Brunel, abandonou o inspetor-chefe. Ela também acha que ele está delirando. A gente tem as gravações da sala dela. E Gamache se refere a isso aqui.

Mais uma vez, Tessier correu o relatório do terapeuta.

– Está vendo? Ele admite que eles partiram para Vancouver.

– Eles podem até ter ido, mas chegaram perto demais – disse Francoeur, afinal. – Parece que o marido dela é mais do que um hacker de fim de semana. Ele quase descobriu.

A voz dele era casual, contrastando com o olhar glacial.

– Mas não descobriu – frisou Tessier, ansioso para tranquilizar o chefe. – E ficou assustado pra caramba. Brunel desligou o computador. Não ligou de novo desde então.

– Ele viu coisas demais.

– Ele não faz ideia do que viu, senhor. Não vai conseguir juntar as peças.

– Mas Gamache vai.

Foi a vez de Tessier sorrir.

– Mas o Dr. Brunel não contou para ele. E, agora, ele e a superintendente estão em Vancouver, o mais longe possível de Gamache. Eles abandonaram o inspetor-chefe. Ele está sozinho. Ele admitiu isso para o terapeuta.

– Onde ele está?

– Investigando o assassinato da quíntupla. Passa a maior parte do tempo em um vilarejo minúsculo em Townships e, quando não está lá, acaba distraído com Beauvoir. É tarde demais. Ele não tem como impedir isso agora. Fora que sequer sabe o que está acontecendo.

O superintendente Francoeur se levantou. Devagar. Deliberadamente. E deu a volta na mesa. Tessier se remexeu na cadeira e ficou de pé, então recuou, recuou, até sentir a estante de livros contra o corpo.

Francoeur parou a milímetros de seu braço direito, o segundo em comando, sem tirar os olhos dele.

– Você sabe o que está em jogo?

O homem mais jovem anuiu.

– Você sabe o que vai acontecer se a gente conseguir?

De novo, Tessier assentiu.

– E sabe o que vai acontecer se a gente não conseguir?

Nunca ocorrera a Tessier que eles pudessem falhar, mas agora ele pensava sobre a possibilidade e compreendia o que ela significaria.

– O senhor quer que eu dê um jeito no Gamache?

– Ainda não. Isso levantaria muitas perguntas. Você precisa se certificar de que o Dr. Brunel e Gamache não cheguem a mil quilômetros um do outro. Entendido?

– Sim, senhor.

– Se te parecer que Gamache está chegando perto, você precisa distrair o homem. Isso não deve ser difícil.

Enquanto caminhava até o carro, Tessier soube que Francoeur estava certo. Não seria difícil. Bastava um empurrãozinho para que Jean Guy Beauvoir caísse. E aterrissasse em cima do inspetor-chefe.

VINTE E TRÊS

Jérôme e Thérèse contornaram a praça com Henri. Para uma segunda volta. Em meio a uma conversa profunda. Estava um frio dos diabos, mas eles precisavam de ar fresco.

– Então Armand investigou o que a anciã cri contou para ele – disse Jérôme. – E descobriu que ela estava falando a verdade. E o que ele fez?

– Ele se certificou de que tinha um caso consistente, depois levou a prova ao conselho.

Aquele era o conselho dos superintendentes, Jérôme sabia. A liderança da Sûreté. Thérèse fazia parte dele agora, mas, na época, era uma agente subalterna, uma nova recruta. Alheia ao terremoto que estava prestes a chacoalhar tudo o que a Sûreté considerava estável.

Serviço, Integridade e Justiça. O lema da Sûreté.

– Ele sabia que seria quase impossível convencer os superintendentes e que, mesmo que conseguisse, eles iam querer proteger Arnot e a reputação da força. Armand se aproximou de dois membros do conselho que achou que seriam simpáticos à causa. Um foi; o outro, não. E ele precisou agir. Ele pediu uma reunião com o conselho. Àquela altura, Arnot e alguns outros já suspeitavam do que se tratava. A princípio, eles recusaram.

– O que fez com que eles mudassem de ideia? – perguntou Jérôme.

– Armand ameaçou ir a público.

– Você está brincando.

Mas, mesmo ao dizer aquilo, Jérôme sabia que fazia sentido. É claro que Gamache iria a público. Ele havia descoberto algo tão terrível, tão condenatório, que já não acreditava dever lealdade à liderança da Sûreté. Sua lealdade era ao Quebec, e não a um bando de velhos em volta de uma mesa polida olhando para o próprio reflexo ao tomar as decisões.

– O que aconteceu na reunião? – perguntou Jérôme.

– Arnot e a equipe imediata dele, aqueles contra quem Armand tinha mais provas, concordaram em renunciar. Eles se aposentariam, a Sûreté deixaria o território cri e todos seguiriam com suas vidas.

– Armand venceu – disse Jérôme.

– Não. Ele exigiu mais.

Os pés deles esmagavam a neve enquanto completavam seu lento circuito à luz das três grandes árvores.

– Mais?

– Ele disse que não era o suficiente. Nem perto disso. Armand exigiu que Arnot e os outros fossem presos e acusados de assassinato. Ele argumentou que os jovens cris que tinham morrido mereciam isso. Que os pais, entes queridos e a comunidade deles mereciam respostas e um pedido de desculpas. E um compromisso de que isso nunca mais ia acontecer. Com relutância, o conselho concordou, depois de um amargo debate. Eles não tinham escolha. Armand tinha todas as provas. Eles sabiam que aquilo arruinaria a Sûreté quando se tornasse público, quando o próprio chefe da força fosse julgado por assassinato.

Aquele fora o caso Arnot.

Jérôme, como o resto do Quebec, o acompanhara. Em muitos sentidos, fora assim que ele conhecera Gamache. Ao vê-lo no noticiário, entrando dia após dia no tribunal, sozinho. Cercado pela mídia. Respondendo a perguntas indelicadas com delicadeza.

Testemunhando contra os próprios irmãos de armas. Claramente. Minuciosamente. Ressaltando os fatos com sua voz razoável e compassiva.

– E tem mais – disse Thérèse, em voz baixa. – O que não saiu nos jornais.

– Mais?

– Posso fazer um chá para a senhora? – perguntou Gamache a Ruth.

Mais uma vez, eles estavam na pequena cozinha da poeta. Ruth tinha colocado Rosa na cama e tirado o sobretudo de lã, mas não se oferecera para pendurar o impermeável de Gamache.

Ele tinha encontrado um saco de chá preto *Lapsang souchong* solto e o erguia no ar. Ruth estreitou os olhos ao olhar para a embalagem.

– Isso aí é chá? Bom, explica algumas coisas...

Gamache pôs a chaleira para ferver.

– A senhora tem um bule?

– Eu pensei que fosse outra erva... – disse Ruth, meneando a cabeça para o saquinho ziplock.

Gamache a encarou por um instante antes de entender.

– Um bule. A senhora teria?

– Ah, tenho, sim. Bem ali.

Gamache pôs água quente no bule e o girou antes de despejá-la. Ruth se esparramou em uma cadeira e o observou colocar uma colherada de chá preto no bule lascado e manchado.

– Bom, está na hora de largar seu albatroz – disse Ruth.

– Isso é um eufemismo? – perguntou Gamache, e ouviu Ruth rir, bufando.

Ele derramou a água recém-fervida no chá e colocou a tampa. Então se juntou a ela na mesa.

– Cadê o Beauvoir? – perguntou Ruth. – E não me vem com essa lorota de que ele está em outro caso. O que aconteceu?

– Eu não posso dar detalhes – disse Gamache. – A história não é minha para eu contar.

– Então por que você veio aqui hoje à noite?

– Porque eu sabia que a senhora estava preocupada. E que também ama Jean Guy.

– Ele está bem?

Gamache balançou a cabeça.

– Posso servir, monsieur? – perguntou Ruth, e Gamache sorriu enquanto ela derramava o chá.

Eles ficaram sentados em silêncio, bebendo o chá. Então ele contou a ela o que podia sobre Jean Guy. E sentiu seu fardo ficar mais leve.

Os Brunels caminhavam em silêncio, exceto pelo som ritmado das botas mastigando a neve. O que antes parecia irritante, um barulho interrompendo a quietude, agora soava tranquilizador, reconfortante até. Uma presença humana naquele conto de desumanidade.

– O conselho da Sûreté votou por não prender Pierre Arnot e os outros imediatamente – disse Thérèse –, para dar a eles alguns dias para resolver todas as pendências.

Jérôme pensou sobre aquilo por um instante. Sobre o uso daquelas palavras específicas.

– Você quer dizer...?

Thérèse não falou nada, forçando-o a falar.

– ... para eles se matarem?

– Armand foi veementemente contra, mas o conselho votou e até Arnot viu que era a única saída. Uma bala rápida na cabeça. Os homens iriam até um acampamento remoto de caça. O corpo deles e as confissões seriam encontrados depois.

– Mas... – disse Jérôme, mais uma vez sem palavras, tentando conter os pensamentos acelerados. – Mas teve um julgamento. Eu vi. Aquele era Arnot, não era?

– Era.

– O que aconteceu, então?

– Armand desobedeceu às ordens. Ele foi até o acampamento e prendeu os homens. Levou todos algemados de volta para Montreal e preencheu os papéis ele mesmo. Várias acusações de assassinato em primeiro grau.

Thérèse parou. Jérôme parou. O mastigar reconfortante da neve parou.

– Meu Deus – murmurou Jérôme. – Não me admira que a liderança odeie Gamache.

– Mas os recrutas e agentes o adoram – disse Thérèse. – Em vez de cobrir o serviço de vergonha, o julgamento provou que, embora exista corrupção, também existe justiça. A corrupção dentro da Sûreté chocou o público. Ou, pelo menos, o grau dela. Mas o que também surpreendeu as pessoas foi o grau de decência da força. Enquanto a liderança apoiava Arnot a portas fechadas, o corpo da Sûreté ficou do lado do inspetor-chefe. E a opinião pública com certeza também.

– Serviço, Integridade e Justiça – citou Jérôme.

Era o lema que Thérèse tinha em sua mesa em casa. Ela também acreditava nele.

– *Oui*. De repente, isso se tornou mais do que meras palavras para os recrutas e agentes. A única pergunta que ficou sem resposta foi por que o superintendente Arnot fez isso – contou Thérèse.

– Arnot não disse nada? – perguntou Jérôme, olhando para os pés, sem ousar encarar a esposa.

– Ele se recusou a testemunhar. Declarou inocência durante todo o julgamento. Disse que aquilo era um golpe, um linchamento promovido por um inspetor-chefe corrupto e sedento por poder.

– Ele nunca se explicou?

– Disse que não tinha nada para explicar.

– Onde ele está agora?

– No RDD. Regime Disciplinar Diferenciado, na penitenciária de segurança máxima. É onde os piores infratores são mantidos.

– Faz sentido – concordou Jérôme. – E Francoeur?

– Ele...

Thérèse Brunel começou a responder, mas parou. Eles ouviram outro som. Vindo na direção deles, a partir da escuridão.

Crunch. Crunch. Crunch.

Nem rápido, nem devagar. Não apressado, mas tampouco relaxado.

Eles pararam, dois idosos congelados no lugar. Jérôme endireitou a postura até sua altura máxima. Olhou para o meio da noite e tentou não pensar que a mera menção ao nome havia conjurado o homem.

E, ainda assim, os passos se aproximavam. Medidos. Seguros.

– Foi aí que eu cometi o meu erro.

A voz saiu da escuridão.

– Armand! – disse Thérèse com uma risada nervosa.

– Meu Deus – disse Jérôme. – A gente quase precisou pegar um saquinho do Henri.

– Desculpa – disse o chefe.

– Como foi com madame Zardo? – perguntou Jérôme.

– A gente conversou um pouco.

– Sobre o quê? – perguntou Thérèse. – O caso Ouellet?

– Não – respondeu ele, e os três, junto com Henri, começaram a voltar para a casa de Émilie Longpré. – Sobre Jean Guy. Ela queria saber o que aconteceu.

Thérèse ficou em silêncio. Era a primeira vez que Armand mencionava o nome, embora ela suspeitasse que o inspetor-chefe pensasse nele quase o tempo todo.

– Eu não podia contar muita coisa, mas senti que devia alguma explicação a ela.

– Por quê?

– Bom, ela e Jean Guy desenvolveram uma aversão particular um pelo outro.

Thérèse sorriu.

– Posso imaginar.

Gamache parou e olhou para os Brunels.

– Vocês estavam discutindo o caso Arnot. Por quê?

Thérèse e Jérôme se entreolharam. Finalmente, Jérôme falou:

– Desculpa, eu devia ter contado isso para vocês imediatamente, mas estava com muito...

Medo, admita. Medo.

– ... medo – disse ele. – Na minha última busca, eu me deparei com o nome dele. Estava em um arquivo muito bem escondido.

– Sobre os assassinatos no território cri? – perguntou Gamache.

– Não. Um arquivo mais recente.

– E você não disse nada? – disse Gamache, a voz limpa, calma e escura como a noite.

– Eu encontrei o nome dele logo antes de a gente vir para cá. Pensei que tivesse acabado. Que nós íamos ficar aqui por um tempo, fora do radar, para que Francoeur e os outros soubessem que não éramos uma ameaça.

– E depois o quê? – perguntou Gamache.

Ele não estava com raiva. Só curioso. Solidário, até. Quantas vezes havia desejado a mesma coisa? Oferecer sua carta de demissão e ir embora. Ele e Reine-Marie encontrariam um lugarzinho em Saint-Paul-de-Vence, na França. Bem longe do Quebec. De Francoeur.

Com certeza, ele já tinha feito o suficiente. Com certeza, Reine-Marie também.

Com certeza, era a vez de outra pessoa cuidar disso.

Só que não era. Ainda era a vez dele.

E ele tinha envolvido os Brunels. E nem eles, nem ele, podiam largar esse fardo agora.

– Foi o sonho de um tolo – admitiu Jérôme, cansado. – Pura ilusão.

– O que os arquivos diziam sobre Pierre Arnot? – perguntou Gamache.

– Eu não tive a chance de ler.

Mesmo no escuro, Jérôme podia sentir que Gamache o examinava.

– E Francoeur? – perguntou o chefe. – Ele foi mencionado?

– Só sugestões – disse Jérôme. – Se eu conseguir ficar on-line de novo, vou poder olhar mais a fundo.

Gamache meneou a cabeça para a rua. Um veículo circulou a praça devagar, depois parou bem na frente deles. Era uma surrada caminhonete Chevy, com pneus de inverno baratos e muita ferrugem. A porta rangeu quando se abriu, e o motorista saiu. Homem ou mulher, era impossível dizer.

Henri, que quase nunca fazia barulho, emitiu um rosnado baixo.

– Espero que isso vá valer a pena – disse a voz.

Feminina. Petulante. Jovem.

Thérèse Brunel se voltou para Gamache.

– Você não fez isso – murmurou ela.

– Eu precisei fazer, Thérèse.

– Você podia ter simplesmente enfiado uma arma na nossa boca – disse ela. – Teria sido menos doloroso.

Ela agarrou o braço do chefe, puxou-o alguns passos para longe da caminhonete e sussurrou com urgência perto do rosto dele:

– Você sabe que ela é uma das suspeitas de trabalhar com Francoeur e de vazar o vídeo da batida? Ela estava na posição perfeita. Tinha o acesso, o conhecimento e a personalidade para fazer isso. – Thérèse disparou o olhar para a figura que formava um buraco escuro nas alegres luzes de Natal. – Ela quase com certeza trabalha com Francoeur. O que você fez, Armand?

– Foi um risco que eu tive que correr – insistiu ele. – Se ela estiver trabalhando com Francoeur, a gente está perdido, mas estaria de qualquer jeito. Ela pode até ser uma das únicas pessoas que poderia vazar o vídeo, mas também é uma das únicas que pode colocar a gente de volta on-line.

Os dois oficiais seniores da Sûreté se olhavam com irritação.

– Você sabe disso, Thérèse – disse Gamache, com urgência. – Eu não tinha escolha.

– Você tinha escolha, sim, Armand – sibilou Thérèse. – Para começar, devia ter me consultado. Consultado a gente. A gente!

– Você não trabalhou com ela, eu sim – disse Gamache.

– E você entende as pessoas muito bem, não é? É isso, Armand? É por isso que Jean Guy está onde está? Foi por isso que a sua divisão te abandonou? É por isso que você está se escondendo aqui, e a nossa única esperança é uma das suas ex-agentes, e você nem sequer sabe se ela é leal ou não?

O silêncio encontrou aquelas palavras. O silêncio e uma longa, longa expiração do que parecia vapor d'água.

– Com licença – disse ele por fim, e, passando por Thérèse Brunel, foi até a rua.

– Posso ajudar? – perguntou Jérôme um tanto sem jeito.

Ele tinha ouvido o que Thérèse dissera. E suspeitava que aquela jovem também.

– Vai lá para dentro, Jérôme – disse Gamache. – Eu cuido disso.

– Ela não estava falando sério, sabe?

– Estava, sim – disse Gamache. – E ela tem razão.

Quando os Brunels entraram, ele se voltou para a recém-chegada.

– Você ouviu isso?

– Ouvi. Paranoica pra cacete.

– Não use esse tipo de linguagem comigo, agente Nichol. Você vai me respeitar, e aos Brunels.

– Então essa aí é a superintendente Brunel? – disse ela, perscrutando a noite. – Eu não consegui identificar. Companhia animadinha. Ela não gosta de mim.

– Ela não confia em você.

– E o senhor?

– Eu te pedi para vir até aqui, não foi?

– É, mas o senhor não teve escolha.

Estava escuro demais para ver o rosto dela, mas Gamache tinha certeza de que havia um sorriso de escárnio ali. E se perguntou qual era a dimensão do erro que talvez tivesse cometido.

VINTE E QUATRO

Na manhã seguinte, os quatro trabalharam para instalar o equipamento que a agente Yvette Nichol havia trazido de Montreal. Eles o carregaram montanha acima, da casa de Émilie até a antiga escola.

Olivier havia dado a chave a Gamache sem fazer perguntas. E Gamache não tinha oferecido explicações. Quando ele destrancou a porta, uma lufada de ar viciado o encontrou, como se a escola de um cômodo só estivesse prendendo a respiração havia anos. O lugar estava empoeirado e ainda cheirava a giz e livros didáticos. Fazia um frio danado lá dentro. Um fogão a lenha preto e redondo ficava no meio da sala, e as paredes estavam forradas com mapas e tabelas. Matemática, ciências, ortografia. Um amplo quadro-negro dominava a frente da sala, acima da mesa dos professores.

A maioria das carteiras dos alunos tinha sido removida, mas ainda havia algumas mesas contra a parede.

Gamache avaliou o espaço e assentiu. Iria servir.

Gilles apareceu e os ajudou a carregar cabos, terminais, monitores e teclados.

– Isto aqui é bem antigo – comentou ele. – Tem certeza que ainda funciona?

– Funciona – retrucou Nichol, e observou o homem grisalho. – Eu sei quem você é. A gente se conheceu quando eu vim aqui da última vez. Você fala com as árvores.

– Ele fala com as árvores? – murmurou Thérèse para Gamache quando ele passou carregando uma caixa de equipamentos. – Agora já são dois, inspetor-chefe. Quem vai ser o próximo? Hannibal Lecter?

Uma hora depois, todo o equipamento tinha sido levado da casa de Émilie para a antiga escola. A agente Nichol acabou se provando mais prestativa que qualquer um poderia esperar, principalmente Gamache. O que só aumentou o desconforto dele. Ela só questionou as ordens uma única vez.

– Sério? – perguntara ela, voltando-se para ele quando o inspetor-chefe dissera o que eles precisavam fazer. – Esse é o plano de vocês?

– Você tem algum melhor, agente Nichol?

– Instalar tudo na casa de Émilie Longpré. Bem mais conveniente.

– Para você, sim – explicou Gamache. – Mas quanto menor a distância que os cabos tiverem que percorrer, melhor. Você sabe disso.

Com relutância, ela admitira que era um bom ponto.

Ele não contara a ela a outra razão. Se eles fossem descobertos, se o sinal deles fosse rastreado, se Francoeur, Tessier e os outros aparecessem no topo da colina, ele queria que o alvo fosse a escola abandonada. Não uma casa no meio de Three Pines. A escola não ficava muito longe, mas talvez fosse o suficiente.

Se aquilo desse certo, seria decidido, suspeitava ele, por instantes e milímetros.

– O senhor sabe que isso provavelmente não vai funcionar – disse Nichol, enquanto engatinhava para debaixo da velha mesa dos professores.

A escola tinha sido desativada havia anos. As crianças de Three Pines já não podiam ir caminhando e almoçar em casa. Agora iam de ônibus para St. Rémi todos os dias. Assim era o progresso.

Depois que todo o equipamento já estava lá, Gilles os deixou. Através da janela suja da escola, Gamache observou o lenhador de barba ruiva carregar as raquetes de neve colina acima para fora do vilarejo, em busca do esconderijo de caça. Fazia muito tempo que nem Gilles nem Gamache iam até lá, e o inspetor-chefe torcia e rezava para que ele ainda estivesse de pé.

Um tilintar de metal contra metal chamou a atenção dele, e Gamache se virou para fitar a sala. A superintendente Brunel estava alimentando o fogão a lenha com jornais velhos e gravetos, tentando acendê-lo. Porque a escola parecia um freezer.

Enquanto a agente Nichol e Jérôme Brunel trabalhavam para conectar o equipamento, o inspetor-chefe Gamache foi até um dos mapas do Quebec pregados na parede e sorriu. Alguém tinha acrescentado um pontinho minúsculo ao sul de Montreal. Logo ao norte de Vermont. Ao lado do sinuoso rio Bella Bella. Escrita ali, em letras pequeninas e perfeitas, estava uma palavra. *Casa*.

Aquele era o único mapa do mundo que mostrava o vilarejo de Three Pines.

Agora, a superintendente Brunel alimentava o fogão com lenha cortada em quatro partes. Gamache ouviu o crepitar e estalar da madeira há muito tempo seca e sentiu o aroma levemente doce da fumaça. Se Thérèse Brunel tomasse conta do fogo, o fogão irradiaria calor, e eles poderiam tirar os casacos, gorros e luvas. Mas ainda não. O inverno havia se apossado do edifício e não seria facilmente despejado.

Gamache foi até Thérèse.

– Posso ajudar?

Ela enfiou outro pedaço de lenha lá dentro e o atiçou enquanto as brasas voavam.

– Você está bem? – perguntou ele.

Ela tirou os olhos do fogão e lançou um olhar de censura para o espaço. Jérôme estava sentado à mesa, organizando um monte de monitores e caixas finas de metal. A bunda da agente Nichol podia ser vista debaixo da mesa, enquanto ela fazia as conexões.

Os olhos dela se voltaram rápido para Gamache.

– Não, eu não estou bem. Isso é uma loucura, Armand – disse Thérèse, baixinho. – Mesmo que não trabalhe para Francoeur, ela é instável. Você sabe disso. Ela mente, manipula. Ela trabalhava para você e foi demitida.

– Eu transferi Nichol para aquele porão.

– Pois devia ter demitido.

– Pelo quê? Por ser arrogante e grossa? Se isso fosse uma ofensa passível de demissão, não sobraria quase nenhum agente na Sûreté. Sim, Nichol é osso duro de roer, mas olhe só para ela.

Ambos olharam para a frente. Tudo o que conseguiram ver foi a bunda da agente no ar, como a de um terrier enterrando um osso.

– Bom, talvez não seja a melhor hora para emitir um julgamento – disse Gamache com um sorriso, mas Thérèse não achou a menor graça. – Eu coloquei Nichol no porão, monitorando as comunicações, porque queria que ela aprendesse a escutar.

– E deu certo?

– Não perfeitamente – admitiu ele. – Mas outra coisa aconteceu.

Ele voltou a observar a agente Nichol. Agora, ela estava sentada, de pernas cruzadas, debaixo da mesa, dissecando cuidadosamente uma maçaroca de cabos. Desgrenhada, desarrumada, com roupas mal ajustadas. O suéter estava apertado demais e cheio de bolinhas, a calça jeans vestia mal no corpo da jovem e o cabelo tinha uma aparência ligeiramente oleosa. Mas o foco dela era intenso.

– Nas horas e horas em que ela ficou ali sentada, ouvindo, a agente Nichol descobriu um talento para a comunicação – continuou Gamache. – Não verbal, mas eletrônica. Ela passou horas e horas refinando técnicas para coletar informações.

– Espionando – corrigiu Thérèse, refinando o significado das palavras dele. – Hackeando. Você sabe que está oferecendo um argumento para nossas suspeitas de que ela trabalha com Francoeur.

– *Oui* – disse ele. – Veremos. A Divisão de Crimes Cibernéticos suspeitou dela, sabia?

– O que aconteceu?

– Eles a rejeitaram por ser instável demais. Eu não acredito que Francoeur trabalharia com alguém que não pudesse controlar.

– Aí você achou melhor trazê-la para cá?

– Não como uma companhia espirituosa, mas por causa disso.

Ele apontou um pedaço de madeira na direção de Nichol, e a superintendente Brunel o seguiu. E viu, de novo, a desajeitada jovem agente sentada debaixo da mesa. Silenciosa e atentamente, transformando o caos de cabos e caixas em conexões organizadas.

Thérèse se voltou para Gamache, os olhos implacáveis.

– A agente Nichol pode até ser boa no trabalho dela, mas a pergunta que eu tenho, e que você parece não ter feito a si mesmo, é: qual é o trabalho dela? O verdadeiro trabalho dela?

O inspetor-chefe não tinha uma resposta para isso.

– Nós dois sabemos que ela provavelmente trabalha para Francoeur. Ele deu a ordem e ela executou. Encontrou o vídeo, editou e lançou na rede. Para te machucar. Você não é amado por todo mundo, sabia?

Gamache aquiesceu.

– Estou começando a achar isso.

De novo, Thérèse não sorriu.

– As mesmas qualidades que você vê nela, Francoeur também vê. Com uma exceção.

A superintendente Brunel se inclinou ainda mais para o inspetor-chefe e baixou a voz. Ele sentiu o perfume de sua *eau de toilette*, além do leve aroma de menta em seu hálito.

– Ele sabe que ela é uma sociopata. Não tem consciência. Ela é capaz de fazer qualquer coisa que considere divertido. Ou machuque outra pessoa. Principalmente você. Sylvain Francoeur enxerga isso. Cultiva isso. Usa isso. E o que você vê?

Ambos olharam para a jovem pálida, que sustentava um cabo no ar com basicamente a mesma expressão de Ruth na noite anterior, quando estava olhando a chama do fósforo.

– Você vê mais uma alma a ser salva. Você tomou a sua decisão, trouxe ela aqui, sem consultar a gente. Unilateralmente. Sua arrogância muito provavelmente nos custou...

Thérèse Brunel não terminou a frase. Não era necessário. Ambos sabiam qual poderia ser o preço.

Ela fechou a tampa de ferro forjado do fogão com tanta força que o barulho fez Yvette Nichol pular e bater a cabeça na parte de baixo da mesa.

Uma explosão de palavrões surgiu por debaixo da mesa dos professores, uma linguagem que aquela escolinha provavelmente nunca ouvira antes.

Mas Thérèse não escutou. Nem Gamache. A superintendente havia saído do pequeno edifício, batendo a porta na cara dele. Gamache a seguia.

– Thérèse! – chamou ele, alcançando-a na metade do caminho de entrada. – Espere.

Ela parou, mas ficou de costas para ele. Sem conseguir encará-lo.

– Juro por Deus, Armand, que, se eu pudesse, te demitiria.

Ela se virou e ele nunca vira mais raiva em seu rosto.

– Você é arrogante, egoísta. Acha que tem uma percepção especial da condição humana, mas é tão cheio de falhas quanto o resto de nós. E olha só o que você fez.

– Desculpa, Thérèse, eu devia ter consultado você e Jérôme.

– E por que não fez isso?

Ele pensou por um instante.

– Porque tive medo de que vocês não deixassem.

Ela o encarou, ainda brava, mas pega de surpresa pela franqueza dele.

– Eu sei que a agente Nichol é instável – continuou ele. – Sei que ela pode estar trabalhando com Francoeur e talvez tenha vazado o vídeo.

– Meu Deus, Armand, você escuta o que está dizendo? *Eu sei, eu sei, eu sei.*

– O que eu estou tentando dizer é que não tínhamos escolha. Ela pode estar trabalhando para ele, mas, se não estiver, é a nossa única esperança. Ninguém vai dar pela falta dela. Ninguém nunca desce até aquele porão. Sim, ela é emocionalmente atrofiada, é grossa e insubordinada, mas também é excepcional no que faz. Encontrar informações. Ela e Jérôme vão formar um time incrível.

– Se ela não nos matar.

– *Oui.*

– E você achou que, se explicasse, Jérôme e eu seríamos estúpidos o suficiente para chegar à mesma conclusão?

Ele a encarou.

– Desculpa. Eu devia ter contado para vocês.

Os olhos afiados de Gamache olharam em volta, depois se voltaram para a estrada que saía do vilarejo. Thérèse os seguiu.

– Se ela estiver trabalhando com Francoeur – disse ela –, ele está a caminho. Ela contou para ele que nós estamos juntos e o que estamos fazendo. E contou onde nos encontrar. Se não fez isso ainda, vai fazer.

Gamache anuiu e continuou observando o topo da colina, meio que esperando um bando de veículos pretos parar lá em cima, como estrume na neve branca.

Mas nada aconteceu. Pelo menos, ainda não.

– Nós temos que presumir o pior. Que ele agora sabe que eu e Jérôme não estamos em Vancouver – disse Thérèse. – Que não viramos as costas para você – prosseguiu ela, olhando para ele como se agora desejasse ter feito isso. – E que estamos todos aqui em Three Pines e ainda tentando reunir informações sobre ele.

Ela se voltou para Gamache e o examinou.

– Como podemos confiar em você, Armand? Como vamos saber que você não vai fazer outra coisa sem nos consultar?

– E eu sou o único aqui que está escondendo informações? – retrucou Gamache, mais irritado do que ele próprio esperava. – Pierre Arnot.

Ele cuspiu o nome nela.

– O que é mais condenatório? Mais perigoso? – perguntou ele. – Uma agente que pode ou não estar trabalhando com Francoeur ou um assassino em massa? Um matador psicopata que conhece o funcionamento da Sûreté melhor do que qualquer outra pessoa? Arnot está envolvido nisso tudo de alguma forma?

Ele olhava feio para ela, e as bochechas de Thérèse coraram. Ela assentiu de leve.

– Jérôme acha que sim. Ele ainda não sabe como, mas se eles conseguirem fazer essa coisa funcionar, vai descobrir.

– E por quanto tempo ele escondeu esse nome de você? De mim? Você não acha que teria sido útil saber?

Ele estava erguendo a voz e lutou para baixá-la, para se controlar.

– *Oui* – respondeu Thérèse. – Teria sido útil.

Gamache assentiu de leve.

– Está feito agora. O erro dele não justifica o meu. Eu agi mal. Prometo consultar você e Jérôme no futuro – declarou ele, e estendeu a mão enluvada para ela. – Não podemos nos voltar uns contra os outros.

Ela o encarou. Então apertou a mão dele. Mas não retribuiu o leve sorriso do chefe.

– Por que você não prendeu Francoeur junto com Arnot e os outros? – perguntou ela, soltando a mão dele.

– Eu não tinha provas suficientes. Tentei, mas era tudo insinuação. Ele era o braço direito do Arnot. Era inconcebível que Francoeur não estivesse envolvido na matança do povo cri ou pelo menos não soubesse sobre ela. Mas eu não consegui encontrar uma ligação direta.

– Mas encontrou uma ligação com o superintendente Arnot? – perguntou Thérèse.

Ela tocou em um ponto que há tempos incomodava o inspetor-chefe. Como ele pudera encontrar evidências incriminatórias e diretas contra o superintendente, mas não contra seu braço direito?

Aquilo o havia preocupado na época. E o preocupava agora. Ainda mais.

Sugeria que ele não só havia deixado parte daquela podridão escapar, mas também a fonte dela.

Sugeria que alguém tinha protegido Sylvain Francoeur. Encoberto o homem. E não havia encoberto Arnot. Alguém tinha atirado Arnot aos lobos.

Seria possível?

– *Oui* – disse ele. – Foi difícil encontrar, mas a evidência ligando Arnot aos assassinatos estava lá.

– Ele sempre alegou inocência, Armand. Você não acha...

– Que ele pode ser realmente inocente? – perguntou Gamache, balançando a cabeça. – Não. Sem chance.

Mas, pensou Gamache com seus botões, talvez Pierre Arnot não fosse tão culpado quanto ele havia pensado. Ou talvez houvesse alguém que carregasse mais culpa ainda. Alguém ainda livre.

– Por que o superintendente Arnot fez aquilo? – perguntou Thérèse. – Isso nunca foi revelado no tribunal, nem em nenhum dos documentos confidenciais. Ele parecia respeitar, até admirar o povo cri no início da carreira. Daí, trinta anos depois, está envolvido no assassinato deles. Aparentemente, sem nenhuma razão.

– Bom, ele não cometeu os assassinatos em si, como você sabe – disse Gamache. – Ele criou um clima em que o uso de força letal era encorajado. Recompensado até.

– Ele fez mais do que isso, como a sua própria investigação comprovou – argumentou Thérèse. – Existiam documentos mostrando que ele encorajou os assassinatos e até ordenou alguns. Isso era irrefutável. O que nunca ficou claro foi por que um oficial sênior e aparentemente excelente faria uma coisa dessas.

– Você está certa – concordou Gamache. – Segundo as evidências, os jovens mortos não eram sequer criminosos. Aliás, era o oposto. A maioria não tinha antecedentes criminais.

Em um lugar com tantos crimes, por que matar aqueles que não tinham feito nada errado?

– Eu preciso fazer uma visita ao Arnot – disse ele.

– No RDD? Você não pode fazer isso. Eles vão saber que nós encontramos o nome dele nas buscas – disse ela, depois o examinou atentamente. – Isso é uma ordem, inspetor-chefe. Você não vai. Entendeu?

– Entendi. E não vou.

Ainda assim, ela tentou decifrar aquele rosto familiar. Aquele rosto desgastado. Por trás dos olhos dele, Thérèse pressentiu alguma atividade. Assim como seu marido e aquela preocupante jovem agente se ocupavam em tentar estabelecer conexões, ela podia ver Armand Gamache fazendo a mesma coisa. Dentro da própria cabeça. Vasculhando velhos arquivos, nomes e acontecimentos. Tentando encontrar uma conexão que havia deixado passar.

Um homem surgiu no topo da colina e acenou.

Era Gilles, e parecia satisfeito.

– AQUI ESTÁ ELA.

Gilles colocou a mão na casca áspera da árvore. Eles estavam na floresta acima do vilarejo. Ele havia levado raquetes de neve para todos, e agora Thérèse, Jérôme, Nichol e Gamache estavam de pé ao lado dele, afundando apenas alguns centímetros na neve profunda.

– Esta moça não é magnífica?

Eles inclinaram a cabeça para trás, e o gorro de Jérôme caiu quando ele olhou para cima.

– É uma moça? – perguntou Nichol.

Gilles escolheu ignorar o sarcasmo na voz dela.

– Isso – confirmou ele.

– Não quero nem pensar como ele chegou a essa conclusão – comentou Nichol, não exatamente em voz baixa.

Gamache lançou a ela um olhar severo.

– Ela tem pelo menos uns 30 metros de altura. Pinheiro-branco. Muito antigo – continuou Gilles. – Séculos de idade. Existe um no estado de Nova York que eles calculam ter quase 500 anos. Os três pinheiros-brancos do vilarejo podem ter visto os primeiros legalistas chegarem durante a Revolução Americana. E este aqui – disse ele, voltando-se para a árvore, tocando o nariz na casca sarapintada, suas palavras abafadas e quentes contra a árvore – talvez fosse uma muda quando os primeiros europeus apareceram.

O lenhador olhou para eles, com pedacinhos de casca no nariz e na barba.

– Vocês sabem como os aborígenes chamavam o pinheiro-branco?

– Ethel? – sugeriu Nichol.

– A árvore da paz.

– Então o que a gente está fazendo aqui? – perguntou Nichol.

Gilles apontou para cima, e eles olharam de novo. Desta vez, o gorro de Gamache caiu quando ele inclinou a cabeça. Ele o pegou e o bateu na perna para limpá-lo da neve macia.

Ali, pregado a 6 metros de altura na árvore da paz, estava o esconderijo de caça. Criado para a violência. Bambo e enferrujado, como se a árvore o estivesse punindo.

Mas, ainda assim, ali.

– O que a gente pode fazer para ajudar? – perguntou Gamache.

– Vocês podem me ajudar a transportar a antena parabólica lá para cima? – respondeu Gilles.

Gamache empalideceu.

– Acho que a gente tem a resposta para esse pedido – disse Jérôme. – E você não vai trabalhar na instalação.

Gamache balançou a cabeça.

– Então eu sugiro que você e Thérèse saiam do caminho – disse Jérôme.

– Banidos para o bistrô – declarou Gamache e, dessa vez, Thérèse Brunel sorriu.

VINTE E CINCO

Canecas fumegantes de sidra foram colocadas na frente de Thérèse Brunel e do inspetor-chefe.

Clara e uma amiga estavam sentadas perto da lareira e acenaram para eles se aproximarem, mas, após agradecer a Clara pela noite anterior, os oficiais da Sûreté se afastaram para a relativa privacidade das poltronas em frente à janela saliente.

Os mainéis estavam meio congelados, mas ainda dava para ver bem o vilarejo, e os dois olharam para fora por um minuto ou dois em um silêncio ligeiramente constrangedor. Thérèse misturou a sidra com o pauzinho de canela, depois tomou um gole.

Tinha gosto de Natal, patinação e longas tardes de inverno no campo. Ela e Jérôme nunca tomavam sidra em Montreal, e Thérèse se perguntou por quê.

– Vai ficar tudo bem, Armand? – perguntou ela, afinal.

Não havia carência, nem medo em sua voz. Ela era forte, clara. E curiosa.

Ele também misturou a sidra. Ao olhar para cima, sustentou os olhos dela e, mais uma vez, ela se admirou com a qualidade da calma que os dele carregavam. Além de algo mais. Algo que ela notara pela primeira vez naquele anfiteatro lotado anos antes.

Mesmo sentada lá no fundo, ela conseguira ver a bondade naqueles olhos. Uma qualidade que alguns haviam confundido com fraqueza – azar o deles.

Mas não havia só bondade ali. Armand Gamache tinha a personalidade de um atirador de elite. Ele observava, aguardava e mirava com cuidado. Quase nunca atirava, metafórica ou literalmente, mas, quando fazia isso, quase nunca errava.

No entanto, uma década antes, ele havia errado. Tinha acertado Arnot. Mas não Francoeur.

E agora Francoeur havia montado um exército e planejava algo terrível. A questão era: Gamache ainda tinha chance de pegá-lo? E acertaria o alvo desta vez?

– *Oui*, Thérèse – disse ele, sorrindo enquanto rugas profundas se formavam ao redor dos olhos. – "*All shall be well*".

– Juliana de Norwich – disse ela, reconhecendo a frase.

Vai ficar tudo bem.

Através da janela congelada, ele viu Gilles e Nichol carregarem o equipamento colina acima e floresta adentro. A superintendente Brunel voltou o olhar para o companheiro, notando o coldre e a arma no cinto dele. Armand Gamache faria o que fosse necessário. Porém não antes que fosse necessário.

– "Vai ficar tudo bem" – disse ela, depois voltou à sua leitura.

Gamache dera a ela os documentos que tinha encontrado sobre as Quíntuplas Ouellet na pesquisa da Biblioteca Nacional, com o comentário de que uma coisa o vinha perturbando após ver os filmes na noite anterior.

– Só uma coisa? – perguntara Thérèse.

Ela havia assistido ao DVD naquela manhã, em um velho laptop que Nichol trouxera consigo.

– Coitadas daquelas garotas. Houve um tempo em que eu tive inveja delas, sabe? Toda garotinha queria ser ou uma quíntupla ou a jovem princesa Elizabeth.

E, então, eles se acomodaram ali, a superintendente Brunel com o arquivo sobre as garotas e o inspetor-chefe, com o livro sobre o Dr. Bernard. Thérèse largou o dossiê uma hora depois.

– E então? – perguntou Gamache, tirando os óculos de leitura.

– Tem muita coisa aqui condenatória para os pais – declarou ela.

– Aqui também – disse Gamache, pousando a mão grande no livro. – Alguma coisa te chamou atenção?

– Na verdade, sim. A casa.

– Continue.

Pela cara dele, ela viu que era aquilo que o perturbava também.

– Os documentos mostram que Isidore Ouellet vendeu a fazenda da família para o governo pouco depois de as quíntuplas nascerem, com um lucro enorme. Muito acima do valor da propriedade.

– Na verdade, um pagamento pelas garotas – disse o chefe.

– O governo do Quebec colocaria as garotas sob a tutela do Estado, e os Ouellets seguiriam seu caminho alegremente, sem o fardo de bocas que não tinham como alimentar.

Thérèse colocou a pasta de papel pardo na mesa com uma expressão de censura, depois prosseguiu:

– Eles sugerem que os Ouellets eram pobres e ignorantes demais para cuidar das quíntuplas e que os assistentes sociais acabariam tendo que levar as garotas embora de qualquer jeito.

Gamache assentiu. Os documentos não mencionavam que também era o auge da Grande Depressão, uma época em que todas as famílias lutavam para sobreviver. Uma crise econômica que os Ouellets não causaram a si mesmos. E, no entanto, lá estava, de novo, a insinuação de que eles eram os únicos culpados por sua situação deplorável. E que o benevolente governo salvaria a eles e suas filhas.

– Eles estavam fazendo um favor aos Ouellets – disse Gamache. – Comprando o fardo deles. Madame Ouellet tinha parido o bilhete de saída deles da Grande Depressão. O livro do Dr. Bernard diz praticamente a mesma coisa. A linguagem é suavizada, é claro. Ninguém queria ser visto criticando os pais, mas a imagem do agricultor ignorante não era difícil de vender naquela época.

– Só que eles não lucraram nada – continuou Thérèse. – Não de acordo com o filme. Essa *bénédiction paternelle* aconteceu quando as garotas tinham quase 10 anos, e os Ouellets ainda moravam na casa antiga. Eles não tinham vendido o imóvel.

Gamache deu um tapinha com os óculos na pasta de papel pardo.

– Isso é mentira. Os documentos oficiais foram fabricados.

– Para quê?

– Para pintar uma imagem feia dos Ouellets, caso eles decidissem ir a público.

De repente, as cartas de Isidore Ouellet assumiram uma nova forma. O que antes pareceram adulações, exigências e lamúrias eram, ao contrário, simplesmente a verdade.

O governo havia roubado as filhas deles. E os Ouellets as queriam de volta. Sim, eles eram pobres, como afirmara Isidore, mas podiam oferecer às garotas o que precisassem.

Gamache se lembrou da velha fazenda, de Isidore amarrando os patins das filhas e Marie-Harriette, extenuada, entregando um gorro a cada uma.

Mas não qualquer gorro. Ela tinha entregado às filhas seus próprios gorros. Um diferente do outro.

E então, irritada, ela havia atirado um deles para fora da tela. Aquilo chamara a atenção de Gamache. O gesto irritado tinha ofuscado a ternura do instante anterior, quando ela as havia tratado como indivíduos. Tinha tricotado gorros exclusivos para cada uma. Para protegê-las do mundo hostil.

– Você me dá licença?

Ele se levantou e fez uma leve mesura para ela, depois vestiu o casaco e foi ao encontro do dia invernal.

De sua poltrona, Thérèse Brunel o observou caminhar rapidamente pela rua que circulava a praça até a pousada de Gabri. Ele desapareceu lá dentro.

– Claro, chefe – disse a inspetora Lacoste. – Eu estou com ele aqui.

Gamache ouviu o clique das teclas no computador dela. Ele havia ligado para o celular de Lacoste e a encontrara em casa naquele domingo à tarde.

– Vai levar só um instantinho.

A voz dela estava abafada, e ele podia vê-la apertando o telefone entre o ombro e a orelha enquanto digitava no laptop. Tentando encontrar aquela referência obscura.

– Sem pressa.

Ele se sentou na lateral da cama. No que considerava ser "seu" quarto na pousada. E ainda era mesmo. Ele o havia mantido. Estava pago e ele até deixara alguns objetos pessoais espalhados.

Caso alguém fosse atrás dele.

E, sempre que precisava fazer uma ligação para Montreal ou Paris, ia até lá. Se estivesse certo, as chamadas seriam rastreadas. Ele não queria que nada levasse à casa de Émilie Longpré.

– Achei – disse Lacoste, e sua voz voltou a ficar nítida enquanto ela lia.

– No quarto de Marguerite... deixa eu ver... dois pares de luvas de cinco dedos. Algumas luvas grossas com os dedos unidos. Quatro cachecóis de inverno. E, sim, aqui. Dois gorros. Um mais quente e industrializado e um que parece feito à mão.

Gamache se levantou.

– O feito à mão, você pode descrever?

Ele prendeu a respiração. Lacoste não estava olhando para o inventário real, que continuava na casinha. Estava lendo as anotações que havia feito.

– Era vermelho – leu ela – e tinha pinheiros em volta. Tinha uma etiqueta com MM costurada dentro.

– Marie-Marguerite. Mais alguma coisa?

– Sobre o gorro? Desculpa, chefe, é só isso.

– E os outros quartos? Constance e Josephine também tinham gorros feitos à mão?

Houve outra pausa e mais alguns cliques.

– Tinham. O de Josephine era verde com flocos de neve. A etiqueta dentro dele dizia MJ. O de Constance tinha renas...

– E uma etiqueta com MC.

– Como o senhor adivinhou?

Gamache deu uma risadinha. Lacoste continuou descrevendo os dois outros gorros, encontrados no fundo do armário do hall de entrada, com MV e MH costurados.

Tudo registrado.

– Por que isso é importante, chefe?

– Talvez não seja, mas a mãe delas tricotou esses gorros. Parece que foram as únicas coisas que elas guardaram da infância. As únicas lembranças.

Recordações, pensou Gamache, *da mãe delas. De ter uma mãe. E de ser um indivíduo.*

– Tem mais uma coisa, *patron*.

– E o que é?

Ele estava tão concentrado na descoberta que por uma fração de segundo não percebeu o tom sombrio da inspetora. O sinal de alerta antes do impacto. Então começou a se levantar, para encará-lo. Para erguer suas defesas.

Mas chegou tarde demais.

– O inspetor Beauvoir foi enviado para outra batida. O senhor me pegou em casa porque eu estava monitorando a operação. Esta aqui é bem ruim.

O inspetor-chefe sentiu o sangue subir para as bochechas e depois ser drenado delas. A atmosfera ao seu redor pareceu desaparecer, como se, de repente, ele se encontrasse em um tanque de privação sensorial. Todos os seus sentidos pareceram falhar de uma só vez e ele sentiu o corpo como que suspenso. Depois caindo.

Em um instante, ele voltou a respirar e, então, seus sentidos voltaram rapidamente. Agudos. De repente, tudo ficou nítido, alto, brilhante.

– Me conta – disse ele.

Ele se recompôs, se estabilizou. Com exceção da mão direita. Que mantinha fechada, cada vez com mais força.

– Foi de última hora. O próprio Martin Tessier está liderando. Só quatro agentes, pelo que eu consegui entender.

– Qual é o alvo?

A voz dele era curta, dominante. Avaliadora.

– Um laboratório de metanfetamina na Costa Sul. Deve ser em Boucherville, a julgar pela rota que eles tomaram.

Fez-se uma pausa.

– Inspetora? – disse Gamache.

– Desculpa, chefe. Parece ser em Brossard. Mas eles pegaram a ponte Jacques Cartier.

– A ponte não importa – disse ele, irritado. – Quando a batida começou?

– Ainda agora. Eles estão encontrando resistência. Disparos de armas de fogo.

Gamache pressionou o telefone no ouvido, como se isso pudesse aproximá-lo.

– Acabaram de chamar uma ambulância. Os paramédicos estão entrando. Policial ferido.

Acostumada a fazer relatórios, Lacoste tentou falar de um jeito simplesmente factual. E quase conseguiu.

– Policial ferido – repetiu a expressão.

A mesma que ela própria havia gritado, repetidas vezes, quando vira Beauvoir e o chefe serem alvejados. Naquela fábrica.

Policial ferido.

– Meu Deus – ouviu ela pela linha telefônica, e parecia ser mais um apelo que uma blasfêmia.

Gamache viu um movimento com o canto dos olhos e se virou. A agente Nichol estava no batente da porta aberta de seu quarto. Seu perpétuo sorriso sarcástico congelou quando ela viu o rosto dele.

O chefe olhou para ela por um instante, então estendeu a mão e bateu a porta com tanta força que os quadros tremeram nas paredes.

– Chefe? – chamou Lacoste do outro lado da linha. – O senhor está bem? O que foi isso?

Parecia um tiro.

– A porta – respondeu ele, dando as costas para ela.

Por uma fresta em meio às translúcidas cortinas da janela, ele viu uma luz difusa e ouviu tacos de hóquei e risadas. Ele também deu as costas para isso. E se virou para a parede.

– O que está acontecendo?

– Parece estar um caos considerável – reportou ela. – Eu estou tentando entender as comunicações.

Gamache segurou a língua e esperou. Sentindo a raiva aumentar. Sentindo a necessidade quase irreprimível de bater o punho, já fechado, na parede. Batê-lo repetidas vezes, até fazer a parede sangrar.

Em vez disso, ele ficou firme.

Aqueles tolos. Sair para uma batida despreparados.

Gamache sabia qual era o objetivo, o propósito. Era simples e sádico. Desestabilizar Beauvoir e desequilibrar o chefe. Levar os dois ao limite. E, provavelmente, pior que isso.

Policial ferido.

Ele mesmo havia gritado aquela frase ao segurar Jean Guy nos braços. Ao segurar uma bandagem na barriga dele. Para estancar o sangue. Vendo a dor e o pavor nos olhos do jovem. Vendo o sangue cobrir a camisa de Beauvoir. E suas próprias mãos.

E agora Gamache quase conseguia senti-lo de novo, naquele quarto calmo e agradável. O sangue quente e pegajoso nas mãos.

– Desculpa, chefe, todos os canais de comunicação caíram.

Gamache encarou a parede por um instante. Todos os canais de comunicação tinham caído. O que aquilo queria dizer?

Ele tentou não chegar à pior conclusão possível. A de que os canais tinham caído porque todo mundo que poderia se comunicar também tinha.

Não. Ele forçou a mente a afastar aquele pensamento. Agarrar-se aos simples fatos. Ele sabia como uma imaginação desenfreada, movida pelo medo, podia ser catastrófica.

Ele deixou aquela ideia de lado. Havia tempo suficiente para confirmá-la. E o que quer que tivesse acontecido já havia acontecido.

Estava acabado. E não havia nada que ele pudesse fazer.

Ele fechou os olhos e tentou não ver Jean Guy. Não o homem aterrorizado e ferido em seus braços. Não o homem abatido e acabado das últimas semanas. E, com certeza, não o Jean Guy Beauvoir sentado na sala de estar dos Gamaches. Tomando uma cerveja e rindo.

Aquele era o rosto que Gamache mais tentava manter longe.

Ele abriu os olhos.

– Continue monitorando, por favor – disse ele. – Eu vou estar ou no bistrô, ou na livraria.

– Chefe? – perguntou Lacoste, a voz incerta.

– Vai dar tudo certo.

A voz dele estava calma e controlada.

– *Oui*.

Ela não soou completamente convencida, mas pareceu menos insegura.

Vai ficar tudo bem, repetiu ele enquanto caminhava com determinação ao redor da praça.

Mas não estava muito certo disso.

Myrna Landers se sentou no sofá do loft e olhou para a tela da TV.

Congelada ali estava uma garotinha sorridente, seus patins sendo amarrados pelo pai enquanto as irmãs, já prontas, esperavam.

Na cabeça, ela usava um gorro com renas.

Myrna estava entre as lágrimas e um sorriso.

Ela sorriu.

– Ela parece radiante, não é?

Gamache e Thérèse Brunel aquiesceram. Parecia mesmo.

Agora que tinham descoberto quem ela era, Gamache queria ver aquele filme de novo.

Atrás da pequena Constance, as irmãs Marguerite e Josephine observavam a cena, impacientes para ir lá fora. Todas as garotas agora podiam ser identificadas pelo gorro. Os pinheiros para Marguerite e os flocos de neve para Josephine. Ao que parecia, Marie-Constance poderia ficar sentada ali o dia todo, sendo acarinhada pelo pai. Com renas correndo em volta da cabeça.

Virginie e Hélène estavam na porta. Elas também usavam gorros de tricô, além de uma ligeira expressão de irritação.

A pedido de Gamache, Myrna apertou o botão de retroceder de novo, e eles voltaram ao começo. Com Isidore estendendo os braços, dando a *bénédiction paternelle*.

Porém, dessa vez, eles sabiam qual pequena penitente era Constance, tendo-a seguido de volta, de volta e de volta ao começo. Ela estava ajoelhada no fim da fileira.

E Constance, pensou Gamache.

– Isso vai ajudar a gente a descobrir quem matou Constance? – perguntou Myrna.

– Não sei – admitiu o inspetor. – Mas, pelo menos, agora a gente sabe qual garota era qual.

– Myrna – disse Thérèse –, Armand me contou que, quando você descobriu quem Constance era, pensou que era o mesmo que ter Hera como cliente.

Myrna olhou de relance para Thérèse, depois de volta para a tela.

– Foi.

– Hera – repetiu Thérèse. – Uma das deusas gregas.

Myrna sorriu.

– Sim.

– Por quê?

Myrna pausou a imagem e se voltou para a convidada.

– Por quê? – disse ela, depois pensou sobre a pergunta. – Quando Constance me contou que era uma das Quíntuplas Ouellet, podia muito bem ter dito que era uma deusa grega. Um mito. Foi uma piada, só isso.

– Entendi – disse Thérèse. – Mas por que Hera?

– Por que não? – perguntou Myrna, claramente confusa. – Eu não sei o que você está perguntando.

– Não tem importância.

– No que você está pensando? – quis saber Gamache.

– Provavelmente, é ridículo – respondeu Thérèse. – Quando eu era cura-

243

dora-chefe do Musée des Beaux-Arts, vi muita arte clássica. Grande parte baseada em mitologia grega. Os artistas vitorianos em particular gostavam de pintar deusas gregas. Uma desculpa, eu sempre suspeitei, para pintar mulheres nuas, muitas vezes lutando contra serpentes. Uma forma aceitável de pornografia.

– Mas você está divagando – sugeriu Gamache, ao que Thérèse sorriu.

– Eu conheci vários deuses e deusas. Mas duas deusas em particular pareciam fascinar os artistas daquela época.

– Deixa eu adivinhar – disse Myrna. – Afrodite?

A superintendente Brunel assentiu.

– A deusa do amor... e das prostitutas, veja só. Convenientemente, ela parecia não ter muitas roupas.

– E a outra? – perguntou Myrna, embora todos eles já soubessem a resposta.

– Hera.

– Também nua? – quis saber Myrna.

– Não, os pintores vitorianos gostavam dela por causa do potencial dramático, e ela se encaixava na visão que eles tinham das mulheres fortes, como uma advertência. Era maliciosa e ciumenta.

Eles se voltaram para a tela. O filme estava pausado no rosto em oração da pequena Constance.

Myrna olhou para Thérèse.

– Você acha que ela era maliciosa e ciumenta?

– Não fui eu quem chamou Constance de Hera.

– É só um nome, a única deusa que me veio à mente. Eu poderia muito bem ter dito Afrodite ou Atena – declarou Myrna, soando irritada e na defensiva.

– Mas não disse.

A superintendente Brunel não recuou. As duas mulheres sustentaram o olhar uma da outra.

– Eu conheci Constance – disse Myrna –, primeiro como cliente, depois como amiga. Ela nunca me pareceu ser assim.

– Mas você diz que ela era fechada – continuou Gamache. – Você realmente sabe o que ela escondia?

– Você está colocando a vítima no banco dos réus? – perguntou Myrna.

– Não – respondeu Gamache. – Isso não tem a ver com julgamento. É que, quanto mais a gente conhecer Constance, mais fácil talvez seja descobrir quem precisava dela morta. E por quê.

Myrna refletiu sobre isso.

– Desculpa. Constance era tão reservada que eu sinto certa necessidade de protegê-la.

Ela apertou o play de novo, e eles assistiram à pequena Constance rezar, depois se levantar e formar uma fila com as irmãs. Elas se empurravam de brincadeira para esperar que o pai calçasse seus patins.

Mas, agora, cada um deles se perguntava quanto daquilo era realmente brincadeira.

Eles viram o olhar de alegria no rosto de Constance quando o pai se ajoelhou aos pés dela, e as irmãs, em pares, ficaram atrás. Assistindo.

O telefone de Myrna tocou, e Gamache ficou tão tenso que as duas mulheres olharam para ele.

Myrna atendeu, depois estendeu o fone para o inspetor-chefe.

– É Isabelle Lacoste.

– *Merci* – disse ele, cruzando a distância e pegando o telefone, que estava quente ao toque.

Ele deu as costas à superintendente Brunel e a Myrna, e falou com o fone.

– *Bonjour.*

A voz dele estava firme, as costas, eretas. A cabeça, erguida.

Atrás dele, as mulheres observavam enquanto ele escutava. E elas viram aqueles ombros largos relaxarem um pouco, embora a cabeça continuasse erguida.

– *Merci* – disse ele, e, lentamente, devolveu o fone ao gancho.

Gamache se virou. E sorriu, aliviado.

– Boas notícias – declarou ele. – Mas nada a ver com este caso.

Ele voltou a se juntar a elas. As duas mulheres desviaram o olhar e não disseram uma palavra sobre o brilho nos olhos dele.

VINTE E SEIS

— Temos que ir.

Gamache se levantou de maneira abrupta, e Myrna e Thérèse olharam para ele. Um instante antes, ele estava aliviado, quase em êxtase. Então algo mudou e sua alegria se transformou em raiva.

Myrna pausou a gravação. Cinco garotas felizes os encaravam, aparentemente fascinadas com que estava acontecendo no loft da livraria.

— O que foi? — perguntou Thérèse, enquanto eles vestiam os casacos e desciam para a livraria. — O que Lacoste disse?

— *Merci*, Myrna.

Gamache fez uma pausa na porta e se esforçou para produzir um sorriso. Myrna o observou com atenção.

— O que acabou de acontecer?

Gamache balançou a cabeça de leve.

— Desculpa. Um dia eu te conto.

— Mas hoje não?

— Acho que não.

A porta se fechou atrás deles e o frio os envolveu. O sol ainda vinha alto, mas eles estavam perto do dia mais curto do ano e já não restava muita luz.

— Você vai me contar — disse Thérèse enquanto eles atravessavam rapidamente a praça.

Passando por Ruth no banco. Por famílias patinando no lago congelado. E pelos três pinheiros-brancos ancestrais.

Thérèse Brunel não estava pedindo, mas ordenando.

— Beauvoir foi enviado para outra batida hoje.

Thérèse Brunel digeriu a notícia. O rosto de Gamache, de perfil, estava sombrio.

– Isso precisa acabar – disse ele.

Os dois subiram a colina, Thérèse apressando-se para acompanhar Gamache. Já chegando à floresta, eles encontraram suas raquetes de neve enfiadas no banco de neve onde as haviam deixado. Após amarrá-las nas botas, eles avançaram pela trilha, embora já mal precisassem delas. A trilha estava coberta por uma neve compacta e era fácil de encontrar.

Fácil demais?, perguntou-se Thérèse. Mas, agora, já não havia escapatória.

Quando se aproximaram, viram Gilles aparentemente pairando no ar, a 6 metros de altura e 1,5 metro do tronco da árvore. A floresta estava ficando escura, mas, quando os dois oficiais se aproximaram, Thérèse viu a plataforma, pregada à árvore da paz.

Jérôme estava parado na base do pinheiro-branco, olhando para cima. Ele desviou o olhar rapidamente para eles quando os oficiais se aproximaram, depois se voltou para os galhos sobre a cabeça deles. Foi aí que a superintendente Brunel percebeu que Gilles não estava sozinho lá em cima. Nichol também estava na plataforma, a alguns metros de Gilles, enquanto ele trabalhava para posicionar a antena parabólica no corrimão de madeira.

– Algum sinal? – perguntou Gilles, a voz abafada pelos lábios gelados, a barba ruiva coberta por uma crosta branca, como se suas palavras tivessem congelado e grudado no rosto.

– Quase – respondeu Nichol, analisando alguma coisa nas luvas.

Gilles ajustou ligeiramente a antena.

– Aí. Pare – disse Nichol.

Todos eles, inclusive Thérèse e Armand, pararam. E esperaram. E esperaram. Devagar, bem devagar, Gilles soltou a antena.

– Ainda está? – perguntou ele.

Eles esperaram. E esperaram.

– Está – respondeu ela.

– Deixa eu ver – pediu ele, estendendo a mão enluvada.

– Ela está ligada ao satélite. Está tudo certo.

– Dá aqui. Eu quero ver por conta própria – retrucou o lenhador, o frio cortante roendo sua paciência.

Nichol entregou a Gilles o objeto que estava segurando, e ele o examinou.

– Ótimo – disse ele, por fim.

Sem que os dois vissem, três jatos de vapor foram exalados lá embaixo.

Ao pisar em terra firme, Gilles sorriu. A barba coberta de gelo o deixava parecido com o Papai Noel e, enquanto ele sorria abertamente, parte dela se despedaçou e caiu.

– Bom trabalho – disse Jérôme, batendo os pés e quase azul de frio.

Yvette Nichol estava a alguns metros, separada do corpo principal da equipe pelo que parecia ser um longo e negro cordão umbilical. O cabo de transmissão.

Thérèse, Jérôme, Gilles e Nichol, pensou Gamache, olhando para a jovem agente. *E Nichol.* Presa aos seus próprios quíntuplos por um fio fino.

E Nichol. Como seria fácil cortá-lo e se livrar dela.

– Estamos conectados? – perguntou Gamache a Gilles, que anuiu.

– Nós encontramos um satélite – respondeu ele, os lábios e as bochechas dormentes de frio.

– E o resto?

Ele deu de ombros.

– O que isso quer dizer? – exigiu saber Thérèse. – Isso aí vai dar conta do trabalho ou não?

Gilles se voltou para ela.

– E qual é o trabalho, madame? Eu ainda não sei por que nós estamos aqui, só que, provavelmente, não é para ver o último episódio do *Big Brother*.

Fez-se um silêncio tenso.

– Talvez você possa explicar tudo para Gilles lá na escola abandonada – disse Gamache.

Ele falou em um tom pragmático, como se estivesse sugerindo um chocolate quente após uma tarde brincando de tobogã na neve. O chefe prosseguiu:

– Espero que estejam prontos para entrar – disse ele, depois se voltou para Nichol, parada sozinha a alguns metros de distância. – Você e eu podemos terminar o que começamos.

Eram palavras claras, frias e perigosas como gelo fino no asfalto.

Ele quer ficar sozinho com ela, pensou Thérèse. *Ele vai separar Nichol do grupo.*

Ao ver o leve sorriso no rosto de Armand e ouvir sua voz dura, um alarme soou dentro dela. Um abismo profundo e escuro tinha surgido entre o que Armand Gamache havia dito e o que queria dizer. E Thérèse Brunel não invejava aquela jovem agente, que estava prestes a descobrir o que o inspetor-chefe mantinha trancado e escondido lá no fundo.

– Eu devia ficar – afirmou ela. – Ainda não estou com frio.

– Não – disse Gamache. – Eu acho que você devia ir.

Thérèse sentiu um frio na espinha.

– Você tem um trabalho a fazer – disse ele baixinho. – E eu também.

– E que trabalho é esse, Armand? Assim como Gilles, eu estou aqui me perguntando.

– Eu só estou fazendo a minha pequena parte para viabilizar uma conexão crucial.

E lá estava.

Thérèse Brunel olhou para Gamache, depois para a agente Nichol, que desenrolava uma torção no cabo de telecomunicações congelado e parecia alheia a tudo. Parecia. Thérèse olhou para a jovem mal-humorada e petulante, porém inteligente. Armand a havia enviado para o porão da Sûreté para aprender a ouvir.

Talvez isso tivesse dado mais certo do que eles imaginavam.

A superintendente Brunel tomou uma decisão. Ela voltou as costas para Armand e a jovem agente e conduziu o marido e o lenhador para longe.

Gamache esperou até não ouvir mais o *crunch, crunch, crunch* das raquetes de neve, até que o silêncio recaísse no bosque invernal. Então se voltou para Yvette Nichol.

– O que você estava fazendo na pousada?

– *Bonjour* para o senhor também – disse ela, sem olhar para cima. – Bom trabalho, Nichol. Muito bem, Nichol. Obrigado por vir até este fim de mundo, congelar até a bunda e ajudar a gente, Nichol.

– O que você estava fazendo na pousada?

Ela olhou para cima e sentiu evaporar o pouco calor que ainda tinha.

– O que o senhor estava fazendo lá? – exigiu saber ela.

Ele inclinou a cabeça de leve e estreitou os olhos.

– Você está me interrogando?

Nichol arregalou os olhos, e o cabo escapou de suas mãos.

– Você está trabalhando para Francoeur? – perguntou ele, as palavras saindo de sua boca como sincelos.

Nichol não conseguiu falar, mas deu conta de balançar a cabeça.

Gamache abriu o zíper do impermeável e o moveu para trás do quadril. Sua camisa estava exposta. Assim como a arma.

Enquanto ela o observava, ele tirou as luvas quentes e manteve a mão direita solta ao lado do corpo.

– Você está trabalhando para Francoeur? – repetiu ele, a voz ainda mais baixa.

Ela balançou veementemente a cabeça e murmurou:

– Não.

– O que você estava fazendo na pousada?

– Eu estava procurando o senhor – conseguiu dizer.

– Para quê?

– Eu estava na escola preparando o cabo para cá e vi o senhor entrar na pousada, então fui atrás.

– Para quê?

Ele tinha levado um tempo para juntar as peças. A princípio, havia pensado que devia um pedido de desculpas a Nichol por ter batido a porta na cara dela. Mas, depois, começara a se perguntar o que ela estava fazendo na pousada.

Será que estava lá pelo mesmo motivo que ele, para fazer uma ligação discreta? E, se sim, para quem? Gamache podia adivinhar.

– O que você foi fazer na pousada, Yvette?

– Eu fui falar com o senhor.

– Você podia ter falado comigo na casa da Émilie. Podia ter falado na escola. Por que você foi à pousada, Yvette?

– Para falar com o senhor – repetiu ela, a voz quase um chiado. – Em particular.

– Sobre o quê?

Ela hesitou.

– Eu queria dizer que isso aqui não vai funcionar – disse ela, apontando para o esconderijo de caça e a antena parabólica. – Mesmo que o senhor se conecte à internet, não vai conseguir entrar no sistema da Sûreté.

– Quem disse que esse é o nosso objetivo?

– Eu não sou idiota, inspetor-chefe. O senhor pediu um equipamento de satélite não rastreável. O senhor não está construindo um exército de robôs. Se estivesse entrando pela porta da frente, podia ter feito isso de casa ou da sua sala. Isso é outra coisa. O senhor me trouxe aqui para ajudar a arrombar a porta. Mas não vai funcionar.

– Por que não?

Mesmo sem querer, ele estava interessado.

– Porque, embora essa merda toda possa conectar e até esconder o senhor por um tempo, é necessário um código para acessar os arquivos mais profundos. O seu próprio código de segurança da Sûreté vai denunciar o senhor. Assim como o da superintendente Brunel. O senhor sabe disso.

– Quanto você sabe sobre o que a gente está fazendo?

– Não muito. Eu não sabia nada até ontem, quando o senhor pediu a minha ajuda.

Eles se entreolharam.

– O senhor me chamou até aqui. Eu não pedi para vir. Mas, quando o senhor disse que precisava de ajuda, eu concordei. E agora o senhor me trata como se fosse sua inimiga?

Gamache não estava disposto a se deixar manipular. Ele sabia que havia uma razão muito mais provável para que ela tivesse concordado em ir até lá. Não lealdade a ele, mas a outro. Ela fora à pousada para reportar a Francoeur e, se ele não estivesse tão distraído por sua preocupação com Jean Guy, a teria pegado em flagrante.

– Eu te chamei porque não tive escolha. Mas isso não significa que eu confie em você, agente Nichol.

– O que eu preciso fazer para conquistar a sua confiança?

– Contar o que você foi fazer na pousada.

– Eu queria advertir o senhor que, sem um código de segurança, nada disso vai funcionar.

– Você está mentindo.

– Não estou.

Gamache sabia que ela estava mentindo. Ela não precisava ficar sozinha com ele para falar sobre o código.

– O que você contou para Francoeur?

– Nada – rogou ela. – Eu jamais faria isso.

Gamache olhou feio para ela. Uma vez que o computador estivesse ligado. Uma vez que a conexão via satélite fosse feita. Uma vez que Jérôme abrisse aquela porta e entrasse, era uma mera questão de tempo para que eles fossem encontrados. A única esperança deles estava naquela amarga jovem agente à sua frente, tremendo de frio, medo e indignação, real ou forçada.

O tempo para salvar Beauvoir e descobrir o objetivo de Francoeur estava se esgotando. Havia um propósito ali que ia muito além de machucar Gamache e Beauvoir.

Algo muito maior, iniciado anos antes, estava amadurecendo naquela hora. Naquele dia. No dia seguinte. Em breve. E Gamache ainda não sabia o que era.

Ele se sentiu lento, idiota. Era como se todos os tipos de pistas, elementos, flutuassem à sua frente, mas faltasse uma peça. Algo que conectasse todos eles. Algo que ou ele havia deixado passar ou ainda não tinha encontrado.

Ele agora sabia que envolvia Pierre Arnot. Mas qual era o objetivo deles?

Gamache tinha vontade de gritar de frustração.

Qual era o papel daquela jovem patética naquilo tudo? Seria ela o prego do caixão deles ou sua salvação? E por que uma coisa se parecia tanto com a outra?

Gamache puxou o impermeável para a frente e o fechou com uma mão tão gelada que mal sentia o zíper. Ele calçou as luvas de volta e pegou o cabo pesado aos pés dela.

Sob o olhar de Nichol, Gamache pôs o grosso cabo preto no ombro e se inclinou para a frente, carregando-o floresta adentro, em uma rota direta para a escola.

Após alguns passos, sentiu que ele ficou mais leve. As raquetes de neve da agente Yvette Nichol seguiam lentamente a trilha que ele criava, terminando o trabalho.

Ela estava atrás dele, arfando pelo esforço e de alívio.

Ele a tinha flagrado. Ele podia até suspeitar. Mas não havia arrancado a verdade dela.

Thérèse Brunel acomodou Jérôme e Gilles na escola, em frente ao fogão a lenha. Ele irradiava calor, e os homens tiraram os pesados casacos impermeáveis, gorros, luvas e botas e se sentaram com os pés esticados, o mais perto que puderam do fogo sem que eles próprios começassem a arder em chamas.

A sala cheirava a lã molhada e fumaça de lenha. O lugar estava quente agora, mas Gilles e Jérôme, ainda não.

Após colocar mais lenha no fogão, Thérèse foi até a casa de Émilie para pegar Henri, depois à mercearia, onde comprou leite, chocolate em pó e marshmallows. Agora, o chocolate quente levantava fervura em uma panela no fogão, e o cheiro se juntava ao de lã molhada e fumaça de lenha. Ela despejou o líquido nas canecas e colocou dois grandes e macios marshmallows no topo de cada uma.

Mas o chocolate quente tremia tanto nas mãos de Gilles que Thérèse teve que tirar a caneca dele.

– Você me perguntou do que isso tudo se trata – disse ela.

Gilles assentiu. Seus dentes batiam violentamente enquanto ele a escutava, e o lenhador ora se abraçava, ora estendia as mãos para o fogão enquanto Thérèse falava. O gelo da barba dele havia derretido e havia uma mancha molhada em seu suéter.

Quando terminou de falar, Thérèse devolveu o chocolate quente a ele, o marshmallow agora uma espuma branca no topo. Ele apertou a caneca quente contra o peito como um garotinho que, amedrontado por uma história de terror, tentasse ser corajoso.

Ao lado dele, Jérôme continuava calado enquanto a esposa descrevia o que eles estavam procurando e por quê. O Dr. Brunel massageou os pés, tentando fazer com que o sangue fluísse. Seus dedos formigavam à medida que a circulação voltava.

Mal dava para ver o sol sobre a floresta escura, a floresta que ainda continha Armand Gamache e a agente Nichol. Thérèse acendeu as luzes e olhou para os monitores apagados que o marido havia instalado naquela manhã.

E se isso não funcionar?

Eles teriam formado uma péssima tropa de escoteiros, pensou ela. Não só não tinham se preparado para aquela falha, como também estavam usando equipamentos roubados para hackear arquivos da polícia. Se houvesse distintivos para tramoias, o grupo estaria coberto deles.

Eles ouviram passos pesados na varanda de madeira, e Thérèse abriu a porta para encontrar Armand ali, arfando pelo esforço.

– Você está bem? – perguntou ela, embora ambos soubessem que o que realmente queria saber era "Você está sozinho?".

– Melhor do que nunca – disse ele, arquejando.

O rosto dele estava vermelho devido ao esforço e ao frio cortante. Ele largou o cabo nos degraus de entrada e entrou na escola, e foi seguido, um instante depois, pela agente Nichol. O rosto dela já não estava pálido. Agora estava manchado de branco e vermelho. Parecia a bandeira canadense.

Thérèse soltou o ar com força, inconsciente até aquele instante do quanto realmente estivera preocupada.

– Eu estou sentindo cheiro de chocolate? – perguntou Gamache através dos lábios congelados.

Henri tinha corrido para cumprimentá-lo, e o chefe agora se apoiava em um joelho, abraçando o pastor-alemão. Tanto pelo calor quanto por carinho, suspeitou Thérèse. E Henri ficou feliz de oferecer as duas coisas a ele.

Eles abriram espaço ao redor do fogão para os recém-chegados.

Thérèse serviu chocolate quente para eles e, depois que Gamache e Nichol tiraram as camadas exteriores de roupa, os cinco ficaram sentados em silêncio ao redor do fogão a lenha. Nos primeiros minutos, Gamache e Nichol estremeceram de frio. Suas mãos chacoalhavam e, de vez em quando, eles tinham espasmos, enquanto o inverno rigoroso abandonava seus corpos como uma assombração.

Depois a escolinha ficou em silêncio, exceto pelo raro ruído de algum pé de cadeira no piso de madeira, o crepitar do fogo e os gemidos de Henri, que se espichava aos pés de Gamache.

Armand Gamache sentiu que seria capaz de cochilar. Suas meias agora estavam secas e meio duras, a caneca de chocolate quente esquentava suas mãos e o calor do fogo o envolvia. A despeito da urgência da situação, ele sentiu as pálpebras pesadas.

Ah, só alguns minutos, alguns instantes, de descanso.

Mas havia trabalho a ser feito.

Ele baixou a caneca, se inclinou para a frente e entrelaçou as mãos. Olhou para o círculo amontoado ao redor do fogão, na minúscula escola de uma sala só. Os cinco. Quíntuplos. Thérèse, Jérôme, Gilles, Armand e Nichol.

E Nichol, pensou de novo. Na ponta. O elemento não pertencente ao grupo.

– E agora? – perguntou ele.

VINTE E SETE

– Agora? – perguntou Jérôme.

Ele nunca imaginara que aquilo chegaria tão longe. Ao olhar para o outro lado da sala, para o grupo de monitores apagados, ele soube o que precisava acontecer.

Por baixo do grosso suéter, Jérôme sentiu um fio de suor escorrer, como se seu corpo redondo chorasse. Se Three Pines era a trincheira deles, ele estava prestes a colocar a cabeça para fora. Armand lhe dera uma arma, mas era um pedaço de pau contra uma metralhadora.

Ele se afastou do calor do fogo e voltou a sentir frio à medida que se aproximava dos fundos da sala. Dois velhos e gastos computadores estavam lado a lado, um na mesa dos professores e o outro na mesa que eles tinham arrastado para lá. Acima deles, colado na parede, estava o alegre alfabeto, ilustrado com abelhas, borboletas, patos e rosas. E, abaixo dele, notas musicais.

Ele cantarolou devagar, seguindo as notas.

– Por que você está cantando isso? – perguntou Gamache.

Jérôme levou um pequeno susto. Ele não havia percebido que Armand estava com ele nem que cantarolava.

– É isso aqui – respondeu ele, apontando para as notas. – A escala está na linha superior e esta música está na linha de baixo.

Ele cantarolou um pouco mais, e então, para a sua surpresa, Armand começou a acompanhá-lo, devagar e baixinho.

– *What do you do with a drunken sailor...*

Jérôme observou o amigo. Gamache olhava para a música e sorria. Então se voltou para Jérôme.

– ... *early in the morrr...ning.*

Jérôme sorriu com uma diversão genuína e sentiu um pouco do pavor se desprender e flutuar para longe junto com as notas musicais e as palavras bobas de seu amigo sério.

– É uma antiga canção do mar – explicou Gamache, e voltou a olhar para as notas na parede. – Eu tinha esquecido que Jane Neal era a professora daqui, antes de a escola fechar e ela se aposentar.

– Você a conhecia?

Gamache se lembrou de quando se ajoelhara nas coloridas folhas de outono e fechara aqueles olhos azuis. Já fazia alguns anos. Parecia uma vida.

– Eu peguei o assassino dela.

Gamache voltou a encarar a parede com o alfabeto e a música.

– *Way, hey, and up she rises...* – murmurou ele.

De alguma forma, era reconfortante estar naquela sala onde Jane Neal havia trabalhado com o que amava e com crianças que adorava.

– A gente precisa trazer o cabo até aqui – disse Jérôme, e, pelos minutos seguintes, enquanto Gilles fazia um furo na parede para passar o cabo, Jérôme e Nichol se enfiaram debaixo das mesas e organizaram cabos e caixas.

Gamache observava aquilo tudo, maravilhado por eles terem começado o dia a 35 mil quilômetros de qualquer satélite de comunicações e agora estarem a apenas centímetros daquela conexão.

– E a sua conexão? Conseguiu fazer? – perguntou Thérèse Brunel, juntando-se a ele e meneando a cabeça em direção à jovem agente.

Nichol e Jérôme estavam espremidos debaixo da mesa, tentando não se acotovelar. Ou, pelo menos, o Dr. Brunel estava tentando – a agente Nichol parecia se esforçar ao máximo para enfiar os cotovelos ossudos no médico sempre que possível.

– Infelizmente, não – murmurou Gamache.

– Mas vocês dois conseguiram voltar, inspetor-chefe. Isso já é alguma coisa.

Gamache abriu um sorriso largo, embora sem prazer.

– Que vitória. Eu não atirei a sangue-frio em uma das minhas próprias agentes.

– Bom, a gente precisa celebrar as nossas pequenas vitórias – disse ela, sorrindo. – Eu não estou muito certa de que Jérôme teria perdido a chance.

Àquela altura, os dois debaixo da mesa se acotovelavam descaradamente.

O furo na escola estava completo, e Gilles passou o cabo por ele. Jérôme o pegou e puxou.

– Eu pego.

Antes que Jérôme visse, Nichol havia tirado o cabo dele e o plugava à primeira caixa de metal.

– Espera – disse ele, puxando-o de volta. – Você não pode conectar isto.

Ele agarrou o cabo com as duas mãos e tentou controlar o súbito pânico.

– Claro que posso.

Ela quase o arrancou das mãos dele e talvez tivesse mesmo conseguido se a superintendente Brunel não houvesse interrompido.

– Agente Nichol! – ordenou ela. – Saia já daí.

– Mas...

– Faça o que eu estou mandando – disse ela, como se falasse com uma criança teimosa.

Tanto Jérôme quanto Nichol saíram de baixo da mesa, Jérôme ainda agarrado ao cabo preto. Atrás deles, ouviram um chiado, enquanto Gilles, ainda do lado de fora, borrifava o buraco que havia feito com spray de espuma isolante.

– O que está acontecendo? – quis saber Gamache.

– A gente não pode conectar isto – disse Jérôme.

– Claro que a gente pod...

Mas o chefe ergueu a mão e interrompeu Nichol.

– Por que não? – perguntou ele a Jérôme.

Eles já tinham chegado tão longe. Por que não os últimos centímetros?

– Porque a gente não sabe o que vai acontecer se fizer isso.

– Não é iss...

Nichol foi interrompida de novo. Ela fechou a boca, mas ficou furiosa.

– Por que não? – perguntou Gamache de novo, a voz neutra, avaliando a situação.

– Eu sei que parece excesso de cautela, mas, uma vez que isto for plugado, a gente vai poder se conectar com o mundo. Só que isso também significa que o mundo vai poder se conectar com a gente. Isto... – explicou ele, segurando o cabo no ar – é uma via que corre em ambas as direções.

A agente Nichol parecia prestes a molhar as calças.

O inspetor-chefe se voltou para ela e assentiu.

– Mas o computador não está ligado. – A barragem se rompeu, e as palavras jorraram rapidamente da boca de Nichol: – Isto também pode não passar de uma corda para todas essas conexões. A gente precisa conectar o cabo aos computadores e ligá-los. Precisa ter certeza de que a coisa toda funciona. Para que esperar?

Gamache sentiu um arrepio no pescoço, se virou e viu Gilles caminhar para dentro da tensa atmosfera. Ele fechou a porta, tirou o gorro, as luvas e o casaco e se sentou perto da saída, como se a guardasse.

Gamache se voltou para Thérèse.

– O que você acha?

– A gente deve esperar.

Ao ver Nichol abrir a boca de novo, Thérèse a impediu de falar. Olhando diretamente para a jovem agente, ela continuou:

– Você acabou de chegar, mas a gente está vivendo com isso há semanas, meses. A gente arriscou a nossa carreira, nossas amizades, a nossa casa e, talvez, até mais. Se o meu marido diz que é para a gente parar, a gente para. Entendeu?

Nichol cedeu de má vontade.

Quando eles foram embora, Gamache passou a chave no cadeado Yale e a guardou no bolso da camisa. Gilles se juntou a ele na curta caminhada no escuro de volta à casa de Émilie.

– Você sabe que aquela jovem está certa, não sabe? – disse Gilles, a voz baixa e os olhos no chão nevado.

– Se eu sei que a gente precisa testar? – perguntou Gamache, também em um sussurro. – *Oui*, sei.

Ele observou Nichol, lá na frente, e, atrás dela, Jérôme e Thérèse.

E se perguntou do que Jérôme realmente tinha medo.

DEPOIS DE JANTAR UM ENSOPADO de carne, eles levaram os cafés até a sala de estar, onde a lareira tinha sido preparada.

Thérèse encostou um fósforo aceso no jornal e observou a chama surgir e queimar com força. Então se voltou para a sala. Gamache e Gilles estavam sentados juntos em um dos sofás e Jérôme, em frente a eles. Nichol ocupava um canto, ocupada com um quebra-cabeça.

Após acender as luzes na árvore de Natal, Thérèse foi até o marido.

– Eu queria ter me lembrado de trazer presentes – disse ela, observando a árvore. – Armand, você parece pensativo.

Gamache tinha seguido o olhar dela e também fitava o espaço embaixo da árvore. Algo havia clicado na cabeça dele, algum pensamentozinho que tinha a ver com árvores, Natal ou presentes. Algo acionado pelo que Thérèse acabara de dizer, mas a pergunta direta o havia afugentado. O chefe franziu a testa e continuou a olhar para a alegre árvore de Natal no canto da sala. Vazia embaixo. Sem presentes.

– Armand?

Ele balançou a cabeça e encontrou o olhar dela.

– Desculpa, eu só estava pensando.

Jérôme se voltou para Gilles.

– Você deve estar exausto.

O próprio Jérôme parecia exausto.

Gilles aquiesceu.

– Já faz um tempo que eu não subo em uma árvore.

– Você realmente as ouve falando? – perguntou Jérôme.

O lenhador observou o homem rechonchudo à sua frente. O homem que havia ficado na base do pinheiro-branco no frio cortante, encorajando-o, quando poderia ter ido embora. Ele anuiu.

– O que elas dizem? – quis saber Jérôme.

– Eu acho que o senhor não vai querer saber o que elas estão dizendo – respondeu Gilles com um sorriso. – Além disso, na maior parte do tempo, eu só ouço uns sons. Sussurros. Outras coisas.

Os Brunels olharam para ele, esperando mais. Gamache escutou, segurando o café. Ele já conhecia a história.

– Você sempre conseguiu ouvir? – perguntou Thérèse, afinal.

No canto, a agente Nichol ergueu os olhos do jogo.

Gilles balançou a cabeça.

– Eu era lenhador. Derrubei centenas de árvores com a minha motosserra. Um dia, quando cortava um carvalho antigo, eu o ouvi chorar.

O silêncio se seguiu a esse comentário. Gilles olhou para a lareira e para a lenha que queimava.

– No início, eu ignorei. Pensei que estivesse ouvindo coisas. Daí o gemido se espalhou, e eu escutei não só a minha árvore, mas todas as árvores chorando.

Ele ficou quieto por um instante.

– Foi horrível – murmurou ele.

– E o que você fez? – perguntou Jérôme.

– O que eu podia fazer? Parei de cortar e mandei a minha equipe parar – contou ele, depois olhou para as mãos imensas e calejadas. – Eles pensaram que eu estava louco, é claro. Eu teria pensado a mesma coisa, se não tivesse ouvido.

Gilles olhava para Jérôme enquanto falava.

– Eu podia viver em negação por um tempo, mas, uma vez que soube, não tinha mais como não saber. Entende?

Jérôme assentiu. Ele entendia.

– Agora Gilles faz móveis maravilhosos, de madeira reaproveitada – contou Gamache. – Reine-Marie e eu temos algumas peças.

Gilles sorriu.

– Mas não paga as contas.

– Por falar em pagamento... – disse Gamache.

Gilles olhou para o inspetor-chefe.

– Não precisa continuar.

– *Désolé* – disse Gamache. – Eu não devia nem ter começado.

– Eu estou feliz de ajudar. Posso ficar, se vocês quiserem. Assim vou estar aqui se vocês precisarem de ajuda.

– Obrigado – disse Gamache, ficando de pé. – A gente te liga se precisar.

– Bom, eu volto amanhã de manhã. Vocês podem me encontrar no bistrô, se precisarem de mim.

Já de casaco e com a mão grande na maçaneta, Gilles olhou para os quatro.

– Tem um motivo para os ladrões roubarem à noite, sabiam?

– Você está chamando a gente de ladrões? – perguntou Thérèse, com um ar levemente divertido.

– E não são?

Armand fechou a porta e olhou para os colegas.

– A gente tem algumas decisões a tomar, *mes amis*.

Jérôme Brunel fechou as cortinas e foi até a própria poltrona perto do fogo.

Era quase meia-noite e, embora esgotados, eles tinham recuperado o fôlego. Tomaram mais café, outra tora de bordo fora atirada ao fogo e Henri, após ser levado para passear, agora dormia enroscado perto da lareira.

– *Bon* – disse Gamache, inclinando-se para a frente e olhando para o rosto deles. – O que a gente faz agora?

– A gente não está pronto para se conectar – opinou Jérôme.

– O senhor não está pronto – disse Nichol. – O que está esperando?

– A gente não vai ter uma segunda chance – retrucou Jérôme. – Quando eu operava um paciente, não pensava: *Bom, se eu fizer besteira, sempre posso tentar de novo.* Uma tentativa, e é isso. A gente precisa ter certeza de que está preparado.

– A gente está preparado – insistiu Nichol. – Nada mais vai acontecer. Não vai aparecer nenhum equipamento novo. Nenhuma ajuda. O senhor já tem tudo o que vai ter. É isso.

– Por que você está tão impaciente? – exigiu saber Jérôme.

– Por que o senhor não está? – respondeu ela.

– Já chega – disse Gamache. – O que a gente pode fazer para ajudar, Jérôme? Do que você precisa?

– Eu preciso de mais informações sobre o equipamento que ela trouxe – afirmou ele, olhando de relance para Nichol, sentada de braços cruzados. – Por que a gente precisa de dois computadores?

– Um é para mim – disse Nichol, decidindo se comunicar com eles como faria com Henri. – Eu vou criptografar o canal que a gente usar para acessar a rede da Sûreté. Se alguém captar o seu sinal, vai ter que quebrar a criptografia. Com isso, a gente ganha tempo.

Esta última parte todos entenderam – até mesmo Henri –, mas eles precisavam pensar sobre a parte da criptografia.

– O que você está dizendo – disse Thérèse, escolhendo seu caminho com calma naquela conversa técnica – é que, quando Jérôme digita algo no teclado, isso é convertido em código? Aí esse código é criptografado?

– Exatamente – respondeu Nichol. – Tudo antes de sair da sala.

Ela fez uma pausa e apertou os braços contra o corpo ainda mais, como se fossem tiras de aço.

– O que foi? – perguntou Gamache.

– Eles ainda vão encontrar vocês.

A voz dela era suave. Não continha nenhum triunfo. Nichol prosseguiu:

– Os meus programas só fazem com que seja mais difícil, mas não impossível. Eles sabem o que vocês estão fazendo. Vão encontrar a gente.

O inspetor-chefe não deixou de notar que, em um instante, o "vocês" se transformou em "a gente". Poucos instantes são mais importantes.

– Eles vão saber quem nós somos? – perguntou ele.

Gamache viu o aperto se afrouxar no peito da jovem agente. Ela se inclinou um pouco para a frente.

– Bom, essa é uma pergunta interessante. Eu criei uma criptografia que parece desajeitada de propósito, pouco sofisticada.

– De propósito? – perguntou Jérôme, nada convencido de que aquilo fosse intencional. – Por que alguém faria isso? A gente não precisa de uma criptografia "desajeitada", pelo amor de Deus. A gente precisa do que houver de melhor.

Ele olhou para Gamache, e o inspetor-chefe viu o pequeno lampejo de pânico.

Nichol não falou nada, fosse porque finalmente havia descoberto o imenso poder do silêncio, fosse porque estava injuriada. Gamache suspeitava que fosse a segunda opção, mas isso dera a ele tempo para refletir sobre a ótima pergunta de Jérôme.

Por que parecer pouco sofisticado?

– Para despistá-los – disse o chefe, por fim, voltando-se para o rostinho petulante. – Eles podem nos ver, mas não vão nos levar a sério.

– *C'est ça* – disse Nichol, relaxando um pouco. – Exatamente. Eles estão procurando um ataque sofisticado.

– Vai ser como atirar uma pedra em meio a uma guerra nuclear – disse Gamache.

– É – disse Nichol. – Se nos encontrarem, não vão levar a sério.

– Por uma boa razão – disse Thérèse. – Qual é o tamanho do dano que uma pedra pode fazer?

Deixando de lado a analogia Davi e Golias, a realidade era que uma pedra não seria uma arma boa. Ela se voltou para Jérôme, esperando ver um olhar desdenhoso no rosto do marido, e ficou surpresa ao enxergar admiração.

– A gente não precisa causar nenhum dano – disse ele. – Só precisa passar pelos guardas.

– Essa é a esperança – declarou Nichol, depois soltou um pesado suspiro. – Eu acho que não vai funcionar, mas vale a pena tentar.

– Jesus – disse Thérèse. – Isso é como viver com um coro grego.

– Os meus programas vão fazer com que seja difícil que eles nos vejam, mas a gente precisa de um código de segurança até para entrar, e eles vão saber assim que fizerem login com o código de vocês.

– E o que pode fazer com que eles não encontrem a gente? – perguntou Gamache.

– Eu já disse para o senhor. Um código de segurança diferente. Um que não chame atenção. Mas até isso não vai detê-los por muito tempo. Assim que a gente invadir um arquivo que estão tentando proteger, eles vão saber. Vão caçar e encontrar a gente.

– Quanto tempo você acha que isso vai levar?

Nichol fez um beicinho com os lábios finos enquanto pensava.

– Sutileza não vai importar nesse estágio. Só velocidade. Entrar, pegar o que a gente precisa e sair. Dificilmente vamos ter mais que doze horas. Provavelmente menos.

– Doze horas a partir do momento em que a gente invadir o arquivo seguro? – perguntou Gamache.

– Não – respondeu Jérôme, falando com Gamache, mas olhando para Nichol. – Ela quer dizer doze horas a partir do nosso primeiro esforço.

– Talvez menos – enfatizou Nichol.

– Doze horas deve ser o suficiente, você não acha? – perguntou Thérèse.

– Até agora, não foi – respondeu Jérôme. – A gente teve meses e ainda não encontrou o que precisa.

– Mas vocês não tinham a mim – disse Nichol.

Eles olharam para ela, maravilhados com a indestrutibilidade (delirante) da juventude.

– Então, quando a gente começa? – perguntou Nichol.

– Hoje à noite.

– Mas Armand... – começou Thérèse.

A mão de Jérôme havia apertado a dela a ponto de machucá-la.

– Gilles estava certo – afirmou o chefe, com uma voz decidida. – Tem uma razão para os ladrões trabalharem à noite. A gente precisa entrar e sair enquanto todo mundo estiver dormindo.

– Finalmente – disse Nichol, levantando-se.

– A gente precisa de mais tempo – disse Thérèse.

– Não temos mais tempo.

Gamache consultou o relógio. Era quase uma da manhã.

– Jérôme, você tem uma hora para reunir as suas anotações. Você sabe onde o alarme disparou da última vez. Se conseguir chegar até lá rápido, a gente pode entrar e sair com as informações a tempo do café da manhã.

– Certo – disse Jérôme, soltando a mão da esposa.

– Você vai dormir um pouco – disse Gamache a Nichol. – A gente te acorda daqui a uma hora.

Ele foi até a cozinha e ouviu a porta se fechar atrás de si.

– O que você está fazendo, Armand? – perguntou Thérèse.

– Café fresco.

Ele estava de costas para ela enquanto contava as colheres de café que colocava na cafeteira.

– Olhe para mim – exigiu ela.

A mão de Gamache parou, a colher cheia ficou suspensa no ar e alguns grãos caíram na bancada.

Ele baixou a colher para a lata de café e se virou.

Os olhos de Thérèse Brunel estavam firmes.

– Jérôme está exausto. Ele trabalhou o dia todo.

– Todos nós trabalhamos – disse Gamache. – Eu não estou dizendo que isso é fácil...

– Você está sugerindo que Jérôme e eu estamos atrás de uma saída "fácil"?

– Então do que vocês estão atrás? Você quer que eu diga que a gente pode ir dormir e esquecer o que está acontecendo? A gente está perto, a gente finalmente tem uma chance. Isso acaba agora.

– Meu Deus – disse Thérèse, olhando atentamente para ele. – Isso não tem nada a ver com a gente. Tem a ver com Jean Guy Beauvoir. Você acha que ele não vai sobreviver a mais uma batida. É por isso que está pressionando a gente, pressionando Jérôme.

– Isso não tem a ver com Beauvoir.

Gamache estendeu as mãos para trás e agarrou a bancada de mármore.

– Claro que tem. Você sacrificaria todos nós para salvar Beauvoir.

– Nunca – afirmou Gamache, erguendo a voz.

– É o que você está fazendo.

– Eu estou trabalhando nisso há anos – disse Gamache, aproximando-se dela. – Muito antes da batida na fábrica. Muito antes de Jean Guy se meter nessa confusão. Eu desisti de tudo para ir até o fim. Isso acaba hoje à noite. Jérôme vai ter que cavar mais fundo. Todos nós vamos.

– Você não está sendo racional.

– Não, você que não está – disse ele, sibilando de raiva. – Você não vê como Jérôme está assustado? Morrendo de medo? É isso que está drenando a energia dele. Quanto mais a gente esperar, pior vai ficar.

– Você está dizendo que está fazendo isso por Jérôme? – retrucou Thérèse, irônica.

– Eu estou fazendo isso porque, se esperarmos mais um dia, ele vai desistir – respondeu Gamache. – E aí vamos estar todos perdidos, inclusive ele. Se você não consegue ver isso, eu consigo.

– Não é ele quem está desabando – disse ela. – Não era ele quem estava com os olhos marejados mais cedo.

Gamache olhou para Thérèse como se ela o tivesse atropelado.

– Jérôme pode e vai fazer isso hoje à noite. Ele vai voltar lá e conseguir a informação de que a gente precisa para pegar Francoeur e impedir o que quer que ele tenha planejado – disse Gamache, a voz baixa e os olhos brilhantes. – Jérôme concorda. Ele, pelo menos, tem coragem.

Gamache abriu a porta e saiu, depois subiu até o quarto, olhou para a parede e esperou o tremor em sua mão diminuir.

ÀS DUAS DA MANHÃ, JÉRÔME se levantou.

Armand tinha acordado Nichol e descido. Ele não olhou para Thérèse, e ela não olhou para ele.

Nichol desceu, desgrenhada, e vestiu o casaco.

– Pronto? – perguntou Gamache a Jérôme.

– Pronto.

Gamache fez sinal para Henri, e eles saíram silenciosamente de casa. Como ladrões no meio da noite.

VINTE E OITO

Nichol marchava na frente, a única ansiosa para chegar à escola. Mas a pressa dela era inútil, Gamache sabia, já que a chave estava com ele.

Jérôme segurava a mão de Thérèse. Ambos vestiam luvas brancas e casacos pretos acolchoados. Pareciam Mickey e Minnie Mouse dando um passeio.

O inspetor-chefe passou pela superintendente Brunel e destrancou a porta. Ele segurou a porta aberta para eles, mas, em vez de entrar também, permitiu que ela deslizasse até fechar.

Gamache viu a luz acender através da janela congelada e ouviu o tinido metálico quando a tampa do fogão foi erguida e lenha nova reavivou as brasas moribundas.

Do lado de fora, porém, só havia silêncio.

Ele ergueu o rosto para o céu noturno. Será que um daqueles pontinhos brilhantes não era uma estrela, mas o satélite que logo os transportaria para fora daquele vilarejo?

Ele levou o olhar de volta à Terra. Às casinhas. À pousada, à padaria. À mercearia de monsieur Béliveau. À livraria de Myrna. Ao bistrô. Cenário de tantas grandes refeições e discussões. Ele e Jean Guy. Lacoste. Até Nichol.

Fazia anos.

Ele estava prestes a ordenar a conexão, e então não haveria mais volta. Como Nichol apontara tão claramente, eles acabariam sendo detectados. E encontrados.

E não haveria lenhadores, caçadores, moradores, poetas dementes, artistas célebres ou donos de pousada que pudessem deter o que aconteceria. A Three Pines. A todos ali.

Armand Gamache deu as costas para o vilarejo adormecido e entrou.

Jérôme Brunel havia se sentado em frente a um dos monitores, e Thérèse Brunel estava de pé atrás dele. Yvette Nichol ocupava uma cadeira ao lado do Dr. Brunel diante de seu próprio monitor, as costas já curvadas em uma corcunda de viúva.

Todos se voltaram para ele.

Gamache não hesitou. Ao menear a cabeça, Yvette Nichol deslizou para debaixo da mesa.

– Ok? – perguntou ela.

– *Oui* – disse ele, com a voz firme, determinada.

Fez-se um silêncio, depois eles ouviram um clique.

– Pronto! – gritou ela, depois engatinhou para fora dali.

Gamache encontrou os olhos de Jérôme e assentiu.

Jérôme estendeu a mão, surpreso ao ver que o dedo não tremia, e apertou o botão de ligar. Luzes piscaram. Houve um pequeno estalo e então as telas ganharam vida.

Gamache enfiou a mão no bolso e tirou dele um pedaço de papel cuidadosamente dobrado. Ele o alisou e o colocou na frente de Jérôme.

A agente Nichol olhou para ele. Para a insígnia. E para a linha de letras e números. Então olhou para o chefe.

– O arquivo nacional – murmurou ela. – Meu Deus, pode ser que funcione.

– Ok, tudo ligado, e a gente está on-line – reportou Jérôme. – Todos os programas e subprogramas de criptografia estão rodando. Quando eu fizer login, o tempo começa a contar.

Enquanto o Dr. Brunel digitava lenta e cuidadosamente o longo código de acesso, Gamache se virou e olhou para a parede e o mapa da agência cartográfica do Reino Unido. Tão detalhado. Ainda assim, não mostraria onde eles estavam agora se, anos antes, uma criança não houvesse desenhado aquele ponto na página e escrito, com uma caligrafia cuidadosa e clara: *Casa.*

Gamache olhou para ele. E pensou na Igreja de St. Thomas, do outro lado. Nos vitrais feitos depois da Segunda Guerra Mundial, que mostravam jovens soldados avançando. Não com expressões de coragem. Eles estavam tomados pelo medo. Mas mesmo assim seguiam adiante.

Abaixo deles ficava a lista de jovens que nunca tinham voltado para casa. E, abaixo dos nomes, a inscrição *Eles eram nossos filhos.*

Gamache ouviu Jérôme digitar a sequência de números e letras. Depois não ouviu mais nada. Só o silêncio.

O código estava no lugar. Só restava uma coisa a fazer.

O dedo de Jérôme pairou sobre a tecla *Enter*.

Então ele o baixou.

– *Non* – disse Armand.

Ele agarrou o pulso de Jérôme, o dedo parando a milímetros do botão. Todos olharam para ele, sem ousar respirar, perguntando-se se Jérôme tinha, na verdade, apertado a tecla antes que Gamache o impedisse.

– O que você está fazendo? – exigiu saber Jérôme.

– Eu cometi um erro – respondeu Gamache. – Você está exausto. Todos nós estamos. Se isso funcionar, todo mundo precisa estar afiado. Descansado. Tem muita coisa em jogo.

Ele voltou a olhar para o mapa na parede. E para a marca quase invisível.

– A gente volta amanhã à noite e começa do zero – disse Gamache.

Jérôme Brunel parecia um homem cuja execução fora adiada. Não sabia se aquilo era uma gentileza ou um truque. Após um instante, seus ombros caíram e ele suspirou.

Com o que parecia ser seu último pingo de energia, Jérôme apagou o código e devolveu o papel a Gamache.

Ao enfiá-lo de volta no bolso, Gamache encontrou os olhos de Thérèse. E aquiesceu.

– Você pode desplugar a gente, por favor? – pediu Jérôme a Nichol.

Nichol estava prestes a argumentar, mas decidiu não fazer isso, ela própria cansada demais para brigar. Mais uma vez, deslizou da cadeira e engatinhou para debaixo da mesa.

Quando o cabo foi desplugado, eles apagaram as luzes e Gamache trancou a porta. Torcendo para não ter cometido um erro. Torcendo para não ter acabado de dar a Francoeur as 24 horas decisivas para concluir seu plano.

Enquanto se arrastavam de volta para a casa de Émilie Longpré, Gamache alcançou Thérèse.

– Você estava certa. Eu...

Thérèse ergueu sua mão de Minnie, e Gamache ficou em silêncio.

– Nós dois estávamos errados. Você estava com medo de parar, e eu, de avançar.

– Você acha que a gente vai ter menos medo amanhã? – perguntou ele.

– Menos medo, não – respondeu ela. – Mas, talvez, mais coragem.

Uma vez na casa quentinha, todos foram para a cama, adormecendo assim que a cabeça tocou o travesseiro. Logo antes de cair no sono, Gamache ouviu Henri gemer de satisfação e a construção ranger de um jeito que o fez se sentir em casa.

GAMACHE ABRIU OS OLHOS E se viu cara a cara com Henri. Há quanto tempo o cachorro estava sentado ali, com o queixo na beirada da cama, o focinho molhado a centímetros do rosto de Gamache? Era impossível dizer.

Mas assim que os olhos de Armand piscaram e se abriram, o corpo inteiro de Henri começou a se balançar.

O dia havia começado. Ele olhou para o relógio na mesinha de cabeceira. Quase nove. Ele havia dormido seis horas, mas parecia o dobro. Descansado e revigorado, agora tinha certeza de que chegara perto de tomar uma decisão desastrosa na noite anterior. Eles descansariam naquele dia e voltariam de noite, já sem lutar contra a fadiga, a confusão e uns com os outros.

Enquanto se vestia, Gamache ouvia o raspar das pás. Ele abriu as cortinas e viu o vilarejo inteiro coberto de neve e o ar repleto dela. Flocos flutuavam até o chão e se acumulavam nos três gigantescos pinheiros, na floresta e nas casas.

Sem vento, a neve ia direto para baixo. Suave e implacável.

Ele viu Gabri e Clara limpando o caminho de entrada de suas casas. Primeiro ouviu e depois viu o limpa-neve de Billy Williams descendo a colina e entrando no vilarejo. Passando pela igrejinha e pela escola. E contornando a praça.

Pais patinavam no lago congelado limpando a neve com pás, enquanto crianças com tacos de hóquei e bicho carpinteiro esperavam nos bancos improvisados.

Ele desceu as escadas e descobriu que fora o primeiro a se levantar.

Enquanto Henri comia, Gamache preparou um bule de café e acendeu um fogo novo na lareira da sala de estar. Depois eles foram dar uma volta.

– Vem tomar café no bistrô! – chamou Gabri, que usava um gorro com um pompom enorme e se apoiava na pá de neve. – Olivier vai fazer crepes de mirtilo com um pouquinho de xarope de bordo de monsieur Pagé.

– E bacon? – perguntou Gamache, sabendo que já estava perdido.

– *Bien sûr* – disse Gabri. – Tem algum outro jeito de comer crepe?

– Eu já volto.

Gamache correu para a casa, escreveu um bilhete para os outros, depois voltou com Henri ao bistrô. Acomodou-se perto da lareira e tinha acabado de tomar um gole de *café au lait* quando Myrna chegou.

– Você se importa de ter companhia? – perguntou ela.

Mas Myrna já estava na poltrona em frente e tinha pedido seu próprio café com um gesto.

– Eu ia dar um pulo na sua loja depois do café da manhã – explicou o inspetor-chefe. – Estou procurando uns presentes.

– Para Reine-Marie?

– Não, para todo mundo aqui. Para agradecer.

– Você sabe que não precisa – disse Myrna.

Gabri chegou com o café dela, puxou uma cadeira e se sentou.

– Do que estamos falando? – perguntou ele.

– Presentes – respondeu Myrna.

– Para mim?

– Para quem mais? – disse Myrna. – A gente só pensa em você o dia inteiro.

– A gente tem isso em comum, *ma chère* – declarou Gabri.

– Do que estamos falando? – perguntou Olivier ao colocar dois pratos de crepes de mirtilo e bacon defumado no xarope de bordo na frente de Myrna e Gamache.

– De mim – respondeu Gabri. – Eu, eu, eu.

– Ai, meu Deus – disse Olivier, puxando outra cadeira. – Faz só trinta segundos que a gente discutiu esse assunto. Deve ter acontecido tanta coisa...

– Na verdade, eu tenho algo para perguntar a vocês dois – disse Gamache.

Myrna passou a jarra de xarope de bordo para ele.

– *Oui?* – disse Olivier.

– Vocês abriram os presentes da Constance? – perguntou Gamache.

– Não, a gente colocou debaixo da árvore. Você quer que a gente abra?

– Não. Eu já sei o que ela deu para vocês.

– O quê? – perguntou Gabri. – Um carro? Um pônei?

– Eu não vou contar, mas vou dizer que acho que é uma coisa que você vai usar.

– Uma focinheira? – sugeriu Olivier.

– Do que estamos falando? – perguntou Clara, puxando uma cadeira.

As bochechas dela estavam vermelhas, o nariz escorrendo, e Gamache, Gabri, Myrna e Olivier entregaram guardanapos para ela bem a tempo.

– Presentes – respondeu Olivier. – Da Constance.

– A gente não está falando de você? – perguntou Clara a Gabri.

– Eu sei. É uma abominação da natureza. Embora, para ser sincero, a gente esteja falando dos presentes que Constance me deu.

– Deu para *a gente* – corrigiu Olivier.

– Sim, ela me deu um também – disse Clara, depois se virou para Gamache. – Você deixou lá em casa naquele dia.

– Você abriu?

– Infelizmente, sim – admitiu Clara, depois pegou um pedaço do bacon de Myrna.

– É por isso que eu deixo os seus presentes debaixo da minha árvore até a manhã de Natal – disse Myrna, afastando o prato.

– O que Constance te deu? – perguntou Gabri.

– Isto.

Clara desenrolou o cachecol do pescoço e o entregou a Myrna, que o pegou, admirando o vibrante e alegre tom verde-limão.

– O que são estas coisinhas? Tacos de hóquei? – perguntou Myrna, apontando para uma estampa em cada ponta do cachecol.

– Pincéis – respondeu Clara. – Eu levei um tempo para descobrir.

Myrna devolveu o cachecol para Clara.

– Ah, vamos pegar os nossos – disse Gabri.

Ele saiu correndo e, quando voltou, Myrna e Gamache já tinham terminado o café da manhã e estavam no segundo *café au lait*. Gabri entregou um dos pacotes para Olivier e ficou com o outro. Eles eram idênticos, ambos embrulhados com um papel vermelho brilhante com estampa de bengalinhas doces.

Gabri rasgou o embrulho do dele.

– Luvas! – exclamou ele, como se elas fossem um pônei e um carro em um único presente magnífico.

Ele as experimentou.

– E elas cabem! É tão difícil encontrar um par de luvas para mãos grandes assim. E vocês sabem o que dizem sobre mãos grandes...

Ninguém se aprofundou no tema.

Olivier experimentou as próprias luvas. Elas também serviam.

Havia um padrão de lua crescente amarelo em cada luva.

– O que vocês acham que a estampa significa? – perguntou Clara.

Todos pensaram.

– Ela conhecia o seu hábito de exibir a sua lua cheia? – perguntou Myrna, virando-se para Gabri.

– E quem não conhece? – disse Gabri. – Mas uma *meia* lua?

– Não é nem uma meia lua – corrigiu Clara. – É uma lua crescente.

Gabri riu.

– Uma lua croissant? Minhas duas coisas preferidas: croissants e exibir minha lua cheia.

– Triste, mas é verdade – confirmou Olivier. – E ele tem uma bela lua cheia.

– Pincéis para Clara e croissants para os rapazes – disse Myrna. – Perfeito.

Gamache os observou admirar os presentes. Então o pensamento que lhe escapara na noite anterior flutuou até sua consciência como um floco de neve e aterrissou.

Ele se voltou para Myrna.

– Ela não te deu um presente.

– Bom, só vir até aqui já foi mais do que suficiente – disse Myrna.

Gamache balançou a cabeça.

– A gente encontrou estes presentes na mala dela, mas nada para você. Por que não? Não faz sentido Constance fazer presentes para todo mundo, mas não trazer nada para você.

– Eu não estava esperando um.

– Mesmo assim – disse Gamache. – Se ela trouxe presentes para os outros, teria trazido um para você, não?

Myrna enxergou a lógica dele. Ela anuiu.

– Talvez a foto que ela colocou na mala fosse para Myrna – sugeriu Clara. – A das quatro irmãs.

– Pode ser, mas por que não embrulhar, como os presentes de vocês? Voltar para o Natal não era parte do plano original dela, era? – perguntou ele, e Myrna balançou a cabeça. – A princípio, ela veio só por alguns dias?

Myrna assentiu.

– Então, até onde Constance sabia, quando veio pela primeira vez, ela não ia voltar – disse Gamache, e todos olharam para ele de um jeito estranho: isso estava claro, para que insistir?

– É – respondeu Myrna.

Gamache se levantou.

– Você pode vir comigo?

Ele se referia a Myrna, mas todos o seguiram pela porta que conectava o bistrô à livraria. Ruth já estava lá, colocando livros em sua bolsa enorme, cujo fundo há tempos assumira a forma de uma garrafa de uísque. Rosa estava ao lado dela e olhou para o grupo quando eles chegaram.

Henri parou de repente e se deitou. Depois, rolou.

– Levanta, infeliz – ordenou Gamache, mas Henri só olhou para ele de cabeça para baixo e abanou o rabo.

– Meu Deus – sussurrou Gabri, em tom teatral. – Imagina os filhos deles. Vão ter orelhas e pés enormes.

– O que você quer? – exigiu saber Ruth.

– A livraria é minha – respondeu Myrna.

– Não é uma livraria, é uma biblioteca – disse ela, depois fechou a bolsa com força.

– Idiota – murmuraram ambas.

Gamache foi até a grande árvore de Natal.

– Você pode dar uma olhada neles, por favor? – pediu, apontando para os presentes debaixo da árvore.

– Mas eu sei o que tem aí. Eu mesma embrulhei os presentes. Eles são para todo mundo aqui e Constance.

E Constance, pensou Gamache. Até mesmo depois de morta.

– Só dê uma olhada, por favor.

Myrna se ajoelhou e examinou os presentes embrulhados.

– Isso é que é uma lua cheia – disse Gabri, admirado.

Myrna voltou a se sentar sobre os calcanhares. Em sua mão havia um presente embrulhado em um papel vermelho brilhante estampado com bengalinhas doces.

– Você pode ler o cartão? – pediu Gamache.

Myrna se levantou com esforço e abriu a pequena aba.

– *Para Myrna* – leu ela –, *a chave da minha casa. Com amor, Constance.*

– O que isso significa? – perguntou Gabri, olhando de rosto em rosto e fixando-se no de Gamache.

Mas o inspetor só tinha olhos para o pacote.

– Abra, por favor – disse ele.

VINTE E NOVE

Myrna levou o presente de Natal até uma poltrona próxima à vitrine da livraria.

Todos se inclinaram para a frente enquanto ela tirava a fita, exceto Ruth, que continuou onde estava e olhou pela janela para a neve interminável.

– O que ela te deu? – perguntou Olivier, esticando o pescoço. – Deixa eu ver.

– Mais luvas – disse Clara.

– Não, um chapéu – disse Gabri. – Um gorro.

Myrna o ergueu. Era azul-claro e, de fato, um gorro. Um gorro estampado.

– Qual é a estampa? – perguntou Clara.

Pareciam morcegos para ela, mas isso não fazia nenhum sentido.

– São anjos – afirmou Olivier.

Eles se inclinaram ainda mais.

– Não é lindo? – disse Gabri, recuando. – Você era o anjo da guarda dela.

– É maravilhoso – disse Myrna, erguendo o gorro no ar, admirando-o e tentando esconder sua decepção.

Myrna se permitira acreditar que o pacote magicamente revelaria Constance. O que havia de mais privado em sua vida. Que o presente finalmente deixaria Myrna entrar na casa da amiga.

Era um gesto adorável, mas dificilmente a chave para qualquer coisa.

– Como você sabia que isso estava ali? – perguntou Clara a Gamache.

– Eu não sabia – admitiu ele –, mas parecia improvável que ela desse presentes para vocês e não trouxesse nada para Myrna. Aí eu me toquei que, se ela tivesse trazido um para Myrna, teria feito isso na primeira visita, já que não pretendia voltar.

– Bom, mistério solucionado – declarou Gabri. – Eu vou voltar para o bistrô. Você vem, Maigret?

– Logo atrás de você, Miss Marple – respondeu Olivier.

Ruth se levantou com um grunhido. Ela encarou o pacote, depois Gamache. Ele assentiu para ela, e ela, para ele. Só então ela e Rosa foram embora.

– Vocês dois parecem ter desenvolvido uma telepatia – comentou Clara, observando a velha poeta avançar cuidadosamente pelo caminho nevado com a pata nos braços. – Eu não sei se ia querer ela na minha cabeça, não.

– Ela não está na minha cabeça – assegurou ele. – Mas, muitas vezes, ela ocupa a minha mente. Você sabia que aquele poema dela, "Infelizmente", foi escrito para Virginie Ouellet depois que ela morreu?

– Não – admitiu Myrna, com a mão apoiada no gorro, enquanto observava Ruth parar e orientar os jogadores de hóquei, ou talvez gritar alguma grosseria para eles. – Ele tornou Ruth famosa, não foi?

Gamache aquiesceu.

– Acho que ela nunca se recuperou disso.

– Da fama? – perguntou Clara.

– Da culpa – explicou Gamache. – De lucrar com a dor de outra pessoa.

– *Quem te machucou uma vez/ de maneira tão irreparável,/ que te fez saudar cada oportunidade/ com uma careta?*

Myrna murmurou as palavras enquanto observava Ruth e Rosa, que caminhavam de cabeça baixa, olhando para a neve. Indo para casa.

– Todos nós temos os nossos albatrozes – disse ela.

– Ou patos – disse Clara, e se ajoelhou na poltrona da amiga. – Você está bem?

Myrna anuiu.

– Quer ficar sozinha?

– Só por alguns minutos.

Clara se levantou, beijou Myrna no topo da cabeça e saiu.

Mas Armand Gamache, não. Em vez disso, ele esperou a porta que conectava as lojas se fechar, depois se sentou na poltrona que Ruth desocupara e olhou para Myrna.

– O que foi? – perguntou ele.

Myrna ergueu o gorro e o colocou. A peça de tricô se empoleirou na cabeça dela como uma lâmpada azul-clara. Então ela o entregou a ele. Após examiná-lo, Gamache baixou o gorro para o joelho.

– Não foi feito para você, né?

– Não. E não é novo – disse ela.

Gamache viu que a lã estava gasta, com algumas bolinhas. E viu outra coisa. Uma minúscula etiqueta fora cerzida dentro do gorro. Ele pôs os óculos de leitura e levou o gorro até o rosto, até a lã áspera quase roçar seu nariz. Era difícil ler a etiqueta, a impressão era muito pequena e as letras estavam borradas.

Ele tirou os óculos e devolveu o gorro a Myrna.

– O que você acha que diz aqui?

Ela o examinou, estreitando os olhos.

– MA – disse, por fim.

Gamache assentiu, inconscientemente brincando com os próprios óculos.

– MA – repetiu ele, e olhou pela janela.

Seu olhar estava desfocado. Tentando ver o que não estava ali.

Uma ideia, um pensamento. Um propósito.

Por que alguém havia costurado MA dentro do gorro?

Aquela era, ele sabia, a mesma etiqueta que eles tinham encontrado nos outros gorros da casa de Constance. O de Constance tinha estampa de renas e MC na etiqueta. Marie-Constance.

O de Marguerite tinha MM dentro. Marie-Marguerite.

O gorro de Josephine, MJ.

Ele baixou os olhos para o gorro em sua mão. MA.

– Talvez fosse da mãe dela – sugeriu Myrna. – Só pode ser isso. Ela fez um para cada menina e um para si mesma.

– Mas é tão pequeno... – argumentou o inspetor.

– As pessoas eram menores naquela época – disse Myrna, e Gamache assentiu.

Era verdade. Principalmente as mulheres. Até naquela época, as quebequenses tendiam a ser *mignon*. Ele voltou a olhar para o chapéu. Aquilo serviria em uma mulher adulta?

Talvez.

E talvez fizesse sentido para Constance ficar com ele, a única recordação da mãe. Não havia uma só foto dos pais na casa das quíntuplas. Mas elas tinham algo muito mais precioso. Gorros feitos pela mãe.

Um para cada uma das filhas e um para si mesma.

E o que ela havia colocado dentro dele? Não suas iniciais. Claro que não. Ela deixara de ser Marie-Harriette quando as garotas nasceram e se tornara Mamãe. *Ma*.

Talvez aquela fosse mesmo a chave para Constance, no fim das contas. E talvez, ao entregá-la a Myrna, ela estivesse sinalizando que estava pronta para finalmente deixar tudo para trás. O passado. O rancor.

Gamache se perguntou se Constance e suas irmãs sabiam que os pais não as tinham vendido para o Estado. Que, na verdade, as garotas haviam sido expropriadas.

Será que Constance finalmente tinha se dado conta de que a mãe a amava? Fora esse o albatroz que carregara a vida toda? Não uma injustiça terrível, mas o horror que vinha de perceber, tarde demais, que não fora injustiçada? Que fora amada o tempo todo?

Quem te machucou uma vez/ de maneira tão irreparável?

Talvez a resposta, para as quíntuplas e para Ruth, fosse simples.

Elas tinham machucado a si mesmas.

Ruth, ao escrever o poema e assumir um fardo desnecessário de culpa, e as quíntuplas, ao acreditar em uma mentira e não reconhecer o amor dos pais.

Ele olhou para o gorro de novo e o rodou, examinando a estampa. Então o baixou.

– Como isto pode ser a chave para a casa dela? – perguntou ele. – A estampa de anjo significa alguma coisa para você?

Myrna olhou pela janela, para a praça do vilarejo e os patinadores, depois balançou a cabeça.

– Talvez não signifique nada – disse Gamache. – Por que renas, pinheiros ou flocos de neve? As estampas que madame Ouellet tricotou nos outros chapéus são só símbolos alegres do inverno e do Natal.

Myrna aquiesceu, amassando o gorro e observando as crianças felizes no lago congelado.

– Constance me disse que ela e as irmãs amavam hóquei. Elas formavam um time e jogavam com as outras crianças do vilarejo. Parece que era o esporte preferido do irmão André.

– Eu não sabia disso – comentou Gamache.

– Acho que eles todos podem ter adotado a crença de que irmão André era o anjo da guarda deles. Daí – disse ela, erguendo o gorro – o chapéu.

Gamache aquiesceu. Havia várias referências ao irmão André nos documentos arquivados também. Ambos os lados invocavam a poderosa memória do santo.

– Mas por que ela me daria isto? – perguntou Myrna. – Para me contar sobre o irmão André? Ele era a chave para a casa dela? Eu não entendo.

– Talvez ela quisesse tirar isto da casa dela – sugeriu Gamache, ficando de pé. – Talvez esta fosse a chave. Se livrar da lenda.

Talvez, talvez, talvez. Aquilo não era jeito de conduzir uma investigação. E o tempo estava se esgotando. Se aquele crime não fosse desvendado até a hora em que ele, os Brunels e Nichol voltassem para a escola, então não seria desvendado.

Pelo menos não por ele.

– Eu preciso ver o filme de novo – disse Gamache, indo em direção às escadas do loft de Myrna.

– ALI – DISSE GAMACHE, apontando para a tela. – Está vendo?

Porém, mais uma vez, ele apertou o botão de pausa tarde demais.

Ele voltou o filme e tentou de novo. E de novo. Myrna estava no sofá ao lado dele. Repetidas vezes, ele reproduziu os mesmos vinte segundos de gravação. O velho filme, na velha casa de fazenda.

As garotas rindo e provocando umas às outras. Constance sentada no banco rústico, o pai a seus pés, amarrando os patins. As outras garotas na porta, cambaleando em suas lâminas e já segurando tacos de hóquei.

Então a mãe delas entra em quadro e distribui os gorros. Mas há um extra, que ela atira para fora da tela.

Repetidas vezes, o inspetor-chefe reproduziu o trecho. O gorro extra só era visível por um instante, ao rodopiar para fora de quadro. Finalmente, ele o capturou, congelado naquela fração de segundo entre deixar a mão de Marie-Harriette e sair da tela.

Eles se inclinaram para a frente.

O gorro tinha uma cor clara, isso eles tinham conseguido ver. Mas, em filme em preto e branco, era impossível distinguir a cor exata. Porém agora eles viam a estampa. Estava difusa, borrada, mas clara o suficiente.

– Anjos – disse Myrna. – É este aqui – afirmou ela, olhando para o chapéu em sua mão. – Era da mãe dela.

Mas Gamache já não olhava para o gorro congelado. Olhava para o rosto de Marie-Harriette. Por que ela estava tão aborrecida?

– Posso usar seu telefone?

Myrna levou o aparelho até lá, e ele fez a chamada.

– Eu chequei os atestados de óbito, chefe – reportou Lacoste em resposta à pergunta dele. – Todas elas estão definitivamente mortas. Virginie, Hélène, Josephine, Marguerite e, agora, Constance. Todas as Quíntuplas Ouellet se foram.

– Tem certeza?

Era raro o chefe questionar as descobertas dela, e aquilo a fez questionar a si mesma.

– Eu sei que a gente pensou que talvez uma ainda estivesse viva – disse Lacoste. – Mas eu encontrei atestados de óbito e registros de sepultamento para todas elas. Todas foram enterradas no mesmo cemitério perto da casa delas. A gente tem provas.

– Também existem provas de que o Dr. Bernard fez o parto das bebês – lembrou Gamache. – Provas de que Isidore e Marie-Harriette venderam as crianças para o Quebec. Provas de que Virginie morreu em uma queda acidental, quando a gente agora suspeita que, quase com certeza, não foi o caso.

A inspetora entendeu o que o chefe queria dizer.

– Elas eram extremamente reservadas – disse ela devagar, aceitando o que ele estava dizendo. – Imagino que seja possível.

– Elas não eram só reservadas. Eram cheias de segredos. Estavam escondendo alguma coisa – afirmou Gamache, depois pensou por um instante. – Se todas morreram, será possível que essas mortes não tenham sido como a gente imaginava?

– Como a de Virginie, o senhor quer dizer? – perguntou Lacoste, sua própria mente agitando-se para alcançar a dele.

– Se elas mentiram sobre uma morte, podem ter mentido sobre todas.

– Mas por quê?

– Por que alguém mente para a polícia? – perguntou ele.

– Para acobertar um crime – respondeu ela.

– Para acobertar um assassinato.

– O senhor acha que elas foram assassinadas? – perguntou ela, sem conseguir esconder o assombro em sua voz. – Todas elas?

– Sabemos que Constance foi. E que Virginie teve uma morte violenta. O que a gente realmente sabe sobre essa história? – perguntou o chefe. – O registro oficial afirma que ela morreu de uma queda de escada. O que foi corroborado por Hélène e Constance. Mas as anotações do médico e os relatórios policiais iniciais tinham uma versão diferente.

– *Oui*. Suicídio.

– Talvez até isso estivesse errado.

– O senhor acha que Hélène ou Constance mataram a irmã?

– Eu acho que a gente está chegando perto da verdade.

Gamache sentiu que eles finalmente tinham invadido a casa das Ouellets. Ele e Lacoste estavam tateando no escuro, mas o que quer que aquela família ferida estivesse escondendo logo seria revelado.

– Eu vou repassar as minhas anotações – disse Lacoste – e cavar mais fundo nos arquivos antigos, ver se existe qualquer indício de que as mortes não foram naturais.

– Ótimo. E eu vou checar os registros paroquiais.

Era onde o padre mantinha os registros de nascimentos e mortes. O chefe sabia que encontraria, escritos à mão, os registros de cinco nascimentos. Ele se perguntou quantas mortes encontraria.

GAMACHE FOI DE CARRO DIRETO até o laboratório forense da Sûreté e deixou o gorro lá, com instruções para receber um relatório completo até o fim do dia.

– Hoje? – perguntou o técnico, mas ele já estava falando com as costas do inspetor-chefe.

Gamache foi até o escritório, chegando a tempo para o briefing. A inspetora Lacoste liderava a reunião, mas só alguns agentes tinham se dado ao trabalho de aparecer. Ela se levantou quando o inspetor-chefe entrou. Os outros, a princípio, não. No entanto, ao ver o rosto severo dele, também ficaram de pé.

– Onde estão os outros? – perguntou Gamache bruscamente.

– Ocupados com outras tarefas – respondeu um dos agentes. – Senhor.

– A minha pergunta foi para a inspetora Lacoste – disse ele, depois se virou para ela.

– Eles foram informados sobre a reunião, mas preferiram não vir.

– Eu vou precisar do nome deles, por favor – disse Gamache, e estava prestes a sair quando parou e olhou para os agentes ainda de pé.

Ele os examinou por um instante e pareceu fraquejar.

– Vão para casa – disse, por fim.

Não era isso que eles esperavam, e os agentes ficaram ali, surpresos e indecisos. Assim como Lacoste, embora ela se esforçasse para não demonstrar isso.

– Para casa? – perguntou um deles.

– Vão embora – ordenou o chefe. – Para onde quiserem.

Os agentes se entreolharam e abriram um sorriso largo.

Gamache deu as costas para eles e foi até a porta.

– E os nossos casos?

Gamache parou, se virou e viu o jovem oficial que tentara ajudar alguns dias antes.

– Os casos vão realmente avançar se vocês ficarem?

Era uma pergunta retórica.

Ele sabia que aqueles agentes que o encaravam com tanto triunfo no olhar vinham espalhando por toda a Sûreté a notícia de que o inspetor-chefe Gamache estava acabado. Havia entregado os pontos.

E agora ele tinha feito a eles o grande favor de confirmar isso. Efetivamente fechando o departamento.

– Considerem isso um presente de Natal.

Eles já não tentavam esconder a satisfação. O golpe estava completo. Eles haviam deixado o grande inspetor-chefe de joelhos.

– Vão para casa – disse ele, com exaustão na voz. – Eu também pretendo ir, em breve.

Ele saiu da sala com as costas retas e a cabeça erguida. Mas caminhou devagar. Um leão ferido tentando apenas sobreviver ao dia.

– Chefe? – chamou a inspetora Lacoste, alcançando-o.

– Na minha sala, por favor.

Eles entraram e fecharam a porta, então ele apontou para uma cadeira.

– Mais alguma coisa do caso Ouellet? – perguntou ele.

– Eu falei com a vizinha de novo, para descobrir se as irmãs já tinham recebido alguma visita. Ela me falou a mesma coisa que disse aos primeiros investigadores. Ninguém nunca foi até aquela casa.

– Fora ela, pelo que eu me lembro.

– Uma vez – disse Lacoste –, para tomar uma limonada.

– Ela achava estranho nunca ter sido convidada para entrar?

– Não. Ela disse que, depois de alguns anos, você se acostuma com diferentes excentricidades. Uns vizinhos são intrometidos, uns gostam de festas e outros são bem quietos. É um bairro antigo e bem estabelecido, e as irmãs estavam lá havia muitos anos. Ninguém parecia questionar.

Gamache anuiu e ficou em silêncio por um instante, brincando com a caneta na mesa.

– Você precisa saber que eu decidi me aposentar.

– Se aposentar? Tem certeza?

Ela tentou decifrar a expressão dele. O tom. Ele estava realmente dizendo o que ela pensava?

– Vou escrever a minha carta de demissão e entregar hoje à noite ou amanhã. Ela vai entrar em vigor imediatamente.

Ele se debruçou na mesa e examinou as mãos por um instante, notando que o tremor havia parado.

– Faz muito tempo que você está comigo, inspetora.

– Sim, senhor. O senhor me tirou da pilha de lixo, se eu bem me lembro.

– Reciclagem – disse ele, sorrindo.

Não era exatamente mentira. O inspetor-chefe a havia contratado da Divisão de Crimes Hediondos no dia em que ela ia se demitir. Não porque fosse inepta para o trabalho. Não porque tivesse feito alguma bobagem. Mas porque era diferente. Porque os colegas a haviam surpreendido de olhos fechados e cabeça baixa na cena de um crime extremamente brutal contra uma criança.

O erro de Isabelle Lacoste foi contar a verdade quando eles perguntaram o que ela estava fazendo.

Ela estava meditando, enviando pensamentos para a vítima, assegurando à criança que ela não seria esquecida. A partir de então, os outros agentes haviam tornado a vida de Isabelle Lacoste um inferno, até que ela não aguentou mais. Ela sabia que era hora de ir.

E ela estava certa. Só não havia percebido para onde estava indo.

O inspetor-chefe tinha ouvido falar da meditação e quis conhecer a jovem agente que havia se tornado a piada da Sûreté. Quando ela finalmente fora chamada à sala do chefe, com a carta de demissão na mão, esperava que fossem só eles dois. Em vez disso, outro homem se levantou da poltrona alta. Ela o reconhecera imediatamente. Isabelle o havia visto na TV e lera sobre ele no jornal. Uma vez, pegara o elevador com ele e chegara tão perto que sentira o cheiro da colônia dele. Tão atraente era o aroma, tão poderoso o magnetismo do homem, que ela quase o seguira para fora do elevador.

Quando Lacoste entrou na sala de seu chefe, Gamache se levantou e fez uma leve mesura. Para ela. Havia algo do Velho Mundo nele. Algo de outro mundo.

Ele estendeu a mão. "Armand Gamache", disse.

Ela a aceitou, meio tonta. Sem saber ao certo o que estava acontecendo.

Desde então, nunca mais saiu do lado dele.

Não literalmente, é claro. Mas profissional e emocionalmente. Ela o seguiria aonde quer que ele fosse.

E agora ele lhe contara que estava se demitindo.

Ela não tinha como dizer que era de todo uma surpresa. Na verdade, Lacoste esperava por isso fazia algum tempo. Desde que a divisão começara a ser desmantelada e os agentes, espalhados entre outras divisões. Desde que o clima na sede da Sûreté se tornara úmido, frio e azedo com o cheiro da podridão.

– Obrigado por tudo que você fez por mim – disse ele, depois se levantou e sorriu. – Eu vou te mandar uma cópia da minha carta de demissão por e-mail. Talvez você possa distribuir para mim.

– Sim, senhor.

– Assim que receber, por favor.

– Pode deixar.

Ela foi até a porta da sala dele. Ele ofereceu a mão a ela, como havia feito quando eles se viram pela primeira vez.

– Não se passa um dia em que eu não sinta orgulho de você, inspetora Lacoste.

Ela sentiu a mão dele, forte. Nem sinal daquele cansaço que ele tinha demonstrado aos outros agentes. Nada de derrota ou resignação. Ele estava decidido. Ele apertou a mão de Lacoste e se concentrou completamente nela.

– Confie nos seus instintos. Entendeu?

Ela assentiu.

Ele abriu a porta e saiu sem olhar para trás. Caminhando devagar, mas sem hesitação, para fora da divisão que havia criado e que hoje estava destruída.

TRINTA

– Acho que o senhor vai querer ver isso.

Tessier alcançou o superintendente Francoeur e ordenou que todos saíssem do elevador. As portas se fecharam, e Tessier entregou a ele uma folha de papel.

Francoeur passou os olhos por ela rapidamente.

– Quando isso foi gravado?

– Faz uma hora.

– E ele mandou todo mundo para casa?

Francoeur fez menção de devolver a folha para Tessier, mas mudou de ideia. Em vez disso, a dobrou e guardou no bolso.

– A inspetora Lacoste ainda está aqui. Eles parecem estar focados no caso Ouellet, mas todos os outros foram embora.

Francoeur olhou para a frente e viu seu reflexo imperfeito na porta de metal arranhada e cheia de marcas do elevador.

– Ele já era – disse Tessier.

– Não seja idiota – rebateu Francoeur. – Segundo os arquivos que você pegou no computador do terapeuta, Gamache ainda acha que está sendo vigiado.

– Mas ninguém acredita nele.

– Ele acredita, e está certo. Você não acha que isto aqui pode ter sido um recado para a gente? – disse Francoeur, dando um tapinha no bolso da camisa, onde estava a transcrição agora. – O inspetor-chefe quer que a gente saiba que ele está se demitindo.

Tessier pensou sobre o assunto.

– Por quê?

Francoeur olhou para a frente. Para a porta. Ele se lembrava de quando ela era nova. De quando o aço inoxidável brilhava, e o reflexo era perfeito. Ele respirou fundo e inclinou a cabeça para trás, fechando os olhos.

O que Gamache estava tramando? O que estava fazendo?

Francoeur deveria estar satisfeito, mas alarmes ressoavam. Eles estavam tão perto. E agora isso.

O que você está aprontando, Armand?

O PÁROCO O RECEBEU COM as chaves da velha igreja de pedra.

Lá se iam os dias em que as igrejas não permaneciam trancadas. Esses dias tinham desaparecido junto com os cálices, crucifixos e tudo o mais que pudesse ser roubado ou desfigurado. Agora as igrejas eram frias e vazias. Embora nem tudo isso pudesse ser atribuído à ação dos vândalos.

Gamache limpou a neve do casaco, tirou o gorro e seguiu o pároco. O colarinho romano de padre Antoine estava escondido debaixo de um gasto cachecol e de um casaco pesado. Ele se apressava, não muito feliz por ter sido afastado do almoço e da lareira naquele dia nevado.

O homem era idoso, curvado. Tinha quase 80 anos, supôs Gamache. O rosto dele era flácido, e as veias do nariz e das bochechas, roxas e salientes. Os olhos pareciam cansados. Exaustos de tanto procurar milagres nesta terra sofrida. Embora ela tivesse produzido um milagre ainda vivo na memória coletiva. As Quíntuplas Ouellet. Mas talvez, pensou Gamache, um fosse pior do que nenhum. Deus tinha aparecido uma vez. Para nunca mais voltar.

Padre Antoine sabia o que era possível e o que lhe escapava.

– Qual deles o senhor quer? – perguntou o religioso em seu escritório nos fundos da igreja.

– O de 1930 em diante, por favor – respondeu o inspetor.

Ele havia ligado antes e conversado com padre Antoine, mas mesmo assim o homem parecia desconcertado.

Ele olhou em volta, assim como Gamache. Livros e arquivos por toda parte. Dava para ver que um dia aquela fora uma sala confortável, aconchegante, até. Havia duas poltronas altas, uma lareira e estantes de livros. Porém agora o espaço parecia negligenciado. Abarrotado, mas vazio.

– Vai estar bem ali – disse o padre, apontando para uma estante perto da janela.

Ele pôs as chaves na mesa e saiu.

– *Merci, mon père*! – gritou Gamache para ele, depois fechou a porta, acendeu a luminária da mesa, tirou o casaco e se pôs a trabalhar.

O SUPERINTENDENTE FRANCOEUR ENTREGOU o papel ao companheiro de almoço e observou o homem ler a transcrição, voltar a dobrá-la e colocá-la na mesa ao lado do prato de porcelana de osso com o pãozinho integral quente. Havia também um caracol de manteiga raspada e, ao lado, uma faca de prata esterlina.

– O que você acha que significa? – perguntou seu companheiro.

A voz, como sempre, era calorosa, amigável, firme. Nunca aflita, raramente brava.

Francoeur não sorriu, mas sentiu vontade. Ao contrário de Tessier, aquele homem não se deixava enganar pela desajeitada tentativa de Gamache de despistá-los.

– O inspetor-chefe suspeita que a sala dele esteja grampeada – disse Francoeur, que, apesar da fome, não se atrevia a aparentar distração na frente daquele homem. – Isto – continuou ele, apontando para o papel na toalha de linho – é um recado para a gente.

– Eu concordo. Mas o que significa? Ele está se demitindo ou não? Qual é o recado? Isto – disse ele, dando um tapinha no papel – é uma rendição ou um truque?

– Para ser sincero, senhor, acho que não importa.

Agora o companheiro de Francoeur parecia interessado. Curioso.

– Continue.

– A gente está tão perto... Ter que cuidar daquela mulher no início pareceu um problema...

– Por "cuidar" você quer dizer atirar Audrey Villeneuve da ponte Champlain – disse o homem. – Um problema que você e Tessier criaram.

Francoeur abriu um minúsculo sorriso e se recompôs.

– Não, senhor. Ela criou ao exceder o alcance da autoridade dela.

Ele não disse que ela nunca deveria ter sido capaz de encontrar aquela informação. Mas havia encontrado. Conhecimento podia até ser poder, mas também era uma bomba.

– A gente conteve o problema – afirmou Francoeur. – Antes que ela pudesse dizer qualquer coisa.

– Mas ela disse – observou o companheiro dele. – Foi pura sorte ela ter ido até o supervisor dela e ele falar com a gente. Foi quase uma catástrofe.

O uso daquela palavra pareceu interessante e irônico a Francoeur, considerando o que estava prestes a acontecer.

– E a gente tem certeza de que ela não contou para mais ninguém?

– A esta altura, já teria vindo à tona – disse Francoeur.

– Isso não é muito tranquilizador.

– Ela não sabia de verdade o que tinha encontrado – disse Francoeur.

– Não, Sylvain. Ela sabia, só não conseguia acreditar.

Em vez de raiva, Francoeur viu satisfação no rosto do companheiro. E sentiu um frisson do mesmo sentimento dentro de si.

Eles contavam com duas coisas: sua capacidade de esconder o que estava acontecendo e o fato de que, se aquilo fosse descoberto, seria descartado como inconcebível. Inacreditável.

– Os arquivos de Audrey Villeneuve foram imediatamente sobrescritos, o carro dela, limpo, e a casa, revistada – disse Francoeur. – Tudo que era remotamente incriminador desapareceu.

– Exceto ela. Ela foi encontrada. Tessier e o seu pessoal erraram a água. Uma coisa difícil de fazer, você não acha, diante de um alvo tão grande? Isso me faz pensar se a mira deles é realmente boa.

Francoeur olhou em volta. Eles estavam sozinhos na sala de jantar, exceto por um punhado de guarda-costas perto da porta. Ninguém podia vê-los. Ninguém podia gravá-los. Ninguém podia entreouvi-los. Mas, ainda assim, baixou a voz. Não até sussurrar. Aquilo ganharia um tom de conspiração. Mas ele baixou a voz para um nível discreto.

– Isso acabou sendo o melhor resultado possível – declarou Francoeur. – A queda ainda está listada como suicídio, mas o fato de o corpo ter sido encontrado debaixo da ponte deu carta branca para Tessier e o pessoal dele descerem lá também. Sem que ninguém fizesse perguntas. Foi uma dádiva divina.

O companheiro de Francoeur ergueu as sobrancelhas e sorriu.

Era uma expressão atraente, quase travessa. O rosto dele tinha personalidade e imperfeições suficientes para parecer genuíno. Sua voz carregava um toque de aspereza, de modo que suas palavras nunca soavam ensaiadas. Seus ternos, embora feitos sob medida, estavam sempre só um pouquinho fora do lugar, dando a ele o aspecto tanto de um executivo quanto de um homem do povo.

Um de nós, para todos.

Sylvain Francoeur admirava poucas pessoas. Eram poucos os homens que ele não desprezava imediatamente ao conhecer. Mas aquele era um deles. Eles se conheciam havia mais de trinta anos. Tinham se visto pela primeira vez ainda jovens, e cada um havia crescido em sua respectiva profissão.

O companheiro de almoço de Francoeur rasgou o pãozinho quente ao meio e passou manteiga.

Ele tinha subido da maneira mais difícil, Francoeur sabia. Mas tinha subido. De um trabalhador na hidrelétrica, na baía de James, a um dos homens mais poderosos do Quebec.

Tudo girava em torno do poder. De criá-lo. Usá-lo. Tomá-lo dos outros.

– Você está dizendo que Deus está do nosso lado? – perguntou seu companheiro, claramente se divertindo.

– E a sorte – afirmou Francoeur. – Trabalho duro, paciência, um plano. E sorte.

– E foi a sorte que contou para Gamache o que a gente estava fazendo? Foi por sorte que ele impediu o colapso da barragem no ano passado?

A conversa havia mudado. A voz, tão calorosa, tinha se solidificado.

– A gente trabalhou anos nisso, Sylvain. Décadas. Para você estragar tudo.

Francoeur sabia que os momentos seguintes seriam decisivos. Então sorriu, pegou o próprio pãozinho e o rasgou ao meio.

– Você está certo, é claro. Mas acho que isso também vai acabar se provando uma dádiva de Deus. A barragem sempre foi problemática. A gente não tinha certeza de que ela desabaria de verdade. E aquilo teria causado tantos danos à rede elétrica que levaríamos anos para nos recuperar. Isso é muito melhor.

Ele olhou pelas janelas que iam do chão ao teto, através da neve que caía.

– Eu estou convencido de que é até melhor que o plano original. Tem a grande vantagem de ser visível. De não acontecer no meio do nada, mas bem aqui, no centro de uma das maiores cidades da América do Norte. Pense nas imagens.

Os dois fizeram uma pausa. Imaginando a cena.

Não era um ato de destruição que contemplavam, mas de criação. Eles fabricariam raiva, uma revolta tão grande que se tornaria um crisol. Um caldeirão. E isso produziria um chamado por ação. O que exigiria um líder.

– E Gamache?

– Ele está fora da jogada – declarou Francoeur.

– Não minta para mim, Sylvain.

– Ele está isolado. A divisão dele virou uma zona. Ele próprio pratica-mente destruiu o departamento hoje. Ele não tem mais aliados, e os amigos dele se afastaram.

– Gamache está vivo.

O companheiro de Francoeur se inclinou para a frente e baixou a voz. Não para esconder o que estava prestes a dizer. Mas para enfatizar um ponto.

– Você matou tanta gente, Sylvain. Por que hesitar com Gamache?

– Eu não estou hesitando. Acredite em mim, não tem nada que eu queira mais que me livrar dele. Mas até as pessoas que deixaram de ser leais a ele fariam perguntas se, de repente, ele aparecesse no rio St. Lawrence ou fosse atropelado por um motorista que fugisse sem prestar socorro. Não preci-samos disso agora. A gente matou a carreira dele, a divisão dele. Matou a credibilidade e destruiu a autoestima dele. Não precisa matar o homem. A não ser que ele chegue muito perto. Mas ele não vai chegar. Eu distraí o inspetor-chefe.

– Como?

– Levando uma pessoa com quem ele se importa quase ao limite. Gamache está desesperado para salvar esse homem...

– Jean Guy Beauvoir?

Francoeur fez uma pausa, surpreso por seu companheiro saber daquilo. Mas então outro pensamento lhe ocorreu. Enquanto ele espionava Gamache, será que aquele homem o espionava?

Não importa, pensou Francoeur. *Eu não tenho nada a esconder.*

Mas, ainda assim, ele sentiu um sentinela se erguer dentro de si. Um guarda ascender. Francoeur sabia do que era capaz. E até se orgulhava disso. Pensava em si mesmo como um comandante em tempos de guerra, que não se esquivava das decisões difíceis. De enviar homens para a morte. Ou ordenar a morte de outros. Era desagradável, mas necessário.

Como Churchill ao permitir o bombardeio de Conventry. Sacrificando alguns por muitos. Francoeur dormia à noite sabendo que estava longe de ser o primeiro comandante a trilhar aquela estrada. Por um bem maior.

O homem do outro lado da mesa tomou um gole de vinho tinto e o observou por cima da borda da taça. Francoeur sabia do que ele próprio era capaz. E também do que seu companheiro era e o que já havia feito.

Sylvain Francoeur redobrou a guarda.

ARMAND GAMACHE ENCONTROU OS REGISTROS paroquiais, em grossos volumes com capa de couro, exatamente onde o padre pensou que estariam. Ele puxou alguns das pilhas empoeiradas, levando consigo para a mesa um da década de 1930.

E tornou a vestir o casaco. Estava frio e úmido no escritório. E ele estava com fome. Ignorando o ronco do estômago, o inspetor pôs os óculos de leitura e se debruçou sobre o livro antigo que listava nascimentos e mortes.

FRANCOEUR CORTOU A MASSA FOLHADA do salmão *en croûte* e viu as lascas do peixe rosado com agrião por cima. Limão siciliano e manteiga emulsionada com estragão pingavam da massa.

Ele levou uma garfada à boca enquanto seu companheiro comia o pernil de cordeiro refogado no alho e alecrim. Entre os dois havia bandejas de prata com folhas de espinafre e vagens novas.

– Você não respondeu à minha pergunta, Sylvain.

– Qual?

– O inspetor-chefe está realmente se demitindo? Está sinalizando uma rendição ou tentando enganar a gente?

Francoeur voltou a olhar para o papel, dobrado cuidadosamente na mesa. A transcrição da conversa na sala de Gamache mais cedo.

– Eu comecei a dizer que, na minha opinião, isso não importa.

Seu companheiro baixou o garfo e levou o guardanapo de linho aos lábios, conseguindo transformar um delicado maneirismo em um gesto bem masculino.

– Mas você não me explicou o que quis dizer com isso.

– Eu quero dizer que é tarde demais. Do nosso lado, está tudo pronto. A gente só precisa que você dê a ordem.

O garfo de Francoeur pairava logo acima do prato, enquanto ele olhava para o outro lado da mesa.

Se a ordem fosse dada agora, eles estariam a poucos minutos de terminar o que tivera início décadas antes. O que começara com dois jovens idealistas e uma conversa sussurrada acabaria ali. Trinta anos depois. Com cabelos grisalhos, manchas senis em suas mãos e rugas em seus rostos. Com linho engomado e prata polida, vinho tinto e comida fina. Não com um sussurro, mas com um estrondo.

– Logo, logo, Sylvain. Estamos a poucas horas, talvez um dia. Vamos seguir com o plano.

Assim como o companheiro, o superintendente Francoeur sabia que paciência era poder. Ele só precisava de um pouco mais de uma para alcançar o outro.

ELAS ESTAVAM TODAS ALI.

Marie-Virginie.

Marie-Hélène.

Marie-Josephine.

Marie-Marguerite.

E Marie-Constance.

Ele havia encontrado o registro do nascimento delas. Uma longa lista de nomes, debaixo de "Ouellet". E também da morte. De Isidore, Marie-Harriette e das filhas. A de Constance, é claro, ainda não havia sido protocolada, mas logo seria. Então o registro estaria completo. Nascimento, depois morte. E o livro poderia ser fechado.

Gamache se recostou na cadeira. Apesar da bagunça, o lugar era sereno. Ele sabia que isso se devia, quase com certeza, ao silêncio e ao cheiro de livros velhos.

Ele recolocou os livros compridos e pesados na estante e saiu da igreja.

Enquanto caminhava até o presbitério, passou pelo cemitério. O campo de velhas pedras cinzentas estava parcialmente enterrado na neve, o que dava a ele um aspecto tranquilo. Mais neve caía, como acontecera o dia todo. Não uma neve pesada, mas constante. Direto para o chão, em flocos grandes e macios.

– Ah, que se dane – disse ele a si mesmo, e saiu do caminho.

Imediatamente afundou até o meio das canelas e sentiu a neve se infiltrar nas botas. Então avançou com esforço, afundando de vez em quando até os joelhos ao ir de uma lápide a outra. Até que os encontrou.

Isidore e Marie-Harriette. Lado a lado, seus nomes gravados em pedra para toda a eternidade. Marie-Harriette havia morrido muito jovem, pelo menos para os padrões atuais. Com pouco menos de 40 anos. Isidore havia morrido muito velho. Com pouco menos de 90. Fazia quinze anos.

Gamache tentou tirar a neve da frente da lápide, para ler os outros nomes e datas, mas havia muita. Ele olhou em volta, depois retraçou seus passos.

Viu o padre se aproximar e o cumprimentou.

– O senhor encontrou o que estava procurando? – perguntou padre Antoine.

Ele parecia mais simpático agora. Talvez, pensou Gamache, o problema fosse mais a falta de açúcar no sangue que mau humor ou uma decepção crônica com um Deus que o havia largado ali, depois se esquecido dele.

– Mais ou menos – respondeu Gamache. – Eu tentei dar uma olhada nas sepulturas, mas tem neve demais.

– Vou pegar uma pá.

Padre Antoine voltou alguns minutos depois, e Gamache limpou o caminho até o monumento, depois desenterrou a lápide em si.

Marie-Virginie.

Marie-Hélène.

Marie-Josephine.

Marie-Marguerite.

E Marie-Constance.

A data do nascimento dela estava lá, só a de sua morte que ainda não. Havia a presunção de que ela seria enterrada com as irmãs. Na morte, assim como na vida.

– Deixa eu perguntar uma coisa, *mon père* – disse Gamache.

– *Oui?*

– Seria possível simular um enterro? E falsificar o registro?

Padre Antoine ficou surpreso com a pergunta.

– Simular? Por quê?

– Eu não tenho certeza, mas seria possível?

O padre refletiu um pouco.

– A gente não insere uma morte no registro sem ver o atestado de óbito. Se ele não estiver correto, então, sim, imagino que o erro possa aparecer no registro também. Mas o enterro? Isso seria mais difícil, *non*? Quer dizer, a gente teria que enterrar alguém.

– O caixão não poderia estar vazio?

– Bom, é pouco provável. A casa funerária raramente entrega caixões vazios para serem sepultados.

Gamache sorriu.

– Imagino que não. Mas eles não necessariamente sabem quem está lá dentro. E, se o senhor não conhecesse o paroquiano, também poderia ser enganado.

– Agora o senhor está sugerindo que haveria alguém no caixão, mas a pessoa errada?

Padre Antoine parecia cético. E deveria estar mesmo, pensou o inspetor.

Ainda assim, se tanta coisa na vida das quíntuplas fora forjada, por que não a morte delas? Mas com que intuito? E qual delas ainda poderia estar viva?

Ele balançou a cabeça. De longe, a resposta mais razoável era a mais simples. Elas estavam todas mortas. E a pergunta que ele deveria estar se fazendo não era se elas estavam mortas, mas se tinham sido assassinadas.

Ele olhou para as lápides vizinhas. À esquerda, mais Ouellets. A família de Isidore. À direita, os Pineaults. A família de Marie-Harriette. Todos os nomes dos garotos Pineault começavam com Marc. Gamache se aproximou mais e não ficou surpreso ao ver que todos os nomes das garotas começavam com Marie.

Seu olhar foi atraído de volta para Marie-Harriette.

Morta há tempos e enterrada em outra cidade,/ minha mãe continua a me assombrar.

Gamache se perguntou que assunto inacabado era aquele entre mãe e filhas. Mamãe. *Ma.*

– Alguém apareceu por aqui recentemente perguntando pelas quíntuplas? – quis saber Gamache enquanto eles voltavam um atrás do outro pelo estreito caminho que haviam criado.

– Não. A maioria das pessoas já se esqueceu delas há muito tempo.

– Faz muito tempo que o senhor é padre aqui?

– Cerca de vinte anos. Cheguei bem depois que as quíntuplas se mudaram.

Então aquele padre cansado não presenciara um milagre sequer. Só os corpos.

– As garotas voltaram alguma vez para visitar?

– Não.

– E, no entanto, elas estão enterradas aqui.

– Bom, onde mais elas estariam? No fim, a maioria das pessoas volta para casa.

Gamache pensou que provavelmente era verdade.

– Os pais... O senhor os conhecia?

– Eu conheci Isidore. Teve uma vida longa. Nunca se casou de novo. Sempre teve esperanças de que as garotas voltassem para cuidar dele na velhice.

– Mas elas nunca voltaram.

– Só para o enterro dele. E depois para ser sepultadas.

O padre aceitou as chaves antigas das mãos de Gamache, e eles se separaram. Mas o inspetor-chefe tinha mais uma parada a fazer antes de voltar para Montreal.

Alguns minutos depois, parou em uma vaga de estacionamento e desligou o carro. Ele olhou para os muros altos com espetos e ondulações de arame farpado em cima. Guardas o observavam das torres, os rifles cruzados no peito.

Eles não precisavam se preocupar. O inspetor não tinha intenção nenhuma de sair, embora estivesse tentado.

A igreja ficava a poucos quilômetros do RDD, a penitenciária onde Pierre Arnot vivia agora. Onde Gamache o havia colocado.

Sua intenção, depois de falar com o padre e olhar o registro, era dirigir direto para Montreal. Em vez disso, ele se viu tentado a ir até ali. Atraído para lá. Por Pierre Arnot.

Poucas centenas de metros separavam os dois homens agora, e com Arnot estavam todas as respostas.

Gamache tinha cada vez mais certeza de que o que quer que estivesse prestes a acontecer havia sido iniciado por Arnot. Mas também sabia que ele não faria nada para voltar atrás. Isso era com Gamache e os outros.

Embora tentado a confrontar Arnot, não trairia sua promessa a Thérèse. Ele deu a partida no carro, engatou a marcha e foi embora. Porém, em vez de dirigir para Montreal, virou em outra direção, de volta para a igreja. Uma vez lá, estacionou perto do presbitério e bateu à porta.

– O senhor de novo – disse o padre, mas não parecia insatisfeito.

– *Désolé, mon père* – disse Gamache –, mas Isidore morou na própria casa até morrer?

– Morou.

– Ele cozinhava, limpava e cortava lenha sozinho?

– A velha geração – disse o padre, sorrindo. – Autossuficiente. Ele se orgulhava disso. Nunca pedia ajuda.

– Mas a velha geração, muitas vezes, contava com ajuda – argumentou Gamache. – Pelo menos, até alguns anos atrás. A família cuidava dos pais e avós.

– É verdade.

– Então quem cuidava de Isidore, se não as filhas?

– Um dos cunhados dele ajudava.

– Ele ainda está aqui? Posso falar com ele?

– Não. Ele se mudou depois que Isidore morreu. O velho monsieur Ouellet deixou a fazenda para ele, como agradecimento, imagino. Para quem mais ele daria a casa?

– Mas ele não está morando na fazenda agora?

– Não. Pineault vendeu o imóvel e se mudou para Montreal, eu acho.

– O senhor tem o endereço dele? Eu queria falar com ele sobre Isidore, Marie-Harriette e as garotas. Ele deve ter conhecido todas elas, né?

Gamache prendeu a respiração.

– Ah, sim. A mãe era irmã dele. Ele era tio das garotas. Eu não tenho o endereço – disse padre Antoine –, mas o nome dele é André. André Pineault. Ele próprio já deve ser um senhor de idade agora.

– Quantos anos ele deve ter?

Padre Antoine pensou.

– Não sei ao certo. A gente pode verificar os registros paroquiais, se o senhor quiser, mas eu diria que ele deve estar perto dos 80. Ele era o mais novo daquela geração, uns bons anos mais jovem que a irmã. Os Pineaults eram uma família imensa. Bons católicos.

– O senhor tem certeza de que ele está vivo?

– Certeza, não, mas ele não está aqui – explicou o padre, olhando para além de Gamache, em direção ao cemitério. – E para onde mais ele iria?

Para casa. Já não mais a fazenda, mas a cova.

TRINTA E UM

O TÉCNICO ENTREGOU O RELATÓRIO E o gorro a Gamache.
— Pronto.
— Alguma informação?
— Bom, a gente detectou três contatos significativos na peça. Além do seu próprio DNA, é claro.

O técnico lançou a Gamache um olhar de censura por ele ter contaminado a evidência.
— Quem são os outros?
— Bom, primeiro eu preciso dizer que mais de três pessoas manusearam o gorro. Eu encontrei traços de DNA de um monte de gente e de pelo menos um animal. Provavelmente, contatos acidentais de anos atrás. Eles pegaram o gorro, talvez até o tenham usado, mas não por muito tempo. Ele pertencia a outra pessoa.
— Quem?
— Já vou chegar lá.

O técnico olhava para Gamache, irritado. O inspetor estendeu a mão, incentivando o homem a continuar.
— Bom, como eu disse, detectamos três contatos significativos. Agora, um deles é de alguém de fora, um elemento não pertencente ao grupo, mas os outros dois são parentes.

Alguém de fora, suspeitava Gamache, devia ser Myrna, que havia segurado o gorro e até tentado colocá-lo na cabeça.
— Uma das compatibilidades era com a vítima.
— Constance Ouellet — disse Gamache.

Isso não era nenhuma surpresa, mas foi bom confirmar.

– E a outra?

– Bom, é aí que a coisa fica interessante, e difícil.

– Você falou que as duas pessoas são parentes – disse Gamache, na esperança de evitar mais uma longa e fascinante palestra.

– E são, mas o DNA é antigo.

– Antigo quanto?

– Tem décadas, eu diria. É difícil conseguir uma leitura precisa, mas as duas pessoas são definitivamente parentes. Irmãs, talvez.

Gamache olhou para os anjos.

– Irmãs? Não poderia ser outra relação de parentesco?

O técnico pensou e aquiesceu.

– É possível.

– Mãe e filha – disse Gamache, quase para si mesmo.

Então eles estavam certos. O MA era de *Ma*. Marie-Harriette havia tricotado seis gorros. Um para cada uma das filhas e um para si mesma.

– Não – disse o técnico. – Mãe e filha, não. Pai e filha. O DNA antigo quase com certeza é masculino.

– *Pardon?*

– Não dá para ter 100% de certeza, é claro – continuou o técnico. – Está aí no relatório. O DNA vem do cabelo. Eu diria que esse gorro pertenceu a um homem, anos atrás.

Gamache voltou ao escritório.

O departamento estava deserto. Até Lacoste tinha ido embora. Ele havia ligado para ela do carro quando estava na frente do presbitério e pedira que a inspetora localizasse André Pineault. Agora, mais do nunca, Gamache queria conversar com o homem que conhecera Marie-Harriette. Porém, mais do que isso, Pineault tivera contato com Isidore e as garotas.

Pai e filha, dissera o técnico.

Gamache viu Isidore com os braços estendidos, abençoando as filhas. O olhar de entrega em seu rosto. Será que ele não estava abençoando as meninas, mas pedindo perdão?

O perdoado e o perdoador se encontrarão de novo.

Era por isso que nenhuma delas tinha se casado? Por isso que nenhuma havia voltado, exceto para se assegurar de que ele estava realmente morto?

Por isso Virginie se matara?

Era por isso que elas odiavam a mãe? Não pelo que ela havia feito, mas pelo que tinha deixado de fazer? E seria possível que o Estado, tão arrogante e autoritário, estivesse, na verdade, salvando as garotas ao tirá-las daquela sombria casa de fazenda?

Gamache se lembrou da alegria no rosto de Constance enquanto o pai amarrava seus patins. Ele tinha interpretado aquilo sem pensar muito, mas agora refletia. Ele havia investigado um número suficiente de casos de abuso infantil para saber que a criança, ao ser colocada em um ambiente com ambos os pais, quase sempre abraça o abusador.

É uma tentativa da criança de bajular e agradar. Será que era isso que estampava o rosto da pequena Constance? Não a alegria real, mas aquela engessada ali pelo desespero e pelo hábito?

Ele baixou os olhos para o gorro. A chave para a casa delas. Era melhor não tirar conclusões precipitadas que poderiam estar bem longe da verdade, Gamache se advertiu, mesmo enquanto ponderava se aquele era o segredo que Constance escondia. O que ela finalmente estava disposta a trazer à luz.

No entanto, aquilo não explicava o assassinato. Ou talvez explicasse. Será que ele não estava conseguindo enxergar a importância de algum fato ou uma conexão crucial?

Cada vez mais ele sentia que era fundamental conversar com o tio delas.

Lacoste tinha enviado um e-mail dizendo que acreditava tê-lo encontrado. Talvez não fosse o Pineault certo, já que aquele era um nome comum, mas a idade batia, e ele havia se mudado quatorze anos antes para o pequeno apartamento onde ainda hoje morava. Na mesma época da morte de Isidore e da venda da fazenda. Lacoste perguntara se o chefe queria que ela o interrogasse, mas Gamache dissera que ela deveria ir para casa. Descansar um pouco. Ele interrogaria o homem, a caminho de Three Pines.

Em sua mesa, ele encontrou o dossiê que Lacoste havia deixado, que incluía o endereço de monsieur Pineault na zona leste de Montreal.

Gamache girou a cadeira devagar até voltar as costas para o escritório escuro e vazio e olhou pela janela. O sol estava se pondo. Ele consultou o relógio: 16h17. A hora exata em que o sol deveria se pôr. Ainda assim, sempre parecia cedo demais.

Ele se balançou levemente na cadeira, observando Montreal. Que cidade caótica. Sempre fora. Mas vibrante também. Animada e bagunçada.

Ele sentia prazer em olhar para Montreal.

Estava cogitando fazer algo que talvez se provasse uma tolice monumental. Com certeza, não era racional, mas aquela ideia não vinha de seu cérebro.

O inspetor-chefe reuniu a papelada e saiu sem olhar para trás. Não se deu ao trabalho de trancar a sala, nem sequer de fechá-la. Não havia necessidade. Ele duvidava que fosse voltar.

No elevador, apertou um botão para subir, não para descer. Uma vez lá, saiu e atravessou o corredor a passos decididos. Ao contrário da Divisão de Homicídios, este não estava vazio. E, à medida que ele passava, os agentes levantavam os olhos. Alguns pegavam o telefone.

Mas o chefe não prestou atenção. Foi direto ao seu destino. Quando chegou, não bateu. Só abriu a porta e a fechou atrás de si.

– Jean Guy.

Beauvoir ergueu os olhos da mesa, e Gamache sentiu um aperto no coração. Jean Guy estava em derrocada. Estava se pondo como o sol.

– Vem comigo – pediu Gamache.

Ele esperava que sua voz soasse normal, portanto ficou surpreso ao ouvir apenas um sussurro, as palavras quase inaudíveis.

– Sai daqui.

A voz de Beauvoir estava baixa também. Ele voltou as costas ao chefe.

– Vem comigo – repetiu Gamache. – Por favor, Jean Guy. Não é tarde demais.

– Para quê? Para o senhor poder me sacanear um pouco mais? – perguntou Beauvoir, voltando-se para encarar Gamache com ódio. – Para o senhor me humilhar ainda mais? Vai se ferrar.

– Eles roubaram as anotações do terapeuta – disse Gamache, aproximando-se do homem mais jovem que parecia tão mais velho. – Eles sabem como entrar na nossa cabeça. Na sua, na minha. Na de Lacoste. Na de todo mundo.

– Eles? Quem são "eles"? Espera, não me fala. "Eles" não são "o senhor". É só isso que importa, não? O grande Armand Gamache é irrepreensível. É tudo culpa "deles". Sempre é. Bom, pega a sua vida perfeita, o seu histórico perfeito, e dá o fora daqui. Eu não passo de um merda para o senhor, uma sujeira que grudou no seu sapato. Não sou bom o suficiente para a sua divisão, não sou bom o suficiente para a sua filha. Não sou bom o suficiente para ser salvo.

As últimas palavras mal saíram da boca de Beauvoir. A garganta dele se contraiu e elas passaram raspando. Beauvoir se levantou, seu corpo magro tremendo.

– Eu tentei... – começou Gamache.

– O senhor me deixou. O senhor me deixou lá para morrer naquela fábrica.

Gamache abriu a boca para falar. Mas o que poderia dizer? Que ele havia salvado Beauvoir? Que o arrastara até um lugar seguro? Estancara o sangue da ferida dele? Que gritara para pedir ajuda?

Que não era culpa sua?

Enquanto Armand Gamache vivesse, veria não o ferimento de Jean Guy, mas seu rosto. O terror naqueles olhos. Com tanto medo de morrer. Tão de repente. Tão inesperado. Rogando a Gamache que, pelo menos, não o deixasse sozinho. Implorando a ele que ficasse.

Ele tinha se agarrado às mãos de Gamache e até aquele dia o chefe podia senti-las, pegajosas e quentes. Jean Guy não dissera nada, mas seus olhos gritavam.

Armand tinha beijado a testa de Jean Guy e alisado seus cabelos pastosos. Sussurrado em seu ouvido. E ido embora. Para ajudar os outros. Ele era o líder. E os havia conduzido até uma emboscada. Não podia ficar para trás com um agente ferido, por mais que o amasse.

Ele próprio fora atingido. Quase morrera. Olhara para cima e vira Isabelle Lacoste. Ela sustentara os olhos dele, segurara a mão dele e ouvira o chefe sussurrar. Reine-Marie.

Ela não o deixara. Ele conhecera o conforto indescritível de não estar sozinho nos momentos finais. E conhecera então a solidão indescritível que Beauvoir devia ter sentido.

Armand Gamache sabia que ele havia mudado. O homem que se levantara daquele chão de concreto não era o mesmo que fora atingido. Mas ele também sabia que Jean Guy Beauvoir nunca havia realmente se levantado. Ele estava amarrado àquele chão de fábrica ensanguentado, pela dor e pelos analgésicos, pelo vício, pela crueldade e pelas amarras do desespero.

Gamache encarou aqueles olhos de novo.

Eles estavam vazios agora. Até a raiva parecia só um exercício, um eco. Não algo realmente sentido. Olhos de crepúsculo.

– Vem comigo agora – disse Gamache. – Deixa eu te ajudar. Não é tarde demais. Por favor.

– Annie me expulsou de casa porque o senhor mandou.

– Você conhece Annie, Jean Guy. Melhor do que eu jamais vou conhecer ou poderia. Você sabe que ninguém consegue obrigá-la a fazer nada. Isso quase a matou, mas foi um ato de amor. Ela te mandou embora porque queria que você procurasse ajuda para o seu vício.

– São analgésicos – retrucou Beauvoir.

Aquela também era uma discussão antiga. Uma dança sombria entre os dois.

– Foram receitados – argumentou o inspetor.

– E estes aqui? – perguntou Gamache, inclinando-se para a frente e pegando os comprimidos contra ansiedade na mesa de Beauvoir.

– São meus!

Beauvoir arrancou o frasco da mão de Gamache, e os comprimidos caíram na mesa, espalhando-se.

– O senhor me tirou tudo e me deixou com isto – disse Beauvoir, que, com um gesto fluido, pegou o frasco e o atirou no chefe. – Só isto. É tudo o que eu tenho. E agora o senhor quer me tirar isto também.

Beauvoir estava emaciado, trêmulo. Mas encarava o homem maior.

– Sabia que os outros agentes diziam que eu era a sua cadelinha, porque vivia correndo atrás do senhor?

– Eles nunca te chamaram assim. Você tinha o respeito total deles.

– Tinha. Tinha. Mas não tenho mais? – exigiu saber Beauvoir. – Eu era a sua cadelinha. Eu puxava o seu saco e beijava o seu anel. Era a piada do departamento. E depois da batida o senhor falou para todo mundo que eu era um covarde...

– Nunca!

– ... falou para eles que eu estava arruinado. Era um inútil...

– Nunca!

– Me mandou para um psicólogo, depois para a reabilitação, como se eu fosse um fracote. O senhor me humilhou.

Enquanto falava, ele empurrava Gamache para trás. A cada afirmação, ele o forçava. Até que as costas do inspetor-chefe bateram na fina parede do escritório de Beauvoir.

E, quando já não havia mais para onde ir, nem para a frente, nem para trás, Jean Guy Beauvoir pôs a mão dentro do paletó de Gamache e pegou a arma dele.

E o inspetor-chefe, embora pudesse tê-lo impedido, não fez nada.

– O senhor me deixou lá para morrer, depois me transformou numa piada.

Gamache sentiu o cano da Glock no abdômen e respirou fundo à medida que ela o pressionava cada vez mais.

– Eu te suspendi – disse ele, com a voz falhando. – Eu te mandei voltar para a reabilitação, para te ajudar.

– Annie me deixou – disse Beauvoir, agora com os olhos marejados.

– Ela te ama, mas não consegue viver com um viciado. Você é dependente químico, Jean Guy.

Enquanto o chefe falava, Beauvoir se inclinava mais ainda, enfiando a arma mais fundo no abdômen dele, de modo que Gamache mal podia respirar. Mas, ainda assim, o chefe não reagiu.

– Ela te ama – repetiu ele, a voz rouca. – Você precisa de ajuda.

– O senhor me deixou lá para morrer – disse Beauvoir, ofegante. – No chão. Naquele maldito chão imundo.

Ele estava chorando agora, debruçando-se sobre Gamache, os corpos pressionados um contra o outro. Beauvoir sentiu o tecido do paletó de Gamache contra o rosto não barbeado e o cheiro de sândalo. Com um toque de rosas.

– Eu voltei para te buscar agora, Jean Guy – disse Gamache, quase encostando a boca no ouvido de Beauvoir, suas palavras mal audíveis. – Vem comigo.

Ele sentiu a mão de Beauvoir se mover e o dedo encostar no gatilho. Mas, ainda assim, não reagiu. Não lutou.

O perdoado e o perdoador se encontrarão de novo.

– Me desculpa – disse Gamache. – Eu daria a minha vida para te salvar.

Ou será, como sempre foi,/ tarde demais?

– Tarde demais.

As palavras de Beauvoir saíram abafadas, ditas no ombro de Gamache.

– Eu te amo – murmurou Armand.

Jean Guy deu um pulo para trás e brandiu a arma, atingindo Gamache na lateral do rosto. Ele tropeçou de lado em um arquivo, apoiando o braço na parede para não cair. Gamache se virou e viu Beauvoir apontar a Glock para ele, a mão tremendo sem parar.

Ele sabia que havia agentes do outro lado da porta, que eles poderiam ter entrado. Que poderiam ter impedido aquilo. Que ainda poderiam impedir. Mas não o faziam.

Ele se endireitou e estendeu a mão, agora coberta por seu próprio sangue.

– Eu podia te matar – disse Beauvoir.

– *Oui*. E talvez eu mereça isso.

– Ninguém me culparia. Ninguém me prenderia.

E Gamache sabia que era verdade. Ele não imaginava que, se um dia fosse morto a tiros, seria dentro da sede da Sûreté, pelas mãos de Jean Guy Beauvoir.

– Eu sei – disse o chefe, a voz baixa e suave.

Ele deu um passo na direção de Beauvoir, que não recuou.

– Você deve estar muito sozinho.

Gamache sustentou os olhos de Jean Guy, e seu coração se partiu por aquele garoto que ele havia deixado para trás.

– Eu podia te matar – repetiu Beauvoir, a voz mais fraca.

– Sim.

Armand Gamache estava cara a cara com Jean Guy. A arma quase tocando sua camisa branca, agora salpicada de sangue.

Ele estendeu a mão direita, a mão que já não tremia, e sentiu o metal.

Gamache fechou a mão sobre a de Jean Guy. Ela estava fria. Assim como a arma. Os dois se entreolharam por um instante, antes de Jean Guy largar a arma.

– Me deixa – disse Beauvoir, já sem nenhum desejo de lutar e quase sem vida.

– Vem comigo.

– Vai embora.

Gamache devolveu a arma ao coldre e foi até a porta. Lá, ele hesitou.

– Me desculpa.

Beauvoir estava no meio do escritório, cansado demais até para se virar.

O inspetor-chefe saiu, avançando em direção a um aglomerado de agentes da Sûreté, alguns que tinham sido alunos seus na academia de polícia.

Armand Gamache sempre tivera crenças fora de moda. Ele acreditava que a luz baniria as sombras. Que a gentileza era mais poderosa que a crueldade e que a bondade existia até nos momentos de maior desespero. Ele acreditava que o mal tinha seus limites. Porém, ao encarar aqueles jovens homens e mulheres agora, que tinham visto algo terrível prestes a acontecer e não haviam feito nada, Gamache se perguntava se estivera enganado o tempo todo.

Talvez a escuridão às vezes vencesse. Talvez o mal não tivesse limites.

Ele voltou sozinho pelo corredor, apertou o botão para descer e, na privacidade do elevador, cobriu o rosto com as mãos.

– TEM CERTEZA QUE NÃO precisa de um médico?

André Pineault estava na porta do banheiro, os braços cruzados no peito largo.

– Não, eu vou ficar bem.

Gamache jogou mais água no rosto, sentindo a ferida arder. Um líquido rosado girou em volta do ralo, depois desapareceu. Ele levantou a cabeça e viu seu reflexo, o corte irregular na maçã do rosto e o hematoma começando a aparecer.

Mas iria sarar.

– Escorregou no gelo, o senhor disse? – comentou monsieur Pineault, entregando a Gamache uma toalha limpa, que o inspetor pressionou na lateral do rosto. – Eu já escorreguei assim algumas vezes. Quase sempre em bares, depois de alguns copos. Outros caras escorregavam também. Em todo canto. Às vezes a gente era preso por escorregar.

Gamache sorriu, depois estremeceu. Então sorriu de novo.

– Esse gelo é bem traiçoeiro – concordou.

– *Maudit tabarnac*, é a mais pura verdade – disse Pineault, abrindo caminho no corredor em direção à cozinha. – Cerveja?

– *Non, merci*.

– Café? – ofereceu ele, sem muito entusiasmo.

– Talvez um pouco d'água.

Se Gamache tivesse pedido xixi, Pineault não teria ficado menos animado. Mas ele serviu o copo e pegou alguns cubos de gelo. Colocou um na água e embrulhou o resto em um pano de prato. Depois, entregou ambos ao inspetor.

Gamache trocou a toalha de mão pelo gelo, pressionando-o contra o rosto. E se sentiu imediatamente melhor. Era óbvio que André Pineault já tinha feito aquilo.

O homem mais velho abriu uma cerveja, puxou uma cadeira e se juntou a Gamache na mesa de compensado.

– Então, *patron* – disse ele –, o senhor queria falar sobre Isidore e Marie--Harriette? Ou sobre as garotas?

Quando tocara a campainha, Gamache se apresentara e explicara que queria fazer algumas perguntas sobre *monsieur et madame Ouellet*. Sua autoridade, porém, fora minada pelo fato de parecer ter acabado de levar a pior em uma briga de bar.

Mas André Pineault não parecera achar nada daquilo tão inusitado assim. Gamache tinha tentado se limpar no carro, mas não havia feito um bom trabalho. Normalmente, teria ido para casa se trocar, porém o tempo era curto.

Agora, sentado ali na cozinha, bebericando a água gelada com metade do rosto dormente, ele começava a se sentir humano e competente de novo.

Monsieur Pineault se recostou na cadeira, exibindo o peito e a barriga salientes. Forte, vigoroso, curtido. Ele podia até ter mais de 70 anos segundo o calendário, mas parecia atemporal, quase imortal. Gamache não conseguia imaginar ninguém nem nada capaz de derrubar aquele homem.

Havia conhecido muitos quebequenses assim. Homens e mulheres durões, criados para cuidar de fazendas, florestas, animais e de si mesmos. Robustos, rústicos, autossuficientes. Uma raça agora menosprezada por tipos urbanos mais refinados.

Felizmente, homens como André Pineault não se importavam muito com isso. Ou, caso se importassem, simplesmente escorregavam no gelo e levavam o homem da cidade com eles.

– O senhor se lembra das quíntuplas? – perguntou Gamache, e pôs a bolsa de gelo na mesa da cozinha.

– É difícil esquecer, mas eu não via muito as gêmeas. Elas moravam naquele parque temático que o governo construiu para elas em Montreal, mas voltavam para o Natal e para uma semana de verão.

– Deve ter sido emocionante contar com celebridades locais.

– Imagino que sim. Mas ninguém realmente as considerava locais. A cidade vendia suvenires das Quíntuplas Ouellet e batizava os hotéis e cafeterias com o nome delas. *Lanchonete Quíntuplas*, esse tipo de coisa. Mas elas não eram locais. Não de verdade.

– Elas tinham amigos por perto? Crianças de lá com quem brincassem?

– Brincar? – perguntou Pineault com um bufo. – Aquelas garotas não "brincavam". Tudo o que elas faziam era planejado. Pareciam até a rainha da Inglaterra.

– Então, nada de amigos?

– Só os que o povo da TV pagava para brincar com elas.

– As garotas sabiam disso?

– Que as crianças eram subornadas? Provavelmente.

Gamache se lembrou do que Myrna dissera sobre Constance. Como ela ansiava por companhia. Não das onipresentes irmãs, mas só de um amigo que não precisasse ser pago. Até Myrna tinha sido paga para ouvi-la. Mas, então, Constance parara de pagá-la. E Myrna não a abandonara.

– Como elas eram?

– Normais, eu acho. Ficavam na delas.

– Esnobes? – perguntou Gamache.

Pineault se remexeu na cadeira.

– Não sei dizer.

– O senhor gostava delas?

Pineault pareceu atordoado com a pergunta.

– O senhor devia ser da idade delas... – disse Gamache, em uma nova tentativa.

– Um pouco mais novo – corrigiu ele, abrindo um sorriso largo. – Eu não sou tão velho, embora possa parecer.

– O senhor brincava com elas?

– Jogava hóquei, às vezes. Isidore montava um time quando as garotas vinham para casa no Natal. Todo mundo queria ser Rocket Richard – comentou Pineault. – Até as garotas.

Gamache notou a leve mudança no homem.

– O senhor gostava de Isidore, né?

André grunhiu.

– Ele era um bruto. Parecia ter sido arrancado da terra, como um imenso e sujo toco de árvore. Tinha mãos enormes.

Pineault abriu as próprias mãos de tamanho considerável na mesa da cozinha e olhou para baixo, sorrindo. Assim como no de Isidore, faltavam alguns dentes no sorriso de André, mas sobrava sinceridade.

Ele balançou a cabeça.

– Não era muito de conversar. Se eu tiver arrancado cinco palavras dele nos últimos anos, foi muito.

– O senhor morava com ele, pelo que eu entendi.

– Quem contou isso para o senhor?

– O pároco.

– Antoine? Maldita velha coroca, sempre fofocando, igualzinho a quando ele era criança. Jogava de goleiro, sabe? Preguiçoso demais para se mexer. Só ficava sentado ali, que nem uma aranha na teia. Dava arrepios na gente. E agora manda naquela igreja toda e praticamente cobra para mostrar aos turistas onde as quíntuplas foram batizadas. Mostra até o túmulo dos Ouellets para eles. É claro que agora ninguém mais dá a mínima.

– Depois que elas cresceram, nunca mais voltaram para visitar o pai?

– Antoine também disse isso para o senhor?

Gamache anuiu.

– Bom, ele está certo. Mas tanto faz. Isidore e eu ficamos bem. Ele ordenhou as vacas no dia em que morreu, sabia? Quase 90 anos e praticamente caiu morto no balde de leite – contou ele, rindo.

Pineault tomou um gole da cerveja, depois sorriu.

– Espero que seja de família. É como eu gostaria de morrer.

Ele olhou ao redor da pequena cozinha arrumada e se lembrou de onde estava. E de como provavelmente morreria. Embora Gamache suspeitasse que cair de cara em um balde de leite não fosse tão divertido quanto parecia.

– O senhor ajudava na fazenda? – perguntou Gamache.

Pineault assentiu.

– Também fazia a limpeza e cozinhava. Isidore era muito bom com as coisas de fora, mas odiava as de dentro. Só que gostava de uma casa organizada.

Gamache não precisou olhar em volta para saber que André Pineault também gostava. Ele se perguntou se os anos passados com o exigente Isidore o haviam contagiado ou se era um gosto natural do homem.

– Felizmente para mim, o prato preferido dele era macarrão enlatado. Do tipo que vem no formato das letras do alfabeto. E salsicha. À noite, a gente jogava *cribbage* ou ficava sentado na varanda.

– Mas sem conversar?

– Nem uma palavra. Ele só olhava para o campo, e eu também. Às vezes eu ia para a cidade, para o bar, e, quando voltava, ele ainda estava lá.

– No que ele pensava?

Pineault contraiu os lábios e olhou pela janela. Não havia nada para ver. Só a parede de tijolos do prédio ao lado.

– Ele pensava nas garotas – respondeu André, e voltou os olhos para Gamache. – O momento mais feliz da vida dele foi quando elas nasceram, mas acho que ele nunca superou o choque.

Gamache se lembrou da foto do jovem Isidore Ouellet de olhos arregalados, observando as cinco filhas embrulhadas em mantas, toalhas sujas e panos de prato.

Sim, tinha sido um choque.

Porém, alguns dias depois, lá estava Isidore, tão limpo quanto as filhas. Arrumado para os cinejornais. Ele segurava uma de suas meninas, de um jeito meio desajeitado, meio inseguro, mas muito carinhoso. Muito protetor. Bem no fundo daqueles braços bronzeados e fortes. Lá estava um agricultor rude, ainda não escolado na arte de fingir.

Isidore Ouellet amava as filhas.

– Por que as garotas não visitaram o pai quando ele ficou mais velho? – quis saber Gamache.

– Como eu vou saber? O senhor vai ter que perguntar para elas.

Elas?, pensou Gamache.

– Eu não posso.

– Bom, se o senhor veio aqui para saber o endereço delas, eu não sei. Faz anos que eu não vejo as gêmeas, nem sei delas.

Então André Pineault pareceu entender. Sua cadeira arranhou o piso com um ruído longo e lento quando ele se afastou da mesa. Para longe do inspetor-chefe.

– O que o senhor veio fazer aqui?

– Constance morreu há alguns dias – contou ele, observando Pineault enquanto falava.

Até então, nenhuma reação. O homem grande estava simplesmente assimilando a informação.

– Sinto muito.

Mas Gamache duvidava. Ele podia não estar feliz com a notícia, mas também não estava infeliz. Até onde ele podia ver, André Pineault não se importava.

– Então, quantas ainda restam? – perguntou Pineault.

– Nenhuma.

– Nenhuma?

Aquilo pareceu surpreendê-lo. Ele voltou a se recostar na cadeira e pegou a cerveja.

– Bom, acabou então.

– Acabou?

– Era a última. Não tem mais nenhuma quíntupla.

– O senhor não parece chateado.

– Olha, eu tenho certeza que elas eram garotas legais, mas, até onde eu pude ver, uma pilha de *merde* caiu em cima de Isidore e Marie-Harriette no instante em que elas nasceram.

– A mãe delas rezou por isso – relembrou Gamache. – Toda aquela história do irmão André.

– O que o senhor sabe disso? – questionou Pineault.

– Bom, não é exatamente um segredo, né? – perguntou Gamache. – A sua irmã visitou irmão André no Oratório. Ela subiu as escadas de joelhos para poder ter filhos e pedir a intercessão do padre. Foi uma grande parte da história delas.

– Ah, eu sei – disse Pineault. – As bebês milagrosas. Parecia até que o próprio Jesus Cristo tinha parido as garotas. Marie-Harriette era só a mulher de um agricultor pobre que queria uma família. Mas eu vou dizer uma coisa para o senhor – anunciou Pineault, inclinando o corpo grosso para Gamache: – Se foi Deus quem fez isso, ele devia odiar a minha irmã.

– O senhor leu o livro do Dr. Bernard? – perguntou Gamache.

Ele esperava que Pineault ficasse com raiva, mas, em vez disso, o homem se calou e balançou a cabeça.

– Eu ouvi falar do livro. Todo mundo ouviu. Um monte de mentiras. Fez Isidore e Marie-Harriette parecerem dois burros, estúpidos demais para criar as próprias filhas. Bernard ficou sabendo da visita ao irmão André e transformou a história em lixo hollywoodiano. Contou para os cinejornais, para os repórteres. Escreveu sobre isso no livro dele. Marie-Harriette não foi a única a ir até o Oratório pedir a bênção do irmão André. As pessoas vão lá até hoje. Ninguém fala sobre todos os outros que subiram aquelas escadas de joelhos.

– Os outros não pariram quíntuplas.

– Sorte deles.

– O senhor não gostava das garotas?

– Eu não conhecia as garotas. Sempre que elas voltavam para casa, tinha um monte de câmeras, babás, aquele médico e todo tipo de gente. No início, foi divertido, mas depois se tornou...

Ele procurou a palavra.

– Uma *merde*. E transformou a vida de todo mundo em *merde*.

– Marie-Harriette e Isidore também viam as coisas desse jeito?

– Como eu vou saber? Eu era só uma criança. O que eu sei é que Isidore e Marie-Harriette eram pessoas boas, decentes, que só estavam tentando sobreviver. Marie-Harriette queria ser mãe mais que tudo, e eles não deixaram. Eles tiraram isso dela e do Isidore. Aquele livro do Bernard falou que eles venderam as garotas para o governo. Era uma mentirada, mas as pessoas acreditaram. Mataram ela, sabe? A minha irmã. Ela morreu de vergonha.

– E Isidore?

– Ficou ainda mais calado. Já não sorria muito. Todo mundo cochichando pelas costas dele. Apontando para ele. Ele ficou bem recluso depois disso.

– Por que as garotas não visitaram a fazenda depois que cresceram? – perguntou Gamache.

Ele já tinha feito aquela pergunta e fora repelido, mas valia a pena tentar de novo.

– Elas não eram bem-vindas e sabiam disso.

– Mas Isidore queria que elas viessem, para cuidar dele – argumentou Gamache.

Pineault grunhiu, dando risada.

– Quem disse isso para o senhor?

– O pároco, padre Antoine.

– E o que ele sabe sobre isso? Isidore não queria saber das garotas. Não depois que Marie-Harriette morreu. Ele culpava as filhas.

– E o senhor não manteve contato com as suas sobrinhas?

– Eu escrevi para contar que o pai delas tinha morrido. Elas vieram para o enterro. Isso faz quinze anos. Desde então, nunca mais vi as gêmeas.

– Isidore deixou a fazenda para o senhor – continuou Gamache. – Não para as filhas.

– É verdade. Ele já tinha lavado as mãos em relação a elas.

Gamache tirou o gorro do bolso e o pôs na mesa. Pela primeira vez em alguns minutos, viu um sorriso genuíno no rosto de André.

– O senhor reconhece isto.

Ele pegou o gorro.

– Onde o senhor encontrou?

– Constance deu para uma amiga, como presente de Natal.

– Que presente engraçado. O gorro de outra pessoa.

– Ela descreveu como a chave para a casa dela. O senhor sabe o que ela quis dizer com isso?

Pineault examinou o gorro, depois o devolveu à mesa.

– A minha irmã fez um gorro para cada filha. Eu não sei de quem é este. Se foi Constance quem deu, provavelmente era dela, o senhor não acha?

– E por que ela diria que é a chave para a casa dela?

– *Câlice*, sei lá.

– Este gorro não era da Constance – afirmou Gamache, dando um tapinha nele.

– Então devia ser de uma das outras, imagino.

– O senhor já viu Isidore com ele?

– O senhor deve ter caído no gelo com mais força do que pensa – disse ele, rindo e soltando o ar pelo nariz. – Isso faz sessenta anos. Eu não lembro nem o que eu vestia, imagina Isidore, só sei que ele usava camisas xadrez no verão e no inverno, e elas fediam. Mais alguma pergunta?

– Como as garotas chamavam a mãe? – perguntou Gamache, levantando-se.

– *Tabarnac* – praguejou Pineault. – O senhor tem certeza de que está bem?

– Por quê?

– Começou a fazer umas perguntas idiotas. Como as garotas chamavam a mãe?

– E...?

– Como diabos eu vou saber? Como todo mundo chama a mãe?

Gamache aguardou a resposta.

– Mamãe, é claro – respondeu André.

Eles não haviam dado dois passos quando André parou.

– Espera um minuto. O senhor disse que Constance morreu, mas não explicou as perguntas. Por que quer saber isso tudo?

Gamache estava ponderando quando Pineault iria perguntar isso. O homem havia demorado um bom tempo, mas, bem, ele provavelmente estava distraído com as perguntas idiotas.

– Constance não morreu de morte natural.

– Como ela morreu? – perguntou André, que observava Gamache com um olhar penetrante.

– Ela foi assassinada. Eu trabalho na Divisão de Homicídios.

– *Maudit tabarnac* – murmurou Pineault.

– O senhor consegue pensar em alguém que possa ter matado a sua sobrinha?

André Pineault pensou e balançou a cabeça devagar.

Antes de sair da cozinha, Gamache notou o jantar de Pineault esperando na bancada.

Uma lata de macarrão em letrinhas e salsichas.

TRINTA E DOIS

Os limpa-neves estavam nas ruas com suas luzes piscantes quando Gamache atravessou a ponte Champlain para deixar a ilha de Montreal.

O trânsito da hora do rush avançava devagar na paisagem congelada, e Gamache viu um imenso limpa-neve pelo retrovisor, também preso no engarrafamento.

Não havia nada a fazer, a não ser se arrastar pela ponte. O rosto dele começou a latejar, mas ele tentou ignorar. Mais difícil de ignorar era como isso havia acontecido. Porém, com algum esforço, ele desviou os pensamentos para o interrogatório de André Pineault, a única pessoa viva que conhecera as quíntuplas e os pais delas. Ele havia criado na mente de Gamache uma imagem de amargura, perda e de uma pobreza maior que a financeira.

A casa dos Ouellets deveria ter sido cheia de gritinhos de crianças. Em vez disso, havia só Marie-Harriette e Isidore. Uma casa recheada de insinuações e lendas. De um milagre concedido. Depois vendido. De garotas salvas da pobreza extrema e pais gananciosos.

Um mito tinha sido criado. Para vender ingressos, filmes e refeições na *Lanchonete Quíntuplas*. Para vender livros e cartões-postais. E a imagem do Quebec como um território esclarecido, progressista, temente a Deus e agradável a Ele.

Um lugar onde a divindade passeava entre eles, concedendo desejos àqueles fiéis de joelhos dobrados e ensanguentados.

O pensamento agitou alguma coisa na mente de Gamache, enquanto ele observava motoristas impacientes tentarem cortar por entre as faixas, achando que conseguiriam avançar mais rápido em meio ao trânsito congestionado. Que um milagre, reservado à outra faixa, aconteceria de repente, e todos os carros da frente desapareceriam.

Gamache observou a estrada e pensou em milagres e mitos. E em como Myrna descrevera o instante no qual Constance admitira pela primeira vez que não era uma Pineault, mas uma das Quíntuplas Ouellet.

Myrna dissera que era como se uma das deusas gregas tivesse se materializado. Hera. E, depois, Thérèse Brunel havia observado que Hera não era qualquer deusa, mas a principal entre elas. Poderosa e ciumenta.

Myrna havia protestado, afirmando que aquele era só um nome que havia dito sem pensar. Ela poderia ter falado Atena ou Afrodite. Só que não tinha feito isso. Myrna havia nomeado a solene e vingativa Hera.

A pergunta que Gamache não parava de se fazer era se Constance queria contar a Myrna algo feito a ela. Possivelmente pelo pai. Ou algo que ela – ou todas elas – tinha feito a outra pessoa.

Constance guardava um segredo. Isso era óbvio. E Gamache tinha quase certeza de que ela estava finalmente pronta para contá-lo, para largar seu albatroz aos pés de Myrna.

E se Constance Ouellet tivesse procurado outra pessoa primeiro? Alguém em quem sabia que podia confiar. Quem poderia ser? Havia alguma outra pessoa, além de Myrna, que ela pudesse considerar uma confidente?

O fato é que realmente não havia mais ninguém. O tio, André, não as via fazia anos e não parecia ser exatamente um fã. Havia os vizinhos, sempre mantidos a uma distância educada. O padre Antoine, se Constance estivesse inclinada a fazer uma confissão ou ter uma conversa íntima para salvar a própria alma, parecia considerá-las uma mercadoria, e nada mais. Nem humanas, nem divinas.

Gamache repassou o caso. Repetidas vezes. E o que sempre lhe voltava à mente era a pergunta: será que Marie-Constance Ouellet era de fato a última de sua linhagem? Será que uma delas havia escapado? Simulado a própria morte, mudado de nome? Criado uma nova vida para si mesma?

Isso teria sido bem mais fácil nos anos 1950 e 1960. Até mesmo 1970. Antes dos computadores e da necessidade de tanta documentação.

E se uma das quíntuplas ainda estivesse viva, será que ela poderia ter matado a irmã para mantê-la calada? Para preservar seu segredo?

Mas que segredo era aquele? Que uma das irmãs ainda estava viva? Que havia simulado a própria morte?

Gamache olhou para as luzes de freio à sua frente, seu rosto banhado pelo brilho vermelho, e se lembrou do que padre Antoine dissera. Eles precisariam ter enterrado alguém.

Qual era o segredo? Não que uma das irmãs estava viva, mas que outra pessoa precisava ter morrido e sido enterrada.

Ele se esqueceu completamente de que estava na ponte, a poucos metros da longa queda no rio lamacento. Sua cabeça agora se ocupava com aquele enigma. Mais uma vez, repassou o caso, procurando alguma mulher idosa. Com quase 80 anos. Havia alguns homens idosos. O pároco, padre Antoine. O tio, André Pineault. Mas nenhuma mulher, exceto Ruth.

Por um instante, Gamache brincou com a ideia de que Ruth fosse de fato uma quíntupla perdida. Não uma irmã imaginária, como alegara ela, mas real. E talvez isso explicasse por que Constance havia visitado Ruth, criado um vínculo com a velha poeta amargurada que tinha escrito um poema seminal sobre a morte de quem? Virginie Ouellet.

Seria possível? Ruth poderia ser Virginie? Que não havia se atirado escada abaixo, mas para dentro de uma toca de coelho e aparecido em Three Pines?

Por mais que gostasse da ideia, ele foi forçado a descartá-la. Ruth Zardo, apesar de viver resmungando que queria privacidade, na verdade era bastante transparente em relação a sua vida. A família dela se mudara para Three Pines quando Ruth era criança. Por mais divertido que fosse prendê-la por assassinato, ele teve que desistir da ideia a contragosto.

Mas então um novo pensamento se instalou. Havia outra mulher idosa nos arredores do caso. A vizinha. A que morava com o marido na porta ao lado e tinha sido convidada para tomar uma limonada na varanda. Que ficara amiga, tanto quanto era possível, das tão reservadas irmãs.

Ela poderia ser Virginie? Ou até Hélène? Que havia escapado de sua vida de quíntupla Ouellet? Cavado um túnel e saído do túmulo?

E ele percebeu que eles só tinham a palavra da vizinha de que ela nunca fora convidada para entrar na casa. Talvez fosse mais que uma vizinha. Talvez as irmãs não tivessem se mudado para aquela casa por coincidência. Gamache se viu finalmente fora da ponte. Ele pegou a primeira saída e encostou o carro para ligar para Lacoste.

– Os registros médicos batem, chefe – disse ela de casa. – Eles podem ter sido falsificados, mas nós dois sabemos que isso é bem mais difícil que parece.

– O Dr. Bernard pode ter providenciado isso – argumentou Gamache. – E a gente sabe que o peso do governo estava por trás das Quíntuplas Ouellet. E isso explicaria o atestado de óbito ter sido tão vago, dizendo que foi um acidente mas sugerindo um possível suicídio.

– Mas por que eles concordariam com uma coisa dessas?

Gamache sabia que aquela era uma boa pergunta. Ele olhou para o sanduíche de queijo curado no assento a seu lado. O pão branco se enrolava de leve no celofane. A neve se acumulava no para-brisa, e ele observou os limpadores a afastarem com um som característico.

Por que Virginie iria querer simular a própria morte e por que Bernard e o governo ajudariam?

– Acho que a gente sabe por que Virginie iria querer fazer isso – disse Gamache. – Ela parecia a mais afetada pela vida pública.

Lacoste ficou em silêncio, pensando.

– E a vizinha, se ela for realmente Virginie, é casada. Talvez Virginie soubesse que a única esperança de ter uma vida normal era começar de novo, do zero. Como outra pessoa.

– Qual é o nome dela?

Ele ouviu alguns cliques enquanto Lacoste abria o arquivo.

– Annette Michaud.

– Se ela for Virginie, então Bernard e o governo devem ter ajudado – disse Gamache, pensando alto. – Por quê? Eles provavelmente não teriam feito isso por vontade própria. Virginie devia ter alguma coisa contra eles. Algo que ela estava ameaçando contar.

Ele pensou de novo naquela garotinha trancada fora da casa. Virando um rosto lamentoso para a câmera do cinejornal, implorando por ajuda.

Se ele estava certo, isso significava que Virginie Ouellet, um dos milagres, também era uma assassina. Talvez duas vezes assassina. Uma vez anos antes, para poder escapar, e outra dias antes, para manter seu segredo.

– Eu vou interrogá-la de novo hoje à noite, *patron* – disse Lacoste.

Ao fundo, Gamache ouvia as risadas agudas dos filhos pequenos de Lacoste. Ele olhou para o relógio do painel. Seis e meia. Uma semana para o

Natal. Através da meia-lua sem neve do para-brisa, ele viu um boneco de neve de plástico iluminado e luzinhas pendentes na frente do posto de gasolina.

– Eu vou – disse ele. – Além disso, é mais perto para mim. – Acabei de atravessar a ponte.

– A noite já vai ser longa, chefe – disse Lacoste. – Deixa que eu vou.

– A noite vai ser longa para nós dois, eu acho – disse Gamache. – Eu te conto o que descobrir. Enquanto isso, tente averiguar o máximo que puder sobre madame Michaud e o marido.

Ele desligou e virou o carro na direção de Montreal. E da ponte congestionada. Enquanto avançava devagar até a cidade, pensou sobre Virginie. Que poderia ter escapado, mas só para a casa ao lado.

Gamache saiu da ponte e transpôs as pequenas ruas secundárias até chegar à casa das Ouellets. Ela estava escura. Um buraco na alegre vizinhança natalina.

Ele estacionou o carro e olhou para a casa dos Michauds. O caminho de entrada fora limpo a pá, e uma das árvores do jardim da frente tinha sido enfeitada com lâmpadas pisca-pisca. As luzes estavam acesas, e as cortinas, fechadas. A casa parecia quentinha, convidativa.

Uma casa como qualquer outra da rua. Uma entre iguais.

Era isso que as famosas quíntuplas desejavam? Não celebridade, mas companhia? Ser normais? Se sim, e se aquela era uma das quíntuplas há muito tempo perdida, ela havia conseguido. A menos que tivesse matado por isso.

Gamache tocou a campainha, e ela foi atendida por um homem que parecia ter 80 e poucos anos. Ele abriu a porta sem hesitar, sem se preocupar que a pessoa do outro lado pudesse lhe fazer mal.

– *Oui?*

Monsieur Michaud vestia um cardigã e calças de flanela cinza. Estava arrumado e confortável. Seu bigode era branco e aparado e seus olhos não carregavam nenhuma suspeita. Aliás, Gamache pensou que ele parecia esperar pelo melhor, não pelo pior.

– Monsieur Michaud?

– *Oui?*

– Eu sou um dos oficiais que está investigando o que aconteceu na casa ao lado – explicou Gamache, mostrando a identidade da Sûreté. – Posso entrar?

– Mas o senhor está machucado.

A voz veio de trás de Michaud, e agora o homem idoso dava um passo para trás e sua esposa, um passo à frente.

– Entre – convidou Annette Michaud, estendendo a mão para Gamache.

Ele tinha se esquecido do rosto e da camisa ensanguentada, e agora se sentia mal. O casal de idosos o olhava com preocupação. Não por si mesmos, mas por ele.

– Como a gente pode ajudar? – perguntou monsieur Michaud, enquanto a esposa os conduzia até a sala de estar.

Lá, havia uma árvore de Natal enfeitada, com as luzes acesas. Debaixo dela estavam alguns presentes embrulhados, e duas meias pendiam da cornija da lareira.

– O senhor quer fazer um curativo? – perguntou ele.

– Não, não, eu estou bem. *Merci* – assegurou Gamache.

A pedido de madame Michaud, ele lhe entregou o pesado casaco. Ela era pequena, rechonchuda e usava um vestido de ficar em casa, meias grossas e pantufas.

A casa cheirava a jantar, e Gamache pensou no sanduíche de queijo curado, ainda intacto, no carro frio.

Os Michauds se sentaram no sofá lado a lado e olharam para ele. Esperando.

Seria difícil encontrar dois assassinos menos prováveis. Porém, em sua longa carreira, Gamache havia prendido mais assassinos improváveis do que óbvios. E ele sabia que as emoções fortes e vis que impulsionavam o golpe final podiam viver em qualquer lugar. Até naquelas pessoas boas. Até naquela casa tranquila com cheiro de carne assada.

– Há quanto tempo os senhores moram neste bairro? – perguntou ele.

– Ih, cinquenta anos – respondeu monsieur Michaud. – Compramos a casa quando nos casamos, em 1958.

– Foi em 1959, Albert – corrigiu madame.

Virginie Ouellet havia morrido no dia 25 de julho de 1958. E Annette Michaud tinha chegado ali em 1959.

– Não tiveram filhos?

– Nenhum – respondeu monsieur.

Gamache assentiu.

– E quando as suas vizinhas se mudaram para cá, as irmãs Pineault?

– Isso deve ter sido há 23 anos – respondeu monsieur Michaud.

– Tão preciso – observou Gamache com um sorriso.

– A gente tem pensado nelas, é claro – explicou madame. – Lembrado delas.

– E do que os senhores se lembram?

– Elas eram vizinhas perfeitas – disse ela. – Tranquilas. Reservadas. Como nós.

Como nós, pensou Gamache, observando-a. Ela tinha, de fato, a idade e o tipo físico certos. Ele não perguntou se também tinha o temperamento certo para matar. Não se tratava disso. A maioria dos assassinos ficava surpresa com o próprio crime. Surpresa com a paixão repentina, o golpe repentino. A mudança repentina que os transformava de pessoas amáveis em assassinos.

Virginie havia planejado, ou o crime fora uma surpresa para ela e Constance? Ela tinha ido até lá e descoberto a intenção de Constance de voltar para o vilarejo e contar tudo a Myrna – não por vingança, não para machucar a irmã, mas para, finalmente, se libertar?

Virginie se libertara com um crime. Constance se libertaria com a verdade.

– As senhoras eram amigas? – quis saber Gamache.

– Bom, conhecidas. Cordiais – respondeu madame Michaud.

– Mas elas convidaram a senhora para tomar uma bebida, pelo que eu entendi.

– Uma limonada, uma vez. Isso dificilmente configura uma amizade.

Os olhos dela, embora ainda afetuosos, também estavam afiados. Assim como seu cérebro.

Gamache se inclinou para a frente e se concentrou completamente em madame Michaud.

– Os senhores sabiam que elas eram as Quíntuplas Ouellet?

Os dois Michauds se recostaram. Monsieur Michaud ergueu as sobrancelhas, surpreso. Mas madame Michaud baixou as suas. Ele sentia, ela pensava.

– As Quíntuplas Ouellet? – repetiu madame Michaud. – *As* Quíntuplas Ouellet? – insistiu ela, desta vez com ênfase no "as".

Gamache aquiesceu.

– Mas isso não é possível – disse Albert.

– Por que não? – perguntou Gamache.

Michaud gaguejou, o cérebro tropeçando nas palavras. Ele se voltou para a esposa.

– Você sabia disso?

– Claro que não. Eu teria te contado.

Gamache se recostou e os observou tentando assimilar aquela informação.

Eles pareciam realmente chocados, mas era com a notícia ou com a notícia de que ele sabia?

– Os senhores nunca suspeitaram?

Eles balançaram a cabeça, aparentemente ainda incapazes de falar. Para aquela geração, seria o mesmo que ouvir que as vizinhas eram marcianas. Algo tão familiar quanto estranho.

– Eu vi as garotas uma vez – contou monsieur Michaud. – A minha mãe nos levou à casa delas. Elas saíam de hora em hora e caminhavam ao redor da cerca, acenando para a multidão. Foi emocionante. Mostra para ele aquilo que você tem, Annette.

Madame Michaud se levantou, e os dois homens também ficaram de pé. Ela voltou um minuto depois.

– Aqui. Os meus pais compraram isto para mim em uma loja de suvenires.

Ela estendeu um peso de papel com uma foto da linda casinha com as cinco irmãs na frente.

– Os meus pais também me levaram para ver as meninas, logo depois da guerra. Acho que o meu pai tinha presenciado coisas horríveis e queria ver algo esperançoso.

Gamache observou o peso de papel, depois o devolveu.

– Elas moravam mesmo aqui do lado? – perguntou monsieur Michaud, finalmente compreendendo o que Gamache dissera. – A gente conheceu as quíntuplas?

Ele se voltou para a esposa. Ela não parecia satisfeita. Ao contrário do marido, parecia lembrar por que Gamache estava ali.

– Não é possível que a morte dela tenha sido porque ela era uma quíntupla... – disse ela.

– A gente não sabe.

– Mas já faz tanto tempo – disse ela, sustentando os olhos dele.

– Faz? – perguntou Gamache. – Elas podem ter crescido, podem ter mudado de nome, mas seriam sempre as quíntuplas. Nada mudaria isso.

Eles se encararam enquanto monsieur Michaud murmurava:

– Eu não acredito. As quíntuplas!

Armand Gamache deixou o calor da casa. O aroma de carne assada estava impregnado em seu casaco e o seguiu porta afora até o carro.

Ele atravessou a ponte Champlain, o trânsito agora mais ralo, já que a hora do rush havia passado. Ele não tinha certeza se havia chegado mais perto da resposta. Será que estava criando seu próprio mito? A quíntupla perdida? A que se levantara dos mortos? Mais um milagre.

– ONDE ELE ESTÁ AGORA? – perguntou Francoeur.

– Na ponte Champlain – respondeu Tessier. – Indo para o sul. Acho que voltando para aquele vilarejo.

Francoeur se recostou na cadeira e observou Tessier, mas o inspetor conhecia aquele olhar. Ele não estava vendo nada; o superintendente refletia sobre alguma coisa.

– Por que Gamache não para de ir para aquele vilarejo? O que tem naquele lugar?

– Segundo o arquivo do caso, a quíntupla, a que foi morta, tinha amigos lá.

Francoeur anuiu, mas de um jeito abstrato. Pensando.

– Tem certeza que é o Gamache? – perguntou Francoeur.

– É ele. A gente está rastreando o celular e o carro. Quando ele saiu daqui, foi ver um sujeito chamado... – Tessier consultou as anotações – ... André Pineault. Depois ele ligou para Isabelle Lacoste, estou com a transcrição aqui. Então ele voltou para a casa onde o assassinato aconteceu e conversou com a vizinha. E simplesmente saiu. Parece focado no caso.

Francoeur contraiu os lábios e assentiu. Eles estavam no escritório dele, a portas fechadas. Eram quase oito da noite, mas Francoeur não estava pronto para ir para casa. Ele precisava ter certeza de que estava tudo pronto. De que havia cuidado de cada detalhe, pensado em cada contingência. O único ponto no radar era Armand Gamache. Mas agora Tessier estava dizendo que esse ponto havia desaparecido naquele vilarejo, no vazio.

Francoeur sabia que deveria estar aliviado, mas uma náusea tinha se instalado em seu estômago. Talvez ele estivesse tão acostumado a viver preso a Gamache, tão acostumado àquela luta, que não conseguia ver que a batalha havia acabado.

Ele queria acreditar nisso. Mas Sylvain Francoeur era um homem cauteloso e, embora as evidências dissessem uma coisa, seu corpo dizia outra.

Se Armand Gamache acabasse perdendo o controle e caindo no abismo, não seria por vontade própria. Haveria marcas de garras pelo caminho. Aquilo era um truque, de algum jeito. Ele só não sabia como.

É tarde demais, lembrou ele. Mas a preocupação não ia embora.

– Quando ele estava aqui na sede, foi ver Beauvoir – contou Tessier.

Francoeur se inclinou para a frente.

– E?

Enquanto Tessier descrevia o que havia acontecido, Francoeur se sentiu relaxar.

Lá estavam as marcas de garras. Era perfeito. Gamache tinha empurrado Beauvoir e Beauvoir tinha empurrado Gamache.

E ambos os homens, finalmente, haviam caído no abismo.

– Beauvoir não vai ser problema – assegurou Tessier. – Ele faz qualquer coisa que a gente disser agora.

– Ótimo.

Francoeur precisava que Beauvoir fizesse um último serviço.

– Tem mais uma coisa, senhor.

– O quê?

– Gamache foi até o RDD – contou Tessier.

O rosto de Francoeur ficou pálido.

– Por que você não me contou isso primeiro, porra?

– Não aconteceu nada – assegurou Tessier rapidamente. – Ele ficou no carro.

– Tem certeza? – perguntou Francoeur, seus olhos perfurando Tessier.

– Certeza absoluta. A gente está com as fitas da segurança. Ele só ficou lá, olhando para o nada. As Ouellets estão enterradas ali perto – explicou Tessier. – Ele estava na área. Por isso foi até lá.

– Ele foi até o RDD porque sabe – disse Francoeur.

Os olhos dele, já não mais em Tessier, moviam-se rapidamente de um lado para outro, como se passassem de um pensamento a outro. Tentando seguir um inimigo ágil.

– *Merde* – murmurou ele, então seus olhos voltaram a focar em Tessier. – Quem mais sabe disso?

– Ninguém.

– Fale a verdade, Tessier. Sem conversa fiada. Para quem mais você contou?

– Para ninguém. Olha, não importa. Ele nem sequer saiu do carro. Não ligou para o diretor. Não ligou para ninguém. Só ficou ali sentado. Quanto ele pode saber?

– Ele sabe que Arnot está envolvido! – gritou Francoeur, depois se recompôs e respirou fundo. – Ele fez essa conexão. Não sei como, mas fez.

– Ele pode suspeitar – disse Tessier –, mas, mesmo que saiba sobre Arnot, não tem como saber de tudo.

De novo, Francoeur desviou os olhos de Tessier e olhou para longe. Perscrutando.

Cadê você, Armand? Você não desistiu de verdade. O que está se passando nessa sua cabeça?

Mas então outro pensamento ocorreu a Francoeur. Talvez o fracasso do plano da barragem, a morte de Audrey Villeneuve e até mesmo o fato de o pessoal de Tessier ter errado o rio ao lançar o corpo, talvez isso também fosse uma dádiva divina.

Significava que, embora Gamache tivesse descoberto a conexão com Arnot, era o mais longe que havia chegado. Tessier estava certo. Arnot não era suficiente. Gamache podia suspeitar do envolvimento dele, mas não conhecia a história toda.

Gamache estava de pé em frente à porta certa, mas ainda não havia encontrado a chave.

Agora o tempo estava do lado deles. Era Gamache quem tinha ficado para trás.

– Encontre o homem – ordenou Francoeur.

Quando Tessier não respondeu, Francoeur o encarou. Tessier levantou os olhos do celular BlackBerry.

– A gente não tem como.

– Como assim?

Agora, a voz de Francoeur estava baixa, totalmente controlada. O pânico havia ido embora.

– A gente seguiu Gamache – assegurou Tessier ao chefe. – Mas o sinal desapareceu. Acho que isso é uma coisa boa – apressou-se em dizer.

– Como perder o inspetor-chefe Gamache a poucas horas do próximo passo, depois de ele ter claramente conectado Arnot ao plano, pode ser uma coisa boa?

– O sinal não morreu, só desapareceu, o que significa que ele está em uma área sem cobertura de satélite. Aquele vilarejo.

Então ele não tinha voltado.

– Qual é o nome do vilarejo? – perguntou ele.

– Three Pines.

– Tem certeza que Gamache está lá?

Tessier anuiu.

– Ótimo. Continue monitorando.

Se ele está lá, pensou Francoeur, *está praticamente morto*. Morto e enterrado em um vilarejo que nem sequer constava no mapa. Ali, Gamache não era uma ameaça para eles.

– Se ele sair de lá, eu preciso saber imediatamente.

– Sim, senhor.

– E não fale para ninguém sobre o RDD.

– Sim, senhor.

Francoeur observou Tessier sair. Gamache tinha chegado perto. Muito perto. A poucos metros da verdade. Mas havia parado de repente. E, agora, eles tinham encurralado o inspetor-chefe, em um pequeno vilarejo esquecido.

– Isso deve ter doído – disse Jérôme Brunel, afastando-se após examinar o rosto e os olhos de Gamache. – Não foi nada grave.

– É uma pena – declarou Thérèse, sentada à mesa da cozinha, observando a cena. – Podia ter enfiado um pouco de juízo na cabeça dele. Por que diabos você foi confrontar o inspetor Beauvoir? Justo agora?

– É difícil explicar.

– Tente.

– Sinceramente, Thérèse, o que isso importa a esta altura do campeonato?

– Ele sabe o que você está fazendo? O que a gente está fazendo?

– Ele não sabe nem o que ele próprio está fazendo – respondeu Gamache. – Ele não é uma ameaça.

Thérèse Brunel estava prestes a dizer alguma coisa, mas, vendo o rosto dele, o hematoma e a expressão, desistiu.

Nichol estava no andar de cima, dormindo. Eles tinham comido, mas guardado um pouco para Gamache. Ele carregou uma bandeja com sopa, uma baguete fresca, patê e queijos para a sala de estar e a colocou na frente do fogo. Jérôme e Thérèse se juntaram a ele lá.

– Será que a gente acorda ela? – perguntou Gamache.

– A agente Nichol? – perguntou Jérôme, um tanto alarmado. – A gente acabou de conseguir que ela dormisse. Acho melhor aproveitar a paz.

Era estranho, pensou Gamache enquanto tomava a sopa de ervilha, que ninguém pensasse em chamar Nichol pelo primeiro nome. Yvette. Ela era Nichol ou agente Nichol.

Não uma pessoa – com certeza, não uma mulher. Uma agente, e só.

Quando o jantar acabou e a louça estava limpa, eles levaram seus chás de volta para a sala de estar. Embora normalmente tomassem uma taça de vinho com o jantar ou um conhaque depois, nenhum deles considerou essa possiblidade.

Não naquela noite.

Jérôme consultou o relógio.

– Quase nove horas. Acho que eu vou tentar dormir um pouco. Thérèse?

– Eu subo em um segundo.

Eles observaram Jérôme se arrastar escada acima, depois Thérèse se voltou para Armand.

– Por que você foi até Beauvoir?

Gamache suspirou.

– Eu precisava tentar, mais uma vez.

Ela olhou para ele por um longo instante.

– Você quer dizer uma última vez. Você acha que não vai ter outra chance.

Eles ficaram em silêncio por um tempo. Thérèse massageou as orelhas de Henri enquanto o pastor-alemão gemia e sorria.

– Você fez a coisa certa – disse ela. – Sem arrependimentos.

– E você? Tem algum arrependimento?

– Eu me arrependo de ter metido Jérôme nisso.

– Fui eu que o envolvi – disse Gamache. – Não você.

– Mas eu podia ter dito não.

– Eu acho que nenhum de nós acreditava que as coisas chegariam a este ponto.

A superintendente Brunel olhou ao redor da sala de estar, com seus estofados desbotados, sofás e poltronas confortáveis. Livros, discos de vinil e revistas antigas. Com a lareira e as janelas que davam para o escuro jardim dos fundos de um lado e para a praça do vilarejo do outro.

Ela viu os três imensos pinheiros, suas luzes de Natal dançando na brisa leve.

– Se teve que chegar, este é um ótimo lugar para esperar o que está por vir.

Gamache sorriu.

– É verdade. Mas é claro que não estamos esperando. A gente está levando a luta até eles. Ou Jérôme. Eu sou só a força bruta.

– Claro que é, *mon beau* – disse ela, em seu tom mais condescendente.

Gamache a observou por um instante.

– Jérôme está bem?

– Você quer saber se ele está pronto? – perguntou Thérèse.

– *Oui.*

– Ele não vai deixar a gente na mão. Sabe que tudo depende dele.

– E da agente Nichol – lembrou Gamache.

– *Oui* – concordou ela, mas sem convicção.

Até alguém que estivesse se afogando, percebeu Gamache, ao receber uma boia salva-vidas de Nichol, hesitaria. O chefe não podia culpá-los. Ele também hesitaria.

Ele não havia se esquecido de que a vira na pousada quando ela não tinha nenhum assunto para tratar ali. Isto é, nenhum assunto deles. Mas ela estava claramente com segundas intenções.

Não. Armand Gamache não tinha se esquecido disso.

Depois que Thérèse Brunel subiu, Gamache pôs outra tora no fogo, fez mais um bule de café e levou Henri para dar uma volta.

Henri saiu pulando na frente, tentando pegar as bolas de neve que Gamache atirava para ele. Era uma noite de inverno perfeita. Não tão fria. Sem vento. A neve ainda estava caindo, mas delicadamente agora. Pararia antes da meia-noite, pensou Gamache.

Ele inclinou a cabeça para trás, abriu a boca e sentiu os flocos imensos atingirem a língua. Nem muito duros. Nem muito moles.

Perfeitos.

Gamache fechou os olhos e sentiu os flocos atingirem o nariz, as pálpebras e sua bochecha machucada. Como pequenos beijos. Como os que Annie e Daniel costumavam dar nele quando eram bebês. E os que ele dava nos filhos.

Ele abriu os olhos e continuou a caminhar lentamente ao redor do pequeno e belo vilarejo. Ao passar pelas casas, olhou pelas janelas que lançavam uma luz dourada na neve. Ele viu Ruth debruçada sobre uma mesa de plástico branco. Escrevendo. Rosa sentada na mesa, observando. Quem sabe até ditando.

Ele contornou a praça e viu Clara lendo junto à lareira. Encolhida em um canto do sofá com uma manta nas pernas.

E viu Myrna, andando de um lado para o outro em frente à janela do loft, servindo-se de uma xícara de chá.

Do bistrô, ouviu risadas e viu a árvore de Natal, acesa e alegre no canto, os fregueses terminando seus jantares tardios, apreciando suas bebidas. Conversando sobre o dia.

Viu Gabri na pousada, embrulhando presentes de Natal. A janela devia estar um pouquinho aberta, porque ele ouviu o tenor claro do amigo cantando "The Huron Carol". Ensaiando para a missa do galo na igrejinha.

Enquanto caminhava, Gamache cantarolou para si mesmo.

De vez em quando, um pensamento sobre o caso Ouellet surgia em sua cabeça. Mas ele o enxotava. Ideias sobre Arnot e Francoeur lhe vinham à mente. Mas ele as enxotava também.

Em vez disso, pensava em Reine-Marie. E Annie. E Daniel. E suas netas. Em como era um homem de sorte. E então ele e Henri voltaram para o lar de Émilie.

Enquanto todos dormiam, Armand fitava o fogo, pensando. Repassando o caso Ouellet repetidas vezes na cabeça.

Então, pouco antes das onze, começou a fazer anotações. Páginas e páginas. O fogo morreu na lareira, mas ele nem sequer notou.

Finalmente, ele colocou o que havia escrito em envelopes e vestiu o casaco, as botas, o gorro e as luvas. Tentou acordar Henri, mas o cachorro estava roncando, grunhindo e apanhando bolas de neve em seus sonhos.

Então saiu sozinho. Agora, as casas de Three Pines estavam escuras. Todos dormiam profundamente. As luzes dos imensos pinheiros tinham sido apagadas, e a neve havia parado. O céu estava, de novo, repleto de estrelas. Ele colocou dois envelopes em uma caixa de correio e voltou para a casa de Émilie com um remorso. O de não ter tido a chance de comprar presentes de Natal para os moradores. Mas logo pensou que eles iriam entender.

UMA HORA DEPOIS, QUANDO JÉRÔME e Thérèse desceram, encontraram Gamache dormindo na poltrona, Henri roncando a seus pés. Uma caneta na mão e um envelope endereçado a Reine-Marie no chão, para onde tinha escorregado do braço da poltrona.

– Armand? – chamou Thérèse, tocando o braço dele. – Acorde.

Gamache acordou de repente, quase batendo a cabeça em Thérèse ao se sentar ereto. Ele levou só um instante para se recompor.

Nichol desceu as escadas marchando, não exatamente desgrenhada, já que ela quase nunca estava "grenhada".

– Está na hora – declarou Thérèse.

Ela parecia quase radiante. Com certeza, aliviada.

A espera havia acabado.

TRINTA E TRÊS

A agente Nichol se arrastou para debaixo da mesa, com as mãos e os joelhos no chão empoeirado. Ao pegar o cabo, ela o guiou até a caixa de metal.

– Prontos?

Lá em cima, Thérèse Brunel olhou para Armand Gamache. Armand Gamache olhou para Jérôme Brunel. E o Dr. Brunel não hesitou.

– Pronto – respondeu ele.

– Tem certeza desta vez? – perguntou a voz petulante. – Talvez o senhor queira pensar um pouco mais tomando um bom chocolate quente.

– Anda logo, pelo amor de Deus – retrucou Jérôme.

E foi o que ela fez. Ouviu-se um clique, depois a cabeça dela apareceu por baixo da mesa.

– Feito.

Ela se arrastou para fora e tomou seu lugar ao lado do Dr. Brunel. À frente deles estavam equipamentos que Jane Neal, a última professora a se sentar àquela mesa, jamais poderia ter imaginado. Monitores, terminais e teclados.

Mais uma vez, Gamache deu a Jérôme o código de acesso, e ele digitou e digitou até que só restasse uma última tecla para apertar.

– Não tem como voltar atrás depois disso, Armand.

– Eu sei. Vai em frente.

E Jérôme Brunel foi. Apertou *enter*.

E... nada aconteceu.

– É uma máquina antiga – disse Nichol, um pouco nervosa. – Talvez demore um pouco.

– Eu achei que você tinha dito que seria super-rápido – retrucou Jérôme, um toque de pânico surgindo nas bordas de suas palavras. – Precisa ser rápido.

– Vai ser.

Nichol digitava rapidamente em seu terminal. Como se os dedos dançassem sapateado no computador.

– Não está funcionando – disse Jérôme.

– Merda – disse Nichol, afastando-se da mesa. – Bosta de equipamento.

– Foi você quem trouxe – comentou Jérôme.

– É, e o senhor se recusou a testar ontem à noite.

– Parem – disse Gamache, erguendo a mão. – Vamos só pensar. Por que não está funcionando?

Nichol se enfiou debaixo da mesa de novo e desconectou e reconectou o cabo de satélite.

– E aí? – perguntou ela.

– Nada – respondeu Jérôme, no que Nichol voltou para a cadeira.

Ambos encararam a própria tela.

– Qual pode ser o problema? – repetiu Gamache.

– *Tabarnac* – disse Nichol –, pode ser qualquer coisa. Isso aqui não é um descascador de batatas, sabe?

– Fique calma e me explique passo a passo.

– Está bem – disse ela, depois jogou a caneta na mesa. – Pode ser uma conexão ruim. Algum problema no cabo. Um esquilo pode ter mastigado um fio...

– As razões mais prováveis – retrucou Gamache, então se voltou para Jérôme. – O que você acha?

– Acho que deve ser a antena parabólica. Todo o resto está funcionando bem. Se você quiser jogar Paciência, vai funcionar. O problema só acontece quando a gente tenta se conectar.

Gamache aquiesceu.

– A gente precisa de uma antena nova?

Ele torceu, rezou para que a resposta fosse...

– Não. Acho que não – disse Jérôme. – Acho que ela deve ter enchido de neve.

– Você está brincando, né? – perguntou Thérèse.

– Ele pode estar certo – admitiu Nichol. – Uma nevasca pode acumular neve na antena e atrapalhar a recepção.

– Mas o que a gente teve ontem não foi uma nevasca – argumentou o chefe.

– Verdade – disse Jérôme. – Mas foi muita neve. E se Gilles tiver inclinado a antena quase para cima, ela deve ter formado uma tigela perfeita para pegar o que caía.

Gamache balançou a cabeça. Seria poético que a tecnologia de ponta pudesse ser paralisada por flocos de neve, se não fosse tão sério.

– Ligue para o Gilles – pediu ele a Thérèse. – Diga a ele para me encontrar na antena.

Gamache vestiu suas roupas para neve, pegou uma lanterna e avançou na escuridão.

Foi mais difícil encontrar o caminho através da floresta do que imaginava – estava escuro e a trilha tinha sido quase totalmente coberta pela neve. Ele apontou a lanterna para lá e para cá na esperança de estar no lugar certo. Por fim, acabou encontrando o que agora não passavam de contornos suaves em uma plana manta de neve. A trilha. Torceu para que fosse. Ele se lançou no caminho.

Mais uma vez, sentiu a neve se infiltrar para dentro das botas e começar a encharcar as meias. Ele empurrou as pernas contra a neve profunda, a luz que carregava ricocheteando nas árvores e nos montinhos que virariam arbustos na primavera.

Finalmente, chegou ao velho e robusto pinheiro-branco, com degraus de madeira pregados no tronco. Recuperou o fôlego, mas só por um instante. Cada minuto contava agora.

Ser ladrões no meio da noite dependia da noite. E ela se esvaía. Dentro de poucas horas, as pessoas acordariam. Iriam para o trabalho. E se sentariam na frente de monitores. Ligariam esses aparelhos. Haveria mais olhos para ver o que eles estavam fazendo.

O chefe olhou para cima. A plataforma pareceu rodopiar para longe dele, subindo cada vez mais alto na árvore. Ele baixou os olhos para a neve e se apoiou na casca áspera.

Gamache desligou a lanterna, colocou-a no bolso e, respirando fundo uma última vez, agarrou o primeiro degrau. Subiu, subiu e subiu. Rápido.

Tentando escapar dos próprios pensamentos. Mais rápido, mais rápido, antes que perdesse a coragem e que o medo que havia exalado voltasse a encontrá-lo na noite escura e fria.

Ele já tinha escalado aquela árvore alguns anos antes. Aquilo o havia aterrorizado já naquela vez, em um ensolarado dia de outono. Nunca teria sonhado que precisaria voltar àqueles degraus bambos quando eles estivessem cobertos de gelo e neve. À noite.

Agarrar, içar e pisar. Agarrar o degrau acima. Içar o corpo.

Mas o medo o encontrara e agora arranhava suas costas. Sua mente.

Respira, respira, ordenou a si mesmo. E inspirou profundamente.

Ele não ousou parar. Não ousou olhar para cima. Mas, finalmente, soube que precisava fazer isso. Com certeza estava quase lá. Ele fez uma rápida pausa e inclinou a cabeça para trás.

A plataforma de madeira ainda estava a meia dúzia de degraus de distância. Gamache quase chorou. Ele sentiu uma leve tontura e o sangue ser drenado dos pés e das mãos.

– Continua, continua – murmurou na casca áspera.

O som da própria voz o reconfortou, e ele alcançou a ripa seguinte, mal acreditando no que estava fazendo. Então começou a cantarolar para si mesmo a última música que tinha ouvido: "The Huron Carol".

Ele cantou baixinho:

– *Twas in the moon of wintertime* – exalou ele na árvore – *when all the birds had fled.*

Era mais uma recitação que um canto, mas a música natalina acalmou sua mente frenética o suficiente.

– *That mighty Gitchi Manitou sent angel choirs instead.*

Sua mão golpeou a velha plataforma de madeira e, sem hesitar, ele se lançou pelo buraco e se deitou de bruços, a bochecha enterrada na neve, o braço direito envolvendo o tronco da árvore. Sua respiração pesada impulsionou alguns flocos de neve para longe, criando uma minitempestade gelada. Ele acalmou a respiração, com medo de hiperventilar, depois se arrastou até ficar de joelhos e se agachou, como se algo logo além da borda pudesse alcançá-lo e puxá-lo dali.

Mas Gamache sabia que o inimigo não estava do outro lado da borda. Estava na plataforma com ele.

Ele tirou a lanterna do bolso e a ligou. A antena estava travada em um pequeno tripé, que Gilles havia aparafusado ao corrimão do esconderijo de caça.

Ela apontava para cima.

– Ai, meu Deus – disse Gamache, e, por um átimo, se perguntou quão ruim poderia ser o plano de Francoeur.

Talvez não precisassem detê-lo. Talvez pudessem voltar para a cama e se embrulhar nas cobertas.

– *Twas in the moon of wintertime* – murmurou ele ao se mover para a frente, de joelhos.

A plataforma parecia estar se inclinando, e Gamache sentiu que era arremessado para a frente, mas fechou os olhos e se firmou.

– *Twas in the moon of wintertime* – repetiu ele.

Era tirar a neve da antena e descer.

– Armand!

Era Thérèse, na base da árvore.

– *Oui!* – gritou ele para baixo, e virou a lanterna naquela direção.

– Você está bem?

– Estou! – disse ele, arrastando-se rapidamente para o mais longe possível da borda, suas botas raspando na neve.

As costas dele bateram na árvore, e Gamache a agarrou. Não por receio de cair, mas de que o medo que o arranhara enquanto ele subia finalmente o tivesse envolvido. E agora o arrastasse para a borda.

Gamache temia se atirar lá de cima.

Ele pressionou as costas contra o tronco com mais força.

– Eu liguei para o Gilles, mas ele só vai chegar daqui a meia hora! – disse a voz dela, vindo da escuridão.

O chefe amaldiçoou a si mesmo. Ele deveria ter pedido a Gilles para ficar com eles, caso exatamente aquilo acontecesse. Gilles tinha se oferecido para ficar na noite anterior, e ele dissera ao lenhador para voltar para casa. E agora o homem estava a meia hora de distância, quando cada segundo contava.

Cada segundo contava.

As palavras interromperam a gritaria em sua cabeça. Interromperam o medo e a reconfortante canção natalina.

Cada segundo conta.

Ele largou a árvore, enfiou a lanterna na neve de modo que o facho de luz ficasse apontado para a antena e avançou de quatro o mais rápido que pôde.

No corrimão de madeira, se levantou e olhou para a antena: estava cheia de neve. Ele largou as luvas na plataforma e, cuidadosa e rapidamente, tirou a neve de dentro dela. Tentando não derrubá-la do suporte. Tentando não desalojar o receptor bem no meio.

Finalmente, estava feito, e ele pulou para longe da borda, de volta ao tronco da árvore, envolvendo-a com os braços, grato por não haver ninguém ali para ver aquilo. Mas, sinceramente, àquela altura, o inspetor-chefe já não ligava se a imagem viralizasse. Ele não largaria aquela árvore por nada.

– Thérèse! – gritou ele, e ouviu o medo na própria voz.

– Aqui! Tem certeza que está tudo bem?

– Tirei a neve da antena!

– A agente Nichol está na rua! – disse Thérèse. – Quando Jérôme se co-nectar, ela vai piscar a lanterna!

Ainda agarrado à árvore, Gamache virou a cabeça e olhou através da copa das árvores, em direção à rua. Só via escuridão.

– *Twas in the moon of wintertime* – murmurou ele para si mesmo. – *When all the birds had fled.*

Por favor, Senhor, por favor.

– *Twas in the moon of winter...*

Então ele viu.

Uma luz. Depois a escuridão. E, de novo, uma luz.

Eles estavam conectados. Tinha começado.

– ESTÁ FUNCIONANDO? – PERGUNTOU Thérèse assim que eles abriram a porta da antiga escola.

– Perfeitamente – respondeu Jérôme, quase eufórico.

Ele digitou algumas instruções. Imagens apareceram e desapareceram na tela e, depois, outras surgiram.

– Melhor do que eu imaginei.

Gamache olhou para o relógio. Uma e vinte.

A contagem regressiva tinha começado.

– Puta merda – disse Nichol, com os olhos arregalados e brilhando. – Está funcionando.

O inspetor-chefe tentou ignorar a surpresa na voz dela.

– E agora? – perguntou Thérèse.

– A gente está no arquivo nacional – reportou Jérôme. – Eu e a agente Nichol conversamos sobre isso e decidimos nos dividir. Isso dobra as nossas chances de encontrar alguma coisa.

– Eu estou entrando pelo terminal de uma biblioteca escolar em Baie-des-Chaleurs – contou Nichol.

Ao ver a surpresa no rosto deles, ela baixou os olhos e murmurou:

– Já fiz isso antes. É o melhor jeito de bisbilhotar.

Embora Jérôme e Thérèse parecessem surpresos, Gamache não estava. A agente Nichol havia nascido para as sombras. Para as margens. Era uma bisbilhoteira nata.

– E eu estou entrando pela sala de evidências da Sûreté em Schefferville – disse Jérôme.

– Pela Sûreté? – perguntou Thérèse, olhando por cima do ombro. – Tem certeza?

– Não – admitiu ele. – Mas a nossa única vantagem é sermos ousados. Se eles nos rastrearem até algum posto avançado da Sûreté, podem ficar confusos por tempo suficiente para nós desaparecermos.

– Você acha? – perguntou Gamache.

– Você ficou confuso, não ficou?

Gamache sorriu.

– É verdade.

Thérèse também sorriu.

– Comecem, então, e não se esqueçam de jogar sujo.

Thérèse e Gamache tinham trazido mantas de lã Hudson's Bay da casa de Émilie, e os dois fizeram sua parte cobrindo as janelas. Ainda seria óbvio que havia alguém na escola, mas não tão óbvio o que eles estavam fazendo.

Gilles chegou com mais lenha. Ele enfiou as toras cortadas no fogão, que começou a gerar um bom calor.

Nas quatro horas seguintes, Jérôme e Nichol trabalharam quase em silêncio. De vez em quando, trocavam palavras e frases como códigos 418. Firewalls. Chaves simétricas.

No entanto, durante a maior parte do tempo, trabalhavam em silêncio, e os únicos sons na escola eram o bater das teclas e o murmúrio do fogão a lenha.

Gamache, Gilles e Henri tinham voltado à casa de Émilie e trazido bacon, ovos, pães e café. Eles cozinharam no fogão a lenha, preenchendo a sala com o aroma de bacon, fumaça de lenha e café.

Mas a concentração de Jérôme era tanta que ele pareceu não perceber. Ele e Nichol falavam sobre pacotes e criptografia. Portas e camadas.

Quando o café da manhã foi servido ao lado deles, os dois mal ergueram os olhos. Ambos estavam imersos em seu próprio mundo de NIPS e contramedidas.

Gamache se serviu de café e se recostou no velho mapa perto da janela, observando-os. Resistindo à tentação de ficar flutuando atrás deles.

Aquilo o lembrava um pouco das salas de seus professores em Cambridge. Papéis empilhados. Blocos de notas, pensamentos rabiscados, canecas de chá frio e *crumpets* pela metade. Um fogão para aquecer, e o cheiro de lã secando.

Gilles se sentou no que eles estavam começando a chamar de "sua cadeira", ao lado da porta da escola. Tomou seu café da manhã e, quando terminou, se serviu de mais uma caneca de café e inclinou a cadeira contra a porta. Ele era o ferrolho.

Gamache olhou para o relógio. Eram 4h25. Ele teve vontade de andar de um lado para o outro, mas sabia que seria irritante. Estava louco para perguntar como iam as coisas, mas sabia que só atrapalharia a concentração deles. Em vez disso, chamou Henri e pôs o casaco, enfiando bem as mãos nos bolsos. Em seu pânico, havia deixado as luvas na plataforma com a antena parabólica, mas nem morto voltaria para buscá-las.

Thérèse e Gilles se juntaram a ele, e o grupo foi dar uma volta.

– Eles estão indo bem – comentou Thérèse.

– É – disse Gamache.

A noite estava fria, limpa, revigorante e escura. Além de silenciosa.

– Como ladrões no meio da noite, hein? – disse ele a Gilles.

O lenhador riu.

– Espero não ter ofendido vocês com isso.

– Longe disso – disse Thérèse. – É uma progressão natural na carreira. Sorbonne, curadora-chefe do Musée des Beaux-Arts, superintendente da

Sûreté e, finalmente, o auge: ladra no meio da noite – declarou ela, depois se voltou para Gamache. – E tudo graças a você.

– Não há de quê, madame – disse Gamache, fazendo uma solene mesura.

Eles se sentaram em um banco e olharam para a escola com sua luz coberta pelas mantas. O inspetor se perguntou se o quieto lenhador a seu lado sabia o que aconteceria se eles falhassem. E o que aconteceria se tivessem sucesso.

De uma forma ou de outra, as portas do inferno estavam prestes a se abrir. E o que havia atrás delas iria até lá.

Porém, naquela hora, havia paz e tranquilidade.

Eles voltaram para a escola. Henri saltando e pegando bolas de neve, para depois vê-las desaparecer em sua boca. Mas ele nunca deixava de tentar, jamais desistia.

E, uma hora depois, Jérôme e Nichol dispararam seu primeiro alarme.

TRINTA E QUATRO

O TELEFONE ACORDOU SYLVAIN FRANCOEUR, que o atendeu antes do segundo toque.

– O que houve? – perguntou ele, instantaneamente alerta.

– Senhor, Charpentier aqui. Houve um vazamento.

Francoeur se apoiou sobre um cotovelo e acenou para que a esposa voltasse a dormir.

– O que isso significa?

– Eu estou monitorando a atividade na rede, e alguém acessou um dos arquivos restritos.

Francoeur acendeu a luz, pôs os óculos e olhou para o relógio na mesinha de cabeceira: 5h43.

Ele se sentou.

– Qual a gravidade?

– Não sei. Pode não ser nada. Como combinado, liguei para o inspetor Tessier, e ele me disse para ligar para o senhor.

– Ótimo. Agora me explique o que você viu.

– Bom, é complicado.

– Tenta.

Charpentier ficou surpreso ao notar que uma palavra tão pequena pudesse conter tamanha ameaça. Ele tentou. O melhor que pôde.

– Bom, o firewall não está mostrando nenhuma conexão não autorizada, mas...

– Mas o quê?

– É só que alguém abriu o arquivo e eu não sei quem foi. A pessoa estava dentro da rede, então, tinha códigos de acesso. Provavelmente, é alguém do departamento, mas não dá para ter certeza.

– Você está me dizendo que não sabe se houve um vazamento?

– Eu estou dizendo que houve, mas que a gente não sabe se foi alguém de fora ou um dos nossos. É como o alarme de uma casa. De cara, é difícil dizer se é um invasor ou um guaxinim.

– Um guaxinim? Você não pode estar comparando o sistema de segurança multimilionário e de última geração da Sûreté com o alarme de uma casa.

– Desculpe, senhor, mas é só porque o sistema é de última geração que a gente encontrou o vazamento. A maioria dos sistemas teria deixado isso passar. Mas este é tão sensível que, às vezes, encontramos coisas que não precisam ser encontradas. Que não são ameaças.

– Como um guaxinim?

– Exatamente – respondeu o agente, obviamente arrependido da analogia.

Ela havia funcionado com Tessier, mas o superintendente Francoeur era uma fera totalmente diferente. Ele prosseguiu:

– E, se for um invasor, a gente ainda não tem como dizer se existe um objetivo, se é só um hacker querendo causar confusão ou mesmo se alguém que abriu o arquivo por engano. Estamos trabalhando nisso.

– Por engano?

Eles tinham instalado aquele sistema no ano anterior. Contrataram os melhores designers de software e arquitetos de rede para criar algo que não pudesse ser violado. E agora aquele agente estava dizendo que um idiota qualquer podia ter entrado ali por engano?

– Acontece mais do que as pessoas imaginam – explicou Charpentier, num tom desolado. – Eu não acho que seja sério, mas estamos agindo como se fosse, só por precaução. E o arquivo que foi acessado não parece ser tão importante.

– Qual foi o arquivo? – quis saber Francoeur.

– Algo sobre o cronograma de construção da Rodovia 20.

Francoeur olhou para as cortinas fechadas na frente da janela do quarto. Elas tremiam de leve enquanto o ar frio entrava.

O arquivo parecia trivial, longe de qualquer coisa que pudesse ameaçar o plano deles, mas Francoeur sabia o que ele era de fato. O que continha. E agora alguém estava bisbilhotando.

– Verifique – ordenou ele – e me ligue de volta.

– Sim, senhor.

– O que foi? – perguntou madame Francoeur, observando o marido ir até o banheiro.

– Nada, só um probleminha no trabalho. Volte a dormir.

– Você vai levantar?

– Acho melhor – disse ele. – Já despertei, e o alarme vai tocar daqui a pouco de qualquer jeito.

Mas o alarme do superintendente Francoeur já estava tocando.

– ELES ENCONTRARAM A GENTE – disse Jérôme. – Eu disparei o alarme aqui.

– Onde? – perguntou Gamache, puxando uma cadeira.

Jérôme mostrou a ele.

– Arquivos de construção? – perguntou Gamache, e se voltou para Thérèse. – Por que a Sûreté teria arquivos sobre construção de estradas, ainda mais protegidos?

– Por nenhuma razão. Não é a nossa jurisdição. As estradas, sim, mas não o conserto delas. E com certeza não seria confidencial.

– Eles devem estar procurando a gente – opinou Nichol.

A voz dela era calma. Apenas reportando os fatos.

– Era de se esperar – disse Jérôme, também calmo.

No monitor dele, viam-se arquivos sendo abertos e fechados. Aparecendo e desaparecendo.

– Pare de digitar – disse Nichol.

Jérôme tirou as mãos do teclado, e elas pairaram no ar.

Gamache olhou para o monitor. Ele quase podia ver linhas de códigos aparecerem, crescerem, depois se contraírem.

– Eles te encontraram? – perguntou Jérôme a Nichol.

– Não. Eu estou em outro arquivo. Também sobre construções, mas antigo. Não deve ser importante.

– Espere – disse Gamache, arrastando a cadeira até o monitor dela. – Deixa eu ver.

– Senhor, Charpentier de novo.

– *Oui* – disse Francoeur.

Ele havia tomado banho e se vestido e estava prestes a sair. Passava pouco das seis.

– Não era nada.

– Tem certeza?

– Tenho. Eu dei uma boa olhada. Executei todos os tipos de varreduras e não consegui encontrar nenhum acesso não autorizado à nossa rede. Isso acontece muito, como eu disse. Um fantasma na máquina. Desculpe incomodar o senhor com isso.

– Você fez a coisa certa – disse Francoeur, que, embora estivesse aliviado, ainda não conseguia relaxar. – Coloque mais agentes para monitorar.

– Tem outro turno começando às oito...

– Agora.

A voz era cortante, e Charpentier respondeu imediatamente:

– Sim, senhor.

Francoeur desligou, depois discou o número de Tessier.

– São relatórios de turnos – disse Gamache, olhando o conteúdo do arquivo. – De uma empresa chamada Aqueduto. Eles têm trinta anos. Por que você está olhando isso?

– Eu estava seguindo uma trilha. Um nome apareceu em outro arquivo, e eu segui ele até aqui.

– Que nome? – perguntou Gamache.

– Pierre Arnot.

– Deixa eu ver.

Gamache se aproximou, e Nichol rolou a tela para baixo. Ele pôs os óculos de leitura e examinou as páginas. Havia um monte de nomes. Pareciam ser cronogramas de trabalho, relatórios de solo e coisas chamadas "carregamentos".

– Eu não estou vendo nada.

– Nem eu – admitiu Nichol. – Mas está associado a este arquivo.

– Talvez seja outro Pierre Arnot – disse Jérôme de sua mesa. – Não é um nome incomum.

Gamache murmurou algo para indicar que tinha ouvido, mas sua atenção estava focada no arquivo. Não havia menção direta a nenhum Arnot.

– Como o nome dele pode estar associado a este arquivo, mas não aparecer aqui? – perguntou Gamache.

– Ele pode estar escondido – respondeu Nichol. – Ou ser uma referência externa. Como o seu nome pode estar atrelado a um arquivo sobre calvície ou cachimbos de alcaçuz.

Gamache olhou de soslaio para Jérôme, que tinha dado uma risadinha.

Ainda assim, ele entendeu. O nome de Arnot não precisava aparecer no arquivo para estar, de alguma forma, associado a ele. Em algum ponto, havia uma conexão.

– Continue – disse o chefe, e se levantou.

– CHARPENTIER É MUITO BOM no que faz – assegurou Tessier a Francoeur pelo telefone.

Ele também estava vestido e pronto para trabalhar. Ao calçar as meias, tinha percebido que, quando as tirasse naquela noite, tudo haveria mudado. Seu mundo. O mundo. Com certeza a província do Quebec.

– Se ele diz que não é nada, então é porque não é.

– Não – disse o superintendente, que queria estar convencido, tranquilizado, mas não estava. – Tem alguma coisa errada. Ligue para Lambert. Mande-a vir para cá.

– Sim, senhor.

Tessier desligou e discou o número da inspetora-chefe Lambert, líder da Divisão de Crimes Cibernéticos.

GAMACHE REMEXEU AS BRASAS COM uma tora nova, abrindo mais espaço. Depois a enfiou lá dentro e recolocou a tampa de ferro fundido no fogão.

– Agente Nichol – disse ele após alguns instantes –, você pode fazer uma pesquisa sobre aquela empresa?

– Que empresa?

– A Aqueduto – respondeu ele, indo na direção dela. – Até onde você seguiu Pierre Arnot.

– Mas ele não apareceu. Deve ter sido outro Arnot ou um contato fortuito. Algo não muito importante.

– Talvez, mas por favor descubra o que puder sobre essa tal Aqueduto.

Ele estava inclinado sobre ela, com uma das mãos na mesa e a outra nas costas da cadeira.

Ela bufou, e a tela que estava olhando voou para longe. Alguns cliques depois, e imagens de antigos sistemas de água e pontes romanas saltaram no monitor. Aquedutos.

– Satisfeito? – perguntou ela.

– Role para baixo – disse ele, e avaliou a lista de referências a "Aqueduto".

Havia uma empresa que estudava sustentabilidade. E uma banda com aquele nome.

Eles deram uma olhada em algumas páginas, mas a informação se tornou cada vez menos relevante.

– Posso voltar agora? – perguntou Nichol, cansada de amadores.

Gamache encarou a tela, ainda apreensivo. Mas assentiu.

Todos os agentes daquele turno foram chamados, e cada mesa e monitor da Divisão de Crimes Cibernéticos agora contava com um agente.

– Mas, senhora – apelava Charpentier à chefe –, foi um fantasma. Eu já vi milhares deles, assim como a senhora. Eu dei uma boa olhada, só para ter certeza. Executei todas as varreduras de segurança. Nada.

Lambert se virou para o superintendente.

Ao contrário de Charpentier, a inspetora-chefe Lambert sabia que as horas seguintes seriam críticas. Os firewalls, as defesas, os softwares que ela mesma ajudara a projetar precisavam ser impenetráveis. E eram.

Mas a preocupação de Francoeur tinha se transferido para ela. E, agora, ela ponderava.

– Eu mesma vou me certificar, senhor – disse ela a Francoeur.

Ele sustentou o olhar dela, encarando-a por tanto tempo e com tanta intensidade que Tessier e Charpentier se entreolharam.

Finalmente, Francoeur aquiesceu.

– Eu não quero o seu pessoal só de guarda, entendeu? Eu quero ver eles indo atrás.

– De quê? – perguntou Charpentier, exasperado.

– De invasores – retrucou Francoeur. – Eu quero que vocês cacem quem quer que esteja lá fora. Se tiver alguém tentando entrar, eu quero que vocês encontrem, seja um guaxinim, um fantasma ou o exército dos mortos-vivos. Entendido?

– Sim, senhor – respondeu Charpentier.

GAMACHE REAPARECEU PERTO DO COTOVELO de Nichol.

– Eu cometi um erro – disse ele bem no ouvido dela.

– Como? – perguntou ela, sem olhar para ele, ainda concentrada no que estava fazendo.

– Como você mesma disse, o arquivo era antigo. Isso significa que a Aqueduto é uma empresa antiga. Talvez não exista mais. Você consegue encontrá-la nos arquivos?

– Mas se ela não existe, como isso pode importar? – perguntou Nichol. – Arquivo antigo, empresa antiga, notícia antiga.

– Pecados antigos projetam longas sombras – disse Gamache. – E este é um pecado antigo.

– Mais uma maldita citação – murmurou Nichol. – O que isso quer dizer?

– Significa que o que começou pequeno três décadas atrás pode ter crescido – respondeu o chefe, sem olhar para a agente Nichol, lendo a tela dela. – Até se transformar em algo...

Ele olhou para o rosto de Nichol, tão inexpressivo, tão reprimido.

– ... grande – concluiu.

Mas a palavra que realmente lhe viera à mente era "monstruoso".

– A gente encontrou a sombra – continuou Gamache, virando-se para a tela. – Agora é hora de encontrar o pecado.

– Eu ainda não entendo – murmurou ela, mas Gamache suspeitava que aquilo não fosse verdade.

A agente Yvette Nichol entendia bastante de pecados antigos. E longas sombras.

– Isso vai levar alguns minutos – disse ela.

Gamache se juntou à superintendente Brunel, que estava de pé perto da janela, olhando para o marido, claramente com vontade de espiar por cima do ombro dele.

– Como Jérôme está indo?

– Bem, imagino – respondeu ela. – Acho que disparar aquele alarme o abalou. Aconteceu antes do que ele esperava. Mas ele se recuperou.

Gamache olhou para as duas pessoas sentadas em suas mesas. Eram quase sete e meia da manhã. Fazia seis horas que eles tinham começado.

Ele foi até Jérôme.

– Quer esticar as pernas?

Jérôme não respondeu de imediato. Ele encarava a tela, os olhos seguindo uma linha de código.

– *Merci*, Armand. Dentro de alguns minutos – disse Jérôme, a voz distante, distraída.

– Achei – disse Nichol. – Aqueduto Serviços – leu ela, no que Gamache e Thérèse se inclinaram sobre o ombro da jovem para ver. – O senhor estava certo. É uma empresa antiga. Parece que faliu.

– O que ela fazia?

– Basicamente engenharia, eu acho – disse ela.

– Estradas? – perguntou Thérèse, pensando no alarme que Jérôme havia disparado, o cronograma de construção da estrada.

Houve uma pausa enquanto Nichol procurava um pouco mais.

– Não. Parece que eram sistemas de esgoto, principalmente em áreas afastadas. Isso foi na época em que o governo destinava recursos para limpar os resíduos despejados nos rios.

– Estações de tratamento – disse Gamache.

– Esse tipo de coisa – disse Nichol, concentrada na tela. – Mas o senhor vê, aqui – continuou ela, apontando para um relatório. – Mudança de governo. Os contratos secaram e a empresa quebrou. Fim da história.

– Espere – disse Jérôme, bruscamente, da mesa ao lado. – Pare o que você está fazendo.

Gamache e Thérèse congelaram, como se seus próprios movimentos pudessem, de alguma forma, traí-los. Então Gamache se aproximou de Jérôme.

– O que foi?

– Eles estão procurando a gente – disse ele. – Não só protegendo os arquivos, mas agora estão atrás de nós.

– Disparamos outro alarme? – quis saber Thérèse.

– Não que eu saiba – respondeu Jérôme, e olhou de relance para Nichol, que checou o próprio equipamento e balançou a cabeça.

O Dr. Brunel voltou ao seu monitor e o encarou. Suas mãos gorduchas pairavam acima do teclado, prontas para entrar em ação se necessário fosse.

– Eles estão usando um programa novo, que eu nunca vi.

Ninguém se mexia.

Gamache olhou para a tela e meio que esperou ver um espectro rastejar para fora do monitor. Pegando pedaços de textos, arquivos, documentos e olhando para baixo. Para eles.

Ele prendeu a respiração, sem ousar se mexer. Por precaução. Ele sabia que aquilo era irracional, mas não queria arriscar.

– Eles não vão encontrar a gente – afirmou Nichol, e Gamache admirou a bravata da agente.

Ela havia sussurrado, e Gamache deu graças a Deus. Bravata era ótimo, mas silêncio e imobilidade eram as primeiras regras na hora de se esconder. E ele não se iludia. Era isso que eles estavam fazendo.

Gilles também pareceu pressentir. Ele inclinou a cadeira para a frente silenciosamente e colocou os pés no chão, mas permaneceu onde estava, guardando a porta, como se os perseguidores fossem passar por ali.

– Eles sabem que foram hackeados? – perguntou Thérèse.

Jérôme não respondeu.

– Jérôme – repetiu Thérèse, que também havia baixado a voz para um sibilo urgente. – Responda.

– Eu tenho certeza de que eles viram a nossa assinatura.

– O que isso quer dizer? – perguntou Gamache.

– Significa que eles provavelmente sabem que tem alguma coisa acontecendo – disse Nichol. – A criptografia vai segurar.

Porém pela primeira vez ela soou hesitante, como se falasse consigo mesma. Tentando convencer a si mesma.

E agora Gamache entendia. O caçador e seus cães estavam farejando ao redor. Eles tinham identificado um cheiro e, agora, tentavam descobrir o que haviam encontrado. Se é que haviam encontrado alguma coisa.

– Quem quer que esteja do outro lado não é um amador – disse Jérôme.

– Não estamos falando de um garoto impaciente, mas de um investigador experiente.

– O que a gente faz agora? – perguntou Thérèse Brunel.

– Bom, não podemos ficar aqui sentados – disse Jérôme, depois se voltou para Nichol. – Você realmente acha que a sua criptografia está nos escondendo?

Ela abriu a boca, mas ele a interrompeu. Ele tinha experiência suficiente com jovens e arrogantes residentes durante as longas rondas no hospital para não reconhecer alguém que preferia engolir uma mentira suculenta a uma verdade intragável.

– De verdade – advertiu ele, e sustentou o olhar pálido da agente.

– Não sei – admitiu ela. – Mas a gente pode muito bem acreditar que sim.

Jérôme riu e se levantou. Ele se voltou para a esposa:

– Então a resposta para a sua pergunta é que a criptografia segurou e está tudo bem.

– Não foi isso que ela falou – disse Thérèse, seguindo o marido até a cafeteira no fogão a lenha.

– Não – admitiu ele, servindo-se de uma caneca. – Mas ela está certa. Nós podemos muito bem acreditar. Não muda nada. E, na minha opinião, acho que eles não fazem ideia de qual é o nosso objetivo, mesmo que saibam que estamos aqui. Estamos seguros.

GAMACHE ESTAVA ATRÁS DA CADEIRA de Nichol.

– Você deve estar cansada. Por que não faz uma pausa também? Joga uma água no rosto.

Quando ela não respondeu, ele olhou para ela com mais atenção.

Os olhos dela estavam arregalados.

– O que foi? – perguntou ele.

– Ah, *merde* – disse ela baixinho. – Ah, *merde*.

– O quê?

Gamache olhou para o monitor. ACESSO NÃO AUTORIZADO, dizia a tela.

– Eles encontraram a gente.

TRINTA E CINCO

– Eu encontrei uma coisa – disse Lambert pelo telefone. – É melhor o senhor descer aqui.

Francoeur e Tessier chegaram em poucos minutos. Os agentes estavam aglomerados em volta do monitor de Lambert, observando, mas se dispersaram quando viram quem havia entrado na sala.

– Saiam – ordenou Tessier, e eles obedeceram.

Ele fechou a porta e ficou na frente dela.

Charpentier estava em outro terminal do escritório, de costas para o chefe, digitando na velocidade da luz.

Francoeur se inclinou sobre a inspetora-chefe Lambert.

– Deixa eu ver.

– Jérôme! – chamou Thérèse e se juntou a Gamache e Nichol.

– Deixa eu ver – pediu Gamache.

– Quando eu abri o arquivo antigo da Aqueduto, devo ter disparado um alarme – explicou Nichol, com o rosto pálido.

Jérôme chegou e examinou o monitor, depois colocou as mãos no teclado dela.

– Depressa – disse ele, digitando rapidamente alguns comandos curtos. – Sai desse arquivo.

A mensagem de erro desapareceu.

– Você não disparou só um alarme, você pisou em uma mina terrestre. Meu Deus.

– Talvez eles não tenham visto a mensagem – disse Nichol devagar, observando a tela.

Eles aguardaram e aguardaram, fitando a tela estática. Mesmo sem querer, Gamache percebeu que estava esperando que algum ser realmente aparecesse. Uma sombra, uma forma.

– A gente precisa voltar para o arquivo da Aqueduto – disse ele.

– Você está louco – disse Jérôme. – Foi lá que o alarme disparou. É o único lugar que a gente precisa evitar.

Gamache puxou uma cadeira e se sentou perto do médico idoso. Ele o encarou.

– Eu sei. É por isso que a gente precisa voltar. O que eles estão tentando esconder está naquele arquivo.

Jérôme abriu a boca, depois voltou a fechá-la. Tentando construir um argumento racional contra o inconcebível: voltar, de caso pensado, para dentro de uma armadilha.

– Desculpa, Jérôme, mas era isso que a gente estava procurando. A vulnerabilidade deles. E a gente encontrou isso na Aqueduto. Está ali em algum lugar.

– Mas é um documento criado há trinta anos – argumentou Thérèse. – Uma empresa que nem existe mais. O que pode ter ali?

Todos os quatro olharam para a tela. O cursor pulsava, como a batida de um coração. Como algo vivo. Que esperava.

Então Jérôme Brunel se inclinou para a frente e começou a digitar.

– Aqueduto? – disse Francoeur, dando um passo para trás como se tivesse levado um tapa. – Apague os arquivos.

A inspetora-chefe o encarou, mas um rápido olhar para o rosto do superintendente foi o suficiente. Ela começou a apagá-los.

– Quem é o invasor? – quis saber Francoeur. – Você sabe?

– Ou eu apago os arquivos, ou persigo o invasor, não posso fazer as duas coisas – disse Lambert, com os dedos pairando sobre as teclas.

– Eu pego o invasor – disse Charpentier, do outro lado do escritório.

– Faça isso – ordenou Francoeur. – A gente precisa saber.

– É o Gamache – afirmou Tessier. – Só pode ser.

– Gamache não tem como fazer isso – declarou Lambert enquanto trabalhava. – Como todos os oficiais seniores, ele entende de computadores, mas não é nenhum especialista. Não é ele.

– Fora que ele está em um vilarejo de Eastern Townships. Sem internet – disse Tessier.

– Quem quer que seja tem internet de alta velocidade e uma largura de banda enorme.

– Meu Deus – disse Francoeur, virando-se para Tessier. – Gamache era uma isca.

– Então quem é esse aqui? – perguntou Tessier.

– Merda – disse Nichol. – Os arquivos estão sendo apagados.

Ela olhou para Jérôme, que olhou para Thérèse, que olhou para Gamache.

– A gente precisa desses arquivos – disse Gamache. – Pega eles.

– Ele vai encontrar a gente – objetou Jérôme.

– Ele já encontrou – argumentou Gamache. – Pega os arquivos.

– Ela – corrigiu Nichol, também reagindo rápido. – Eu sei quem é. É a inspetora-chefe Lambert. Só pode ser.

– Por que você acha isso? – perguntou Thérèse.

– Porque ela é a melhor. Ela me treinou.

– A entrada inteira está desaparecendo, Armand – disse Jérôme. – Você desvia a atenção deles, Nichol.

– Certo – disse ela. – A criptografia está segurando. Ela está confusa. Não, espera. Alguma coisa mudou. Esta não é mais Lambert. É outra pessoa. Eles se dividiram.

Gamache foi até Jérôme.

– Você consegue salvar alguns arquivos?

– Talvez, mas eu não sei quais são importantes.

Gamache pensou por um instante, apertando o encosto da cadeira de madeira de Jérôme.

– Esquece os arquivos. Tudo começou com a Aqueduto há trinta anos ou mais. De alguma forma, Arnot estava envolvido. A empresa faliu, mas talvez não tenha desaparecido. Talvez só tenha mudado de nome.

Jérôme ergueu os olhos para ele.

– Se eu sair, a Aqueduto já era. Eles vão desmantelar tudo até que não sobre mais nenhum vestígio.

– Vai. Sai. Descobre o que aconteceu com a Aqueduto.

– ELES ESTÃO TENTANDO SALVAR os arquivos – disse Lambert. – Eles sabem o que a gente está fazendo.

– Isso não é um hacker de fora – afirmou Francoeur.

– Eu não sei quem é – disse Lambert. – Charpentier?

Houve uma pausa antes que Charpentier falasse:

– Eu não sei dizer. Não está registrando direito. É como um fantasma.

– Pare de falar isso – disse Francoeur. – Não é um fantasma, é uma pessoa em um terminal em algum lugar.

O superintendente chamou Tessier de lado.

– Eu quero que você descubra quem está fazendo isso.

Ele tinha baixado a voz, mas as palavras e a ferocidade estavam claras.

– Descubra onde eles estão. Se não é Gamache, então quem é? Encontre e detenha essas pessoas e apague as evidências.

Tessier saiu, sem ter nenhuma dúvida sobre o que Francoeur acabara de ordenar.

– VOCÊ ESTÁ BEM? – perguntou Gamache a Nichol.

Ela estava com o semblante tenso, mas respondeu com um breve aceno de cabeça. Por vinte minutos, ela havia conduzido o caçador para o caminho errado, deixando uma pista falsa atrás da outra.

Gamache a observou por um instante, depois voltou à outra mesa.

A Aqueduto tinha falido, mas, como acontecia tantas vezes, havia renascido com outro nome. Uma empresa se metamorfoseara em outra. De sistemas de esgoto e hidrovias a estradas e materiais de construção.

O inspetor-chefe se sentou e continuou a ler a tela, tentando entender por que o superintendente da Sûreté estava desesperado para manter aqueles arquivos em sigilo. Até então, eles pareciam não só benignos, mas enfadonhos. Todos sobre materiais de construção, amostras de solo, vergalhões e testes de força e estabilidade.

Então ele teve um palpite. Uma suspeita.

– Você pode voltar para o lugar onde a gente disparou o primeiro alarme?

– Mas não tem nada a ver com essa empresa – explicou Jérôme. – Era um cronograma de reparos na Rodovia 20.

Porém Gamache encarava a tela, esperando Jérôme obedecer. O que ele fez. Ou tentou fazer.

– Já era, Armand. Não está mais lá.

– Eu tenho que sair, senhor – disse Nichol, abalada a ponto de ser gentil. – Fiquei tempo demais. Logo, logo, eles vão me achar.

– Quase lá – reportou Charpentier. – Só mais alguns segundos. Vamos, vamos – disse ele, com os dedos pairando sobre as teclas. – Te peguei, seu merdinha.

– Noventa por cento dos arquivos foram destruídos – reportou Lambert, do outro lado do escritório. – Ele não tem muitos lugares para ir. Conseguiu pegar o invasor?

Fez-se um silêncio, exceto pelo clique rápido das teclas.

– Conseguiu, Charpentier?

– Merda.

Os cliques pararam. Lambert já sabia a resposta.

– Eu estou fora – disse Nichol, e se recostou na cadeira pela primeira vez em horas. – Foi por pouco. Eles quase me pegaram.

– Tem certeza de que não conseguiram? – perguntou Jérôme.

Nichol arrastou o corpo para a frente e apertou algumas teclas, depois respirou fundo.

– Não. Quase. Meu Deus.

Jérôme olhou da esposa para Gamache e dela para Nichol. Depois voltou a encarar Thérèse.

– E agora?

– E agora? – perguntou Charpentier.

Ele estava furioso. Detestava ser superado, e quem quer que estivesse do outro lado tinha feito exatamente isso.

Fora por pouco. Tão pouco que, por um instante, Charpentier pensara que havia pegado o invasor. Porém, no último segundo, *puf*. Ele tinha sumido.

– Agora a gente chama os outros e procura de novo – disse a inspetora--chefe.

– A senhora acha que ele ainda está no sistema?

– Ele não conseguiu pegar o que queria – disse ela, depois voltou a encarar o monitor. – Então, sim, eu acho que ele ainda está lá.

Charpentier se levantou para ir até a sala principal e dizer aos outros agentes, todos especialistas em buscas cibernéticas, para voltar. Para encontrar a pessoa que havia hackeado seu próprio sistema. Que tinha violado a casa deles.

Enquanto fechava a porta, ele se perguntou como a inspetora Lambert sabia o que o invasor buscava. E se perguntou o que poderia ser tão importante a ponto de fazê-lo arriscar tudo para encontrar.

– Agora a gente dá um tempo – respondeu Gamache, ficando de pé.

Seus músculos estavam doloridos, e ele percebeu que os tensionara por horas.

– Mas agora eles vão procurar a gente ainda mais – objetou Nichol.

– Deixa eles. Vocês precisam de uma pausa. Vão dar uma volta, arejar a cabeça.

Nichol e Jérôme não pareciam nada convencidos. Gamache olhou de relance para Gilles, depois de volta para eles.

– Vocês estão me forçando a fazer algo que eu não quero. O Gilles aqui ensina yoga nas horas vagas. Se em trinta segundos vocês não estiverem de pé e indo para a porta, eu vou mandar os dois fazerem uma aula com ele. E eu ouvi dizer que o cachorro olhando para baixo dele é espetacular.

Gilles se levantou, se espreguiçou e começou a caminhar até eles.

– Até que trabalhar um pouco os chacras me faria bem – admitiu.

Jérôme e Nichol se levantaram e avançaram em direção aos impermeáveis e à porta. Gilles foi até Gamache, perto do fogão a lenha.

– Obrigado por embarcar na brincadeira – disse o chefe.

– Que brincadeira? Eu dou aulas de yoga mesmo. Quer ver?

Gilles ficou em um pé só e levantou a outra perna devagar, erguendo os braços.

Gamache ergueu as sobrancelhas e se aproximou de Thérèse, que também assistia à cena.

– Eu estou esperando o cachorro olhando para baixo – confidenciou ela enquanto vestia o casaco. – Você vem?

– Não. Quero pesquisar um pouco mais.

A superintendente Brunel seguiu o olhar dele até os terminais.

– Cuidado, Armand.

Ele sorriu.

– Pode deixar. Vou tentar não derramar café na máquina. Só quero rever algumas coisas que Jérôme encontrou.

Ela saiu levando Henri, enquanto Gamache puxava a cadeira até o computador e começava a ler. Dez minutos depois, ele sentiu uma mão no ombro. Era Jérôme.

– Posso sentar?

– Vocês voltaram.

– Faz alguns minutos, mas a gente não queria te atrapalhar. Achou alguma coisa?

– Por que eles apagaram aquele arquivo, Jérôme? Não o da Aqueduto, embora essa também seja uma pergunta interessante. Mas o primeiro que a gente encontrou. O cronograma da construção da rodovia. Não faz sentido.

– Talvez eles só estivessem apagando tudo o que a gente viu – sugeriu Nichol.

– Por que eles perderiam tempo fazendo isso? – perguntou Thérèse.

Nichol deu de ombros.

– Sei lá.

– Você precisa voltar lá – disse Jérôme para Nichol. – Quão perto eles chegaram de você? Eles pegaram o seu endereço?

– A escola de Baie-des-Chaleurs? – perguntou Nichol. – Acho que não, mas seria bom mudar. Tem um zoológico em Granby com um arquivo grande. Vou usar isso.

– *Bon* – disse o inspetor-chefe. – Prontos?

– Pronto – respondeu Jérôme.

Nichol voltou a atenção para o próprio terminal, e Gamache se virou para a superintendente Brunel.

– Acho que aquele primeiro arquivo era importante – disse ele. – Quem sabe até vital. Quando Jérôme o encontrou, eles entraram em pânico.

– Mas não faz sentido – argumentou a superintendente Brunel. – Eu conheço as atribuições da Sûreté. Você também. A gente patrulha estradas e pontes, até mesmo as federais. Mas não faz consertos. Não existe nenhuma razão para um dossiê de reparo estar no meio dos arquivos da Sûreté, quanto mais escondido.

– Isso faz com que seja ainda mais provável que o arquivo não tivesse nada a ver com os negócios oficiais e sancionados da Sûreté – afirmou Gamache, que agora tinha a atenção dela. – O que acontece quando uma rodovia precisa de reparos?

– O contrato vai a licitação, eu espero – respondeu Thérèse.

– E depois o quê?

– As empresas apresentam as propostas – disse ela. – Aonde você quer chegar com isso, Armand?

– Você está certa – disse Gamache. – A Sûreté não conserta rodovias, mas investiga, entre outras coisas, fraudes em licitações.

Os dois oficiais seniores se entreolharam.

A Sûreté du Québec investigava corrupção. E não havia alvo maior que a indústria da construção civil.

Praticamente todos os departamentos da Sûreté tinham se envolvido na investigação de empreiteiras quebequenses em algum momento. De alegações de pagamentos de propina, fraudes em licitações e envolvimentos com o crime organizado a intimidações e homicídios. O próprio Gamache havia liderado investigações sobre o desaparecimento e o suposto assassinato de um alto funcionário sindicalista e de um executivo da construção civil.

– Será que é disso que se trata? – perguntou Thérèse, ainda sustentando o olhar de Gamache. – Será que Francoeur se envolveu nessa sujeira?

– Não só ele – disse Gamache. – Mas a Sûreté.

A indústria era imensa, poderosa e corrupta. E agora, em conluio com a Sûreté, não era policiada. Seria imbatível.

Contratos bilionários estavam em jogo. Eles não mediam esforços para ganhar as licitações, mantê-las e intimidar qualquer um que os desafiasse.

Se havia um pecado antigo e uma longa e escura sombra no Quebec, era a indústria da construção civil.

– *Merde* – disse a superintendente Brunel em voz baixa.

Ela sabia que eles não tinham pisado em um único pedaço de merda, mas em um império inteiro.

– Volte lá, por favor, Jérôme – pediu Gamache, baixinho.

Ele se inclinou para a frente, apoiando os cotovelos nos joelhos. Finalmente eles tinham uma ideia do que estavam procurando.

– Onde?

– Contratos de construção. Grandes, recentes.

– Certo.

Jérôme se virou rapidamente e começou a digitar. Ao lado dele, no outro terminal, Nichol também digitava.

– Não, espere – disse Gamache, pondo a mão no braço de Jérôme. – Não para novas construções. Procure contratos de reparos.

– *D'accord* – disse Jérôme, e deu início à busca.

– Alô, desculpe incomodar. Eu te acordei?

– Quem está falando? – perguntou a voz sonolenta do outro lado da linha.

– Meu nome é Martin Tessier, eu trabalho na Sûreté du Québec.

– É sobre a minha mãe? – perguntou a voz feminina, de repente alerta. – São cinco da manhã aqui. O que aconteceu?

– A senhora acha que isso pode ter a ver com a sua mãe? – perguntou Tessier em uma voz amistosa e moderada.

– Bom, ela trabalha para a Sûreté – disse a mulher, completamente desperta. – Quando ela chegou, disse que alguém podia ligar.

– Então a superintendente Brunel está aí com a senhora, em Vancouver?

– Não é por isso que o senhor está ligando? O senhor trabalha com o inspetor-chefe Gamache?

Tessier não sabia bem como responder a isso, não sabia o que a superintendente Brunel poderia ter dito à filha.

– Sim. Ele me pediu para ligar. Eu posso falar com ela, por favor?

– Ela disse que não quer falar com ele. Deixa a gente em paz. Eles estavam exaustos quando chegaram. Diga para o seu chefe parar de incomodar os meus pais.

Monique Brunel desligou, mas continuou segurando o telefone.

MARTIN TESSIER OLHOU PARA O fone na mão.

O que dizer daquilo? Ele precisava saber se os Brunels tinham, de fato, viajado para Vancouver. Os celulares deles tinham.

Ele havia monitorado e rastreado as linhas. Eles tinham voado para Vancouver e ido até a casa da filha do casal. Nos últimos dias, haviam passeado por lojas e restaurantes da cidade. Visto a Orquestra Sinfônica.

Mas eram as pessoas ou só os celulares?

Antes, Tessier estava convencido de que eles estavam em Vancouver, mas agora já não tinha tanta certeza.

Os Brunels haviam se separado de seu ex-amigo e colega de trabalho, dizendo que Gamache estava delirando. Mas alguém tinha continuado a busca cibernética de onde Jérôme Brunel havia parado. Ou talvez ele nunca houvesse parado.

Quando a filha dos Brunels atendera o telefone, ele notara a preocupação na voz dela.

"É sobre a minha mãe?", perguntara ela.

Não "Do que se trata?", não "O senhor precisa falar com a minha mãe?".

Não. Aquelas eram palavras de uma pessoa preocupada que algo tivesse acontecido com a mãe. E você não pergunta isso quando seus pais estão dormindo a poucos metros de distância.

Tessier ligou para o colega que tinha o mesmo cargo que ele em Vancouver.

– ESPERE – DISSE GAMACHE.

Ele estava inclinado para a frente, com os óculos de leitura no rosto, olhando para a tela.

– Volte lá, por favor.

Jérôme obedeceu.

– O que foi, Armand? – perguntou Thérèse Brunel.

Ele estava branco. Ela nunca o vira daquele jeito. Ela o vira com raiva, magoado e surpreso. Mas nunca, em todos aqueles anos trabalhando juntos, o vira tão chocado.

– Meu Deus – murmurou Gamache. – Não é possível.

Ele tinha feito Jérôme abrir outros arquivos, aparentemente sem relação uns com os outros. Alguns bem antigos, outros muito recentes. Alguns baseados no extremo norte, outros no centro de Montreal.

Mas todos tinham a ver com algum tipo de construção. Serviços de reparo. Em estradas, pontes e túneis.

Por fim, o inspetor-chefe se recostou e olhou para a frente. Na tela, havia um relatório sobre contratos recentes de manutenção, mas ele parecia olhar para além das palavras. Tentando apreender um significado mais profundo.

– Tinha uma mulher – disse ele, afinal. – Ela se matou há alguns dias. Pulou da ponte Champlain. Você consegue encontrá-la? Marc Brault estava investigando o caso para a polícia de Montreal.

Sem perguntar por que Gamache queria saber aquilo, Jérôme se pôs a trabalhar e encontrou o caso rapidamente entre os arquivos da polícia de Montreal.

– O nome dela é Audrey Villeneuve. Idade, 38. Corpo encontrado debaixo da ponte. Dossiê fechado dois dias atrás. Suicídio.

– Informações pessoais? – perguntou Gamache, examinando a tela.

– O marido é professor. Duas filhas. Eles moram em Papineau, no extremo leste de Montreal.

– E onde ela trabalhava?

Jérôme rolou para baixo, depois para cima.

– Não diz aqui.

– Tem que dizer – insistiu Gamache, enfiando-se na frente dele, afastando Jérôme com o cotovelo.

Ele rolou a tela para cima e para baixo. Examinando o relatório policial.

– Talvez ela não trabalhasse – sugeriu Jérôme.

– O relatório diria isso – explicou Thérèse, ela própria inclinando-se para a frente, procurando a informação no documento.

– Ela trabalhava no setor de transportes – afirmou Gamache. – Marc Brault me contou. Estava no relatório, mas agora sumiu. Alguém apagou.

– Ela pulou da ponte? – perguntou Thérèse.

– Vamos supor que Audrey Villeneuve não tenha pulado – disse Gamache, desviando os olhos da tela para fitá-los. – Vamos supor que ela tenha sido empurrada.

– Por quê?

– Por que o trabalho dela foi apagado do arquivo? – perguntou ele. – Ela descobriu alguma coisa.

– O quê? – perguntou Jérôme. – Isso não é forçar a barra? De uma mulher desesperada para um assassinato?

– Você pode voltar? – pediu Gamache, ignorando o comentário. – Para o documento que a gente estava vendo antes?

Os arquivos do contrato de construção surgiram na tela. Centenas de milhões de dólares em reparos só naquele ano.

– E se tudo isso for mentira? – perguntou ele. – E se o que a gente estiver vendo aqui nunca tiver sido feito?

– Você quer dizer que as empreiteiras embolsaram o dinheiro, mas não fizeram as obras? – perguntou Thérèse. – Você acha que Audrey Villeneuve trabalhava para uma dessas empresas e percebeu o que estava acontecendo? Talvez ela os estivesse chantageando.

– É pior que isso – disse Gamache, com o rosto pálido. – Os serviços de manutenção nunca foram feitos.

Ele fez uma pausa para que assimilassem a informação. Ali, no ar da antiga escola, algumas imagens se materializaram. Dos viadutos sobre a cidade e dos túneis debaixo dela. Das pontes. Pontes enormes, que transportavam dezenas de milhares de carros todos os dias.

Tudo isso sem nenhuma manutenção, talvez havia décadas. O dinheiro tinha ido para o bolso dos donos das empreiteiras, do sindicato, do crime organizado e daqueles que deveriam deter a corrupção. Da Sûreté. Bilhões de dólares. Deixando quilômetros e quilômetros de estradas, túneis e pontes à beira do colapso.

– Peguei eles – disse Lambert.

– Quem são? – exigiu saber Francoeur.

Ele tinha voltado ao seu escritório e estava conectado à busca no próprio computador.

– Eu ainda não sei, mas eles entraram pelo destacamento da Sûreté em Schefferville.

– Eles estão em Schefferville?

– Não. *Tabarnac.* Eles estão usando os arquivos. A rede da biblioteca.

– O que significa...

– Que eles podem estar em qualquer lugar da província. Mas a gente pegou eles agora. É uma mera questão de tempo.

– A gente não tem mais tempo – disse Francoeur.

– Bom, o senhor vai ter que arrumar.

– TEM COMO DESPISTÁ-LOS? – perguntou Thérèse, no que o marido balançou a cabeça.

– Então ignore – disse Gamache. – A gente tem que avançar. Entrar nos arquivos de construção. Cave o mais fundo que puder. Algo está sendo planejado. Não só a corrupção em curso, mas um evento específico.

Jérôme se livrou de toda a cautela e mergulhou nos arquivos.

– DETENHA ESSE INVASOR! – gritou Francoeur ao telefone.

Em seu computador, um nome havia aparecido e desaparecido em um piscar de olhos. Mas ele o vira. E o invasor também.

Audrey Villeneuve.

Ele viu, horrorizado, a tela ser preenchida por um arquivo após o outro. Sobre construções. Contratos de reparos.

– Eu não tenho como detê-lo – disse Lambert – enquanto não descobrir onde ele está.

Francoeur observou, impotente, enquanto diversos arquivos eram abertos e deixados de lado, e o invasor avançava. Pilhando o sistema, depois correndo na frente.

Ele olhou para o relógio. Quase dez da manhã. Estavam quase lá.

Mas o invasor também.

Então, de repente, a frenética busca on-line parou. O cursor pulsou na tela, como que congelado ali.

– Meu Deus – disse Francoeur, com os olhos arregalados.

GAMACHE E THÉRÈSE OLHARAM PARA a tela. Para o nome que tinha aparecido. Enterrado no nível mais profundo. Debaixo dos dossiês legítimos. Debaixo dos documentos adulterados. Debaixo dos remendos e da fraude. E da camada mais grossa de *merde*. Havia um nome.

O inspetor-chefe se voltou para Jérôme, que também fitava a tela. Não com o assombro que a esposa e o amigo sentiam. Mas com outra emoção esmagadora.

Culpa.

– Você sabia – murmurou Gamache, mal conseguindo falar.

O sangue tinha sumido do rosto de Jérôme e a respiração dele estava curta. Seus lábios, quase brancos.

Ele sabia. Fazia dias. Desde que havia disparado o alarme que os fizera se esconder. Ele tinha carregado aquele segredo até Three Pines. Arrastado o nome desde a escola até o bistrô, do bistrô para a cama.

– Eu sabia.

As palavras saíram quase inaudíveis, mas preencheram a sala.

– Jérôme? – disse Thérèse, sem saber o que a chocara mais: o que eles haviam encontrado ou o que tinham descoberto sobre o marido dela.

– Desculpa – disse ele.

Com algum esforço, ele empurrou a cadeira para trás, e ela guinchou no piso de madeira como giz no quadro-negro.

– Eu devia ter contado para vocês.

Ele olhou para o rosto deles e soube que aquelas palavras não chegavam nem perto de descrever o que ele deveria ter feito. E não fizera. Mas eles desviaram o olhar de Jérôme para o terminal e o cursor que piscava na frente do nome.

Georges Renard. O primeiro-ministro do Quebec.

– ELES SABEM – DISSE Francoeur.

Ele estava ao telefone com o chefe e havia contado tudo a ele.

– A gente precisa seguir com o plano. Agora.

Houve uma pausa antes que Georges Renard falasse.

– A gente não pode seguir com o plano – disse ele por fim, com a voz calma. – A sua parte não é o único elemento, sabia? Se Gamache está perto desse jeito, detenha-o.

– Ainda estamos buscando o invasor – explicou Francoeur, tentando ele próprio controlar a voz e a respiração.

Para soar persuasivo e equilibrado.

– O intruso já não é mais a prioridade, Sylvain. Ele obviamente está trabalhando com Gamache. Passando as informações para ele. Se o inspetor-chefe é o único que pode juntar todas as peças, então ignore o invasor e vá atrás dele. A gente vai ter bastante tempo depois para lidar com os outros. Você disse que ele está em um vilarejo em Eastern Townships, certo?

– É, Three Pines.

– Pega ele.

– Quanto tempo temos até encontrarem a gente? – perguntou Gamache enquanto caminhava em direção à porta.

Gilles baixou a cadeira quando o chefe se aproximou, fazendo as pernas da frente baterem no chão. Ele se levantou e puxou a cadeira para o lado.

– Uma hora, talvez duas – respondeu Jérôme. – Armand...

– Eu sei, Jérôme – disse ele, tirando o casaco do gancho perto da porta. – Nenhum de nós é inocente nessa história. Eu duvido que tivesse feito diferença. Nós precisamos nos concentrar e avançar agora.

– É melhor a gente ir? – perguntou Thérèse, observando Gamache vestir o casaco.

– Não temos para onde ir.

Ele falou com delicadeza, mas também com firmeza, para que eles não nutrissem falsas esperanças. Se havia uma posição a ser tomada, teria que ser ali.

– Agora a gente sabe quem está envolvido – disse o chefe. – Mas ainda não sabe o que eles planejam.

– Você acha que é mais do que encobrir uma corrupção de centenas de milhões de dólares? – perguntou Thérèse.

– Acho – respondeu Gamache. – Esse foi um subproduto feliz. Algo para manter os parceiros dele de boca fechada. Mas o objetivo real é outro. Algo em que eles vêm trabalhando há anos. Começou com Pierre Arnot e termina com o primeiro-ministro.

– A gente vai ver o que consegue descobrir sobre Renard – disse Jérôme.

– Não. Esqueça Renard – disse Gamache. – A chave agora é Audrey Villeneuve. Ela encontrou alguma coisa e foi assassinada. Descubra tudo que puder sobre ela. Onde trabalhava, em que projeto estava envolvida. O que ela pode ter encontrado.

– A gente não pode simplesmente ligar para Marc Brault? – perguntou Jérôme. – Ele investigou a morte dela. Deve ter isso nas anotações dele.

– E alguém editou o relatório dele – lembrou Thérèse, balançando a cabeça. – Não temos como saber em quem confiar.

Gamache tirou as chaves do carro do bolso do casaco.

– Aonde você vai? – perguntou Thérèse. – Você não vai deixar a gente aqui, né?

Gamache viu o olhar dela. Praticamente o mesmo que tinha visto em Beauvoir naquele dia na fábrica. Quando Gamache o deixara.

– Eu preciso ir.

Ele enfiou a mão debaixo do paletó, pegou a arma e a estendeu para eles. Thérèse Brunel balançou a cabeça.

– Eu trouxe a minha.

– Trouxe? – perguntou Jérôme.

– Você acha que eu trabalhava na cafeteria da Sûreté? Eu nunca usei essa arma e espero nunca ter que usar, mas vou fazer isso se preciso.

Gamache olhou para o outro lado da sala e para a agente Nichol, ainda trabalhando em seu terminal.

– Agente Nichol, me acompanhe até o carro, por favor.

Ela continuou de costas para ele.

– Agente Nichol.

Em vez de levantar a voz, o inspetor-chefe a havia baixado. Ela atravessou a sala de aula e se alojou naquelas pequenas costas. Eles viram Nichol tensionar o corpo.

Então ela se levantou.

Gamache acariciou as orelhas de Henri, depois abriu a porta.

– Espere, Armand – disse Thérèse. – Aonde você vai?

– Ao RDD. Falar com Pierre Arnot.

Thérèse abriu a boca para protestar, mas percebeu que não importava. Eles estavam expostos agora. A única coisa que importava era a velocidade.

Gamache esperou Nichol do lado de fora, na varanda da escola.

Gabri passou a caminho do bistrô e acenou, mas não se aproximou. Eram quase onze da manhã e o sol brilhava na neve. O vilarejo parecia coberto de joias.

– O que o senhor quer? – perguntou Nichol, quando finalmente saiu e a porta se fechou atrás dela.

Gamache pensou que ela não parecia muito diferente da primeira quíntupla, empurrada para o mundo contra a vontade. Ele desceu os degraus e seguiu pelo caminho até o carro sem olhar para ela enquanto falava.

– Eu quero saber o que você estava fazendo na pousada naquele dia.

– Eu contei para o senhor.

– Você mentiu para mim. A gente não tem muito tempo – disse ele, depois olhou para ela. – Eu fiz uma escolha naquele dia, no bosque, de confiar em você, mesmo sabendo que você tinha mentido. Sabe por quê?

Ela olhou para ele, furiosa, seu rosto pequeno corando.

– Porque o senhor não tinha escolha?

– Porque, apesar do seu comportamento, eu acho que você tem um bom coração. Uma cabeça estranha – disse ele, sorrindo –, mas um bom coração. Só que agora eu preciso saber. O que você foi fazer lá?

Ela caminhava ao lado dele, de cabeça baixa, observando as próprias botas na neve.

Eles pararam ao lado do carro dele.

– Eu segui o senhor até lá para contar uma coisa. Mas aí o senhor ficou tão bravo... Bateu a porta na minha cara, e eu não consegui.

– Conte agora – pediu ele em voz baixa.

– Fui eu que vazei o vídeo.

As baforadas das palavras dela mal se materializavam antes de desaparecer. O chefe arregalou os olhos e levou um instante para assimilar a informação.

– Por quê? – perguntou, por fim.

Lágrimas abriram trilhas quentes no rosto de Nichol, e quanto mais a jovem tentava detê-las, mais elas vinham.

– Desculpa. Eu não queria machucar ninguém. Eu me senti tão mal...

Ela não conseguiu falar. Sua garganta se fechava ao redor das palavras.

– ... culpa minha... – conseguiu dizer. – ... eu disse para o senhor que eram seis. Eu só ouvi...

E agora ela soluçava.

Armand Gamache a puxou para si e a abraçou. O corpo dela subia, descia e tremia. Soluçava. Ela chorou e chorou, até não restar mais nada. Nenhum som, nenhuma lágrima, nenhuma palavra. Até, finalmente, mal conseguir ficar de pé. E ele continuava com ela nos braços e a amparava.

Quando Nichol se afastou, estava com o rosto marcado pelas lágrimas e o nariz cheio de muco. Gamache abriu o impermeável e entregou seu lenço a ela.

– Eu falei para o senhor que só tinha seis atiradores na fábrica – disse ela por fim, as palavras saindo em soluços e arquejos. – Eu só ouvi quatro, mas acrescentei alguns. Só por precaução. O senhor me ensinou isso. A ser cautelosa. Eu achei que era. Mas havia...

As lágrimas voltaram a cair, fluindo livremente desta vez, sem nenhum esforço para detê-las.

– ... mais.

– Você não teve culpa, Yvette – disse Gamache. – Você não foi responsável pelo que aconteceu.

E ele sabia que era verdade. Ele se lembrava dos momentos naquela fábrica. Não das coisas que um vídeo pudesse capturar. Armand Gamache não se lembrava das imagens nem dos sons. Mas de como se sentira. Ao ver seus jovens agentes serem abatidos.

Ao abraçar Jean Guy. Chamar os paramédicos. Dar um beijo de despedida nele.

Eu te amo, murmurara no ouvido dele, antes de deixá-lo no concreto frio e ensanguentado.

As imagens podiam desaparecer um dia, mas os sentimentos viveriam para sempre.

– Você não teve culpa – repetiu ele.

– Nem o senhor – disse ela. – Eu queria que as pessoas soubessem. Mas não parei para pensar... na família... dos outros oficiais. Eu queria fazer aquilo...

Ela olhou para ele, seus olhos implorando a ele que entendesse.

– Por mim? – perguntou o chefe.

Ela aquiesceu.

– Eu tive medo de que o senhor fosse considerado culpado. Eu queria que eles soubessem que não foi culpa sua. Desculpa.

Ele pegou as mãos viscosas de Nichol e olhou para o rostinho dela, vermelho e molhado de lágrimas e muco.

– Está tudo bem – murmurou ele. – Todos nós cometemos erros. E o seu pode nem ter sido um erro.

– Como assim?

– Se você não tivesse lançado aquele vídeo na rede, a gente nunca descobriria o que o superintendente Francoeur estava fazendo. Pode ter sido uma bênção, no fim das contas.

– Uma bênção de merda – disse ela. – Senhor.

– É – disse ele, e entrou no carro. – Enquanto eu estiver fora, quero que você pesquise sobre o primeiro-ministro Renard. O passado dele, o histórico. Veja se consegue encontrar alguma ligação dele com Pierre Arnot ou o superintendente Francoeur.

– Sim, senhor. O senhor sabe que eles provavelmente estão rastreando o seu carro e o seu celular. Não seria melhor deixar o celular aqui e usar o carro de outra pessoa?

– Eu vou ficar bem – disse ele. – Avise quando encontrar alguma coisa.

– Se o senhor receber uma mensagem do zoológico, já sabe quem é.

Fazia sentido para o chefe. Ele dirigiu para fora do vilarejo, ciente de que seria detectado assim que saísse de lá. Contando com isso.

TRINTA E SEIS

Pela segunda vez em dois dias, Armand Gamache parou no estacionamento da penitenciária. Porém desta vez saiu e bateu a porta do carro. Queria que não houvesse dúvidas de que ele estava lá. Sua intenção era ser visto e entrar no prédio. No portão, ele mostrou as credenciais.

– Eu preciso ver um dos prisioneiros.

Uma campainha tocou e o inspetor-chefe foi admitido, mas não passou da sala de espera. O policial de plantão saiu de uma sala lateral.

– Inspetor-chefe? Sou o capitão Monette, chefe da guarda. Não me informaram que o senhor estava vindo.

– Eu mesmo não sabia até meia hora atrás – disse Gamache, com uma voz amistosa, examinando o homem surpreendentemente jovem parado à sua frente.

Monette não devia ter nem 30 anos e era dono de um corpo largo e forte. Um daqueles jogadores de futebol americano grandalhões.

– Algo surgiu em um caso que eu estou investigando – explicou Gamache – e preciso ver um dos seus prisioneiros de segurança máxima. Ele está no Regime Disciplinar Diferenciado, acredito.

Monette ergueu as sobrancelhas.

– O senhor vai ter que deixar a arma aqui.

Gamache já esperava por isso, embora torcesse para que sua posição lhe desse passe livre. Pelo visto, não. O chefe tirou a Glock do coldre e olhou em volta. Em cada canto da sala estéril havia uma câmera apontada para ele.

Será que o alarme já tinha sido disparado? Ele saberia em um instante.

Gamache pôs a arma na bancada. O guarda assinou o registro e entregou o recibo ao inspetor.

Monette fez um gesto para que ele o seguisse corredor adentro.

– Que prisioneiro o senhor quer ver?

– Pierre Arnot.

O chefe da guarda parou.

– Ele é um caso especial, como o senhor sabe.

Gamache sorriu.

– Sim, eu sei. Desculpe, senhor, mas eu realmente tenho que ver o prisioneiro o mais rápido possível.

– Eu preciso falar com o diretor sobre isso.

– Não precisa, não – disse Gamache. – O senhor pode fazer isso se julgar necessário, mas a maioria dos chefes de guarda tem autoridade para permitir visitas, principalmente para oficiais em investigação. A menos que – continuou Gamache, examinando o jovem à sua frente – o senhor não tenha essa autoridade...

O rosto de Monette endureceu.

– Eu posso autorizar, se quiser.

– E por que o senhor não iria querer? – perguntou Gamache.

Seu rosto estava curioso, mas seu olhar e sua voz tinham se tornado mais incisivos.

Agora o homem parecia inseguro. Não com medo, mas sem saber o que fazer, e Gamache percebeu que provavelmente não estava naquele posto fazia muito tempo.

– São bem comuns essas visitas – disse o inspetor, suavizando só um pouco a voz.

Não com um tom condescendente, mas tranquilizador, esperava ele.

Anda logo, anda logo, pensou Gamache, contando os minutos na cabeça. Não demoraria muito para que o alarme soasse. Ele queria ser seguido até o RDD, mas não ser pego lá.

Monette o observou, depois anuiu. Ele se virou para o corredor sem dizer uma palavra.

Portas se abriam e batiam atrás deles enquanto eles avançavam cada vez mais na penitenciária de segurança máxima. E, durante a caminhada, o inspetor-chefe se perguntava o que teria acontecido com o predecessor de

Monette e por que eles haviam dado a tarefa de vigiar alguns dos criminosos mais perigosos do Canadá a alguém tão jovem e inexperiente.

Finalmente, entraram em uma sala de interrogatório, e Monette deixou Gamache sozinho.

Ele olhou em volta. Mais uma vez, câmeras apontavam para ele. Aquilo estava longe de ser desconcertante, já que seu plano dependia daquelas câmeras.

Ele se posicionou de frente para a porta e se preparou para ficar cara a cara com Pierre Arnot pela primeira vez em anos.

Finalmente, a porta se abriu. Monette entrou primeiro, depois outro guarda veio escoltando um homem mais velho em uniforme prisional laranja.

O inspetor-chefe olhou primeiro para o prisioneiro e depois para o chefe da guarda.

– Quem é este?

– Pierre Arnot.

– Mas este não é Arnot – disse Gamache, indo até o prisioneiro. – Quem é você?

– Ele é Pierre Arnot – afirmou Monette com firmeza. – As pessoas mudam na prisão. Ele está aqui há dez anos. É ele.

– Eu estou te falando – disse Gamache, lutando, sem muito sucesso, para manter a compostura. – Este não é Pierre Arnot. Eu trabalhei anos com ele. Eu prendi o homem e testemunhei no julgamento dele. Quem é você?

– Pierre Arnot – respondeu o prisioneiro.

Ele mantinha os olhos voltados para a frente. O queixo estava coberto por pelos grisalhos e os cabelos, desgrenhados. Devia ter cerca de 75 anos. A idade certa e até mais ou menos o tipo físico certo.

Mas não era o homem certo.

– Há quanto tempo o senhor está aqui? – perguntou Gamache ao chefe da guarda.

– Seis meses.

– E você? – perguntou ele, voltando-se para o outro guarda, que pareceu surpreso com a pergunta.

– Quatro meses, senhor. Eu fui um dos seus alunos na Academia da Sûreté, mas fui reprovado. Consegui um trabalho aqui.

– Venha comigo – disse Gamache ao guarda mais jovem. – Me acompanhe até a saída.

– O senhor vai embora? – perguntou o chefe da guarda.

Gamache olhou para trás.

– Vá até o seu diretor. Diga a ele que eu estive aqui. Diga a ele que eu sei.

– Sabe o quê?

– Ele vai entender. E se o senhor não entendeu o que eu disse, se não está metido nisso – prosseguiu Gamache, avaliando o chefe da guarda –, então o meu conselho é que vá bem rápido até a sala do diretor e o prenda.

O homem olhou para Gamache sem entender.

– Vai! – gritou Gamache, e o chefe da guarda se virou e saiu. – Você, não – disse Gamache, agarrando o guarda mais jovem pelo braço. – Tranca ele aqui – ordenou, apontando para o prisioneiro – e vem comigo.

O jovem guarda fez o que lhe foi dito e seguiu Gamache enquanto ele avançava a passos largos pelo corredor.

– O que está acontecendo, senhor? – perguntou o guarda, esforçando-se para acompanhar o inspetor-chefe.

– Você está aqui há quatro meses; o chefe da guarda, há seis. E os outros?

– A maioria veio para cá nos últimos seis meses.

– Então o capitão Monette pode não estar envolvido nisso – disse Gamache baixinho, pensando enquanto caminhava rápido em direção ao portão da frente.

Na última porta, Gamache se voltou para o jovem guarda, que agora parecia ansioso.

– Coisas estranhas estão prestes a acontecer, rapaz. Se Monette estiver metido ou se não conseguir prender o diretor, você vai receber ordens que não vão parecer a coisa certa a fazer, e não serão mesmo.

– O que eu devo fazer?

– Proteja aquele homem que eles dizem que é Arnot. Mantenha-o vivo.

– Sim, senhor.

– Ótimo. Fale com autoridade, comporte-se como se soubesse o que está fazendo. E não faça nada que seu coração lhe diga que é errado.

O jovem se endireitou.

– Qual é o seu nome?

– Cohen, senhor. Adam Cohen.

– Bom, monsieur Cohen, este é um dia inesperado para todos nós. Por que você foi reprovado na Academia da Sûreté? O que aconteceu?

– Eu fui mal na prova de ciências – respondeu ele, depois fez uma pausa. – Duas vezes.

Gamache sorriu de um jeito tranquilizador.

– Felizmente, você não vai ter que saber nada de ciências hoje. Só use o bom senso. Não importam as ordens, você só deve fazer o que julgar certo. Entendeu?

O rapaz assentiu, os olhos arregalados.

– Quando isso tudo terminar, eu vou voltar para conversar com você sobre a Sûreté e a Academia.

– Sim, senhor.

– Você vai ficar bem – disse Gamache.

– Sim, senhor.

Mas nenhum dos dois acreditava totalmente naquilo.

Na porta, houve um momento de ansiedade quando o inspetor-chefe entregou o recibo e esperou pela arma. Porém a Glock foi devolvida por fim, e Gamache caminhou rapidamente até o carro. Não havia mais nada a descobrir ali.

Pierre Arnot quase com certeza estava morto. Fora assassinado seis meses antes, para que aquele homem assumisse seu lugar. Arnot não podia falar porque estava morto. Seu substituto não podia falar porque não sabia de nada. E todos os guardas que teriam reconhecido Arnot haviam sido transferidos.

O desaparecimento de Arnot revelou muito ao inspetor. Revelou que Pierre Arnot estivera no centro do que estava acontecendo, porém já não era mais necessário.

Outra pessoa havia assumido o controle. E Gamache sabia quem era.

Ele entrou no carro e checou os e-mails. Havia um do zoológico.

Georges Renard, agora primeiro-ministro do Quebec, havia estudado engenharia civil na Escola Politécnica nos anos 1970. Seu primeiro emprego fora na Aqueduto Serviços, no extremo norte do Quebec.

Lá estava. A ligação entre Renard e a Aqueduto. Mas por que o nome de Arnot fora vinculado à empresa?

Gamache continuou lendo. O primeiro emprego de Renard fora na Hidrelétrica La Grande, o maior projeto de engenharia da época. A construção da enorme barragem.

E lá estava. A ligação entre Pierre Arnot e Georges Renard. Ainda jovens, eles tinham trabalhado na mesma área. Um policiando a reserva cri, e o outro construindo a barragem que destruiria essa reserva.

Será que eles tinham se conhecido lá? Será que aquele plano havia começado ainda naquela época? Gestado por quarenta anos? Um ano antes, uma conspiração para derrubar aquela mesma barragem hidrelétrica quase dera certo. Mas Gamache a impedira. Fora esse o motivo que levara Gamache, Beauvoir e tantos outros àquela fábrica.

E agora as peças começavam a se encaixar. Como quem plantara as bombas sabia exatamente onde atingir a grande barragem? O fato de aqueles jovens, com seus caminhões cheios de explosivos, terem conseguido chegar tão longe e encontrado o único ponto fraco de uma estrutura monolítica sempre inquietara o inspetor-chefe.

Essa era a resposta.

Georges Renard. Agora primeiro-ministro do Quebec, mas, na época, um jovem engenheiro. Se ele sabia como construir a barragem, também sabia como destruí-la.

Pierre Arnot, na época um oficial na reserva cri, mas a caminho de se tornar o superintendente da Sûreté, havia gerado a raiva e o desespero necessários para levar dois jovens nativos a cometer um ato terrível de terrorismo doméstico. E Renard dera a eles informações vitais.

Eles quase tinham conseguido.

Mas com que propósito? Por que o líder eleito da província não apenas destruiria a barragem que fornecia energia para toda a região, mas também, ao fazer isso, varreria cidades e vilarejos rio abaixo, matando milhares de pessoas?

Com que propósito?

Gamache esperava que Arnot pudesse lhe responder. Porém, mais que o porquê, precisava descobrir qual era o próximo alvo. Qual era o plano B deles? Gamache sabia duas coisas: que seria em breve e que era grande.

Armand Gamache sentiu uma náusea na boca do estômago.

Os contratos de construção para a manutenção de túneis, pontes e viadutos não tinham sido cumpridos. Em anos e anos. Bilhões de dólares em contratos haviam sido concedidos e enchido bolsos enquanto o sistema rodoviário se deteriorava, aproximando-se do colapso.

O inspetor-chefe tinha quase certeza de que o plano era apressar esse colapso. Derrubar um túnel. Uma ponte. Um imenso trevo rodoviário.

Mas com que propósito?

Mais uma vez, Gamache precisou se lembrar de que, naquela hora, a razão era bem menos importante que o alvo. Ele sabia que o ataque era iminente. Quase com certeza, viria dali a poucas horas. Havia presumido que o alvo estava em Montreal, mas também poderia estar na cidade de Quebec. A capital. Aliás, ele poderia estar em qualquer lugar do Quebec.

Mais uma mensagem chegou do zoológico, agora de Jérôme Brunel.

Audrey Villeneuve trabalhava para o Ministério dos Transportes de Montreal. Na área administrativa.

Ele pensou por um instante antes de escrever a resposta. Só duas palavras. Então apertou o botão de enviar, deu a partida no carro e deixou a penitenciária para trás.

– O ZOOLÓGICO DE GRANBY? – perguntou Lambert. – Eles estão entrando pelos arquivos do zoológico. A gente pegou eles.

Pelo viva-voz do escritório, Sylvain Francoeur ouviu o *tec tec tec* da inspetora-chefe apertando as teclas. Passos rápidos perseguindo o invasor.

Ele desligou o viva-voz quando Tessier entrou no escritório.

– Eu estava a caminho daquele vilarejo quando a gente captou o carro e o celular de Gamache.

– Ele saiu do vilarejo?

Tessier assentiu.

– Ele foi até o RDD. A gente chegou lá há poucos minutos, mas perdeu o inspetor-chefe.

Francoeur pulou da cadeira.

– Ele entrou lá?

Ele estava gritando tão alto com Tessier que sentia a pele da garganta se rasgando. Francoeur meio que esperava cuspir fragmentos de carne naquele imbecil à sua frente.

– A gente não imaginava que ele fosse sair do vilarejo – disse Tessier. – Na verdade, a gente achou que ele tinha dado o carro e o celular para outra pessoa, como uma isca para desviar a nossa atenção. Mas aí percebemos que o carro estava no RDD. A gente acessou as câmeras de segurança e viu que era Gamache.

– Você é um idiota de merda! – disse Francoeur, inclinando-se sobre a mesa. – Ele sabe?

Francoeur olhava para ele com ódio, e Tessier sentiu o coração parar por um segundo. O inspetor aquiesceu.

– Ele sabe que o homem que está no RDD não é Arnot. Mas isso não faz com que ele esteja mais perto.

O próprio Tessier dera um jeito nele, como Arnot deveria ter feito consigo mesmo anos antes. Uma bala na cabeça.

– E onde Gamache está agora? – exigiu saber Francoeur.

– Indo em direção a Montreal, senhor. Para a ponte Jacques Cartier. A gente está na cola dele agora e não vai perdê-lo.

– É claro que não vão – retrucou Francoeur. – Ele não quer que isso aconteça. Ele quer ser seguido.

Ele está indo para a ponte Jacques Cartier, no extremo leste de Montreal, pensou Francoeur, a mente acelerada. *O que significa que, provavelmente, está vindo para cá. Será que você é tão ousado assim, Armand? Ou estúpido nesse grau?*

– Tem mais uma coisa, senhor – disse Tessier, fitando o caderninho, sem ousar encarar aqueles olhos capazes de fazer seu coração parar. – Os Brunels não estão em Vancouver.

– É claro que não estão – disse Francoeur, depois apertou o botão do viva-voz de novo. – Lambert? Francoeur. Foi o Dr. Jérôme Brunel quem hackeou a gente.

A voz metálica de Lambert se materializou.

– Não, senhor. Não é Brunel. Foi ele quem disparou o alarme há alguns dias, certo?

– Certo – confirmou Francoeur.

– Bom, a pessoa que eu estou perseguindo é bem mais esperta. Brunel pode ser um dos hackers, mas acho que eu sei quem é o outro.

– Quem?

– A agente Yvette Nichol.

– Quem?

– Ela trabalhou com Gamache por um tempo, mas ele a demitiu. Ela foi alocada lá no porão.

– Espera, eu conheço essa agente – disse Tessier. – Daquela sala de monitoramento. Uma merdinha insuportável.

– Essa mesmo – disse Lambert.

Enquanto Lambert falava, eles ouviam os dedos dela no teclado. Perseguindo Nichol implacavelmente.

– Eu a trouxe para a Divisão de Crimes Cibernéticos, mas não deu certo. Problemática demais. Devolvi a garota para lá.

– É ela? – perguntou Francoeur.

– Acho que sim.

– Me encontre no porão.

– Sim, senhor.

– E você descubra aonde Gamache está indo – ordenou ele a Tessier, e saiu da sala.

Seria possível que o pessoal de Gamache estivesse na sede da Sûreté? Será que eles estavam ali o tempo todo, bem debaixo do nariz deles? No porão? Isso explicaria a internet de alta velocidade.

E Gamache, escondido naquele vilarejo, era uma isca.

Sim, pensou Francoeur ao descer para o porão, aquele era o tipo de jogada ousada que agradaria o ego de Gamache.

A inspetora Lambert já estava em frente à porta trancada do porão quando o superintendente Francoeur e dois outros agentes imensos chegaram.

Francoeur conduziu Lambert alguns passos para longe no corredor e sussurrou:

– Eles podem estar aí dentro?

– É possível – respondeu Lambert.

Francoeur se voltou para os dois agentes.

– Derrubem a porta.

Um sacou a arma enquanto o outro chutava a porta. Houve um estrondo quando ela se escancarou, revelando uma salinha minúscula, com fileiras de monitores, teclados, terminais, embalagens de doces, cascas de laranja mofadas e latas de refrigerante vazias. Mas, de resto, deserta.

Lambert se sentou à mesa e digitou alguma coisa.

– Nada. Ela não estava trabalhando daqui. Mas deixa eu checar uma coisa.

Ela avançou rapidamente pelo corredor até outra porta, a destrancou e os chamou até lá.

– O que eu devia estar vendo? – perguntou Francoeur.

– Antigos equipamentos confiscados de hackers. A sala devia estar cheia. E não estava.

– O que está faltando?

– Antenas parabólicas, cabos, terminais e monitores – respondeu Lambert, examinando o depósito quase vazio. – Aquela espertinha de merda.

– Ela pode estar em qualquer lugar, é isso que você está dizendo? – perguntou Francoeur.

– Sim, mas provavelmente em um lugar onde seja necessário usar uma antena parabólica para se conectar à internet. Ela levou uma – explicou Lambert.

Francoeur sabia onde era.

O Dr. Brunel e a agente Nichol copiaram os arquivos em um pen drive e empacotaram todos os documentos.

– Vem, agente Nichol! – chamou Thérèse, da porta aberta.

– Só um segundo!

– Agora! – retrucou Thérèse Brunel.

Nichol se empoleirou na cadeira, pronta para sair. Mas havia uma última coisa a fazer. Ela sabia que eles viriam e vasculhariam seu computador. E, quando fizessem isso, encontrariam seu presentinho. Com alguns comandos finais, ela plantou sua bomba lógica.

– Chupa essa, babaca! – disse ela, depois fez logout.

Aquilo não manteria os cães de caça longe, mas lhes daria uma surpresinha desagradável quando chegassem.

– Rápido! – chamou a superintendente.

A voz dela, embora assertiva, não carregava nenhum traço de pânico.

Jérôme e Gilles já tinham ido, e a antiga escola estava vazia. Exceto por Nichol. Ela desligou os computadores e deu uma última olhada neles: eram o mais próximo que ela chegara de uma família nos últimos tempos. O pai dela, apesar de sentir orgulho da filha, não a compreendia. Os outros parentes só a achavam estranha, uma espécie de constrangimento.

E, para ser sincera, ela achava o mesmo deles. De todo mundo.

Porém os computadores, ela entendia. E a recíproca era verdadeira. A vida era simples ao redor deles. Sem debates, sem brigas. Eles a ouviam e faziam o que ela pedia.

E aqueles antigos, abandonados pelos outros, considerados inúteis, a haviam deixado orgulhosa. Mas agora era hora de ir e deixá-los para trás. A superintendente segurava a porta aberta, e Nichol a atravessou correndo. Atrás dela, Thérèse Brunel trancou a escola. Era ridículo imaginar que um velho cadeado Yale deteria o que estava vindo atrás deles, mas a ideia a reconfortava.

Eles caminharam de volta pela colina até a casa de Émilie Longpré. Aquela tinha sido a curta mensagem no e-mail de Gamache.

Encontrem Émilie. E eles sabiam o que significava.

Sair de lá. Ir embora. Não havia lugar seguro, mas havia um lugar confortável para se sentar e esperar.

Eles estavam vindo. Thérèse Brunel sabia. Todos eles sabiam.

Eles estavam indo até lá.

Um bipe eletrônico soou, e Lambert viu a mensagem de texto.

Charpentier perdeu Nichol.

Lambert esperava que o superintendente ficasse furioso e ficou surpresa quando ele só anuiu.

– Não faz diferença.

Francoeur atravessou rapidamente o corredor em direção ao elevador.

Cadê o Gamache?, perguntou a Tessier por mensagem de texto.

Ponte Jacques Cartier. Continuo monitorando?

Não. É isso que ele quer. Ele quer afastar a gente de lá. É uma isca.

Francoeur deu as instruções a Tessier, depois voltou brevemente ao escritório. Se Gamache estava a caminho da sede da Sûreté, não os encontraria lá esperando por ele. Tinha quase certeza do que ele queria. Ele sabia que estava sendo seguido e queria que todos os olhos o acompanhassem. E não se virassem para o sul. Para aquele pequeno vilarejo, tão bem escondido.

E agora encontrado.

– Acho melhor não, Jérôme – disse Thérèse quando o marido foi acender o fogo na lareira.

Ele parou e assentiu, depois se sentou ao lado dela no sofá e, juntos, passaram a vigiar a porta. As cortinas da frente estavam fechadas, e as luminárias, acesas. Nichol ocupava uma poltrona, também observando a porta.

– O que você estava fazendo lá, no final? – perguntou Thérèse a Nichol.

– Hã?

– No seu computador, quando eu estava tentando te tirar de lá. O que você estava fazendo?

– Ah, nada.

Agora Jérôme voltava sua atenção para a jovem.

– Você estava fazendo alguma coisa no computador?

– Eu estava armando uma bomba – contou ela, em tom desafiador.

– Uma bomba? – perguntou Thérèse, e se voltou para o marido, que sorria e examinava a agente Nichol.

– Ela quer dizer uma bomba lógica, não é?

Nichol assentiu.

– É uma espécie de cruzamento entre um supervírus e uma bomba-relógio – explicou ele à esposa. – Programada para fazer o quê? – perguntou a Nichol.

– Nada de bom – respondeu ela, desafiando-o a censurá-la.

Mas Jérôme Brunel só sorriu e balançou a cabeça.

– Queria ter pensado nisso.

O silêncio recaiu sobre a sala, e os três voltaram a encarar a porta e as cortinas fechadas.

Apenas Gilles estava de costas para a porta. Ele olhava as janelas dos fundos. Essas cortinas estavam abertas, e era possível ver o jardim e o bosque nevados. Além dos três pinheiros altos que sussurravam para ele. Confortando-o. Perdoando-o.

Ele continuou olhando para a floresta mesmo quando os primeiros passos soaram na varanda da frente. O guincho das botas na neve dura.

Então os passos pararam em frente à porta.

E alguém bateu.

TRINTA E SETE

Armand Gamache estacionou no acesso à garagem da casinha. Luzes de Natal pendiam dos beirais, e havia uma guirlanda na porta da frente. Todas as decorações sazonais no lugar. Menos o conforto e a alegria. Gamache se perguntou se o luto também era óbvio para quem não sabia a dor que aquela casa guardava.

Ele tocou a campainha.

E esperou.

A superintendente Thérèse Brunel foi até a porta. Suas costas estavam eretas e seus olhos, determinados. Ela segurava a arma às costas e abriu a porta.

Myrna Landers estava postada na varanda.

– Vocês precisam vir para a minha casa – disse ela rapidamente, olhando de Thérèse para as pessoas agrupadas atrás dela. – Depressa. A gente não sabe quando eles vão chegar.

– Quem? – perguntou Jérôme.

Ele estava curvado, segurando a coleira de Henri.

– As pessoas de quem vocês estão se escondendo. Eles vão encontrar vocês aqui, mas talvez não procurem lá em casa.

– O que te faz pensar que a gente está se escondendo? – perguntou Nichol.

– Por que outra razão vocês teriam vindo para cá? – perguntou Myrna, cada vez mais inquieta. – Vocês não parecem estar de férias. Quando a gente viu vocês trabalhando a noite toda na escola e depois trazendo caixas de documentos aqui para baixo, imaginou que algo tinha dado errado.

Ela analisou os rostos à sua frente.

– A gente pensou certo, não foi? Eles descobriram onde vocês estão.

– Você sabe o que está oferecendo? – perguntou Thérèse.

– Um lugar seguro – respondeu Myrna. – Quem não precisa disso pelo menos uma vez na vida?

– As pessoas que estão atrás de nós não querem conversa – explicou Thérèse, sustentando o olhar de Myrna. – Elas não querem negociar, nem sequer nos ameaçar. Querem matar a gente. E vão te matar também, se nos encontrarem na sua casa. Infelizmente, não existe lugar seguro.

Ela precisava que a outra entendesse. Myrna continuou na frente dela, claramente assustada, mas também determinada. Como um dos burgueses de Calais, pensou Thérèse, ou aqueles garotos do vitral.

Myrna meneou a cabeça, resoluta.

– Armand não teria escolhido vir para cá se não achasse que a gente protegeria vocês. Cadê ele? – perguntou ela, perscrutando a sala.

– Desviando a atenção deles – respondeu Nichol, finalmente entendendo por que o chefe havia escolhido levar um carro e um celular que obviamente seriam seguidos.

– Vai funcionar? – perguntou Myrna.

– Por um tempo, talvez – respondeu Thérèse. – Mas eles ainda vão vir atrás de nós.

– Foi o que a gente imaginou.

– A gente?

Myrna se voltou para a rua, e Thérèse seguiu o olhar dela.

Parados no caminho de entrada nevado estavam Clara, Gabri, Olivier, Ruth e Rosa.

O fim da linha.

– Venham – disse Myrna.

E eles foram.

– *Bonjour*. Meu nome é Armand Gamache. Eu trabalho na Sûreté du Québec.

Ele falou baixo. Não chegava a sussurrar, mas a voz era suave o suficiente para que as garotas que o encaravam do fundo do corredor, atrás do pai, não ouvissem.

Gaétan Villeneuve parecia exausto. De pé apenas porque, se caísse, aterrissaria em cima das filhas. As garotas ainda não eram adolescentes e o observavam com os olhos arregalados. Gamache se perguntou se a notícia que estava prestes a dar a eles ajudaria em alguma coisa ou os machucaria ainda mais. Ou sequer passaria de uma leve ondulação em seu oceano de dor.

– O que o senhor quer? – perguntou monsieur Villeneuve.

Não era um desafio. Não havia energia suficiente ali para isso. Mas ele tampouco deixava o inspetor-chefe cruzar a soleira da porta.

Gamache se inclinou alguns centímetros em direção a Villeneuve.

– Eu sou o chefe da Divisão de Homicídios.

Villeneuve arregalou os olhos. Ele examinou Gamache, então deu um passo para o lado.

– Estas são as nossas filhas, Megan e Christianne.

Gamache notou que ele ainda não tinha mudado o registro para o singular.

– *Bonjour* – disse ele às garotas, e sorriu.

Um sorriso não largo, mas caloroso, antes de se virar para o pai delas.

– Podemos conversar em particular?

– Vão lá fora brincar, meninas – disse monsieur Villeneuve.

Ele falou com delicadeza. Não como se fosse uma ordem, mas um pedido, e elas obedeceram. Ele fechou a porta e levou Gamache até uma pequena mas alegre cozinha nos fundos da casa.

Estava arrumada, com toda a louça limpa, e Gamache se perguntou se Villeneuve havia feito aquilo com o intuito de manter a casa em ordem para as garotas, ou se elas haviam feito, com o intuito de manter a ordem para o pai enlutado e desolado.

– Café? – ofereceu monsieur Villeneuve.

Gamache aceitou e, enquanto o café era servido, olhou ao redor.

Audrey Villeneuve estava em todos os cantos. No aroma de canela e noz-moscada dos biscoitos de Natal que devia ter assado e nas fotos da geladeira, que mostravam uma família sorridente em um acampamento, em uma festa de aniversário e na Disney.

Havia desenhos em giz de cera emoldurados. Desenhos que só os pais sabiam ser obras de arte.

Aquela fora uma casa feliz até alguns dias antes, quando Audrey Villeneuve saíra para trabalhar e nunca mais voltara.

Villeneuve pôs os cafés na mesa, e os dois homens se sentaram.

– Eu tenho uma notícia para o senhor e algumas perguntas – disse Gamache.

– Audrey não se matou.

Gamache aquiesceu.

– Não é oficial, e eu posso estar errado...

– Mas o senhor não acha que ela se matou, não é? O senhor acha que Audrey foi morta. Alguém fez isso com ela. Eu também acho.

– O senhor consegue pensar em quem poderia ter sido?

Gamache viu vida e propósito se esgueirarem de volta para dentro daquele homem. Villeneuve fez uma pausa, pensando. Então balançou a cabeça.

– Alguma coisa tinha mudado? Visitas, telefonemas?

De novo, Villeneuve balançou a cabeça.

– Nada desse tipo. Ela estava irritada há semanas. Normalmente, ela não era assim. Tinha alguma coisa incomodando Audrey, mas naquela última manhã ela parecia melhor.

– O senhor sabe por que ela estava chateada? – perguntou Gamache.

– Eu tive medo de perguntar... – respondeu ele, depois fez uma pausa e olhou para o café – ... caso o problema fosse eu.

– Ela tinha um escritório ou uma mesa de trabalho em casa?

– Aqui – disse ele, meneando a cabeça em direção a uma pequena mesa na cozinha. – Mas os outros policiais levaram todos os papéis.

– Tudo? – perguntou Gamache, levantando-se e indo até a mesa. – O senhor não encontrou nada que ela talvez tenha escondido? Posso?

Ele apontou para a mesa, e Villeneuve aquiesceu.

– Eu dei uma olhada depois que eles saíram. Eles revistaram a casa inteira.

Ele observou Gamache vasculhar a mesa rápida e habilmente e voltar de mãos vazias.

– Computador? – perguntou Gamache.

– Levaram. Disseram que iam devolver, mas nunca devolveram. Não parecia normal para um... – ele respirou fundo – ... suicídio.

– E não é – confirmou Gamache, voltando a se sentar à mesa da cozinha. – Ela trabalhava no Ministério dos Transportes, certo? O que ela fazia?

– Colocava os relatórios no computador. Ela dizia que, na verdade, era bem interessante. Audrey gosta das coisas arrumadas. Organizadas. Quando a gente viaja, ela sempre faz planos A e B. A gente brincava com ela.

– Em que departamento ela trabalhava?

– Contratos.

Gamache rezou em silêncio antes de fazer a pergunta seguinte.

– Que tipos de contrato?

– Especificações. Quando um contrato era concedido, a empresa precisava relatar o progresso. Audrey registrava isso nos arquivos.

– Ela cuidava de alguma área geográfica específica?

Ele anuiu.

– Como era bastante experiente, Audrey cuidava das obras de manutenção em Montreal. A área que tinha um volume maior. Isso sempre me pareceu irônico. Eu brincava com ela o tempo todo.

– Por quê?

– É que ela trabalhava no Ministério dos Transportes, mas odiava usar as rodovias, principalmente o túnel.

Gamache ficou imóvel.

– Que túnel?

– O Ville-Marie. Ela tinha que passar por ele para ir trabalhar.

Gamache sentiu o coração começar a galopar. Era isso. Audrey Villeneuve tinha medo porque sabia que os consertos no túnel não haviam sido feitos. O Ville-Marie passava debaixo de grande parte de Montreal. Se desabasse, daria início a uma reação em cadeia no *métro*, em toda a cidade subterrânea. Levaria o coração do centro da cidade com ele.

Gamache se levantou, mas foi contido pela mão de Gaétan Villeneuve em seu antebraço.

– Espere. Quem matou Audrey?

– Eu ainda não tenho como lhe dizer isso.

– O senhor pode pelo menos me dizer por quê?

Gamache balançou a cabeça.

– Talvez o senhor receba a visita de outros agentes em breve, perguntando sobre a minha presença aqui.

– Eu vou dizer que o senhor não esteve aqui.

– Não, não faça isso. Eles já sabem. Se perguntarem, conte tudo. O que eu perguntei e o que o senhor respondeu.

– Tem certeza?

– Tenho.

Os dois foram até a porta.

– O que eu posso dizer é que a sua esposa morreu tentando impedir que algo terrível acontecesse. Eu quero que o senhor e as suas filhas saibam disso – explicou ele, então fez uma pausa. – Fiquem em casa hoje. O senhor e as meninas. Não vão até o centro de Montreal.

– Por quê? O que vai acontecer? – quis saber Villeneuve, o sangue sumindo de seu rosto.

– Só fiquem aqui – disse Gamache com firmeza.

Villeneuve examinou o rosto de Gamache.

– Meu Deus, o senhor acha que não tem como impedir isso, não é?

– Eu realmente preciso ir, monsieur Villeneuve.

Gamache vestiu o casaco, mas se lembrou de algo que Villeneuve dissera sobre Audrey.

– O senhor disse que a sua esposa estava feliz naquela manhã. O senhor sabe por quê?

– Eu achei que era porque ela estava indo para a festa de Natal do escritório. Ela tinha feito um vestido novo especialmente para a ocasião.

– O senhor também ia?

– Não. A gente tinha um acordo. Ela não ia às festas de Natal do meu trabalho e eu não ia às dela. Mas ela parecia estar ansiosa por essa.

Villeneuve pareceu desconfortável.

– O que foi? – perguntou Gamache.

– Nada. É pessoal. Não tem nada a ver com o que aconteceu.

– Conte.

Villeneuve observou Gamache e pareceu perceber que não havia nada a perder.

– Eu só me perguntei se ela estava tendo um caso. Não é verdade, ela nunca teria feito isso, mas por causa do vestido novo e tudo o mais. Tinha muito tempo que ela não fazia um vestido. E ela parecia tão feliz. Mais feliz do que há um bom tempo.

– Fale mais sobre essa festa. Era só para o pessoal do escritório?

– Basicamente. O ministro dos Transportes sempre aparecia, mas não por muito tempo. E, este ano, estavam dizendo que ia ter um convidado especial.

– Quem?

– O primeiro-ministro. Não me pareceu grande coisa, mas Audrey estava animada.

– Georges Renard?

– *Oui*. Talvez tenha sido por isso que ela fez o vestido. Ela queria impressionar o homem.

Villeneuve olhou para as filhas, fazendo um boneco de neve no pequeno jardim da frente. Armand apertou a mão de Gaétan Villeneuve, acenou para as garotas e entrou no carro.

Ele ficou sentado ali por um instante, juntando as peças. O alvo, suspeitava, era o túnel Ville-Marie.

Audrey Villeneuve quase com certeza percebera que havia algo errado ao digitalizar os relatórios. Após anos e anos lidando com arquivos de manutenção, ela sabia a diferença entre um trabalho bem-feito e um malfeito. Ou simplesmente não feito.

Talvez até tivesse fechado os olhos no início, como tantos colegas seus. Até que, por fim, não conseguira mais. Então o que havia feito? Ela era organizada, disciplinada. Devia ter reunido provas antes de dizer qualquer coisa.

E, ao fazer isso, havia encontrado coisas que não deveria. Coisas piores que negligência intencional, corrupção e consertos desesperadamente necessários que não tinham sido feitos.

Ela havia encontrado evidências de um plano para apressar o colapso.

E, então, o quê? A mente de Gamache ganhava velocidade enquanto ele juntava as peças. O que qualquer trabalhador de nível médio faria ao descobrir corrupção e conspiração em massa? Ela tinha ido até o chefe. E, quando ele não acreditara nela, ao chefe dele.

Mas, ainda assim, ninguém agira.

Isso explicava o estresse dela. O temperamento explosivo.

E a felicidade, por fim?

Audrey Villeneuve, a organizadora, tinha um plano B. Ela faria um vestido novo para a festa de Natal, algo que um político idoso pudesse notar.

Chegaria perto dele, de maneira casual. Talvez flertasse um pouco, talvez tentasse ficar sozinha com ele.

E então contaria a ele o que havia encontrado.

O primeiro-ministro Renard acreditaria nela. Ela estava certa disso.

Sim, pensou Gamache ao dar a partida no carro e se dirigir ao centro de Montreal, Renard saberia que ela estava falando a verdade.

Após percorrer rapidamente alguns quarteirões, ele parou para usar um telefone público.

– Residência dos Lacostes – disse a vozinha. – Mélanie falando.

– A sua mãe está em casa, por favor?

Por favor, implorou Gamache. *Por favor*.

– Um momento, *s'il vous plaît*.

Ele ouviu um berro.

– Mamãe! Mamãe! *Téléphone*!

Alguns segundos depois, ouviu a voz de Lacoste.

– *Oui*.

– Isabelle, eu não posso falar muito. O alvo é o túnel Ville-Marie.

– Ai, meu Deus – veio a resposta abafada.

– A gente precisa fechar o túnel agora.

– Entendido.

– E, Isabelle, eu entreguei a minha carta de demissão.

– Sim, senhor. Eu vou contar para os outros. Eles vão querer saber.

– Boa sorte – disse ele.

– E o senhor? Para onde vai?

– Vou voltar para Three Pines. Eu deixei uma coisa lá.

Ele fez uma pausa, depois voltou a falar.

– Você consegue encontrar Jean Guy, Isabelle? E garantir que ele fique bem hoje?

– Eu vou garantir que ele fique longe do que está prestes a acontecer.

– *Merci*.

Ele desligou, ligou para Annie para adverti-la a ficar longe do centro da cidade e voltou para o carro.

Sylvain Francoeur estava no banco de trás do SUV preto. Tessier estava ao lado dele e, no espelho retrovisor, Francoeur via a van sem identificação, carregando dois agentes e o equipamento de que precisavam.

Francoeur estava feliz em deixar a cidade, dado o que estava prestes a acontecer. Longe do problema e de qualquer culpa possível. Ele não seria ligado a nada daquilo, contanto que chegasse ao vilarejo a tempo.

Estava em cima da hora.

– Gamache não foi para a sede – sussurrou Tessier, verificando seu dispositivo. – Ele foi rastreado até o extremo leste de Montreal. A casa dos Villeneuves. A gente pega ele?

– Para que se dar ao trabalho? – perguntou Francoeur, com um sorriso no rosto.

Aquilo era perfeito.

– A gente vasculhou tudo. Ele não vai encontrar nada lá. Ele está desperdiçando o pouco tempo que lhe resta. Acha que vai ser seguido. Deixa ele achar.

Tessier não tinha conseguido encontrar Three Pines no mapa, mas não fazia diferença. Eles sabiam mais ou menos onde era, pelo ponto em que o sinal de Gamache sempre desaparecia. Porém "aproximadamente" não era bom o suficiente para o cauteloso Francoeur. Ele não precisava de atrasos, de incógnitas. Então havia encontrado uma certeza. Alguém que sabia onde ficava o vilarejo.

Francoeur olhou para o homem abatido na direção.

Com o rosto inexpressivo, Jean Guy Beauvoir segurava firme o volante enquanto os conduzia direto para Three Pines.

Olivier olhou pela janela. Do loft de Myrna, eles tinham uma visão panorâmica do vilarejo, passando pelos três grandes pinheiros e subindo a rua principal que saía de Three Pines.

– Nada – disse ele, voltando a se sentar ao lado de Gabri, que pôs a mão grande no joelho esbelto do companheiro.

– Eu cancelei o ensaio do coral – comentou Gabri. – Provavelmente, não devia ter feito isso. Era melhor manter tudo normal. Espero não ter estragado tudo.

O silêncio recaiu sobre o ambiente. O peso da espera.

– Deixa eu contar uma história – declarou Myrna, aproximando a cadeira do fogão a lenha.

– A gente não tem 4 anos – retrucou Ruth, mas pôs Rosa no colo e se voltou para a livreira.

Olivier, Gabri, Clara e a agente Nichol, todos aproximaram as cadeiras, formando um círculo em frente ao fogo quente. Jérôme Brunel também foi até lá, mas Thérèse continuou perto da janela, olhando para fora. Henri se deitou ao lado de Ruth e ergueu os olhos para Rosa.

– É uma história de fantasmas? – perguntou Gabri.

– Mais ou menos – respondeu Myrna.

Ela pegou um envelope grosso da mesa de centro. Escritas em uma caligrafia cuidadosa estavam as palavras: *Para Myrna.*

Outro envelope idêntico jazia sobre a mesa. Ele dizia: *Para a inspetora Isabelle Lacoste. Favor entregar em mãos.*

Myrna os encontrara em sua caixa de correio naquela manhã. Durante o café da manhã, lera o que estava endereçado a ela. Mas o envelope para Isabelle Lacoste permanecia lacrado, embora ela suspeitasse que dissesse quase exatamente a mesma coisa.

– Era uma vez um pobre agricultor e sua esposa, que rezavam por filhos – começou Myrna. – A terra deles era estéril e, aparentemente, ela também. A mulher do agricultor estava tão desesperada para ter filhos que viajou até Montreal, ao Oratório, para visitar irmão André. Ela se arrastou de joelhos pela longa escada de pedra. Recitando a Ave-Maria enquanto subia...

– Troço mais bárbaro – murmurou Ruth.

Myrna fez uma pausa e olhou para a velha poeta.

– Não, preste atenção. Isso vai ser importante depois.

Ruth, ou Rosa, grasnou. Mas elas continuavam escutando.

– E um milagre aconteceu – retomou Myrna. – Oito meses depois, no dia seguinte à morte do irmão André, cinco bebês nasceram em uma pequena casa de fazenda, no meio do Quebec, pelas mãos de uma parteira e do próprio agricultor. No início, foi um choque terrível, mas depois o agricultor pegou as cinco filhas, segurou as suas meninas no colo e descobriu um amor como nunca tinha sentido. Assim como a mulher dele. Foi o dia mais feliz da vida deles. E o último dia feliz.

– Você está falando das Quíntuplas Ouellet – disse Clara.

– Você acha? – disse Gabri.

– O médico foi chamado – prosseguiu Myrna, com uma voz melódica e calma. – Mas ele não se deu ao trabalho de sair naquela nevasca para ir até uma fazenda paupérrima onde seria pago com nabos, se tanto. Então voltou a dormir e deixou o trabalho para a parteira. Mas, na manhã seguinte, quando ouviu dizer que eram quíntuplas e que todas estavam vivas e saudáveis, foi até lá. Tirou fotos com as meninas.

Myrna fez uma pausa e olhou para o grupo reunido, sustentando o olhar de todos. A voz dela era baixa, como se os convidasse a conspirar.

– Mais do que quíntuplas nasceram naquele dia. Um mito também nasceu. E, com ele, outra coisa ganhou vida. Algo com uma cauda longa e sombria – disse ela, a voz abafada, e todos se inclinaram para a frente. – Um assassinato nasceu.

Armand Gamache acelerou pelo túnel Ville-Marie. Ele havia pensado em evitá-lo. Em contorná-lo. Mas aquele era o caminho mais rápido até a ponte Champlain e para sair de Montreal em direção a Three Pines.

Enquanto dirigia ao longo do túnel comprido e escuro, ele notou as rachaduras. Os ladrilhos faltando e os vergalhões expostos. Como podia ter feito aquele trajeto tantas vezes sem nunca reparar?

Ele tirou o pé do acelerador, e o carro perdeu velocidade até que os outros motoristas começaram a buzinar, a gesticular para ele ao passar. Mas ele mal percebeu. Sua mente estava voltando ao que monsieur Villeneuve dissera.

Ele pegou a saída seguinte e encontrou um telefone em uma cafeteria.

– *Bonjour* – disse a voz suave e exausta.

– Monsieur Villeneuve, é Armand Gamache.

Houve uma pausa do outro lado da linha.

– Da Sûreté. Eu acabei de sair da sua casa.

– Sim, claro. Eu tinha esquecido o seu nome.

– A polícia devolveu o carro da sua esposa?

– Não. Mas eles me devolveram tudo que tinha nele.

– Algum documento? Uma pasta?

– Ela tinha uma pasta, mas isso eles não devolveram.

Gamache esfregou o rosto e ficou surpreso ao sentir a barba por fazer.

Não era de surpreender que Villeneuve não tivesse ficado muito ansioso para convidá-lo a entrar. Ele devia estar parecendo um mendigo, com a barba grisalha e o hematoma.

O inspetor-chefe se concentrou. Audrey Villeneuve tinha planejado ir à festa de Natal. Estava animada, feliz, talvez até aliviada. Finalmente poderia mostrar o que havia encontrado a alguém que talvez fizesse alguma coisa a respeito.

Ela devia ter sentido um grande peso sair dos ombros.

Mas também sabia que o primeiro-ministro do Quebec não iria simplesmente acreditar em sua palavra, por mais atraente que estivesse no vestido novo.

Ela precisaria oferecer provas. Provas que teria carregado consigo até a festa.

– Alô? – disse Villeneuve. – O senhor ainda está aí?

– Só um instante, por favor – disse Gamache.

Ele estava quase lá. Quase na resposta.

Talvez Audrey tivesse levado uma bolsa de mão para a festa, mas não uma maleta, uma pasta ou folhas soltas. Então, como planejava passar as provas ao primeiro-ministro?

Audrey Villeneuve fora morta por causa do que havia e do que não havia encontrado. Aquele último passo que a levaria ao homem por trás de tudo. Exatamente o homem que pretendia abordar. O primeiro-ministro Georges Renard.

– Eu posso voltar aí? – perguntou Gamache. – Preciso ver o que ela tinha no carro.

– Não é muita coisa – disse Villeneuve.

– Eu preciso ver mesmo assim.

Ele desligou, deu meia-volta com o carro, retornou pelo túnel Ville-Marie prendendo a respiração como uma criança que atravessa um cemitério e chegou à casa dos Villeneuves alguns minutos depois.

JÉRÔME BRUNEL ESTAVA SENTADO NO braço da poltrona de Myrna. Todos se inclinavam para ouvir a história. De milagres, mitos e assassinatos.

Todos, menos Thérèse Brunel. Ela permaneceu ao lado da janela, ouvindo as palavras, mas olhando para fora. Observando as ruas que davam no vilarejo.

O sol brilhava e o céu estava limpo. Um belo dia de inverno. E, atrás dela, uma história sombria era contada.

– As garotas foram tiradas da mãe e do pai ainda bebês – prosseguiu Myrna. – Naquela época, o governo não precisava de uma razão para fazer isso, mas eles deram uma mesmo assim, ao fazer o benevolente médico sugerir que, embora fossem boas pessoas, os Ouellets eram um pouco limitados. Talvez fosse até um problema congênito. Ótimos para criar vacas e porcos, mas não cinco anjinhos. Elas eram uma dádiva divina, o último milagre de irmão André na terra, e, como tal, pertenciam a todo o Quebec, e não a um mero agricultor. O Dr. Bernard também deu a entender que os Ouellets foram muito bem pagos pelas garotas. E as pessoas acreditaram.

Clara olhou para Gabri, que olhou para Olivier, que olhou para Ruth. Todos eles tinham acreditado que as quíntuplas haviam sido vendidas pelos pais gananciosos. Aquela era uma parte fundamental do conto de fadas. Não só que elas tinham nascido, mas também que haviam sido salvas.

– As quíntuplas eram uma sensação – prosseguiu Myrna. – No mundo todo, pessoas esmagadas pela Grande Depressão clamavam por notícias das bebês milagrosas. Elas pareciam ser uma prova da existência do bem em um momento muito ruim.

Myrna segurava o envelope que continha as páginas que Armand Gamache havia escrito meticulosamente na noite anterior. Duas vezes. Uma para sua colega. Outra para Myrna. Ele sabia que ela amara Constance e merecia descobrir o que havia acontecido com ela. Ele não tinha nenhum presente de Natal para lhe dar, mas dera aquilo no lugar.

– Para Bernard e o governo, estava claro que uma fortuna podia ser feita com as garotas. Com filmes, produtos e excursões. Livros, artigos de revista. Todos narrando a vida dourada das meninas.

Myrna suspeitava que Armand não ficaria feliz de saber que ela estava contando a todos o que ele havia escrito. Aliás, ele havia marcado a primeira página com a palavra *Confidencial*. E, agora, ela tagarelava livremente. Porém, quando vira a ansiedade no rosto deles e sentira a gravidade da situação, havia entendido que precisava desviar a atenção deles do medo.

E o que poderia ser melhor que narrar um conto de ganância e amor, ambos distorcidos e reais? De segredos e raiva, de feridas irreparáveis? E, finalmente, de assassinato? Assassinatos.

Ela achou que o inspetor-chefe iria perdoá-la. Ela torcia para ter a chance de pedir perdão.

– E foi uma vida dourada para as cinco garotas – continuou ela, observando os olhos arregalados e atentos ao redor. – O governo construiu uma casinha perfeita para elas, como que saída de um livro de histórias. Com um jardim e uma cerca de madeira branca. Para manter os curiosos do lado de fora. E as garotas do lado de dentro. Elas tinham roupas lindas, aulas particulares e de música. Tinham brinquedos e bolos confeitados. Tinham tudo. Menos privacidade e liberdade. E é esse o problema de uma vida dourada. Nada dentro dela pode prosperar. Em algum momento, o que antes era bonito apodrece.

– Apodrece? – perguntou Gabri. – Alguém se voltou contra as outras, contra a própria família?

Myrna o encarou.

– Sim.

– Quem? – perguntou Clara em voz baixa. – O que aconteceu?

GAMACHE ESTACIONOU NA ENTRADA DA garagem e saiu do carro, quase escorregando na calçada coberta de gelo. A porta foi aberta antes que tivesse a chance de tocar a campainha, e ele entrou.

– As garotas estão na vizinha – disse Villeneuve.

Ele obviamente percebera a importância daquela visita. Ele conduziu o inspetor de volta até a cozinha e lá, em uma mesa, havia duas bolsas femininas, uma de uso diário e a outra, de festa.

Sem dizer uma palavra, Gamache abriu a pequena bolsa de festa. Estava vazia. Ele tateou o forro, depois a inclinou para a luz. O forro tinha sido recosturado. Por Audrey ou pelos policiais que haviam revistado a bolsa?

– O senhor se importa se eu remover o forro? – perguntou ele.

– Faça o que tiver que fazer.

Gamache o rasgou e tateou por dentro, mas não encontrou nada. Se havia algo ali, tinha sumido. Ele se voltou para a outra bolsa e a revistou rapidamente, mas também não encontrou nada.

– Isto é tudo que estava no carro da sua esposa?

Villeneuve anuiu.

– Eles devolveram as roupas dela?

– As que ela estava usando? Eles ofereceram, mas eu disse para jogarem fora. Não queria ver.

Embora desapontado, Gamache não ficou surpreso. Ele teria sentido a mesma coisa. E também suspeitava que o que quer que Audrey tivesse escondido não estava em suas roupas de trabalho. Ou, se estava, havia sido encontrado.

– E o vestido? – perguntou ele.

– Eu também não queria de volta, mas ele veio junto com as outras coisas.

Gamache olhou ao redor.

– Onde ele está?

– No lixo. Eu devia ter dado para algum bazar beneficente, mas simplesmente não consegui.

– O senhor ainda tem esse lixo?

Villeneuve o conduziu até a lixeira ao lado da casa, e Gamache a vasculhou até encontrar um vestido verde-esmeralda. Com uma etiqueta da Chanel.

– Não pode ser este – disse ele, mostrando a peça a Villeneuve. – Está escrito Chanel aqui. Achei que o senhor tinha dito que Audrey fez o próprio vestido.

Villeneuve sorriu.

– Ela fez. Audrey não queria que ninguém soubesse que ela fazia algumas das roupas dela e dos vestidos das meninas, então costurava etiquetas de grife neles.

Villeneuve pegou o vestido e olhou para a etiqueta, balançando a cabeça, suas mãos apertando lentamente o tecido até o agarrar com força enquanto lágrimas lhe banhavam o rosto.

Depois de alguns minutos, Gamache pôs a mão na de Villeneuve e afrouxou o aperto dele. Então levou o vestido para dentro.

Ele tateou a bainha. Nada. Tateou as mangas. Nada. Tateou o decote. Nada. Até... Até chegar à linha curta na parte inferior do decote moderado. Onde ele formava um ângulo reto.

Ele pegou a tesoura que Villeneuve ofereceu e desfez a costura cuidadosamente. Aquela parte não fora costurada à máquina como o resto do vestido, mas feita à mão com muito esmero.

Ele dobrou o tecido e encontrou um pen drive.

TRINTA E OITO

Jean Guy Beauvoir saiu da rodovia e entrou em uma estrada secundária. No banco de trás, o superintendente Francoeur e o inspetor Tessier discutiam alguma coisa. Beauvoir não havia perguntado por que eles queriam ir até Three Pines nem por que uma van sem identificação os seguia.

Ele não se importava.

Era só o motorista. Faria o que lhe mandassem. Bastava de argumentar. Ele havia aprendido que, quando se importava, se machucava, e não aguentava mais sentir dor. Nem os comprimidos conseguiam aliviá-la agora.

Então Jean Guy Beauvoir fez a única coisa que lhe restava. Desistiu.

– Mas Constance era a última quíntupla – argumentou Ruth. – Como ela pode ter sido morta pelas irmãs?

– O que a gente realmente sabe sobre a morte delas? – perguntou Myrna a Ruth. – Você mesma suspeitava que a primeira a morrer...

– Virginie – lembrou Ruth.

– ... não tinha caído da escada por acidente. Você achava que ela tinha se matado.

– Mas era só um palpite – disse a velha poeta. – Eu era jovem e considerava o desespero romântico – explicou ela, depois fez uma pausa, acariciando a cabeça de Rosa. – Talvez eu tenha confundido Virginie comigo mesma.

– *Quem te machucou uma vez/ de maneira tão irreparável* – citou Clara.

Ruth abriu a boca, e por um instante os amigos pensaram que ela poderia realmente responder aquela pergunta. Mas então seus lábios finos se fecharam.

– E se nós estivéssemos errados sobre Virginie? – perguntou Myrna.

– Por que isso faria alguma diferença agora? – quis saber Ruth.

Gabri entrou na conversa:

– Faria diferença se Virginie não tivesse realmente caído da escada. Era esse o segredo delas? – perguntou ela a Myrna. – Que ela não tinha morrido?

Thérèse Brunel voltou a se virar para a janela. Ela tinha se permitido dar uma olhadela na sala, em direção ao círculo fechado e à história de fantasmas. Porém um barulho atraíra seus olhos de volta para fora. Um carro se aproximava.

Todos ouviram. Olivier foi o primeiro a se mexer, caminhando depressa no piso de madeira. Ele parou atrás do ombro de Thérèse e espiou para fora.

– É só Billy Williams – reportou ele. – Indo almoçar.

Eles relaxaram, mas não completamente. A tensão, dissipada pela história, voltara.

Gabri enfiou algumas toras no fogão a lenha. Todos estavam meio arrepiados, embora a sala continuasse quente.

– Constance estava tentando me dizer alguma coisa – continuou Myrna, retomando o fio da meada. – E ela disse. Ela contou tudo para a gente. A gente só não sabia como juntar as peças.

– O que ela contou para a gente? – exigiu saber Ruth.

– Bom, ela contou para mim e para você que amava jogar hóquei – respondeu Myrna. – Que era o esporte preferido do irmão André. Elas tinham um time e jogavam com as crianças da vizinhança.

– E? – perguntou Ruth, no que Rosa, em seus braços, grasnou baixinho como se imitasse a mãe.

– E, e, e? – murmurou a pata.

Myrna se voltou para Olivier, Gabri e Clara.

– Ela deu a vocês luvas e um cachecol que ela mesma tricotou, com símbolos da vida de cada um. Pincéis para Clara...

– Eu não quero nem saber quais foram os símbolos de vocês – disse Nichol para Gabri e Olivier.

– Ela estava praticamente distribuindo pistas – afirmou Myrna. – Deve ter sido frustrante para ela.

– Para ela? – disse Clara. – Não era tão óbvio assim, sabe?

– Não para você – disse Myrna. – Nem para mim. Para ninguém aqui.

Mas para alguém que não tinha o hábito de falar sobre si mesma e sobre a própria vida, deve ter sido o mesmo que gritar. Vocês sabem como é. Quando a gente sabe alguma coisa e dá dicas para as pessoas, essas dicas parecem óbvias. Ela deve ter achado a gente um bando de idiotas por não ter entendido o que ela estava dizendo.

– Mas o que ela estava dizendo? – perguntou Olivier. – Que Virginie ainda estava viva?

– Ela deixou a última pista debaixo da minha árvore, pensando que não ia voltar – prosseguiu Myrna. – O cartão dizia que aquela era a chave para a casa dela. Ela destrancaria todos os segredos.

– O albatroz dela – disse Ruth.

– Ela te deu um albatroz? – perguntou Nichol.

Nada sobre aquele vilarejo ou aquelas pessoas a surpreendia mais.

Myrna riu.

– De certa forma. Ela me deu um gorro. A gente achou que ela talvez tivesse tricotado, mas era velho demais. E tinha uma etiqueta costurada nele. Dizia MA.

– *Ma* – disse Gabri. – Era da mãe dela.

– Como você chamava a sua mãe?

– *Ma* – respondeu Gabri. – *Ma*. Mamãe.

Fez-se um silêncio enquanto Myrna assentia.

– Mamãe. Não *Ma*. Eram iniciais, como em todos os outros gorros. Madame Ouellet não fez esse gorro para si mesma.

– Bom, então de quem era? – quis saber Ruth.

– Do assassino de Constance.

VILLENEUVE TOCOU A CAMPAINHA, e a vizinha atendeu.

– Gaétan – disse ela –, você veio buscar as garotas? Elas estão brincando no porão.

– *Non, merci*, Celeste. Na verdade, eu estava pensando se poderia usar o seu computador. A polícia levou o meu.

Celeste olhou de Villeneuve para o homem grande com a barba por fazer, um hematoma e um corte na bochecha. Ela não pareceu nem um pouco segura.

– Por favor – disse Villeneuve. – É importante.

Celeste cedeu, mas observou Gamache de perto enquanto eles corriam para os fundos da casa até o laptop instalado na pequena mesa da copa. O inspetor não perdeu tempo. Encaixou o pen drive. O dispositivo piscou na tela.

Gamache clicou no primeiro arquivo. Depois no seguinte. E anotou várias palavras.

Permeável. Abaixo do padrão. Colapsar.

Porém uma palavra o fez parar. E encarar a tela.

Píer.

Ele clicou rapidamente de volta. E de volta. E então parou e se levantou tão rápido que Celeste e Gaétan pularam para trás.

– Posso usar o seu telefone, por favor?

Sem esperar pela resposta, ele pegou o fone e começou a discar.

– Isabelle, não é o túnel. É a ponte. A ponte Champlain. Acho que os explosivos devem estar presos nos píeres.

– Eu estava tentando falar com o senhor. Eles não vão fechar o túnel. Eles não acreditam em mim. Nem no senhor. Se eles não querem fechar o túnel, com certeza não vão fechar a ponte.

– Eu estou enviando o relatório para você por e-mail – disse ele, voltando à cadeira. – Você tem a prova. Feche aquela ponte, Isabelle. Eu não ligo se você mesma tiver que se deitar na pista. E mande o esquadrão antibombas para lá.

– Sim, senhor. *Patron*, tem outra coisa.

Pelo tom da voz dela, ele soube o que era.

– Jean Guy?

– Eu não consigo encontrar o inspetor. Ele não está nem no escritório, nem em casa. Tentei o celular dele. Está desligado.

– Obrigado por tentar – disse ele. – Só feche aquela ponte.

Gamache agradeceu a Celeste e Gaétan Villeneuve e foi até a porta.

– É a ponte? – perguntou Villeneuve.

– A sua esposa descobriu – contou Gamache, agora do lado de fora e caminhando rapidamente até o carro. – Ela tentou impedir.

– E eles mataram Audrey – disse Villeneuve, seguindo o inspetor.

Gamache parou e encarou o homem.

– *Oui*. Ela foi até a ponte para pegar a prova final, para ver por si mesma. Ela planejava levar essa prova e isto – explicou ele, erguendo o pen drive –

para a festa de Natal e entregar tudo para alguém em quem pensava que podia confiar.

– Eles mataram Audrey – repetiu Villeneuve, tentando compreender o significado por trás das palavras.

– Ela não caiu da ponte – afirmou Gamache. – Audrey foi assassinada debaixo dela quando tentou dar uma olhada nos píeres – afirmou ele, depois entrou no carro. – Pegue as suas filhas. Vá para um hotel e leve a sua vizinha e a família dela também. Não use o cartão de crédito. Pague em dinheiro. Deixem os celulares em casa. Fiquem lá até isso acabar.

– Por quê?

– Porque eu enviei os arquivos da casa da sua vizinha e usei o telefone dela. Eles vão saber que eu sei. E vão saber que vocês também sabem. Logo, logo, eles vão estar aqui. Vai. Vai, anda.

Villeneuve empalideceu e se afastou do carro, depois saiu correndo e tropeçando no gelo e na neve, chamando suas meninas.

– Senhor – disse Tessier, baixando os olhos para as mensagens no celular. – Eu preciso te mostrar isto.

Ele entregou o celular ao superintendente Francoeur.

Gamache havia voltado à casa de Villeneuve. E algo tinha sido enviado por e-mail à inspetora Lacoste do computador da vizinha.

Quando Francoeur viu o que era, seu rosto endureceu.

– Pegue Villeneuve e a vizinha – disse ele baixinho a Tessier. – E pegue Gamache e Lacoste. Limpe essa bagunça.

– Sim, senhor.

Tessier sabia o que "limpe essa bagunça" significava. Ele havia limpado Audrey Villeneuve.

Enquanto Tessier tomava as providências, Francoeur observava a terra cultivada se transformar em colinas, florestas e montanhas.

Gamache estava chegando perto, Francoeur sabia. Mas eles também.

Gamache esticou o pescoço para ver o que havia parado completamente o trânsito. Eles avançavam devagar ao longo da rua residencial. Em um cruzamento principal, ele avistou um guarda municipal e uma barricada. E encostou.

– Siga em frente – ordenou o guarda, sem sequer olhar para o motorista.

– Qual é obstáculo? – perguntou Gamache.

O policial olhou para o inspetor como se ele fosse doido.

– O senhor não sabe? O desfile do Papai Noel. Siga em frente, o senhor está atrapalhando o trânsito.

THÉRÈSE BRUNEL CONTINUAVA DE PÉ ao lado da janela. Olhando para fora.

Ela sabia que faltava pouco.

Ainda assim, escutava a história de Myrna. Aquele conto sobre a cauda longa e sombria. Que remontava a décadas antes. A quase além da memória viva.

A um santo, um milagre e um gorro de Natal.

– MA – disse Myrna. – Essa era a chave. Todos os chapéus que a mãe delas fez tinham uma etiqueta com as iniciais das meninas. MC para Marie-Constance, etc.

– Então, o que MA significava? – perguntou Clara.

Ela repassou o nome das garotas. Virginie, Hélène, Josephine, Marguerite, Constance. Nenhum A.

Por fim, os olhos de Clara se arregalaram e brilharam. Ela olhou para Myrna.

– Por que todo mundo achava que eram só cinco? – perguntou ela a Myrna. – Claro que eles teriam mais.

– Mais o quê? – quis saber Gabri.

Olivier, no entanto, entendeu.

– Mais filhos – respondeu ele. – Quando as garotas foram tiradas deles, os Ouellets fizeram mais.

Myrna assentia devagar, observando-os enquanto a verdade vinha à tona. E, assim como acontecera com Constance e suas dicas, tudo agora parecia bem óbvio. Porém não tinha sido óbvio para Myrna até ela ler a carta de Armand.

Quando suas amadas filhas foram levadas embora, que escolha tinham Marie-Harriette e Isidore, senão fazer mais?

Em sua carta, o inspetor-chefe explicava que havia testado o DNA encontrado no gorro. Eles haviam identificado o DNA dele. E o de Myrna. Ambos tinham manuseado o chapéu recentemente. Eles também tinham identificado o DNA de Constance, além de um outro. Semelhante ao dela.

Gamache admitiu que havia presumido que o DNA era do pai ou da mãe, mas o fato era que o técnico originalmente falara em irmãos.

– Outra irmã – sugeriu Clara. – Marie-A.

– Mas por que ninguém sabia sobre essa irmã mais nova? – perguntou Gabri.

– Meu Deus – retrucou Ruth, olhando para Gabri com desprezo. – Pensei que alguém que é praticamente uma obra de ficção saberia mais sobre mitos.

– Bom, eu reconheço uma górgona quando vejo uma – disse Gabri, olhando de cara feia para Ruth, que parecia tentar transformá-lo em pedra.

– Olha – disse Ruth por fim –, as quíntuplas deviam ser um milagre, não é? Uma colheita enorme vinda de um solo estéril. A última dádiva de irmão André. Bom, o que ia parecer se a mamãe começasse a parir crianças sem parar? Isso meio que elimina o milagre.

– Bernard e o governo acharam que ela tinha posto os ovos de ouro e que agora precisava parar – explicou Myrna.

– Se eu tivesse dito isso, eles teriam me castrado – murmurou Gabri para Olivier.

– Mas as pessoas iam realmente se importar? – perguntou Olivier. – Quer dizer, as quíntuplas eram incríveis de qualquer jeito, não importava quantos irmãos mais novos tivessem.

– Mas elas pareciam ainda mais incríveis quando vistas como um ato de um Deus benevolente – esclareceu Myrna. – Era isso que Bernard e o governo estavam vendendo. Não um número de circo, mas um ato de Deus. Durante a Grande Depressão e a guerra, as pessoas se aglomeravam em volta delas não para ver cinco garotas idênticas, mas para ver a esperança. A prova de que Deus existia. Um Deus bom e generoso, que tinha dado aquele presente a uma mulher estéril. Agora imagine se madame Ouellet não fosse estéril coisa nenhuma. Imagine se ela tivesse outra criança.

– Imagine se Cristo não tivesse ressuscitado – continuou Gabri. – Imagine se a água não tivesse virado vinho.

– Era fundamental para a história deles que madame Ouellet fosse estéril. Isso foi o que tornou a coisa um milagre – afirmou Myrna. – Sem isso, as quíntuplas seriam uma aberração e nada mais.

– Sem milagre, sem grana – pontuou Clara.

– Então o novo bebê ameaçava destruir tudo que eles tinham criado – disse Ruth.

– E custar a eles milhões de dólares – continuou Myrna. – A criança precisava ser escondida. Armand acha que era isso que a gente estava vendo quando Marie-Harriette fechou a porta na cara das filhas no cinejornal.

Eles se lembraram da imagem, congelada em sua mente. Da pequena Virginie berrando. Tentando voltar para dentro. Mas a porta havia sido fechada. Na cara dela, pela própria mãe. Não para manter as garotas do lado de fora, mas para manter a criança mais nova lá dentro. Para manter MA longe das câmeras.

– Constance só contou uma coisa pessoal para a gente – disse Gabri. – Que ela e as irmãs gostavam de jogar hóquei. Mas o time tem seis jogadores, não cinco.

– Exatamente – disse Myrna. – Quando Constance me contou sobre o time de hóquei, pareceu importante para ela, mas eu achei que fosse só uma velha lembrança. Que ela estava meio que testando a recém-descoberta liberdade de revelar coisas e tinha decidido começar com algo trivial. Nunca me passou pela cabeça que era aquilo. A chave. Seis crianças, não cinco.

– Eu também não me toquei – confessou Ruth. – E olha que eu treino um time.

– Você intimida um time – corrigiu Gabri. – Não é a mesma coisa.

– Mas eu sei contar – disse Ruth. – Seis jogadores. Não cinco.

Ela pensou por um instante, acariciando distraidamente a cabeça e o pescoço de Rosa.

– Imagine ser essa criança. Excluída, escondida. Vendo as irmãs no centro das atenções, enquanto você é mantida no escuro. Como algo vergonhoso.

Eles fizeram uma pausa e tentaram imaginar como seria. Não ter uma irmã que fosse a favorita, mas cinco. E não só dos pais, mas do mundo todo. Irmãs que ganhavam vestidos bonitos, brinquedos, doces e uma casinha de conto de fadas. Além de toda a atenção.

Enquanto a outra criança era empurrada para o lado. Para dentro. Negada.

– Então, o que aconteceu? – perguntou Ruth. – Você está dizendo que a irmã mais nova matou Constance?

Myrna ergueu o envelope com a caligrafia cuidadosa de Gamache.

– O inspetor-chefe acredita que tudo remonta à primeira morte. A de Virginie – disse Myrna, depois se voltou para Ruth. – Constance viu o que aconteceu. Assim como Hélène. Elas contaram para as outras irmãs, só que para ninguém mais. Era o segredo delas, o que unia as irmãs.

– Que elas levaram para o túmulo – disse Ruth. – E tentaram enterrar. Virginie foi assassinada.

– Uma delas tinha feito isso – disse Gabri.

– Constance veio aqui para contar isso para você – disse Clara.

– Depois que Marguerite morreu, ela se sentiu livre para finalmente falar – explicou Myrna.

– Mateus 10:36 – murmurou Ruth. – *Os inimigos do homem serão os da sua própria família.*

Jean Guy Beauvoir dirigia pela estrada conhecida. Ela estava coberta de neve agora, mas, quando a vira pela primeira vez anos antes, era de terra. E as árvores logo acima não estavam desfolhadas, mas cobertas pelas cores do outono, entremeadas pela luz do sol. Em variações de âmbar, vermelho e amarelo. Como um vitral.

Ele não havia tecido comentários sobre a beleza do lugar. Era reservado e cínico demais para olhar com aberto fascínio para o lindo e tranquilo vilarejo logo abaixo.

Mas havia sentido. Aquele fascínio. E aquela paz.

Agora, porém, não sentia nada.

– Falta muito? – perguntou Francoeur.

– Quase lá – respondeu Beauvoir. – Só mais alguns minutos.

– Encoste aqui – ordenou o superintendente, e Beauvoir obedeceu.

– Se o inspetor-chefe Gamache fosse montar um posto no vilarejo – perguntou Francoeur –, onde seria?

– Gamache? – perguntou Beauvoir, que não tinha percebido que aquilo se tratava do inspetor-chefe. – Ele está aqui?

– Só responda, inspetor – disse Tessier do banco de trás.

A van com os dois agentes e o equipamento parou atrás deles. Aquela era a hora da verdade, Francoeur sabia. Beauvoir se recusaria a dar informações sobre Gamache? Até agora, Francoeur não havia pedido a ele para ativamente trair o ex-chefe, só para não fazer nada para ajudá-lo.

Porém agora eles precisavam de mais.

– Na antiga estação ferroviária – veio a resposta, sem qualquer protesto ou hesitação.

– Leva a gente lá – ordenou Francoeur.

MYRNA AINDA SEGURAVA O ENVELOPE da carta escrita à mão por Armand Gamache. Nela, ele havia detalhado tudo o que sabia e todas as suspeitas sobre o assassinato de Constance Ouellet e de sua irmã Virginie, mais de cinquenta anos antes.

Constance e Hélène tinham testemunhado o ato. Virginie não tropeçara nem se jogara escada abaixo. Ela fora empurrada. E, por trás daquele empurrão, estavam anos e anos de dor. De uma pessoa ignorada, escondida, marginalizada e negada. Anos e anos em que as quíntuplas haviam recebido toda a atenção. Do mundo, sim. Mas, pior, do papai e da mamãe.

Quando as garotas voltavam para a casa em suas raras visitas, eram tratadas como princesas.

Aquilo distorceu a criança. Desgastou-a até que não restasse nela nada reconhecível. E então a deformara. As garotas podiam ter sido estragadas, mas a sexta criança fora totalmente arruinada.

Aquele pequeno coração se enchera de ódio. E se transformara em um grande coração repleto de um grande ódio.

E quando Virginie cambaleara no topo daquela comprida escada de madeira, a mão aparecera de repente. Ela poderia ter salvado a irmã. Mas não fizera isso. Ela a lançara no abismo.

Constance e Hélène tinham visto o que havia acontecido e escolhido não dizer nada. Talvez por culpa, talvez devido a uma necessidade quase maníaca de privacidade, sigilo. A vida das quíntuplas e sua morte não eram da conta de ninguém, só delas. Até os assassinatos delas eram privados.

Tudo isso Gamache explicava na carta para Myrna e, agora, ela explicava ao grupo reunido em sua casa. Escondido em sua casa.

– O inspetor-chefe sabia que estava atrás de duas coisas – contou Myrna. – Alguém cujas iniciais fossem MA e que agora estaria na casa dos 70 anos.

– E os registros de nascimento? – perguntou Jérôme.

– Gamache deu uma olhada neles – respondeu Myrna. – Não tinha nada nem no registro oficial, nem nos registros paroquiais sob o nome Ouellet.

– As autoridades talvez não sejam capazes de criar uma pessoa – comentou Jérôme. – Mas são capazes de apagar alguém.

Ele escutava a história, mas mantinha os olhos fixos na esposa. Thérèse era uma silhueta contra a janela. Esperando.

– Ao pensar no caso, Armand percebeu que quatro pessoas se encaixavam na descrição – continuou Myrna. – A primeira era Antoine, o pároco. Ele disse que começou a trabalhar como padre ali muito depois que as garotas foram embora, o que era verdade, mas não contou que crescera na região. O tio das quíntuplas falou que jogava hóquei com Antoine quando era criança. Antoine pode não ter mentido, mas também não contou toda a verdade. Por quê?

– E o padre estava em posição de alterar os registros – lembrou Clara.

– Exatamente o que Gamache pensou – disse Myrna. – Mas havia o próprio tio. André Pineault. Alguns anos mais novo que as garotas, ele contou que jogava hóquei com elas, e foi morar com o pai delas e cuidou dele até Isidore morrer. Bem o ato de um filho. E monsieur Ouellet deixou a fazenda da família para ele.

– Mas MA seria uma mulher – objetou Clara. – Marie alguma coisa.

– Marie-Annette – disse Myrna. – Annette era o nome da vizinha de Constance. A única pessoa com quem as irmãs socializavam. A única autorizada a entrar na varanda delas. Parece algo pequeno para a gente, quase risível, mas, para as quíntuplas, tão traumatizadas com o escrutínio do público, deixar alguém chegar perto da casa delas era significativo. Será que Annette poderia ser Virginie ou a irmã perdida?

– Mas se Constance e Hélène a tivessem visto matar Virginie, manteriam contato com ela? – perguntou Gabri.

– Talvez tivessem perdoado a irmã – sugeriu Ruth. – Talvez elas tivessem entendido que, embora estivessem feridas, a irmã delas também estava.

– E talvez elas quisessem manter a irmã por perto – disse Clara. – O mal conhecido.

Myrna aquiesceu.

– Annette e o marido, Albert, já estavam no bairro quando as irmãs se mudaram para a casa ao lado. Se Annette era a irmã, isso sugere perdão – disse ela, olhando para Ruth – ou um desejo de ficar de olho nela.

– Ou nele.

Eles olharam para Thérèse. Ela encarava a janela, mas obviamente estivera ouvindo.

– Ele? – perguntou Olivier.

– Albert. O vizinho – respondeu Thérèse, sua respiração embaçando a vidraça. – Talvez a sexta criança não fosse uma irmã, mas um irmão.

– Você está certa – disse Myrna, depositando a carta de Gamache cuidadosamente na mesa. – O técnico da Sûreté tinha certeza de que o DNA encontrado pertencia a um homem. Aquele gorro com os anjos foi tricotado por Marie-Harriette para o filho dela.

– Albert – disse Ruth.

Quando Myrna não respondeu, eles olharam para ela.

– Se Isidore e Marie-Harriette tivessem um filho – disse ela –, qual seria o nome dele?

Fez-se um silêncio. Até Rosa parou de grunhir.

– Pecados antigos projetam longas sombras. – Eles olharam para a agente Nichol. – Onde tudo isso começou? Onde o milagre começou?

– Irmão André – respondeu Clara.

– André – disse Ruth na sala silenciosa. – Eles deram o nome de André para o filho.

Myrna anuiu.

– Gamache acredita que sim. Ele acha que era isso que Constance estava tentando me contar com o gorro. Marie-Harriette tricotou o chapéu para o filho, que recebeu o nome do anjo da guarda deles. Um teste de DNA vai confirmar isso, mas ele acha que André Pineault é irmão delas.

– Mas MA? – perguntou Gabri. – O M é de quê?

– Marc. Todas as garotas da família da Marie-Harriette se chamavam Marie alguma coisa, e todos os garotos, Marc alguma coisa. Gamache descobriu isso no cemitério. Ele teria sido Marc-André, mas chamado apenas de André.

– Irmão André – disse Gabri. – Literalmente.

– Era isso que Constance estava tentando contar – disse Myrna. – O que ela contou para a gente. Para mim. Ela, na verdade, disse que hóquei era o esporte preferido do irmão André. Fui eu que pensei no frei, não ela. Não era o religioso, mas o sexto filho. Batizado com o nome do santo que produziu o milagre.

– André matou Constance para que ela não contasse que ele tinha assassinado Virginie – disse Clara. – Foi isso que as irmãs mantiveram em segredo todos aqueles anos, o que fez com que elas continuassem prisioneiras muito depois de o público ter parado de bisbilhotar.

– Mas como ele sabia que ela ia contar? – quis saber Olivier.

– Ele não sabia – respondeu Myrna. – Mas Gamache acha que eles mantiveram contato. André Pineault alegou não saber onde as garotas moravam, mas depois disse que tinha escrito para elas para contar sobre a morte do pai delas. Ele sabia o endereço delas. Isso sugere que eles tenham mantido algum tipo de contato. Foi estranho Pineault mentir sobre isso.

Myrna continuou:

– Gamache acha que Constance deve ter contado a ele os planos para o Natal. De visitar a amiga e antiga terapeuta. E Pineault ficou com medo. Ele deve ter suspeitado que, com Marguerite morta, Constance talvez quisesse contar a verdade para alguém antes que a hora dela chegasse. Ela queria que a verdade sobre a morte de Virginie fosse conhecida. Ela tinha guardado o segredo dele por todos aqueles anos, mas, agora, por ela e por Virginie, precisava se livrar dele.

– Então ele matou Constance – disse Ruth.

Jérôme viu Thérèse enrijecer as costas, então ouviu um barulho. Ele se levantou e caminhou rapidamente até a janela para se juntar a ela.

Ele olhou para o lado de fora. Um grande SUV preto descia a colina devagar, seguido por uma van.

– Eles chegaram – disse Thérèse Brunel.

TRINTA E NOVE

Armand Gamache dirigiu até a ponte Champlain. Ainda não havia sinal de qualquer esforço para fechá-la, mas ele sabia que, se alguém era capaz de fazê-lo, esse alguém era Isabelle Lacoste.

O trânsito estava pesado, a rua ainda coberta de neve. Ele ultrapassou um carro e olhou para dentro dele. Um homem e uma mulher sentados na frente e, atrás, uma criança pequena na cadeirinha. Duas faixas adiante, ele viu uma jovem sozinha no carro, dando tapinhas no volante e balançando a cabeça no ritmo da música.

Luzes vermelhas de freio se acendiam. O trânsito perdia velocidade. Agora eles se arrastavam. Centímetro por centímetro.

À frente, erguia-se a enorme ponte de aço.

Gamache não entendia quase nada de engenharia, testes de carga e concreto. Mas sabia que 160 mil carros atravessavam aquela ponte todos os dias.

Era a ponte mais movimentada do Canadá e estava prestes a explodir sobre o rio St. Lawrence. Não por um ato de um terrorista estrangeiro raivoso, mas pelas mãos das duas pessoas mais confiáveis do Quebec.

O primeiro-ministro e o chefe da força policial.

Gamache tinha levado um tempo para entender, mas finalmente achava que sabia por quê.

O que tornava aquela ponte diferente das outras pontes, dos túneis e dos viadutos negligenciados? Por que ela seria o alvo?

Tinha que haver uma razão, um propósito. Dinheiro, talvez. Se uma ponte caísse, teria que ser reconstruída. E isso colocaria centenas de milhares de dólares nos bolsos dos corruptos do Quebec. Mas Gamache sabia que não era só por dinheiro. Ele conhecia Francoeur e o que o guiava. Era uma única coisa. Sempre fora uma única coisa.

Poder.

Como derrubar a ponte Champlain poderia lhe dar mais do que ele já tinha?

Em uma faixa adiante, um garotinho olhou pela janela e encarou o inspetor-chefe. E sorriu.

Gamache sorriu de volta. Seu próprio carro desacelerou até parar, juntando-se à coluna de veículos imóveis no meio da ponte. A mão direita de Gamache tremeu um pouco, e ele apertou o volante com mais força.

Pierre Arnot havia começado aquilo, décadas antes, na reserva distante.

Lá, tinha conhecido outro jovem em ascensão. Georges Renard.

Arnot estava com o destacamento da Sûreté, e Renard era engenheiro da Aqueduto, que projetava a barragem.

Ambos eram inteligentes, dinâmicos, ambiciosos e despertavam alguma coisa um no outro. De modo que, com o tempo, a inteligência havia virado astúcia. O dinamismo, obsessão. E a ambição, crueldade.

Foi como se, naquele fatídico encontro, algo mudasse no DNA dos dois homens. Até então, embora fossem motivados, eles eram pessoas decentes. Havia um limite até onde estavam dispostos a ir. Porém, quando Arnot conhecera Renard e Renard conhecera Arnot, aquele limite, aquela linha, se extinguira.

Gamache também havia conhecido Pierre Arnot e até admirado traços do homem. E agora, enquanto avançava lentamente em direção ao ponto mais alto da ponte, se perguntava o que poderia ter sido dele caso não tivesse conhecido Renard.

E o que teria sido de Renard, caso não tivesse conhecido Arnot?

Ele havia visto isso em outros, as consequências de não escolher bem os companheiros. Uma pessoa ligeiramente imoral era um problema. Duas juntas, uma catástrofe. Só era preciso um encontro fatídico. Alguém que mostrasse a você que seus desejos mais mesquinhos, seus pensamentos mais aviltantes não eram tão ruins assim. Que, na verdade, os compartilhava.

Então o impensável foi pensado. Planejado. E posto em prática.

Georges Renard tinha construído a imensa barragem da hidrelétrica La Grande. Ele podia destruí-la. Com a ajuda de Pierre Arnot.

A parte de Arnot era simples e dolorosamente fácil. Recrutadores de células terroristas, forças policiais e exércitos contavam com uma simples verdade: se você angariasse pessoas jovens o suficiente, elas poderiam ser levadas a fazer praticamente qualquer coisa.

E fora isso que Arnot fizera. Ele havia deixado a reserva cri anos antes e se tornado superintendente da Sûreté du Québec. Mas ainda exercia influência no norte. Era respeitado. A voz dele era ouvida e, com frequência, atendida.

Arnot colocou oficiais selecionados na reserva. A tarefa deles era encontrar e, se necessário, desenvolver jovens mais raivosos e marginalizados. Alimentar esse ódio. Reforçá-lo. Recompensá-lo.

Jovens que não embarcavam nessa ou ameaçavam expô-los acabaram sofrendo "acidentes". Cometendo "suicídio". Desaparecendo na mata para sempre.

Dois garotos maltratados e desesperados, criados para se tornar jovens violentos e cheiradores de cola, tinham sido escolhidos. Eles eram os mais raivosos. Os mais vazios.

Eles haviam recebido dois caminhões com explosivos e sido instruídos a atacar a barragem em determinado ponto. Morreriam, mas como heróis, lhes disseram. Celebridades. Músicas seriam escritas sobre eles. Sua história de coragem seria contada e recontada. Eles se tornariam lendas. Mitos.

Renard tinha passado as informações sobre onde atingir a barragem. Onde ela era vulnerável. Informações que só alguém que houvesse trabalhado no lugar poderia ter.

Aquele fora o primeiro plano, mas Gamache o impedira. Por pouco. E perdera muitos jovens oficiais ao fazê-lo. Quase perdera Jean Guy.

Talvez o tivesse perdido de fato.

Eles estavam quase no vão central da ponte agora. As enormes vigas de aço se erguiam em ambos os lados. O garoto no carro ao lado tinha caído no sono, seus cabelos louros pressionados contra a janela, a cabeça pendendo. No banco da frente, Gamache viu o pai dirigindo e a mãe segurando um grande presente no colo.

Sim, ele tinha impedido a destruição da barragem, mas não havia conseguido acabar com a podridão. O núcleo escuro ainda estava lá, espalhando-se. Após se recuperar daquele contratempo, ficara ainda mais escuro e forte.

Arnot havia sido preso e seu braço direito tomara a frente. Em Sylvain Francoeur, Georges Renard havia encontrado sua verdadeira musa. Um homem tão parecido com ele que era como se eles fossem duas partes de um todo. E, quando unidos, os resultados eram catastróficos.

O alvo havia mudado, mas não o objetivo.

O que tornava a ponte Champlain um alvo tão perfeito era, finalmente, muito simples.

Tratava-se de uma ponte federal.

E, quando caísse, com uma perda devastadora de vidas, o governo do Canadá seria acusado por anos de má gestão, negligência, uso de materiais de baixa qualidade e corrupção.

Tudo documentado pelo Ministério dos Transportes.

O departamento de Audrey Villeneuve.

Imagens do terrível evento seriam exibidas dia e noite pelo mundo. Fotos dos pais, dos filhos e das famílias dos mortos estampariam jornais e revistas.

Os olhos de Gamache passaram pelos veículos à sua volta e voltaram a pousar no garoto do carro ao lado. Ele estava acordado agora. Espiando o lado de fora. Com olhos vidrados de tédio. Então viu a própria respiração embaçar a janela fria. O garoto levantou o dedo e escreveu.

ynnaD, leu Gamache.

O nome dele era Danny.

Aquele garoto tinha o mesmo nome do filho dele. Daniel.

Se a morte o apanhasse agora, seria rápida? Danny saberia?

Sim, as fotos deles apareceriam nos noticiários em looping infinito. Os nomes deles seriam gravados em monumentos. Mártires da causa.

E as pessoas responsáveis pela ponte, pelo governo do Canadá, seriam vilanizadas, demonizadas.

Je me souviens. Gamache leu a frase na placa molhada do carro à frente. O lema do Quebec. "Eu me lembro." Eles nunca, jamais se esqueceriam do dia em que a ponte Champlain desabara.

Aquilo nunca tivera a ver com dinheiro, exceto como um meio de remunerar a corrupção. De comprar o silêncio e a cumplicidade.

Aquilo tinha a ver com poder. Poder político. Georges Renard não estava satisfeito em ser o primeiro-ministro da província. Ele queria ser o pai de um novo país. Preferia governar no inferno a servir no paraíso.

E, para isso, só precisava fabricar raiva e, depois, direcioná-la ao governo federal. Ele convenceria a população de que a ponte havia desabado porque o Canadá tinha usado material de baixa qualidade deliberadamente. Porque o governo federal não se importava com os cidadãos do Quebec.

E as palavras dele teriam um grande peso, não porque ele fosse um separatista, mas justamente porque não era. Georges Renard se posicionara como federalista a vida toda. Ele havia construído uma carreira política defendendo a permanência do Quebec no Canadá. Quão mais forte seria o argumento pela separação se viesse de um homem que nunca o adotara até aquele evento horrível?

No ano-novo, o Quebec já teria declarado sua independência. O dia da queda da ponte Champlain seria o Dia da Tomada da Bastilha deles. E as vítimas se tornariam lendas.

– Para onde eles estão indo? – sussurrou Jérôme.

Ele, Thérèse e a agente Nichol observavam pela janela de Myrna o SUV sem identificação contornar lentamente a praça e subir a ponte.

– Para a antiga estação ferroviária – respondeu Nichol. – Foi onde o inspetor-chefe montou a sala de investigação nas outras vezes.

– Mas como eles sabem disso? – perguntou Jérôme.

– Será que eles pegaram o inspetor-chefe? – perguntou Nichol.

– Armand nunca os conduziria até aqui – respondeu Thérèse.

– Alguém precisa descer até lá – disse Clara.

Todos da sala se entreolharam.

– Eu vou – disse Nichol.

– Não, tem que ser um de nós – argumentou Clara. – Um morador. Quando eles não encontrarem nada na antiga estação ferroviária, vão voltar para fazer perguntas. Alguém precisa responder, ou eles vão colocar este lugar abaixo.

– Acho que a gente devia votar – sugeriu Gabri.

Todos se voltaram, lentamente, para Ruth.

– Ah, não mesmo. Vocês não vão votar para me expulsar da ilha – retrucou ela, depois se virou para Rosa, acariciando a cabeça da pata. – São todos uns merdas, não? Sim, são, sim.

– Eu sei quem vai receber o meu voto – declarou Gabri.

– Eu vou.

Olivier tinha falado e agora caminhava de maneira decidida até a escada que descia do loft de Myrna.

– Espere! – disse Gabri, correndo atrás dele. – Deixe a Ruth ir.

– Você precisa ir.

Foi a superintendente Thérèse Brunel que falou. Clara e decididamente. Thérèse tinha assumido o comando, e todos no loft agora se voltavam para ela. Ela havia falado com Olivier.

– Vá até o bistrô e, se eles entrarem, aja como se não soubesse quem são. Eles são só turistas, nada mais. Se eles se identificarem como oficiais da Sûreté, pergunte se eles estão procurando o inspetor-chefe...

Ela foi interrompida pelos protestos do grupo, mas ergueu a mão.

– Eles já sabem que ele esteve aqui, para o caso Ouellet. É inútil negar. Aliás, você precisa parecer o mais prestativo possível. Three Pines tem que dar a impressão de que não tem nada a esconder. Entendeu?

– Deixa eu ir junto – pediu Gabri, com os olhos arregalados.

– É, a gente vota para ele ir – disse Ruth, levantando a mão.

– Você é o meu melhor amigo – disse Olivier, olhando para o companheiro. – Meu maior amor, mas não conseguiria mentir nem para salvar a própria vida. Felizmente, eu consigo. Já fiz isso – afirmou ele, depois encarou os amigos. – Como vocês todos sabem.

Houve uma frágil tentativa de negação, mas era verdade.

– Claro que eu estava só praticando para hoje – emendou Olivier.

– O cretino está mentindo neste exato momento – disse Ruth, quase melancolicamente, e foi até ele. – Você vai precisar de clientes. Além disso, um uísque cairia bem.

Thérèse Brunel se voltou para Myrna e disse, como quem se desculpa:

– Você também precisa descer.

Myrna assentiu.

– Eu vou abrir a loja.

Clara foi se juntar a eles, mas a superintendente a impediu.

– Desculpa, Clara, mas eu vi os seus quadros. Acho que você também não daria uma boa mentirosa. A gente não pode arriscar.

Clara encarou a mulher mais velha, depois foi até os amigos no topo da escada.

– Myrna precisa de uma cliente na livraria – disse Clara. – Eu vou.

– Chame de biblioteca, querida – disse Ruth –, ou eles vão saber que você está fingindo.

Ruth olhou para Jérôme e fez um movimento circular com o dedo perto da têmpora, revirando os olhos.

– Soltem os lobos – disse Gabri enquanto os observava partir.

– Acho que você quer dizer os loucos – disse Jérôme, depois se voltou para Thérèse. – Nós estamos ferrados.

– Arromba.

O superintendente Francoeur meneou a cabeça para a porta da antiga estação ferroviária.

Beauvoir avançou a passos largos, girou a maçaneta e a abriu.

– Ninguém tranca a porta por aqui.

– Eles deviam prestar mais atenção no noticiário – comentou Francoeur.

Os dois imensos oficiais da Sûreté seguiram Tessier para dentro da construção.

Beauvoir deu um passo para o lado. Indiferente. Assistia a tudo como se fosse um filme e não tivesse nada a ver com ele.

– Só um caminhão de bombeiros e alguns equipamentos – relatou Tessier, saindo um ou dois minutos depois. – Nem sinal de outra coisa.

Francoeur examinou Beauvoir atentamente. Ele estava de sacanagem?

– Onde mais eles podem estar?

– No bistrô, imagino.

Eles dirigiram de volta pela ponte de pedra e estacionaram em frente ao bistrô.

– Você conhece essas pessoas – disse Francoeur para Beauvoir. – Venha comigo.

O lugar estava quase vazio. Perto da janela, Billy Williams bebericava uma cerveja e comia uma torta. Ruth e Rosa ocupavam um canto, lendo.

As lareiras dos dois lados do bistrô estavam acesas, e toras de bordo e bétula queimavam e crepitavam.

Beauvoir observou o conhecido salão e não sentiu nada.

Ele encontrou os olhos de Olivier e os viu se arregalarem de surpresa.

Olivier estava realmente surpreso. Chocado por vê-lo em tal companhia e naquelas condições. Beauvoir parecia tão extenuado que era como se uma brisa ou uma palavra desagradável fossem suficientes para derrubá-lo.

Olivier pôs um sorriso no rosto, mas seu coração batia furiosamente.

– Inspetor Beauvoir – disse ele, dando a volta no comprido balcão polido. – O inspetor-chefe não comentou que você vinha.

Olivier falou com extremo entusiasmo e pensou que deveria baixar o tom um pouquinho.

– O inspetor-chefe Gamache? – disse o outro homem, e, involuntariamente, Olivier sentiu o magnetismo dele, o imenso carisma que vinha com a confiança e a autoridade. – O senhor viu Gamache?

Lá estava um homem acostumado ao comando. Ele tinha 60 e poucos anos, cabelos grisalhos e um porte atlético. Seus olhos eram penetrantes e ele se movia com uma graça casual, como um carnívoro.

Ao lado daquele homem vibrante, Beauvoir pareceu diminuir ainda mais. Ele se tornou uma carniça. Uma carcaça que ainda não fora devorada, mas logo seria.

– Claro – respondeu Olivier. – O inspetor-chefe está aqui há... – ele pensou um pouco – ... quase uma semana, eu acho. Myrna o chamou quando a amiga dela, Constance, desapareceu.

Olivier baixou a voz e olhou em volta, inclinando-se para Beauvoir:

– Não sei se você ouviu falar, mas Constance era uma das Quíntuplas Ouellet. A última. Ela foi assassinada.

Olivier tinha um ar de quem não poderia estar mais satisfeito.

– Gamache andou fazendo umas perguntas – continuou. – Mostrou um filme para a gente, um antigo cinejornal das quíntuplas. Você sabia...

– Onde ele está agora? – perguntou o outro homem, interrompendo a tagarelice de Olivier.

– O inspetor-chefe? Não sei. O carro dele não está aí na frente?

Olivier olhou pela janela.

– Ele tomou café da manhã na pousada. Meu companheiro, Gabri, fez...

– Ele está sozinho?

– Bom, sim – disse ele, olhando para o homem que havia falado e para Beauvoir. – Normalmente, o inspetor-chefe vem com você, mas ele disse que você estava em outro caso.

– Não tinha mais ninguém com ele?

De novo, o outro homem havia falado.

Olivier balançou a cabeça. Ele era um grande mentiroso, mas sabia que estava encarando um ainda melhor.

– O inspetor-chefe montou uma sala de investigação? – quis saber o homem.

Olivier balançou a cabeça e não se atreveu a falar.

– Onde ele trabalhava?

– Ou aqui ou na pousada – respondeu Olivier.

O homem olhou ao redor, passando o olhar pela velha senhora com o pato e aterrissando em Billy Williams. Foi na direção dele.

Olivier observou a cena com uma ansiedade crescente. Billy provavelmente contaria tudo.

– *Bonjour* – disse Francoeur.

Billy ergueu o copo de cerveja. À sua frente estava uma enorme fatia de torta de limão com merengue.

– O senhor conhece o inspetor-chefe Gamache?

Billy aquiesceu e pegou o garfo.

– O senhor pode me dizer onde ele está?

– Cem por um baralho.

– *Pardon?*

– Cem por um baralho – repetiu Billy, claramente.

– Eu estou tentando encontrar o inspetor-chefe Gamache – insistiu Francoeur, mudando do francês para o inglês e falando bem, bem devagar com aquele rústico. – Sou amigo dele.

Billy fez uma pausa e falou igualmente devagar:

– Amora fedeu.

Francoeur olhou para Billy, depois se virou.

– Ele fala francês ou inglês?

Olivier observou Billy devorar uma imensa garfada de torta e o abençoou em silêncio.

– A gente não sabe.

– Você conhece a pousada? – perguntou Francoeur a Beauvoir, que anuiu. – Me leve lá.

– Posso oferecer um café antes de irem? Já almoçaram?

Mas Olivier já estava falando com as costas deles. Ele deu a volta no bar, sem baixar a guarda. Sem ousar demonstrar como estava abalado.

Olivier Brulé sabia que havia olhado nos olhos de um homem que poderia matá-lo se necessário fosse. E, talvez, até se não fosse. Só porque sim.

– Amora fedeu – murmurou ele.

UM ACIDENTE NA SAÍDA DA ponte havia congestionado o trânsito. Uma batidinha de nada tinha gerado um engarrafamento gigantesco.

Mas Gamache passou por ele e viu Danny, a irmã e os pais saírem da rodovia em direção a Brossard. Seguros.

Porém outros Dannys se aproximavam da ponte. Outros pais, avós e crianças impregnadas pelo espírito do Natal. Ele torceu para que Isabelle Lacoste chegasse logo. O inspetor-chefe pisou fundo. Estava a uma hora de Three Pines, mesmo com a pista seca. Dirigiu o mais rápido que ousou. E um pouquinho mais.

FRANCOEUR E TESSIER REVISTARAM A pousada. Só havia evidências da presença de um hóspede, o inspetor-chefe. Eles encontraram produtos de higiene no banheiro. As paredes do chuveiro e o sabonete ainda estavam úmidos e havia roupas penduradas no armário e dobradas nas gavetas. O quarto tinha um leve aroma de sândalo.

Francoeur olhou pela janela para a praça do vilarejo e a rua que a circundava. Havia alguns carros estacionados, mas não o Volvo de Gamache. Porém isso eles já sabiam. Ele tinha sido rastreado até a penitenciária, depois até a casa de Villeneuve em Montreal. E, então, eles receberam a notícia de que Gamache havia enviado um arquivo grande por e-mail para Lacoste, da casa ao lado da de Villeneuve.

Havia agentes a caminho da casa de Lacoste, de Villeneuve e da vizinha. E a busca prosseguia. Eles estavam seguindo o celular do inspetor-chefe e o rastreador no carro dele e o pegariam a qualquer momento agora.

Francoeur se voltou para Beauvoir, que estava de pé no meio do quarto como um manequim.

– O dono do bistrô estava mentindo?

A pergunta direta acordou Beauvoir.

– Talvez. Ele mente sobre um monte de coisas.

Eles ouviram palavrões, se viraram e viram Tessier martelando o dedo no celular.

– Merda de fim de mundo – disse ele, agarrando o telefone fixo.

Enquanto Tessier ligava para a sede da Sûreté, Francoeur se voltou para Beauvoir.

– Gamache estava aqui, mas e os outros?

Beauvoir pareceu não entender.

– Que outros?

– A gente também está procurando a superintendente Brunel e o marido. Acho que aquele homem do bistrô estava mentindo – disse Francoeur, com uma voz agradável, equilibrada. – Gamache pode ter ido embora, mas acho que eles ainda estão aqui. A gente precisa convencer aquele homem a falar a verdade.

– Os esquadrões estão fechando o cerco – murmurou Tessier para Francoeur enquanto eles desciam as escadas e iam até a porta da frente. – Eles estão com o sinal do Gamache. Vão pegar o inspetor-chefe nos próximos minutos.

– Eles sabem o que fazer?

Tessier assentiu.

– Aquela última mensagem que Gamache enviou, em reposta à do zoológico de Granby – perguntou Francoeur, quando eles estavam na varanda –, qual foi mesmo?

– *Encontrem Émilie.*

– Certo – respondeu Francoeur, depois se voltou para Beauvoir em tom de exigência: – Quem é Émilie?

– Não sei.

– Então o que Gamache quis dizer quando falou para os Brunels encontrarem Émilie? – retrucou Francoeur. – Tem alguma Émilie neste vilarejo?

Beauvoir franziu a testa.

– Tinha uma, mas ela morreu há alguns anos.

– Onde ela morava?

Beauvoir apontou para a direita. Lá, do outro lado da Old Stage Road, estava a casa de Émilie Longpré, com sua ampla varanda frontal, revestimento de madeira, janelas maineladas e chaminé de tijolinhos.

E o caminho limpo a pá.

Na última vez que Beauvoir estivera em Three Pines, a casa de Émilie Longpré estava vazia. Agora não estava.

– MEU DEUS – DISSE Jérôme, de pé ao lado da janela do piso superior de Myrna, espiando o lado de fora. – Ele está levando o bando para a casa da Émilie.

– Quem? – perguntou Gabri.

Ele estava sentado perto do fogão a lenha com a agente Nichol, enquanto os Brunels olhavam pela janela e faziam o relato.

– O inspetor Beauvoir – disse Thérèse. – Ele está com Francoeur.

– Impossível.

Gabri se levantou e foi até lá ver por si mesmo. Ao olhar de relance para a janela congelada, viu homens grandes entrando na casa de Émilie. Jean Guy Beauvoir não entrou. Em vez disso, parou nos degraus nevados e olhou ao redor. Gabri se afastou da janela um segundo antes que os olhos do inspetor o encontrassem.

– Eu não acredito – murmurou ele.

– O inspetor Beauvoir é um dependente químico – disse Thérèse do outro lado da janela. – Já faz algum tempo.

– Desde a fábrica – disse Gabri, baixinho. – Eu sei. Mas eu pensei...

– Sim, todos nós pensamos – comentou Thérèse. – Torcemos por isso. O vício é uma coisa terrível. Rouba a sua saúde, os seus amigos, a sua família e a sua carreira. O seu juízo. E, quando não sobra mais nada, a sua vida.

Gabri ousou dar uma rápida espiada pela janela. Beauvoir ainda estava na varanda, olhando para a frente. Parecia alguém que não tinha mais nada a perder.

– Ele nunca se voltaria contra Gamache.

– Jean Guy não, você está certo – disse Jérôme. – Mas as drogas não têm amigos nem lealdade. São capazes de qualquer coisa.

– O inspetor Beauvoir pode muito bem ser a pessoa mais perigosa lá fora – declarou a superintendente Brunel.

– Eles estavam aqui – disse Francoeur, saindo da casa de Émilie. – Mas foram embora. A gente precisa arrancar a verdade do dono do bistrô.

– Eu sei onde eles estão.

Beauvoir saiu da varanda de Émilie Longpré e apontou.

QUARENTA

Levou uma fração de segundo para arrombarem o cadeado Yale e eles entrarem na escola.

Tessier entrou primeiro, seguido pelos dois agentes grandalhões. Sylvain Francoeur foi o último, avançando a passos largos e olhando ao redor. Havia monitores, cabos, fios e caixas encostados em uma das paredes. Cinco cadeiras vazias rodeavam o fogão a lenha ainda quente.

Francoeur tirou as luvas e deixou a mão pairar sobre o fogão de ferro fundido.

Sim. Eles tinham estado ali, e não fazia muito tempo. Haviam saído às pressas, deixando todo o equipamento incriminador para trás. Gamache, os Brunels e a agente Nichol tinham sido neutralizados e estavam fugindo. Incapazes de causar maiores danos. Era só uma questão de tempo até que fossem encontrados.

– Como você soube? – perguntou Francoeur a Beauvoir.

– A escola estava fechada – explicou Beauvoir. – Mas o caminho para cá foi limpo. Como na casa de Longpré.

– Parece que Gamache tem o hábito de abandonar lugares – disse o superintendente. – E pessoas.

Francoeur deu as costas para Beauvoir e se juntou aos outros nos computadores.

Jean Guy os observou por um instante, depois saiu.

Suas botas mastigavam ruidosamente a neve, *crunch, crunch, crunch*, enquanto ele caminhava pela praça do vilarejo que estava muito, muito, estranhamente quieta. Normalmente, haveria crianças jogando hóquei e pais assistindo ou praticando esqui *cross-country*. Famílias estariam descendo a colina de trenó, perdendo passageiros ao voar sobre as saliências.

Mas naquele dia, apesar do sol, Three Pines estava quieta. Não abandonada, ele sentia. Não uma cidade-fantasma. Parecia esperar. E observar.

Jean Guy foi até o banco e se sentou.

Ele não sabia o que Francoeur e Tessier estavam fazendo. Não sabia por que eles estavam ali. Não sabia como Gamache entrava naquela história. E não tinha perguntado.

Ele tirou um frasco de OxyContin do bolso, sacudiu dois comprimidos para fora e os engoliu. Depois, olhou para a embalagem. Ele tinha mais dois em seu apartamento e um quase cheio de ansiolíticos.

O suficiente para dar conta do recado.

– Olá, idiota – disse Ruth enquanto se sentava no banco ao lado de Jean Guy. – Quem são os seus novos amigos?

Ruth apontou a bengala para a velha escola.

Beauvoir observou um dos agentes carregar algo da van para a escola.

Não disse nada. Simplesmente olhou para a frente.

– O que tem de tão interessante ali? – perguntou Ruth.

Olivier havia tentado impedi-la de sair, mas, quando Ruth vira Beauvoir sentado sozinho no banco, vestira o casaco, pegara a pata e saíra dizendo:

– Você não acha que ele vai estranhar se o vilarejo estiver completamente deserto? Eu não vou contar nada. O que você acha que eu sou? Doida?

– Na verdade...

Mas era tarde demais. A velha poeta já tinha deixado o bistrô. Olivier a observou com apreensão. Myrna e Clara assistiram à cena da janela da livraria. No loft, Gabri, Nichol e os Brunels viram Ruth cruzar a rua e se sentar ao lado de Beauvoir no banco gelado.

– Isso vai ser um problema? – perguntou Thérèse a Gabri.

– Ah, não. Vai ficar tudo bem – respondeu Gabri, e fez uma careta.

– Eu estou com a linha de tiro limpa – disse Nichol em uma voz esperançosa.

– Acho que Nichol e a poeta doida devem ser parentes – disse Jérôme a Thérèse.

Lá embaixo, Ruth, Rosa e Jean Guy estavam sentados lado a lado, acompanhando a atividade na escola.

– *Quem te machucou uma vez* – sussurrou Ruth para o jovem – *de maneira tão irreparável?*

Jean Guy despertou, como se finalmente tivesse notado que não estava sozinho. E olhou para ela.

– Eu sou, Ruth? – perguntou ele, usando o primeiro nome dela pela primeira vez. – Irreparável?

– O que você acha? – perguntou ela, acariciando Rosa, mas olhando para ele.

– Talvez eu seja – respondeu ele baixinho.

Beauvoir olhou para a velha escola. Em vez de levar os computadores para fora, eles retiravam novos equipamentos da van e os colocavam lá dentro. Caixas de cabos e fios. Aquilo parecia familiar, mas Beauvoir não se deu ao trabalho de vasculhar a memória atrás da informação.

Ruth estava em silêncio ao lado dele. Então tirou Rosa do colo, sentindo-o quente no lugar onde a pata estivera. Com cuidado, pôs Rosa no colo de Jean Guy.

Ele pareceu não notar, mas, após alguns instantes, levantou a mão e acariciou Rosa. Bem delicadamente.

– Eu podia torcer o pescoço dela, sabia? – disse ele.

– Eu sei – disse Ruth. – Por favor, não faça isso.

Ela olhou para Rosa, sustentando seus olhos escuros de pata. E Rosa olhou para Ruth enquanto a mão de Jean Guy acariciava as penas das costas dela, aproximando-se cada vez mais do longo pescoço.

Ruth olhou bem nos olhos da pata.

Finalmente, a mão de Jean Guy parou e descansou.

– Rosa voltou – disse ele.

Ruth aquiesceu.

– Que bom – falou ele.

– Ela pegou o caminho mais longo de volta para casa – comentou Ruth. – Alguns fazem isso, sabe? Parecem perdidos. Às vezes, podem até ir na direção errada. Muitas pessoas desistem, dizem que estão mesmo perdidas para sempre, mas eu não acredito nisso. Alguns, em algum momento, voltam para casa.

Jean Guy tirou Rosa do colo e tentou devolvê-la para Ruth.

Mas a velha ergueu a mão.

– Não. Você fica com ela agora.

Jean Guy encarou Ruth, sem entender. Ele tentou devolver a pata de novo, mas, de novo, gentil e firmemente, Ruth a recusou.

– Ela vai ter um bom lar com você – disse ela, agora já sem olhar para Rosa.

– Mas eu não sei como cuidar de uma pata – argumentou ele. – O que eu faria com ela?

– Será que o mais certo não é perguntar o que ela faria com você? – perguntou Ruth, depois se levantou e enfiou a mão no bolso. – Estas são as chaves do meu carro – disse ela, entregando-as a Beauvoir e apontando para um velho Civic surrado. – Acho que Rosa vai ficar melhor longe daqui, você não acha?

Beauvoir encarou as chaves em sua mão, depois o velho rosto magro, enrugado e miserável. E, então, os olhos úmidos que, sob o sol forte, pareciam vazar luz.

– Vá embora – disse ela. – Leve a Rosa. Por favor.

Ela se abaixou lentamente, como se cada centímetro fosse uma agonia, e beijou Rosa no topo da cabeça. Depois, encarou os olhos brilhantes da pata e sussurrou:

– Eu te amo.

Ruth Zardo deu as costas para eles e se afastou, mancando. Com a cabeça erguida, avançou devagar. Em direção ao bistrô e ao que quer que viesse a seguir.

– Isso é uma piada, né? – perguntou a Isabelle Lacoste o policial gordo do outro lado do balcão. – Alguém vai explodir isto aqui?

Ele apontou para os monitores e só faltou chamá-la de "mocinha". Lacoste não tinha tempo para diplomacia. Ela havia mostrado a ele a identificação da Sûreté e lhe contara o que estava prestes a acontecer. Sem nenhuma surpresa, ele não estava ávido para fechar a ponte.

Agora ela dava a volta no balcão e colocava a Glock debaixo do queixo dele.

– Não é uma piada – disse ela, e viu os olhos dele se arregalarem de terror.

– Espere – implorou ele.

– Tem explosivos presos nos píeres, e eles podem ser detonados a qualquer momento. O esquadrão antibombas vai chegar em alguns minutos, mas eu preciso que o senhor feche a ponte agora. Se não fizer isso, vai cair junto com ela.

Quando o inspetor-chefe lhe disse qual era o alvo e lhe ordenou que fechasse a ponte, ela se deparou com um problema. Em quem confiar? Então sua ficha caiu. Nos seguranças da ponte. Eles não tinham como saber o que estava prestes a acontecer, ou teriam saído de lá correndo. Qualquer pessoa que ainda estivesse trabalhando na ponte era confiável. A questão agora era: elas poderiam ser convencidas?

– Chame os seus carros de patrulha de volta.

Ela esperou, com a arma ainda apontada para ele enquanto o homem ordenava pelo rádio que os carros voltassem.

– Abra isto aqui – disse ela, entregando um pen drive a ele e vendo o guarda inseri-lo no computador e abrir os arquivos.

– O que é isto? – perguntou ele.

Mas Lacoste não respondeu e, pouco a pouco, o rosto dele foi ficando mole, seu queixo caindo.

Ela devolveu a arma ao coldre. Ele já não olhava para a Glock nem para Lacoste. Seus olhos e sua atenção estavam completamente voltados para a tela. Dois colegas dele retornaram ao posto da guarda. Eles olharam para Lacoste, depois para ele.

– O que houve?

Mas a expressão dele deteve qualquer gracejo.

– O que foi? – perguntou um deles.

– Ligue para o superintendente, chame o esquadrão antibombas, feche a ponte...

Mas Lacoste não ouviu mais nada. Ela já estava no carro atravessando a ponte. Em direção à margem oposta. Ao vilarejo.

GAMACHE ACELEROU AO LONGO DA conhecida estrada secundária coberta de neve. O carro derrapou em um pedaço de gelo e ele tirou o pé do acelerador. Não havia tempo para acidentes. Tudo que acontecesse dali em diante precisava ser pensado e deliberado.

Ele avistou uma loja de conveniência e estacionou.

– Posso usar o seu telefone, por favor? – perguntou, mostrando a identificação da Sûreté ao atendente.

– O senhor precisa comprar alguma coisa.

– Me dá o seu telefone.

– Compre alguma coisa.

– Tá bom – disse Gamache, pegando o objeto mais próximo que encontrou. – Pronto.

– Sério? – perguntou o atendente, olhando para a pilha de camisinhas.

– Me dá logo o telefone, rapaz – disse Gamache, lutando contra o desejo de estrangular aquele jovem engraçadinho.

Em vez disso, ele tirou a carteira do bolso e pôs uma nota de vinte no balcão.

– Se quiser usar o banheiro vai precisar comprar alguma outra coisa – disse o garoto enquanto registrava a venda e entregava o aparelho a Gamache.

Gamache discou. O telefone chamou, chamou. E chamou.

Por favor, por favor.

– Francoeur.

A voz estava curta, tensa.

– *Bonjour*, superintendente.

Fez-se uma pausa.

– É você, Armand? Eu estava te procurando.

A conexão estava entrecortada, mas a voz de Sylvain Francoeur era alegre e amistosa. Não de um jeito dissimulado, mas ele parecia feliz de verdade com a ligação. Como se eles fossem melhores amigos.

Aquele era, Gamache sabia, um dos muitos dons do superintendente: a capacidade de fazer uma imitação parecer genuína. Um homem falso. Qualquer um que ouvisse não teria nenhuma dúvida sobre a sinceridade de Francoeur.

– Sim, desculpa ficar fora de alcance – disse Gamache. – Eu estava amarrando umas pontas soltas.

– Exatamente o que eu estou fazendo. Como posso ajudar?

Na velha escola, Francoeur observava os agentes trabalharem.

Ele pressionou o telefone contra o ouvido e parou perto da janela, mal conseguindo um sinal.

– Eu estou em um vilarejo com um sinal de celular horrível.

Gamache sentiu como se tivesse engolido ácido de bateria.

Sylvain já estava em Three Pines. Gamache calculara mal, achando que Francoeur levaria mais tempo para encontrar o lugar. Mas, então, uma nova dose de ácido atingiu suas entranhas. Ele devia ter encontrado alguém que conhecia o caminho.

Jean Guy.

Gamache respirou fundo e firmou a voz. Tentou fazê-la soar casual, educada e ligeiramente entediada.

– Eu estou indo para aí, senhor. Estava me perguntando se poderíamos nos encontrar.

Francoeur ergueu as sobrancelhas. Ele esperava ter que caçar Gamache. Nunca lhe ocorrera que a arrogância do inspetor-chefe fosse grande a ponto de consumir todo o seu bom senso.

Mas, aparentemente, era.

– Por mim, tudo bem – respondeu Francoeur alegremente. – Vamos nos encontrar aqui? O inspetor Tessier me disse que tem uma antena parabólica interessante instalada na floresta. Eu ainda não vi. Ele acha que ela pode ter sido colocada lá pelos astecas. Você conhece?

Houve uma pausa.

– Conheço.

– Ótimo. Por que a gente não se encontra lá?

Francoeur desligou. Ele sabia que Gamache jamais chegaria ao ponto de encontro. Os agentes estavam fechando o cerco e o pegariam a qualquer momento.

Ele se voltou para seu braço direito.

– Eles sabem o que fazer? – perguntou ele, apontando para os dois agentes, um debaixo da mesa e o outro na porta da escola, trabalhando com alguns fios.

Tessier anuiu. Os agentes estavam com ele quando precisara lidar com Pierre Arnot, Audrey Villeneuve e outros. Eles cumpriam ordens.

– Venha comigo.

Na porta, Tessier se virou para os agentes.

– Não se esqueçam do Beauvoir. A gente precisa dele aqui.

– Sim, senhor.

Beauvoir não estava mais no banco, mas Tessier não se preocupou. Ele provavelmente tinha desmaiado no SUV.

– O QUE VOCÊ ACHA que isso significa? – sussurrou Jérôme enquanto eles viam Francoeur e Tessier subirem a colina para fora do vilarejo. – Eles estão indo embora?

– A pé? – perguntou Nichol.

– Talvez não – admitiu o Dr. Brunel. – Mas pelo menos Beauvoir foi embora.

Eles olharam para o ponto vazio na neve onde o carro de Myrna estava antes.

No andar de baixo, Myrna se voltou para Ruth.

– Você deu o meu carro para ele?

– Bom, eu não tinha como dar o meu. Eu não tenho carro.

– Onde você pegou as chaves?

– Estavam na mesa onde você sempre deixa.

Myrna balançou a cabeça, mas não conseguiu ficar com raiva. Beauvoir podia ter levado o carro dela, mas havia levado algo muito mais precioso de Ruth.

Eles ouviram a porta da livraria se fechar e olharam para ela, depois para fora da janela. Gabri caminhava rapidamente pela rua, sem casaco, gorro nem botas. Ele escorregou, mas se endireitou.

– Merda – disse Nichol, correndo escada abaixo –, para onde ele está indo?

– Para a igreja – disse Clara.

Ela vestiu o casaco e estava quase na porta quando Nichol agarrou seu braço.

– Ah, não, você não vai – disse Nichol.

Clara libertou o braço com um safanão tão repentino e violento que pegou Nichol de surpresa.

– Gabri é meu amigo, e eu não vou deixá-lo sozinho.

– Ele está fugindo – argumentou Nichol. – Olhe só para ele, morrendo de medo.

– Aquele era Gabri? – perguntou Olivier, atravessando depressa a porta de conexão com o bistrô.

– Ele está indo para a igreja – insistiu Clara. – Eu também vou.

– Eu também – afirmou Olivier.

– Não – disse Thérèse. – Você tem que cuidar do bistrô.

– Cuide você – disse ele, atirando um pano de prato nela e seguindo Clara porta afora.

UMA VEZ NO ALTO DA colina e dentro da floresta, os celulares de Francoeur e Tessier começaram a vibrar. Era como se tivessem atravessado uma membrana que separava um mundo do outro.

Francoeur parou no caminho e passou os olhos pelas mensagens.

As ordens dele tinham sido seguidas com rapidez e eficiência. A confusão que Gamache havia criado fora contida e arrumada.

– *Merde* – praguejou Tessier. – A gente achou que tinha pegado Gamache.

– Vocês perderam o homem?

– Ele jogou o celular e o rastreador fora.

– E os seus agentes demoraram esse tempo todo para notar?

– Não, eles perceberam faz meia hora, mas aquele maldito vilarejo não deixou as mensagens chegarem. Fora que...

– *Oui?*

– Eles pensaram que estavam seguindo o inspetor-chefe, mas ele colocou os rastreadores em um carro alegórico do desfile de Natal.

– Você está me dizendo que a elite da Sûreté seguiu o Papai Noel pelo centro de Montreal?

– O Papai Noel, não. A Branca de Neve.

– Meu Deus – disse Francoeur, bufando. – Mas não importa. Gamache está vindo até nós.

Antes de devolver o celular para o bolso, Francoeur viu uma curta mensagem, enviada a todos os departamentos quase meia hora antes, anunciando a demissão do inspetor-chefe. *Isso é a cara do Gamache*, pensou. *Achar que o mundo todo iria se importar.*

THÉRÈSE BRUNEL VIU UM DOS oficiais da Sûreté saindo da velha escola. Enquanto ela o observava, o agente perscrutou o vilarejo, depois foi até a casa de Émilie e a pousada. Cerca de um minuto depois, ele saiu e abriu as portas do carona do SUV.

A superintendente Brunel ouviu a porta bater e observou o agente olhar em volta, frustrado.

Ele perdeu alguma coisa, pensou Thérèse, e podia adivinhar o quê. Ou quem. Eles estavam atrás de Beauvoir. Então ele se virou para ela, seus olhos penetrantes apenas roçando os de Thérèse antes que ela se lançasse com força contra a parede.

– O que foi? – perguntou Jérôme.

– Ele está vindo para cá – disse ela, sacando a arma.

O AGENTE CAMINHOU EM DIREÇÃO à fileira de lojas. O bistrô, a livraria e a padaria. Talvez Beauvoir tivesse ido até uma delas para descansar. Ou desmaiar.

Aquilo seria moleza, o agente sabia.

Ele sentia a arma presa no cinto, mas sabia que o que seria ainda mais eficiente estava em seu bolso. O saquinho de comprimidos que Tessier lhe dera, cada um deles uma pequena bala no cérebro.

O outro agente estava tomando as providências finais na escola, e agora eles só precisavam de Beauvoir.

Mas o oficial hesitou. Alguns minutos antes, ele tinha visto uma mulher negra gorda e uma idosa de bengala caminharem até a igreja.

A mesma senhora que estava conversando com Beauvoir no banco.

Se Beauvoir tinha desaparecido, talvez ela soubesse onde ele estava.

Ele mudou a rota e se dirigiu à igreja.

ARMAND GAMACHE ESTACIONOU AO LADO da trilha que levava à floresta. A que ele e Gilles tinham aberto apenas alguns dias antes. Dava para ver que alguém tinha passado por ela recentemente.

Ele avançou pela trilha, mergulhando cada vez mais fundo na floresta. Em direção ao esconderijo de caça.

Ele viu Sylvain Francoeur primeiro, parado na base do pinheiro-branco. Então olhou para cima. De pé no velho esconderijo de madeira, ao lado da antena parabólica, estava Martin Tessier. O inspetor Tessier, da Divisão de Crimes Hediondos, estava prestes a cometer um crime muito hediondo. Ele segurava uma pistola automática apontada para o inspetor-chefe.

Gamache parou na trilha e se perguntou, por um segundo, se era assim que os cervos se sentiam. Ele olhou diretamente para Tessier e se virou de leve na direção do inspetor. Mostrando o peito ao atirador. Desafiando-o a puxar o gatilho.

Se havia um momento perfeito para aquela coisa maldita desabar, pensou Gamache, era aquele.

Mas o esconderijo se manteve de pé, e Tessier o manteve na mira.

Gamache desviou os olhos para Francoeur e estendeu os braços ao lado do corpo.

O superintendente gesticulou para Tessier, e o inspetor desceu a escada bamba às pressas e com facilidade.

O AGENTE ENTROU NA IGREJA e olhou em volta. Parecia vazia. Então ele viu a velha, ainda de sobretudo cinza e gorro. Ela estava sentada em um banco dos fundos. A grande mulher negra ocupava um dos bancos da frente.

Ele olhou para os cantos, porém não viu mais ninguém.

– Ei, senhora! – disse ele. – Quem mais está aqui?

– Se isso é com a Ruth, o senhor está perdendo o seu tempo – disse a mulher da frente, depois se levantou e sorriu. – Ela não fala francês.

Ela própria falava em um francês muito bom, embora com um leve sotaque.

O agente foi até o altar.

– Eu estou procurando o inspetor Beauvoir. A senhora o conhece?

– Conheço – respondeu ela. – Ele já esteve aqui antes, com o inspetor--chefe Gamache.

– Onde ele está agora?

– Beauvoir? Achei que ele estivesse com o senhor – disse Myrna.

– Por que eu iria...

Mas ele não conseguiu terminar a frase. O cano de uma Glock foi enterrado na base de seu crânio e uma mão treinada tirou sua arma do coldre.

Ele se virou. A velha de sobretudo e gorro de tricô apontava uma arma de serviço para ele.

E não era nada velha.

– Sûreté – disse a agente Nichol. – Você está preso.

JEAN GUY BEAUVOIR ESTAVA NA estrada, indo em direção a Montreal. Rosa estava sentada ao lado dele e não tinha emitido som algum. Nem parado de olhar para ele.

Mas Beauvoir mantinha os olhos voltados para a frente. Afastando-se cada vez mais do vilarejo. Ele não sabia o que Francoeur, Tessier e os outros haviam planejado nem queria saber.

Quando saíra de Three Pines, seu celular começara a apitar. Todas mensagens de Lacoste. Perguntando onde ele estava.

Beauvoir sabia o que aquilo significava. Significava que Gamache estava procurando por ele, provavelmente para terminar o que tinha começado no dia anterior. Mas então ele leu a última mensagem dela, enviada através do sistema.

Gamache havia se demitido. Ele estava fora da Sûreté.

Estava tudo acabado.

Ele olhou de soslaio para a pata. Por que cargas-d'água havia concordado em ficar com ela?

No entanto, tinha uma resposta para isso. Ele não havia concordado em ficar com ela, só não tivera energia nem força de vontade para lutar.

Beauvoir se perguntou, porém, por que Ruth havia lhe entregado a pata. Ele sabia quanto ela amava Rosa e quanto Rosa a amava.

Eu te amo, sussurrara Ruth para a pata.

Eu te amo. Porém, desta vez, a voz não pertencia à velha poeta demente, mas a Gamache. Na fábrica. Balas batendo com força no piso de concreto, nas paredes. *Pá, pá, pá*. As nuvens de poeira sufocantes e ofuscantes. Os ruídos ensurdecedores. Os gritos, os tiros.

E Gamache o arrastando até um lugar seguro e estancando o ferimento dele. Mesmo enquanto as balas atingiam o chão e as paredes ao redor.

O chefe havia olhado nos olhos dele, se inclinado, beijado sua testa e sussurrado: "Eu te amo."

Como Gamache fizera no dia anterior, quando pensara que Beauvoir estava prestes a atirar nele. Em vez de lutar, de revidar, como poderia ter feito, dissera: *Eu te amo.*

Jean Guy Beauvoir soube então que ele e Rosa não tinham sido abandonados. Eles haviam sido salvos.

QUARENTA E UM

– E agora? – perguntou Gabri.

Ele, Olivier e Clara tinham surgido de trás do altar, de onde haviam assistido à cena. Clara e Olivier seguravam um castiçal simples cada um, e Gabri carregava o crucifixo, pronto para bater na cabeça do atirador se ele se livrasse de Nichol e Myrna.

Mas não havia necessidade. O atirador agora estava amordaçado e algemado em um dos compridos bancos de madeira.

– Tem mais um – disse Myrna. – Na escola.

– E os outros dois que entraram no bosque – lembrou Clara.

Ela olhou para as armas nas mãos de Myrna e Nichol. Eram assustadoras e repulsivas – e Clara queria uma.

– Então, o que a gente faz? – perguntou Gabri a Nichol, que conseguia parecer à frente da situação e fora de controle, tudo ao mesmo tempo.

Martin Tessier tirou o casaco de Gamache e pegou a arma dele, deixando-o só de camisa.

Em seguida, entregou a arma na mão estendida de Francoeur.

– Cadê Beauvoir? – exigiu saber Gamache.

– Ele está no vilarejo com os outros – respondeu Tessier. – Trabalhando.

– Deixem ele em paz. Sou eu quem vocês querem.

Francoeur sorriu.

– "Sou eu quem vocês querem", como se tudo isso começasse e terminasse com o grande Armand Gamache. Você não entendeu mesmo o que está acontecendo, não é? Você até divulgou a sua demissão, como se ela fosse importante. Como se a gente ligasse.

– E não ligam? – perguntou Gamache. – Têm certeza?

– Absoluta – respondeu Tessier, apontando a arma para o peito do inspetor-chefe.

Gamache o ignorou e continuou observando Francoeur.

O celular vibrou mais uma vez, e o superintendente checou as mensagens.

– A gente pegou Isabelle Lacoste e a família dela. E Villeneuve e a vizinha. Você é como uma praga, Armand. Todo mundo de quem se aproxima ou está morto ou vai morrer em breve. Inclusive Beauvoir. Ele vai ser encontrado no meio dos destroços da escola, tentando desarmar a bomba que você conectou a todos aqueles computadores.

Gamache olhou de Francoeur para Tessier e, de novo, para o superintendente.

– Você está tentando decidir se acredita em mim ou não – disse Francoeur.

– Pelo amor de Deus – falou Tessier. – Vamos acabar logo com isso.

Francoeur se voltou para seu braço direito.

– Tem razão. Tire aquela antena parabólica lá de cima. Eu vou terminar isso aqui. Venha comigo, Armand. Eu vou te deixar ir na frente, só para variar.

Francoeur apontou para o caminho e Gamache começou a andar, escorregando de leve na neve. Era a trilha que ele e Nichol haviam aberto quando tinham arrastado o cabo através do bosque, de volta para Three Pines. Era, na verdade, um atalho para a antiga escola.

– Eles ainda estão vivos? – perguntou Gamache.

– Sinceramente, não sei – respondeu Francoeur.

– E Beauvoir? Ele ainda está vivo?

– Bom, eu ainda não ouvi uma explosão, então sim. Por enquanto.

Gamache deu mais alguns passos.

– E a ponte? Você já não deveria ter notícias dela a esta altura? – perguntou Gamache, respirando ruidosamente e agarrando um galho para se equilibrar. – Tem algo errado, Sylvain. Você está sentindo.

– Pare – ordenou Francoeur, e Gamache obedeceu.

Ele se virou e viu o superintendente pegar o celular, mexer no aparelho e então abrir um sorriso largo.

– Está feito.

– O que está feito?

– A ponte desabou.

Na Igreja de St. Thomas, a comemoração durou pouco.

– Olhem – disse Myrna.

Ela e Clara espiavam pelo vitral.

O outro atirador tinha saído da antiga escola. Estava de costas para eles e parecia mexer na maçaneta.

Trancando a porta?, se perguntou Clara.

Então, de pé nos degraus da entrada, ele olhou em volta, como seu colega havia feito alguns minutos antes.

– Ele está procurando esse aí – disse Olivier, apontando para o prisioneiro algemado, amordaçado e aos cuidados de Nichol.

Enquanto eles observavam, o atirador foi até a van, jogou uma grande sacola de lona na parte de trás do carro e bateu a porta com força. Depois inspecionou o vilarejo de novo. Perplexo.

Nessa hora, Thérèse Brunel saiu da livraria. Ela vestia um casaco pesado e estava com um gorro imenso cobrindo os cabelos e a testa. Seus braços estavam cheios de livros, e ela caminhou devagar até o agente da Sûreté, como que debilitada.

– O que ela está fazendo? – perguntou Clara.

– *Twas in the moon of wintertime* – cantou Gabri bem alto, e todos se viraram para olhá-lo. – *When all the birds had fled.*

O atirador se voltou para o canto vindo da igreja.

Aquele vilarejo lhe dava arrepios. Era tão bonito e, no entanto, estava deserto. Havia uma atmosfera de ameaça naquele lugar. Quanto antes encontrasse Beauvoir e seu parceiro para dar o fora dali, melhor.

Ele começou a caminhar em direção à igreja. Claramente, havia pessoas lá. Pessoas que, com alguma persuasão, poderiam lhe dizer onde estava Beauvoir. Onde estava seu colega. Onde estava todo mundo.

Uma velha com alguns livros caminhava na direção dele, mas ele a ignorou e seguiu em direção à pequena capela de ripas de madeira na colina.

O atirador seguiu a música e subiu os degraus.

Ele não percebeu que a mulher com os livros também tinha mudado de direção e agora ia atrás dele.

Ele abriu a porta e olhou para dentro. Na frente da igreja, um bando de gente cantava em um semicírculo.

Sentada num banco mais para o fundo havia uma velha de sobretudo. A cantoria parou, e o homem grande que parecia liderar o coro acenou para ele.

– Feche a porta! – gritou ele. – O senhor está deixando o ar frio entrar!

Mas o atirador não se mexeu. Ficou na soleira, assimilando a cena. Havia algo errado. Todos olhavam para ele de um jeito estranho, exceto pela mulher curvada, ainda de gorro. Ela não tinha se virado.

Ele estendeu a mão para pegar a arma.

– Sûreté.

Ele ouviu a palavra. Ouviu o clique metálico. Sentiu o cano na base do crânio. Ouviu os livros caírem e os viu espalhados a seus pés.

– Levante as mãos onde eu possa vê-las.

Ele obedeceu.

O agente se virou e viu a velha que o havia seguido. Os livros que ela carregava tinham sido substituídos por uma arma de serviço. Era a superintendente Thérèse Brunel.

Ela apontava a arma para ele e falava sério.

– A ponte desabou? – perguntou Gamache, olhando boquiaberto para Francoeur.

– Bem na hora certa – respondeu o superintendente.

Uma voz flutuou até eles vinda do vilarejo logo abaixo, cantando uma antiga canção de Natal quebequense. Parecia um lamento.

– Eu não acredito – disse Gamache. – Você está mentindo.

– Você quer uma prova?

– Ligue para Renard. Para o primeiro-ministro. Confirme com ele – disse Gamache.

– Com prazer. Tenho certeza de que ele também vai querer dar uma palavrinha com você.

Francoeur apertou um botão no celular. Gamache ouviu o telefone chamar. E chamar.

Mas ninguém atendeu.

– Ele deve estar ocupado – comentou Gamache.

Francoeur lançou a ele um olhar cortante e tentou outro número. O de Lambert, na Divisão de Crimes Cibernéticos.

O telefone chamou e chamou.

– Nada? – perguntou Gamache.

Francoeur baixou o telefone.

– O que você fez, Armand?

– "Lacoste sob custódia. Família detida" – recitou Gamache. – Alguns minutos depois, você recebeu outra mensagem: "Villeneuve ofereceu resistência, mas não mais."

O rosto de Francoeur ficou tenso.

– Você não achou mesmo que eu ia deixar o meu departamento ser destruído, não é? – perguntou Gamache, os olhos penetrantes, a voz dura e a raiva aumentando. – Todos aqueles agentes que pediram demissão. Todos os que solicitaram transferências. Para a Sûreté inteira.

Ele falou devagar, para que cada palavra tivesse o impacto desejado.

– Para a Divisão de Trânsito. De Crimes Hediondos. De Segurança Pública. De Resposta a Emergências. De Crimes Cibernéticos.

Ele fez uma pausa para se certificar de que Francoeur o acompanhava, antes de dar o golpe final.

– Para fazer a segurança dos funcionários públicos. A equipe que cuida do primeiro-ministro. Você mesmo desmantelou a minha divisão e espalhou os meus agentes por todas as outras. Meus agentes, Sylvain. Meus. Nunca seus. Eu não fiz nada porque isso servia aos meus propósitos. O seu plano avançava, mas o meu também.

Francoeur ficou branco como a neve.

– O meu pessoal tomou essas divisões e prendeu os agentes leais a você. O primeiro-ministro está sob nossa custódia, junto com a equipe dele. Um verdadeiro motim. – Gamache sorriu. – O anúncio da minha demissão foi o sinal para que os meus oficiais entrassem em ação. Eu precisava esperar até saber o que você tinha planejado e conseguir reunir as provas. Os seus telefonemas não foram atendidos porque não tem ninguém lá. E as mensagens que você recebeu? Sobre a ponte? Sobre as pessoas capturadas? Todas enviadas pela inspetora Lacoste. A ponte está intacta.

– Impossível.

Francoeur voltou a fitar o dispositivo, só uma olhadela para baixo, mas foi o suficiente.

Gamache avançou.

JEAN GUY BEAUVOIR ESTACIONOU ATRÁS do Volvo de Gamache. Ele abriu uma fresta na janela, para deixar entrar um pouco de ar para Rosa, depois saiu.

Então ficou parado na estrada, sem saber para onde ir. Havia pensado em seguir direto para Three Pines. Agora sabia o que era aquele equipamento que tinha visto na van. Provavelmente, soubera o tempo todo. Eram explosivos. Detonadores. E disparadores.

Eles estavam prendendo os fios na porta da escola. Quando ela fosse aberta, os explosivos seriam detonados.

O plano dele era ir até o vilarejo para deter os agentes, mas a visão daquele carro conhecido o deixou inseguro.

Ele olhou para o chão, para a trilha recém-aberta que dava no bosque, e a seguiu.

GAMACHE SE ATIROU CONTRA FRANCOEUR, tentando pegar a arma dele, mas ela voou da mão do superintendente e afundou na neve.

Os dois homens caíram com força no chão. Gamache levou o antebraço ao pescoço de Francoeur, apoiando-se nele para tentar imobilizá-lo. Francoeur contra-atacou com chutes e socos. Ao tentar pegar a arma, ele agarrou algo duro e o brandiu com toda a força, atingindo Gamache na lateral da cabeça.

O inspetor caiu de lado, atordoado com o golpe da pedra. Aos trancos, Francoeur se ajoelhou e agarrou seu próprio casaco, tentando abri-lo. Tentando pegar a Glock no cinto.

– Tessier?

A voz de Beauvoir surpreendeu Martin Tessier enquanto ele descia a escada. A antena parabólica estava no chão onde ele a havia jogado da plataforma, e Jean Guy Beauvoir, ao lado dela.

– Beauvoir – disse Tessier, recuperando-se e pegando a arma enquanto descia o último degrau, de costas para o outro agente. – A gente estava te procurando.

Mas ele não foi além. A arma de Beauvoir pressionou seu pescoço.

– Cadê o Gamache? – sussurrou ele no ouvido de Tessier.

Gamache viu Francoeur tirar a arma do coldre. Então pulou em cima dele antes que o superintendente pudesse mirar, derrubando-o no chão. Mas a arma continuou na mão de Francoeur.

Agora os dois lutavam por ela, trocando socos e se debatendo.

Francoeur segurava a arma e Gamache segurava o superintendente, agarrando-o com ambas as mãos, mas por estar molhado de neve, ele o sentia escorregar.

Beauvoir deu um empurrão feroz em Tessier e pressionou o rosto dele contra a casca da árvore.

– Cadê o Gamache? – repetiu Beauvoir. – Ele sabe que vocês planejam explodir a escola?

Tessier assentiu, sentindo a pele da bochecha raspar na casca da árvore.

– Ele acha que você está na escola.

– Por que ele acha isso?

– Porque a gente achou.

– Vocês iam me matar?

– Você e a maioria das pessoas do vilarejo, quando aquela bomba explodir.

– O que vocês disseram para o Gamache?

– Que a escola está cheia de explosivos e que você está lá dentro – respondeu Tessier.

Beauvoir o virou e o encarou, tentando descobrir a verdade.

– Ele sabe que a bomba vai ser acionada pela porta? – exigiu saber Beauvoir.

Tessier balançou a cabeça.

– Mas não importa. Ele não vai nem chegar lá. Francoeur está dando um jeito nele no bosque.

GAMACHE SENTIA AS MÃOS ESCORREGANDO. Então soltou Francoeur e golpeou seu nariz. Sentiu o estalar e viu o sangue começar a jorrar. Francoeur uivou de dor e ergueu o corpo com tudo, lançando Gamache de lado na neve.

Ele se virou no instante em que Francoeur se ajoelhou. Gamache viu algo escuro na neve. Podia ser uma pedra ou um galho. Ou a coronha de uma arma. Ele rolou em direção a ela. E rolou mais uma vez, levantando o olhar bem a tempo de ver Francoeur erguer sua arma e mirar.

E Armand Gamache atirou. E atirou. E atirou de novo.

Até que o superintendente-chefe Sylvain Francoeur caísse de lado com o rosto inexpressivo.

Morto.

Gamache se levantou e, sem perder mais tempo com Francoeur, correu.

BEAUVOIR OUVIU OS DISPAROS RÁPIDOS. Uma Glock.

– Isso aí foi o Gamache – disse Tessier. – Morto.

Beauvoir virou a cabeça em direção ao som, e Tessier pulou para cima dele, tentando pegar a arma.

Beauvoir puxou o gatilho. E viu Tessier cair.

Depois correu. E correu. Floresta adentro. Em direção ao que agora era silêncio.

GAMACHE CORRIA COMO SE FOSSE perseguido pelas Fúrias. Como se a floresta pegasse fogo. Como se o diabo estivesse atrás dele.

Corria pelo bosque, por entre as árvores, tropeçando em troncos caídos. Mas se levantava e corria. Em direção à escola. Aos explosivos. A Jean Guy.

Beauvoir viu um corpo de bruços na neve e correu até ele, caindo de joelhos.

Ah, não, não, não.

Ele o virou.

Francoeur. Morto.

Ele se levantou e olhou em volta, desesperado. Então se forçou a se acalmar. A escutar. Quando o silêncio da floresta se instalou, ele ouviu. Lá na frente. Alguém correndo. Para longe. Em direção a Three Pines.

Em direção à escola.

Beauvoir disparou. Correndo. Gritando. Gritando. Correndo.

– Pare! Pare! – berrava ele.

Mas o homem à frente não ouvia. Não parava.

Ele correu o mais rápido que pôde, mas havia uma grande distância entre eles. Gamache chegaria à escola. Acreditando que Beauvoir estava lá dentro. Acreditando que Beauvoir estava em perigo.

Gamache subiria os degraus de dois em dois, abriria a porta e...

– Pare! Pare! – gritava Beauvoir.

Então ele soltou um guincho, um grito agudo. Não palavras, só um som. Todo o seu medo, a sua raiva, tudo o que lhe restava, ele colocou naquele uivo.

Mas, ainda assim, o chefe corria, como que perseguido por demônios.

Beauvoir parou, cambaleando. Soluçando.

– Não. Pare.

Ele não o alcançaria. Não o deteria. A menos que...

Isabelle Lacoste se ajoelhou ao lado de Tessier, mas deu um salto ao ouvir aquele som terrível. Ela nunca tinha ouvido nada parecido. Era como se algo estivesse se quebrando, sendo dilacerado. Ela correu em direção ao som, seguindo o grito diabólico floresta adentro.

Armand Gamache ouviu o tiro. Viu a casca da árvore voar à sua frente. Mas ainda assim correu e correu. Sem desviar. Com o máximo de rapidez e precisão.

Direto para a escola.

Ele a via agora, vermelha entre o cinza e branco da floresta.

Outro tiro atingiu a neve ao lado dele, mas ainda assim ele correu. Tessier devia ter encontrado Francoeur e agora tentava detê-lo. Mas Gamache não seria detido.

A MÃO DE JEAN GUY tremeu e a arma oscilou, enviando os tiros para longe do alvo. Ele estava mirando nas pernas do chefe. Torcendo, rezando, para atingi-lo de raspão. O suficiente para derrubá-lo. Mas não estava funcionando.

– Pare, por favor, pare.

A visão de Beauvoir estava turva. Ele esfregou a manga da camisa no rosto, depois inclinou a cabeça para trás por um momento e olhou através dos galhos desfolhados. Para o céu azul.

– Ah, por favor...

Gamache estava quase fora do bosque. Quase na escola.

Beauvoir fechou os olhos por um breve instante.

– Por favor – implorou ele.

Ele ergueu a arma de novo. As mãos firmes agora. A arma estável. A mira precisa. Já não mais nas pernas de Gamache.

– PARE! – gritou LACOSTE, a arma apontada para as costas de Beauvoir.

Mais adiante, ela viu o inspetor-chefe Gamache correndo pelo bosque em direção a Three Pines. E Jean Guy Beauvoir prestes a abatê-lo.

– Largue a arma! – ordenou ela.

– Não, Isabelle! – gritou Beauvoir. – Eu preciso!

Lacoste se preparou e mirou. Dali, seria impossível errar. Mas ainda assim ela hesitava.

Havia algo na voz dele. Não um clamor, não uma súplica, não loucura.

A voz de Beauvoir estava forte e segura. Sua voz antiga.

Ela não tinha dúvidas sobre o que ele pretendia fazer. Jean Guy Beauvoir iria atirar em Armand Gamache.

– Por favor, Isabelle! – gritou Beauvoir, de costas para ela, com a arma erguida.

Lacoste se firmou. Firmou a arma com ambas as mãos. Seu dedo pressionou o gatilho.

BEAUVOIR ESTAVA COM GAMACHE NA mira.

O chefe estava na linha das árvores, a poucos passos da escola.

Beauvoir inspirou fundo. Expirou fundo.

E apertou o gatilho.

GAMACHE QUASE PODIA TOCAR A escola agora. Os tiros haviam parado.

Ele iria conseguir, sabia disso. Ele tiraria Jean Guy de lá.

Tinha acabado de passar pelas árvores quando a bala o atingiu. A força o levantou do chão e o fez girar. Um instante antes de bater no chão, na fração de segundo antes de o mundo desaparecer, ele encontrou os olhos do homem que havia atirado nele.

Jean Guy Beauvoir.

Então Armand Gamache caiu, os braços e pernas abertos, como se fizesse um anjo na neve brilhante.

QUARENTA E DOIS

Em Three Pines, a Igreja de St. Thomas estava em silêncio. Havia apenas um leve farfalhar de papéis enquanto os convidados liam o programa da missa. Quatro monges entraram de cabeça baixa e formaram um semicírculo na frente do altar.

Houve uma pausa e, depois, eles começaram a cantar. As vozes misturando-se, unindo-se. Rodopiando no ar. E, então, tornando-se uma só. Era como ouvir uma das pinturas de Clara. Com cores, redemoinhos e aquele jogo de luz e sombra. Tudo se movendo ao redor de um centro de calma.

Um canto gregoriano simples, em uma igreja simples.

A única decoração na St. Thomas era um vitral com soldados para sempre jovens. A janela ficava posicionada de modo a captar a luz matinal, a luz mais jovem.

Jean Guy Beauvoir baixou a cabeça, pesada devido à solenidade do momento. Então, atrás de si, ouviu uma porta se abrir, e todos ficaram de pé.

O cântico terminou e houve um instante de silêncio antes que outra voz se fizesse ouvir. Beauvoir não precisava olhar para saber quem era.

Gabri estava na frente da igreja, olhando para a nave, para além dos bancos de madeira, cantando em sua límpida voz de tenor:

Toque os sinos que ainda puder tocar
Ofereça o que tiver para ofertar

Em volta de Beauvoir, a congregação se juntou ao coro. Ele ouviu a voz de Clara. De Olivier e de Myrna. Conseguiu distinguir até mesmo a voz fraca, aguda e firme de Ruth. A voz de um soldado. Insegura mas inexorável.

Jean Guy, no entanto, não tinha voz. Seus lábios se mexiam, mas nenhum som saía deles. Ele olhou para a igreja e esperou.

Há uma fresta em todo lugar
É o que deixa a luz entrar

Ele viu madame Gamache primeiro, caminhando devagar. E, ao lado dela, Annie. Radiante em seu vestido de noiva. Avançando pela nave de braço dado com a mãe.

E Jean Guy Beauvoir começou a chorar. De alegria, de alívio. De tristeza por tudo o que havia acontecido. Por toda a dor que tinha causado. Ali, na luz matinal dos garotos que jamais voltariam para casa, Beauvoir chorou.

Ele sentiu um cutucão no braço e viu um lenço de linho que lhe era oferecido. Beauvoir o pegou e encarou os olhos castanho-escuros do padrinho.

– O senhor vai precisar – disse Jean Guy, devolvendo o lenço.

– Eu tenho outro.

Armand Gamache tirou outro lenço do bolso do paletó e enxugou os olhos.

Os dois ficaram lado a lado, de frente para a capela lotada, chorando e assistindo a Annie e sua mãe avançarem pela nave. Annie Gamache estava prestes a se casar com seu primeiro, e último, amor.

– *Agora já não haverá mais solidão* – disse o pastor, e deu sua bênção final ao casal. Então continuou:

Vão agora para a sua morada começar
os dias da sua união.
E que seus dias sejam bons e longos sobre a terra.

A festa na ensolarada praça do vilarejo começou no meio de uma manhã do início de julho e foi até tarde da noite. Acenderam uma fogueira, soltaram fogos de artifício, prepararam um churrasco, e todos os convidados levaram saladas, sobremesas, patês e queijos. Pães frescos. Cerveja, vinho e *pink lemonade*.

Quando a primeira música começou, Armand, de fraque, entregou a bengala a Clara e mancou devagar até o centro do círculo de convidados, no centro da praça, no centro do vilarejo, e estendeu a mão.

Ela estava firme, sem tremer, quando Annie a cobriu com a sua. Ele se inclinou e beijou a mão da filha. Então a abraçou, e eles dançaram. Devagar. Sob a sombra dos três imensos pinheiros.

– Você tem certeza de que sabe o que está assumindo? – perguntou ele.

– A mamãe sabia? – respondeu sua filha com uma risada.

– Bom, ela teve sorte. Por acaso eu sou perfeito – disse Gamache.

– Que pena. Ouvi dizer que as coisas são mais fortes no ponto em que estão quebradas – disse ela enquanto o pai a conduzia devagar pela praça do vilarejo, e descansou a cabeça em seu ombro forte.

O lugar que ele reservava para as pessoas que amava.

Ao dançar, eles passaram por Gabri e Olivier, Myrna e Clara, pelos donos das lojas e moradores. Por Isabelle Lacoste com sua família e os Brunels, ao lado da agente Yvette Nichol.

Eles sorriram e acenaram enquanto Armand e a filha dançavam. Do outro lado da praça, Jean Guy e Reine-Marie também dançavam, passando por Daniel e Roslyn e pelas netas de Gamache, que faziam carinho em Henri.

– Você sabe como a gente está feliz – disse Reine-Marie.

– Estão mesmo?

Ele ainda precisava ser reconfortado.

– Ninguém é perfeito – murmurou ela.

– Eu tentei matar o seu marido – disse Jean Guy.

– Não. Você tentou salvá-lo, detê-lo. E fez isso. Tenho uma dívida eterna com você.

Eles dançaram em silêncio enquanto pensavam naquele momento. Em que Jean Guy havia se deparado com uma escolha.

Continuar atirando nas pernas de Gamache e errando. Ou levantar a arma e mirar nas costas dele. Um tiro que poderia matar justamente o homem que ele tentava salvar. Porém não atirar significaria a morte certa do chefe. Ele ia explodir assim que alcançasse a porta da escola. Acreditando que estava salvando Jean Guy.

Tinha sido uma escolha terrível, terrível.

Assim como a de Isabelle Lacoste.

Ela havia seguido sua intuição e baixado a arma. E visto, horrorizada, Beauvoir atirar e o chefe cair.

A única coisa que salvara Gamache fora a presença de Jérôme Brunel, o ex-médico de PS. Ele saíra correndo da igreja enquanto os outros ligavam para a emergência.

Reine-Marie se perguntara, enquanto seu novo genro a conduzia pela ensolarada praça do vilarejo, o que teria feito. Ela teria dado o tiro, sabendo que quase com certeza mataria o homem que amava?

No entanto, não atirar o condenaria.

Ela conseguiria viver consigo mesma qualquer que fosse a escolha?

Quando ouvira a história, soubera que, se Jean Guy fosse para a reabilitação e Annie ainda o quisesse, se consideraria abençoada por ter um homem assim em sua família. E, agora, em seus braços.

Annie estava em segurança com ele. Reine-Marie sabia disso como poucas mães jamais souberam.

– Vamos? – perguntou Jean Guy, e indicou o outro casal, dançando mais perto.

– *Oui* – disse Reine-Marie, e liberou Beauvoir.

Um instante depois, Gamache sentiu um toque no ombro.

– Posso? – perguntou Jean Guy, e o sogro deu um passo para o lado, curvando-se de leve.

Beauvoir olhou para Annie com tanta ternura que Gamache sentiu seu próprio coração dar um salto, surpreendido pela alegria.

Então Jean Guy se virou e tomou Gamache nos braços, enquanto Reine-Marie dançava com Annie.

Ouviu-se uma onda de risadas e aplausos dos convidados. Gabri e Olivier foram os primeiros a se juntar a eles, seguidos pelo vilarejo inteiro. Até Ruth, com Rosa nos braços, dançou com Billy Williams, ambos sussurrando doces palavrões no ouvido um do outro.

– Tem alguma coisa que você precise me dizer, rapaz? – perguntou Gamache, ao sentir a mão forte de Jean Guy em suas costas.

Beauvoir riu, depois fez uma pausa antes de falar:

– Eu queria dizer que sinto muito.

– Por atirar em mim? – perguntou Gamache. – Eu te perdoo. Só não faça isso de novo.

– Bom, por isso também. Mas quero dizer que sinto muito que o senhor tenha se aposentado da Sûreté.

– Quando oficiais seniores começam a atirar uns nos outros, está na hora de partir – declarou Gamache. – Isso deve estar em algum regulamento.

Beauvoir riu. Ele sentia o homem mais velho se apoiar nele, um pouco cansado e ainda inseguro sem a bengala. Permitindo que Jean Guy carregasse seu peso. Confiando que não o deixaria cair.

– Foi estranho ver madame Gamache conduzindo Annie pela igreja? – perguntou Beauvoir.

– É para chamá-la de Reine-Marie – disse Gamache. – Por favor. A gente já te pediu isso.

– Vou tentar.

Era difícil quebrar um hábito de anos, assim como ele achava quase impossível chamar o inspetor-chefe de Armand. Mas um dia, quem sabe, quando as crianças nascessem, conseguiria chamá-lo de "vovô".

– Eu levei Annie até o altar no primeiro casamento – disse Armand. – Era justo que a mãe dela fizesse isso desta vez. No próximo eu vou de novo.

– Seu miserável – sussurrou Beauvoir.

Ele abraçava o chefe e pensava no instante em que apertara o gatilho e vira Gamache voar na floresta com a força do tiro. Ele havia baixado a arma e corrido, corrido e corrido. Em direção ao homem debruçado e à mancha vermelha que se espalhava pela neve, como asas.

– Partiu meu coração, sabia? – sussurrou Beauvoir, resistindo à vontade de apoiar a cabeça no ombro do sogro. – Atirar no senhor.

– Eu sei – disse Gamache baixinho. – E partiu meu coração te deixar para trás naquela fábrica.

Eles ficaram em silêncio por alguns passos antes de Gamache falar de novo:

– Realmente, há uma fresta em todo lugar.

– É.

À meia-noite, Armand e Reine-Marie estavam sentados na varanda da casa de Émilie. Eles observavam a silhueta de Annie e Jean Guy contra a luz da fogueira na praça do vilarejo, balançando nos braços um do outro ao som da música suave.

Clara e Myrna tinham se juntado a Armand e Reine-Marie na varanda. Daniel, Roslyn e as netas dormiam no andar de cima, e Henri estava enroscado aos pés de Reine-Marie.

Ninguém falava.

Gamache levara vários meses para se recuperar e poder deixar o hospital. Enquanto ele estava lá, Jean Guy voltara para a reabilitação.

Houve um inquérito sobre o plano de derrubar a ponte, é claro, e uma Comissão Real foi formada para investigar a corrupção.

Arnot, Francoeur e Tessier estavam mortos. Georges Renard estava no RDD aguardando julgamento, junto com todos os outros que haviam tramado e conspirado. Pelo menos os que eles tinham pegado até então.

Isabelle Lacoste era a inspetora-chefe interina da Homicídios e logo seria confirmada no cargo. Jean Guy trabalhava meio período e continuava se recuperando de seu vício, como faria pelo resto da vida.

Thérèse Brunel era a superintendente-chefe interina. Eles tinham oferecido o cargo a Gamache, mas ele recusara. Podia até se recuperar fisicamente, mas não tinha certeza de que conseguiria se recuperar de outras maneiras. E sabia que Reine-Marie não conseguiria.

Era a vez de outra pessoa agora.

Quando chegara a hora de resolver o que fazer em seguida, a decisão fora fácil. Eles compraram a casa de Émilie Longpré na praça de Three Pines.

Armand e Reine-Marie Gamache tinham voltado para casa.

Ele segurava a mão dela agora, acariciando-a com o polegar, enquanto um único violinista tocava uma melodia suave e conhecida, e Gamache soube que ele estava bem onde estava.

Reine-Marie segurou a mão do marido, observou a filha e o genro na praça do vilarejo e pensou sobre a conversa com Jean Guy enquanto eles dançavam. Ele tinha dito a ela quanto sentiria a falta de Armand. Quanto a Sûreté sentiria a falta dele.

– Mas todo mundo entende a decisão dele de se aposentar – afirmara rapidamente Jean Guy, tranquilizando-a. – Ele merece descansar.

Ela dera risada, e Jean Guy havia se afastado para examiná-la.

– O que foi isso? – perguntara ele.

– Armand nasceu para fazer o que fazia. Ele pode até se aposentar, mas não vai parar.

– Sério? – perguntara Jean Guy, não exatamente convencido. – Porque o chefe parece bem certo disso.

– Ele ainda não sabe.

– E a senhora? Ficaria bem se ele quisesse voltar para a Sûreté algum dia? Se a senhora disser não, ele vai escutar.

A expressão dela dissera a Jean Guy que ele não era o único a enfrentar uma escolha terrível.

E agora Reine-Marie segurava a mão do marido e o via observar Jean Guy e Annie dançarem.

– No que você está pensando, *mon beau*? – perguntou ela.

– *Agora, já não haverá mais solidão* – disse ele, e encontrou os olhos dela. – *Vão agora para a sua morada começar os dias da sua união.*

Quando devolvera Beauvoir para Annie, no meio da primeira dança, Armand vira algo nos olhos de Jean Guy. Para além da felicidade, da inteligência aguçada e até do sofrimento, vira algo luminoso. Uma centelha. Um brilho.

E que seus dias sejam bons e longos sobre a terra.

NOTA DA AUTORA

Fui criada no Canadá ouvindo as histórias das famosas Quíntuplas Dionne, nascidas em Callander, Ontário, em 1934. Elas foram um fenômeno. Muitos leitores devem tê-las reconhecido nas minhas Quíntuplas Ouellet, e a verdade é que as fictícias Ouellets certamente foram inspiradas nas Dionnes. Mas ao fazer minha pesquisa para *A luz entre as frestas*, tive o cuidado de não mergulhar na vida real das Quíntuplas Dionne. Senti que isso seria uma intromissão e algo limitante demais para mim. Sinceramente, eu não queria saber como tinha sido a vida delas. Isso me deixou livre para criar a vida que eu quisesse e precisasse para as *minhas* quíntuplas.

Há claras semelhanças – como poderia não haver? Mas as Ouellets são fictícias, e suas lutas não são reais. As Dionnes são reais. O fato de ambas as famílias serem quíntuplas é onde a semelhança acaba. Senti que devia a você e, certamente, às Quíntuplas Dionne vivas, esse esclarecimento. Elas foram uma inspiração maravilhosa.

AGRADECIMENTOS

Como todos os meus livros, *A luz entre as frestas* não teria sido escrito sem a ajuda e o apoio de Michael, meu marido. Sem Michael, nada de livros. É simples e é verdade, e vou ser grata a ele pelo resto desta vida e pela próxima.

Na verdade, várias pessoas me ajudaram com este livro um tanto complexo. Minha amiga Susan McKenzie e eu passamos dois dias no hotel Hovey Manor, ao lado de um lago, no Quebec, em uma clássica "reunião de pauta" jornalística... debatendo ideias, pensamentos e conexões. Lançando ideias, algumas malucas, outras sensatas e seguras demais. Recolhendo-as, examinando cada uma, extraindo as melhores partes e aprofundando-as. Quando você encontra alguém bom nisso, é um processo mágico. Mas que exige ser criativo e construtivo. Procurar não as falhas, mas aquela joia escondida, reconhecer um passo para uma ideia melhor. Exige ser um ouvinte ativo e respeitoso. Susan é tudo isso. Formamos uma equipe incrível, e ela ajudou a tornar este livro muito melhor.

Também recebi ajuda de Cassie Galante, Jeanne-Marie Hudson, Paul Hochman e Denis Dufour com várias das questões técnicas. *Merci, mille fois*.

Lise Page, minha assistente, é inestimável. Ela é uma leitora beta, uma líder de torcida constante, uma colega de trabalho incansável e uma alma criativa. Sei que meus livros e minha carreira não estariam onde estão sem Lise – e com certeza não seriam tão divertidos!

Meu irmão Doug também é um leitor beta, um crítico gentil e um apoiador maravilhoso. Sabe, depois de um tempo em uma carreira repleta de bênçãos, é difícil continuar ligando para os amigos com mais e mais notícias boas. Sei, sem sombra de dúvida, que eles estão felizes por mim, mas isso poderia resvalar em algo que talvez pareça (ou seja mesmo) ostentação. Porém, ainda assim, quando coisas incríveis acontecem, quero falar sobre elas. É para Doug que ligo. Um homem sempre feliz por mim (ou carinhoso o suficiente para não me mandar calar a boca e dar o fora).

Linda Lyall gerencia meu site e minha newsletter, dedicando longas horas a se certificar de que a face pública da série faça jus a Gamache e cia. Obrigada, Linda!

Minhas agentes, Teresa Chris e Patricia Moosbrugger, conduziram os livros de Gamache pelo terreno por vezes pedregoso e profundamente imprevisível do mundo editorial. Elas foram seguras e corajosas e escolheram suas batalhas com muita sabedoria... o que permitiu que eu me concentrasse no meu único trabalho real: escrever um livro do qual me orgulhasse.

Eu não tenho filhos. Esses livros não são triviais para mim. Não são um passatempo, nem minha galinha dos ovos de ouro. São meu sonho tornando-se realidade. Meu legado. Minha prole. São preciosos para mim, e eu os coloquei nas mãos das pessoas incríveis da Minotaur Books e da St. Martin's Press. Hope Dellon, editora e amiga de longa data, nunca falha em tornar os livros muito melhores. Andrew Martin, o publisher, que pegou um livrinho minúsculo ambientado em um vilarejo do Quebec e o colocou na lista do *The New York Times*. Sarah Melnyk, minha assessora de imprensa na Minotaur, que conhece os livros, me conhece e tem sido uma promotora feroz e eficiente do inspetor-chefe Gamache.

Obrigada!

E obrigada a vocês, Jamie Broadhurst, Dan Wagstaff e ao pessoal da Raincoast Books no Canadá, que colocaram Gamache na lista dos mais vendidos no meu próprio país. É tão emocionante!

Obrigada a David Shelley, publisher da Little, Brown UK, por assumir a série. Sei que os livros estão em boas mãos com ele.

Finalmente, gostaria de agradecer a Leonard Cohen. O título deste livro se baseia em um excerto do poema/música "Anthem":

Toque os sinos que ainda puder tocar
Ofereça o que tiver para ofertar
Há uma fresta em todo lugar
É o que deixa a luz entrar

Citei essa estrofe pela primeira vez no meu segundo livro. Quando o contatei para pedir permissão e descobrir o que teria que pagar por ela, ele retornou por meio de seu agente para dizer que me daria o trecho de graça.

De graça.

Eu desembolsei quantias generosas por outros excertos de poemas, e com razão. Esperava pagar por este, principalmente considerando-se que, na época, em 2005, Cohen havia acabado de ter as economias roubadas por um membro de confiança de sua equipe.

Em vez de me pedir milhares de dólares, ele não me pediu nada.

Eu não consigo imaginar a luz que inundava esse homem.

E agora você está segurando o que eu tenho a ofertar. Esta oferenda imperfeita foi escrita com muito amor, gratidão e consciência de como sou sortuda.

Leia um trecho de

O LONGO CAMINHO PARA CASA

o próximo caso de Armand Gamache

UM

AO SE APROXIMAR, CLARA MORROW SE perguntou se ele repetiria o mesmo pequeno gesto de todas as manhãs.

Era um gesto ínfimo, insignificante. Fácil de ignorar. Na primeira vez.

Mas por que Armand Gamache continuava fazendo aquilo?

Clara se sentiu uma tola por se perguntar aquilo. Que importância teria? Porém, em um homem não muito dado a segredos, aquele gesto começara a parecer não só secreto, mas furtivo. Um ato benigno que dava a impressão de ansiar por uma sombra que o escondesse.

No entanto, lá estava Gamache, em plena luz do novo dia, sentado no banco que Gilles Sandon havia feito pouco tempo antes e colocado no topo da colina. Diante dele se estendiam as montanhas, que iam do Quebec a Vermont, cobertas por densas florestas. O rio Bella Bella serpenteava entre as montanhas, um fio prateado sob o sol.

E no vale, tão fácil de ignorar diante de tamanha grandeza, ficava o vilarejo de Three Pines.

Armand não se escondia. Mas também não apreciava a vista. Em vez disso, todas as manhãs, o homem grande ficava sentado no banco de madeira com a cabeça curvada sobre um livro. Lendo.

Ao chegar mais perto, Clara viu Gamache fazer aquilo de novo. Ele tirou os óculos de leitura meia-lua, fechou o livro e o enfiou no bolso. Havia um marcador, mas o inspetor nunca o tirava do lugar. Ele continuava ali como se fosse uma pedra, assinalando uma página perto do fim. Um lugar do qual ele se aproximava, mas que nunca alcançava.

Armand não fechou o livro. Deixou que a gravidade fizesse isso. Sem nada para marcar onde tinha parado, notou Clara. Nenhuma nota fiscal velha, nenhuma passagem usada de trem, ônibus ou avião para guiá-lo de volta ao ponto em que deixara a história. Era como se não importasse. Todas as manhãs, ele começava tudo de novo. Chegava cada vez mais perto do marcador, mas sempre parava antes de alcançá-lo.

E, todas as manhãs, Armand Gamache colocava o volume fino no bolso do leve casaco de verão antes que ela pudesse ver o título.

Ela estava ficando ligeiramente obcecada por aquele livro. E pelo comportamento de Gamache.

Até havia lhe perguntado sobre isso, mais ou menos uma semana antes, quando se sentara ao lado dele pela primeira vez no banco.

– Bom livro?

– *Oui.*

Gamache sorrira, suavizando a resposta curta e grossa. Ou quase.

Um delicado "me deixa" de um homem que raramente afastava as pessoas.

Não, pensou Clara, observando-o de perfil agora, ele não a afastara. Em vez disso, a deixara onde estava, e ele próprio recuara. Para longe dela. Para longe da pergunta. Pegara o livro gasto e se retirara.

A mensagem foi óbvia. E Clara entendeu. Embora isso não significasse que precisasse lhe dar ouvidos.

ARMAND GAMACHE OLHOU PARA A floresta verdejante no ápice do verão e as montanhas que ondulavam até a eternidade. Então seus olhos encontraram o vilarejo no vale abaixo delas, como que na palma de uma mão ancestral. Um estigma no interior do Quebec. Não uma chaga, mas uma maravilha.

Todas as manhãs, ele saía para caminhar com a esposa, Reine-Marie, e o pastor-alemão deles, Henri. Depois de atirar a bola de tênis à frente, os dois acabavam, eles mesmos, indo atrás dela, pois Henri se distraía com uma folha esvoaçante, um mosquito ou as vozes em sua cabeça. O cachorro corria atrás da bola, depois parava e olhava para o nada, mexendo as gigantescas orelhas de antena parabólica para lá e para cá. Tentando captar alguma mensagem. Não tenso, mas intrigado. Gamache reconhecia que aquilo era a forma como a maioria das pessoas apurava os ouvidos quando escutava no vento a sugestão de uma música muito amada. Ou uma voz familiar vinda de longe.

Com a cabeça inclinada e uma expressão meio boba no rosto, Henri apurava os ouvidos enquanto Armand e Reine-Marie iam buscar a bola.

Estava tudo em paz no mundo, pensou Gamache ao se sentar em silêncio sob o sol do início de agosto. Finalmente.

Exceto por Clara, que resolvera se sentar com ele todo dia de manhã.

Será que, ao vê-lo sozinho ali em cima, depois de Reine-Marie ir embora com Henri, ela pensara que ele estava solitário? Que queria companhia?

Mas ele duvidava disso. Clara Morrow havia se tornado uma de suas melhores amigas e o conhecia muito bem.

Não. Ela tinha ido até lá por seus próprios motivos.

Gamache estava cada vez mais curioso. Quase conseguia fingir para si mesmo que sua curiosidade não era só uma bisbilhotice comum, mas fruto de seu treinamento.

Durante toda a sua vida profissional, o inspetor-chefe havia feito perguntas e caçado respostas. E não só respostas, mas fatos. Porém, muito mais esquivos e perigosos que os fatos, o que ele realmente buscava eram sentimentos. Porque eles o conduziam à verdade.

E, embora a verdade pudesse libertar alguns, levava as pessoas que Gamache perseguia para a prisão. Pela vida toda.

Armand Gamache se considerava mais um explorador que um caçador. O objetivo era descobrir. E o que ele descobria ainda era capaz de surpreendê-lo.

Quantas vezes tinha interrogado um assassino esperando encontrar sentimentos azedos, uma alma estragada, e, em vez disso, havia encontrado uma bondade extraviada?

Ele ainda o prendia, é claro. Mas, com o tempo, acabara concordando com a irmã Prejean, que dizia que ninguém era tão ruim quanto o pior ato que já tinha cometido.

Gamache vira o pior. E o melhor. Muitas vezes na mesma pessoa.

Ele fechou os olhos e voltou o rosto para o sol fresco da manhã. Aqueles dias tinham ficado para trás. Agora ele podia descansar. Na palma daquela mão ancestral. E se preocupar com a própria alma.

Não era preciso explorar. Ele havia encontrado o que procurava, ali, em Three Pines.

Ciente da mulher ao seu lado, ele abriu os olhos, mas os manteve voltados para a frente, observando o vilarejo lá embaixo ganhar vida. Viu os amigos e os novos vizinhos saírem de casa para cuidar dos jardins perenes ou atravessar a praça para tomar café da manhã no bistrô. Viu Sarah abrindo a porta da *boulangerie*. Ela estava lá dentro desde a madrugada, assando baguetes, croissants e *chocolatines*, e agora era hora de vendê-los. Ela fez uma pausa, limpando as mãos no avental, e cumprimentou monsieur Béliveau, que abria a mercearia. Todas as manhãs das últimas semanas, Armand Gamache se sentara naquele banco e vira as mesmas pessoas fazerem as mesmas coisas. O vilarejo tinha o ritmo, a cadência, de uma peça musical. Talvez fosse isso que Henri escutasse. A música de Three Pines. Era como um cantarolar, um hino, um ritual reconfortante.

Sua vida nunca tivera um ritmo. Os dias costumavam ser imprevisíveis, e ele parecia prosperar assim. Achava que era parte de sua natureza. Jamais conhecera a rotina. Até agora.

Gamache precisou admitir que tivera um leve receio de que aquilo que agora era uma rotina reconfortante descambasse para o banal, se tornasse chato. Mas, em vez disso, sua vida tinha ido na direção oposta.

A repetição parecia lhe fazer bem. Quanto mais forte ficava, mais ele valorizava aquela estrutura. Longe de ser limitantes ou aprisionadores, ele achava seus rituais diários libertadores.

A agitação trazia à tona todo tipo de verdade desagradável. Mas era preciso paz para examiná-las. Sentado naquele lugar tranquilo, sob o sol brilhante, Gamache finalmente estava livre para examinar todas as coisas que tinham caído por terra. Como ele tinha caído.

Sentiu o leve peso e o volume do livro no bolso.

Abaixo deles, Ruth Zardo mancava de seu decrépito chalé, seguida por Rosa, sua pata. A mulher idosa olhou ao redor, depois se voltou para a estrada de terra que saía da cidade. Lá do topo do caminho empoeirado, Gamache viu aqueles velhos olhos de aço viajarem. Até encontrarem os dele. E ali se fixarem.

Ruth ergueu a mão cheia de veias para cumprimentá-lo. E, como se hasteasse a bandeira do vilarejo, levantou um dedo resoluto.

Gamache fez uma leve mesura em resposta. Estava tudo em paz no mundo. Exceto por... Ele se virou para a mulher desgrenhada ao seu lado. Por que Clara estava ali?

CONHEÇA OS LIVROS DE LOUISE PENNY

Estado de terror (com Hillary Clinton)

SÉRIE INSPETOR GAMACHE
Natureza-morta
Graça fatal
O mais cruel dos meses
É proibido matar
Revelação brutal
Enterre seus mortos
Um truque de luz
O belo mistério
A luz entre as frestas

Para saber mais sobre os títulos e autores da Editora Arqueiro,
visite o nosso site e siga as nossas redes sociais.
Além de informações sobre os próximos lançamentos,
você terá acesso a conteúdos exclusivos
e poderá participar de promoções e sorteios.

editoraarqueiro.com.br